TAD WILLIAMS

HAPPY HOUR IN DER HÖLLE

BOBBY DOLLAR 2

Aus dem Englischen von
Cornelia Holfelder-von der Tann

KLETT-COTTA

Hobbit Presse Paperback
www.hobbitpresse.de
Die Originalausgabe erschien unter dem Titel »Happy Hour in Hell«
im Verlag DAW Books, Inc., New York
© 2013 by Tad Williams
Für die deutsche Ausgabe
© 2014/2017 by J. G. Cotta'sche Buchhandlung
Nachfolger GmbH, gegr. 1659, Stuttgart
Alle deutschsprachigen Rechte vorbehalten
Printed in Germany
Umschlaggestaltung: © Birgit Gitschier, Augsburg;
Illustration © Kerem Beyit
Abbildung (Feder) © Photos.com (Tribalium)
Gesetzt von Fotosatz Amann, Memmingen
Gedruckt und gebunden von C.H.Beck, Nördlingen
ISBN 978-3-608-94966-7

WIDMUNG

*Der erste Bobby-Dollar-Band war meinem lieben
Freund David Pierce gewidmet.
Seit Dave uns verlassen hat, sind noch andere
gegangen, die mir viel bedeutet haben –
Jeff Kaye, Peggy Ford und Iain Banks,
um nur einige zu nennen.*

*Ich bin froh, dass Dave so tolle Gesellschaft hat,
aber es macht mich sehr traurig,
dass sie alle nicht noch ein bisschen länger mit
uns hier herumhängen konnten.*

INHALT

PROLOG

Es gibt nun mal Momente im Leben – oder in meinem Fall: im Jenseitsleben –, in denen man sich unwillkürlich fragt, *Was zum Teufel tue ich hier?* Bei mir sind es zwar mehr als bei den meisten Leuten (im Schnitt zwei pro Woche), aber so einer war noch nie darunter. Ich war nämlich gerade im Begriff, in die Hölle zu marschieren. Freiwillig.

Mein Name ist Bobby Dollar oder manchmal auch Doloriel, je nachdem, in welcher Gesellschaft ich mich gerade bewege. An diesen hässlichen Ort hier war ich per Fahrstuhl gelangt – eine lange, lange Abwärtsfahrt, von der ich Ihnen vielleicht irgendwann erzähle. Zudem befand ich mich auch noch in einem Körper, der nicht meiner war, und alles, was ich an Information über mein Ziel besaß, war das, was mir ein aus dem Ruder gelaufener weiblicher Schutzengel direkt ins Gedächtnis geflüstert hatte, während ich schlief. Viel Brauchbares hatte ich dabei nicht übermittelt bekommen. Ja, das meiste ließ sich in dem simplen Satz zusammenfassen: »Du ahnst ja gar nicht, *wie* schlimm es dort ist.«

Und jetzt stand ich hier, unmittelbar außerhalb der Hölle, am diesseitigen Ende der Neronischen Brücke, eigentlich ein gesichtsloser, flacher Steinstreifen, der sich über ein so tiefes Loch spannte, dass es, wären wir auf der guten alten Erde gewesen, wahrscheinlich bis zur anderen Seite des Planeten durchgegangen wäre. Aber die Hölle ist nicht die gute alte Erde, und dieses Loch hier war nicht bodenlos – o nein. Denn auf dem Grund, so unfassbar viele Meilen unter mir im Dunkeln, passierten die *wirklich* schlimmen Sachen. Das sagten mir die schwach heraufdringenden Schreie. Ich konnte nicht umhin, mich zu fragen, wie laut diese armen Leute schreien mussten, damit man sie aus so weiter Entfernung hörte. Und was genau dort mit ihnen gemacht wurde, damit sie so laut schrien. Schon stellte ich Fragen, auf die ich gar keine Antwort wollte.

Nur für den Fall, dass Ihnen das alles noch nicht bizarr genug ist, hier noch ein interessantes Faktum: Ich bin ein Engel. Ich war also nicht nur auf dem Weg an den schlimmsten Ort, an dem man überhaupt landen kann, ich ging auch noch als feindlicher Spion dorthin. Ach ja, und ich ging hin, um etwas zu stehlen, und zwar einem der grausamsten und mächtigsten Dämonen aller Zeiten, Eligor dem Reiter, Großfürst der Hölle.

Was ich Eligor stehlen wollte? Meine Freundin Caz. Sie ist auch ein Dämon, und sie gehört ihm.

Oh, und wenn ich sage, ich bin ein Engel, meine ich keinen geflügelten Racheengel mit einem Flammenschwert, um es gegen die Feinde zu schwingen. Nein, ich bin einer von der Sorte von Engeln, die auf der Erde leben, sich die meiste Zeit für Menschen ausgeben und Seelen in der Stunde des Gerichts als Fürsprecher dienen. Mit anderen Worten, ich bin im Grund Anwalt, Pflichtverteidiger. Also noch mal zusammengefasst: Was ich an Information in diese Situation mitbrachte, reichte gerade, um zu wissen, dass ich ziemlich aufgeschmissen war: Ich gegen einen Großfürsten der Hölle, und noch dazu ein Heimspiel für ihn – tolle Ausgangsbasis, oder?

Ich befand mich definitiv im größten geschlossenen Raum, den ich je gesehen hatte – den wohl irgendwer je gesehen hatte. All die mittelalterlichen Maler, die sich diesen Ort ausgemalt hatten, selbst die phantasievollsten, hatten zu eng gedacht. Zu beiden Seiten erstreckte sich eine zerklüftete Steinwand, die sich senkrecht emporzog, weiter, als der Blick reichte. Sie schien minimal gekrümmt, als ob diese riesige Höhle der Zylinder eines monströsen Motorkolbens wäre. Angeblich war dort vor mir, jenseits der Brücke, eine zweite Steinwand, der Kolben in diesem Riesenzylinder und mein Ziel: jener endlose Turm, der die Hölle ist. Die Brücke selbst war schmaler als meine Armspanne, nur etwa eineinhalb Meter breit. Eigentlich ja ausreichend, nur dass unter dem schmalen Steg nichts war als Leere – eine Kluft, die unfassbar weit hinabreichte und von der ich nichts sehen konnte als gerade so viel flackerndes Höllenlicht, dass mir klar war, wie tief ich beim geringsten Fehltritt fallen würde.

Glauben Sie mir, wie jedes vernünftige Wesen wäre ich überall lieber gewesen als hier, aber wie ich noch erläutern werde, hatte ich eine Menge Mühen auf mich genommen, um auch nur so weit zu kommen. Ich hatte in Erfahrung gebracht, wie man hierher gelangen konnte, hatte einen Eingang gefunden, den zu bewachen in Vergessenheit geraten war, und ich trug sogar einen funkelnagelneuen Dämonenkörper (weil ich nur so in der Hölle sicher reisen konnte). Ich mochte ja ein ungebetener Gast sein, aber ich hatte einiges für diesen Trip bezahlt.

Als ich mich der Brücke näherte, holte ich noch mal tief Luft – Luft, voll mit schwefligem Rauch und dem schwachen, aber unverkennbaren Geruch von bratendem Fleisch. Ein Stein fiel vor meinem Fuß in den Abgrund. Ich wartete nicht auf ein Aufschlaggeräusch, weil das nicht viel Sinn gehabt hätte. Man kann etwas Beängstigendes nur soundso lange hinausschieben, bevor einen aller Mut verlässt, und ich wusste, es war sowieso noch längst nicht das Schlimmste, was mich erwartete. Selbst wenn ich es schaffte, über diese streichholzdünne Brücke zu kommen und mich in die Hölle einzuschleichen, waren dort lauter Kreaturen, die Engel schlichtweg hassten – Engel im Allgemeinen und mich im Besonderen.

Die Neronische Brücke stammt aus den Zeiten des Alten Roms und heißt nach Kaiser Nero, der angeblich Lyra spielte, während Rom brannte. Nero war nicht der schlimmste Kaiser, den Rom je hatte, aber schon ein ziemlich übler Kerl, unter anderem deshalb, weil er seine Mutter ermorden ließ. Und zwar gleich zweimal.

Seine Mutter Agrippina war die Schwester eines noch übleren Kerls, von dem Sie vielleicht auch schon mal gehört haben – Caligula. Der heiratete eine andere seiner Schwestern, bumste sie aber alle. Doch trotz dieser gruseligen Sache mit ihrem Bruder wurde Agrippina, als Caligula am Ende von seinen eigenen Wachen erstochen worden war, rehabilitiert und heiratete schließlich Caligulas Nachfolger, den alten Kaiser Claudius. Irgendwie schaffte sie es, Claudius dazu zu bringen, seinen eigenen Sohn zu übergehen und stattdessen ihren Sohn aus früherer Ehe, Nero, zum Thronfolger zu ernennen. Als Nero erst einmal designierter Kaiser war, räumte sie den armen Claudius mittels eines vergifteten Pilzgerichts aus dem Weg.

Zum Dank dafür, dass ihm seine Mutter dazu verholfen hatte, der mächtigste Mann der Welt zu werden, wandte Nero sich prompt gegen sie und befahl ihre Ermordung. Zuerst versuchte er es mit einem manipulierten Boot, das auseinanderbrechen sollte, damit sie ertränke, aber Agrippina war ein zähes altes Luder und schaffte es an Land, also schickte Nero ein paar von seinen Wachen zu ihr, um sie mit dem Schwert niederzumetzeln.

Familienwerte à la Römisches Reich.

Während seiner restlichen Regierungszeit richtete Nero noch eine ganze Menge üble Sachen an – etwa haufenweise unschuldige Christen verbrennen zu lassen –, aber das war nicht der Grund dafür, dass er seinen eigenen kleinen Highway in der Hölle bekam: besagte Brücke, vor der ich jetzt stand. Nero hatte nämlich nicht ganz geschnallt, dass der Coup seiner Mutter, sich Claudius als Gatten zu angeln und ihn dazu zu bringen, Nero seinem eigenen Sohn vorzuziehen, das Resultat eines kleinen Tauschhandels war, den sie mit einem der einflussreichsten Höllenbewohner geschlossen hatte, einem mächtigen Dämon namens Ignoculi. Ignoculi und seine Höllenkumpels fanden zwar nichts dabei, dass Nero seine Mutter umbrachte – im Gegenteil, das bewunderten sie eher. Aber sie erwarteten, dass er sich an die Vereinbarung seiner Mutter mit ihnen hielt, die ihn auf den Thron gebracht hatte: Sie hatten nämlich mit Rom Großes vor. Doch Nero wollte partout nicht mitspielen. Ihm war wohl gar nicht klar, was für ein Riesenunternehmen die Hölle war; die Römer hatten da ihre eigenen religiösen Vorstellungen, Pluto, die elysischen Felder und so weiter. Es war wahrscheinlich ein bisschen wie bei diesem Filmproduzenten in *Der Pate*, der glaubt, Don Corleone eine Abfuhr erteilen zu können, dann aber beim Aufwachen sein Schlafzimmerdekor um einen Pferdekopf bereichert findet.

Die Hölle zu verärgern, ist keine gute Idee. Es ging rapide abwärts mit dem jungen Nero, binnen Kurzem war er entthront und auf der Flucht. Schließlich beging er Selbstmord. Doch die eigentliche Überraschung erwartete ihn erst noch.

Ignoculi war wie die meisten hohen Höllenfunktionäre extrem nachtragend und extrem gut darin, seinen Groll praktisch umzusetzen. Als Nero in der Hölle ankam, fand er einen eigens für ihn errichteten Eingang vor. Richtig, die Neronische Brücke. Tausend Dämonen in der Prunkuniform kaiserlich-römischer Wachen erwarteten ihn bereits, um ihn mit dem ganzen Pomp, den er aus dem Leben gewohnt war, über die Brücke zu geleiten. Unter Trommel- und Trompetenschall zog die ganze Prozession im Gänsemarsch über die Brücke, doch als Nero das andere Ende erreichte, löste sich sein Gefolge plötzlich in Luft auf: Da waren nur noch er und die Person, die ihn empfing –

nicht Ignoculi selbst, sondern Neros verstorbene Mutter, Agrippina.

Sie muss einen ziemlich grässlichen Anblick geboten haben, zerschunden und klatschnass von Neros erstem Anschlag auf ihr Leben und blutüberströmt von den tödlichen Schwertstößen. Nero, dem jäh aufging, dass ihn kein triumphaler Empfang erwartete, wollte über die Brücke fliehen, aber dort erschien jetzt Ignoculi persönlich, ein riesiger, wabbliger Klumpen aus Augen und Zähnen, der dem Exkaiser den Fluchtweg versperrte wie eine wütende Tonne Rotz.

»*Caveat imperator. Der Herrscher möge sich hüten*«, soll der Dämon gesagt haben. In der Hölle gelten nämlich kalauerhafte Wortspiele als eine besonders ausgereifte Form von Folter. Agrippina packte den Sohn mit ihren blutigen Fingern und schleppte den Schreienden mit einer Kraft, die sie im Leben nie besessen hatte, durch das Tor – in die Hölle und einem ganz und gar nicht kaisergemäßen Schicksal entgegen. Und soweit ich gehört hatte, war er immer noch dort, wahrscheinlich drunten auf dem Grund bei den übrigen Schreiern.

Danach geriet die Neronische Brücke weitgehend in Vergessenheit. Sie war nur noch eine weitere stumme Erinnerung daran, warum man nie, *niemals*, ein hohes Tier der Hölle gegen sich aufbringen sollte – was ich bereits reichlich getan hatte. Konnte es sein, dass das Universum mir etwas sagen wollte?

Ich betrat die Brücke und ging los.

Gefühlt hatte ich stundenlang einen Fuß vor den anderen gesetzt, da bemerkte ich plötzlich, dass die Schreie, die von unten heraufdrangen, lauter wurden. Ich wollte es gern als Zeichen dafür deuten, dass ich jetzt nahe der Brückenmitte war, aber vielleicht ging ja auch einfach nur die Mittagspause dort unten zu Ende. Ich wagte einen Blick hinab, wobei ich gegen einen Schwindel ankämpfen musste, der nicht bloß physisch, sondern existentiell war. Die Flammen, die aus Rissen in der Wand des Abgrunds schlugen, sahen aus wie konzentrische Feuerringe – eine lodernde Zielscheibe.

Ledrige Flügel streiften mein Gesicht, erschreckten mich fürchterlich und machten mir jäh bewusst, wie nah an der Brückenkante ich stand. Ich trippelte vorsichtig ein Stückchen rückwärts und ging weiter in die Richtung, die nach allen vernünftigen Maßstäben die falsche war. Das geflügelte Etwas flatterte wieder auf Tuchfühlung an mir vorbei, aber das Licht war so schwach, dass ich nicht erkennen konnte, was es war. Wohl eher keine Fledermaus, denn es weinte.

Stunden und Aberstunden später waren die glosenden Zielscheibenringe noch immer quasi direkt unter mir. Klar, wenn man einen Höllen-Wallgraben überquert, der allemal so breit sein kann wie South Dakota, ist »nahe der Mitte« ziemlich relativ, aber deprimierend war es doch.

Aber ich tat es ja alles für Caz, rief ich mir in Erinnerung, für die Gräfin von Coldhands, die wunderschöne, verletzte junge Frau, die in einem unsterblichen Körper gefangen saß und zur Ewigkeit in der Hölle verdammt war. Nein, ich tat es noch nicht mal für Caz, sondern um dessentwillen, was wir zusammen erlebt hatten, um der Momente des Glücks und des Friedens willen, als ich mit ihr im Bett lag, während die infernalischen Horden die Straßen von San Judas nach mir durchkämmten. Ja, sie gehörte selbst dem Höllenadel an, und sie hatte mir mehr oder minder gesagt, dass ich aus einem bisschen Kampfpausensex zwischen Feinden eine absurde, pubertäre Liebesgeschichte machte ... aber, o du lieber Gott, sie war phantastisch. Noch nie in meinem Engelsleben hatte ich solche Gefühle gekostet wie mit ihr. Und mehr noch, die Zeit mit ihr hatte mir klargemacht, dass meine Existenz bis dahin hohl und leer gewesen war. Sonst hätte ich vielleicht glauben können, dass es nur dämonisches

Blendwerk war, platte Verführung, der älteste Trick aus dem Repertoire des Feindes. (Es gab noch einen Grund, warum ich nicht glaubte, dass ich einfach nur für dumm verkauft worden war; es ging da um ein silbernes Medaillon, aber davon erzähle ich Ihnen später.) Und außerdem, selbst wenn das, was ich für Caz empfand, nur auf einem Trick, auf Illusion beruhte, war daneben trotzdem alles andere egal.

Liebe. Lahme, alte Witze mal beiseite: Echte, mächtige Liebe hat auf jeden Fall eins mit der Hölle gemeinsam – sie brennt alles andere weg.

Seit Stunden vorsichtig einen Fuß vor den anderen setzend, hypnotisiert durch das Schattengeflacker, brauchte ich übermäßig lange, um zu kapieren, dass das dunkle Etwas da vor mir auf der Brücke nicht einfach ein weiterer Schatten oder ein Fleck vor meinen Augen war. Ich verlangsamte meinen Schritt und kniff die Augen zusammen: Meine träumerische Halbwachheit zersprang in Scherben. Was erwartete mich da? Hatte Eligor herausgefunden, dass ich kam, und mir einen Empfang bereitet – mir so was entgegengeschickt wie den gehörnten babylonischen Albtraum, dem ich in San Judas mit knapper Not entronnen war? Das Einzige, was dieses Monster gestoppt hatte, war ein kostbares silbernes Schmuckstück gewesen, Caz' Medaillon, aber diesmal hatte ich nichts Derartiges bei mir. Mein neuer Dämonenkörper war nackt, und ich hatte keine Pistole. Ich hatte noch nicht mal einen Stock.

Im Näherkommen sah ich, dass sich das Etwas auf allen vieren fortbewegte wie ein Tier. Noch etwas näher, und ich sah, dass es von mir *weg* krabbelte – mein erstes erleichtertes Aufatmen, seit ich diese verdammte Brücke betreten hatte. Aber Mama Dollars Kleiner ist kein Idiot, jedenfalls kein eklatanter, also ging ich noch langsamer, um das einsame Krabbelwesen zunächst mal inspizieren zu können.

Es war entfernt menschenförmig, aber ein abstoßender Anblick, wie ein blindes, plumpes Insekt. Die Hände waren fingerlose Klumpen, der Körper deformiert, und selbst für diese düstere Umgebung reflektierte es extrem wenig Licht: Es wirkte weniger wie etwas Handfestes als vielmehr wie ein Schmierfleck auf der Oberfläche der Realität. Ich war jetzt direkt hinter ihm, aber es schien mich gar nicht zu bemerken, kroch immer noch dahin wie ein verkrüppelter Büßer, so schleppend, als wäre jede Bewegung unsagbar mühselig. Es kam so langsam voran, dass ich mich fragte, wie lange es wohl schon auf dieser Brücke war.

Ich wollte es nicht überholen, nicht auf diesem schmalen Steg. Dass es lahm und dumm wirkte, hieß noch lange nicht, dass es mich nicht angreifen würde. Ich erwog, einfach drüberzuspringen, hatte aber Angst auszurutschen.

»Was machen Sie da?«, fragte ich. »Sind Sie verletzt?«

Der plötzliche Klang meiner rauhen neuen Dämonenstimme erschreckte mich selbst, aber das krabbelnde Etwas schien gar nichts zu hören. Ich versuchte es noch mal.

»Ich muss an Ihnen vorbei.«

Nichts. Wenn das krabbelnde Etwas nicht taub war, stellte es sich zumindest taub.

Frustriert bückte ich mich schließlich und zog an seinem Bein, um seine Aufmerksamkeit zu erlangen, aber das menschenförmige Ding war so spröde wie ein Baiser. Das Bein brach blättrig ab, sodass da unterhalb des Knies nichts mehr war. Vor Schreck ließ ich das Stück Bein, das ich in Händen hielt, fallen. Es zersprang in Stücke, von denen etliche über den Brückenrand schlidderten und im Dunkel verschwanden. Das Etwas hielt endlich lange genug im Krabbeln inne, um sich zu mir umzudrehen, und ich sah kurz ein graues Gesicht mit leeren Augenhöhlen und einem ebenso leeren Mundloch, das vor Überraschung oder Entsetzen weit offenstand. Dann, als hätte es der Verlust des

Beins aus der Balance gebracht, neigte sich das Etwas zur Seite und kippte lautlos von der Brücke.

Erschüttert stieg ich über die fettig-blättrigen Beintrümmer hinweg und ging weiter.

Was für eine Horrorkreatur dieses bröselige Ding auch gewesen sein mochte, die einzige ihrer Art jedenfalls nicht. Wenig später stieß ich auf das nächste graue Etwas, noch so einen menschenförmigen Klumpen, der den immer noch nicht sichtbaren Mauern der Hölle entgegenkrabbelte. Diesmal versuchte ich das Ding sachte zu stupsen, um es auf mich aufmerksam zu machen. Es schien so fragil wie Meeresgischt; es auch nur mit der Fingerspitze anzutippen, reichte schon, dass mir ganz mulmig wurde. Wie konnte etwas so Substanzloses irgendeine Form bewahren, geschweige denn so blind entschlossen vorwärts krabbeln?

Aber das hier ist die Hölle, machte ich mir klar, *oder jedenfalls einer ihrer Vororte.* Hier galten keine normalen Gesetze.

Ich stupste es wieder. Wie sein Vorgänger drehte es sich um, griff aber mit den unförmigen Händen nach mir. Vor Angst und Abscheu wich ich einen Schritt zurück und trat nach ihm, traf es genau ins Hinterteil. Mit einem leisen Knirschen zerbrach die ganze Kreatur in mehrere große Stücke. Ich watete durch die Trümmer, obwohl sie noch träge zappelten, und kickte einige in den Abgrund. Ich blieb nicht stehen, um ihnen nachzuschauen.

Während weitere Stunden vergingen oder zumindest anderswo vergangen wären, traf ich immer wieder auf diese scheußlichen Dinger. Ich hatte es aufgegeben, mit ihnen kommunizieren zu wollen, kickte sie einfach kaputt und marschierte durch die zappelnden Bruchstücke. Als ich mehrere zertrümmert hatte, bemerkte ich auf meiner Haut einen Geruch, wie die Spuren von Flüssigzünder in Grillasche. Die Kreaturen waren so langsam und tumb wie halbtote Termiten und auf eine Art widerlich, die ich gar nicht erklären kann. Ich wollte jede einzelne zu Pulver zermalmen und atomweise im gähnenden Nichts des Abgrunds verteilen. Ja, ich war auf bestem Weg, das bisschen Verstand, das ich noch hatte, zu verlieren.

Was mich rettete, war erstaunlicherweise die Hölle selbst. Nachdem ich mich durch ein ganzes Rudel dieser grässlichen Dinger gekämpft und ein regelrechtes Gestöber von ascheartigen Fragmenten erzeugt hatte, beugte ich mich in die Wolke aufgewirbelter Flocken und erkannte plötzlich, dass die Brücke sich vor mir nicht mehr im Unendlichen verlor. Sie hatte ein Ende, woran ich bisher nur geglaubt hatte, weil mir nichts anderes übrigblieb. Jetzt sah ich es vor mir: eine Wand aus rissigem schwarzem Stein und darin ein gigantisches rostiges Eisentor, so hoch wie ein Wolkenkratzer. Doch zwischen mir und diesem Tor krabbelten immer noch Tausende dieser grauen, tumben Dinger.

Ich wette, etliche von Ihnen können sich nicht vorstellen, was denn so schrecklich daran sein soll, sich durch Wesen hindurchkämpfen zu müssen, die keinerlei Widerstand leisten, die unter jeder Berührung zerfallen wie Asche im Kamin. Sehen Sie's mal so: Es mochte zwar nichts mehr übrig sein als die grobe Form, ähnlich wie bei den Toten von Pompei, die in der Asche des Vesuvausbruchs konserviert wurden, aber diese Dinger waren doch alle mal Menschen gewesen.

Auf dem letzten Brückenstück ging mir nämlich endlich auf, was diese Wesen waren. Keine verdammten Seelen – was ja schon schlimm genug gewesen wäre. Das hier waren keine Gefangenen der Hölle, sie versuchten ja nicht hinauszugelangen, sie wollten *rein*. Es waren Seelen, die zum Fegefeuer verurteilt worden waren, die Essenzen zahlloser Menschenleben – Menschenleben, die verpfuscht, aber nicht irreparabel schlecht gewesen waren. Und aus irgendeinem Grund wurden diese Dinger, diese ehemaligen Männer und Frauen, so von Selbsthass verzehrt, dass sie ewig auf den Ort zukrabbelten, wo sie ihrem Gefühl nach hingehörten.

Ich hätte Mitleid mit ihnen haben sollen, doch die Erkenntnis, was es mit ihnen auf sich hatte, machte es nur noch schlimmer. Als ich mich den Mauern der Hölle näherte, schwärmten die Dinger regelrecht vor mir her, wie Insekten, die eine heiße Glühbirne umschwirren, getrieben von einem Selbstzerstörungsdrang, den ich nicht verstand. Ich war zu erschöpft, um etwas zu sagen, aber innerlich schrie ich. Ich drosch und kickte mich durch die klumpige Masse, bis alles, was ich war und je gewesen war, sich in eine einzige Raserei aus fettigen Flocken und wirbelndem, nach Kerosin riechendem Staub aufgelöst hatte, bis ich nicht mehr wusste, wo ich war, und schon gar nicht, wo die Brücke war, das Einzige zwischen mir und dem Nichts. Die Tatsache, dass ich nicht abgestürzt bin, ist mir für alle Zukunft Beweis genug, dass jemand oder etwas Größeres als ich mein Überleben wollte.

Ächzend und keuchend blieb ich stehen, um Luft zu holen, und merkte jäh, dass sich vor mir jetzt nur noch das mächtige, rostige Tor und nackter schwarzer Stein befanden: Ich stand im Schattendunkel vor dem Eingang. Die Krabbler schwärmten jetzt hinter mir heran, auf die Brücke verbannt wie durch einen unsichtbaren Zaun. Diese jämmerlichen Dinger gehörten nicht in die Hölle, sie glaubten es nur. Sie würden keinen Einlass erhalten.

Und Bobby Dollar? Mit mir verhielt es sich offenbar anders. Keine Wachen, nichts, was mich davon abhielt, die Hölle zu betreten, außer dem gesunden Menschenverstand, den ich längst abgegeben hatte. Nach Höllenmaßstäben hatten sie mir praktisch die Willkommensmatte hingelegt. Aber ich verrate wohl nicht zu viel, wenn ich sage, dass es sich als weitaus schwieriger erweisen sollte, wieder hinauszukommen.

1

KOPFKISSENGEFLÜSTER

Wir hatten eigentlich nur eine gemeinsame Nacht gehabt. Und von der ist mir jeder einzelne Moment im Gedächtnis geblieben.

»Und wie ist es so, in der Hölle zu leben?«
»Oh, es ist toll. Wir trinken den ganzen Tag Ice Cream Soda, spielen Poolbillard, rauchen Zigarren und verwandeln uns nie, niemals in Esel.«
»Das klingt eher wie die Vergnügungsinsel aus Pinocchio.«
»Mist. Ertappt.«
»Komm schon, war eine ernsthafte Frage.«
»Aber vielleicht will ich sie ja nicht beantworten, Flügelknabe. Ist das ernsthaft genug?«
Wir lagen beide nackt in Caz' geheimem Unterschlupf und hatten uns gerade zum ersten Mal (na ja, strenggenommen zum ersten, zweiten und zweieinhalbten Mal) geliebt. Ihr Kopf lag auf meiner Brust, und ihre Beine umklammerten meinen Oberschenkel wie die Schalen einer Riesenmuschel. Ich streichelte ihr Haar, so hellgolden, dass es nur in direktem Sonnenlicht nicht weiß wirkte.
»So schlimm?«
»Oh, du schöner, dummer Mann, du hast ja keine Ahnung.« Sie stützte sich auf einen Ellbogen, um mir ins Gesicht schauen zu kön-

nen. Sie war so hinreißend, dass ich prompt vergaß, worüber wir gerade geredet hatten, und nur dalag und sie anstarrte, als hätte ich einen Gehirnschaden. Den ich ja wohl nach normalen Maßstäben auch haben musste, denn warum würde ich mich sonst mit einem Werkzeug Satans nackt im Bett tummeln? »Nicht einfach nur schlimm«, erklärte sie mir. »Schlimmer, als du's dir je vorstellen könntest.«

Ich fragte mich wieder, wie irgendjemand, selbst die Höllenprominenz, dieser strahlenden Schönheit etwas antun könnte. Die offizielle Version war, dass sie ein Gesicht hätte wie ein Renaissanceengel, wunderschön, fein, voller erhabener Gedanken. In Wahrheit aber sah sie aus wie das Inbild der unschuldig-sündhaften Absolventin eines sehr, sehr teuren Mädcheninternats, die gerade ihr Abschlusszeugnis in Empfang genommen hatte. Wenn ich nicht sicher gewusst hätte, dass Caz schon auf der Welt war, bevor Kolumbus in See stach, hätte ich nach all dem, was wir gerade getan hatten, schwere Schuldgefühle gehabt. Ich hatte immer mehr das Gefühl, diese Frau wirklich zu lieben, aber natürlich war sie gar keine Frau, und sie kam aus der Hölle. Überlegen Sie mal kurz, dann werden Sie wohl verstehen, warum ich nicht allzu genau über unsere Situation nachdenken wollte.

»Entschuldige. Ich hätte nicht davon anfangen sollen …«

»Nein! Nein, sei froh und dankbar, dass du's nicht weißt, Bobby. Und so soll es auch bleiben. Ich will nicht, dass du je erfährst, wie es dort ist.« Und plötzlich umarmte sie mich so fest, dass ich einen Moment lang dachte, sie versuche, irgendwie durch mich hindurchzukriechen und auf der anderen Seite wieder herauszukommen. Ihr kleiner, fester Körper schien das Realste und gleichzeitig Verletzlichste auf der ganzen Welt.

»Ich lasse dich nicht dorthin zurück«, sagte ich.

Ich hielt es für ein Lachen. Erst später wurde mir klar, dass die Laute etwas anderes gewesen waren, etwas längst nicht so Simples. Ihre Beine umklammerten meinen Schenkel wieder fester; ich fühlte,

wie sie sich feucht an mich presste. »Klar, Bobby«, *sagte sie.* »Wir
gehen nie wieder zurück, keiner von uns beiden. Wir bleiben bis in
alle Ewigkeit hier und trinken Ice Cream Soda. Also küss mich, du
Blödmann von einem Engel.«*

Kennen Sie die Situation, dass jemand, den Sie geliebt haben,
gestorben ist? All die Gefühle, die immer noch da sind, aber
derjenige ist einfach weg? Das trägt man immer mit sich herum,
in jedem einzelnen Augenblick – was man demjenigen alles sagen wollte und nicht gesagt hat, wie dumm man war, wie sehr
man denjenigen vermisst. Es fühlt sich an, als ob man sich gegen
eine zusammenbrechende Wand stemmt, als ob man wie der
Held in einem Film wartet, bis alle in Sicherheit sind, aber schon
weiß, dass man selbst nicht davonkommen wird. Dass einen das
Gewicht am Ende erdrücken wird.

Kennen Sie die Situation, dass Sie von jemandem verlassen
worden sind und diese Person Ihnen vorher noch gesagt hat, sie
hätte Sie nie geliebt? Ihnen gesagt hat, Sie seien ein Verlierer,
das Ganze sei reine Zeitverschwendung gewesen, etwas, das sie
von vornherein hätte vermeiden sollen? Auch das trägt man mit
sich herum, aber es ist kein übermächtiges Gewicht, sondern
eher wie eine schreckliche Verbrennung, bei der die verschmor-
ten Nervenenden in einem permanenten schrillen Alarmzustand
sind, ein Schmerz, der sich gelegentlich zu einem bitteren Ziehen abschwächt, dann aber ohne Vorwarnung wieder zu uner-
träglicher Pein aufflammt.

Und noch eins. Kennen Sie die Situation, dass Ihnen jemand
das gestohlen hat, was Ihnen am meisten bedeutet? Und Ihnen
dabei noch ins Gesicht gelacht hat? Und dass Ihnen nichts geblieben ist als hilflose Wut?

Okay, dann stellen Sie sich jetzt mal vor, dass mir alle drei
Dinge auf einmal passiert sind und es immer um dieselbe Frau
ging.

Ihr Name war Caz, eigentlich Casimira, auch die Gräfin von Coldhands genannt, ein hochrangiger weiblicher Dämon und so ziemlich das elektrisierendste Geschöpf, das ich je getroffen hatte. Als wir uns begegneten, standen wir auf verfeindeten Seiten im uralten Konflikt zwischen Himmel und Hölle. Wir wurden ein Liebespaar, was, wie wir beide wussten, extrem dumm und gefährlich war. Aber etwas zog uns zueinander hin, obwohl das eine ziemlich weichgespülte, jugendfreie Formulierung ist. Wir hatten Funken erzeugt, ach was, ein ganzes loderndes Feuer, und es loderte noch immer in mir, lange, nachdem sie verschwunden war. An manchen Tagen fühlte es sich an, als würde es mich zu einem Häuflein Asche verbrennen.

Caz gehörte Eligor, einem Großfürsten der Hölle. Nach unserer Affäre, unserem Abenteuer, oder wie auch immer Sie es nennen wollen, ging sie zu ihm zurück. Sie versuchte mir sogar weiszumachen, ich hätte ihr nie etwas bedeutet, aber das nahm ich ihr nicht ab. Ich war mir sicher, dass sie etwas für mich empfand, denn wenn nicht, war ich *total* schief gewickelt. So schief gewickelt, als behauptete ich, oben sei unten, Schwarz sei Weiß und die Erde doch eine Scheibe.

Sie mögen das dumm nennen, aber ich wollte es einfach nicht glauben. Konnte es nicht. Außerdem hatte ich noch einen handfesteren Grund, davon auszugehen, dass ihr doch etwas an mir lag. Keine Bange, darauf komme ich gleich.

Jedenfalls hasste mich Eligor jetzt, weil ich mich an seinem »Eigentum« vergriffen hatte (okay, auch noch aus ein paar anderen Gründen: Ich hatte auf seine Sekretärin geschossen, seinen Bodyguard dazu gebracht, sich von einem Monster fressen zu lassen, und war ihm überhaupt gründlich in die Quere gekommen). Das Machtgefälle zwischen uns war absurd: Er gehörte dem Höllenhochadel an, ich war ein kleiner Himmelsdiener, der bei seinen Vorgesetzten nicht gerade im besten Ruf stand. Warum also war ich nicht tot? Weil ich *die Feder* hatte – eine goldene Feder aus dem Flügel eines wichtigen Engels, Unterpfand bei einem heimlichen Deal zwischen Großfürst Eligor und ebendiesem Engel, dessen Identität ich noch nicht kannte. Eligor wollte garantiert nicht, dass das mit der Feder publik wurde, und solange ich sie an einem sicheren Ort versteckt hielt, war ich mir sicher, dass er mich in Ruhe ließ. Andererseits hatte Eligor Caz, und er hatte sie wieder in die Hölle gebracht, wo ich nicht an sie herankam. Patt. Jedenfalls dachte ich das, als die ganze Sache begann. Wie sich herausstellen sollte, hatte ich mein Gedankengebäude auf äußerst wacklige Hypothesen gegründet.

Oh. Ich greife schon wieder vor. Es passierte nämlich eine ganze Menge, ehe ich auch nur von der Neronischen Brücke hörte, also sollte ich wohl das eine oder andere erzählen, bevor wir wieder in die Hölle zurückkehren.

Die jüngste Episode des permanenten Wahnsinns, der mein Jenseitsleben ist, begann mit etwas, das normale Leute ein Mitarbeitergespräch nennen würden. Nur dass normale Leute dafür nicht vor eine Gruppe stinksaurer Himmelsmächte zitiert werden, die eine unsterbliche Seele buchstäblich mit einem einzigen Wort vernichten können. So was müssen nicht mal die armen Schweine, die für Trump arbeiten, über sich ergehen lassen.

2

FÜNF ZORNIGE ENGEL

Ich war in den Himmel beordert worden, genauer gesagt, ins Anaktoron, den riesigen Ratssaal, in dem ich schon mal gewesen war, eine architektonische Unmöglichkeit mit wolkenhohen Decken, einem schwebenden Tisch aus schwarzem Stein und einem Fluss, der mitten durch den Fußboden fließt. Mein Erzengel Temuel (so was wie mein Betreuer) brachte mich in das gewaltige Gebäude und zog sich dann diskret zurück. Jenseits des schwarzen Tischs schwebten – als ob jemand einen Kronleuchter weggerissen hätte und die Kerzenflammen in der Luft hängengeblieben wären – die *Ephoren*, das fünfköpfige Gremium, das mich der Befragung unterziehen würde.

»Gott liebt Sie, Engel Doloriel«, erklärte die hauchzarte weiße Flamme, die Terentia war. »Dieses Ephorat heißt Sie willkommen.« Wie beim ersten Mal, als ich vor ihnen gestanden hatte, schien Terentia die Wortführerin zu sein, obwohl ich wusste, dass Karael, der Kriegerengel neben ihr, etwa so hoch stand, wie man in der Hierarchie der Dritten Sphäre (zuständig für alle Belange der Erde und ihrer Bewohner) nur kommen kann. Neben ihm schwebte Chamuel, ein von innen leuchtender Nebel, und neben Chamuel wiederum Anaita, eine kindhafte Präsenz, die jedoch, wie ich aus leidvoller Erfahrung wusste, genauso kalt und formell sein konnte wie Terentia. Ganz außen war Raziel, ein Wesen aus schummrig rotem Licht, das weder männlich noch weiblich war. Diese wichtigen Engel waren allesamt Fürstentümer, Richter über die Toten und die Lebenden. Einen höheren Rang gibt es bei den Engeln unserer Sphäre nicht.

Ich erwiderte Terentias Gruß und versuchte, nicht so dreinzuschauen, als wartete ich auf die Augenbinde und die letzte Zigarette. »Womit kann ich Ihnen dienen, hohe Ephoren?«

»Mit der Wahrheit«, sagte Chamuel fast freundlich. »Es sind gewichtige Angelegenheiten, in die Sie da verwickelt wurden, Doloriel. Gefährliche Angelegenheiten. Und wir wünschen, das alles aus Ihrem Mund zu hören.«

Ach ja? Was weißt du denn von Mündern?, dachte ich, da Chamuels Gestalt etwa so klar umrissen war wie eine Regenwolke. Da ich aber nicht völlig blöd bin, neigte ich nur den Kopf. »Natürlich.«

Und so fragten die Ephoren, und ich antwortete. Ich versuchte, so weit wie möglich die Wahrheit zu sagen (das macht es leichter, den Überblick über die Lügen zu behalten), aber es gab einfach zu viele Dinge, die ich mich nicht zu erwähnen traute, zu viele Himmelsgesetze, über die ich hinweggetrampelt war, als ich versucht hatte, dem ganzen Schlamassel auf den Grund zu kommen. Sie wussten, dass ich von Caz Informationen erhalten hatte, aber was sonst noch zwischen uns gewesen war, wussten sie eindeutig nicht, was gut war, weil Fraternisieren mit dem Feind im Engelsbusiness mit Sicherheit ein Kapitalverbrechen war und ich noch um einiges übers Fraternisieren hinausgegangen war. Und sie wussten auch, dass mein Freund und Partner Sam Riley alias Anwaltsengel Sammariel heimlich für eine Gruppe gearbeitet hatte, die dem Himmel und der Hölle Seelen vor der Nase wegstahl und ihnen einen »Dritten Weg« bot, den beide Parteien in diesem uralten Kampf schleunigst aus der Welt schaffen wollten. Und sie wussten ferner, dass Sam entkommen war, hatten aber zum Glück nicht herausgefunden, dass er nur deshalb entkommen war, weil ich ihn hatte entkommen lassen. (Sie wussten auch nicht, dass er mir angeboten hatte, mich in die frischkreierte Jenseitswelt des Dritten Wegs mitzunehmen, worüber ich immer noch manchmal nachdachte.)

Wie ich vermutlich schon sagte: Ich hatte mich vorher noch nie hingestellt und den Himmel schlichtweg angelogen. Ich hatte natürlich den einen oder anderen unengelhaften Gedanken für mich behalten, aber ich hatte immer wahrheitsgemäß gesagt, was ich tat und mit wem ich es tat. Doch die letzten zwei, drei Monate hatten das von Grund auf verändert: Die Wahrheit war keine Option mehr. Wenn meine Bosse herausfänden, was ich getan hatte, würde ich zu den grässlichsten Höllenstrafen verurteilt werden, oder aber, wenn ich Glück hatte, würde nur mein Gedächtnis gelöscht, und ich dürfte wieder von vorn anfangen, als ein weiteres kleines Engelsküken, das lernt, sein Gewand sauber zu halten und Hosianna zu singen. Also log ich und log immer weiter.

»… Und der Rest, na ja, das steht alles in meinem Bericht.«

»Den wir mit Interesse zur Kenntnis genommen haben«, sagte Terentia. »Aber wir haben Sie herbestellt, damit Sie uns noch einmal mündlich von Ihren Erlebnissen erzählen und vielleicht mit unserer Hilfe Details hinzufügen können, die in Ihrem Bericht versehentlich ausgelassen wurden.«

Wie könnte irgendjemand solcher Fürsorge widerstehen? »Na ja, wie ich schon sagte, als mich das Monster in dem Vergnügungspark angriff, nutzte Engel Sammariel diese Ablenkung zur Flucht. Wohin er lief, habe ich nicht gesehen. Als der *Ghallu* endlich tot war, war Sammariel spurlos verschwunden.« (Der Kampf zwischen mir und dem monströsen uralten Dämon – bei dem mich dieser beinah verschlungen hätte – *hatte* stattgefunden, das konnte ich beschwören. Was nicht ganz der Wahrheit entsprach, war der Oh-Sam-ist-weg-Teil.)

Raziels dunkles Licht wurde für einen Moment noch dunkler,

wie das Licht in dem Moment, wenn ein Gewitter losbricht. »Aber Sie und Engel Haraheliel waren doch zusammen, als die Kreatur der Hölle tot oder so gut wie tot war. Er sagt, er sei von einer der Todeszuckungen dieser Kreatur getroffen worden und habe dadurch das Bewusstsein verloren, doch unmittelbar zuvor habe er Sammariel zur Rede gestellt. Diese Widersprüche verwirren uns.«

Die hochgestellten Engel schwiegen, aber ich hatte das beunruhigende Gefühl, dass über meinem Kopf Äußerungen hin und her flogen, dass da ein Gespräch stattfand, das ich nicht hören konnte, das aber über mein Schicksal bestimmen würde, ob es mir gefiel oder nicht. Haraheliel war der wahre Engelsname des Anwaltsazubis (und Spions unserer Oberen) Clarence, und die Aussagen des Jungen mit meinen erfundenen Erinnerungen übereinzubringen, war eine meiner schwierigeren Aufgaben.

»Es tut mir leid, Ephorus«, sagte ich schnell. »Natürlich haben Sie recht. Mit ›Angriff‹ meinte ich die letzten Zuckungen der Kreatur. Ich dachte, sie sei tot. Sie lag eine ganze Weile reglos da, aber dann schlug sie Engel Haraheliel mit einem Bein bewusstlos und versuchte wieder auf die Beine zu kommen. Ich schoss ihr meine letzten Kugeln in den Leib, und schließlich rührte sie sich nicht mehr.« Ich betete – hübsche Ironie, oder? –, dass ich die Details richtig in Erinnerung hatte, jedenfalls die Details der Version, die ich der himmlischen Befragungskommission geliefert hatte. Ich hatte meinen Bericht und den von Clarence tagelang studiert, so fleißig wie ein panischer Erstsemesterstudent vor den Abschlussklausuren. Ich habe ein ziemlich gutes Gedächtnis, aber hier im Anaktoron zu stehen, würde selbst Einstein dazu bringen, mit den Fingern an seiner Unterlippe herumzugrabbeln und *bblbblbbl* zu machen. »Und als ich dann aufschaute, war Engel Haraheliel bewusstlos, und Sam – Engel Sammariel – war weg.« Ich war in Versuchung, weiterzuplappern, noch mal all die wichtigen Punkte hervorzuheben, klappte aber den Mund fest zu und wartete ab. Wieder das schreckliche, nervenzerrüttende Schweigen. Nur einen Moment lang, aber im Himmel kann einem ein Moment buchstäblich wie Stunden erscheinen.

»Noch etwas erstaunt mich, Engel Doloriel«, sagte Anaita mit ihrer sanften, kindlichen Stimme. »Wie kommt es, dass Sie eine Kreatur der Alten Nacht mit nichts als Silberkugeln zu besiegen vermochten? Es nimmt doch wunder, dass ein so mächtiger Feind so leicht zu vernichten sein soll wie jemand vom gegnerischen Fußvolk.«

Weil das Silber, das ich dem Monstrum am Ende in den Leib gejagt hatte, nicht einfach irgendwelches Silber gewesen war. Es war etwas, das mir Caz geschenkt hatte, ein kleines Silbermedaillon, das einzige und darum so wertvolle Erinnerungsstück aus ihrem Leben als Menschenfrau. Und sie hatte mir das Medaillon aus Liebe geschenkt, da war ich mir ganz sicher. Dass ein Monster aus den Tiefen der Zeit, das alle anderen Silbergeschosse nur mit einem Lachen quittiert hatte, an diesem fragilen bisschen Silber gestorben war, war wohl der Hauptgrund, warum ich nicht glaubte, das zwischen Caz und mir sei nichts als ein infernalischer Verführungstrick gewesen. Aber das konnte ich den Ephoren ebenso wenig sagen, wie ich hätte behaupten können, Gott selbst sei in einem Feuerwagen herabgefahren und habe den *Ghallu* unter seinen Rädern zermalmt.

»Das weiß ich immer noch nicht«, sagte ich so demütig, wie ich irgend konnte. »Ich habe im Lauf von etwa zwei Stunden eine ganze Menge Silberkugeln auf ihn abgefeuert. Am Ende … schienen ihn die Kräfte zu verlassen.« Was gelogen war. Bis ich Caz' Medaillon einsetzte, hatte das Ding die Silberkugeln weggesteckt wie Schnipsgummigeschosse. »Vielleicht … äh …« Wenn ich geatmet hätte, hätte ich erst mal innegehalten und ganz tief Luft geholt, weil ich keine überzeugende Antwort wusste und einfach nur Angst hatte. »Ich weiß es wirklich nicht.«

»Man sollte einen Engel des Herrn nie unterschätzen«, sagte Karael plötzlich. Er sagte es auf normale Art, sodass ich es hören konnte, aber es war eindeutig an seine Mitephoren gerichtet. »Engel Doloriel wurde in der Counterstrike-Einheit *Lyra* ausgebildet, um den Feinden des Himmels zu wehren, und diese Engel sind mit die tapferste und härteste Truppe, die wir besitzen. Ich habe etliche Male Seite an Seite mit unseren Counterstrike-Einheiten gekämpft. Wenn jemand eine Kreatur so altbösen Ursprungs zu töten vermag, dann ist es ein Counterstrike-Veteran. Nicht wahr, Doloriel?«

Ich hätte ihn küssen können, ehrlich. Ich hätte die Arme um seine feurige, herrliche Schrecklichkeit schlingen und ihm einen Schmatz auf die Wange drücken können. »Wir ... wir tun unser Bestes, Sir. Wir tun immer unser Bestes.«

»Genau. Doloriel war ein Harfenmann.« Er sagte das Wort so, dass es wie ein Donnergrollen durch den großen Ratssaal zu hallen schien. »Eine jener mutigen Seelen, die die Mauern des Himmels selbst verteidigen – auch wenn es denjenigen, deren Schutz sie gewährleisten, nicht immer bewusst ist. Das *heißt* etwas.«

Versuchte mir Karael aus der Bredouille zu helfen, weil er es einfach nicht verknusen konnte, dass das himmlische Äquivalent eines Ex-Soldaten von Zivilisten heruntergeputzt wurde? Oder lief da noch etwas anderes? Shit, was für eine Frage. Im Himmel läuft *immer* noch etwas anderes.

»Gewiss, edler Karael«, sagte Terentia, ebenfalls so, dass ich es hören konnte. »Aber dieser Engel hat doch die *Lyra* verlassen oder nicht?«

Ich hatte keine Ahnung, was da lief, und das machte mir wieder schreckliche Angst. Warum debattierten die hohen Tiere vor mir, einem einfachen Fußsoldaten? Das ergab doch keinen Sinn.

»Doloriel hat die Counterstrike-Einheit verlassen, weil er im

Kampf gegen die Kräfte der Hölle schwer verwundet worden war.« Karael klang fast schon defensiv.

»Und jetzt dient er dem Höchsten als einer seiner heiligen Fürsprecher«, sagte das geschlechtslose Engelwesen Raziel mit einer Stimme wie leise Musik. »Als Anwalt, der die Seelen der Schutzwürdigen gegen den Lug und Trug der Hölle verteidigt.«

»Mag sein«, erwiderte Anaita. »Aber es war doch einer von ebenjenen Anwälten, der mit Kräften der Gegenseite konspirierte, um ebenjenen verderbten Dritten Weg zu erschaffen, der diese ganze Krise überhaupt erst verursacht hat. Und wenn auch außer Frage steht, dass Engel Doloriel ein tapferer Kämpfer war und ein tüchtiger Anwalt ist, kann doch wohl niemand bestreiten, dass er … Probleme förmlich anzuziehen scheint.«

»Tatsache ist«, sagte Raziel langsam, »dass es, seit ich die Anwaltschaft erschaffen habe, Momente gab, in denen ich mir die Frage gestellt habe, ob wir von den Auserkorenen zu viel verlangen, wenn wir sie wieder Erdenkörper annehmen lassen und sie all den Versuchungen und Nöten aussetzen, mit denen die Lebenden auf Erden tagtäglich konfrontiert sind.«

Sie sprachen wieder lautlos miteinander, was wohl ganz gut so war – wahrscheinlich gaffte ich so blöde, als hätte jemand eine Flasche auf meinem Kopf zerdeppert. Raziel hatte die Anwaltschaft erschaffen? Das hatte ich noch nie gehört. Ja, ich hatte überhaupt noch nichts gehört, was darauf hindeutete, dass wir unsere Existenz irgendetwas anderem verdankten als einem Gebot des Höchsten selbst. *Wie* wichtig waren diese fünf Engel? Und warum verwandten sie so viel Zeit auf den kleinen Bobby Dollar?

Dann kam mir ein Gedanke, schlich sich an wie Nebel und jagte ein Frösteln durch meine nicht-körperliche Form. Hier lief etwas, das weit über ein Tatsachenfeststellungsmeeting hinausging, ja selbst über ein Meeting wegen etwas für diese hohen Engel so Wichtigem wie den Abtrünnigen des Dritten Wegs.

Sam hatte mir erzählt, dass er von einem vermummten Engel angeworben worden sei, der sich Kephas nannte. Alles an ihm hätte auf eine Art von Macht hingedeutet, die die gemeiner Himmelsdiener weit überstieg, nicht zuletzt der Gotteshandschuh, den er Sam gegeben hatte, ein Werkzeug oder was es auch war, durch das Sam so viele erstaunliche Dinge tun konnte. War Kephas, der Revolutionär hinter dem Dritten Weg, womöglich ein hoher Engel wie diese Ephoren? Oder – noch verrückter und beunruhigender – war Kephas einer dieser Furchterregenden Fünf?

Die Spiele, die im Himmel gespielt werden, sind unglaublich subtil, aber trotzdem tödlich – nein, schlimmer als tödlich, weil das Los des Verlierers eine Ewigkeit im Feuerbad ist. Wo war ich da hineingeraten? Und wie sollte ich es vermeiden, ein Bobby-farbener Fleck im Mahlwerk himmlischer Politik zu werden?

»Engel Doloriel«, sagte Terentia und brach damit so plötzlich in meine Gedanken ein, dass ich vor Schreck fast aufgekreischt hätte. Ich bin froh, es nicht getan zu haben, Engel kreischen normalerweise nicht.

»Ja, Ephora?«

»Wir müssen über das nachdenken, was Sie uns erzählt haben. Wir werden wieder mit Ihnen sprechen. Halten Sie sich für eine Einbestellung bereit.«

Und plötzlich verschwand alles, die feurigen Ephoren und die schimmernde Pracht des Anaktoron-Ratssaals, und ich war wieder im Bett in meinem jämmerlichen Apartment, befand mich wieder in meinem jämmerlichen, fröstelnden Menschenkörper. Draußen war es noch dunkel, aber ich war mir ziemlich sicher, dass ich nicht mehr einschlafen würde.

3

RÜCKKEHR

Ich kann nur soundso lange auf vier Wände starren, ohne ein
bisschen verrückt zu werden. Am Morgen nach meiner Befragung war es noch schlimmer als sonst, weil mein gesamter
Besitz nach wie vor in Kartons auf dem Fußboden meiner neuen
Wohnung lagerte und die kärgliche Anzahl dieser Kartons mich
ins Grübeln darüber brachte, wie wenig ich als Beweis meiner
Existenz auffahren konnte. Ein ergebener Diener Gottes wäre
wahrscheinlich stolz auf eine dermaßen mönchische Lebensfüh-
rung gewesen (so man denn eine Kiste mit Jazz- und Blues-CDs
und zwei, drei Kartons mit Hot-Rod-Magazinen und dem einen oder anderen Playboy oder Penthouse »mönchisch« nennen
konnte), aber mich deprimierte sie nur. Wäre ich ein glücklicher
kleiner Engel gewesen, der sich nichts Schöneres vorstellen
konnte, als das Werk des Himmels zu verrichten, hätte ich es
wahrscheinlich anders gesehen, aber ich hatte immer schon das
Gefühl gehabt, dass mein Jenseitsleben doch noch ein bisschen
mehr beinhalten müsste. Jetzt, da ich jeden Morgen mit einem
Caz-förmigen Loch in mir aufwachte, wusste ich, was da fehlte,
aber das hieß nicht, dass ich es je bekommen würde.

Ich hatte mir geschworen, sie zurückzuholen, und es war
mein voller Ernst gewesen. Das war es immer noch, aber meine
Wut war im Laufe mehrerer Wochen etwas abgekühlt, und mir

dämmerte allmählich, wie unwahrscheinlich es sein würde, dieses Vorhaben in die Tat umzusetzen. Schon deshalb, weil Caz wieder in der Hölle war, und in die Hölle spaziert man nun mal ebenso wenig ohne Reservierung wie in den Himmel. Ja, eher würde man es noch schaffen, mit einem Einkaufswagen ins Innere von Fort Knox zu marschieren und sich an den Goldbarren zu bedienen. Himmel und Hölle sind ganz schön abgelegen, sprich, mit ziemlicher Sicherheit nicht auf unserem guten, alten physischen Erdball angesiedelt. Und selbst wenn ich mich irgendwie in die Hölle einschleichen könnte, wäre da doch immer noch die Kleinigkeit, dass ich ein Engel war. Auffällig? Doch, ja, schon ein bisschen. Und nicht zu vernachlässigen war auch die Tatsache, dass Caz derzeit das unfreiwillige Eigentum von Eligor war – Eligor der Reiter, Großfürst des Hades, der bereits die Absicht bekundet hatte, mich ein, zwei Ewigkeiten lang zu peinigen, sobald er ein paar andere Dinge vom Schreibtisch hatte. Ich war mir nicht mal sicher, ob es Karael mit seinen gesamten himmlischen Heerscharen schaffen könnte, dem Großfürsten Caz wegzunehmen, was wohl deutlich macht, wie meine eigenen Chancen standen. Tatsächlich war das ganze Projekt nur eine komplizierte und schmerzhafte Art, Seelenselbstmord zu begehen.

Aber, o du mein Gott, jeden Morgen, wenn ich aufwachte und Caz nicht bei mir war, schmerzte die Sehnsucht. Und jeden Abend, wenn ich mich in diesem jämmerlichen kleinen Zimmer in der Beech Street allein ins Bett legte, dachte ich darüber nach, wie ich sie zurückholen könnte. Wobei meine Vorstellungskraft einfach keine Version zustande brachte, in der wir am Ende heil und glücklich zusammen waren.

Wie ich den Himmel kannte, würde ich von meinen Inquisitoren ein paar Tage nichts hören: Was sie dort oben reichlich haben, ist Zeit. Es hätte mich nicht überrascht, wenn sie alle fünf immer noch um diesen Konferenztisch herumschwebten, sich gegenseitig zu übertrumpfen versuchten und noch nicht mal angefangen hatten, über mein Schicksal zu entscheiden. In meinem kleinen Studioapartment zu hocken und auf die Einbestellung durch den Himmel zu warten, wäre schlichtweg nicht auszuhalten gewesen, auch wenn ich nicht ohnehin schon zu melancholischen Caz-Gedanken geneigt hätte, also erfand ich ein paar dringende Erledigungen, um einen Grund zu haben, mich anzuziehen.

Ich fuhr mit dem Taxi zu Orban, dem Büchsenmacher. Vor ein paar hundert Jahren hatte er dem Sultan Kanonen für die Belagerung von Konstantinopel geliefert. Ergebnis: Sultan siegt, Konstantinopel fällt, christliches Lager ist ernsthaft sauer auf Orban. Da er weiß, dass er nie in den Himmel kommen wird, weigert er sich bis heute zu sterben. Sagt er jedenfalls, und ich sehe keinen Grund, es in Zweifel zu ziehen, zumal seine Ware mir etliche Male Haut und Seele gerettet hat.

Jedenfalls, Orban panzert auch Autos, und in seiner Garage stand immer noch mein spezialangefertigter Matador. Und obwohl ich jetzt das Geld gehabt hätte, um ihn auszulösen, sagte ich mir doch, dass ein funkelndes topasfarbenes Muskelauto wohl eher nicht das beste Gefährt für einen Mann war, der eine wachsende Kollektion von Feinden ansammelte. Was nützte es, mir eine neue Wohnung zuzulegen und dann die Karre in der Farbe von Katzenaugen davor zu parken? Nicht dass ich den Wagen abstoßen wollte – dafür hatte ich zu viel Geld, Schweiß und Zeit reingesteckt –, aber für den täglichen Gebrauch würde ich etwas anderes finden müssen. In meinem Job als Anwaltsengel bin ich viel und zu allen Tages- und Nachtzeiten unterwegs. Schließlich konnte ich nicht um drei Uhr früh an Bushaltestellen sitzen und hoffen, dass mich der Elfer noch rechtzeitig an jemandes Sterbebett bringen würde.

Orban war nicht in der Fertigungshalle, aber einer seiner Assistenten, ein bärtiger Mann, der dafür gemacht schien, einen

Papagei auf der Schulter zu tragen und kielgeholt zu werden oder wie das hieß, erkannte mich und öffnete die Garage, ein langgestrecktes Gebäude einen Pier hinter der Büchsenmacherei. Die meisten Wagen, die dort drinnen standen, waren zwecks irgendwelcher Umbaumaßnahmen hergebracht worden, in der Regel, um gepanzert zu werden, aber die Eigentümer waren entweder bankrottgegangen oder hätten die Panzerung früher gebraucht, und Orban war auf den Fahrzeugen sitzengeblieben. Manche verkaufte er, vor allem die, die schon fertig gepanzert waren, und die übrigen behielt er zum Ausschlachten.

Der Typ mit dem Piratenbart kehrte an sein zweifellos irgendwelchen Vernichtungszwecken dienendes Werkstück zurück, und ich schritt die Front von Kühlern ab, wobei das Geräusch meiner Sohlen auf dem fleckigen Zementboden vom gewölbten Blechdach widerhallte. Die meisten Wagen waren Stretch- oder alte amerikanische Luxuslimousinen, die Orban nicht so leicht loswurde, weil die Drogendealer von heute Hummer und andere gepimpte SUVs bevorzugen. Einen von Orbans Klassikern, den Pontiac Bonneville, hatte der *Ghallu* aufgerissen wie Alufolie, deshalb brauchte ich jetzt Ersatz. Ein paar Minuten schmachtete ich einen zerkratzten, aber ansonsten intakten 1958er Biscayne an, der, ein bisschen abgeschliffen und überlackiert, mein Herz sehr froh gemacht hätte, aber er war für meine Zwecke einfach zu interessant. Da könnte ich gleich in meinem Matador durch die Gegend kutschieren. Was ich brauchte, war etwas Unauffälliges, auch wenn das jeder Faser meiner Person widerstrebte.

Ganz am Ende stand, seiner Maße und seiner gestauchten Schnauze wegen wie der Kümmerling des Wurfs wirkend, ein 1969er Nova Super Sport. Was er noch an Lack hatte, war von einem ausgeblichenen Liebesapfelrot, aber das ließ sich mit etwas weniger Auffälligem überspritzen. Er war seinerzeit wohl ein ganz schön heißer Ofen gewesen – die Super Sports hatten serienmäßig einen 5,7-Liter-8-Zylinder-Motor. Das Chassis war im Wesentlichen okay, aber das ganze Ding sah aus, als müsste es eigentlich aufgebockt vor irgendeinem Mobile Home nach und nach verrosten. Nicht schlecht für meine Zwecke.

Ich hinterließ Orban einen Zettel mit der Frage, was er für den Super Sport wolle, und ging dann von den Salt Piers über die Freeway-Überführung zu Fuß zurück, sodass ich einen ordentlichen Appetit angesammelt (und fast eine Stunde totgeschlagen) hatte, als ich im Oyster Bill's ankam. Es war eine merkwürdige Vorstellung, womöglich nie wieder mit Sam hier zu essen – wir hatten eine Menge Zeit in diesem Lokal verbracht –, aber andererseits hatte ich das Gefühl, sein Andenken zu ehren.

Ich wusste einfach nicht, was ich von Sam und dem, was er getan hatte, halten sollte. Wenn man jemanden so lange kennt, wie ich Sam Riley alias Anwaltsengel Sammariel kannte, wenn man zusammen besoffen war, zusammen Feuergefechte bestritten hat und ein paar Dutzend Menschen hat sterben sehen, dann denkt man doch irgendwie, man hat alles am anderen mitgekriegt. Und als ich dann herausfand, dass er für den mysteriösen Engel Kephas und die Geheimoperation Dritter Weg arbeitete, dass er letztlich sein eigenes Spiel gespielt hatte, mitten auf dem Spielfeld des Himmels, vor meiner und vor jedermanns Nase … hm, ich war mir immer noch nicht sicher, wie das alles zusammenpasste. Als wir das letzte Mal miteinander geredet hatten, bevor er durch ein schimmerndes Portal in eine Landschaft entschwand, die ich noch nie gesehen hatte, da war er mir im Großen und Ganzen wie der Sam vorgekommen, mit dem ich so oft in diesem Restaurant hier beim Frühstück gesessen und nebenbei beobachtet hatte, wie die Touristen von Leuten aus dem Hafenviertel auf legale oder illegale Weise ausgenommen wurden. Aber die ganze Zeit oder zumindest die letzten zwei Jahre hatte er mir diese Dritte-Weg-Sache verschwiegen.

So was bringt einen schon ins Grübeln, und nach Grübeln war mir im Moment nicht sonderlich zumute. Trotzdem, ich vermisste Sam und sein gutes altes Provinzadvokatengesicht. Ich konnte die Frage nicht verscheuchen, ob wir uns je wiedersehen würden und wie das dann wäre.

Nach dem Mittagessen dachte ich mir noch ein paar Erledigungen aus: Einen Korb Dreckwäsche in die Lavanderia Michoacan bringen und bei Radio Shack ein paar Verbindungsteile holen, damit ich endlich meinen Fernseher wieder anschließen konnte. Auf dem Nachhauseweg nahm ich noch ein paar Burritos mit, um sie in der Mikrowelle aufzuwärmen, wenn ich Hunger bekäme. Die Fernsehersache war aufwändiger, als ich gedacht hatte – meine Wandbuchse war so plaziert, dass ich meinen Fernseher mitten aufs Bett hätte stellen müssen, was bedeutete, noch mal zu Radio Shack zu gehen und ein paar Meter Kabel zu besorgen. Als ich zum zweiten Mal nach Hause kam, machte ich mir einen Drink. Okay, vielleicht auch zwei. Als ich die getrunken hatte, war die Sonne untergegangen und der Fernseher die einzige Lichtquelle im Zimmer. Ich machte mir einen Burrito heiß und guckte ein Giants-Spiel gegen die Pirates in Pittsburgh, bis die Wirkung des Wodkas so weit nachgelassen hatte, dass ich anfing, die Wände anzustarren, die seltsam zusammengerückt schienen. Dieses Gefühl hatte ich zurzeit oft, was bestimmt nicht nur daran lag, dass mein neues Apartment noch kleiner war als das alte. Nach einer Weile wollte ich noch einen Drink, aber statt mir einen zu machen, stand ich auf, zog Schuhe und Jacke an und marschierte zum *Compasses*, wo ich wenigstens in Gesellschaft trinken würde – die altbewährte Begründung, warum man kein Alkoholiker ist. Ich wollte eigentlich nicht hin, weil ich wusste, all meine Anwaltskollegen würden mich fragen, wie die Anhörung vor dem Ephorat gelaufen war, aber die Vorstellung, in eine andere Bar zu gehen, wo ich niemanden kannte, war noch deprimierender. Und wenn ich nicht aus meinem Apartment hinauskam, würde ich mich am nächsten Morgen vollständig bekleidet und fürchterlich verkatert vor dem Fernseher wiederfinden, dem Geschnatter irgendwelcher schrecklichen Leute in einem Frühstücksfernsehmagazin ausgesetzt, was mit Sicherheit zu den Qualen der Hölle zählt. So hatte mein Tag schon ein paarmal zu oft begonnen, seit ich zugelassen hatte, dass Eligor Caz mitnahm. Also ging ich ins *Compasses*.

Es ist eine Engelbar – *die* Engelbar in Downtown San Judas. Sie liegt im ehemaligen Alhambra-Theater in der Nähe vom Beeger Square und war einmal ein Versammlungssaal der Freimaurer. Über der Eingangstür sind immer noch die Freimaurersymbole Winkel und Zirkel, und von Letzterem hat das *Compasses* seinen Namen. Das Lokal war kürzlich von einem sumerischen Dämon (der es auf mich abgesehen hatte) komplett verwüstet worden, aber obwohl die Wiederaufbauarbeiten noch im Gange waren, lief der Barbetrieb doch wieder mehr oder minder normal.

Im *Compasses* war es, wie zu erwarten, laut und voll: Da waren all die üblichen Verdächtigen – der Ganze Kaputte Chor, wie wir uns manchmal nannten. (Wir hatten es sogar mal auf Softball-Trikots drucken lassen, waren dann aber wieder aus der Lokalliga ausgestiegen, als sich herausstellte, dass man von uns erwartete, tatsächlich aufzukreuzen und Softball zu spielen.) Hinter der Bar stand Chico, wie üblich eine Kombination aus mexikanischem Motorradrocker und konfuzianischem Weisen. Er zwirbelte an seinem Schnurrbart herum, während er darüber nachdachte, welchen der falsch singenden Typen an der Bar er zuerst zum Schweigen bringen sollte. Angeführt wurden die Sänger von Jimmy the Table, einem stattlichen Burschen, der gern altmodische Gangsteranzüge trug und so aussah, als sollte er irgendwo dort draußen sein und Nathan Detroit helfen, einen Ort für seine berüchtigten illegalen Glücksspielveranstaltungen zu finden. Er winkte mir zu, als ich an ihm vorbeiging, sang aber weiter, da er gerade mitten in »Roll Me Over« war, einem Song, den zu singen immer wesentlich mehr Spaß macht, als ihn zu hören. Ich hatte zu beidem keine Lust. Ich orderte bei Chico einen Stoli und verzog mich dann in eine Sitznische ganz hinten. Ungefähr zehn Minuten bemerkte mich niemand, und ich saß einfach nur da und sah Gottes Streitern bei der Freizeitgestaltung zu. Ziemlich erschreckendes Schauspiel, muss ich sagen, aber immer für ein paar Lacher gut.

Natürlich war mir dieses Glück nicht lange vergönnt. Sweetheart, massig, glatzköpfig und ungemein engelhaft, entdeckte mich und kam anmarschiert, um mir ausführlich all die Queer-Punks und overdressten Poseure in dem Club zu schildern, wo er am Vorabend gewesen war, und mich über meinen Trip auf die andere Seite der Himmelspforte auszufragen. Und natürlich erschien nur wenige Minuten später Jung Elvis, und ich musste die ganze Geschichte noch mal erzählen oder jedenfalls die gekürzte und entschärfte Version, die ich mir für den öffentlichen Gebrauch zusammengebastelt hatte. Der Chor wusste zum allergrößten Teil nicht mal, dass Sam endgültig weg war. Offiziell war er aus irgendeinem Grund beurlaubt, und obwohl im *Compasses* seit seinem Verschwinden Gerüchte umherschwirrten, wusste doch, soweit ich informiert war, außer Clarence und mir niemand, was wirklich passiert war.

Später am Abend kam Monica mit Teddy Nebraska, einem Engel, den ich nicht so gut kannte, weil sein Arbeitsbezirk am anderen Ende der Stadt war und er auch meistens dort herumhing. Monica war relativ nüchtern, jedenfalls nüchtern genug, um sich daran zu erinnern, dass ich sie in letzter Zeit ganz schön hatte auflaufen lassen, und sobald sie in groben Zügen erfahren hatte, was zwischen mir und den hohen Engeltieren gelaufen war, driftete sie davon, um sich unterhaltsamere Gesellschaft zu suchen. Was sehr erleichternd war, auch wenn Teddy Nebraska in meiner Nische sitzen blieb und steif Konversation machte, bis er einen Vorwand fand, ihr zu folgen oder zumindest meiner unerquicklichen Gegenwart zu entfliehen.

Monica Naber und ich hatten mal was miteinander. Sie ist eine tolle Frau (oder vielmehr ein toller weiblicher Engel), aber seit das mit Caz lief, traute ich mich kaum noch mit ihr zu reden, nicht weil ich Monica hinterginge – wir sahen das schon immer locker –, sondern weil sie mich so gut kannte und ich eine Mordsangst hatte, sie könnte, metaphorisch gesprochen, den Geruch einer anderen Frau an mir erschnuppern. Normalerweise würde mich das ja nicht stören, viele Beziehungen, die ich hatte, waren in mein komisches Mal-ja-mal-nein-Ding mit Monica eingeflochten. Aber wenn jemand im Himmel das mit Caz herausbekäme, bliebe von mir nichts übrig als ein verkohltes Loch im Bürgersteig und ein Hauch von verfliegendem Ozon.

Ich befand, dass es ein Fehler gewesen war, mich im *Compasses* blicken zu lassen, statt einfach in irgendeine normale Bar zu gehen. Meine Engelkollegen wollten sozialen Kontakt, ich aber wollte in sturem, selbstmitleidigem Schweigen dasitzen, bis ich besoffen genug war, um nach Hause zu wanken. Jahrelang hatte ich meinen Job verflucht – dass ich zu den unmöglichsten Zeiten gestört wurde und quer durch San Judas rasen musste, um den Kampf um jemandes unsterbliche Seele aufzunehmen –, aber jetzt wurde mir allmählich klar, wie sehr ich ihn vermisste. Diese Beurlaubung, oder was für ein bürokratischer Schwebezustand es auch immer war, sperrte mich viel zu sehr in meinem eigenen Kopf ein. Ich brauchte Zerstreuung, aber nicht die Sorte, die darin besteht, sich mit den Problemen anderer Leute zu befassen. Ich gebe jederzeit zu, dass mir das nicht besonders liegt. Ich meine, ich mag Leute, wirklich, aber ich möchte ehrlich gesagt nicht allzu viel über sie hören müssen.

Jetzt verstehen Sie wohl so langsam, warum ich nie ein Musterengel war.

Ich hatte gerade gezahlt und war auf dem Weg zum Ausgang, als Walter Sanders reinkam. Walter sah aus, als hätte er selbst schon einiges getrunken, was nicht so häufig vorkam. Ich hatte ihn schon ganze Abende lang vor einem Bier sitzen sehen, während andere das Zeug en gros hinunterkippten. Er ist ein Engel, den ich mag, ein zurückhaltender Typ mit einem tollen, leicht sarkastischen Humor. Ich hatte mich oft gefragt, ob er in seinem Vorengelsleben Engländer war.

Er sah mich und blieb, kaum merklich schwankend, in der Tür stehen. »Bobby. Bobby D. Hatte gehofft, Sie hier zu treffen. Möchte mit Ihnen reden. Darf ich Ihnen einen Drink ausgeben?«

»Ich glaube ehrlich gesagt, Walter, ich habe schon genug getrunken. Wollte gerade gehen.«

»Okay, auch gut.« Er schüttelte den Kopf und grinste schief. »Ich habe wohl auch genug intus, und hier drinnen will ich sowieso nicht reden.« Er sah sich um. »Zu viele Ohren. Ich bringe Sie zu Ihrem Wagen. Wenn's recht ist, können wir ja auf dem Parkplatz noch ein paar Minuten plaudern.«

»Ich habe kein Auto hier«, sagte ich. »Bin zu Fuß.«

»Dann begleite ich Sie wenigstens ein, zwei Blocks.« Wieder das halb entschuldigende Grinsen. »Die Luft wird mir guttun.«

Wir verließen das Lokal, ohne auf Jimmy und die anderen Jungs an der Bar zu reagieren, die sich schockiert zeigten, dass jemand vor Mitternacht ging. Aus der Pizzeria nebenan kamen gerade ein paar gewöhnliche Menschen, und kurz war der Gehweg bevölkert, aber sie gingen zum Parkplatz und wir folgten der Walnut Street, die still und leer war bis auf einen Obdachlosen, der auf der Hälfte des Blocks an der Hauswand lehnte und schlief, die schwarze Kapuze ins Gesicht gezogen, sodass er aussah wie ein betender Mönch.

»Also, was gibt's?«, fragte ich.

»Ich –«, er unterbrach sich und dachte ein paar Schritte lang nach. »Sorry. Ich bin mir nicht mal sicher, ob es irgendwas zu bedeuten hat, und Sie haben wahrscheinlich genug andere Sachen im Kopf, aber ich fand es einfach *sehr seltsam* …« Er hielt wieder inne, diesmal, um über die dürren Beine des Obdachlosen zu steigen, die bis in die Mitte des Bürgersteigs ragten. Der Typ hatte nackte Füße, dünn und weiß, und obwohl Frühling war, beneidete ich ihn nicht darum, die Nacht ohne Schuhe und Strümpfe im Freien zu verbringen.

Ich wurde jetzt ein ganz klein wenig ungeduldig. Würde Walter mich bis nach Hause begleiten, ehe er einen Weg fand, mir zu sagen, was er mir sagen wollte? »Also, was?«

»Okay.« Er lachte leise. »Also, es ist wohl am besten, wenn ich einfach –«

Vielleicht lag es am Alkohol, vielleicht war er auch auf irgendwas ausgerutscht: Walter stolperte und rempelte mich an, sodass wir beide in Richtung Bordstein taumelten. Er packte meinen Oberarm, um sich festzuhalten, und gab ein seltsames Geräusch von sich: *Chaaaa*, wie eine Katze, die einen Haarball auszuwürgen versucht. Und dann wurde aus dem Taumeln ein Zusammensacken, und er fiel so schwer gegen meine Beine, dass er mich fast vom Bordstein warf. Im Bemühen, das Gleichgewicht zu halten, drehte ich mich um meine Achse und sah über Walter Sanders' zusammengesackten Körper hinweg den Obdachlosen unmittelbar hinter uns, geduckt und dürr wie ein Insekt, in der einen Hand etwas Langes, Spitzes, Glänzendes.

»*Es hat gewartet und gewartet*«, sagte die vermummte Gestalt mit einem seltsam krächzenden Stimmchen, und für einen Moment sah ich das Gesicht in den Tiefen der Kapuze. Dann kam ein Auto um die Ecke hinter mir, und die Scheinwerfer erfassten den Obdachlosen. Er wand sich unter dem Licht weg. Im nächsten Moment spurtete er die Marshall Street hinunter, das Geräusch seiner nackten Fußsohlen auf dem Asphalt wie Regen, der ans Fenster klatscht. Ich zögerte nur ganz kurz, aus Unsicherheit, ob ich ihn verfolgen sollte, aber der Kerl war extrem schnell und schon zwei Sekunden später um die Ecke verschwunden, Richtung Beeger Square. Ich ging in die Hocke, um Walter aufzuhelfen, aber der war ganz schlaff und reagierte nicht, als ich ihn fragte, ob er verletzt sei.

Ich drehte ihn um. Hemd und Jackett waren blutgetränkt, dunkel im Schein der Straßenlaterne, und unter ihm hatte sich eine Lache gebildet, aus der bereits ein kleiner Bach in den Rinnstein floss wie verschüttete Farbe. Sein Gesicht war weiß, die Lippen blau. Das Auto hielt neben uns, also beschwor ich die Insassen, die Notrufzentrale anzurufen, und rannte dann zum *Compasses*, um Hilfe zu holen. Als ich wieder zurückkam, war schon der erste Streifenwagen da, und nur ein, zwei Minuten später kam ein Rettungswagen der Feuerwehr von der neuen Wache ein paar Blocks weiter. Aber es nützte nichts mehr. Mein Engelskollege hatte bereits aufgehört zu atmen, und obwohl die Sanitäter sich beeilten, ihm erste Hilfe zu leisten, in ihr Fahrzeug zu verfrachten und mit Blinklicht und Sirene in die Notaufnahme des Sequoia Hospital zu bringen, würde auch das nichts mehr ändern. Walter Sanders oder zumindest der Körper, den er bekommen hatte, war so tot wie das Vaudeville.

Doch während ich dastand und die schockierten Fragen der *Compasses*-Stammgäste an mir abperlen ließ, dachte ich kaum an Walter. Der würde wiederkommen, dachte ich, vielleicht schon morgen, von den Jungs droben in einen neuen Körper umgegossen und mit einer faszinierenden Geschichte für alle, die heute Abend nicht dabei gewesen waren. Ich irrte mich, aber das würde ich erst später erkennen.

Nein, dass ich wie betäubt dastand, im wirbelnden rot-blauen Stroboskoplicht der Polizeiautos, und so dumpf darauf wartete, befragt zu werden, wie jedes normalmenschliche Opfer einer normalmenschlichen Tragödie, hatte einen anderen Grund: Ich hatte den Kerl erkannt, der Walter erstochen hatte, hatte die

Flüsterstimme erkannt und die kurz aufschimmernden winzigen, missgestalteten Zähne. Ich wusste, ohne sie gesehen zu haben, wie die Wunde direkt unter Walters Rippen aussah – ein vierzackiger Stern, verursacht von etwas, das eher einem Bajonett ähnelte als einem normalen Dolch. Aber nicht mal das war es, was mir so zusetzte. Ich hatte den Kerl nicht nur schon mal gesehen, ich war dabei gewesen, als er starb. Den richtigen Tod starb, die *Es-gibt-keine-Rückkehr*-Art von Tod, die nur Unsterbliche fürchten. Und doch war er zurückgekehrt.

Er war wieder da.

4

DAS MESSER IM GEWAND

Nehmen Sie's mir nicht übel, aber ist es nicht noch ein biss-chen früh für Alkohol?«

Wenn ich gekonnt hätte, hätte ich gelacht. Aber ich nahm nur einen weiteren Schluck. »Das ist eine Bloody Mary. Mit Toma-tensaft. Also eine Art Frühstück.«

Clarence sah besorgt drein, was in mir den Drang auslöste, noch ein paar Drinks zu bestellen, aber die rote Pfütze, die sich um das Glas gebildet hatte, schlug mir ein bisschen auf den Ma-gen, weil sie mich an den Vorabend erinnerte.

»Interessantes Lokal.« Clarence sah sich um. Sein Blick blieb an einem Mann hängen, der über Huevos Rancheros und ein fast leeres Bier gebeugt saß. Der Hut des Mannes war oben auf-geschnitten, fettiges graues Haar wucherte aus dem Loch hervor wie ein verkommener Garten. »Interessante Klientel.«

»Das ist Jupiter«, sagte ich. »Er ist solargetrieben.«

»Was?« Clarence stutzte und sah noch mal hin. »Solar …?«

»Glaubt er zumindest. Er schneidet alle seine Hüte oben auf, damit ihm die Sonne Energie liefern kann.« Ich zuckte mit den Achseln. »Er ist harmlos.«

Das Ambiente im Oyster Bill's war generell ein bisschen ver-wahrlost, von den Besoffenen draußen auf dem Gehweg bis zu der Möwenkacke an den Fenstern, aber ganz besonders galt das morgens. Das ist einer der Gründe, warum ich den Morgen nicht leiden kann, er ist gnadenlos – kein Dunkel oder Schummerlicht, das es uns erlaubt, einen Teil der deprimierenden Dinge einfach zu übersehen. Ich hatte nicht viel geschlafen, und seit die Sonne durch meine Vorhangritze gedrungen war und mich voll ins Gesicht getroffen hatte, war ich endgültig wach. Um diese Zeit war die normale Frühstücksklientel des Oyster Bill's schon wieder weg, also blieben nur Leute wie Jupiter und ich, die sich einfach ein bisschen beduseln wollten, während sie einen Happen aßen. Und ich hatte einen gnädigen kleinen Alkoholdusel wahrlich nötig.

»Sie haben gesagt, Sie wollen reden.«

Ja, das hatte ich gesagt, doch ohne Sam war meine Auswahl da ziemlich begrenzt. Ich hätte mit Monica reden können, aber das war, wie ich bereits erklärt habe, im Moment ein bisschen heikel. Ich hatte mich für Clarence, den Engel-Azubi, entschieden, weil ich ihn um einen Gefallen anzugehen gedachte und weil er Beziehungen zum Archiv hatte. Doch jetzt, als ich hier saß und über mein Omelett in sein hellwaches, frischgeschrubbtes Gesicht blickte, war ich mir nicht mehr so sicher. Mit dem Jungen über irgendwas Komplizierteres zu reden, fühlte sich immer an, wie mit einem Mormonen Katererfahrungen austauschen zu wollen: Zurück kam nur eine Mischung aus Unkenntnis und Missbilligung. Außerdem hatte ich ihm nicht verziehen, dass er undercover für unsere Bosse gearbeitet hatte, um meinen Kumpel Sam hochgehen zu lassen. Er mochte ja überzeugt gewesen sein, das Rechte zu tun, und er mochte da inzwischen vielleicht sogar Zweifel bekommen haben, aber ich war mir nicht sicher, ob ich je aufhören würde, es ihm nachzutragen.

Er versuchte es wieder: »Geht's um die Sache mit Walter Sanders? Wow, das ist echt verrückt! Erstochen, direkt vor dem *Compasses!* Ich hab gehört, Sie waren dabei.«

»Ja, war ich allerdings.«

48

»Gruselig. Aber er wird schon wieder. Sie werden ihn wieder-
aufbereiten, und dann kommt er zurück und ist so gut wie neu.
Das wissen Sie doch, Bobby.«

Weil ich es selbst durchgemacht hatte. Und ich wusste auch,
dass die Wiederaufbereitung keineswegs der kleine Erholungs-
urlaub war, für den er sie zu halten schien. »Um ehrlich zu sein,
Clarence, alter Junge, ich mache mir keine Sorgen um Walter.
Ich mache mir Sorgen um mich.«

Er runzelte die Stirn, als er den verhassten Spitznamen hörte.
Mit richtigem Namen hieß er Haraheliel, und unsere Bosse hatten ihm den Erdennamen »Harrison Ely« gegeben, aber Sam
hatte ihn Clarence getauft, nach dem Engel in dem Film, und
jetzt nannten ihn alle im *Compasses* so. »Warum? Glauben Sie,
der Täter hatte es eigentlich auf Sie abgesehen?«

»Oh, das kann ich praktisch garantieren. Ich habe ihn nämlich erkannt.«

»Jemand, der eine Rechnung mit Ihnen offen hat?«

»Vielleicht auch das. Aber das ist nicht der Grund, warum er
hinter mir her war.« Ich trank noch einen Schluck, aber die
Bloody Mary schmeckte jetzt nach Metall. Ich stellte das Glas
hin und unterdrückte ein Seufzen. Ich würde ohnehin einen Bericht abliefern müssen, aber irgendwie hatte ich das Bedürfnis,
mich jemand anderem mitzuteilen als dem emotionslos gleißen-
den himmlischen Licht. Meine erste Wahl wäre Sam gewesen,
aber der stand mir nicht mehr zur Verfügung – o Mann, wie ich
ihn vermisste!

»Okay«, hob ich an, »das Ganze begann in den Siebzigerjahren –«

»Moment mal«, sagte Clarence mit jenem strengen Junior-
engelblick, der in mir immer den Impuls weckte, ihm eine zu
knallen. »Sie sind doch erst seit den Neunzigerjahren Engel,
Bobby. Das haben Sie mir doch selbst erzählt.«

»Mund halten, Junge. Mund halten und zuhören.«

Es begann in den Neunzehnhundertsiebzigerjahren. Nein, da war ich noch nicht um den Weg, oder wenn doch, war ich noch am Leben und kann mich nicht daran erinnern. Damals gab es Leichenfunde in den Santa Cruz Mountains, der Bergkette, die San Judas vom Pazifik trennt. Meistens in der Nähe einer Highway-Überführung, die Opfer allesamt erstochen, und zwar mit einer vierkantigen, bajonettartigen Klinge. Nach dem dritten Fall mit der gleichen Vorgehensweise bemerkte jemand, dass sich an allen Fundorten Graffiti befanden und dass alle eine Gemeinsamkeit aufwiesen: das Wort »SMYLE«. Es war ein *Tag*, das selbst die Gang-Experten drunten in L.A. noch nie gesehen hatten und das sich mit keinem aktenkundigen Kriminellen in Verbindung bringen ließ. Ein Journalist erinnerte sich schließlich an seine Literaturkurse auf dem College und äußerte in einer Kolumne die Vermutung, es könne sich auf Chaucers Beschreibung eines Mörders als »*the smyler with the knyfe beneath his cloke*« beziehen – den Lächler mit dem Messer im Gewand. Ein paar Wochen stieg die Presse voll darauf ein, doch auch als die Morde dann aufgeklärt waren, bestätigte niemand je, dass es irgendwas mit dem guten alten Geoffrey Chaucer zu tun hatte.

Wie auch immer, es gab weitere Morde, ich glaube, insgesamt waren es sechs, und mit der Zeit setzte die Polizei ein paar Puzzlestücke zusammen. Der Täter musste ein Auto haben und suchte sich seine Opfer offenbar nachts. Alle waren junge Leute aus Küstenorten, und die Theorie besagte, dass er sie entweder auflas, indem er ihnen anbot, sie mitzunehmen, oder sie mit Gewalt in sein Fahrzeug zerrte.

Kurzum, die Polizei von Santa Cruz, Monterey und anderen Küstenstädten hielt jetzt ein Auge auf die jeweiligen Universitäten und Junior Colleges, und eines Nachts sichtete ein Beamter einen Mann in einem schäbigen alten VW-Bus, der sich insofern verdächtig verhielt, als er immer wieder die Straße vor dem Cabrillo College auf und ab fuhr. Der verschreckte Fahrer flüchtete, der Polizist rief Verstärkung, es gab eine Verfolgungsjagd. Sie dauerte nicht lange – mit einem VW-Bus hängt man keinen Streifenwagen ab. In einer scharfen Kurve kam der Bus von der Fahrbahn ab und krachte gegen einen Laternenpfahl. Das Fahrerfenster war zertrümmert, vom Fahrer nichts zu sehen, aber die Beamten rochen Benzin und näherten sich dem Fahrzeug daher vorsichtig. Da explodierte der Bus in einem riesigen Feuerball. Noch mehrere Straßen weiter schepperten die Fenster, und zwei Polizisten erlitten Verbrennungen, die jedoch nicht lebensgefährlich waren.

Man fand den Leichnam des Fahrers oder war sich jedenfalls ziemlich sicher, dass es der Fahrer war. Der Tote war zur Unkenntlichkeit verbrannt, und eine Identifizierung anhand von Zahnarztunterlagen war nicht möglich, aber alle Polizisten vor Ort schworen Stein und Bein, dass niemand aus dem Fahrzeug entkommen war. Sie fanden im Wrack auch eine Waffe, verbogen und halb geschmolzen, aber ganz offensichtlich die Klinge, die diesem halben Dutzend Opfer zum Verhängnis geworden war: ein fieses, handgefertigtes Ding, rund vierzig Zentimeter lang und so geformt, dass es eine Wunde verursachte, die sich nicht wieder schloss. Mit anderen Worten, er stand drauf, Leute bluten zu sehen. In der Asche fand man noch ein paar Dinge, die darauf hindeuteten, dass der Killer im Bus gewohnt hatte. Offenbar hatte er hinten drin mehrere Kanister Benzin gehabt und beschlossen, sich lieber auf diese Art zu verabschieden, als ins Gefängnis zu gehen.

Danach hörten die Morde auf. Ende der Geschichte, oder?

Zwanzig Jahre später ging es wieder los, hier in San Judas. Derselbe Modus Operandi, nur dass der Killer diesmal die Leichen seiner Opfer verbrannte. Ein Leichnam wurde jedoch von einem vorbeikommenden Autofahrer entdeckt, der einen Feuerlöscher dabeihatte, und bei der rechtsmedizinischen Untersuchung war sie wieder da: die vierzackige Wunde. Und natürlich tauchten auch die *Tags* wieder auf, diesmal ein bisschen kleiner und an schwer zu findenden Stellen, aber irgendwo in der Nähe eines jeden Opfers stand das gesprayte Wort »SMYLE«. Als das vierte Opfer draußen bei den Salt Piers gefunden wurde, war für die Polizei bereits klar, dass es ein Nachahmungstäter sein musste. Der lange dazwischenliegende Zeitraum und die absolute Gewissheit der Kollegen von damals, dass der Leichnam im VW-Bus der des Mörders war, ließen keinen anderen Schluss zu.

Aber sie irrten sich. Es war derselbe Kerl. In einem allerdings hatten sie recht. Er war definitiv tot.

Zu der Zeit war ich bei der Counterstrike-Einheit, der paramilitärischen Truppe, wo ich ausgebildet wurde, und man teilte uns mit, dass nach Meinung unserer Vorgesetzten bei den Morden die haarige Hand der Hölle im Spiel war. Wenn »Smyler« von den Toten zurückgekehrt war, gab es nur eine Erklärung, und die hatte Hörner und eine dreizackige Gabel. Für uns klang das ziemlich merkwürdig. Zwar war der Modus Operandi des Mörders genau derselbe wie vor zwanzig Jahren, handelte es sich bei den Opfern ebenfalls um Studenten und andere junge Leute. Aber wenn die Hölle einen solchen Spezialisten hatte, dann beauftragte sie ihn normalerweise mit etwas Sinnvollerem, als wahllos zu morden. Leo, mein alter Ausbilder, meinte, sie setzten Smyler vielleicht dafür ein, den Leuten Angst zu machen und so ein günstigeres Klima für andere Operationen der Hölle zu erzeugen, wenn Sie verstehen, was ich meine. Wie man uns in der Engelausbildung gelehrt hatte: Die Gegenseite profitierte von Chaos, und Chaos stiftete dieser Typ ja allemal. Die Presse brachte jemanden von der Polizei dazu, das mit den SMYLE-*Tags* auszuplaudern, und schon brüllten alle Titelseiten »Graffiti-Mörder wieder da!«, »Geist oder Nachahmer?« und ähnlichen Quatsch. Monatelang war es, als sei der Son of Sam in Jude unterwegs. Ein paar Idioten, die mit dem Auto herumkutschierten, um Mädchen aufzureißen, wurden von verängstigten

Collegestudentinnen, die die Pistolen ihrer Daddys bei sich trugen, beschossen, und das Touristengeschäft im Hafenviertel kam fast völlig zum Erliegen.

Ich will jetzt nicht in allen Einzelheiten erzählen, wie wir den Kerl aufspürten. Die Counterstrike-Einheit *Lyra*, auch »die Harfenmänner« genannt, hat Methoden, von denen die Cops nur träumen können, und die waren auch nötig, weil Smyler kein Lebender mehr war. Ihn zu finden, war aber selbst für uns nicht leicht. Was es auch sein mochte, was ihn zum psychopathischen Mörder gemacht hatte – die Hölle hatte es verstärkt und verfeinert. Und San Judas war verdammt viel größer und bot wesentlich mehr Versteckmöglichkeiten als die kleinen Orte an der Pazifikküste, die er in den Siebzigerjahren heimgesucht hatte. Als wir bereits nach ihm suchten, beging er noch einen Mord an einem Zeitungsjungen, der auf seiner Morgenrunde war, und das brannte in uns Harfenmännern. Außerdem warf er jetzt sein Netz weiter aus, und die Presse sprang darauf an. Die ganze Stadt schien kurz vor dem Durchdrehen. Wir mussten ihn schnell erwischen. Dann kam der Durchbruch, ein Tipp von einem Informanten, der uns direkt auf die Spur des Kerls brachte.

Wie sich herausstellte, wohnte der Killer nicht in San Judas selbst, sondern unten in Alviso auf einem stillgelegten Schrottplatz, der von der Umweltschutzbehörde wegen Giftstoffen gesperrt worden war und darauf wartete, im Rahmen des Superfund-Programms saniert zu werden. Was kümmerte es Smyler, ob dieser Ort lebensgefährlich war? Er war ja schon tot. Er wohnte noch nicht mal in dem verlassenen Bürogebäude; er hatte sich in dem Haufen von Autowracks und kaputten Elektrogeräten einen Bau gegraben und hauste dort wie eine Ratte.

Die Harfenmänner waren als erste Einheit vor Ort, was uns nur recht war. Okay, man könnte es der Todsünde Hochmut zurechnen, aber es gab keine Counterstrike-Einheit, die nicht diejenige sein wollte, die den Scheißkerl erledigte. Smyler kam nicht raus, obwohl wir ihn umstellt hatten. Schließlich warfen wir ein paar Brandgranaten in seinen Bau. Das wirkte. Vielleicht wollte er ja nicht zweimal auf dieselbe Art sterben, ich weiß nicht. Wie auch immer, als die Flammen herausschlugen, tauchte er schleunigst auf.

Sagte ich, er war wie eine Ratte? Eher wie eine Spinne, jedenfalls wirkte er so, als er aus seinem Versteck in dem Metallberg krabbelte und, ehe wir anlegen und zielen konnten, herabsprang, in seinem schlotternden schwarzen Kapuzen-Sweatshirt, in der Hand diese fiese, lange Stichwaffe. So schnell stürzte sich Smyler auf einen Engel namens Zoniel, dass er dreimal zustechen konnte, ehe Sam ihn mit dem Kolben seines Sturmgewehrs k.o. schlug. Zoniel war so schwer verwundet, dass er einen neuen Körper brauchte, aber Reheboth erwischte es noch schlimmer: Smyler stieß ihm diese üble Vierkantklinge durchs Auge ins Gehirn. Auch Reb erhielt einen neuen Körper, schied aber bald darauf aus der Counterstrike-Einheit aus und bekam einen Job droben im Haus. Sagte, der Grund sei weniger die Stichverletzung als vielmehr das kurze Auge-in-Auge mit dem Kerl, bevor die Klinge eingedrungen war. Sagte, er habe noch nie jemanden so glücklich gesehen.

Nur der Höchste weiß, wie viele von uns dieser kleine Scheißkerl noch verletzt hätte oder wie viele von uns durch Feuer aus den eigenen Reihen zu Schaden gekommen wären, denn er war wahnsinnig schnell und alle feuerten wie wild, aber jemand hatte Glück, beharkte ihn mit einem M4 voller Silbermunition und schoss ihm das halbe Bein weg. Smyler begann davonzukriechen, dabei hinterließ er eine Blutspur wie die Schleimspur einer Schnecke, und zuerst hielt ich das, was ich hörte, für seine letzten keuchenden Atemzüge, aber dann ging mir auf, dass er lachte. Mit einer grässlichen rauhen Wisperstimme lachte. Ich stand nah genug bei ihm, um ihm ein Dutzend Kugeln in den Kopf zu jagen, und wollte es gerade tun, als Leo mich stoppte.

»Nein«, sagte er. »Den hier schicken wir nicht zurück.«

Ich verstand nicht recht, was er meinte, und war noch verwirrter, als er einen ganzen Clip Munition auf Smylers Beine verschoss. Überall Blut und Knochensplitter und zerfetztes Fleisch, aber das grässliche Etwas hörte immer noch nicht auf zu lachen. Leo trat heran, kickte das lange, spitze Ding neben der Hand des Killers weg, fuhr dann mit dem Stiefel unter Smylers Bauch und drehte ihn um.

»Allmächtiger«, sagte Sam. Ich sagte wahrscheinlich etwas Ähnliches.

Wir hatten beide schon viel Hässliches gesehen, aber Smyler war irgendwie schlimmer. Er – es – wie auch immer. Seine Haut war grau und spannte über den Knochen wie bei einer geschrumpften Leiche. Sie hatte dunkellila Flecken, die für Blutergüsse zu regelmäßig waren. Sein Unterkiefer stand vor wie bei einem Piranha, sodass man auch bei geschlossenem Mund die unteren Zähne sah, fehlgebildete kleine Dinger wie Saatperlen, eine vollkommen gleichmäßige Reihe. Aber das Schlimmste waren seine Augen. Sie waren ganz schwarz, bis auf eine kleine Sichel von blutunterlaufenem Weiß ganz am Rand, wenn er sich umsah so wie jetzt. Alle Harfenmänner, die sich nicht um Reb und Zone kümmerten, kamen herbei, und als er uns ansah, öffnete sich sein Mund, weil er wieder anfing zu lachen. Das Innere seines Munds … naja, es sah faulig aus, anders kann ich's nicht beschreiben. Schwarz und grau und verfault, bis auf kleine, leuchtendrote, blutige Stellen.

»Engel«, sagte er mit seiner kratzigen Stimme. »Es liebt euch! Alles für euch! Alles für euch!«

Sam wollte ihm auf der Stelle in den Kopf schießen, diesen Horror mit einer Salve Kugeln auslöschen, aber Leo rief: »Nein, Soldat! Zurück!« Leo schwenkte sein Handy – die waren damals noch größer. »Ich habe die Sackleute gerufen.«

Diesen Ausdruck hatte ich noch nie gehört, und zuerst dachte ich, er meinte die Sanitäter. Die hatte er auch gerufen, für unsere Verwundeten, aber das meinte er nicht.

»Haltet ihn einfach nur in Schach«, sagte Leo. »Aber rührt ihn nicht an. Den schicken wir nicht zurück.«

»Aber, Leo«, sagte Sam leise, »die Konvention …«

»Die Konvention kümmert mich einen Scheiß.«

Und plötzlich verstand ich immerhin etwas. In der Tartarus-Konvention ist nämlich festgelegt, dass wir bei Konflikten auf der Erde mit den physischen Körpern der Dämonen alles machen können und umgekehrt, dass aber, sollten ihre oder unsere Körper sterben, ein neuer Fall eintritt und alles auf den *status quo ante* zurückgesetzt wird. Was heißt, die Seelen kehren in ihre jeweilige Heimat, Himmel oder Hölle, zurück, und was dann passiert, liegt bei den dortigen Autoritäten. Sprich, man kann den Körper eines Dämons töten und seine Seele in die Hölle zurückschicken, aber man kann nicht verhindern, dass sie von ihren Oberen sofort wieder in einen neuen Dämonenkörper gepackt wird. Und soweit ich damals wusste, war das nicht nur der Inhalt der Konvention, sondern auch die Realität – wir konnten der Seele eines Dämons nicht mehr anhaben als sie unseren Seelen.

Ich sollte dazulernen.

Die Sackleute trafen noch vor den Sanitätern ein. In der Luft erschien eine funkelnde Linie, genau wie der Ausgang, auch Reißverschluss genannt, den wir erzeugen, um ins Außerhalb zu gelangen und mit den Seelen Frischverstorbener in Kontakt zu treten. Drei Typen traten hindurch. Engel, nehme ich an, aber beschwören könnte ich es nicht, weil sie so etwas wie Chemikalienschutzanzüge trugen, wenn auch nicht die Sorte, die man hier auf der Erde kaufen kann. Die Gesichter hinter den Schutzmasken waren verschwommene Lichtflecken. Die Sackleute sahen Leo nur stumm an. Er zeigte auf Smyler. Die Horrorkreatur keuchte und kicherte immer noch leise vor sich hin, war aber unverkennbar am Verbluten. Einer der Sackleute schien etwas aus der Luft zu pflücken, ein Ding, das aussah wie ein Fallschirm aus pulsierendem Licht. Er schüttelte es auseinander und breitete es über das schreckliche Wesen am Boden. Zuerst lag es einfach über ihm wie ein Bettlaken und wogte von seinen Bewegungen, aber dann schrumpfte es immer mehr zusammen, bis Smyler nichts weiter war als eine leuchtende Mumie, zu stramm eingewickelt, um sich noch irgendwie zu widersetzen.

»Zurücktreten, bitte«, sagte einer der Sackleute, und er und seine Kollegen griffen zu den seltsamsten Feuerwaffen, die ich je gesehen hatte, etwa so groß wie Mac-11-Maschinenpistolen, aber mit einem glänzenden Trichter statt des Laufs. Als sie sie auf Smyler richteten und den Abzug durchzogen, schoss Feuer aus den Waffen – Flammen so weiß und heiß, als kämen sie aus dem Inneren eines Sterns. Wir wichen alle schleunigst zurück – weit zurück –, aber es versengte mir dennoch die Augenbrauen.

In den wenigen Sekunden, bis das Bündel am Boden zu rauchender Asche zerfiel, hörte ich – ich schwör's – immer noch dieses grässliche Lachen. Dann war es vorbei. Die Asche glühte, und ein paar dunkle Rauchfäden schwebten empor wie Spinnweben. Wurden vom Wind davongetragen.

Die Sackleute sagten nichts mehr, öffneten erneut ihren funkelnden Schlitz in der Luft und verschwanden. Leo nahm die Vierkantklinge an sich, vielleicht als makabres Souvenir oder aus irgendeinem anderen Grund, den ich bis heute nicht kenne. Dann gingen wir nach Hause.

»Das verstehe ich nicht«, sagte Clarence. Er sah so aus, wie ich mich fühlte, blass um die Nase und erschüttert. »Was … haben sie *gemacht*?«

»Mit Smyler? Ich weiß es nicht genau. Leo wollte nicht drüber reden. Aber soweit ich es mitgekriegt habe, haben sie ihn in etwas eingepackt, wovon normales Engelsfußvolk wie du und ich nichts weiß, etwas, das verhinderte, dass seine Seele bei seinem Tod in die Hölle zurückkehrte. Dann haben sie ihn bei lebendigem Leib verbrannt.«

»Das ist ja furchtbar!«

»So würdest du's nicht empfinden, wenn du ihn gesehen hättest ... *es* gesehen hättest. Wie auch immer. Aber was mich beunruhigt, ist, dass ich ihn wiedergesehen habe, gestern Abend. Smyler hat Walter Sanders erstochen. Obwohl ich mir ziemlich sicher bin, dass er's auf mich abgesehen hatte.«

»Aber wie kann das sein? Sie haben doch gesagt, die Seele dieses Dämons wurde verbrannt. Mit seinem Körper.«

»Keine Ahnung. Aber eins weiß ich, und das macht mir Angst. Kein gewöhnlicher Höllendämon hätte Smyler zurückholen können. Ich meine, Leo hat damals gesagt, diese Kreatur sei für immer erledigt, und er war eindeutig überzeugt davon. Wenn du mich fragst, kann das nur Eligors Werk sein.« Ich hielt inne. Clarence wusste von dem Höllen-Großfürsten und dem monströsen *Ghallu*, den er auf mich gehetzt hatte, aber er kannte nicht die ganze Wahrheit über mich und Caz und wusste nicht, wie persönlich die Fehde zwischen dem Großfürsten und mir inzwischen war. »Sagen wir einfach, Eligor kann mich nicht leiden. Ganz und gar nicht. Und meiner Meinung nach kann nur jemand mit seiner Macht dieses grässliche Etwas ein zweites Mal von den Toten zurückgeholt haben.«

»Und was wollen Sie jetzt tun?«

Ich griff nach dem Rest meiner Bloody Mary, da das Bedürfnis jetzt stärker war als der Ekel. Ich leerte das Glas und wischte mir den Mund ab. »Ich habe keinen verdammten Schimmer, Junge.«

5

ANRUF BEI EINEM EBER

In Wirklichkeit hatte ich schon eine Idee, aber vor Mitternacht konnte ich sie nicht umsetzen. Um nicht in trüben Gedanken zu versacken, hörte ich immer wieder Thelonious Monk und sein Quartett, ein Konzert in der Carnegie Hall. Es funktionierte nicht so ganz, weil ich immer wieder der Frage nachhing, wie es so perfekte Musik in einem so beschissenen Universum geben konnte. Als es schließlich zwölf schlug, drehte ich Coltrane mitten im Solo leise und rief meinen Lieblingseber an.

Eigentlich ist er nur ein Halbeber. Mein Freund Fatback (den ich im direkten Kontakt nie so nenne) ist nämlich ein Wer-Eber namens George Noceda. Tagsüber Mensch mit Schweinebewusstsein, nach der Geisterstunde Schwein mit Menschenbewusstsein. Nein, meine Damen, er ist nicht einfach nur wie alle Männer. Das ist nicht fair.

»Bobby!« Er klang noch etwas grunzend. Ich hätte ihm ein paar Minuten Zeit lassen sollen, aber es war dringend. »Was kann ich für Sie tun?«

»Informationen beschaffen, so schnell wie möglich. Es könnte verhindern, dass ich in ein menschliches Kebab verwandelt werde.«

»Ganz was Neues. Irgendwann werden Sie mal sagen, ›Lassen Sie sich Zeit, George. Es eilt nicht‹, und dann weiß ich, es ist wirklich das Ende aller Tage.«

»Keine Witze, mein Freund. Nicht heute Nacht.« Wenn die Dinge erst mal ins Rutschen kommen – und die zentralen Dinge in meinem Leben waren ins Rutschen gekommen wie eine Lastwagenkolonne auf Blitzeis –, kann die Welt des Bobby D. schnell zu einem schlechten Horrorfilm werden, mit Szenen, bei denen selbst einem Wer-Eber blümerant würde. »Ich brauche Informationen über einen toten Kerl. Na ja, einen angeblich toten Kerl.« Ich ratterte herunter, was ich über meinen aktuellen Albtraum wusste: die Fakten, das reizende Original und Smyler Version 2 betreffend, plus dem bisschen, was ich von Version 3 gesehen hatte. »Können Sie mir schnell was beschaffen?«

Dem Schnauben nach hätte man meinen können, er verwandle sich wieder in die Menschengestalt mit Schweinebewusstsein zurück, aber wenn das passierte, war das Schnauben wesentlich lauter und garstiger. »Klar, Mr. Geduld-in-Person. Lassen Sie mich nur noch eben ein bisschen Futterpampe verdrücken. Ich bin am Verhungern.«

»Isst denn der … Ihre andere Version nichts?«

»Doch, aber nicht genug, um nach der Verwandlung vier Zentner Lebendgewicht bei Laune zu halten. Dauert nur eine halbe Stunde, Mann, dann mache ich mich dran.«

Es ist immer seltsam, mitten in der Nacht mit einem Schwein zu reden, aber unter den Borstentieren ist Fatback schon was Besonderes. »Danke. Rufen Sie mich an, wenn Sie was Interessantes haben, ansonsten schicken Sie alles auf mein Handy.«

»Kein Problem, Mr. B. Aber wenn Sie einen toten Mann finden wollen, sollten Sie vielleicht mal mit anderen toten Leuten reden. Sie kennen doch ein paar, oder?«

»Ein paar? Die sind mein täglich Brot, Georgie. Aber zuerst muss ich mich eine Runde auf's Ohr hauen. Ich fühle mich wie eine Ladung Scheiße.«

»Da können Sie noch von Glück sagen, Bobby. Ich muss in so was schlafen.«

Also ging ich am nächsten Tag, als die Sonne hoch genug stand, um mir keine Kopfschmerzen zu verursachen, die Sollyhulls besuchen. Die Sollyhull-Schwestern sind zwei Engländerinnen mittleren Alters, die vor einem halben Jahrhundert bei einem Brand umkamen – einem, den sie mit an Sicherheit grenzender Wahrscheinlichkeit selbst gelegt hatten, um sich ihre Eltern vom Hals zu schaffen. Darum kamen sie natürlich nicht in den Himmel, aber aus irgendeinem Grund landeten sie auch nicht in der Hölle. Die Schwestern haben zwar das eine oder andere Rad ab, aber sie sind nett, deshalb versuche ich, nicht zu viel an den Brandstiftungsteil ihrer Biografie zu denken. Ich brauchte einfach sachkundige Hilfe, um dahinterzukommen, wie Smyler zurückgekehrt war, und die Sollyhulls mochten mich und waren immer für ein Plauderstündchen zu haben. Meine Welt ist voll von solchen Leute – Zwischenexistenzen, die keinem der beiden Lager angehören. (Mein schweinischer Freund Fatback fiel da nicht drunter, weil er die Hölle wegen der Ebersache so ingrimmig hasste, dass er seine gesamte Zeit darauf verwandte, in ihrer Scheiße zu wühlen, recherchemäßig.)

Ich suchte die Schwestern in dem Diner auf, wo sie momentan spukten. Eigentlich bevorzugten sie Tearooms, aber offenbar gab es in San Judas nicht viele wirklich gute. Ich setzte mich an einen Tisch ganz hinten, wo es nicht so auffallen würde, dass ich mit unsichtbaren Leuten sprach – unsichtbar für alle außer mir, meine ich. Wie immer hatte ich ein Geschenk für die Schwestern dabei, und als die beiden Geisterladys mir ausgiebig genug erzählt hatten, wie spaßig es gewesen war, ein paar Parapsychologen zu foppen, die sich in ihrem letzten Diner breitgemacht hatten, legte ich ein Geschenktütchen mit einem kleinen Döschen darin auf den Tisch. »Hier, ich habe euch was mitgebracht«, sagte ich und nahm den Deckel ab.

»Was denn?«, fragte Doris. »O Bobby, du Schatz – Pastillen! Betty, Veilchenpastillen!«

Betty beugte sich vor und schnupperte ausgiebig. »Ah, himmlisch. Französische! Viel besser als die von diesen Sowieso-Brothers, die wir immer von unserer Granny bekommen haben.«

Ich ließ die Schwestern eine Weile den Duft genießen. Das war sowieso alles, was sie damit anfangen konnten, aber ihren verzückten Lauten nach war es eine ganze Menge. Dann fragte ich sie, ob sie etwas über einen Wiedergänger namens Smyler wüssten, und erzählte ihnen, was mir von seiner Geschichte bekannt war – also endend mit seinem zweiten Tod.

»Ich glaube nicht, Herzchen«, sagte Betty nach einigem Nachdenken. »Es gab mal einen Burschen, den sie den Lächler nannten, aber vor vielen Jahren in England. Und der war ein baumlanger Kerl und hatte phantastische Zähne. War schon lange tot, noch zu Queen Victorias Zeiten gestorben, hieß es. Hatte so strahlendweiße Beißerchen, dass man in dem Leuchten bei Nacht lesen konnte. Außerdem hat der seine Opfer vergiftet – war's nicht Arsen?«

»Blausäure, Schwesterherz.«

»Genau, sie hat recht, unsere Doris. Blausäure. Der kann's ja wohl nicht sein, oder?«

Ich schüttelte den Kopf.

»Dann war da noch die Stöhnende Sally, aber die war ja ein junges Mädchen. Erstach ihren Geliebten und einen Teil seiner Familie mit einem von diesen Bajonett-Dingern. Ganz schönes Blutbad insgesamt. Es hieß, sie hätte sich in ihrer Gefängniszelle umgebracht, sei dann zurückgekehrt und in der Straße bei St. Chad umgegangen, aber da ist ja jetzt diese grässliche Stadtring-Autobahn, oder, Doris?«

»Der Queensway. Fürchterliches Ding.«

»Dann kann sie's ja wohl auch nicht sein, nicht hier in Amerika. Aber halt mal, hast du nicht gesagt, der, den du suchst, ist ein Mann?«

Ich bezweifelte inzwischen, dass sie mir in Bezug auf Smyler selbst weiterhelfen konnten, also versuchte ich es mit einer allgemeineren Frage. »Aber wie ist so was denn überhaupt möglich? Habt ihr schon mal gehört, dass jemand stirbt, wiederkommt, dann exorziert wird oder wie man es nennen soll …?«

»Nicht solche Wörter, mein Lieber«, sagte Doris mit spitzem Mündchen. »Wir haben auch Gefühle, weißt du.«

»Okay, sagen wir einfach, ›erledigt‹ wird und dann *wieder* zurückkommt? Habt ihr so was je gehört? Wie kann das sein?«

»Ehrlich gesagt, Herzchen, ich habe so was noch nie gehört. Du, Betty?«

»Nein, Liebes. Und es ist mir schrecklich peinlich, Herzchen, nachdem du uns diese himmlischen Pastillen mitgebracht hast und es so ein netter Besuch war. Aber, nein, ich fürchte, da musst du jemand Qualifizierteren fragen. Hast du's schon beim Broken Boy versucht?«

Hatte ich nicht und wollte ich auch eigentlich nicht, aber allmählich sah es so aus, als bliebe mir keine andere Wahl. Das ist das Problem mit Geistern. Manchmal sind sie eine große Hilfe, dann wieder völlig nutzlos, aber es kostet immer eine Menge Zeit, das im konkreten Fall herauszufinden, weil die meisten unheimlich gern reden und alle ein bisschen durchgeknallt sind.

Ich dankte den Ladys und ging zum Ausgang, vorbei an anderen Gästen und den Bedienungen, von denen keine während der ganzen Zeit auch nur in die Nähe meines Tischs gekommen war, nicht mal, um zu fragen, ob ich etwas bestellen wollte. Offensichtlich waren die Sollyhulls schon wieder dabei, die Stammkundschaft zu verschrecken, und ich fragte mich, wie lange es wohl dauern würde, bis die Fans des Paranormalen auch hier ihre Zelte aufschlagen würden. Ich hatte das beunruhigende Gefühl, dass die Schwestern allmählich Geschmack an dieser Art Berühmtheit fanden.

Eins der Probleme an einer Konsultation des Broken Boy war, dass er im Unterschied zu den Sollyhulls nicht dazu neigte, Informationen gegen ein Döschen Bonbons herauszugeben. Im Gegenteil, wie ich zuletzt gehört hatte, nahm er zweitausend Dollar pro Sitzung, und mein Bankkonto war so gut wie leer. So viel zahlt uns der Himmel nicht. Aber andererseits brauchen wir ja auch nichts für den Ruhestand zurückzulegen.

Das war ein Witz, Leute. Wenn ihr hier seid, um zu lachen, solltet ihr jetzt damit anfangen.

Jedenfalls, wenn ich den Broken Boy sprechen wollte, musste ich Bargeld auftreiben, und da gab es nicht allzu viele Möglichkeiten. Ich hatte erwogen, meinen Matador langfristig einzulagern und irgendwie zu versuchen, das Geld für den 69er Super Sport, der bei Orban stand, zusammenzukriegen, aber da ich kein Lotto spielte, konnte ich mir nicht vorstellen, wie das ohne ein überraschendes Eingreifen des Weihnachtsmanns möglich sein sollte.

Jetzt kam ich langsam zu dem Schluss, dass mir nichts anderes übrigblieb, als den Matador zu verkaufen. Ich liebte diesen Wagen und hatte Jahre darauf verwandt, Ersatzteile zu finden und ihn herrichten zu lassen, mal ganz abgesehen von all den blöden Sprüchen, die ich mir deswegen von Sam und Monica und meinen übrigen Freunden hatte anhören müssen. Er war bestimmt zwanzigtausend Dollar wert, wenn nicht mehr – es gab nur noch wenige seiner Art. Aber dieses Geld würde vielleicht meine unsterbliche Seele retten, an der ich auch hing. Es war eine schwere Entscheidung.

Um darüber nachzudenken, machte ich einen Spaziergang an der Bay, und als ich mit Nachdenken fertig war, stand ich an den Salt Piers, wo Orbans Büchsenmacher- und Fahrzeugumrüstungsbetrieb liegt. Ich fand Orban in der großen Autowerkstatthalle, wo er Pfeife rauchend zusah, wie ein Trupp seiner vierschrötigen, tätowierten Arbeiter mittels eines Kettenzugs eine

massive Stahlplatte in einen Escalade herabsenkten, wahrscheinlich, um zu verhindern, dass die Trottel, die irgendwann im Fond
sitzen würden, den Fahrer versehentlich erschossen.

Orban zog eine struppige Augenbraue hoch. »Was wollen Sie,
Dollar?«, knurrte er in dieser Mund-voll-Kieselsteine-Sprech-
weise, die er in all den Jahren nicht abgelegt hat. »Mir endlich
das Geld dafür geben, dass ich Ihre gepimpte Hochglanzkarre
die ganze Zeit hier aufbewahrt habe?« Orban ist nicht besonders bullig, hat aber etwas an sich, was mich froh macht, dass
wir gut miteinander klarkommen.

»Reden«, sagte ich.

Bei einem Glas des teuflischen Roten, den Orban so schätzt,
pries ich ihm den Matador an. Die struppige Braue hob sich
wieder. Er wusste, wie sehr ich an dem Wagen hing. »Ich will
Ihnen was sagen«, sagte er. »Ich gebe ihnen zehn – «

»Zehn!« Vor Empörung verschüttete ich Stierblut auf meine
Hose. »Er ist das Doppelte wert! Mehr sogar!«

»Ruhe. Lassen Sie mich doch erst mal ausreden. Ich gebe Ihnen zehn und verspreche, ihn drei Monate lang nicht zu verkaufen. Wenn Sie mir dann die zehn zurückgeben, kriegen Sie ihn
wieder. Wenn nicht, verkaufe ich ihn und gebe Ihnen noch mal
zehn.«

Mit anderen Worten, er lieh mir das Geld für drei Monate,
zinsfrei, gegen den Matador als Sicherheit. Was ganz schön anständig von ihm war. Das sagte ich natürlich nicht, weil es
ihn nur noch knurriger gemacht hätte. Und ich feilschte auch
noch mit ihm, weil er tödlich beleidigt gewesen wäre, wenn ich
es nicht getan hätte. Orban wollte mir nicht mehr Geld vor-
schießen, erhöhte aber die Endsumme um zweitausend Dollar,
was mir bestätigte, dass der Matador etwa dreißig Riesen wert
war. Orban ist nicht dumm, auch dann nicht, wenn er jemandem einen Gefallen tut. Und er legte auch noch zwei Dutzend
Schuss Hochgeschwindigkeitssilbermunition für meine belgi-

sche FN Automatik drauf. Wenn ich Smyler wieder über den Weg lief, wollte ich vorbereitet sein.

Zwei- von den zehntausend investierte ich gleich in eine hässliche, ungepanzerte Kiste, einen alten serienmäßigen Datsun 510 mit so viel Spachtelmasse auf den Kotflügeln, dass er aussah, als hätte er die Räude. (Der Super Sport hatte einen nagelneuen L78-Motor unter der Haube und lag daher etwas außerhalb meiner finanziellen Möglichkeiten.) Aber die alten 510er konnten flotte kleine Autos sein, und Orban sagte, der Motor sei gut. Ich unterschrieb den Papierkram, ging raus, während er den Safe öffnete, und nahm dann mein restliches Geld in bar entgegen. Orban hält nicht allzu viel von Banken. Achtzig Hunderter waren ein zu dickes Bündel für die Brieftasche, außerdem können einem Brieftaschen rausfallen oder geklaut werden, also steckte ich das Geld in meine Unterhose. Ja, damit müssen Sie fertig werden.

Der eckige kleine Wagen fuhr sich überraschend gut. Früher hatten Leute 510er für Rennen umgerüstet, auch wenn sich bei diesem hier niemand die Mühe gemacht hatte. Ich hielt noch bei einem Burger-Imbiss in meiner Nachbarschaft, um mir einen Happen zu essen mitzunehmen, und parkte mein neues Gefährt dann bei mir um die Ecke, unter einer Laterne, die eben angegangen war. Als ich ihn gerade abschloss, rammte mich etwas so heftig von hinten, dass mein Kopf gegen den Türrahmen krachte und ich ein paar Sekunden nur blinkende Funken sah. Dann wurde mir klar, dass ich auf dem Rücken lag und etwas auf meiner Brust hockte.

»Wo's die Feder?«, flüsterte der Angreifer. »Wo? Versteckt? Wo?« Die Straßenlaterne war genau über uns, deshalb konnte ich das Gesicht im Dunkel der Kapuze nicht sehen, aber ich roch den Atem, roch die Fäulnis. Vorsichtig veränderte ich meine Liegeposition, um mehr Hebelwirkung zu erzielen, aber da fühlte ich etwas gegen mein Unterlid drücken, so spitz und ruhig wie eine chirurgische Nadel. »Es findet's raus. Tut es.«

6

HIN

Ich lag ganz still. Irgendwo in der Nähe ging eine Tür auf, und das Etwas hob den Kopf. Bei der kleinen Bewegung blitzte die Klinge im Laternenlicht auf; nur ein bisschen Haut trennte die Spitze von meinem Auge und dem dahinterliegenden Gehirn. Die Tür ging wieder zu, und ringsum regte sich nichts mehr. Ich verfluchte mich dafür, in einer Wohnstraße geparkt zu haben statt an der belebteren Straße vor meinem Haus, aber ich hatte mich für besonders vorsichtig gehalten. Wie hatte mich der kleine Scheißkerl in einem Auto erkannt, das ich zum ersten Mal fuhr?

»Feder. Sag.«

»Welche Feder?«

Die Spitze des Messers oder was es auch war drückte fester zu, bis ich sie durch die oberste Hautschicht dringen fühlte. Ich zog Luft durch die Zähne. »Es tut fragen. *Du* tust antworten.«

»Ich habe sie nicht bei mir.« Was größtenteils gelogen war – nie hätte ich ein so wichtiges Objekt ungeschützt irgendwo herumliegen lassen –, aber nicht ganz. Die Feder war in meiner Jackentasche, wie immer, aber da mein Kumpel Sam spezielle Engelskräfte eingesetzt hatte, um sie dort zu verstecken, kam nicht mal ich dran. Sie war nämlich nicht einfach in der Tasche, sie war in einer Version der Tasche, die vor einigen Wochen existiert hatte. Ja, es ist verrückt, aber merken müssen Sie sich nur: Feder in Jackentasche, aber nicht mit normalen Methoden erreichbar. »Die Feder ist weit weg versteckt«, erklärte ich dem verhutzelten Horroräffchen auf meiner Brust. »Ich muss sie holen gehen.«

Smyler lachte. Ich schaffte es mit Mühe, nicht zu kotzen. Zu wissen, dass etwas, das eigentlich tot sein müsste, auf meiner Brust hockte, war eine Sache; dieses papierene Lachen wieder zu hören, war eine ganz andere. Gott im Himmel, ich hatte diese Kreatur verbrennen sehen!

»Gehen? Du gehst nirgends hin. Du sagst wo. Und es geht und holt sie.«

Es. Smyler nannte sich selbst »es«.

»Warum sollte ich dir die Wahrheit sagen? Du würdest mich doch sowieso töten.«

Wieder das wisperige Lachen. »Weil es sie gesehen hat, deine Freunde. Es weiß, wen du gern hast. Es ist sehr schlau.«

Ich wollte glauben, dass er einfach nur meinte, er würde Monica, Clarence und den anderen ganz normalen physischen Schaden zufügen, so wie er es mit Walter Sanders gemacht hatte. Aber andererseits – Walter war noch nicht wieder da. Dieses Etwas da auf mir konnte man offensichtlich nicht töten – war es möglich, dass es außerdem wusste, wie man uns daran hindern konnte, wieder ins Leben zurückzukehren? Mal ganz davon abgesehen, dass Smyler, wenn er auf der Suche nach der Feder war, für Eligor arbeiten musste und allenfalls der Höchste und seine engsten Diener wissen mochten, was ein Großfürst der Hölle alles konnte. Dieses Risiko konnte ich nicht eingehen.

»Okay«, sagte ich. »Ich sag's dir, wenn du versprichst, niemandem sonst etwas zu tun …« Und während ich das sagte, hob ich die linke Hand, scheinbar kapitulierend, in Wirklichkeit aber, weil ich im anderen Ärmel meiner Jacke einen Totschläger verwahrte. Natürlich hatte ich nicht die Zeit, ihn herauszuziehen, aber in dem Moment, als seine von der Kapuze verschatteten Augen zu meiner linken Hand hinüberhuschten, schwang ich den anderen Arm mit voller Wucht hoch und hieb Smyler das versteckte Metallding an die Schläfe.

Ich hatte darauf gehofft, ihm den Schädel einzuschlagen oder ihn wenigstens ins Reich der Träume zu schicken, aber das war mir nicht beschieden. Ich schaffte es lediglich, seinen Kopf zur Seite zu dreschen und mir einen Moment Zeit zu verschaffen, um ihn abzuwerfen. Dann war er schon wieder auf mir, und wir wälzten uns am Boden. Der kleine Mistkerl hatte immer noch diese lange Klinge, die er mir zwischen die Rippen zu rammen versuchte. Ich bekam den rechten Arm hoch und konnte den Stoß mit dem verdeckten Totschläger abfangen, aber es war wie gesagt ein Stoß, kein Streich, also rutschte er von dem Metall ab, fuhr durch meinen Jackenärmel und ritzte meinen Bauch. Es brannte, als hätte mich jemand mit einer qualmenden Pistole tätowiert; ich konnte mich nur wegrollen und in meine Tasche greifen, ehe das Etwas nachsetzte. Ich kam nicht dazu, die Pistole herauszuziehen, also feuerte ich durch den Taschenstoff, drei Schuss genau in Smylers Bauch, bevor er sich auf mich warf, *peng-peng-peng*. Wenn ich nicht mehr auf mein neues Fahrzeug geachtet hätte als auf meine Sicherheit, wären es Silberkugeln gewesen, doch die Munition von Orban lag noch im Handschuhfach, und ich verfeuerte stinknormale Kupfermantel-Hohlspitzgeschosse. Aber Smyler hatte schließlich einen sterblichen Körper, also würde ich ihn wenigstens von den Beinen holen, wenn schon nicht endgültig umlegen.

Irrtum. Das kleine Monster brach zwar fast in die Knie, was mir immerhin die Zeit gab, mich wieder wegzurollen, aber dann fing es sich wieder. Ich bekam jetzt die Pistole endlich aus der Tasche und versuchte, eine Kugel mitten in seine Kapuze zu jagen, aber es war, wie mit einem Tennisball nach einer erschrockenen Katze zu werfen. Er schlug Haken, als ich abdrückte, und ich erwischte ihn wohl nicht mal annähernd. Er griff schon wieder an. Ich hieb mit dem Pistolenlauf nach ihm, als diese lange Klinge an meiner Brust vorbei unter meinen Arm fuhr und mich wieder schnitt, wobei mir jäh zwei Dinge klar wurden: erstens, dass er mich vorerst nicht zu töten, sondern nur außer Gefecht zu setzen versuchte – er wollte immer noch wissen, wo die Feder war. Aber wenn das der Smyler war, der sich bremste, dann war ich in ernsthaften Schwierigkeiten, denn er war so verflucht schnell wie noch kein Gegner, mit dem ich es je zu tun gehabt hatte. Und zweitens: Mein einziger Vorteil war ein gewisser Größenunterschied kombiniert mit der außergewöhnlichen Länge seiner Waffe; er musste weit ausholen, um zuzustechen. Als ihn der Schwung seines nächsten Angriffs auf mich zutrug, wich ich dem Stoß aus, senkte den Kopf, sodass ich ihm mein Schädeldach genau ins Gesicht rammen konnte, packte ihn dann mit beiden Armen und walzte vorwärts.

Das mit dem Ausweichen klappte allerdings nicht ganz so, wie ich gehofft hatte. Seine Klinge fuhr wieder durch meine Jacke und fetzte ein großes Stück Fleisch aus meinem Arm, was noch schmerzhafter war, als Sie es sich vorstellen können. Ich blutete jetzt heftig aus mehreren Wunden, und wenn ich überlebte, würde meine Welt ein einziger Schmerz sein, aber im Moment war ich ganz Adrenalin und nur darauf ausgerichtet, ihn festzuhalten und auf den Asphalt hinabzuzwingen.

Smyler schien eine Menge Gliedmaßen zu haben. Er schlang die Beine um mich und quetschte meine Rippen, bis ich eine knacken hörte, aber ich musste den Schmerz ignorieren, denn ich wusste, wenn ich einen seiner Arme freigab, würde er mir diese gemeine Klinge ins Genick bohren und dann meinen gelähmten Körper irgendwohin schleppen, um mir seine Fragen in Muße stellen zu können.

Den Arm ohne Messer wand er los, schlang ihn um meinen Kopf und drückte dann zu, bis ich das Gefühl hatte, gleich würde eine Blutfontäne aus meinem Schädel spritzen. Ich hörte Sirenen und betete, dass sie lauter würden, aber das war schwer zu beurteilen, weil mein Gehirn voll von Tosen und rotem Licht war. Meine Pistole hatte ich irgendwo am Boden verloren, aber den Totschläger im Ärmel hatte ich noch, also drosch ich ihn, so fest ich konnte, auf seinen mageren Rücken, immer wieder, in der Hoffnung, ihm einen Wirbel zu zertrümmern oder wenigstens einen Nierenriss zu verpassen.

Er lachte. Das grässliche, abgezehrte Gesicht war direkt neben meinem, und wenn ich nicht um mein Leben gekämpft hätte, wäre mir von dem Gestank kotzübel geworden. Meine Augen brannten, und nicht nur vom Schweiß. Ich fühlte die Kraft in seinem sehnigen, dünnen Hals, fühlte das grässliche Maul mit dem vorstehenden Unterkiefer, das mein Ohr zu packen versuchte, meine Wange, irgendetwas, woran es reißen konnte, und mir blieb nur, den Kopf so weit wie möglich wegzubiegen, während ich mit dem Metall auf seine Wirbelsäule eindrosch.

»Es liebt Tanzen!«, flüsterte Smyler. »O ja. Es tanzt ins große Licht.«

Aber jetzt war das Sirenengeheul unüberhörbar. Mindestens ein Streifenwagen kam die Straße entlanggerast; die grellen Blinklichter hüpften, als er über die Temposchwellen donnerte. Ich fühlte, wie mein Gegner, offenbar abgelenkt, für einen Moment nachließ, und wagte es, meinen rechten Arm lange genug von ihm zu lösen, um ihm den metallbeschwerten Unterarm mit voller Wucht auf den Hinterkopf zu dreschen. Ich bin kräftiger als die meisten normalen Menschen, und wenn der Schlag auch durch das Hoodie etwas gedämpft wurde, hätte er doch jeden gewöhnlichen Angreifer mit Sicherheit ausgeknockt, wenn nicht gar für immer ausgeschaltet. Dieser hier aber schüttelte nur den abscheulichen Kopf, als wären ihm auf einer Spritztour in die Berge die Ohren zugefallen, und drückte dann meinen

Kopf mit einer fiesen, kalten Hand auf den Boden. Ich wartete auf den Stahl in meinem Leib.

»Wir seh'n uns, Bobby Böser-Engel«, flüsterte Smyler. »Bald!« Dann sprang er auf und verschwand über eine Gartenhecke ins Dunkel. Als ich vergeblich darum rang, mich aufzusetzen, sah ich Licht in einem halben Dutzend offener Türen und Leute, die an Fenstern standen. Dann fiel das Scheinwerferlicht des Streifenwagens auf mich und erfüllte die Welt mit einem schmerzhaften weißen Gleißen, und das war das Letzte, was ich mitbekam.

ZWISCHENSPIEL

*I*ch lag auf dem Bauch und döste. Caz lag halb über mir. Zuerst hielt ich es für ungezielte Bewegungen, aber dann merkte ich, dass sie ihre Muschi an meinem Steißbein rieb, ein kaum merkliches Kreisen und Pressen, so langsam wie die Bewegungen eines Gletschers. Ich war mir nicht mal sicher, dass sie wach war.

Ich machte einen Scherz. Jetzt wünschte ich, ich hätte es nicht getan. »Ist das jetzt Dominanzjuckeln? Bin ich jetzt dein Weibchen?«

Sie erstarrte. Im Ernst, sie wurde völlig starr, wie ein Tier, das sich unsichtbar zu machen versucht. Schließlich hatten wir gerade erst voneinander gelassen. Ich hatte sie irgendwie ertappt, und es war, als hätte sich ein Fenster geöffnet, das den Blick in die Vergangenheit freigab, fünfhundert Jahre zurück, auf ein beschämtes junges Mädchen, die Tochter eines katholischen Edelmanns, mit Gefühlen, die sie nicht zu haben hatte.

»Ich ... ich habe nicht ...«

»Hey«, sagte ich. »Hey! Ist doch okay. Ist sogar mehr als okay. War nur ein blöder Witz. Falls es dir noch nicht aufgefallen ist, ich mache oft blöde Witze.«

»Ich ... ich habe dich gerochen. Das hat mich einfach ... na, du weißt schon.«

»Und wie rieche ich? Wie Napalm am Morgen? Wie ein braver kleiner Engel?«

73

»Sei still. Du riechst nach Bobby. Ich will es in Erinnerung behalten.«

Das brachte mich erst mal zum Schweigen. Ich wusste, warum sie von Erinnerung sprach, wollte aber nicht darüber nachdenken. Ich versuchte es wieder mit Albernheit, in der Hoffnung, den Moment wieder aufleben zu lassen, als wir allein im Garten Eden gewesen waren, ohne Wissen und ohne Sorgen. »Du willst also behaupten, es war kein Dominanzding.«

»Dafür brauche ich dich nicht zu besteigen, Engelsknabe, das ergibt sich automatisch. Vergiss nicht, ich bin ein sehr hochrangiger Dämon.«

»Oh, klar. Wie könnte ich das vergessen, nachdem du mir heute Abend erst die Scheiße aus dem Leib zu prügeln versucht hast.«

»Siehst du? Das war der Beweis meiner Dominanz.«

»Dominanz, du goldener Heiligenschein! Mir scheint doch, dass am Ende ich auf dir lag.«

»Nur weil ich dich gelassen habe. Diesen Trick wenden wir Frauen seit Jahrtausenden an. ›Oh, du großer, starker Mann, du hast mich überwältigt!‹ Und ihr fallt immer darauf rein. Ihr schwanzgesteuerten Blödmänner.«

»Na ja, wie ein weiser Mann einmal sagte, ›Der Mensch denkt, der Schwanz lenkt.‹«

Einen Moment lang starrte sie mich irritiert an. »Das erfindest du.«

Ich ging kurz in mich. »Oder vielleicht war es ja auch ›Ein feste Burg ist unser Schwanz.‹«

Sie schlug mich. Aber nicht allzu fest. »Kein Wunder, dass ich nicht schlafen kann. Ich teile mein Bett mit einem gefährlichen geflügelten Irren.«

7

FREIGESETZT

M an sollte ja meinen, von einem zweimal verstorbenen Killer mehrere Stichwunden und Rippenbrüche verpasst zu kriegen, wäre genug Amüsement für einen Tag, aber es war noch nicht alles.

Nach meinen Ringkampf mit Smyler kam ich gerade lange genug zu mir, um meinen Erdenkörper zu spüren – der sich anfühlte wie ein großer Sack voll zerbrochenem Geschirr, verheddert in verbrühte Nerven – und wahrzunehmen, dass er von grellweißem Licht und medizinischen Apparaten umgeben war. Dann war ich jäh woanders.

Das Woanders war, wie sich herausstellte, der Himmel, und all der Schmerzen und Qualen enthoben und ins körperlos-heitere Wohlgefühl meiner himmlischen Form versetzt zu sein, war zwar mindestens so gut wie eine kräftige Dosis Demerol, aber was die Erleichterung doch etwas schmälerte, war der Anblick meines betreuenden Erzengels Temuel und des Ausdrucks auf seinem Beinahe-Gesicht.

Je höher man in der himmlischen Hierarchie steht, desto weniger sieht man nämlich aus wie ein Erdenmensch. Wenn ich im Himmel weile, bin ich äußerlich wohl am ehesten eine schimmernde, leicht verschwommene Version meines irdischen Selbst, obwohl ich das gar nicht so genau sagen kann, weil spiegelnde

Oberflächen dort oben erstaunlich selten sind. Temuel (oder »der Mull«, wie ihn seine Untergebenen nennen) hingegen ist noch undeutlicher, weniger menschenförmig. Und die noch höheren Engel sehen nur gelegentlich aus, als hätten sie unter all dem Leuchten überhaupt einen Körper. Eher so, als wären ihre Körper nur eine Art Licht. Es lässt sich nur schwer in Worte fassen, aber wenn Sie hier wären, würden Sie mir zustimmen.

»Engel Doloriel«, sagte Temuel. »Gott liebt Sie. Geht es Ihnen gut?«

»Besser jetzt, ja. Aber jemand hat mich ganz schön zugerichtet, und es wird bestimmt kein Vergnügen, diesen Körper wieder anzuziehen.«

»Natürlich.« Der Mull schwieg eine ganze Weile, und was ich aus diesem Schweigen heraushörte, gefiel mir gar nicht: Es war keineswegs ausgemacht, dass ich meinen Körper wiederbekommen würde. »Wir müssen in die Halle des Gerichts«, sagte er schließlich. »Kommen Sie.«

Was mich schaudern gemacht hätte, wäre ich in meinem Erdenkörper gewesen. Noch zusätzlich zu den höllischen Schmerzen, die ich dann wohl gehabt hätte. Ich war erst ein einziges Mal in der Halle des Gerichts gewesen, und was dort passierte, fiel normalerweise in die Kategorie ›verdammt ernst‹.

Temuel streckte mir die Hand hin, und plötzlich bewegten wir uns fort. Oder jedenfalls gelangten wir direkt von Punkt A nach Punkt B, was die himmlische Art der Fortbewegung ist, wenn man keine Lust hat, durch die luftigen, schimmernden Straßen zu mäandern. Die Kürze des Trips ließ mir keine Chance, Fragen zu stellen, was vermutlich die Absicht des Mulls war. Er wirkte, als sei er ganz und gar nicht guter Dinge, also war ich es auch nicht.

Die Halle des Gerichts ist etwa neunzigmal einschüchternder, als Sie es sich vorstellen können. Die wichtigen Stätten im Himmel haben immer seltsam faschistische Dimensionen, als ob es ihr Hauptzweck wäre, dass die einzelne Seele sich winzig vorkommt. Und soll ich Ihnen was sagen? Es klappt. Und wie.

Die Halle ist ein bisschen wie eine irdische Kathedrale, aber von den Proportionen her so extrem, dass man sofort merkt: Irdische Faktoren wie Schwerkraft, Masse und Zugfestigkeit spielen hier keine Rolle. Denken Sie sich einen Turm aus nahezu reinem Licht, mit gerade so viel Struktur, dass man merkt, man ist im Inneren von irgendwas. In der Mitte, in einem Raum, in dem sich selbst unter irdischen Beschränkungen Hunderttausende versammeln könnten, erhebt sich eine mächtige Säule aus flüssigem Kristall – flüssig, weil sie sich bewegt, und Kristall, weil sie sich so langsam bewegt, dass man es nicht merken würde, wenn man es nicht wüsste, verstehen Sie, was ich meine? Dieser diamantene Wasserfall mit Myriaden innerer Facetten heißt Paslogion und ist eine Art Uhr oder steht jedenfalls für die gleiche Grundidee. Wie man das Paslogion liest, dürfen Sie mich nicht fragen. Ich weiß nicht mal, ob es überhaupt funktioniert oder ob es nur ein riesiges Dekorationselement ist wie der Eiffelturm oder die Freiheitsstatue. Ich weiß nur, dass es zum Ehrfurchteinflößendsten gehört, was ich je gesehen habe. Schon sein bloßer Anblick gibt einem das Gefühl, *wenn* man es verstehen würde, verstünde man die Mechanismen des gesamten Kosmos, und diese Unendlichkeit müsse ungefähr so klingen wie Bachs sämtliche Werke, alle gleichzeitig gespielt und doch in vollkommener Harmonie.

Diese ganze gewaltige Pracht wäre vielleicht weniger einschüchternd gewesen, wenn in der Halle schon irgendwas losgewesen wäre. Aber sie war völlig leer, bis auf Temuel, mich und das gigantische Paslogion.

»Und hier verlasse ich Sie.« Ohne weitere Vorwarnung verschwand Temuel. Ich konnte nicht umhin, mich zu fragen, warum er es so eilig hatte, von hier wegzukommen, und eine beruhigende Antwort wollte mir nicht einfallen.

Es ist schwer, im Himmel negative Gedanken zu haben. Die meiste Zeit fühle ich mich dort wie ein dem Knüppel der Frohheit erlegener Heuler, aber ich muss gestehen, meine Gedanken, als Temuel ging und mich einfach allein ließ, waren nicht gerade milde und freundlich.

Was ist mit dem seelsorgerischen Trost für den Verurteilten?, fragte ich mich. *Müsste nicht wenigstens jemand meine Hand halten, während ich auf meine Hinrichtung warte?* Aber wenn meine Vorgesetzten beschlossen hatten, den Stein des Anstoßes, der ich immer schon war, ins Nichts zu kicken, warum machten sie sich dann die Mühe, mich hierher zu holen, versammelten aber nicht mal ein Publikum? Mich endgültig auszuknipsen, wäre doch wohl ein Leichtes, für den Himmel vermutlich noch leichter, als einen Lichtschalter zu drücken. Wollten sie mir klarmachen, wie klein ich war, bevor sie mich auslöschten?

Ein Teil von mir hielt mir natürlich immer wieder vor, dass ich es nie hätte versuchen dürfen, die hohen Engel des Ephorats zu belügen. *Hybris* hätten die Griechen das genannt. »Eine kackblöde Idee« wäre eine zeitgenössischere Formulierung.

Plötzlich war ich nicht mehr allein.

»Engel Doloriel«, sagte das Licht mit der Stimme eines liebreizenden Kindes. »Gott liebt Sie.« Ich brauchte einen Moment, um das überwältigend schöne Strahlen als Anaita zu identifizieren, einen der fünf hohen Engel mit dem Auftrag, mich auf dem Pfad der Tugend zu halten oder vielleicht auch meine Auslöschung in die Wege zu leiten. »Ich bin gesandt, das Urteil des Ephorats zu verkünden.«

Ich machte mich auf alles gefasst.

»Doch zuerst …«, sagte sie, und ihr Licht wurde ein ganz klein wenig schwächer und unsteter, als nähme sie Anlauf, etwas Schwieriges zu sagen. Ich hatte noch nie einen höheren Engel zögern sehen, kam aber nicht dazu, ausführlicher darüber nachzudenken.

»*Doch zuerst*«, sagte eine andere Stimme, »*wolltest du auf den Rest der Delegation warten.*«

Karael erschien in einer Explosion von goldenem Strahlen. Und jetzt flackerte Anaitas Präsenz eindeutig. Es sah aus wie Überraschung. Noch etwas, das man bei einem höheren Engel nicht erwartet. »Karael?«

»Das Ephorat hat beschlossen, dass wir das Urteil gemeinsam überbringen sollen«, sagte er und wurde jetzt etwas weniger Licht und etwas mehr Menschengestalt, jedenfalls so menschlich, wie es seine himmlische Erscheinungsform jemals wurde. »Aber du bist gegangen, bevor die Beratung abgeschlossen war, Anaita.«

»Das ... war mir nicht bewusst.« Sie war verdattert, oder jedenfalls schien mir das die adäquate Übersetzung. Es war ein bisschen so, wie die Körpersprache eines G-Klasse-Sterns interpretieren zu wollen, aber sie schien auf jeden Fall ganz schön überrascht. Was lief da zwischen den beiden? Eine Engelsfehde? Oder etwas noch Seltsameres? Es hatte eindeutig so gewirkt, als wollte mir Anaita etwas sagen.

»Wie dem auch sei.« Karael wandte sein Feuer mir zu. »Das Ephorat ist immer noch beunruhigt ob der Geschehnisse, in die Sie involviert waren, Engel Doloriel, aber selbstredend will der Höchste nichts als Gerechtigkeit. Daher wurde das Urteil über Sie vertagt.«

Ich wusste nicht, ob ich empört oder erleichtert sein sollte. »Was genau heißt das?«

»Es heißt, dass wir immer noch besorgt sind, dass aber andere Angelegenheiten unsere Aufmerksamkeit erfordern«, sagte Anaita. Sie klang auch nicht besonders erfreut darüber.

Normalerweise halte ich ja möglichst den Mund, wenn ich im Himmel bin, und die himmlische Atmosphäre quasi-bekiffter Heiterkeit macht das leicht. Aber normalerweise bin ich auch nicht eben erst von einem Zombie-Killer an allen möglichen

Stellen schmerzhaft perforiert und dann von Vorgesetzten jäh in den Himmel gehievt worden, um mir eine Standpauke abzuholen. »Hey, ich bin auch besorgt. Was mich besorgt macht, ist, dass ich nicht verstehe, warum es meine Schuld sein soll, dass mir solche Sachen passieren.« Angriff ist die beste Verteidigung, hieß es doch, oder? Versuchen konnte man's ja mal. Wenn sie nicht vorhatten, meinen Vertrag mit sofortiger Wirkung zu kündigen, würde meine große Klappe sie wohl auch nicht dazu treiben, und *wenn* sie es vorhatten ... na ja, dann würde ich aufrecht aus dem großen kosmischen Plan verschwinden, statt auf den Knien rutschend.

»Verständlich«, sagte Karael. »Deshalb wurde unser Ephorat ja mit der Urteilsfindung in dieser Angelegenheit betraut, um Ihnen eine faire Behandlung zu garantieren, Doloriel. Ich weiß, dass Sie Ihre Arbeit wiederaufnehmen wollen.«

Am liebsten wollte ich in Ruhe drüber nachdenken, in was für einer verrückten Scheiße ich jetzt schon wieder bis zum Kragen steckte, aber was ich sagte, war: »Ja, natürlich. Genau das möchte ich.«

»Aber genau das kann das Ephorat nicht zulassen«, beschied mich Anaita, »jedenfalls nicht vor Abschluss der gründlichen Erwägung sämtlicher Aspekte dieses Falls ... dieser, äh ... *Situation.*« Sie versuchte definitiv, irgendwie an der Sache zu drehen, aber hatte das mit mir zu tun oder mit Karael? »Bei Ihrer Arbeit haben Sie mit zu vielen Bereichen zu tun, in denen wir noch ermitteln, Doloriel.«

»Was heißt denn dann, mein Urteil ist ›vertagt‹? Auf wann?«

»Bis es so weit ist«, sagte Karael in seinem unfassbar aufreizenden Das-braucht-dich-nicht-zu-interessieren-Ton. Dann wurde seine Stimme hart. Sie klang wie ein robustes Echo des Allmächtigen selbst. »Bis dahin, Engel Doloriel, sind Sie Ihrer Anwaltsaufgaben entbunden. Sie können hier bleiben oder auf die Erde zurückkehren.«

Ich war zwar ziemlich schockiert, aber doch nicht so dumm, mit ihm zu debattieren. Es hätte schlimmer kommen können, viel schlimmer, und so würde ich immerhin Zeit haben, mir zu überlegen, was ich jetzt tun sollte. Aber ein bisschen Show musste noch sein. »Das ist es jetzt? Einfach suspendiert oder was? Bis irgendwann in nebulöser Zukunft?«

»Sie sind zu sehr in irdischen Dingen befangen, Doloriel«, sagte Anaita. »Außerhalb der Sterblichkeit ist Zeit bedeutungslos.«

»Okay.« Ich war jetzt bereit, grummelndes Einverständnis zu mimen. »Kann sein –«

»Da gibt es kein *Kann sein*«, sagte Karael. »Das Ephorat hat entschieden. Wir werden Sie rufen, wenn es so weit ist. Bis dahin seien Sie gewiss, Gott liebt Sie. Leben Sie wohl.«

Und, schwupp, war alles verschwunden – Karael, Anaita, die Halle des Gerichts, die leuchtende Komplexität des Paslogion. Und Ihr Freund Bobby befand sich wieder in seinem unvollkommenen Erdenkörper, der in einem Krankenhausbett lag, mit einem schweren Fall von Smylerschem Ich-geb's-dir-Syndrom.

Ich war zur Freiheit verdonnert. Wenigstens für eine Weile.

8

ALTE FREUNDE

Ich blieb nicht lange im Krankenhaus. Im Sequoia Medical sind Betten ohnehin knapp, und da Engel nun mal besonders gute Heilkräfte haben und die Leute dort sahen, wie schnell ich mich erholte, widersprachen sie nicht groß, als ich mich selbst entließ. Eine junge Ärztin hielt mir allerdings einen Vortrag, dass ich noch eine Zeitlang keinen Sport treiben dürfe und anstrengende Tätigkeiten meiden müsse. Das hätte sie natürlich nicht mir sagen sollen, sondern dem Kerl mit dem Piranhamaul und dem extrem antisozialen Verhalten.

Die Polizei befragte mich zu dem Überfall, doch sie hielten mich für einen Privatdetektiv, der in einer größeren Versicherungsbetrugssache ermittelte, und machten daher nicht allzu viel Bohei. Der Himmel ist gut in bürokratischen Dingen, und ich habe meine Erlaubnis zum verdeckten Tragen einer Waffe seit meinen Harfenmännerzeiten immer rechtzeitig erneuern lassen, also bekam ich sogar meine Pistole zurück und lud sie mit Silber, sobald ich an die Munition in meinem Datsun kam.

Statt in meine Wohnung zurückzukehren (die Smyler offensichtlich kannte, da er mir ja in der Nähe aufgelauert hatte), entsorgte ich die inzwischen mumifizierten Burger und Fritten, die ich an jenem Abend nach Hause hatte mitnehmen wollen, und fuhr dann den Bayshore Freeway entlang.

Ich parkte in Southport und humpelte zu den Ruinen des Shoreline-Vergnügungsparks hinaus, weil ich nicht wusste, wie ich Sam sonst erreichen könnte. Ich hatte einen Umweg gemacht, um sicherzugehen, dass mir niemand folgte, und hielt die Augen offen, während ich vorsichtig durch den Dreck und Schutt stapfte, zwischen Wänden aus rostigem Blech und kaputten Schalungsplatten mit verschossenem Anstrich. Im Spiegelkabinett hinterließ ich an dem Spiegel, den Sam mir gezeigt hatte, eine Nachricht. Ich war nicht so dumm, Klartext zu schreiben. Da stand nur: »Wo wir zum Mittagessen waren, 19 Uhr.« Ich wusste, Sam würde sich an das kleine südostasiatische Restaurant erinnern, und es war seine Sache, ungesehen hinzukommen. Die Frage war nur: Wann, wenn überhaupt, würde er den Zettel finden? Es sprach einiges dafür, dass ich die nächsten Abende burmesisch essen würde, aber es gab wahrhaftig Schlimmeres.

Ich brauchte die Speisekarte nicht allzu weit durchzuprobieren – kaum, dass ich bestellt hatte, kam Sam durch die Tür des *Star of Rangoon*, ganz à la Robert Mitchum mit seinem zerknitterten Mantel und seinem Kinngrübchen.

»Hast du für mich die Pfannkuchen geordert?«, fragte er.

»Wenn du Pfannkuchen willst, bestell sie dir selbst, du fauler Sack.« Es war schön, ihn zu sehen. Und er sah gut aus, mit einem entspannten Lächeln im breiten Gesicht.

Er zwängte sich auf die Sitzbank, rief die Bedienung wieder herbei, bestellte und musterte mich dann. »Paar neue Schrammen, wie ich sehe. Hatten dich Karael und ein Trupp von seinen Kriegerengeln in der Mache?«

»Schön wär's.« Ich erzählte ihm, wem ich all diese neuen Schnitt-, Schürf- und Stichwunden verdankte.

»Du willst mich verarschen.« Sein Ginger Ale kam, und er trank es in einem Zug halb aus, als ob die lange Anreise aus Drittweghausen ihn durstig gemacht hätte. »Leo hat dieses kleine Gruselmonster doch eingetütet und verbrannt.«

Es war seltsam, wie schnell alles wieder beim Alten war, als hätten Sam und ich diesen ganzen Wahnsinn nie durchlebt, als hätte er mich nie belogen. Trotzdem war da eine hohle Stelle in mir, auch wenn ich sie zu ignorieren versuchte. »Wem sagst du das. Aber es war Smyler. Es ist *Smyler*, und er ist immer noch hinter mir her. Ich nehme an, Eligor hat ihn auf mich angesetzt.«

Sam zog eine Augenbraue hoch, das Überraschungsähnlichste, was seine Ich-habe-die-Ruhe-weg-Persona je zeigte. »Eligor? Warum sollte er? Du hast doch immer noch diese magische goldene Feder, oder?«

Mein alter Kumpel war derjenige, der sie mir überhaupt angehängt hatte: Er hatte sie an mir versteckt, um mich vor einem höllischen Doppelspiel zu schützen. Aber dann war eins zum anderen gekommen, und erst sehr viel später hatte er mir davon erzählt, was einer der Hauptgründe dafür war, dass ich in den vergangenen Wochen etwa elfzigtausendmal beinahe gestorben wäre, auf diverse interessante Arten und Weisen.

»Ja, die habe ich«, sagte ich, »oder ich nehme es jedenfalls an, da ich sie ja selbst nicht ertasten kann. Und wenn Eligor schlau wäre, würde er mich einfach in Ruhe lassen. Aber ich glaube, das Ganze geht über die rationale Ebene hinaus.« Ich holte tief Luft. »Ich muss dir was erzählen.«

Und das tat ich. Ich erzählte ihm von der Gräfin von Coldhands und mir, die ganze bizarre Revolverblatt-Story: *Engel liebt Dämonin* oder *Wie ich den Himmel für höllischen Sex verriet*. Obwohl ja die Einzigen, denen unsere Beziehung bisher irgendwelche Nachteile gebracht hatte, Caz und ich waren. Ah, ja, und natürlich Eligor. Der Großfürst betrachtete sich definitiv als Geschädigten.

Danach sagte Sam erst mal eine Weile gar nichts. Er orderte per Handzeichen ein weiteres Ginger Ale, und die Wirtin brachte es mit der stoischen Ruhe eines Kamels, das durch einen Sandsturm trottet. Er ließ sich Zeit beim Einschenken und wälzte den ersten Schluck dann so prüfend im Mund wie ein Weinkritiker den neuen Beaujolais.

»Tja, B«, sagte er. »Ich muss zugeben, du hast dich in eine ganz neue Dimension von Scheiße geritten.«

Ich musste trotz allem lachen. »Ja, hab ich wohl, was?«

»Von mir aus kannst du ja einen *Dibbuk schtuppen*, wenn's denn sein muss.« Sam benutzte zwischendurch gern jiddische Wörter. Vielleicht glaubte er, es klänge intellektuell, vielleicht wusste er aber auch einfach nur, dass es urkomisch war, wenn ein Engel, der so ganz und gar wie ein Bostoner Ire aussah, plötzlich wie ein Brooklyner Jude redete. »Aber du hättest dir wirklich einen unproblematischeren aussuchen können als ausgerechnet Eligors Hauptgespielin. Was willst du jetzt tun?«

Genau das war ja das Dilemma: Ich wusste es nicht. Soweit ich es beurteilen konnte, hatte Großfürst Eligor gerade beschlossen, nicht zu warten, bis ich auf dem üblichen Weg in die Hölle kam – er schickte mir ein Express-Ticket. »Da muss doch Eligor dahinterstecken. Wir haben doch beide gesehen, wie die Sackleute Smyler eingefangen haben. Leo hat ihn verbrannt! Wie sonst könnte er jetzt hinter mir her sein?«

»Yeah, da scheint dich wirklich jemand Mächtiges auf dem Kieker zu haben. Was ist denn nun eigentlich mit Walter Sanders?«

»Er ist immer noch nicht zurück. Keine Nachricht. Was, jetzt, wo du's sagst, ganz schön merkwürdig ist.«

Sam aß noch ein letztes *Palata*, löffelte die Currysauce auf wie ein Kanalbagger und leerte dann sein Ginger Ale. »Gehen wir«, sagte er.

Wir spazierten zum Peers Park und setzten uns auf eine Bank. Die Laternen waren an, und der Park war voller Eltern und Kinder, die den Frühlingsabend genossen, daher fühlte ich mich nicht *so* in Gefahr, von einem zweifach toten Kerl mit einem Bajonett angegriffen zu werden, aber Sam stand ja auf der Fahndungsliste des Himmels ganz oben, also war ich auch nicht gerade entspannt.

»Okay, erstens«, sagte Sam, während wir zuschauten, wie ein Typ seinen offenbar schwachsinnigen Hund dazu bringen wollte, einen Tennisball zu apportieren, »nur ein Vollidiot sagt, ›Meine Feinde wollen mich töten, also mach ich's ihnen am besten leichter, indem ich zu ihnen gehe.‹ Dich in die Hölle einschleichen zu wollen, ist die blödeste von ziemlich vielen blöden Ideen von dir, Bobby. Das ist dir doch klar?«

»Ich weiß nicht, was ich sonst tun soll, Sam. Ich kann sie doch nicht einfach dort sitzenlassen. Und Eligor lässt mich doch sowieso nicht in Frieden.«

Er grunzte, die Sam-Riley-Version eines resignierten Seufzens. »Ich wusste, dass du das sagst. Aber wie willst du denn dort reinkommen? Oder sie da rauskriegen? Shit, selbst wenn eine Menge Wunder in Serie geschehen würden und du's tatsächlich schaffen würdest, wo willst du sie vor Eligor verstecken, wenn sie erst mal draußen ist?«

»Tja, haufenweise Fragen. Ich hatte gehofft, du würdest mir helfen, ein paar davon zu beantworten.«

Er grunzte wieder. Es war, wie neben einer Nilpferdsuhle zu sitzen. »Mann, das liegt echt weit außerhalb meiner Expertise. Aber wir sind uns doch so weit einig, dass es eine verdammt blöde Idee wäre, einfach in die Hölle zu marschieren? Gut. Weil du's nämlich keine zehn Sekunden überleben würdest.«

»Was ist mit den Körpern, zu denen ihr Zugang habt? Ihr vom Dritten Weg?«

»Kephas, wer immer das ist, hat mir nur Zugang zu einem Körper verschafft, damit das ganze Magianer-Ding glaubhaft wirkte.« Die Magianer waren die Gruppe von abtrünnigen Engeln wie Sam, die Seelen für den Dritten Weg rekrutiert hatten – das Weder-Himmel-noch-Hölle-Jenseits. »Als Reverend Mubari verkleidet, würdest du auf deinem Trip in die Hölle auch nicht weiter kommen als mit deiner eigenen hässlichen Visage. Wir reden hier von der Hölle, Bobby, nicht von Disneyland.« Er bedachte mich mit einem Blick, der dazu angetan war, mich heulend nach Hause rennen zu lassen. »Und selbst wenn du einen Körper fändest, den du tragen könntest, wie kämst du dort *rein?* Es gibt jede Menge Eingänge, klar, aber es gibt noch mehr Wächter. Gelangweilte, fiese Wächter, die zu ihren Lebzeiten psychopathische Mörder waren und jetzt nicht mal mehr dadurch gebremst werden, dass ihnen die Hölle droht. Weil sie ja schon drin sind, klar? Und die haben das Sagen!«

»Ja, ja, verstanden. Du brauchst nicht drauf rumzureiten, Sam. Mir wird schon was einfallen.«

»Aus ebendiesen Worten sind schon die schrecklichsten Situationen erwachsen, B, aber ich habe den Verdacht, diese hier wird was ganz Besonderes, selbst nach *deinen* verrückten Maßstäben.«

Sammy-Boy stand auf, gab mir die Nummer eines abhörsicheren Handys, damit ich ihm Nachrichten hinterlassen konnte, ohne raus nach Crackhead-Eiland wandern zu müssen, und ging dann. Ich blieb noch eine Weile sitzen und dachte nach, während ich mein Bier austrank.

Was Hilfe anging, waren Sam und die Sollyhull-Schwestern Fehlschläge gewesen. Wenn ich also wirklich irgendwie in die Hölle gelangen wollte, musste ich andere Wege finden. Der Broken Boy war da vielleicht die richtige Adresse, aber das Problem war, dass ich ihm schon eine teure Frage in Sachen Smyler stellen musste, weil ich sonst mit einiger Wahrscheinlichkeit durch einen Stich ins Auge erledigt werden würde, ehe Sams psychopathische Höllenwächter überhaupt die Chance hatten, mich zu Brei zu schlagen, und den Boy für die Beantwortung von *zwei* Fragen zu bezahlen, überstieg meine Mittel.

Trotzdem, so ungern ich es mir und meinem Geldbeutel zumuten wollte, war doch klar, wohin ich als Nächstes gehen würde.

9

EKTOPLASMISCH VOLL DABEI

Ich fahre gern Auto. Schon deshalb, weil ich dann gerade genug abgelenkt bin, um richtig gut denken zu können. Wenn man mir sagt, ich soll mich ruhig hinsetzen und nachdenken, kann ich die ganze Zeit nur daran denken, dass es mir stinkt, ruhig dazusitzen. Am Steuer dagegen übertrage ich das Fahren einfach den niedrigeren Gehirnfunktionen und lasse meine Gedanken frei schweifen. Außerdem bin ich im Auto, wenn mich nicht gerade meine Bosse erreichen wollen oder irgendein Höllenmonster mich in meine Bestandteile zu zerlegen versucht, vor Störungen sicher. Ich wusste, mein Handy würde nicht klingeln, weil ich suspendiert war, und wenn Smyler sich nicht etwas Schnelleres als seinen alten VW-Bus zugelegt hatte, würde er mich auf dem Freeway auch nicht belästigen. Also fuhr ich nordwärts und dachte nach.

Natürlich hatte Sam recht: Die ganze Idee, sich in die Hölle einzuschleichen, war so saublöd, dass sich niemand, der seine fünf Sinne beisammen hatte, auch nur eine Sekunde damit abgegeben hätte. Es hatte einen Grund, dass wir seit einer Million Jahren oder noch länger gegen diese Kerle kämpften, und der bestand nicht darin, dass uns ihre Nationalhymne missfiel. Sie wollten uns vernichten und taten täglich ihr gottverdammtes Bestes, es zu schaffen. Sich dort einzuschmuggeln – so ähnlich wäre es wohl gewesen, sich als Jude ins KZ Buchenwald einzuschmuggeln. Man mochte es ja vielleicht irgendwie schaffen, aber was dann?

Nur dass mir nicht viele Alternativen blieben. Und selbst wenn ich es nicht täte, müsste ich immer noch irgendwie mit Smyler klarkommen, was sich trotz seiner vergleichsweise geringen Körpergröße und seiner Nahkampfwaffenwahl bereits als verdammt schwer erwiesen hatte. Ich meine, wie tötet man jemanden, der schon zweimal gestorben ist?

Solch aufmunternde Gedanken im Kopf und Elmore James' Slide-Gitarre und rauhe Stimme via Autolautsprecher im Ohr, fuhr ich durch das Niemandsland von kleinen Ortschaften, die die Halbinsel zwischen San Judas und San Francisco säumten, bis ich die Industrieruinen am Rand des Bayview District im Süden von San Francisco erreichte. Ich wusste nicht genau, wo ich den Boy finden würde, nur, dass er irgendwo in einer Betonhöhle in diesem nicht sonderlich hübschen Winkel der Welt steckte. Bayview war die Gegend, wo sich die ganzen schwarzen Werftarbeiter angesiedelt hatten, nur um dann durch ökonomische Zwänge und gesellschaftliche Vorurteile hier angenagelt zu bleiben, nachdem die Werftarbeitsplätze verschwunden waren. Es war ein armer Stadtteil, hauptsächlich durch das definiert, was andere Leute davon hielten. Eine Zuflucht der Alten und Verletzlichen. Was vermutlich der Grund ist, warum der Broken Boy Bayview nie verlassen hat.

An einem Betonpfeiler entdeckte ich das erste aufschlussreiche Graffito, etwas, das aussah wie eine senkrechte Reihe von »D«s oder ein Luftbild von einer schwangeren Chorus Line.

Natürlich waren es keine »D«s, sondern »B«s. Jeweils zwei für Broken Boy, was hieß, ich war in der richtigen Gegend. Das *Tag* ist seine kryptische Art von Werbung. Er hat nicht viele Kunden, aber die Leute, die ihn brauchen, brauchen ihn verdammt dringend, also hängt er sein Schild auf. Ich parkte meinen Wagen, schloss ihn ab, checkte noch mal, ob ich ihn auch wirklich abgeschlossen hatte, und machte mich zu Fuß auf die Suche nach einer höheren Konzentration von BB-*Tags*.

Schließlich entdeckte ich irgendwo nördlich des Bayview Park drei solche *Tags* an einer Ecke unterm Freeway. Und wichtiger noch, ein etwa zehn- oder elfjähriger afroamerikanischer Junge saß auf einem Brocken aus Beton und Bewehrungsstäben und spielte mit sich selbst Münzen an einen Pfeiler werfen. Er beobachtete mich aus dem Augenwinkel, als ich auf ihn zuging, und versuchte sichtlich zu entscheiden, welche Art Bedrohung ich darstellte.

»Hey«, sagte ich, als ich noch etwa drei Meter von ihm entfernt war. »Ich suche den Boy.«

Der Junge bedachte mich mit einem kurzen *Wer-bist-du-denn-schon*-Blick und warf dann weiter Münzen gegen den Pfeiler. »Und?«

»Ich habe fünf Dollar für dich, wenn du mich zu ihm bringst. Ich bin ein alter Freund von ihm.«

»So alte Freunde hat er nicht.« Klick.

»Hör zu, du kannst ihn ja zuerst fragen gehen, wenn du willst. Sag ihm, Bobby Dollar ist hier. Er kennt mich.«

Der Junge sah mich noch mal länger an, hob seine Münzen auf und pflanzte sich dann auf, die Hände in den Taschen seines Hoodies vergraben, die Schultern gegen den Wind hochgezogen. März in San Francisco ist wie Dezember anderswo. Er stand einfach nur abwartend da, bis ich kapierte, was Sache war. Ich zog den Fünfer raus und hielt ihn ihm hin. Als er immer noch nicht näher kam, legte ich den Schein auf einen alten Plastik-

eimer, beschwerte ihn mit einem Stein, damit er nicht wegge-
weht wurde, und trat ein paar Schritte zurück. Er nahm ihn
vorsichtig und beobachtete mich dabei wie eine Katze, die von
Fremden Futter annimmt. Dann drehte er sich um und verschwand einen Hang neben dem Freeway hinauf. Allein im kalten Schatten zurückgeblieben, setzte ich mich zum Warten auf
den Eimer, doch beim Broken Boy war heute offenbar nicht viel
Betrieb, denn es dauerte keine zehn Minuten, bis der Junge wieder da war.

»Da lang«, sagte er und bedeutete mir mit dem Kopf, welche
Richtung er meinte. Es war eine Art Hindernisparcours, bergauf durch Dreck und altes Eiskraut, das mit Plastiktüten und
Fast-Food-Verpackungen dekoriert war, dann durch einen Was-
serkanal, der mich auf alle viere zwang. Ich konnte mich des
Gedankens nicht erwehren, wie leicht ich in diesem Moment
auszurauben wäre, aber es gab keine andere Möglichkeit, den
Broken Boy zu sprechen. Mit ihm macht man nun mal keine
telefonischen Termine.

Ich folgte dem Jungen so lange durch diesen Hindernisparcours, dass ich inzwischen vermutlich kapituliert hätte, hätte ich
mir den Weg merken wollen. Schließlich kamen wir an einer
noch dunkleren, trostloseren und windigeren Stelle unter einem
anderen Teil des Freeways heraus, vor etwas, das wohl einmal
eine Art Wartungseingang gewesen war; das kleine Schutzgitter
war noch intakt, obwohl die Glühbirne dahinter längst nicht
mehr existierte. Die Tür sah zugerostet aus, ging aber überraschend leicht auf und gab den Blick auf eine Abwärtstreppe frei.
Der Junge zog eine Taschenlampe aus seinem Hoodie und
führte mich in die Tiefe wie ein Mini-Vergil.

Der Wartungstunnel war übersät mit verrosteten alten Vertei-
lerkästen voller versiffter Kabel: Man hatte die Dinger offenbar
hier entsorgt, als ihre Zeit abgelaufen war. Ein paar Ecken weiter
trat der Junge zur Seite und winkte mich an sich vorbei. Sobald

ich dem Folge geleistet hatte, knipste er die Taschenlampe aus. Es war stockdunkel.

»Wer da?«, fragte eine Stimme, deren Besitzer die Pubertät noch nicht hinter sich gelassen haben konnte. »Freund oder Feind?«

»Was ist das hier, eine Laienaufführung von Peter Pan? Ich bin's, Bobby Dollar. Sagt dem Boy, dass ich hier bin.«

Nacheinander leuchteten Lichter auf, jedes eine Taschenlampe in der Hand eines Jungen, der nicht älter war als mein Führer. Es sah nach Ferienlager aus und dem Erzählen von Gespenstergeschichten. Es gab sogar eine Art Lagerfeuer – ein Hibachi-Grill mitten im Raum, voll mit glühenden Kohlen. Ein Eisendeckel deckte ihn so weit ab, dass nur etwas rotes Licht herausdrang und auf die dreckigen Betonwände fiel. Einer der Kindersoldaten ging hin und stieß den Deckel mit dem Fuß weg, und plötzlich konnte ich richtig sehen. Nicht dass es viel zu sehen gegeben hätte, nur das halbe Dutzend Jungen und den feuchtkalten, hässlichen Knotenpunkt von Betontunneln.

»Ich hoffe, die Belüftung hier ist gut genug«, sagte ich. »Sonst werdet ihr und der Boy nämlich an Kohlenmonoxidvergiftung durch den Grill da sterben.«

»Keine Sorge, wir kommen schon klar.« Der größte Junge trat vor. Ihm fehlte ein Auge, jedenfalls nahm ich es an, da er eine Bandana über der betreffenden Stelle trug, was erst recht den Eindruck erzeugte, dass Captain Hook jeden Moment auftreten würde. »Woher wissen wir, dass Sie's wirklich sind?«

»Abgesehen davon, dass ich den richtigen Ort gefunden habe? Keine Ahnung. Ihr könnt mich ja vielleicht nach dem Mädchennamen meiner Mutter fragen.«

Einauge runzelte die Stirn. »Den kennen wir nicht.«

»Ich auch nicht, also sind wir quitt. Hört zu, ich habe Geld dabei, und ich habe es eilig. Kann ich jetzt bitte den Boy sprechen?«

»Hey«, sagte ein anderer Junge lässig und so, dass ich es hören musste, »wenn er Geld dabeihat, warum nehmen wir's ihm nicht einfach ab?«

»Halt's Maul«, sagte Einauge schnell. »Du weiß nicht, in was du da reingerätst.« Er wandte sich wieder an mich. »Ich schaue mal, ob er so weit ist.«

Plötzlich kam von irgendwoher ein Wispern, ein kratziges, leises Geräusch, bei dem sich die Härchen in meinem Nacken aufstellten. »*Nein, ist schon okay. Bringt ihn rein.*« Es klang wie ein Geist und zwar keiner von der gesunden und munteren Sorte, die die Sollyhull-Schwestern repräsentieren.

Er saß in der Ecke eines Raums, der vom Haupttunnel abging. Ich war an der Türöffnung vorbeigegangen. Die einzige Lichtquelle war eine Trockenzellen-Notlaterne neben ihm, die seinen verzerrten Schatten riesig an die Wände warf. Er füllte den Rollstuhl kaum aus. Er hatte abgenommen, seit ich ihn das letzte Mal gesehen hatte, und obwohl ich ihn nur auf irgendwo zwischen neun und vierzehn schätzen konnte, wusste ich doch, dass man in diesem Alter normalerweise nicht schrumpfte.

Der Broken Boy ließ den Kopf zur Seite fallen, um mich besser im Blick zu haben. Allein schon den Winkel zu sehen, in dem sein Hals abknickte, tat weh. Denken Sie sich eine Kreuzung aus Stephen Hawking und einer versengten Spinne, und Sie haben eine ungefähre Vorstellung. Nur dass seine Haut so rosa und gesund ist wie die einer neugeborenen Maus. Und seine Augen noch lebendiger, so was von lebendig. »Hi, Bobby. Schön, Sie zu sehen.« Seine Stimme war leiser, als ich sie in Erinnerung hatte, mehr Luft, weniger Druck. »Lang her.«

»Ja. Aber ich bin schon eine ganze Weile nicht mehr bei den Harfenmännern.«

»Das hat Sie letztes Mal nicht davon abgehalten.«

Das wollte ich nicht vertiefen. Erzähle ich Ihnen ein andermal. »Kannst du mir helfen, BB?« Plötzlich hatte ich ein schlechtes Gewissen. »Bist du dazu in der Lage?«

»Ich?« Der Kopf wackelte, die Brust bebte. Er lachte. In der Stille dieser Betongruft unterm Freeway konnte ich es sogar ein ganz klein wenig hören. »Bin total in Form. Fit wie ein Turnschuh.« Dann richteten sich diese leuchtenden Augen wieder auf mich. »Machen Sie sich um mich keine Sorgen, Bobby.« Ein Satz, der auch hätte weitergehen können, »… Sie können ja sowieso nichts tun.« Was stimmte: Die Grauzonen zwischen meinem Team, dem gegnerischen Team und den gewöhnlichen Menschen sind voll von Leuten wie dem Broken Boy, die sprießen und vergehen wie Gras in Gehwegritzen.

»Okay, aber zuerst muss ich ein bisschen was erklären …«

»Geld?«

Ich kramte es aus meiner Tasche und machte das Gummi ab. »Ich habe mir die Regeln gemerkt. Nichts Größeres als Zwanziger. Deine Helfer können die Scheine ja ein bisschen befingern, damit sie nicht mehr so neu aussehen. Das kriegen sie bestimmt gut hin.«

Als ich ihm das Geld hinhielt, schienen seine Tyrannosaurus-Ärmchen im ersten Moment reflexhaft danach greifen zu wollen, aber dann rief er Einauge (der offenbar Tico hieß) und trug ihm auf, das Geld in die Schatulle zu tun. Tico marschierte so stolzgeschwellt hinaus, als hätte er das ganze Geld eigenhändig fabriziert. Der Boy sah ihm nach.

»Es sind gute Jungs«, sagte er von der ganzen Höhe der zwei, drei Jahre herab, die er ihnen voraushatte. »Sie kümmern sich um mich.« Und einen Moment lang hörte ich das Kind, das er sein könnte, hätte er andere Gaben und eine andere Vergangenheit gehabt. Das einsame, kranke Kind, das sich wünschte, es könnte nach draußen gehen und mit den anderen spielen. Es war wie ein Schlag in die Magengrube.

Gleich darauf kam Tico mit zwei anderen Jungen zurück, und sie machten sich daran, den Broken Boy vorzubereiten. Als sie ihn an seiner Apparatur festbanden, die nichts weiter war als eine rostige alte Heim-Fitnessstation, die sie droben in der realen Welt demontiert und hier unten wieder zusammengebaut haben mussten, fragte ich mich kurz, wo sie wohl alle herkamen, welch seltsames Geflecht von Geschichten sie hier zusammengeführt hatte. Der Boy war natürlich der sonderbarste von allen, aber auch über ihn wusste ich nicht viel mehr als über seine kleinen Gefolgsleute. Nicht mal Fatback hatte seinen richtigen Namen herausfinden können. Als unsereins das erste Mal von ihm gehört hatte, war er schon dieser kaputte kleine Kerl mit einer extrem starken Gabe gewesen, die er vermarktete, um sich und eine fluktuierende Gang von Straßenjungen durchzubringen.

Natürlich hat jede Gabe ihren Preis, und der, den der Boy zahlen musste, war ganz schön horrend.

Zuerst umwickelten die Jungen seine Gliedmaßen und seinen Rumpf mit elastischen Binden, wie sie Wochenendsportler für einen verknacksten Knöchel benutzen, bis er aussah wie der Krankenhauspatient in einem Comedy-Sketch. Dann banden sie ihn mit chirurgischen Schläuchen an dem Fitnessgerät fest. Zu meiner Erleichterung taten sie es behutsam, so ehrfurchtsvoll wie Priester, die einen heiligen Schrein herrichten. Sie ließen überall ein wenig Spiel, nur nicht bei der Fixierung seines Kopfes. Die Augen des Boys folgten ihnen, sodass am Rand das Weiße sichtbar wurde, aber ich sah, dass er ruhig und gelassen war. Schließlich hatte er das alles schon etliche Male mitgemacht.

»Hey, Bobby«, sagte er. »Kayshawn, der, der Sie vom Kontrollpunkt hergebracht hat.« Seine Stimme war so leise, dass ich näher an ihn herantreten musste, um ihn zu verstehen. »Er kam zu mir, weil er von mir tanzen lernen wollte. Er hatte von mir gehört, dachte aber, ich sei der ›Breakin' Boy.‹«

»Breakin' Two Ectoplasmic Boogaloo«, sagte ich, einfach aus der diffusen Nervosität heraus, die mich immer überkam, wenn ich den Boy sein Ding machen sah.

Tico kam aus dem anderen Raum zurück, mit einer angezündeten Dose Brennpaste auf einem alten Porzellanteller. »Aber im Tanzen bist du nicht so gut, eh, Boss?«

»Falsch«, sagte der Boy. »Ich tanze total gut. Ihr könnt es nur nicht sehen.«

Tico kniff sein Auge zusammen, ließ etwas Pulvriges aus seiner Faust in die Brennpaste rieseln und stellte dann den Teller vor der Fitnessstation auf den Boden, wodurch der Boy noch mehr wie ein seltsam proportioniertes heidnisches Götzenbildnis aussah. Die Dose spie Funken und ein wenig Qualm, dann wurde die orangerote Flamme bläulich. Tico zog sich zurück und hockte sich mit den anderen an die Wand, eine verzückte kleine Gemeinde.

»Sagen Sie mir, was Sie wissen wollen, Bobby«, sagte der Boy. »Dann führe ich Ihnen meinen Tanz vor.«

Ich hatte ihn schon gesehen. Er war ganz schön beeindruckend. Zweitausend Dollar wert? Kam darauf an, was ich dabei erfuhr. Also erzählte ich ihm von Smyler und wie ich den Killer mit eigenen Augen in einem magischen Engelsnetz zu organischer Kohle hatte verbrennen sehen und wie er kürzlich mehrfach auf mich eingestochen hatte.

»Komisch«, sagte der Boy langsam. Die Flamme war jetzt ganz blau, das Licht im Raum so kalt wie in einem Vierzigerjahre-Gangsterfilm. »Komisch …« Nichts bewegte sich, außer dem Flackern der Brennpaste-Dose und dem Kopf des Boys, der ruckartig am Schlauch um die Stirn zerrte, als hätte der Körper beschlossen zu fliehen, solange das Gehirn mit Sprechen beschäftigt war. »Komisch … wer zahlt und bestimmt, wer nimmt …« Seine Stimme verlor sich, seine Augen waren nach oben weggerollt. »Eine macht die Schwalbe und den Sommer«, sagte er dann so ruhig, als spräche er übers Wetter, aber es klang, als wäre er sehr weit weg. »Sie maskiert – nein, er marschiert … Ma … ma… Mastema? Machermacht mit mehr von dem hellgrellen Gleißweiß. Leisweiß. Weiß, wenn … bei …«

Dann schien der Broken Boy lautlos aufzuschreien, und alles zwischen seiner Nase und seinen Schultern verdrehte sich jäh nach rechts, als hätte ihn eine unsichtbare Riesenfaust getroffen. Ich hatte ja schon gesehen, was mit ihm vorging, wenn er seine Gabe anwandte, aber das hier war anders. Danach hing er einen Moment einfach nur zitternd in seinem Gurtzeug aus Schläuchen, wie ein erschöpfter halbgeschlüpfter Schmetterling. Tico und die anderen wollten sofort herbeieilen, aber ein leises und dennoch deutliches Zischen des Boys schickte sie wieder auf ihre Plätze. Von ihrem Vor und Zurück wackelte die blaue Flamme. Als sie sich wieder beruhigte, hatte der Boy die Sprache wiedergefunden.

»Sorry, Bobby«, sagte er, jedes Wort ein trockenes Krächzen. »Kann nicht. Etwas …« Er rang nach Luft. »Etwas lässt mich nicht. Was Stärkeres. *Viel* stärker … als ich.«

Was, mit Verlaub gesagt, scheiße war, weil es bewies, dass Eligor oder sonst jemand ziemlich weit oben in der Nahrungskette mir übelwollte. Konnte es jemand sein, an den ich noch gar nicht gedacht hatte? Dieser Fettkloß von einem Dämon, Prinz Sitri, hatte es eindeutig genossen, mir und seinem Rivalen Eligor gleichzeitig auf die Zehen zu treten. Aber wenn er Smyler auf mich gehetzt hätte, wäre das Ganze wesentlich komplizierter, als ich dachte. Nein, es sprach doch alles für den Großfürsten, Caz' Ex-Freund und jetzigen Kidnapper. Und wenn der Boy mir nichts über Smyler sagen konnte, hieß das, dass der untote kleine Scheißkerl weiter hinter mir her sein würde und ich weiter improvisieren musste. Wie oft konnte das gut ausgehen?

Wenn Smyler tabu war, hielt ich es wohl am besten mit den Sportreportern, die immer sagen, Angriff sei die beste Verteidigung.

»Du schuldest mir noch eine Antwort«, erklärte ich dem Broken Boy.

»Ach ja? Nachdem ich gerade eins reingekriegt habe, weil

ich mich in Ihre Angelegenheiten einmische?« Er sah aus wie ein gerupftes Huhn in Garanimal-Jeans und Sweatshirt, aber mir blieb nichts anderes übrig. Ich musste hart sein.

»Du schuldest mir eine Antwort, Junge. Ich kann mir's nicht leisten, die zweitausend Dollar nur dafür zu zahlen, dass ich dein Heimdekor bewundern darf.«

Er lachte. Ein Spuckebläschen blieb auf seiner Unterlippe zurück. »Sie sind ein krasser Typ, Bobby.« Er verrenkte den Hals, um mich besser sehen zu können. Ich erleichterte es ihm, indem ich noch näher herantrat. »Was wollen Sie wissen?«

Ich sah in die glänzenden Augen und dreckigen Gesichter seiner Anhängerschaft. Es war wie ein Publikum von Waschbären. »Schick deine Freunde weg. Das hier ist nicht für die Öffentlichkeit.«

Der Boy musste irgendeine Geste gemacht haben, denn Tico stand auf und führte die anderen hinaus. BB hatte sie gut trainiert, das musste ich zugeben. Ganz schöne Leistung für ein sechzig Pfund leichtes Lumpenbündel, das nicht mal allein stehen konnte. Als sie weg waren, beugte ich mich an sein Ohr. Selbst unter all dem Beton hier wollte ich nicht zu laut sprechen. Ich weiß nicht warum – im Park mit Sam hatte ich diese Bedenken nicht gehabt. Aber jetzt fühlte ich plötzlich etwas schwer auf mir lasten, abergläubische Angst oder auch einfach nur die Erkenntnis, was ich da wirklich vorhatte.

»Ich muss wissen, wie man in die Hölle kommt.«

10

EIN MILDER, GRAUHAARIGER MANN

Der Boy brauchte außergewöhnlich lange. Vielleicht hatte ihn ja mein erstes Ansinnen ermüdet, vielleicht war es aber auch einfach eine schwere Aufgabe, jedenfalls mühte er sich wie ein Lastwagen am Berg, und mir war klar, dass er noch nicht annähernd dort war, wo er hinmusste. Zuerst war er einfach aus dem normalen Gespräch weggerutscht wie ein Patient unter Narkose und nahtlos in etwas hinübergedriftet, das wie ein sehr modernes Gedicht klang, aber dann war es für ihn sichtlich ungemütlicher geworden. Er hatte begonnen, an seinen Fesseln zu rucken und sich zu winden wie in einer Art Anfall: Seine verkümmerten Gliedmaßen waren steif, die Zähne zu einem Totenschädelgrinsen aufeinandergepresst, und grunzendes Stöhnen blähte seine Wangen in einem gleichmäßigen Rhythmus.

Ich hörte tatsächlich den ersten Knochen brechen, ein schreckliches, gedämpftes Knacken, als die Verrenkungen seinen fragilen Knochenbau überstrapazierten. Das Schlimmste war, dass er nicht mal schrie, als ob eine so brutale Ruptur von Gewebe und Knochenmaterial kaum in sein Bewusstsein dränge; er schloss nur die Augen, langsam, wie wenn die Jalousie eines Innenstadtgeschäfts heruntergelassen wird.

Es war bei meinem letzten Besuch schlimm gewesen, und es war auch diesmal schlimm, aber ganz anders. Ich weiß nicht, wohin der Boy geht und was er tut – sein Tanz ist mir ein totales Mysterium –, aber ich kann Ihnen versichern, kein Dschungelforscher oder Extrembergsteiger leistet mehr oder leidet mehr. Ich saß da und sah wohl eine halbe Stunde lang zu, wie er sich langsam verdrehte und verkrümmte und die schrecklichsten Formen annahm, wobei sich die Gummischläuche mitdehnten, sodass sie manchmal aussahen wie die externen Venen und Arterien einer völlig fremdartigen Kreatur. In dieser Zeit hörte ich noch drei Knochen brechen. Vielleicht brachen ja auch noch welche, ohne dass ich es hörte. Und die ganze Zeit, die ich zusah, fühlte ich mich wie ein Monster.

Wie jeder anständige Zeitgenosse hatte ich, als ich ihn kennenlernte, versucht, ihn von der Straße weg und in irgendeine Einrichtung zu lotsen, aber er wollte nicht. »Ich war mal in so einem Ding, und ich gehe da nie wieder hin«, erklärte er mir. »Niemals.« Er sagte, falls ihn irgendjemand zu zwingen versuche, habe er gerade noch genug Kontrolle über seine Arme, um sich eine Faust in den Mund zu rammen und sich selbst zu ersticken, und das werde er auch tun. Ich glaubte ihm.

Aber natürlich konnte niemand mit ansehen, was er sich antat – oder was in diesem Fall ich ihm indirekt antat –, ohne sich unbehaglich zu fühlen. Wie gesagt, es gibt viele Leute, die in den Grauzonen leben, den Zwischenbereichen. Und wenn man dort hingeht, weiß man nie so genau, welche Regeln gelten.

Schließlich erschlaffte er. Ich wollte ihn von seiner Apparatur losmachen, aber er schüttelte den Kopf und flüsterte etwas. Ich verstand es nicht, also beugte ich mich nah an ihn heran. Sein Atem war überraschend wohlriechend, wie Zimt.

»Holen Sie … Tico.«

Ich rief die Helfer des Boys, und sie kamen hereingetrabt wie ein Trupp hocheffizientes Notaufnahmepersonal, entwirrten behutsam die Schläuche und machten ihn los, indem sie seine Ärmel und Hosenbeine hochschoben, um an die Knoten zu kommen. Während sie seine blassrosa Gliedmaßen rieben, um die Durchblutung wieder in Gang zu bringen, trat Tico mit einer Injektionsspritze hinzu, aber der Broken Boy schüttelte den Kopf.

»Bobby ...« Ich bückte mich, damit er die Stimme nicht erheben musste. »Sie haben ein Tor ... nur für den Kaiser gebaut ...«

Einen Moment lang dachte ich, er brabble wieder Unsinn, aber er sprach weiter und allmählich verstand ich. Ich hockte mich hin und lauschte angestrengt dem verschütteten Wispern, das mir von der Neronischen Brücke erzählte.

Als Tico ihn sediert hatte, hoben die Jungen den Boy behutsam von der Fitnessstation, legten ihn auf eine Decke und trugen ihn in sein Bett. Tico trat dicht hinter mich, um mich wissen zu lassen, dass es jetzt Zeit war zu gehen.

Der kleine Kerl namens Kayshawn wartete im Hauptraum darauf, mich hinauszuführen. Im Gang drehte ich mich noch mal um. Tico starrte mich an, die Arme vor der Brust verschränkt, ein Stirnrunzeln hinter seiner Piratenbandana. »Sie haben ihn zweimal tanzen lassen«, sagte er. »Ich will Sie hier so bald nicht wieder sehen.«

Ich stehe nicht besonders drauf, von einem Elfjährigen gerüffelt zu werden, aber er hatte recht. Ich zuckte die Achseln und folgte Kayshawn zurück ans Tageslicht.

Auf der Rückfahrt über die Halbinsel war ich nicht mehr in der Stimmung für etwas so Flottes und Lebhaftes wie Elmore James, also legte ich *Chet in Paris* ein. Bakers melancholische Blue Notes waren genau das Richtige für jemanden, der gerade viel Geld dafür ausgegeben hatte, in eine komplizierte und äußerst schmerzhafte Selbstmordmethode eingeweiht zu werden. Ich kurbelte die Fenster hoch und ließ »Alone Together« das Wageninnere füllen wie erinnerter Parfümduft.

Wollte ich also wirklich versuchen, einen Trip in die Hölle zu unternehmen? Das war natürlich schlimmer als Selbstmord, etwa so, wie eine Bauchtänzerin in ein Mudschaheddin-Vergewaltigungslager zu schicken. Und selbst wenn ich irgendwie dort reinkam, wie sollte irgendeine Tarnung so lange funktionieren, dass ich bis zu Eligor gelangte ... und zu Caz? Nach allem, was ich über die Hölle weiß, haben die hohen Tiere dort nämlich einen Lebensstil, den nicht mal die Jung-Republikaner von San Judas je erreichen werden: jeder auf seinem eigenen kleinen Lehen, mit Festung und Privatarmee. Eine Perücke und ein falscher Schnurrbart würden da kaum reichen.

Als ich in die Außenbezirke von San Judas kam, ging mir auf, dass ich noch nichts gegessen hatte. Nach meinem ausgedehnten Abenteuer in Bayview war es jetzt schon Nachmittag, mein Frühstück war auch nicht nennenswert gewesen, und ich hatte ausnahmsweise mal die Taschen voller Geld. In der Hölle würde ich es nicht ausgeben können, und meinen Wagen würde Orban wahrscheinlich sowieso versteigern, also nahm ich die Ausfahrt nach Redwood Shores und steuerte ein teures japanisches Restaurant an, das ich dort am Wasser kannte.

Als es ans Bestellen ging, merkte ich, dass ich doch nicht so hungrig war, wie ich gedacht hatte, also nahm ich nur eine Portion gemischte Tempura zu meinem Sapporo-Bier. Ich knabberte vor mich hin und ließ meine Gedanken umherschlurfen, während ich beobachtete, wie die Möwen vom Geländer draußen aufs Wasser hinabstießen. Ich versuchte, zu irgendeinem anderen Ergebnis zu gelangen als »du bist ganz schön verratzt«, was mir aber nicht gelang. Ich hatte wohl genau zwei Optionen: hierzubleiben und mich irgendwann mit einem spitzen Gegenstand aus Smylers Besitz in meiner Gehirnmasse wiederzufinden, oder aber den Kampf auf Eligors Territorium zu tragen, indem ich den lächerlichen Versuch unternahm, meine Freundin aus der Hölle zu stibitzen – wie in einem überkandidelten

Crosby-und-Hope-Film, *Der Weg ins Inferno*. In beiden Fällen konnte ich nicht mehr damit rechnen, dass meine Bosse mich wiederauferstehen lassen würden, wenn ich fiel, jetzt, wo ich unter Verdacht stand.

Das Restaurant war um diese Tageszeit so gut wie leer, also aß ich in aller Ruhe und hatte vielleicht auch noch ein, zwei Bier nachbestellt und getrunken, als ich schließlich wieder auf den Bayshore und nach Hause fuhr. Es war noch hell, aber die Sonne schickte sich schon an, hinter den Bergen zu versinken, und Downtown Jude war bereits im Griff der Spätnachmittagsschatten, die überraschend schnell kommen und die Temperatur in den Betonschluchten um den Beeger Square binnen Minuten um etwa zehn Grad sinken lassen.

Und nein, als ich bei meiner Wohnung ankam, war ich nicht so dumm, einfach nur Chet Baker abzustellen, auszusteigen und ins Haus zu marschieren. Ich hatte nicht vergessen, was letztes Mal passiert war. Zweimal fuhr ich höchst aufmerksam um den Block, konnte aber nichts Außergewöhnliches entdecken, nur das übliche Sortiment von Einkäufe-ins-Haus-Schleppern und Hunde-Gassi-Führern. Ich wagte es, gegenüber von meinem Haus zu parken, und ging so vorsichtig durchs Eingangsfoyer, wie ich irgend konnte, ohne wie ein Vollidiot rüberzukommen. Da Smyler offensichtlich wusste, wo ich wohnte, würde ich wohl wieder meine Sachen packen und umziehen müssen, was mich total deprimierte. Meine wenigen Habseligkeiten waren noch nicht mal ausgepackt.

Die Tür war abgeschlossen, was mich etwas beruhigte. Bevor ich sie öffnete, steckte ich meine Pistole in den Hosenbund, um eine Hand frei zu haben, falls mich etwas ansprang. Mich sprang nichts an. Aber da saß ein Fremder mitten auf meinem Sofa.

So schnell, dass ich die Bewegung gar nicht mitbekam, war die Pistole wieder in meiner Hand und direkt auf sein gelassenes

Gesicht gerichtet. Es war nicht Smyler, das war die gute Nachricht, aber mir fiel niemand ein, der das Recht hatte, sich in meiner Wohnung aufzuhalten, wenn ich nicht da war. Ich hatte diesen Mann noch nie gesehen – ein semitisch aussehender Typ mittleren Alters mit graumeliertem Bart und hoher Stirnglatze.

»Wer zum Teufel sind Sie?«

Er sah mich milde vorwurfsvoll an. »Bitte, richten Sie das Ding da nicht auf mich. Ich will Ihnen nichts Böses.«

»Was machen Sie dann hier? Ich kann mich nicht erinnern, Sie eingeladen zu haben.«

Er schüttelte den Kopf. »Haben Sie auch nicht. Aber ich bin ein Freund.« Seine Hände ruhten gefaltet im Schoß. Er trug einen billigen braunen Anzug und einen anthrazitfarbenen Mantel, seltsam altmodisch im Frühling von San Judas. Alles an ihm schien darauf angelegt, harmlos zu wirken. In der Natur gibt es Kreaturen, die so aussehen, nur damit ihnen ihre Opfer nahe genug kommen, dass sie ihnen die Zähne ins Fleisch schlagen können. Manche dieser Kreaturen reden sogar so nett wie dieser Mann. Ich weiß es, ich bin ihnen begegnet. Bis ich eines Besseren belehrt wurde, galt also, dass mir dieser milde, graue Mann Angst machte, und ich zielte weiter zwischen seine milden, grauen Augen.

»Dann sagen Sie irgendwas, das mich davon abhält, Ihnen eine Ladung Silber in den Schädel zu jagen und Sie draußen bei den Mülltonnen abzulegen, damit ich in Ruhe *Dancing With The Stars* gucken kann.«

Sein Lächeln war nur unwesentlich kraftvoller als das des Broken Boy. »Gehen wir eine Runde spazieren, Bobby.« Als ich sichtlich zögerte, hob er langsam die harmlosen Hände. »Wenn ich Ihnen etwas tun wollte, würde ich dann hier auf Sie warten und Sie anschließend bitten, mit nach draußen zu kommen?«

»Ja, wenn Sie Kumpels hätten, die draußen lauern«, sagte ich, aber er hatte recht, das war wirklich unlogisch. Wobei ich immer noch nicht davon ausging, dass er mein neuer bester Freund war.

Ich trat hinter ihn und ließ ihn vor mir hergehen, die Pistole so in seinem Rücken, dass sie für jemanden, der uns entgegen- kam, nicht sichtbar war. Ich wollte die Nachbarn nicht unnötig beunruhigen, nachdem sie jüngst erst mit angesehen hatten, wie ich auf dem Bürgersteig übel zugerichtet worden war.

Als wir ins Freie traten und ich um meine Achse schwenkte wie ein Panzerschütze, um mögliche Komplizen des Mannes auszumachen, sah er mich mit einem Gesichtsausdruck an, der wie eine Mischung aus Enttäuschung und milder Belustigung wirkte. »Erkennen Sie mich wirklich nicht, Bobby?«

Ich starrte ihn an, aber obwohl mir irgendetwas an ihm ver- traut vorkam, an seiner Art zu sprechen, vielleicht auch an sei- ner zierlichen Gestalt, bekam ich es einfach nicht zu fassen. Ei- nen Sekundenbruchteil lang fragte ich mich sogar, ob er vielleicht Leo war, mein alter Ausbilder bei den Harfenmännern, von den Toten zurückgekehrt, aber es war nicht Leo, an den er mich er- innerte, und außerdem hätte Leo nie so ein Spielchen gespielt: Sollte er je zurückkehren, säße er plötzlich mitten in der Nacht auf meiner Brust und würde mich fragen, ob ich verdammt noch mal bis mittags zu schlafen gedächte.

Die Pistole jetzt in der Jackentasche (aber den Finger noch immer am Abzug) ging ich mit dem Fremden zur Main Street und dann in Richtung Beeger Square. Der Brunnen auf dem Platz (bekannt als »Raketen-Judas«, weil die Brunnenfigur eine Bufano-Statue unseres Schutz- und Namenspatrons ist, die ir- gendwie die Form einer Rakete hat) ist ein beliebter Treffpunkt, und ich wusste, hier würden wir nicht auffallen, aber ich wäre dennoch von Leuten umgeben, während ich herausbekam, was es mit diesem Herrn auf sich hatte.

Wir setzten uns auf eine der Bänke. Ich ließ etwa dreißig Zen- timeter Platz zwischen uns, um es ihm schwerer zu machen, mich zu packen. Er musste diesen kleinen Handwerkskniff bemerkt haben, denn er schüttelte den Kopf. »Immer noch nicht, Bobby? Obwohl wir so oft miteinander reden?«

Ich starrte ihn irritiert (und immer noch ziemlich nervös) an, und plötzlich wusste ich, wer er war. Es schien kaum möglich. »Temuel? Erzengel Temuel?«

»Sch-sch.« Er legte sich sogar den Zeigefinger auf die Lippen. »Sie brauchen es nicht gleich hinauszuschreien.«

Ich saß da und klappte den Mund auf und wieder zu. Verblüfft ist gar kein Ausdruck. Die höheren Engel erscheinen nur aus wichtigen Gründen auf der Erde, und wenn sie es tun, ist es so, als erschiene jemand von der absoluten Hollywood-Prominenz auf Ihrer Geburtstagsparty. Wobei Temuel nicht der Typ ist, der um jeden Preis angehimmelt werden will. Aber genau das war ja das Problem – er war überhaupt nicht der Typ dafür, auf die Erde zu kommen, geschweige denn in meinem schmuddligen kleinen Apartment herumzuhängen.

»Was machen Sie hier?«, fragte ich schließlich. »Ich meine, ist es … was Offizielles? Was Himmel-dot-org-Mäßiges?«

»Was glauben Sie?«

Ich schluckte. Ich bin ja nicht so leicht um Worte verlegen, aber ich wusste einfach nicht, was ich sagen sollte. Hieß das, jemand hatte mich wegen Caz verpfiffen? Oder ging es um die Feder? War Temuel hier, um mein Beschäftigungsverhältnis diskret zu beenden? Mein Zeigefinger am Abzug der Automatik spannte sich etwas, aber das war ein reiner Reflex. Wenn meine Bosse mich aus der Personalliste streichen wollten, würden mir ein paar Silberkugeln auch nicht helfen. Schließlich fragte ich, weil mir nichts Besseres einfiel: »Was wollen Sie?«

»Ich habe gehört, Sie sind daran interessiert, in die Hölle zu gelangen. Ich bin bereit, Ihnen zu helfen.«

Das war in der Wirkung nicht so anders als eine Ohrfeige. »Hä? Was? Ich meine, *warum*?« Es ist schwer, intelligent Konversation zu machen, wenn der ohnehin nicht so robuste eigene Zugriff auf das Wieso-Weshalb-Warum der Dinge sich gerade als wesentlich labiler entpuppt hat, als man je dachte. »Warum sollten Sie das tun wollen?«

»Ganz einfach, damit Sie *mir* helfen.«

Mein Erzengel erklärte mir, was er wollte und was er mir dafür geben würde. Nichts davon ergab irgendeinen Sinn, nicht in dem Moment, ich schaffte es gerade mal mit Mühe zuzuhören, ohne ihn zu schütteln und anzubrüllen, *Was geht hier vor? Was macht mein Boss hier auf der Erde, undercover? Warum erklärt er mir, wie er mir helfen will, in die Hölle zu kommen, damit ich meine geliebte Dämonengräfin retten kann?* (Wobei er Letzteres mit keinem Wort erwähnte; wenn er von Caz wusste, behielt er es für sich.) Aber was er sagte, klang aufrichtig, auch das, was er für mich zu tun anbot. Und als er damit herausrückte, was ich dafür für ihn tun sollte, war es nicht, wie ich erwartet hatte, so etwas, wie den Ozean mit einem Teelöffel auszulöffeln, sondern etwas erstaunlich Simples. Blödsinnig Simples sogar.

»Das ist alles? Sie wollen nur, dass ich jemanden finde und ihm das sage?«

»Ich will, dass Sie jemanden in der Hölle finden, Bobby. Das ist nicht so leicht.«

»Aber trotzdem …« Ich schüttelte den Kopf. Fragen war gut – Fragen würde mir helfen, am Leben zu bleiben –, aber wenn ich zu viel fragte, würde ich womöglich diese Chance verspielen. Ja, natürlich schrie jedes Quentchen Selbsterhaltungstrieb in mir »*Falle!*«, aber wie sollte das angehen? Wenn meine übrigen Vorgesetzten genauso viel über mich wussten, wie Temuel über mich zu wissen schien, hatten sie genug Seil in der Hand, um mich zu hängen und den ganzen Mormonen-Tabernakelchor dazu. Nein, der Mull behauptete, er tue das, was er hier tue, allein, und bislang war das das einzig Plausible.

»Sagen Sie mir, wie Sie es rausgekriegt haben«, sagte ich.

»Das mit der Hölle, meine ich.« Dann ging es mir auf. »Mein Handy. Clarence hat gesagt, er hat es irgendwie angezapft oder verwanzt oder was, als er Sam auf der Spur war. Es ist immer noch verwanzt.«

Temuel schüttelte den Kopf, stritt es aber nicht ausdrücklich ab.

»Sagen Sie, dass Sie der Einzige im Himmel sind, der es weiß.«

»Ich bin der Einzige, Bobby. Bislang. Aber ich kann nicht garantieren, dass Sie auf ewig ungeschoren durchkommen.«

Wir redeten noch eine Weile. Er erklärte mir die restlichen Details – Sie kriegen sie auch noch, aber nicht jetzt – und stand dann auf: Unser kleiner Plausch zu Füßen von Raketen-Judas war offensichtlich zu Ende. Als wir über den großen Platz zurückgingen, hielt ich die Pistole nicht mehr in der Hand, aber ich fühlte mich nicht viel sicherer als auf dem Hinweg. Ich war eindeutig in etwas Großes und Tiefes hineingeraten, so groß und so tief, dass ich ohne Hilfe nicht überleben konnte, und der Einzige, der mir eine Rettungsleine zuwarf, war jemand, der mich jederzeit in einen Nichtidentifizierten Engelsfleck Klasse zwo verwandeln lassen konnte.

Es war jetzt dunkel. Die Bürgersteige waren leer, aber auf den Straßen war Verkehr, späte Pendler auf dem Nachhauseweg, alle übrigen auf dem Weg ins Kino oder Restaurant. Es hatte leicht genieselt, gerade so viel, dass meine Jacke mit winzigen Tröpfchen bedeckt war und mein Gesicht feucht.

Als wir uns dem Ende der Main Street näherten, kam plötzlich eine knochige Gestalt zwischen zwei Müllcontainern hervor und stellte sich uns in den Weg. Es war dunkel, keine Straßenlaternen, aber ich wusste genau, wem dieser sehnige, geduckte Körper gehörte.

»Es ist so clever«, sagte Smyler. »Es ist so schlau. Es hat gewartet und gewartet.«

»Shit.« Ich fummelte meine Pistole aus der Tasche. Temuel

starrte die dürre Erscheinung an. Mein Boss sah verängstigt aus, was nicht das war, was ich in dem Moment sehen wollte. »Bleib stehen«, sagte ich zu der Kreatur mit der langen Klinge und versuchte, meine Stimme so klingen zu lassen, als ob man ihr besser gehorchte. »Ich will dich nicht erschießen – ich würde lieber reden –, aber ich puste dich in Fetzen, wenn du auch nur einen Schritt machst.«

»Ich kann nicht hier sein«, sagte Temuel atemlos-hastig. »Ich kann nicht riskieren …«

Und dann war er weg, einfach weg, als ob er nicht eben noch neben mir gestanden hätte. Als ich mich eine Schocksekunde später wieder nach vorn drehte, kam der Killer mit dem vorstehenden Unterkiefer und der vierkantigen Stichwaffe in langen Sätzen auf mich zu, ein dürrer Schatten mit den starrenden, erregten Augen eines wahnsinnigen Kindes.

11

WAHRE NAMEN

Diesmal hatte ich eine Pistole in der Hand. Und diesmal war sie mit Silber geladen. Da Smyler mir offensichtlich nicht die Chance geben wollte, mit ihm über seinen Rachefeldzug und den dahinterstehenden Auftraggeber zu reden, zielte ich auf seine Körpermitte und drückte ab. Ich jagte drei Kugeln mitten durch ihn hindurch.

Das meine ich wörtlich: Als die Pistole in meiner Hand vom Rückstoß hüpfte, sah ich durch die Löcher, die die Hohlspitzgeschosse rissen, die Straßenlaterne am anderen Ende der Gasse, als ob der Kerl inwendig aus Sternen bestünde. Dann waren die Löcher weg – vielleicht hatte ich nicht mehr den richtigen Blickwinkel –, und Smyler sprang plötzlich seitwärts an die Hauswand, haftete dort mit den Füßen und einer Hand wie eine Fliege und krabbelte auf mich zu, das lange, spitze Ding in der freien Hand genau auf mein Gesicht gerichtet.

Ich warf mich hin. Er verfehlte mich, aber seine Klinge riss meinen Kragen auf. Wollte er mich töten oder nur kampfunfähig machen? Und wie zum Teufel konnten drei Silbergeschosse durch ihn hindurchfetzen, ohne ihn auch nur zu bremsen?

Ich tat mein Bestes, mich so abzurollen, dass ich gleich wieder in den Stand kam. Im tiefen Schattendunkel der Gasse war mein Gegner schwer auszumachen. Kurz dachte ich, er wäre

verschwunden, aber dann sah ich ihn wieder die Wand entlang-
krabbeln wie eine Spinne, genau auf mich zu. Was zum Teufel
war er? Oder vielmehr, wozu hatten ihn meine Feinde gemacht?
Er scherte sich nicht um die Schwerkraft, es war, als bestritte ich
einem Käfigkampf gegen M. C. Escher.

Ich wollte keine Kugeln mehr verschießen, ehe ich ihm eine
aus nächster Nähe in den Kopf jagen konnte. Ich hatte immer
noch den Totschläger im Ärmel, aber der hatte letztes Mal nicht
viel ausgerichtet, also schnappte ich mir den Deckel der nächst-
besten Mülltonne und drehte mich gerade in dem Moment wieder zurück, als Smyler sich erneut auf mich stürzte. Ich bekam
den Deckel noch hoch, aber Smylers Bajonett durchstach ihn
wie ein Kugelschreiber ein Blatt Druckerpapier, und die Spitze
landete zwei Fingerbreit vor meinem rechten Auge. Ich verdrehte den Deckel, versuchte, ihm irgendwie den Griff der vierkantigen Waffe aus der Hand zu ruckeln. Das gelang mir nicht,
aber er musste seine Position über mir verändern, um mein Ge-
ruckel zu kompensieren, also rollte ich mich rückwärts ab und
zog ihn mit, hielt den Deckel eisern fest, bis ich seinen Kopf auf
den Asphalt schlagen hörte. Ein tolles Geräusch. Ich spürte einen Adrenalinstoß, und ausnahmsweise fühlte es sich nicht nur
wie nackte Angst an.

Wenn es zu einem Ausdauerkampf kam, war mir der zähe
Scheißkerl überlegen, also stemmte ich mich mit dem Deckel
gegen ihn wie ein Footballer gegen einen Trainingsschlitten und
bügelte ihn, als er hochzukommen versuchte, wieder auf den
Asphalt. Sobald uns fester Boden stoppte, kletterte ich auf den
Kerl und donnerte ihm einfach immer wieder den Deckel ins
Gesicht, so fest ich konnte. Nach einem guten Dutzend Hieben
warf ich ihn samt der immer noch drinsteckenden Klinge weg
und drosch jetzt mit der Faust und einem Betonbrocken, den
ich gefunden hatte, auf Smyler ein. Ich schlug mir die Handknö-
chel blutig, schmetterte seinen Kopf immer wieder so fest auf

den Asphalt, dass ich das Knacken in der engen Gasse hallen hörte. Er krallte noch nach mir, mehr aber auch nicht. Ich ließ mich mit dem Knie auf seinen Bauch fallen, stand dann auf und fing an zuzutreten. Ich hörte jetzt Sirenen – jemand hatte endlich die Polizei gerufen. Ab einem bestimmten Punkt gibt es keine Erklärungen mehr. Es war wohl der rote Nebel, wie er über die Wikinger kam. Alles, was mit mir passiert war, alles, was sich in mir angestaut und innerlich an mir gefressen hatte, der Frust, der Zorn und vor allem die Angst, das kam jetzt heraus. Ich trat auf die grässliche Kreatur ein, bis ich ihr sämtliche Knochen zermalmt hatte. Mit derselben Wucht trat ich auf den Kopf ein. Blut flog. Ich trat zu, bis das schlaffe Ding, das Smyler gewesen war, sich an meinem Fuß verfing wie ein kaputter Papierdrachen. Dann sank ich zwischen zwei Mülltonnen an die Hauswand, keuchend, nach Luft ringend und bemüht, die Tränen zurückzuhalten. Trotz allem, was ich gerade getan hatte, fühlte ich mich wie das Opfer einer Knast-Duschraum-Vergewaltigung.

Da hob sich auf einmal der zertrümmerte, deformierte Kopf auf dem gebrochenen Hals. Er arbeitete, schien den gesamten zermalmten Körper zu sich emporzuziehen und schüttelte ihn wieder in Form, während die Knochen sich wieder zusammenfügten und die Kreatur sich reparierte. Es dauerte nur Sekunden und erschütterte mich so tief, dass ich nur mit offenem Mund gaffen konnte. Wie viel Energie musste Eligor verausgaben, um Smyler *dazu* zu bringen? Das alles, nur um mich zu kriegen? Den mickrigen Bobby Dollar, einen winzigen Stachel im gewaltigen Fleisch des Großfürsten? Das war, wie eine Atombombe einzuschmuggeln, um eine Ratte zu erledigen.

Körperlich schon fast wieder im Normalzustand, starrte mein Feind mich an. Das Gesicht unter der immer noch blutgetränkten Kapuze war wieder heil, die tote, graue Haut stramm über den Knochen gespannt. Die hässlichen kleinen Unterzähne traten noch mehr hervor – Smyler lächelte.

»Oh, es *mag* das, Bobby Dollar! Hat gesagt, er gibt nicht auf. Ja! Mehr! Es will dein Herz.« Und dann zog er sein verrücktes Messer aus dem Mülltonnendeckel, sprang an die Wand und klebte dort wie ein sonnenbadender Gecko in einem Innenhof in Tijuana.

Meine Pistole hatte ich im roten Zorn irgendwo verloren, aber das war auch egal. Ich konnte ihn nicht besiegen. Solange Eligor oder wer auch immer so viel Energie hineinsteckte, ihn auf der Erde lebendig und funktionsfähig zu erhalten, würde ich immer verlieren. Ich hatte keine andere Waffe mehr als den blutigen Betonbrocken in meiner Hand. Dicht an der Wand wich ich zu einer Türnische zurück, wo ich noch am ehesten eine Chance hätte, mich zu verteidigen, aber der Körper, den ich trug, würde Stichwunden nicht auf magische Art in Sekundenschnelle reparieren, und töten wollte er mich im Moment ja wohl ohnehin nicht. Er oder jedenfalls sein Herr wollte wissen, wo die Feder war, und er würde sich bestimmt gern die Zeit nehmen, es herauszubekommen.

Die Sirenen wurden jetzt richtig laut.

Wieder hatte ich ihn im Dunkel aus den Augen verloren, aber ich sah eine Bewegung und wusste jetzt, dass er auf den Boden hinabgeglitten war, wo er im Schatten eines Müllcontainers noch schwerer zu erkennen war. Ich wappnete mich, weil ich mir sagte, dass er bestimmt nicht lange abwarten würde. Ich hatte recht.

Smyler kam die Gasse entlang wie ein Krebs, im Seitwärtsgang und in einem verrückten Zickzack. Ich sah kurz eins seiner starrenden Haifischaugen aufblitzen, dann den Strich von reflektiertem Laternenlicht, der seine Klinge war. Instinktiv wich ich zur Seite aus, und das Bajonett sauste unsichtbar an meinem Ohr vorbei. Ich wusste erst, dass es da war, als es auf dem Rückweg meine Wange ritzte.

»*Bobby!*«, sagte jemand. »*Augen zu!*«

Ich machte sie zu, gerade so viel zu spät, dass ich noch die erste Explosion von feurigem Licht sah. Smylers gefrorene Grimasse über mir, die Augen weit aufgerissen, die Pupillen aber plötzlich nicht größer als Ameisenköpfe, brannte sich in meine Netzhaut.

Das Licht loderte immer heller, selbst durch meine geschlossenen Lider, selbst durch das Nachbild von Smylers grässlichem Gesicht, wurde so grell, dass das Innere meines Kopfs ein einziges Weiß zu sein schien. Smyler schrie. Trotz allem, was ich mit ihm gemacht hatte, war es das erste Mal, dass ich einen Laut des Schmerzes von ihm hörte. Dann war das Weiß zu viel, ich ging zu Boden und hüllte mich ein Weilchen in Dunkel.

Als ich wieder denken konnte, wurde mir klar, dass ich auf Unterarmen und Knien kauerte, die Stirn auf dem kühlen Asphalt. Ich hob den Kopf. Smyler war weg. Temuel oder jedenfalls seine irdische Gestalt stand neben mir. Seine Hand sah aus wie auf einem Röntgenbild, noch so intensiv rötlich-orange glühend, dass ich die Knochen unter den Muskeln erkannte. Er streckte mir die andere Hand hin, um mir aufzuhelfen. Sie fühlte sich ziemlich normal an.

»Wo ist er hin?«

»Dieses Ding?« Temuel sah besorgt drein. »Es ist vor dem Licht geflüchtet. Es ist stärker, als es aussieht. Sie sollten von hier verschwinden. Ich habe die Polizei in eine andere Richtung geschickt, aber die werden wiederkommen.«

Ich hätte ihm danken sollen, doch alles, was mir einfiel, war: »Wissen Sie irgendwas über dieses *Ding*, wie Sie es nennen?«

Er sah mich auf eine Art an, die nichts verriet, absolut nichts. »Ich kann nicht hier sein, aber ich konnte Sie auch nicht diesem Angriff preisgeben.« Er musterte mich kurz von oben bis unten. »Ich muss jetzt gehen.«

»Scheint so, als hätten wir noch eine Menge zu bereden.«

»Kennen Sie das Industriemuseum?«, fragte er. Was für eine

Frage! Das kennen selbst Touristen, und ich wohnte seit vielen Jahren in San Judas. »Gut. Davor, beim Brunnen. Morgen Abend, zehn Uhr.« Er sah mich noch einmal prüfend an. »Und passen Sie auf sich auf, Bobby.« Dann ging er davon.

Ich sah ihm einfach nur nach. Ich war so müde und kaputt, dass ich kaum noch stehen konnte, dachte aber trotzdem noch daran, meine Pistole zu suchen und an mich zu nehmen. Eins allerdings fiel mir plötzlich auf und ging mir nicht aus dem Kopf, während ich heimwärts humpelte. Die ganze Zeit, die er dagewesen war, hatte Temuel mich nicht ein einziges Mal Doloriel genannt. Bei meinem wahren Namen. Meinem Engelsnamen.

Da ich meine Wunden versorgen und irgendwie mit diesem ganzen verrückten Zeug klarkommen musste, konnte ich mir noch nicht mal einen freien Abend machen – noch nicht. Die Kommentare von Passanten ignorierend, die mich für betrunken hielten, schaffte ich es mit ein paar Erholungspausen nach Hause. Vielleicht hatte Temuels Lightshow Smyler ja so viel anhaben können, dass er erst mal längere Zeit aus dem Weg war. Jedenfalls hatte ich vorher von ihm noch nie eine Schmerzensäußerung gehört, auch nicht damals, als er vor meinen Augen verkohlt war. Aber verlassen konnte ich mich darauf nicht. Dieses grässliche Etwas war mir haushoch überlegen. Nur Temuels Eingreifen hatte mir das Leben gerettet, wenn nicht sogar die Seele. Ich durfte nicht darauf spekulieren, dass Smyler nicht wiederkommen würde.

Als ich endlich in meiner Wohnung war, warf ich Toilettenzeug und sonstigen Minimalbedarf für ein paar Tage in einen alten Koffer, an dem eine Schließe fehlte. Meine eigentliche Reisetasche ließ ich im winzigen Flurwandschrank, weil ich nicht wollte, dass es aussah, als wäre ich ausgezogen, falls irgendjemand hier nach mir suchte, meine eigene Partei inklusive.

Einfach nur, um auf der Suche nach einem Schlafplatz bekannte Muster zu vermeiden, fuhr ich den Woodside Highway rauf und dann ein paar Meilen nach Süden, bevor ich wieder nach Osten abbog, in einen Teil der Stadt, in den ich sonst kaum je kam. Der Sand Hill Corridor war einer der besten Indikatoren dafür, ob sich Jude gerade im Boom- oder im Niedergangsmodus befand; man konnte die Quadratmeterpreise hier verfolgen wie einen lokalen Aktienindex. Und da der Sand Hill Corridor Ground Zero für Wagniskapital war, war er auch Grund Zero für ziemlich teure Hotels, viele davon mit einem herrlichen Blick auf die Hügel, dürr-golden um diese Jahreszeit, ehe der Regen das Grün zurückbrachte. Ich hatte immer noch das Geld von Orban in der Tasche, und falls ich in die Hölle ging, würde ich es nicht mitnehmen können, also konnte ich es auch jetzt für etwas Komfort ausgeben.

Das Hotel, das ich mir aussuchte, war ein äußerst schickes Haus speziell für Geschäftsleute, und da mir die Aussicht egal war, bekam ich für meine paarhundert Dollar eine recht nette Suite. Was ich wollte, war Sicherheit, und die würde ich eher an einem Ort wie diesem kriegen, zum Teufel mit den Kosten. Ich hatte mich zuerst noch an einer Tankstelle ein bisschen frisch gemacht, sah aber zweifellos immer noch aus, als wäre ich gerade überfallen worden. Die junge Frau an der Rezeption erfüllte jedoch dankenswerterweise meinen Zimmerwunsch, ohne mit der Wimper zu zucken, ja lächelte sogar, als sie mir auf mein Bündel Scheine herausgab. Im Zimmer fiel ich zuerst mal über die Minibar her und nahm dann das längste und heißeste Bad meines Lebens, in der Hoffnung, die schlimmsten Schmerzen und das zwanghafte Frösteln aus mir herauszubrühen. Ich hielt aus, bis man mich als Siedfleisch hätte servieren können, aber das Zittern ging nicht ganz weg.

Schließlich stieg ich aus der Wanne, wickelte mich in einen dicken Frotteebademantel mit dem Hotellogo auf der Brusttasche und führte mir einen weiteren Drink zu. Ob Sie's glauben oder nicht, es war nur gegen die Schmerzen, denn inzwischen war mir klar, dass ich in jener Art düsterer, deprimierter Stimmung war, an der selbst Alkohol nichts zu ändern vermag. Ich weiß, das klingt unamerikanisch, aber es ist nun mal so: Ich kenne mich, und ich weiß, wie diese Körper, die ich trage, funktionieren.

Ich war mir ziemlich sicher, wer hinter all dem steckte, und es fühlte sich an, als säße etwas Scharfkantiges zwischen meinem Gehirn und meinem Stirnbein. Wenn ich es in meinem Magen gefühlt hätte, dann wäre es etwas Unverdauliches wie Schotter oder Glas gewesen, aber so war es ein Gedanke, und das war tausendmal schlimmer.

Eligor. Zuerst hatte er sein gehörntes sumerisches Monster auf mich gehetzt, lange bevor ich seine Ex-Freundin je berührt hatte, nur weil er dachte, ich hätte diese verdammte Engelsfeder. Dann hatte er Caz vor meinen Augen mitgenommen, nicht ohne sie vorher zu zwingen, mir zu sagen, sie liebe mich nicht. Jetzt fing er wieder von vorn an, indem er diesen untoten Psychokiller auf mich ansetzte wie eine Katze auf eine Maus, sodass ich mich sogar vor meinen eigenen Arbeitgebern und Freunden verstecken musste. Und er hatte *Caz!* Mit anderen Worten, Eligor hatte das Spiel längst in der Tasche, aber er wollte mich dennoch zertreten wie einen Wurm, nur um mir zu zeigen, wie klein und unbedeutend ich war. Wie konnte die Hölle noch schlimmer sein? (Ja, das war eine dumme Frage, und ich sollte bald merken, *wie* dumm, aber in dem Moment war ich halbbesoffen und hatte Schmerzen.)

Wenn ich bisher noch geschwankt hatte, war ich jetzt fest entschlossen. Ich würde nicht länger herumsitzen und warten, dass mich jemand zu töten oder reinzulegen oder sonst was mit mir zu machen versuchte. Wenn der Großfürst um diese Art Einsätze spielen wollte, würde ich mein Bestes tun, ihn selbst an den Spieltisch zu zwingen und zwar an seinen eigenen.

So erschöpft ich auch war, konnte ich doch, nachdem ich das

Licht ausgemacht hatte, lange nicht einschlafen. Ich lag da, die Hände unterm Hinterkopf, beobachtete die unsteten Schatten, die das Flackerlicht des Fernsehers an die Decke malte, und dachte darüber nach, wie ingrimmig ich Eligor den Reiter hasste und wie toll es sich anfühlen würde, ihm das schäbige, nichtswürdige Herz aus der Brust zu reißen und vor die Augen zu halten.

Als ich endlich einschlief, reiste ich nur noch tiefer in diese Finsternis. Ich erwachte mit einem leisen Blutgeschmack im Mund.

12

EIN ENGEL IN MEINEM OHR

Als ich aufstand, war schon Mittag durch, und ich konnte kaum glauben, dass das in dieser Nacht alles wirklich passiert war. Es hatte viel zu viel von einem Traum – mein Vorgesetzter, der Erzengel, der mir sagte, er wolle mir helfen, in die Hölle zu gelangen, um meine geliebte Dämonengräfin zu retten. Aber Ihr Freund Bobby Dollar lässt sich nun mal nicht durch solche Kleinigkeiten wie Fakten oder den gesunden Menschenverstand von einem selbstmörderisch törichten Kurs abbringen, also begann ich, sobald ich meinem Körper so viel Koffein zugeführt hatte, dass er funktionsfähig war, die Vorkehrungen zu durchdenken, die es zu treffen galt, wenn ich diese Sache wirklich durchziehen wollte.

Was die Arbeit anging, war ich ja auf unbestimmte Zeit beurlaubt und brauchte dem Himmel nicht mitzuteilen, wo ich mich aufhielt, an dieser Front war also alles klar. Außerdem würde ich mich drauf verlassen, dass Temuel das notfalls für mich regelte, da er viel mehr über den Himmel wusste als ich. Ich wollte aber nicht, dass die Leute im *Compasses* zu viele Fragen stellten, also rief ich Monica und Jung-Clarence an und sagte ihnen, ich würde eine Weile verreisen. Ich ließ durchblicken, dass ich einfach mal allein sein musste, um über alles nachzudenken, und ich mich melden würde, wenn ich wieder da wäre.

Wo ich gerade mit dem Handy zugange war, sah ich mir an, was mir Fatback geschickt hatte, aber es war alles in allem ein erneuter Aufguss dessen, was ich schon wusste: die ursprünglichen Morde in den Siebzigerjahren und dann Smylers Greatest Hits Tour, als er wiedergekehrt war und wir ihn schließlich (wie ich damals glaubte) erledigt hatten. Es war nichts dabei, was nicht mindestens schon ein Jahr alt war, und die einzige für mich neue Information waren ein paar Gerüchte in Zusammenhang mit seiner ersten Wiederkehr, die Fatback aus irgendwelchen dubiosen, abseitigen Winkeln des Internets gezogen hatte. Nichts davon erklärte mir auch nur im Geringsten, warum er mich jetzt mit seiner Klinge perforieren wollte oder weshalb er einfach nicht tot blieb.

Zu packen brauchte ich nicht, um in die Hölle zu gehen, da ich kein reales Gepäck mitnehmen konnte. Gehen würde ja nur meine Seele, nicht mein Erdenkörper. Aber ich musste mir überlegen, was ich mit diesem Körper machen würde, solange ich ihn nicht benutzte. Ich hatte für mein jetziges Apartment Miete und Kaution bezahlt, aber der Vermieter war ein neugieriger älterer Mann, und ich konnte mir nur zu gut vorstellen, wie er mit seinem Schlüssel mein Apartment »inspizierte«, meinen scheinbar leblosen Körper fand und die Polizei rief. Selbst wenn ich wiederkäme, ehe jemand meine sterblichen Überreste einäschern ließ, wäre es doch schwer zu erklären. Nein, ich musste meinen Körper irgendwo deponieren, wo er sicher war, bis ich ihn wieder beziehen konnte.

Allzu viele Optionen hatte ich nicht. Zwar brauchte der Körper selbst keine weitere Fürsorge. Er war eine der himmlischen Spezialanfertigungen und würde reglos und bei bester Gesundheit ausharren, solange ich woanders war. Aber das Problem war, *wo* ich ihn lassen sollte: Ich würde nicht wissen, was mit ihm geschah, und würde, selbst wenn ich es wüsste, nicht von jetzt auf gleich in ihn zurückkehren können. Ich brauchte einen

Beschützer – einen Renfield gewissermaßen, jemanden, der auf meine fleischliche Hülle aufpasste, während ich sie nicht benutzte.

Endlich kam mir eine Idee, die ich jedoch nur sehr widerwillig akzeptieren konnte. Wie so viele Ideen, die ich in letzter Zeit hatte, war sie so beschissen, dass ich mich dafür hätte ohrfeigen können, aber nachdem ich mich den ganzen Nachmittag mit dem Problem herumgeschlagen hatte, war sie immer noch die beste, mit der ich aufwarten konnte. Was Ihnen wohl eine Vorstellung von der Qualität meiner Optionen geben dürfte.

Mein Kandidat nahm ab und ließ das Telefon zweimal fallen, bevor er es schaffte, »Yo, hier G-Man« zu sagen.

Ich holte tief Luft, noch immer nicht sicher, ob ich nicht einfach auflegen und meinen Körper irgendwo mitten auf der Straße zurücklassen sollte – bestimmt wäre er dort sicherer, denn wenn es auf dem Erdenrund einen nervigeren und nichtsnutzigeren Menschen gab als Garcia »G-Man« Birkling, war er mir noch nicht begegnet. Ich hatte G-Man kennengelernt, als ich herauszufinden versuchte, in welchem Zusammenhang der verstorbene Großvater seiner Freundin mit Sams Drittem Weg stand (wenn ich auch damals noch nicht gewusst hatte, dass Sam damit zu tun hatte). Leider hatte sich danach gezeigt, dass der junge Garcia schwerer loszuwerden war als ein Teerbaby in einem Strampelanzug aus Klettband. Glauben Sie mir, er war wirklich der Letzte, an den ich mich wenden wollte, aber Liebe und Verzweiflung bringen oft seltsame Bettgenossen hervor.

»Hey, G-Man«, sagte ich. »Hier ist Bobby Dollar.«

»Bobby! *Long time no see*, Brah! Was geht?« Er bildete sich ein, mein Fahrer oder Assistent oder irgendwas zu sein. Ich hatte alles getan, um ihm diesen Zahn zu ziehen, aber es war, wie mit einem Verrückten zu sprechen. Ach, verdammt, was rede ich da? Es war der Inbegriff des Sprechens mit einem Verrückten. Aber G-Man verfügte derzeit über ein weitgehend leeres Haus, also hatten Stolz und gesunder Menschenverstand hintanzustehen.

Ich sagte, dass ich an diesem Nachmittag im Haus von Posies Großvater vorbeischauen würde, und ließ mir bestätigen, dass G-Man da sein würde und Posie nicht, was gut war. Sie war zwar nicht dümmer als ihr Freund (falls das technisch überhaupt möglich war), aber doch ein Sicherheitsrisiko. Ich hatte schon G-Man am Hals, da Clarence ihn damals zu der Schießerei im Shoreline-Park mitgeschleppt hatte, aber es gab keinen Grund, diesen Schlamassel noch auszuweiten.

Ich traf noch ein paar Arrangements, rief dann Sam unter der Nummer an, die er mir gegeben hatte, und hinterließ auf dem Anrufbeantworter, was ich vorhatte. Es schadet nie, wenn jemand Kompetentes weiß, was läuft, und meine Auswahl an intelligenten Komplizen war sichtlich nicht allzu groß. Ich wollte nicht, dass Sam irgendetwas Bestimmtes für mich tat, aber ich steckte einfach so tief in einem Geflecht aus Lügen, komplizierten Verwicklungen und anderer Leute Absichten, dass ich jemanden haben wollte, der auf meiner Seite war, wenn alles in die Hose ging, wie es der Normalfall ist. Sam mochte mich zwar in einigen Dingen angelogen haben, aber soweit ich wusste, war er immer noch mein Freund.

Dann fuhr ich nach Palo Alto zu Edward Walkers großem altem Haus, wo seine Enkelin und ihr dämlicher Freund derzeit campierten. G-Man machte mir auf, ausstaffiert wie der personifizierte Hiphop-Albtraum. Ich habe ja nichts dagegen, dass weiße Kids sich anziehen wollen wie schwarze Kids – so ist das nun mal mit der Straßenkultur, gerade die Wohlhabenden wollen aussehen wie Habenichtse –, aber Garcia Birkling zeichnete sich durch einen eklatanten Mangel an Geschmack aus. Er war mit überdimensionalen Halsketten behängt, als hätte er »Rap-Star« aus einem Kostümkatalog bestellt. Er trug eine seitwärts aufgesetzte schwarze Baseballkappe der unterklassigen San Judas Cougars (garantiert tat er so, als wäre das »C« das Gangzeichen der »Crips«), und der Hosenbund hing um seine Oberschenkel.

Ich ignorierte seine Begrüßungsfaust und betrat das Haus. »Gibt es oben ein Gästezimmer?«, fragte ich ihn.

»Boah. Sie brauchen einen sicheren Unterschlupf?«

»So was in der Art. Gibt es eins?«

Wie sich herausstellte, kannte G-Man nicht viel vom Haus außer der Küche, dem Wohnzimmer (wo der Fernseher stand) und dem Zimmer unten, wo er und Posie schliefen. Wir fanden schließlich ein Gästezimmer im Obergeschoss, das für meine Zwecke geeignet war: mit allem Komfort für Gäste eingerichtet, aber sichtlich schon länger nicht mehr benutzt. Ich konnte G-Man nicht gut sagen, dass ich meinen Erdenkörper hierlassen musste, während ich der Hölle einen Besuch abstattete, also erzählte ich ihm eine alberne Geschichte von wegen, ich wolle eine strenggeheime Droge testen, könne es aber nicht im Regierungslabor tun, weil meine Auftraggeber befürchteten, dass es dort einen Spion gebe. Garcia Birkling hielt mich abwechselnd für einen Privatdetektiv und für einen Agenten, schien aber in jedem Fall diese wilde Konstruktion durchaus für glaubhaft zu erachten, woraus Sie auf den erschreckenden Grad seiner Dummheit schließen können. Ich meine, wenn Sie er wären, würden Sie nicht wenigstens eine bessere Begründung dafür wollen, dass jemand sich in Ihrem Haus verstecken möchte, solange er augenscheinlich in einem tiefen Koma liegt? Natürlich würden Sie die wollen. Und deshalb werden Sie auch nie wie G-Man sein.

Seine einzige Sorge war offenbar, dass seine Freundin mich dort entdecken könnte. »Ich meine, Posie ist cool, Mann, sie ist echt cool, aber sie ist ein *Mädchen*, okay? Will heißen, gefährliche Sachen machen ihr einen Mordsschiss. Wenn ich nicht hier bin, ruft sie am Ende noch die Polizei oder was.«

Was, wie ich zugeben musste, keine unbegründete Sorge war.

»Kein Problem, G-Man«, sagte ich, wobei ich ihn beschwichtigungshalber bei seinem selbstgewählten Spitznamen nannte. »Ich kann unterm Bett liegen. Wir decken mich einfach nur mit einem Laken zu, gegen den Staub und die Spinnen, das ist für mich total okay.«

»Boah. Sie wollen einfach ein paar Wochen hier unterm Bett liegen? Krass.« Aber damit schien seine Hauptsorge ausgeräumt. »Ich pass auf, dass Sie keiner stört, Mann.«

»Pass vor allem auf, dass ›keiner‹ auch dich einschließt«, sagte ich. »Denk dran, das ist ein hochbrisantes medizinisches Experiment im Regierungsauftrag. Wenn du irgendwas mit meinem Körper machst oder irgendjemandem sagst, dass ich hier bin, gefährdest du mein Leben und dein eigenes … und die Sicherheit der freien Welt.«

Sorry, aber ich konnte der Versuchung nicht widerstehen, ihn zu verarschen. Wäre Ihnen wahrscheinlich auch so gegangen.

G-Mans Augen leuchteten auf. »Aye, aye, Mann!«, sagte er und salutierte so zackig, dass er sich die seitwärts aufgesetzte Baseballkappe herunterschlug.

Das Industriemuseum ist ein großes, altes Gebäude im nördlichen San Judas, im Stadtteil Belmont westlich des Camino Real. Es war mal der herrschaftliche Wohnsitz der Familie Phagan, damals, als Belmont noch ein ländlicher Vorort von San Judas war und Leute wie die Phagans so viel Geld machten, dass sie es kaum schnell genug ausgeben konnten, um nicht darin zu ertrinken. Eine spätere Generation erkannte dann wohl, dass die Villa als steuerabzugsfähige Spende mehr wert war, und schenkte sie der Stadt.

Das Museum bestand aus dem einstigen Haupthaus, einem weitläufigen, dreistöckigen Gebäude, in dem man sich vermutlich schon in den Zeiten, als es noch bewohnt war, leicht verlaufen konnte, und zwei später angebauten Flügeln. Die drei Teile des Museums waren verschiedenen historischen Phasen des Or tes San Judas und Kaliforniens generell gewidmet. Ein Flügel beherbergte Exponate zu den Ureinwohnern und frühen europäischen Entdeckern und Siedlern, im Haupthaus ging es um das neunzehnte und zwanzigste Jahrhundert, als San Judas rasant gewachsen war, und der andere Flügel hatte die moderne Silicon-Valley-Ära zum Thema. Unter einheimischen Witzbolden war es ein beliebter Sport, Namen für die drei Museumsteile zu finden: »Brigantinen, Maschinen, Platinen« war ganz gelungen, ebenso »Missionen, Magnaten, MMORPGs.« (Letzteres hat wohl irgendwas mit Computerspielen zu tun, aber wenn Sie's genau wissen wollen, müssen Sie jemanden fragen, der noch nie Sex hatte.)

Der Brunnen davor war ein Recycling-Kunstwerk, bestehend aus Material vom Abriss eines Bürogebäudes aus dem frühen zwanzigsten Jahrhundert, das auf einem anderen Teil des Geländes gestanden hatte. Ein hiesiger Künstler hatte damals das labyrinthische Kupferleitungssystem der Sprinkleranlage gerettet und im Freien vor dem Museum teilweise wieder aufgebaut. Es wirkte, als ob die Wände des Bürogebäudes noch stünden, aber unsichtbar wären; die Rohre bildeten hohle geometrische Körper, und auf jedem Niveau rieselte Wasser aus Sprinklerköpfen. (Es erinnerte mich immer an diese Der-gläserne-Mensch-Modelle, bei denen man durch die durchsichtige Kunststoffhaut das Gefäßsystem sehen kann.)

Ich betrachtete gerade den Brunnen, als jemand von hinten an mich herantrat. Nach meinen jüngsten Begegnungen mit Smyler war ich ein bisschen nervös und muss ziemlich blitzartig herumgefahren sein. Der dünne afroamerikanische Junge hob die Hände. »Sorry. Wollte Sie nicht erschrecken. Dachte nur, Sie könnten mir vielleicht sagen, wie spät es ist.«

Ich sah auf meine Armbanduhr. »Punkt zehn.« Doch als ich ihn wieder ansah, grinste er merkwürdig. »Ist was?«

»Ich bin's, Bobby. Temuel.«

125

Ich verdrehte die Augen. »Sie kommen nicht so oft aus dem Himmel raus, was?«

»Warum fragen Sie?«

»Sie fahren ein bisschen zu sehr auf Verkleidungen ab.«

Er sah leicht gekränkt drein. »Ich bin nur vorsichtig. Es ist doch in Ihrem Sinne, dass ich vorsichtig bin, oder? Es soll doch nicht jeder wissen, was wir hier tun?«

Warum sind alle, die ich kenne, so empfindlich? »Nein, natürlich nicht.«

»Gut.« Er sah sich um. Es schien niemand in der Nähe zu sein. Der Mull hob die Hand und ließ einen Reißverschluss in der Luft erscheinen. (Falls ich das in diesem Zusammenhang noch nicht erklärt habe, das sind die Ausgänge, die wir benutzen, um ins Außerhalb zu gelangen, womit gemeint ist: Außerhalb-der-Zeit. Dort machen wir nämlich unseren Job oder jedenfalls den Teil, bei dem wir die Seelen frischverstorbener Klienten gegen die manipulativen Machenschaften der Hölle verteidigen.) Er trat mit einem Bein hindurch und winkte mir, ihm zu folgen.

Im Gegensatz zu dem, was ich sonst meist im Außerhalb vorfinde (normalerweise bin ich an Totenbetten oder Unfallorten), unterschied sich die Szenerie jenseits dieses Reißverschlusses nicht sonderlich von der im Innerhalb. Temuel und ich waren immer noch allein, das Museum war immer noch geschlossen, und es war immer noch dunkel. Der einzige Unterschied war, dass das Wasser des Brunnens gefroren war – Tausende einzelner Tröpfchen, mitten in der Luft erstarrt. Es wäre interessant gewesen, sie genauer zu betrachten, aber mein Erzengel hatte andere Absichten.

Er langte empor und pflückte etwas aus dem Nichts. Als er es mir zeigte, war es nur ein Lichtfunke auf seinem Handteller.

»Das ist Lameh«, sagte er. »Sie ist ein Schutzengel.« Das war eine andere Sorte Engel, die einen Menschen sein ganzes Leben lang begleitet und alles aufzeichnet, was der- oder diejenige tut, sagt und denkt. Die Informationen, die diese Engel sammeln, benutzen wir Anwaltsengel dann, um die Seele vor dem Gericht zu verteidigen.

»Hallo, Lameh«, sagte ich.

»Sie spricht eher nicht mehr«, sagte Temuel. »Nicht laut jedenfalls. Sie ist sehr alt.«

Was eine seltsame Äußerung war. Noch nie hatte ich jemanden das Alter eines Schutzengels erwähnen hören.

»Aber sie wird Ihnen helfen. Sie weiß viel, und sie wird ihr Wissen mit Ihnen teilen.«

»Weiß viel worüber?«

»Über die Hölle natürlich.« Temuel machte irgendwas, und plötzlich glomm der Funke auf seiner Zeigefingerspitze. »Sie müssen viel mehr darüber erfahren, als Sie jetzt wissen, sonst fliegen Sie auf, sobald Sie dort sind.« Sein Gesicht wurde streng. »Das ist kein Spiel, Bobby.«

»Ich weiß, ich weiß!« Aber ich fragte mich doch, woher diese Lameh so viel über die Hölle wusste – nicht gerade das übliche Studienfach für einen Schutzengel. Doch ehe ich mir eine taktvolle Formulierung einfallen lassen konnte, um laut danach zu fragen, beugte sich der Erzengel vor und hielt den Zeigefinger an mein Ohr, und etwas hüpfte in meinen Kopf. Ich kann es nicht anders beschreiben. Es war so bizarr, wie es klingt. Dann fasste mich Temuel am Arm und bugsierte mich wieder durch den Reißverschluss zurück, ehe er das feurige Loch in der Luft hinter uns schloss.

»Gehen Sie jetzt nach Hause, Bobby«, sagte mein Vorgesetzter. »Legen Sie sich schlafen, und alles Übrige macht Lameh. Sie wird Ihnen sagen, was Sie wissen müssen, und Sie dort hinbringen, wo Sie hinmüssen.«

Ich kannte das Gefühl, wenn einem ein Schutzengel Informationen übermittelt, also beunruhigte es mich nicht allzu sehr, etwas Fremdes in meinem Kopf zu haben, aber ich hatte immer noch Fragen an Temuel. Er hingegen schien das Gespräch als beendet zu betrachten und ging die Treppe hinauf, die von der Plaza wegführt. Ich rief ihm nach, aber er antwortete nicht. Auf der Hälfte der Treppe fiel er in einen leichten Laufschritt und rannte dann los, als wäre er der Zwölfjährige, für den er sich ausgab.

»Rufen Sie mich an, wenn Sie wieder da sind!«, rief der Erzengel noch, als er in die Schatten der umliegenden Gebäude eintauchte.

Beim Walkerschen Haus angekommen, meldete ich mich gar nicht erst bei G-Man, sondern stieg einfach durch eins der unverriegelten Fenster ein und ging nach oben. Das Bett war ja am Nachmittag schon bezogen gewesen, also schnappte ich mir das Laken, schlüpfte damit unters Bett und wickelte mich so darin ein, dass es mich ganz bedeckte, auch mein Gesicht. Es war schwer zu leugnen: Ich lag da wie in einem Leichentuch.

Lameh befand sich in meinem Kopf, genau da, wo Temuel sie hingesetzt hatte, und murmelte Worte, die ich kaum hören konnte und die eher wie Beschwörungen als wie brauchbare Fakten klangen; es war nicht wie Wissensvermittlung, sondern eher wie eine chemische Übertragung. Ich tat mein Bestes, mich zu entspannen und es einfach durch mich hindurchrinnen zu lassen. Verstehen konnte ich sie sowieso nicht. Sie nannte mir keine Namen von Dingen oder Hauptexportgüter der verschiedenen Regionen der Unterwelt. Alles, was sie sagte, war nur ein Gefühl in mir, als ob ein gutmütiges, aber merkwürdiges kleines Tier sich tief in meinem Schädel eingenistet hätte und seinen merkwürdigen tierischen Geschäften nachginge. Doch ab und zu nahm ich etwas wahr, das da vorher nicht gewesen war, als ob ich im Nieselregen eingeschlafen wäre und jetzt fühlte, wie das Wasser Bäche bildete und mir über die Haut lief. Ich machte es mir so bequem wie möglich.

Schließlich driftete ich in ein schläfriges Dunkel, und ein Weilchen begleitete mich die schwer zu hörende Stimme noch, während ich tiefer und tiefer hinabglitt. Zunächst träumte ich, dass ich vor einer Tür stand und wusste, dass sich das Allertraurigste auf der Welt auf einer Seite dieser Tür befand, aber nicht, auf welcher, auf meiner oder auf der, die ich nicht sehen konnte.

Dann war auch der Traum verschwunden, ich war allein mit dem beinahe lautlosen Wispern und sank langsam ins dunkle Nichts.

Auf dem Weg.

Auf dem Weg hinab.

Ganz, ganz weit hinab.

ZWISCHENSPIEL

Ich bewunderte ein Muttermal auf ihrem Rücken, einen braunen Punkt direkt unter ihrem Schulterblatt, wie ein Feenhügel in einer verschneiten Wiese.

»Woher wusste die Hölle, dass sie dieses perfekte Muttermal genau da auf deinem perfekten Rücken anbringen musste, damit ich mich in dich verliebe?«

Sie schnaubte verächtlich. »Klar. Als ob die Hölle extra im Hinblick auf dich geplant hätte, Dollar. Das da ist zufällig mein ureigenes Muttermal, direkt aus dem fünfzehnten Jahrhundert.«

Ich küsste die Stelle ihrer eiskalten Haut, arbeitete mich dann langsam hinauf bis zu den ersten hellen Flaumhärchen in ihrem Nacken. Eine Weile küsste ich ihren Nacken und ihre Ohren und schwelgte in ihrem Geruch. Ich werde ihn nie beschreiben können, nicht in seiner ganzen Komplexität, aber ich werde ihn niemals vergessen, selbst wenn ich wider alle Wahrscheinlichkeit ein sehr, sehr alter Engel werden sollte. Was eine sehr, sehr lange Zeit wäre.

Irgendwann arbeitete ich mich wieder an ihr hinab, rieb mein Gesicht an den glatten, kühlen Hubbeln ihrer Wirbelsäule, hielt inne, um dem Muttermal erneut meine Reverenz zu erweisen, machte dann weiter, ihren Rücken hinab zum sanften Vorsprung ihres Steißbeins und der Spalte zwischen ihren Pobacken. Irgendein Grieche, Aristoteles oder Platon oder Onassis oder jemand, hat mal ge-

sagt, es gebe fünf perfekte geometrische Körper. Diesen würde ich noch Caz' Hintern hinzufügen, denn wenn es um Perfektion geht – voilà. Es ist wohl ein Zeichen der Reife, dass ich mich schon mächtig in sie verliebt hatte, bevor ich diesen Hintern in seiner ganzen festen, seidigen Pracht zum ersten Mal sah. Einmal ... okay, ich will es jetzt mit den schwärmerischen Erinnerungen nicht übertreiben.

Etwas später:

Ihr schmaler Rücken erstreckte sich vor mir wie von Meereswellen glattgeschliffener Stein. Die Rundungen ihres Hinterns drückten sich an meinen Unterleib. Als ich in sie eindrang, schnappte sie nach Luft, und ich fühlte, wie sie sich anspannte, dann erstarrte wie ein erschrockenes Tier.

»Tut es weh?«, fragte ich. Ich ließ meine Hände an ihr hinabgleiten. »Soll ich aufhören?«

»Ich weiß nicht. Ja. Nein.« Sie versuchte mich anzusehen, aber der Winkel war ungünstig. »Es ist nur ... es fühlt sich da so verletzlich an. Ich ...« Sie verstummte kurz. »Tut mir leid, ich muss aufhören. Kannst du mich einfach nur in den Armen halten?«

»Klar.« Ich zog mich sachte aus ihr heraus, hielt sie dann fest, als ich aufs Bett kippte, sodass ihr kalter Rücken an meiner Vorderseite war. Ich drückte sie an mich. »Ich wollte eigentlich sowieso keinen Sex mehr«, sagte ich. »Ich weiß, die Leute sagen, sie mögen es, aber in meinen Augen ist diese ganze Sexchose überbewertet.« Ich fühlte, wie sie lautlos bebte. Lachte sie? So toll war der Witz nun auch wieder nicht gewesen.

Als sie nach einem Weilchen immer noch nicht aufgehört hatte, fragte ich: »Caz? Weinst du?«

»Nein.« Aber ich fühlte, wie mein Arm feucht wurde. Ich löste mich etwas von ihr und versuchte, sie zu mir umzudrehen, aber das wollte sie gar nicht. Wütend wischte sie sich die Augen, ehe sie zuließ, dass ich sie ansah. »Lass mich einfach in Ruhe, Dollar. Sag verdammt noch mal nichts.«

»Was ist? Hab ich irgendwas getan?«

»Nein, hast du nicht. Es geht nicht immer um dich.«

»Um was dann?«

Sie blinzelte, verzog das Gesicht. »Ich bin nur nicht … Ich kann nicht so gut mit Zärtlichkeit.« Sie sah mich kurz an, ehe sie das Gesicht wieder an meinen Armen vergrub. »Arschloch. Mach mich nicht verlegen, sonst gehe ich hin und hole mein Messer und schneide dir deinen Schniedel ab.«

Ach, wie romantisch, so eine Kastrationsdrohung!

Ich hielt sie einfach nur fest, bis es ihr wieder besser ging, dann küssten wir uns und flüsterten noch eine Weile, bis wir wieder wegdösten. Die Gräfin von Coldhands hatte viele Wunden, viele Beschädigungen, aber mich verblüffte, wie sehr mich diese Verletzungen berührten, wie sehr ich mir wünschte, sie heilen zu können. Das war mit Abstand das Beängstigendste, was ich je erlebt hatte.

Caz war ein hohes Tier der Hölle, sie war meine geschworene Todfeindin … und sie hatte Probleme. Jeder auch nur halbwegs vernünftige Engel wäre selbst in diesem späten Stadium der Entwicklungen aufgesprungen und weggerannt, ohne sich noch einmal umzuschauen. Aber diese Sorte Engel war ich ja noch nie gewesen.

13

GOB

Eben noch hatte ich unter einem Gästebett gelegen wie eine Volksausgabe von Tutenchamun, jetzt war ich in tiefem, tiefem Dunkel. Und es wurde noch seltsamer, weil das Dunkel nämlich holperte.

Mit holperte meine ich, dass ich dauernd durchgeruckelt wurde, als würde ich von extrem ungeschickten Händen abwärts transportiert. Ich war in einer Art Schrank oder Kammer. Nein, begriff ich, als das ganze Gehäuse um mich herum besonders heftig ruckte und ich gegen eine der Wände flog. Nein, ich befand mich in einem *Fahrstuhl*. Ich fuhr in einem Lift in die Hölle hinab, holperte an einem quietschenden Drahtseil in Richtung tiefstes UG. Ich fragte mich, ob anderen Neuankömmlingen andere Beförderungsmittel zuteilwurden. Ein Henkelkorb an einem Strick vielleicht.

Ich fühlte mich anders, merkte ich, und es war nicht nur die plötzliche Abwesenheit des Schutzengels Lameh (anscheinend kam sie selbst nicht mit) oder die Präsenz dessen, was sie mir eingeflüstert hatte, in meinem Gedächtnis. Mein ganzer Körper fühlte sich anders an, auf eine Art, die ich nicht recht verstand, und das Gefühl war so sonderbar, dass es erstaunlich lange dauerte, bis mir aufging, dass ich offenbar in einem neuen Körper steckte, dass zu Lamehs Aufgaben auch gehört hatte, meine

Seele in etwas zu verpacken, das sich besser für eine Reise in die Hölle eignete. Ein neuer Körper also und auch ein paar neue Denkinhalte, aber noch immer die alte hoffnungslose Situation. In jenen ersten Momenten fand ich das alles ganz schön unheimlich, doch als die ruckelige Abwärtsfahrt immer weiterging, wurde es einfach nur langweilig. Dann wurde ebendiese Langeweile, das Endlose und Immergleiche dieser Abwärtsfahrt, wieder unheimlich. Hätte mich nicht ab und zu ein besonders prägnanter Ruckler durchgeschüttelt und wäre nicht ganz gelegentlich etwas glimmendes Licht durch das Fensterchen gefallen, das sich offenbar vor meinem Gesicht befand, hätte ich in einer Endlosvideoschleife sein können, fünf bedeutungsleeren Sekunden, die sich ewig wiederholten. Ich war mir ziemlich sicher, dass die Höllenprominenz nicht auf diese Art ein- und ausreiste, da es Stunden zu dauern schien.

Die lange Abwärtsfahrt gab mir Gelegenheit zu einer kleinen Bestandsaufnahme. Ich hob meine Hände vors Gesicht, um so vielleicht eine Ahnung davon zu bekommen, wie mein Höllenkörper aussah. Die Farbe schien dunkler als sonst, und die Fingernägel waren fast schon Krallen, aber ansonsten waren diese Hände wohl nicht allzu freakig. Um mehr von mir zu sehen, reichte das Licht nicht aus, aber ich betätigte, was ich betätigen konnte, fühlte, was ich fühlen konnte. Das meiste schien ziemlich normal, wenn auch meine Haut definitiv dicker war als vorher, ein bisschen wie die gummiartige Haut von Delphinen und Orkas.

Endlich – bebend und unter Kreischen von Metall auf Metall kam der Fahrstuhl zum Stehen. Die Tür öffnete sich mit einem Rumms. Ich rechnete schon fast damit, mich in einer Haushaltswaren- oder Kinderschuhabteilung wiederzufinden, aber ich stand vor einem schmalen Streifen aus gelbem Staub; was sich über und neben mir befand, lag im Dunkeln. Es war aber ein riesiger Raum, so viel war klar. Unfassbar riesig. Jenseits des gelben Staubs schwang sich die Neronische Brücke empor – mein erster Blick auf dieses unglaubliche Band aus Stein. Die schmucklose Brücke wölbte sich über den gigantischen Abgrund, optisch immer schmaler werdend und über der dunklen Mitte des Schlunds schließlich fast verschwindend, nur noch beleuchtet von dem roten Glühen, das durch Gesteinsritzen der Wände drang.

Nun gab es genug Licht, dass ich mich mustern konnte. Meine Hände waren mehr oder weniger menschlich, meine Hautfarbe (oder Haut*farben*, genauer gesagt) nicht mal annähernd: Was ich sah, war aschgrau mit schwarzen und orangefarbenen Streifen. An den Gelenken verhärtete sich die Haut zu schwarzen Platten, und wenn ich meinen Arm oder mein Bein verdrehte, wurde in den Fugen zwischen den Platten leuchtend rotes Fleisch sichtbar. Es war ehrlich gesagt ein bisschen beunruhigend, also ließ ich es bleiben. Ich betastete meinen Kopf, der nicht weiter ungewöhnlich schien, nur dass ich da, wo normalerweise Haar gewesen wäre, eher etwas Borsten- oder sogar Stachelartiges fühlte. Keine Hörner also. Meine Füße waren stumpfschwarz und ledrig, mit nur einer Zehenspalte zwischen großem Zeh und dem Rest, wie bei japanischen *Tabi*-Socken. Wenn das bei Dämonen standardmäßig war, verstand ich jetzt, wie die Geschichte mit den Hufen aufgekommen war. Schwanz auch nicht, was mich doch etwas erleichterte. Ja, außer der Farbe und den Zehen sah doch alles zumindest humanoid aus und fühlte sich auch so an. Hätte wesentlich schlimmer sein können.

Innerlich fühlte ich mich auch anders, aber ich konnte nicht beurteilen, ob mich all diese neuen Empfindungen deshalb überfluteten, weil ich einen neuen Körper trug, oder weil ich in der Hölle war. Okay, sagte ich mir, dieser Körper mochte ungewohnt sein und die Haut farblich ein wenig nach Pfeilgiftfrosch aussehen, aber meine neue Dämonengestalt war wie ein Astronautenanzug: Sie würde mir helfen, an diesem überaus unwirtlichen Ort zu überleben.

Wie es mir auf der Neronischen Brücke erging, habe ich Ihnen ja schon erzählt. Hier nun, was passierte, als ich an ihrem anderen Ende in den dichten, heißen Dunst am Rand der Hölle trat.

Ich hatte so etwas erwartet wie die einstigen Grenzübergänge nach Ostberlin oder vielleicht auch das Schwarze Tor von Mordor, aber den Ort des Bösen zu betreten war so leicht, wie aus einem Taxi zu steigen – zuerst jedenfalls.

Aufgrund der Information, die mir Schutzengel Lameh ins Gedächtnis implantiert hatte, wusste ich, dass ich auf Abaton-Niveau sein musste, irgendwo in der oberen Mitte der Hölle. Aber wenn das hier die obere Mitte war, stand für mich fest, dass ich nicht tiefer vordringen wollte, denn noch bevor ich etwas von dieser Umgebung sah, roch ich sie. Abaton *stank*. Ich meine nicht gewöhnliche üble Gerüche wie die von Scheiße oder verwesendem Fleisch. Ich meine eine Kombination sämtlicher üblen Gerüche, die Biologie und Geologie hervorzubringen vermögen, ein schweres Bouquet, das nicht nur alles vereinte, was eine menschliche Nase normalerweise verabscheut, sondern auch noch so bizarre und unerwartete Noten – etwa Kupfer und brennendes Heu, um nur zwei Beispiele zu nennen –, dass ich mich unmöglich daran gewöhnen konnte. Die Architekten der Unterwelt waren, verzeihen Sie den Kalauer, teuflisch clever. Sie wussten, dass einem ein einzelner übler Geruch, ja selbst eine Menge gleichbleibender übler Gerüche, mit der Zeit vertraut werden kann. Durch kleine Veränderungen jedoch bleibt das ganze widerliche Gemengsel immer neu. Während meines gesamten Aufenthalts lernte ich es nicht, den Gestank zu ignorieren.

Als ich die Brücke hinter mir ließ und durch die Schwaden von scharfem, stechendem Nebel ging, erfüllten Stimmen das feuchtheiße Beinahe-Dunkel, manche menschlich, manche tierisch, manche aufs grässlichste dazwischen, Schreien, Jammern, Zetern, ja sogar Fetzen von Gelächter, die klangen, als wären sie denen, die es hervorbrachten, auf schmerzhafte Art entrissen worden. Die Geräusche der Verdammten. Ziemlich genau das, was man erwartete. Die Luft war schrecklich heiß und klebrig, die Schwüle in der New Yorker U-Bahn am schlimmsten Augusttag mal tausend. Es knirschte an der Schnittstelle zwischen dem, was mein Denken von meinem Körper erwartete – dass er so schnell wie möglich literweise Schweiß hervorpumpte – und dem, was mein Körper faktisch tat, nämlich nichts. Diese Bedingungen waren hier normal, und der Körper, den ich trug, behandelte sie auch so. Sechzig Grad und so feucht wie die Sümpfe Floridas? Kein Problem.

Schöner Tag heute, was? Auch wenn es später vielleicht Dünnschiss regnet, macht ja nichts, ich habe meinen Schirm dabei. Tschü-hüs!

Als ich aus dem Nebel in der Nähe der Brücke hinauskam, konnte ich erstmals sehen, wo ich war.

Laut Lamehs Briefing, das jetzt irgendwo in meinem Gehirn saß wie ein halbvergessener College-Übersichtskurs, ist die Hölle ein gigantischer Zylinder vom Durchmesser eines kleineren Landes und nahezu unendlicher Höhe bzw. Tiefe, und ihre zahllosen Siedlungen sind übereinandergeschichtet, ähnlich einem unfassbar riesigen Bohrkern. Abaton war, wie die meisten Teile der Hölle, eine Art autarke Provinz, bestehend aus mehreren Ebenen, und seine Städte waren fast ausschließlich aus den Trümmern anderer Städte erbaut.

»Trümmer« schien allerdings ganz gut zu beschreiben, was vor mir lag. Steine und Lehm waren zu neuen Arrangements aufgehäuft worden, die Schuttüberreste alter Türme und Mauern zu tausend neuen Formen verbaut. Das Ergebnis war ein riesiger Insektenbau mit engen Passagen zwischen den übereinandergestapelten Gebilden, und jeder Winkel, den ich sah, wimmelte von höllischem Leben. Die Vielfalt der Körperformen war verblüffend. Manche waren gar keine Körper im herkömmlichen

Sinn, eher bewegliche Glibberhaufen (oft mit bestürzend vielen Augen); andere hatten tierische oder halbtierische Gestalt oder waren irritierende Umarbeitungen der menschlichen Grundform. Einer, der nicht weit von mir über wacklige Leitern aus Holz und zusammengedrehter Rohhaut eine dreckige Fassade von untereinander verbundenen Wohnlöchern erklomm, sah aus wie eine dieser japanischen Riesenkrabben mit unglaublich langen Beinen, nur dass jedes Bein dieser Kreatur über die ganze Länge mit menschlichen Händen bestückt war. Der Kopf auf dem Krabbenpanzer war auch menschlich und sah aus, als ob er gerade ein Liedchen pfiff.

Doch dann fiel mir etwas noch Seltsameres auf. Nur wenige Meter hinter mir im Nebel lag das diesseitige Ende der Neronischen Brücke, eines Wegs in die und *aus der Hölle*, aber niemand hier auf der Höllenseite schien davon Notiz zu nehmen. Ich sah Leute in den Nebel eintauchen und direkt am Ende der Brücke vorbeigehen, als wäre sie unsichtbar. Vielleicht war das ja so für sie. All die Leute, die in diesem Elend umherstolperten, so nah bei einem Ausweg, den sie nicht sehen konnten. Mir wurde plötzlich ganz schlecht. Jetzt erst begriff ich wirklich, wo ich war und wie schlimm es noch werden würde.

Sonne oder Wolken gab es hier natürlich nicht. Die Erbauer der Hölle hatten sich den physikalischen Realitäten so wenig beugen müssen wie die des Himmels, und die gesamte Form der Anlage sollte ein Inbild von Gefangenschaft und Bestrafung sein. Teile von Abaton ragten sehr hoch über mich empor, vor allem an den Wänden, wo sich gerüstartige Gebilde aus primitiven Materialien viele Stockwerke hoch türmten; darüber jedoch befand sich ein gigantisches Dach aus zerklüftetem, schartigem Stein. Was man hier über sich sah, war der Boden der nächsten Ebene.

So neu und verrückt das alles auch war, blieb mir doch wenig Zeit, es aufzunehmen, denn sobald ich aus dem Nebel in Lärm und Gestank hinaustrat, fand ich mich in einem Gedränge und Geschubse der hässlichsten Kreaturen, die man sich vorstellen kann.

»Würmer!« Ein froschartig aussehender Typ ohne Hinterbeine schwenkte ein Bündel angekohlter stöckchenartiger Dinger in der Luft. »Schön knusprig!«

»Gin! N' orntlicher Schluck Gin, nur einen Spitz.« Das rief ein Kerl, der aussah, als wäre er von einem extrem miesen Zauberer zersägt und von dessen Bruder, einem Hobby-Chirurgen, wieder zusammengenäht worden. Seine Schielaugen ertappten mich dabei, wie ich ihn anstarrte. »Sie da! Sie seh'n aus, als könnten Sie einen gebrauchen. Ich garantier Ihnen, danach haben Sie keinen klaren Gedanken mehr bis Letzte Lampe. Nur einen Spitz!«

Letzte Lampe. Gedächtnisinhalte, die mir Lameh eingegeben hatte, regten sich. Hier gab es keine Sonne und keinen Mond, also wurde, um den Morgen zu markieren, die erste Lampe angezündet, dann für den Mittag noch eine zweite, die später wieder gelöscht wurde, sodass bis zum Ende des Tages nur eine blieb. (Die feurigen Wandritzen, die nach Tagesende die einzige Beleuchtung bildeten, hießen »Nachlichter.«) Und ein »Spitz« war eine Eisenmünze. Der Gin war mit großer Sicherheit aus irgendetwas Scheußlichem hergestellt und verlockte mich nicht im Geringsten. Im Vergleich zum Himmel ist die Hölle erstaunlich real, was wahrscheinlich Sinn macht – reale Nacktheit, reales Essen, reale Scheiße, reales Geld, alles. Die Feenlichter und sanften Pastelltöne der Himmelsstadt erschienen daneben immer verlockender, und dabei war ich doch erst ein paar Augenblicke in der Hölle.

Der Ginverkäufer schlurfte auf mich zu und bot mir einen Becher an, der an einem so langen Streifen Rohhaut hing, dass er, wenn er nicht benutzt wurde, durch den Dreck schleifte. Ich hatte ganz schön Durst, aber selbst wenn dieses schmutzige

Ding der Heilige Gral gewesen wäre, hätte ich es nicht an die Lippen gesetzt – ich roch den widerlichen Gestank des »Gins« über den tausend anderen üblen Gerüchen, und kein Zustand des Vergessens war *das* wert. (So dachte ich in jenem Moment. Später änderte ich meine Meinung. Ja, nach einer Weile in der Hölle kippte ich alles runter, was ich kriegen konnte, genau wie in der realen Welt. Wenn es einen Ort gibt, wo man ab und zu mal was Hochprozentiges braucht, dann ist es die Hölle. Die Hölle und Teile von Oklahoma.)

Doch der Typ mit dem Schnaps wurde mitten in seinem Verkaufsgespräch unterbrochen, roh beiseitegeschubst von etwas, das über mir aufragte wie ein Autobus. Das Wesen war weiblich, na ja, etwa auf die Art weiblich wie Alices Herzogin. Kurzum, es sah aus wie eine grämliche Seekuh mit einer Perücke.

»Idiot«, knurrte sie den Ginverkäufer an. »Dieser feine Herr hier will dein Gesöff nicht. Er will ein bisschen Spaß haben, stimmt's? Eh? Hab ich recht?« Mit einem anzüglichen Grinsen ließ sie die Brüste in ihrem zerschlissenen Mieder wippen. Sie sahen aus wie Plastikbeutel, gefüllt mit heller Sauce und blauen Spaghetti. »Was Euer Lordschaft von *mir* für einen Spitz kriegen, ist einmalig. Ich mach Ihnen Ihre Rohre und Abflüsse sauber, und wie ich das tu! Blas Ihnen die Asche aus dem Kamin!« Sie hob ihren Rock, um mir zu zeigen, was darunter war. Wenn ein haarloses Pferd so viele Beine hätte wie eine Spinne und zwischen jedem Paar schlaffer, narbiger Schenkel die grausame Parodie eines weiblichen Genitals, dann ... nein, Sie brauchen es nicht so genau zu wissen. Ich schaffte es mit Mühe, nicht zu kotzen. »Oooh, wie süß«, sagte sie und griff nach meinem Schwanz.

Plötzlich wurde mir klar, dass ich nackt war. *Richtig* klar, meine ich. Ich drehte mich um und tauchte in der Menge unter – für den Moment war es mir egal, was für andere Horrorgestalten ich streifte.

»Arschloch! Du findest keine Hübschere zwischen hier und den Oberen Etagen«, zeterte sie mir hinterher und trabte dabei hilflos auf der Stelle, weil die Leiber ihrer Mit-Höllenbewohner sie einquetschten. »Hältst dich wohl für eine große Nummer? Mach nur so weiter, du wirst schon merken, was die mit dir machen, du eingebildetes kleines Stück Scheiße!«

Ich musste in Bewegung bleiben, wurde mir jetzt klar, denn wenn man stehenblieb, kamen sie über einen wie Krabbelgetier. Also zwängte ich mich durch das Gedränge, durch den Dreck und das Geheul und den endlosen Horrorzoo, vorbei an Kreaturen, die sich ängstlich vor mir wegduckten, und solchen, die nach mir schnappten, an Dutzenden von Bettlern mit ausgestreckten Händen wie mutierte Seesterne, Gestalten, die jammerten und flehten und Tränen aus Blut und anderen unersprießlichen Flüssigkeiten weinten. Jeder hier hatte Narben. Alle waren verkrüppelt, und zwar nicht durch Unfälle – das waren Folgen von *Bestrafung*. Es hätte mit der Zeit verkraftbarer werden müssen, dieses endlose Meer von versehrten Kreaturen, das Hoffnungslose und Unmenschliche des Ganzen, aber es wurde nicht leichter zu ertragen, noch lange nicht. Ich hob einen großen Stein auf und behielt ihn in der Hand, um eine Art Waffe zu haben.

Und dennoch: Während ich mich durch die Massen kämpfte, auf der Suche nach einem Weg hinaus aus dieser Ebene oder wenigstens einer Stelle, wo das Gedränge nicht so schlimm war, erkannte ich, dass es im Labyrinth von Abaton Dinge gab, die nichts mit mir und auch nichts mit Bestrafung zu tun hatten – improvisierte Werkstätten, in denen Leute arbeiteten, Wirtshäuser, Wohnhäuser und andere Ausdrucksformen von Zivilisation, auch wenn sie noch so grotesk waren. Ich muss gestehen, ich war überrascht. Leute führten hier in der Hölle einfach ein richtiges Leben. Sie verkauften Sachen, mühten sich ab, um etwas zu essen zu haben und sicher schlafen zu können. Aber wo waren die Höllenstrafen? Nicht einfach nur die Strafe, in diesem ganzen grässlichen Dreck sein Dasein fristen zu müssen, sondern die richtigen Strafen?

Dann ging es mir auf, und es traf mich härter als all die fürchterlichen Dinge, die mir begegnet waren, seit ich die Neronische Brücke verlassen hatte. Dieser ganze Horror um mich herum war nicht die *eigentliche* Hölle. Nicht mal annähernd. Lameh hatte etwas davon gesagt, dass die Ebenen von Abaton im oberen Teil der Hölle lagen, nicht ganz oben, wo die Herren der Hölle wie Eligor und Prinz Sitri residierten, aber auch nicht ganz unten. Auf Ebenen tief unter uns, im riesigen Dunkel, im Zentrum der Siedehitze, von der das hier nur die linden Randbereiche waren, dort unten, wo die Seelen, die ich auf der Brücke gehört hatte, diese markerschütternden Schreie ausstießen, da war die *eigentliche* Hölle. Auch wenn es hier noch so schrecklich war, eine Beleidigung für alle Sinne, ein Horror für jedwedes Denken – nach Höllenmaßstäben war ich in den friedlichen Vororten. Und wenn ich erwischt würde, würde ich nie wieder etwas so Nettes sehen.

In dem Moment war ich sehr kurz davor aufzugeben.

Lamehs Einflüsterungen hatten mir einen groben Überblick über die Geografie der Hölle vermittelt, aber keine detailliertere Vorstellung, wie alles zusammenhing, geschweige denn eine Karte. Ich bezweifelte ohnehin, dass es so etwas geben konnte, denn allein in der kurzen Zeit, die ich jetzt in Abaton war, hatte ich ein halbes Dutzend Wege entstehen und verschwinden sehen. Alles hier entwickelte und veränderte sich ständig wie ein lebender Organismus, ein Korallenriff oder so etwas, auch wenn Dämonen und Verdammte die Arbeit verrichteten. Zwischen einer Veränderung der Lampenzahl und der nächsten wurden aus einer Straße zwei, eine andere wurde verschüttet. Häuser wurden auf anderen Häusern errichtet, bis das Ganze zusammenbrach, dann baute man auf dem Schutt weiter. Ganze Viertel brannten ab oder wurden von den gelegentlichen Erdstößen zum Einsturz gebracht, nur um dann in anderer Form für neue Bewohner wiederaufgebaut zu werden, oft noch auf den schreienden Körpern der Verletzten, die vielleicht ewig so weiterschreien würden, denn der Tod kann einen ja nicht erlösen, wenn man schon tot ist.

Ich hatte zwei Ziele, aber keine Ahnung, wie man dort hinkam, ich wusste nur, dass beide irgendwo über mir in dem Riesenstapel von Höllenebenen lagen. Und wenn Sie es schon schwer finden, sich in einer fremden Stadt zurechtzufinden, versuchen Sie's mal in der Hölle. Oder, nein, versuchen Sie's gar nicht erst.

Keine Karte, keine Wegbeschreibung. Wie sollte ich tun, was ich tun musste?

Die Antwort hielt Abaton für mich bereit.

Ich stand gerade in einem Abwasserkanal am Rand eines der Siedlungslabyrinthe und starrte eine mir deprimierend bekannt vorkommende Wand hinauf. Ich war erschöpft und frustriert, weil mir soeben klar geworden war, dass ich diese Gegend schon am Vortag ausgecheckt hatte. Mit anderen Worten, ich war wieder nur umhergeirrt. Wie es schien, würde ich die Peripherie dieser Ebene entlangwandern müssen, um einen Weg hinaus zu finden, was Jahre dauern konnte.

Etwas streifte mich, und der Kontakt dauerte auffällig lange. Ohne zu zögern – ich wollte weder überfallen noch angebaggert werden – drosch ich mit dem Arm zu. Ich hörte einen Grunzlaut und einen Plumps: Das Etwas war auf dem Boden gelandet, weit leichter gefällt, als ich erwartet hatte.

Ich schaute hinunter und sah eine sehr kleine Gestalt im aufgewühlten Fäkalienschlamm der Straße liegen, eine nackte Kreatur, nicht viel größer als ein Leierkastenäffchen, schwer vom umgebenden Matsch zu unterscheiden. Passanten, manche riesig, manche mit harten Hufen, traten dem kleinen Wesen achtlos auf irgendwelche Körperteile. Ich hörte es piepende Laute ausstoßen, aber es klang nicht wie Jammern, sondern wie verzweifeltes Ringen nach Luft, also ermannte ich mich, bückte mich und zog die Kreatur mit einem Ruck auf die Füße. Erst nach diesem kleinen Akt der Menschlichkeit sah ich, dass das Was-auch-immer-es-war meinen Waffenstein in seiner langfingrigen Hand hielt. Der kleine Mistkerl war ein Taschendieb, und ich hatte noch nicht mal eine Tasche.

Ich schnappte ihm den Stein wieder weg, zog dann den Gauner an eine Stelle, wo das Gedränge um uns herumstrudelte und ich ihn inspizieren konnte. Er hatte große, runde Augen, aber kaum so etwas wie eine Nase. Seine geschrumpften und verkrümmten Gliedmaßen hätte ich in der normalen Welt auf Skorbut zurückgeführt, und er war ganz und gar mit verfilztem hellem Haar bedeckt. Aber er war überraschend kräftig – ich musste ihn fest packen, damit er sich mir nicht entwand. Das Primatengesicht mit dem breiten Mund verriet eine Intelligenz, die meiner so ähnlich war, dass sich das geborgte Herz in meiner geborgten Brust zusammenkrampfte.

»Du hast mir meinen Stein gestohlen«, sagte ich.

Er versuchte, unschuldig dreinzuschauen, schaffte es aber nur, mehr denn je wie etwas auszusehen, das einem auf den Teppich pinkelt, sobald man ihm den Rücken zukehrt. »Nee«, sagte er. »Gar nicht. Lassen Sie mich los. Bilgebark ruft.« Seine Stimme war kindlich hoch.

»Wer? Wer ist Bilgebark?«

Seine dunklen Augen wurden noch größer. Meine Unwissenheit erstaunte ihn. »Der Aufpasser, der ist er, die große Nummer, der starke Mann, je'nfalls inner Fratzenstraße und Umgebung. Er macht mich alle, wenn ich beim Nachlicht nicht wieder im Bau bin.« Etwas an seiner Art zu reden machte mich noch sicherer, dass er ein Kind war. Seine Augen huschten umher, und wenn er sich auch nicht mehr wehrte, waren seine Muskeln unter meinen Fingern doch immer noch angespannt. Wenn er mich nicht überreden konnte, ihn loszulassen, würde er etwas tun, um freizukommen, wahrscheinlich etwas Fieses, aber er versuchte es zuerst mal mit Reden. Das gefiel mir. »Sagst du mir deinen Namen?«, fragte ich.

Er kniff die Augen zusammen, als leuchtete ich ihm mit einer Stablampe ins Gesicht. »Hab keinen.«

»Was machst du? Wo wohnst du? Hast du eine Familie?«

Die Augen wurden immer noch größer, als fiele es ihm schwer, sich angesichts so bizarrer Fragen unter Kontrolle zu halten. »Hab keine. Wohn im Bau.« Er leckte sich über die Lippen und fragte dann nervös: »Mörder?« Er sah, dass ich nichts verstand. »Mördersekt?«

Endlich dämmerte mir, dass er die Mördersekte meinte, bewaffnete Dämonenwachen, die wie eine Söldnertruppe funktionierten. In den bebauteren Bereichen waren sie so etwas wie die Höllenpolizei.

»Nein. Ich nicht«, sagte ich. »Nicht von der Mördersekte, nur ... normal.«

Er probierte etwas Neues. »Lassen Sie mich los. Ham doch Ihren Stein wieder, oder? Und ich tu beißen.« Er entblößte überraschend saubere Zähne, die in der Tat gleichmäßig spitz waren wie bei einem Fisch oder Frosch.

Aber so leicht kam er mir nicht davon. »Ich brauche jemanden, der mir hilft, hier rauszufinden.« Es war riskant, irgendjemandem zu vertrauen, selbst einem Kind, aber etwas anderes fiel mir nicht mehr ein. »Ich habe mich verlaufen.«

Der Affenknirps überlegte. Ich sah zwar, dass er wirklich darüber nachdachte, merkte aber auch, dass er es noch nicht aufgeben wollte, einfach wegzurennen.

Wenn du noch besser zu verbergen lernst, was in dir vorgeht, befand ich, *wirst du mal richtig gut, Kleiner.* Dachte dann aber *Hier?* und *Verglichen womit?,* und es machte mich plötzlich richtig traurig.

»Drei Spitz«, sagte er schließlich.

Sobald er zu feilschen begann, wusste ich, ich hatte ihn. Wir landeten bei dem Deal, dass ich ihn ernähren würde, solange er bei mir war, und ihm am Ende, wenn ich aus dieser Ebene von Abaton hinausfand, einen Spitz geben würde. Wobei ich natürlich keinen Spitz hatte, aber das würde sich schon irgendwie ändern lassen.

»Da lang«, sagte er und ging los, ohne zu schauen, ob ich ihm folgte.

Ich blieb wachsam, während der Kleine mich führte, für den Fall, dass er mich in Wirklichkeit zu seinem großen, starken Freund Bilgebark brachte, damit der mich totschlug und mir meinen wertvollen Stein abnahm. So man denn in der Hölle totgeschlagen werden konnte, was nicht zu dem passte, was ich über diesen Ort wusste. Aber Kinder in der Hölle machten ja auch keinen Sinn. Ich war mir deprimierend sicher, dass ich eine Menge verwirrender Erfahrungen vor mir hatte.

Der Junge und ich sagten nichts mehr. Ihm schien es recht so. Doch der Affenknirps sah im Gehen mehrfach verstohlen zu mir herüber, als versuchte er immer noch, sich eine Meinung über mich zu bilden. Hunde mögen keinen direkten Blickkontakt und viele andere Säugetiere (inklusive mancher Menschen) auch nicht, also blickte ich einfach geradeaus auf die endlose Parade deformierter Körper und unerträglich vielfältiger Gesichter, die uns entgegenkam.

»Hab doch einen«, sagte mein Begleiter schließlich. Er sah mich jetzt nicht mehr an, sondern starrte genauso entschlossen geradeaus wie ich.

»Einen was?«

»Namen.«

Ich ließ das kurz auf mich wirken. »Und wie ist der?«

»Gob.«

Ich nickte. Fast hätte ich aus reiner Gewohnheit »Freut mich« gesagt, aber das war hier wahrscheinlich nicht so üblich. Obwohl die Straße um uns herum noch genauso widerlich stank und so voll und laut war wie vorher, hatte das Schweigen zwischen uns jetzt doch eine neue Qualität. Etwas war geklärt, jedenfalls für den Moment.

Ich hatte den ersten Freund in der Hölle gewonnen. So was Ähnliches jedenfalls.

14

SÜNDER ZU VERKAUFEN

M eine Augen brannten, und ich spuckte stinkenden Staub aus.
Wir kraxelten seit Stunden durch Termitenbau-Behausungen in den Randgegenden von Abaton, endlose Gebilde aus Lehm, Dreck und Schutt, hatten aber immer noch keinen Weg auf die nächste Ebene gefunden.

»Wie weit noch, bis wir hier rauskommen?«, fragte ich.

»Aus Baddon? Keine Ahnung.« Gob verzog das kleine Gesicht zu einer Maske der Nachdenklichkeit. »War nie im alleroberstenen Teil. Weit. Lang.«

Ich fluchte. In der Hölle zu fluchen, schien ein bisschen, wie Eulen nach Athen zu tragen, aber es war nun mal eine alte Gewohnheit von mir. »Und was kommt dann?«

»Hochwärts?«

Ich befand, dass er »darüber« meinte. »In beide Richtungen, wenn du's weißt.«

Gob war offensichtlich zu dem Schluss gekommen, dass ich irgendeine Art harmloser Spinner war. Das begründete zwar keine Loyalität, aber wie fast alle Kinder und offenbar auch die unsterblichen war er gern mit von der Partie, solange Sachen passierten, die er interessant fand. »Drunten unter Baddon, da ist Airbus. Ist immer stockfinster da. Gehen Sie bloß nicht hin.«

Erebus. Die oberste der Schattenebenen. Darüber hatte ich

von Lameh genügend Information bekommen, um zu wissen, dass ich dort definitiv nicht hinwollte. In Erebus begannen die wahren Schrecken, die Ebenen der Qual und Verzweiflung. »Und drüber?«

»Über Baddon? Weiß nicht. Das nächste ist, glaub ich, Arschvoll-Dingsbums-Wiesen, wo der Sündermarkt ist.«

Ich horchte auf. Mein Auftrag von Erzengel Temuel war, einem gewissen Riprash etwas auszurichten, der auf dem Sündermarkt arbeitete. Ich folgerte, dass Gob von den Asphodeloswiesen sprach (einem Ort, der, obwohl auf mittlerem Niveau der Hölle gelegen, wohl kaum so lieblich sein würde wie sein Name). Zum ersten Mal schöpfte ich ein klein wenig Hoffnung, vielleicht doch etwas Sinnvolles tun zu können. Caz war mit an Sicherheit grenzender Wahrscheinlichkeit bei Eligor irgendwo auf den obersten Ebenen, weit, weit über uns, im Höllenäquivalent zur Park Avenue. Aber wenn ich diesen Riprash fand, konnte ich mich der Verpflichtung meinem Vorgesetzten gegenüber entledigen und würde vielleicht sogar etwas Hilfe bekommen.

»Gob, kannst du mir helfen, zum Sündermarkt zu kommen?«

Der Kleine taxierte mich. Mit seinem strähnigen Haar, den dürren Gliedmaßen und den riesigen Augen sah er aus wie ein anorektisches PowerPuff Girl. »Kann sein. Macht aber noch 'nen Spitz.«

»In Ordnung.« Da ich im Moment sowieso keinen Spitz für ihn hatte, kostete es mich ein Lächeln, ihm einen Bonus zu versprechen.

»Ich überleg's mir«, sagte er, als ich müde aufstand.

Er war ein hartes, kaltes Kerlchen, mein Guide. Ich hatte, während wir durch die engen, überfüllten Seitenwege von Abaton wanderten, ein paar Informationsbröckchen aus ihm herausgeholt. Anders als das Gros der Höllenbewohner war Gob hier geboren. Es gab drei Grundkategorien von Höllenbürgern: die Niegeborenen, sprich, Engel und andere hohe Wesen, die von

Gott zur Hölle verurteilt worden waren; die Verdammten (was wohl selbsterklärend ist) und einen kleinen Rest, genannt Ballast. Gob gehörte zum Ballast; seine Mutter war in der Hölle gelandet, als er noch in ihrem Bauch war. Sie hatte ihn hier »geboren«, inmitten von schrecklichem Geschrei und Horrormaskengesichtern, und war dann davonspaziert, ihre eigene Verdammnis zu erkunden. Ballast, die wertlose Ladung im Schiffsbauch, die zu bergen sich niemand die Mühe macht, wenn das Schiff sinkt. Das war Gob. Er war mutterlos aufgewachsen, im Dreck und der Anarchie von Abaton, ohne andere Bezugspersonen als den Aufseher, der ihn und seine kleinen Diebes- und Mörderkollegen schikanierte. Aber wie ich allmählich begriff, besaß Gob etwas, das die anderen nicht hatten. Nicht Nettigkeit oder gar Anteilnahme – so etwas wächst in der Hölle nicht heran –, aber vielleicht doch Neugier.

Er war auf jeden Fall ein seltsames Kerlchen. Immer, wenn wir befanden, dass es Schlafenszeit war, bereitete er sich ein Lager wie ein Tier, auf dem nackten Erdboden, im Unkraut oder sogar in Brennnesseln, die er kaum zu spüren schien. Zuerst schnüffelte er die Stelle ab (wonach genau konnte er nicht erklären, nur dass sie »richtig« riechen musste), dann legte er sich hin, die Knie ans Kinn gezogen, und wälzte sich und schubberte herum, bis er eine kleine Kuhle in den jeweiligen Untergrund gehöhlt hatte. Anschließend nahm er wieder seine ursprüngliche Knie-an-Kinn-Position ein, schloss die Augen und schlief blitzartig ein. Manchmal gab Gob im Schlaf tierische kleine Laute von sich, ein gedämpftes Winseln oder Jaulen, das in seinen Träumen oder Erinnerungen ein ausgewachsenes Schreien sein mochte. Ich wollte mir gar nicht vorstellen, was ihn im Schlaf verfolgte.

Wenn er wach war, war er ebenfalls auf eine traurige Art unterhaltsam. Er schreckte bei jedem Geräusch zusammen wie von einem Schuss. Wenn wir bei Tageslicht (so man denn das trübrote Schummerlicht mit diesem Namen ehren wollte) eine

Ruhepause einlegten, setzte er sich nie richtig entspannt hin, sondern hockte allenfalls auf der Kante von irgendwas oder blieb stehen und wartete ungeduldig, dass ich weiterging. Er versuchte mich nicht davon abzubringen, Pausen zu machen, aber bei Tag konnte er es gar nicht leiden. Immer auf der Hut, beobachtete er ständig seine Umgebung, was permanente minimale Veränderungen seiner Körperhaltung erforderte. Stets kampf- oder fluchtbereit, erinnerte er mich an die afrikanischen Kindersoldaten, die ich im Fernsehen gesehen hatte, kleine Jungen, die praktisch von der Mutterbrust zur Kalaschnikow übergegangen waren.

In der Hölle aufzuwachsen, musste ganz ähnlich sein, wie in einen Krieg hineingeboren zu werden: Das Gute in einem hatte keine Chance, sich zu entwickeln. Ich stellte mir Gob wie eine Art kleine Maschine vor, etwas, das so lange überdauert hatte, weil es immer exakt das Richtige tat, und das ebendiese Dinge auch weiterhin tun würde, selbst wenn es auf wundersame Weise in eine andere Situation versetzt würde, etwa nach San Judas. Ich war schon einer Menge Straßenkindern begegnet, aber die hatten fast alle etwas gehabt, worin sich ihre Menschlichkeit ausdrückte, und sei es nur eine gewisse Loyalität untereinander. Die Hölle trieb das wohl jedem aus, dachte ich. Welche Beziehung konnte schon Jahrtausende großer und kleiner Folterqualen überdauern?

Die Hölle ist ein riesiger Zylinder. Stellen Sie sich vor, jemand hätte ein Loch in erstarrte Lava gegraben, immer tiefer und tiefer, bis dorthin, wo die Lava wieder weich und mörderisch heiß wird. Und jetzt denken Sie mal an die runden Kuchenformen, die Grandma Flossie alljährlich zu Weihnachten schickte, immer mit einem potthässlichen Früchtekuchen drin. Man nehme eine nahezu unendliche Zahl dieser Kuchenformen und staple sie in dem Loch aufeinander, sodass die unterste in schmelzflüssigem

Brei steht und der Boden jeder weiteren Form der Deckel der vorherigen ist. Das ist sozusagen die Anlage der Hölle. Auf jeder Ebene gibt es Städte, aber auch jede Menge Wildnis, wo Räuber, Monster und noch schlimmere Wesen umherstreifen. Und bedenken Sie, es ist die Hölle, also ist sie riesig. Auch wenn die Urteilspraxis seit etwa hundert Jahren ein bisschen aufgeklärter ist, muss die Hölle doch Milliarden und Abermilliarden Leute fassen.

Und ich musste ganz oder jedenfalls fast ganz nach oben, um zu Caz zu gelangen. Ich wusste, es gab ein System von Aufzügen – sie hießen hier »Heber« –, das genau durch die Mitte der Höllenschichten führte wie der Faden einer Kette durch die Perlen. Aber was nützt es einem zu wissen, dass es in Montana einen Aufzug gibt, wenn man an der Küste von Oregon steht? Die berühmten Höllenflüsse, der Styx, der Acheron und andere, bieten natürlich auch eine Möglichkeit, sich fortzubewegen, aber dafür muss man erst mal in der Nähe eines solchen Flusses sein. Also musste ich wohl, zumindest solange ich Temuels Auftrag nachkam, die Hölle Scheibchen für Scheibchen erklimmen. Selbst mit Gobs Hilfe brauchte ich zwei Tage, um auch nur den Weg auf die nächste Ebene Abatons zu finden.

Zu meiner Überraschung beschloss Gob, bei mir zu bleiben, als wir die nächste Ebene erreichten, eine trostlose Wüstenei aus Stein, Schlamm und dermaßen fürchterlichen Schwefelschwaden, dass selbst die Verdammten diese Gegend mieden. Klar, es gab Siedlungen, aber die sahen aus wie die kleinsten, ärmsten, heißesten und trockensten aller Viehstationen im australischen Outback, nachdem jemand eine Woche lang mit einem Fünfzig-Tonnen-Hammer aus komprimiertem Fliegendreck darauf herumgehämmert hat.

Verstehen Sie mich nicht falsch: Abaton war besser als der größte Teil der Hölle, aber es war dennoch der totale Horror. Ich weiß nicht, wie lange wir durch seine Ebenen kraxelten, von einer verdorrten Landschaft in der Farbe getrockneter Scheiße zur nächsten, durch so viel Hässlichkeit und Elend, dass ich schon gar nicht mehr hinsah, aber eine Woche muss es mindestens gedauert haben, bis wir woanders hinkamen.

Die Asphodeloswiesen wirkten freier und offener als Abaton, vielleicht, weil hier die mächtige steinerne Decke weiter weg schien, und es war definitiv nicht so wüst und trocken, aber dafür gab es brodelnde Sümpfe, die man nur überqueren konnte, indem man über kippelige, ledrige Blätter ging, die zum Teil mehr nach Venusfallen als nach Seerosen aussahen (was, wie sich herausstellte, auch keineswegs täuschte). Wir verbrachten Tage in den bizarren, dämmrigen Sümpfen, wateten durch Schlamm und pflügten durch Dornenranken, immer auf der Hut vor mörderischer Fauna und Flora, stets belagert von hässlichen, brummenden Insekten, so groß wie Spatzen. Einen besonderen Reiz verlieh der Szenerie noch die Tatsache, dass um viele der brackigen Tümpel der Asphodeloswiesen herum die Körper von Verdammten lagen, verfärbt und aufgebläht, aber noch immer zuckend. In der Hölle tötet einen Gift nicht, es bewirkt nur, dass man leidet und leidet und leidet.

Welch schrecklicher Durst hatte sie dazu getrieben, so offensichtlich ungesundes Wasser zu trinken? Ich tätschelte den Trinkschlauch, den Gob irgendwo in Abaton für uns gestohlen und den ich zuletzt an einer sauberen, aber unangenehm schmeckenden Quelle am Rand der Wiesen gefüllt hatte. Er war offenbar aus den Innereien von etwas gemacht, worüber ich nicht nachdenken wollte, aber im Moment bewahrte uns das darin befindliche Wasser davor, uns zu diesen geblähten Beinahe-Kadavern zu gesellen, von denen manche schon aufgeplatzt waren und übelriechende Gase verströmten, aber noch immer nicht sterben konnten. Natürlich war es kein tolles Gefühl, auf diese Durstopfer zu blicken, trotzdem war ich dankbar, dass ich nicht zu ihnen gehörte.

So langsam, dachte ich erschrocken, stellte ich mich auf die Hölle ein.

Über die flachen Blätter zu gehen, war ungefähr so tückisch, wie auf schwimmende Sperrholzplatten zu treten, mal davon abgesehen, dass Sperrholz nicht beißt, aber immerhin trennten sie uns von dem schaumigen, giftigen Wasser. Die Venusfallen ließen uns im Großen und Ganzen in Ruhe – wir waren ihnen wohl als Beute ein bisschen zu groß –, aber einige besonders kühne fanden es doch den Versuch wert. Ich entriss Gob einer, die sich bereits zusammenklappte, gerade noch rechtzeitig, ehe sich die bleistiftgroßen Stacheln, die ihre Zähne darstellten, in sein Fleisch gruben. Sein Bein war ganz mit schaumigem Schmodder bedeckt. Das Zeug spritzte auch auf mich und brannte wie Batteriesäure. Als wir gleich darauf vom letzten Blatt auf ein Fleckchen vergleichsweise festen Bodens taumelten, warfen wir uns sofort hin und wälzten uns im Schlamm wie Wasserbüffel, um den Schmerz abzustellen. Es dauerte eine ganze Weile, das Giftzeug abzuschubbern, aber Gob gab so gut wie keinen Laut von sich. Was mich verblüffte, denn die Haut löste sich in Fetzen von seinem Bein. Für Heulsusen ist hier unten offenbar kein Platz.

Endlich den Sümpfen entronnen, erklommen wir Halden spitzer, salziger Kristalle und durchstolperten sogar einen Wald von toten Stümpfen in einem Gestöber von ätzendem Schnee. Ja, es schneit in der Hölle. Dieses ganze Gerede von wegen »bis die Hölle zufriert« – alles Unsinn. In der Hölle fällt dauernd Schnee. Er ist nur kein gefrorenes Wasser. Ich will nicht allzu ausführlich werden, weil es eklig ist, aber ich bin in der Hölle durch etliche Schneestürme gekommen. Manche waren aus Säure, andere aus gefrorener Pisse, einiges von dem Zeug, das sich zu Wehen auftürmte, während wir durch die Böen stapften, war gar nicht aus Flüssigkeit. Aber auf der Haut brannte alles.

Nachdem wir noch drei, vier Mal geschlafen hatten, begannen die leeren Weiten der Asphodeloswiesen ein bisschen mehr so auszusehen, wie es der Name suggeriert: dunkle Moorflächen, übersät mit hellen Blumen. Als wir durch den Morast quatschten, kroch Nebel heran, der schließlich die Landschaft fast völlig verhüllte. Im Nebel sah ich Gestalten, viele davon aufrecht gehend, aber falls sie uns ebenfalls sahen, ließen sie es sich nicht anmerken. Vielmehr wanderten sie zwischen den Asphodelien herum, pflückten die grauen Blüten und steckten sie sich in den Mund, während ihnen Tränen über die Wangen rannen. Schließlich konnte ich aus Gobs Antworten erschließen, dass jeder in der Hölle die Blüten dieser Liliengewächse in irgendeiner Form aß, ins Brot oder in Fladen eingebacken (letztere hatte ich schon probiert; sie schmeckten fade bis bitter, nicht weiter bemerkenswert), dass aber diejenigen, die die Blüten roh aßen, die Sünden ihres Lebens noch einmal durchlebten wie auf einem LSD-Horrortrip. Das Schlimmste aber war: Je mehr sie davon aßen und je intensiver sie sich in ihren eigenen Fehlern und Grausamkeiten suhlten, desto mehr von dem Zeug wollten sie. Die wenigen Asphodelienesser, die ich von Nahem sah, hatten einen stieren Blick und zuckende Finger, wie Crackheads von Hieronymus Bosch.

Man konnte leicht vergessen, dass diese Kreaturen im Vergleich zu vielen anderen Höllenbewohnern noch Glück hatten, dass sie zu den wenigen gehörten, die an einem Ort relativer Freiheit gelandet waren, irgendwo zwischen ewiger Sklaverei in den Häusern der Höllenherrscher und ewiger Qual in den Foltergruben.

Ewig? Das ging mir immer noch gegen den Strich. Ich wusste, manche von diesen Leuten waren zu ihren Lebzeiten Verbrecher der schlimmsten Sorte gewesen, Mörder, Vergewaltiger, Kinderschänder. Und ich hatte ja nichts dagegen, dass sie ein paar hundert Jahre im Höllenfeuer schmoren mussten, aber … ewig? Selbst wenn sich die Verdammten (anders als ich und meine Engelsfreunde aus dem *Compasses*) im Prinzip daran erinnerten, wer sie gewesen und weshalb sie in die Hölle gekommen waren, wie sinnvoll konnte irgendeine Strafe nach einer Million Jahren noch sein? Wie viele dieser wandelnden Phantome wussten überhaupt noch, was sie getan hatten? Und was war mit Leuten wie Caz, die durch andere zu ihren Taten getrieben worden waren? Ja, sie hatte ihren Ehemann getötet, aber wenn es jemand verdient hatte, mit dem Messer zerfetzt zu werden, dann dieser Kerl.

Ich konnte diese Gedanken nicht abschütteln, während ich durch die nebligen, tückischen Moorwiesen voller nickender, totenbleicher Blumen trottete und das Ballast-Bübchen an meinen Fersen hing wie ein wilder Hund und vielleicht mehr Spaß hatte als je zuvor in seinem dreckigen, elenden (aber dennoch nahezu unendlich langen) Leben. Ich bemühte mich weiß Gott, nicht in Grübeleien über diesen ganzen Horror zu versacken, aber der unerwünschte Gedanke kehrte immer wieder.

Ewig? Wirklich?

Dann sahen wir nach und nach Anzeichen von Leben außer den trübsinnigen, einsamen Blütenessern im endlosen Nebel.

Das erste Indiz für Zivilisation war, dass der kaum sichtbare Pfad, dem Gob gefolgt war, substantieller wurde, eine Art ausgetretene Straße, nicht mehr sumpfig, sondern steinig-fest. Wir sahen jetzt auch Häuser, obwohl es albern ist, die schäbigen kleinen Gebilde aus Steinen und Schilf so zu nennen. Vielleicht lebten die Bewohner ja irgendwie von den Blütenessern, raubten sie aus oder verkauften ihnen etwas. Vielleicht ernteten sie ja Blüten und schickten sie per Boot die kackfarbenen Bäche entlang, die jetzt immer häufiger wurden. Ich hatte keine Ahnung und es interessierte mich auch nicht, weil ich jetzt in der Ferne die Mauern einer Stadt sah, die Port Kokytos sein musste, und dort würde der schwierige Teil meiner Reise beginnen.

Bislang hatte ich nur immer weitergehen und krasse Fehler vermeiden müssen, aber jetzt würde ich Kontakt mit diesem Riprash aufnehmen, jenem Dämon, dem ich Temuels eigenartige Botschaft übermitteln sollte. Ich hätte mich lieber direkt auf die Suche nach Caz gemacht, wagte es aber nicht, die Erledigung für den Mull auf später zu verschieben: Ich hatte so eine Ahnung, dass ich in Eile sein würde, wenn ich die Hölle wieder verließ. Also zuerst zum Sündermarkt, dann, wenn ich noch lebte, weiter nach Pandämonium, der Hauptstadt der Hölle, schlaffe paarhundert Ebenen höher, wobei die Dämonen und Abnormitäten um mich herum mit jedem Schritt dichter werden würden.

Wir brauchten einen halben Tag, um die Fähre über einen der letzten Nebenflüsse des Kokytos zu finden, eine Engstelle, wo wie Insekten gepanzerte Dämonen einen uralten Kahn an Seilen über den brodelnden Fluss zogen. Als ich für die Überfahrt nicht mit Geld bezahlen konnte, bot einer von ihnen freundlicherweise an, stattdessen Gob zu nehmen, aber wir einigten uns auf einen kleinen Becher von meinem Blut, den sie sich durch einen schnellen Schnitt mit einer schmutzigen Klinge beschafften. Mein Dämonenblut sah dunkler aus als Menschenblut, aber das mag auch nur an dem komischen Licht gelegen haben.

Wenn ich Abaton hässlich gefunden hatte, brauchte ich jetzt ein neues Wort für Port Kokytos, das aussah, als hätte es ein missgünstiger Gletscher gleich neben dem Fluss abgelagert. Sie kennen doch den Begriff *Shantytown?* Okay, Port Kokytos war eine Shanty-*City*, so billig und wackelig gebaut wie die schlimmsten Elendsbehausungen von Abaton, aber viel, viel größer, ein monströser, aus vielen Ebenen bestehender, ummauerter Slum rund um den Flusshafen.

Der erste Unterschied zu Abaton, der mir auffiel, war die emsige Betriebsamkeit. Natürlich arbeiteten nicht alle, aber ein großer Teil der Einwohnerschaft schien doch *irgendetwas* zu tun, sei es, spitze Holzpfähle auf knarzenden Holzkarren zu transportieren oder die Sklaven und sonstigen Arbeitstiere, die diese Karren zogen, mit der Peitsche anzutreiben, sei es, die bizarren Schiffe, die an den Kais dümpelten, zu be- oder entladen. Ein Besuch im Himmel war wie eine ganze Gesellschaft auf Ecstasy, überall Lachen, Singen und Tanzen, keinerlei Sorgen oder auch nur Erinnerungen. Die Hölle war düster und dreckig, aber der Laden funktionierte. Die Verdammten stellten Sachen her, schlugen sich irgendwie durch, mühten sich, Schmerz zu vermeiden. Sie aßen und schissen und fickten wie andere Leute auch. Nur dass sie auf ewig leiden würden.

Als wir entlang des Flusses auf die Mauern zugingen, sah ich eine erstaunliche Vielfalt an Schiffen auf dem Weg zum oder vom Hafen. Viele sahen aus, als wären sie erst im Nachhinein zu Schiffen umfunktioniert worden, verrückte Gebilde aus Leinwand, Holz und Zeug, das wie Knochen aussah, Dinger, denen man nicht zugetraut hätte, dass sie schwimmen könnten. Jetzt erst wurde mir bewusst, dass ich noch keine höherentwickelte Technologie gesehen hatte, als man sie im Europa des frühen Mittelalters hätte finden können. Alle Arbeit erfolgte per schierer Körperkraft, nur gelegentlich durch die Kraft von Wasser oder Feuer unterstützt. An mehreren Seitenarmen des Flusses drehten sich Wasserräder, und daneben erhoben sich schiefe Gebäude, die Sägemühlen oder Hammerschmieden sein mochten. Ich fragte mich, ob dieses Technikembargo ein Gebot des Höchsten war oder eine bizarre Eigenheit der Hölle selbst.

Am Stadttor mischten wir uns unter die Menge, die an zwei Dutzend vierschrötigen Dämonenwachen von der Mördersekte vorbeiströmte. Diese Soldaten schienen die Leute, die in die Stadt wollten, genau zu inspizieren, also zog ich Gob in den Schatten eines hohen Händlerkarrens, und wir passierten das Tor, indem wir, ohne dass uns der Fahrer sehen konnte, immer wieder heruntergefallene Fitzelchen Zeug aufhoben und auf den Karren zurücklegten, als gehörte er uns.

Die Straßen von Port Kokytos waren fast so eng wie die beklemmendsten Seitengässchen von Abaton, aber viel, viel voller, und zwar nicht nur von mürrischen Sklaven und Dämonenaufsehern. Viele Kreaturen hier schienen ihr Leben schlichtweg in der Öffentlichkeit zu führen, mit allem, was dazugehörte, Essen, Trinken, Streiten und Ficken, Letzteres oft mitten auf der Straße, während die übrigen Stadtbewohner einfach drum herum strömten, als wären die rackernden Körper Steine in einem schnellfließenden Fluss. Bei näherem Hinsehen merkte ich, dass die Leute, die sich so ungeniert auslebten, eher Dämonenaufseher als Verdammte zu sein schienen, wenn das auch nicht immer leicht zu erkennen war in diesem Zoo von exotischen, abstoßenden Gestalten.

Wir arbeiteten uns durch das Gedränge, vorbei an Kreaturen, die aussahen wie traurige Schildkröten oder verwirrte Insekten, an Kreaturen mit verkrüppelten Körpern und nässenden Wunden, ja sogar an einigen, die überhaupt nur eine einzige nässende Wunde zu sein schienen. Über der ganzen Stadt lag ein Schreien und Stöhnen wie anderswo das Hupen zur schlimmsten Berufsverkehrszeit. Als ich gerade dachte, dass ich es keine Sekunde mehr ertragen könnte, sah ich vor uns eine große Konzentration von Fackelschein, die der Ursprungsort des lautesten Geschreis zu sein schien, und befand, dass das wohl unser Ziel sein musste, der Sündermarkt, wo die Sklaven ge- und verkauft wurden.

Beachte das ganze Zeug gar nicht, such einfach nur Riprash, sagte ich mir, als beruhigte ich ein Kind. *Dann kannst du dich um Caz kümmern, okay? Mach einfach nur einen Schritt nach dem anderen.*

Ich sah sie förmlich vor mir, ein zierliches, helles Ding vor all dem Dunkel dieses finsteren Ortes, und für einen Moment war ich ganz ruhig. Ich hatte eine Aufgabe zu erfüllen. Dieses ganze Horrorunternehmen hatte einen Sinn. Das durfte ich nicht vergessen.

Und als ich an sie dachte, erhob sich ein Klang aus dem allgemeinen Grölen, eine dünne Melodie, langsam und traurig. Es war eine Frauenstimme oder jedenfalls die Stimme von etwas Weiblichem, und die Melodie ohne Worte war so alt und so schlicht und ergreifend, dass sie bestimmt schon vor Jahrtausenden an einem großen Fluss auf Erden gesungen worden war und vermutlich bis heute fortlebt: ein zeitloses Klagelied von Frauen, die am Ufer des Indus oder des Nil hocken und ihre Wäsche waschen. Hier kam sie wahrscheinlich von einer krötenartigen Kreatur, die schon so lange in der Hölle war, dass sie sich nicht mehr an den Euphratschlamm zwischen ihren Zehen erinnern konnte, wohl aber an die Melodie, die sie jetzt mit heiserer Stimme vor sich hin sang, während sie Kuchen aus Exkrementen formte, um sie zu trocknen und als Brennstoff zu benutzen.

Es ging mir durch und durch. Es war das Menschlichste, was ich in Himmel *und* Hölle jemals gehört hatte, und für einen Moment vergaß ich schon fast, wo ich war. Dann wurde jemand wütend und stach jemandem neben mir mit dem Finger ein Auge aus, und der entrückte Moment war vorbei.

Der Sündermarkt ist ungefähr so eine reizende Veranstaltung wie der Name vermuten lässt. Er findet hauptsächlich auf den überdachten äußeren Rängen eines halbzerfallenen steinernen Kolosseums statt, wenngleich während meines Aufenthalts dort auch das riesige Oval in der Mitte benutzt wurde. Bei der Ware, die hier verkauft wurde, handelte es sich um ... nun ja, Sünder, die als Sklaven dienen sollten.

Viele dieser an Händen und Füßen gefesselten Verdammten waren bereits Sklaven und sollten von einer Hand in eine andere übergehen. Doch nur weil sie wertvolle Besitzstücke waren – oft für eine spezielle Tätigkeit ausgebildet oder gar körperlich so modifiziert, dass sie diese Tätigkeit besser verrichten konnten –, wurden sie noch lange nicht gut behandelt. Ich hatte ja gesehen, wie die normalen Höllenbewohner miteinander umgingen, und das war schon schrecklich genug, aber jetzt sah ich organisierte Grausamkeit, und der ganze Horror der Institution Hölle stand plötzlich vor mir. Ich sollte hier unten noch Schlimmeres sehen und auch am eigenen Leib erleiden, aber nichts deprimierte mich so sehr wie diese ersten Minuten im Geklirr, Gejammer, Gebettel und Gebrüll des Sündermarkts. Als hätte man einen ellenlangen wissenschaftlichen Aufsatz durchgearbeitet, um dann als Fazit zu lesen: *Das Universum ist scheiße.*

Wir fragten alle möglichen Leute nach Riprash und erhielten schließlich Auskunft von einer kalten, katzenäugigen, weiblichen Kreatur, deren Sklaven allesamt wie Kinder oder andere unschuldige kleine Wesen aussahen; als ich an ihnen vorbeiging, stimmten sie in ihren Käfigen ein jämmerliches Heul-, Jaul- und Wimmerkonzert an. Während mir die Dämonin ungeduldig erklärte, wo Riprash zu finden sei, fiel mir auf, dass Gob ausnahmsweise mal stur in eine Richtung blickte: auf mich und nirgends anders hin. Vielleicht gingen ihm die geschundenen, blutenden Kinder in den Käfigen doch etwas zu nahe.

Auf der Gegenseite der ungleichmäßigen Stadionschüssel fanden wir den großen Verkaufsstand, den uns das Katzenwesen beschrieben hatte. Ein rohgezimmertes Schild verkündete: »Gebr. Gagsnatch, Schlachtabfälle und Sklaven.« Ich vermutete die Gebrüder Gagsnatch in jenem einen fetten Körper mit den beiden Köpfen, die im hinteren Teil des Stands aufeinander und auf einige weitere Dämonen einkeiften. Aber ich wollte ja nicht zum Eigentümer, sondern nur zu dessen Aufseher, also arbeitete ich mich durch das Gedränge von stinkenden Körpern und versuchte, das übrige Geschehen zu ignorieren, während ich Temuels Kontaktmann suchte. Es war ein bisschen wie in einem Agentenfilm, nur mit sehr viel mehr menschlichen Fäkalien.

Als ich meine Zielperson entdeckte, inspizierte sie gerade,

assistiert von mehreren kleineren Dämonen, einen Trupp neu
eingetroffener Sklaven, Kreaturen, denen alles Menschliche so
gründlich aus dem Leib gepeinigt worden war, dass sie keinen
Laut von sich gaben und noch nicht mal aufschauten, sondern
nur keuchend im Staub kauerten. Ich konnte mich des Gedankens nicht erwehren, dass, selbst wenn der Widersacher persönlich an diesem Nachmittag besiegt würde, hier doch eine Million Engel eine Million Jahre lang damit zu tun hätten, den
Schaden auch nur ansatzweise zu reparieren. Aber der Höchste
war anscheinend nicht allzu gnädig aufgelegt, oder aber der
Feind war tatsächlich keiner Vergebung würdig. Jedenfalls würde sich hier bis ans Ende der Zeit nichts ändern.

Riprash war ein Monstrum, doppelt so groß wie ich, mit riesigen platten Zehen und Fingern und einem Gesicht, das schon
ohne die Narbe, auf die ich gleich komme, phänomenal hässlich
gewesen wäre. Er war haarlos bis auf die borstigen Augenbrauen,
mit einer Nase wie ein zerquetschter Flaschenkürbis und riesigen, klotzförmigen Zähnen, die aussahen, als könnten sie Stein
zerkauen. Aber das war alles nichts gegen die Narbe, wenn man
es denn so nennen konnte: Riprashs Kopf war von einer Schläfe
bis zur Nase aufgehackt und die Augenhöhle mit Narbengewebe
zugewachsen. Ich sage »aufgehackt«, weil in dem Spalt noch immer etwas klemmte, das wie ein Axtblatt aussah. Das stumpfe
Metall steckte noch in der Hirnmasse des Monsters, sodass die
Öffnung des Schädels nie zugewachsen war. Sie verstehen, was
ich sagen will. Riprash war kein angenehmer Anblick.

Ich wartete, bis er aufhörte, seine Unterlinge anzuknurren.
Zwei wandten sich ab und wieselten davon, aber der dritte zögerte noch. Er war ein haariges kleines Wesen, wie eine aufrecht
gehende, leicht birnenförmige Katze, mit einem bestürzend
menschenähnlichen Gesicht, und er begaffte mich – meine
ganze berückende Höllengestalt. Welcher Art sein Interesse
auch immer sein mochte, ich hatte eine Menge Gründe, keine

Aufmerksamkeit auf mich ziehen zu wollen, also bedachte ich das glubschäugige kleine Wesen mit meinem besten Untersteh-dich-ein-Mitglied-des-Höllenadels-zu-belästigen-Blick, bis es nervös wurde und hinter den anderen herflitzte.

Riprash hatte mich jetzt bemerkt. »Was wollen Sie?«

Es klang weder interessiert noch freundlich, aber ich würde nicht hochmütig gegenüber untergeordnetem Personal sein, schon gar nicht gegenüber Personal, das mehr wog als mein Wagen zu Hause. Laut der mir von Lameh implantierten Erinnerungen hatte ich jetzt nämlich das Aussehen oder den Geruch (oder was auch immer) eines mittleren Höllenadligen, also einer Art White-Collar-Dämon. Was hieß, dass ich wahrscheinlich über diesem Riprash stand. Theoretisch. Aber er war die rechte Hand eines wichtigen, reichen Sklavenhändlers. Dieser Verkaufsstand war einer der größten des Markts, so lang wie ein Football-feld und so gedrängt voll wie ein arabischer Bazar. Er sah eindeutig keine Veranlassung, vor mir zu buckeln, und ich nahm das als Orientierungshilfe.

»Bisschen fixer«, sagte er. »Viel zu tun.«

»Wenn Sie Riprash sind, muss ich mit Ihnen reden.«

Er sah mich demonstrativ gereizt an, faltete mich aber nicht zusammen wie ein dreckiges Taschentuch, obwohl er aussah, als wollte er genau das tun. »Dann reden Sie.«

»Ich glaube …« Niemand schien uns zu beachten, aber für den Fall, dass meine Botschaft nicht so harmlos war, wie sie klang, wollte ich eher nicht, dass jemand mitbekam, wie ich sie überbrachte. »Ich muss Sie allein sprechen.«

Seine dicke Oberlippe hob sich verächtlich. »Sie können mich mal, Euer Lordschaft. Wenn Sie Schmiergeld anzubieten haben, reden Sie mit meinem Herrn, nicht mit mir. Ich werde ihn nicht hintergehen, nicht für alle Reichtümer und Weiber Pandämoniums.«

»Nein, nein!«, sagte ich. »Es geht nicht um Bestechung, es

geht um eine Botschaft. Und nicht für Gagsnatch. *Für Sie.*« Ich wackelte schon fast mit den Augenbrauen wie Groucho, um ihm den Subtext entschlüsseln zu helfen. »Ich halte es einfach für sicherer …«

Hinter mir wurden plötzlich Stimmen laut, noch lauter als der normale Blaff- und Keifchor der Gebrüder Gagsnatch. Als wir uns umdrehten, kam vom nächststehenden Helfergrüppchen ein dürrer Dämon auf uns zugerannt, die Fledermausohren angelegt.

»Boss sagt aufpassen, Master Riprash! Dass alles korrekt ist!«

»Warum?« Riprash schien nicht viele mimische Möglichkeiten außer »gereizt« und »gefährlich« zu haben.

»Der Kommissar ist plötzlich aufgetaucht. Er und seine Leute schnüffeln überall rum. Sie gehen von Stand zu Stand und suchen jemanden.«

»Kommissar Niloch?« Das gefiel dem Riesen offensichtlich gar nicht und mir auch nicht. Der fledermausartige Helfer flitzte davon, um die Kunde im ganzen Unternehmen zu verbreiten. »Was bei Astaroths schwingenden Zitzen will *der?* Der alte Flapp und Kratz taucht doch sonst immer erst später im Quartal auf, wenn er seine Abgabe kassieren kommt.«

Jetzt hatte allgemeine Unruhe eingesetzt, da ein paar behelmte Mördersekten-Wachen den Stand am anderen Ende betraten. Als ich mich schnell wieder abwandte, musterte mich Riprash. Er musste die Panik in meinen Augen registriert haben.

»Sie wollen nicht von der Mördersekte gesehen werden, hm?« Sein verbliebenes Auge wanderte von mir zu Gob und wieder zurück. »Kein Freund vom Kommissar, seh ich's richtig?«

Ich traute mich nicht, irgendetwas zu sagen, weil ich plötzlich das Gefühl hatte, dass jedes Wort falsch sein konnte. Schwerbewaffnete Dämonensoldaten stapften jetzt hordenweise durch den Verkaufsstand. Die Sklavenhändler und selbst die Sklaven waren verstummt, weil niemand Aufmerksamkeit erregen wollte, und ich konnte unmöglich unbemerkt von hier wegkommen. Das Wohl und Wehe meiner unsterblichen Seele lag in den Pranken dieses versehrten Riesen, ich selbst konnte nichts weiter tun.

»Da rüber.« Riprash packte mich mit einer gewaltigen Hand an der Schulter und schubste mich zum rückwärtigen Teil des Stands, wo alle möglichen Käfige lagerten. Die meisten waren leer, aber einer war so vollgestopft mit Sklaven, dass überall zwischen den Stäben Arme und Beine herausguckten, und nicht einmal die wachsende Angst, die jetzt über Gagsnatchs Unternehmen lag, hatte die leisen Schmerzenslaute dieser Kreaturen zum Verstummen gebracht. »Die da müssen gewaschen werden. Niemand, der halbwegs bei Trost ist, wird Sie da drin suchen.« Der Riese fummelte einen mächtigen Schlüssel aus seinen zerlumpten Kleidern, öffnete die Käfigtür, verabreichte den wenigen Insassen, die so töricht waren, das Weite suchen zu wollen, knochenbrechende Hiebe und stieß mich dann hinein. Gob witschte hinterher und auf mich drauf, da es keinen anderen Platz mehr gab. Der ganze Käfig, nicht viel größer als eine altmodische Telefonzelle, war ausgefüllt von den abstoßenden, dreckigen Körpern von Sklaven. Diese Verdammten waren so demoralisiert und entkräftet, dass ich nur einige wenige Protestlaute hörte, als ich mich so weit wie möglich in die Mitte durchzwängte. Die zwei, drei Gefangenen, die ich verdrängte, zwängten sich gern auf meinen Platz an den Gitterstäben und der vergleichsweise frischen Luft – so frisch, wie Luft direkt am Gitter eines Sklavenkäfigs mitten in der Hölle sein kann.

Ich nahm eine unbequeme geduckte Stellung ein, in der ich nicht ganz so leicht erdrückt würde und etwas besser sehen konnte, was draußen vor sich ging. Unser Ende des Stands füllte sich rasch mit Dämonenwachen, von denen die meisten eher Riprashs Größe hatten als meine. Die Soldaten des Kommissars bewegten sich mit der Grazie von Wasserbüffeln, warfen alles um, was nicht in den Boden gerammt war, trampelten nieder, was nicht von selbst fiel, und rissen so roh an den Halseisenketten der Sklaven, dass ich Wirbel knacksen hörte. Es war, als ob eine Horde Paviane ein Gebilde aus Zweigen und Fleisch untersuchte. Doch selbst diese unmenschlichen Monstrositäten rümpften die Nase über unseren Käfig und beschränkten sich darauf, mit ihren Speeren auf einige der exponierteren Sklaven einzustechen, nur so zum Spaß.

Nach einer Weile wurde es den Dämonensoldaten langweilig, den Stand auseinanderzunehmen, und sie stapften wieder hinaus. Ich schöpfte gerade Hoffnung, den Nachmittag vielleicht doch zu überleben, als eine neue Gruppe in mein Blickfeld trampelte, Wachen, die wie noch fiesere und unerbittlichere Versionen der Schlägertypen von eben aussahen und sich sofort daranmachten, Sklaven und Sklavenhändler unterschiedslos auf den Boden zu werfen. Dann kam der Kommissar herein.

Ich könnte beschwören, dass ich zuerst eine Art Schockwelle von kalter Luft spürte, zusammen mit einem schwachen Geruch nach Essig und Aas. Dann trat der Kommissar in mein Blickfeld und baute sich vor dem einzigen noch stehenden Untergebenen der Gebrüder Gagsnatch auf: Riprash.

Der Neuankömmling gehörte nicht zu den Dämonen, die größere Mengen von Energie darauf verwenden, annähernd menschlich auszusehen. Ja, zuerst konnte ich nicht mal sagen, wo Kommissar Niloch anfing und alles Übrige aufhörte, denn er war voller klappernder, knochenweißer Auswüchse, die aus seiner schwarzen Rüstung hervorsprossen wie verirrte Haare, was ihm etwas von jenen bizarren Seepferdchen gab, die man nur in Aquarien sieht. Sein Gesicht erinnerte auch ein wenig an Seepferdchen: Es war lang, kantig und knöchern. Doch kein Seepferdchen hatte je so boshafte, blutstropfenartige kleine Augen.

»Oh, bei meinem guten Herzen, was haben wir denn hier?« Niloch war fast so groß wie Riprash, doch durch die klackernden Knochenauswüchse wirkte er, trotz Helm und Rüstung, so fragil wie eine zarte, verästelte Koralle. Trotzdem hätte sich wohl niemand beim Anblick des scheußlichen, hämischen Gesichts der Illusion hingegeben, dass diese Kreatur durch schiere Stärke zu besiegen war. »Oh, bei meinen wohltätigen Werken! Was ist das? Ein Gründling, ein Dreckfresser, der nicht das Knie beugt vor dem Kommissar von Schwing und Klau, dem Gebieter der gesamten Wiesen und darüber hinaus? Aber warum sollte mir jemand die Stirn bieten, wenn ich doch nichts will als Gutes?« Er streckte einen insektoiden Arm aus, der mit gewundenen Hörnern überkrustet war. »Warum beleidigst du mich, Bursche? Warum hassest du deinen rechtmäßigen Herrn so?«

Allein schon vom singenden Klang seiner Stimme drehte sich mir der Magen um. Es war, als ob jemand die Haut Ihres Lieblingsgroßvaters zu einem Ballon aufgeblasen hätte und dann die Luft in melodischen Schüben entweichen ließe. Ich hätte mich am liebsten in den Dreck geworfen und für immer dort vergraben, nur damit dieses klackernde, knöcherne Ding mich nicht bemerkte.

Riprash war da offenbar aus härterem Holz geschnitzt. »Ich habe nur gewartet, bis Sie nah genug sind, um Ihnen den gebührenden Respekt zu erweisen.« Der Riese ließ seinen mächtigen Körper auf ein Knie hinab, aber es war deutlich zu merken, dass er diesen Niloch nicht sonderlich mochte.

»Ah, gewiss, gewiss. Und welcher Knecht würde nicht den Zorn des Herrn von Schwing und Klau riskieren, um die Sklaven seines Brotherrn vor Störungen zu schützen? Was ist es, was du hier so eifrig hütest?« Die hörnernen Kinnbacken an Nilochs Pferdeschädel wichen seitwärts auseinander und entblößten eine Reihe von Zähnen, die selbst für dieses bizarre Maul zu seltsam und lang wirkten. Ich wertete es als Grinsen. »Welches Eigentum deines Herrn beschützt du hier so gewissenhaft, hmmm?« Er trat einen Schritt vor, wobei seine Beine knöchern knarzten. »Was könnte es selbst vor dem guten Niloch zu verstecken gelten? Hmmmm?« Noch ein Schritt. Jetzt trennten das klackernde Etwas nur noch wenige Fuß von dem Käfig, in dem ich zwischen den anderen verängstigten Gefangenen hockte. Riprash wollte sich erheben, aber Niloch zeigte mit dem Finger auf ihn. »Willst du dich meiner Inspektion in den Weg stellen? Das ist eine schwerwiegende Widersetzlichkeit, Knecht. Es sind schon Seelen wegen minder schwerer Vergehen in den Löchern zwischen den Sternen gelandet.« Die flötende Stimme wurde jetzt lauter. »Willst du Kommissar Niloch in der Ausübung seiner amtlichen Pflichten behindern?«

Einen Moment lang betete ich wider alle Vernunft, dass Riprash etwas Verrücktes tun würde, davonrennen, brüllen, dem Kommissar eins ins knochige Gesicht verpassen, irgendetwas, das so viel Tumult verursachen würde, dass Gob und ich fliehen könnten. Dann fiel mir wieder ein, dass wir ja in einem verschlossenen Käfig saßen. Selbst wenn sie den Stand abfackelten, würden wir hier nicht rauskommen.

Ein Grollen kam aus der Tiefe von Riprashs Brust, doch er sagte nichts. Dann senkte sich sein mächtiger Kopf. Er blieb in seiner knienden Position. »Natürlich nicht, Lordkommissar. Unser Verkaufsstand steht zu Ihrer Verfügung.«

»Ah, sehr schön.« Niloch spuckte einen langen Faden von irgendetwas auf den Boden. »Dann spricht ja nichts dagegen, dass ich jetzt dort hinübergehe und mir die da genauer ansehe?« Und er kam rüber, mit seinem Gestank nach Essig und Tod.

ZWISCHENSPIEL

*D*u *hast mir noch gar nicht erzählt, was ihr in der Hölle für Amüsements habt.«*

Sie drehte sich weg und zündete sich eine Zigarette an. »Und ich glaube auch nicht, dass ich's dir je erzählen werde. Es interessiert dich doch gar nicht wirklich. Du willst doch nur all die schauerlichen Sachen hören. So ist das nicht. Nicht immer jedenfalls. Nicht alles.«

»Boah. Peace, gräfliche Durchlaucht. Ehrlich, ich will es einfach nur wissen. Ich bin nun mal neugierig.«

Sie sah mich über die Schulter an. Ich konnte nicht erkennen, ob sie schon wieder bereit war, nett zu mir zu sein. Darin war sie komisch, das hatte ich gelernt. Unter dieser perfekten, ultracoolen Oberfläche hatte sie jede Menge Verletzungen. Es heißt ja, dass Katzen aus diesem Grund Abszesse kriegen – ihre Haut heilt so schnell, dass sie sich oft über einer infizierten Wunde schließt. In dieser Hinsicht war Caz ein bisschen wie eine Katze.

Trotzdem, sie war so verdammt schön, wie sie sich streckte, um die Asche überm Aschenbecher abzuklopfen; bei diesem Anblick wollte ich sie gleich wieder bespringen. Doch selbst ein Engel braucht eine gewisse Regenerationszeit, also streichelte ich nur ihre Hüfte, als das Laken sie freigab, beugte mich dann hin und küsste die kalte Haut.

»Okay, dann frag ich dich jetzt mal«, sagte sie. »Was für Amüsements habt ihr im Himmel?«

Ich lachte, dachte dann aber drüber nach und fand nicht viel zu berichten. Der Himmel ist alles Mögliche, aber »amüsant« kann man ihn nicht gerade nennen. »Das ist schwer zu erklären. Man ist dort froh und glücklich, aber nicht, weil man selbst was dafür tut.«

»Verordnetes Glück?«

»So ähnlich. Oder nein, es ist eher so, wie wenn man neben einem richtig guten Grillrestaurant wohnt. Da hat man die ganze Zeit Appetit, nur von dem Duft von gebratenem Fleisch.«

»Würde in der Hölle nicht funktionieren«, sagte sie und blies einen Rauchstrahl empor, damit ihn ihr Deckenventilator verquirlte. »Uns fällt der Geruch von gebratenem Fleisch gar nicht mehr auf.«

Patsch. »Okay. Aber du verstehst, was ich sagen will? Es ist nicht so, dass man im Himmel so eine Art Zombie wird, es ist nur ... na ja, dort zu sein ist sehr erhebend.«

»Junge, Junge, das klingt aber ganz schön schwafelig, Flügelknabe. Erhebend? So was sagen die Leute über den Folk-Gottesdienst in ihrer Gemeindekirche.«

»Hör mal, dräng mich nicht in die Rolle, den Himmel zu verteidigen. Ich bin nicht gerade denen ihr Musterknabe oder was.« Ich langte hinüber und zwickte sachte einen rosa Nippel. Sie stieß einen kleinen Laut aus. Es klang total süß. »Ich meine, du glaubst doch nicht, dass sie das hier billigen würden? Uns beide?«

Caz schlug meine Hand weg, ehe ich noch mal zwicken konnte. »Komm nicht vom Thema ab. Du hast gefragt, was wir in der Hölle für Amüsements haben. Ich frage dich, was ihr im Himmel für welche habt. Also, was tust du, wenn du dort bist?«

»Schauen, wie ich mich wieder verdrücken kann, die meiste Zeit. So schnell wie möglich.«

Sie sah mich unwirsch an. »Ach, geh. Ich hab dich trinken sehen. Du hast nichts gegen ein bisschen seliges Vergessen. Wo ist da der Unterschied?«

»Mich in einer Bar zu betrinken, ist meine Entscheidung. Im Himmel mit Glückseligkeit abgefüllt zu werden, wenn ich nur dort bin, weil man mich hinbestellt hat, ist was ganz anderes.«

»Ich weiß nicht«, sagte sie stirnrunzelnd. »Es fällt mir ein bisschen schwer, Mitleid mit dir zu haben, nur weil dich jemand glücklich macht, auch wenn du's gar nicht sein willst. Ich meine, verglichen mit manchem, was ich gesehen habe – wie Leute zum Beispiel von Sägezahnwürmern von innen her aufgefressen werden, nur weil sie sich nicht schnell genug verbeugt haben –, kommt es mir nicht so schlimm vor.« Sie schüttelte den Kopf. »Shit, da hab ich sogar damals im mittelalterlichen Polen Schlimmeres mitgekriegt. Sonntags in der Kirche.«

Es war, das musste selbst ich zugeben, eine idiotische Diskussion. Natürlich konnte ich ihr nicht verständlich machen, was mich am Himmel störte. Es war wie diese Klagen auf hohem Niveau, über die sich Leute im Internet lustig machen – Erste-Welt-Probleme.

»Schau«, sagte sie, langte herüber und kniff mich woanders, als ich sie gekniffen hatte, und wesentlich fester (aber auf eine sehr angenehme Art). »Ich mache mit dir gegen deinen Willen etwas, das sich gut anfühlt. Wirst du dich jetzt auch über mich beklagen? Für deine Rechte eintreten? Ooh, du bist ja so ein Rebell, Bobby!« Dann umfing sie mit den Lippen sachte meinen Schwanz, den Teil meines Körpers, der unter solchen Bedingungen meiner Konzentration aufs Argumentative am wirksamsten entgegenarbeitet. Sie sog mich zwischen den Lippen hindurch in ihren Mund. Sehr, sehr kalt, und dann sehr warm.

Normalerweise mag ich es nicht, wenn man mich verspottet. Ich bin immer lieber selbst der Spötter, wahrscheinlich, weil ich ein komplettes Arschloch bin, aber jetzt befand ich, dass ich mich dieses eine Mal zum Objekt machen lassen konnte, als reine Lernerfahrung.

15

RIPRASH

Ich konnte nur hilflos zusehen, wie Kommissar Niloch auf
den Käfig zukam. Seine knöchernen Auswüchse bewegten sich
und schabten aneinander, und er musterte die zusammenge-
pferchten Verdammten mit Augen, so fühllos wie zwei leuchtend rote Knöpfe. Wenn ich Ihnen sage, dass ich ihn trotz der
vielfältigen Gestanksnoten, die in einem verschlossenen Sklavenkäfig mitten in der Hölle herrschen, riechen konnte, dürften Sie
wohl eine Vorstellung davon haben, wie krass sein Geruch war,
süßlich und nach verwestem Fleisch gleichzeitig, wie so ein Ti-
tanwurz, der Fliegen ins Verderben lockt. Ich schaffte es nur mit
Mühe, nicht zu kotzen, würgte aber wahrscheinlich ein bisschen,
wodurch ich vielleicht seine Aufmerksamkeit auf mich lenkte.
Ich war zwar von den Sklaven direkt an den Gitterstäben weitgehend verdeckt, doch plötzlich bohrten sich diese roten Augen
in meine, und er kam noch näher heran. Sein Geruch überrollte
mich wie eine Welle, dann öffnete er seinen bizarren Mund, und
es wurde noch viel schlimmer.

Die beiden Teile seines Unterkiefers klackten gegeneinander
wie die Scheren eines applaudierenden Krebses. Ich hoffte, dass
es kein Ausdruck von Hunger war. Er starrte mir direkt ins Gesicht. Mein Dämonenherz arbeitete wie ein Presslufthammer in
meiner Brust.

»Sind Sie daran interessiert, weitere Sklaven zu erwerben, Kommissar?« Riprash kam herbei. »Ich zeige Ihnen gern ein paar gesunde. Die da habe ich noch nicht sortiert.« Niloch drehte sich um und sah ihn nur wortlos an, doch als Riprash weitersprach, war da ein Zittern in seiner Stimme. »Oder wenn Sie möchten, kann ich auch diese säubern, damit Sie sie inspizieren können.«

Der Kommissar lachte, jedenfalls nehme ich das an, obwohl das dünne Pfeifen nicht sonderlich nach Lachen klang. »Ach ja? Und sie vielleicht auch noch wie kleine Herrschaften kleiden. Das wäre doch lustig.« Er wandte sich wieder dem Käfig zu und sah mir, nur um sicherzustellen, dass mein Herz weiter gegen meine Rippen wummerte, erneut in die Augen. »Aber ich muss sagen, ich –«

»Was ist denn hier los? Oh, Kommissar, es stimmt wirklich, Sie würdigen uns eines Besuchs!«

»Er erwartet was«, sagte eine andere Stimme fast im selben Atemzug.

»Halt den Mund, oder ich lasse dich entfernen«, sagte die erste Stimme. »Danke, Lordkommissar, danke!«

Die runde, zweiköpfige Gestalt Gagsnatchs, des Inhabers des Sklavenverkaufsstands, eilte beflissen auf Niloch zu. Einer der Köpfe lächelte den Kommissar breit und schmeichlerisch an, der andere starrte unverhohlen desinteressiert vor sich hin. »Sie erweisen mir zu viel der Ehre!«, sagte Lächelkopf.

»Jedes bisschen wär zu viel«, sagte der andere Kopf so motzig wie ein Pubertierender.

»Aha«, sagte Niloch. »Endlich komme ich in den Genuss Ihrer Anwesenheit, Sklavenhändler.«

Lächelkopf verzog sein Gesicht unverzüglich zu einer Maske der Zerknirschung. »Ich wusste nicht, dass Sie es sind, Kommissar! Ich versichere Ihnen, sobald ich –«

»Still jetzt«, sagte Niloch, kaum lauter als ein Flüstern. »Beide.«

Es herrschte Schweigen. »Ja, wie es der Zufall will, *können* Sie etwas für mich tun. Ich brauche noch weitere Sklaven. Schicken Sie mir diese Kiste hier, so wie sie ist.« Niloch wandte sich wieder dem Käfig zu, doch diesmal streifte sein Blick mich nur genauso flüchtig wie die anderen armen Kerle um mich herum. »Ja, die sollten reichen. Und machen Sie sich nicht erst die Mühe, sie zu reinigen. Sandverschwendung. Ihren Zweck erfüllen sie auch so.« Er hielt kurz inne. »Ah, ja, wie ich sehe, sind meine Männer hier fertig, und ich habe einen weiten Weg bis in meine Residenz. Schreiben Sie eine Rechnung und schicken Sie die Sklaven sofort nach Haus Grabesschlund.« Der Kommissar klackerte aus meinem Blickfeld in die Richtung, aus der er gekommen war.

»Danke, Kommissar!«, rief Lächelkopf. »Bei mir zu kaufen, ist das größte Geschenk, dass Sie mir machen können! Sie sind der beste Grundherr im ganzen Land!«

»Aber du hast doch gesagt, er ist der schlimmste«, meldete sich Motzkopf. »Du hast gesagt, er ist dumm wie ein Haufen Scheiße und riecht wie –«

Ich durfte erstmals erleben, wie jemand einem seiner eigenen Köpfe so fest eins aufs Maul gab, dass es blutete. Als die Strafe verabfolgt und Motzkopf zumindest für den Moment zum Schweigen gebracht worden war, eilte Gagsnatch, Lobpreisungen und Dankesbekundungen hervorsprudelnd, hinter dem Kommissar her.

Mein Herzschlag verlangsamte sich gerade wieder auf die Frequenz gewöhnlicher Angst, als die Tür des Sklavenkäfigs aufgeschlossen wurde. »Sie«, sagte Riprash und zeigte mit dem Finger auf mich. »Raus.«

Die anderen Sklaven hatten gar keine Möglichkeit, mir Platz zu machen, also zerrte er mehrere so unsanft heraus, dass er mit Sicherheit die eine oder andere ernsthafte Verletzung verursachte. Ich zwängte mich zur Öffnung durch, und erst, als ich es fast geschafft hatte, fiel mir ein, dass Gob ja auch im Käfig war, doch als ich mich umdrehte, sah ich den haarigen kleinen Kerl hinter mir herschlüpfen.

Bevor ich Riprash irgendetwas fragen konnte, fasste er mich unter den Achseln, hob mich hoch, trug mich wie einen Hundewelpen in ein Eckchen des Stands, das mit einem Wandschirm aus Rohhaut abgeteilt war, und setzte mich dort ab. Gob verschanzte sich hinter meinen Beinen und beobachtete Riprash mit einem beeindruckenden Maß an Konzentration: Zweifellos brütete er ein halbes Dutzend Fluchtpläne für den Notfall aus. Ganz auf Überleben gepolt, der Junge. So hatte ich mich auch immer gesehen, doch seit ich Gob kannte, war mir klar, wie läppisch leicht ich es im Vergleich gehabt hatte.

»Bleiben Sie hier.« Riprash blickte über den Wandschirm in unser Eckchen, was ich nicht mal dann gekonnt hätte, wenn ich auf eine Kiste gestiegen wäre. In dem Dunkel wirkte sein zerstörtes Gesicht wie aus Stein gehauen. Hässlichem Stein. »Keinen Laut!« Dann ging er hinaus. Nach ein paar vergleichsweise stillen Minuten hörte ich ihn ein Weilchen mit den Köpfen seines Chefs reden. Wenn die Backpfeife gerade eben Motzkopf eingeschüchtert hatte, war er inzwischen drüber weg. Ich hörte ihn fast alles torpedieren, was der andere Kopf sagte. Schließlich war das Dreierpalaver beendet, und Riprashs schwere Schritte näherten sich uns wieder.

»Und jetzt muss ich noch zwei Sklaven herbeischaffen, weil Niloch so viele erwartet, wie er gezählt hat.« Wieder packten mich die mächtigen Hände und hoben mich hoch. Wenn er »Ich rieche, rieche Menschenfleisch« gesagt hätte, hätte es mich nicht gewundert. Doch er zog nur einen großen Stein heran, den ich nicht mal mit einem Unimog und einer Abschleppkette hätte bewegen können, und setzte sich drauf.

»Also?«

Ich glotzte ihn nur an; von all den verschiedenen Arten von

175

Angst war mein Kopf so gut wie leer. »Also was?«, sagte ich schließlich.

»Sie haben gesagt, Sie hätten was mit mir zu bereden. Wir sind allein. Die anderen habe ich mit dieser Partie Sklaven in den Hafen runtergeschickt. Also reden Sie.«

Eine Sekunde lang schloss ich die Augen zu einem Blitzdankgebet. Jetzt konnte ich nur noch hoffen, dass Temuels scheinbar so harmlose Botschaft nicht irgendein Code für »Töten Sie den Überbringer dieser Worte« war. Ich versuchte, Riprash in die Augen zu schauen, um ihm meine Aufrichtigkeit zu demonstrieren, konnte es aber einfach nicht. Dieses ganze bloßliegende Fleisch, und das Axtblatt da drin …

»Ich bin nicht von hier«, sagte ich und schaute dabei aufmerksam auf seine mächtigen Füße. »Ich bin … woanders her. Wissen Sie, was ich meine?«

Riprash gab ein leises Geräusch von sich. »Könnte sein«, sagte er schließlich. »Könnte auch nicht sein. Sagen Sie, was Sie zu sagen haben.«

»Ein Freund hat mich gebeten, Sie aufzusuchen und Ihnen Folgendes auszurichten. Er lässt sagen, ›Ihr seid nicht vergessen.‹ Das ist alles. Weiter nichts.«

Nichts geschah, jedenfalls nichts, was sich im Bereich von Riprashs Schuhgröße-dreiundsechzig-Quanten manifestierte. Ich schaute hoch. Nicht gleich, aber ich tat's wirklich.

Er weinte.

Kein Witz. Er weinte wirklich. Eine glimmende Träne war wie ein winziger Lavastrom von seinem heilen Auge seine Wange hinabgeglitten und hing jetzt wie Ahornsaft an seinem Kinn. »Dank, oh, Dank«, sagte er fast schon flüsternd. Er sank in sich zusammen wie ein morscher alter Mammutbaum, landete zu meiner Verblüffung auf den Knien und reckte die mächtigen Arme in die Höhe. »Dank, oh, Dank. Ich bin emporgehoben.«

Sie können sich denken, welchen Reim ich mir darauf machte,

nämlich keinen. Riprash blieb eine Weile in dieser Position, noch mehr Tränen tropften von seinem Gesicht und bildeten leuchtende kleine Kleckse auf dem Boden, ehe sie abkühlten und erloschen. Mein vorherrschendes Gefühl war jetzt langsam nicht mehr Angst, sondern Verlegenheit, weil er so offensichtlich von etwas Tiefem, Persönlichem überwältigt war. Da er mich jedoch wegen meiner Botschaft nicht zu Brei geschlagen hatte, war er für Gob und mich immer noch das, was einem Verbündeten am nächsten kam, also blieb ich sitzen, während es durch ihn hindurchfuhr wie ein Sturm und ihn am ganzen Leib zittern ließ. Schließlich war es vorbei. Riprash wischte sich das heile Auge mit dem mächtigen Handrücken und setzte sich dann wieder auf den Stein.

»Ah«, sagte er. »Ah. Es hat gutgetan, das zu hören. Dank Ihnen –« Er unterbrach sich und runzelte die Stirn. »Ich weiß Ihren Namen nicht, Herr.«

»Snakestaff.« Es war das erste Mal, dass ich meinen Dämonen-Aliasnamen jemand anderem als Gob nannte, und ich gab acht, ob er Riprash irgendwas sagte. Ich hatte ja nur Temuels Wort, dass der Name noch nie benutzt worden war (und die Lameh-Erinnerungen, die dasselbe sagten). Doch für den Riesen schien er weder etwas Überraschendes noch etwas Bekanntes zu haben.

»Meinen tiefempfundenen Dank also, Snakestaff. Mögen Sie emporgehoben werden.«

Was besser klang als das meiste, was bisher passiert war, also nickte ich. »Okay, und jetzt?«

Er sah mich an wie jemand, der zu plötzlich geweckt wurde. »Was? Was meinen Sie?«

»Ich meine, hätten Sie was dagegen, dass wir uns jetzt wieder auf den Weg machen? Mein Diener und ich? Danke, dass Sie mich vor dem Kommissar versteckt haben, aber ich habe noch andere Erledigungen in Pan –, in der Roten Stadt, und dahin ist es ein ganz schön weiter Weg.«

»Andere Erledigungen?« Er sah mich interessiert an, aber nicht auf die grausame, hungrige Art interessiert, wie Dämonen meistens gucken. »Solche wie diese hier?«

»Nein.«

»Schade, dass Sie schon gehen müssen. Sie sollten ein paar andere Mitglieder der Emporhebungsgemeinschaft kennenlernen. Ihre Botschaft wird ihnen viel bedeuten.« Sein erschreckendes Gesicht wurde jetzt fast fröhlich. »Augenblick mal! Ich muss doch diese Sklaven dem Kommissar nach Haus Grabesschlund liefern. Mit mir auf der *Hippe* kommen Sie viel schneller vorwärts, und Sie finden auch einen Heber, wenn wir dort sind. *Das* beschleunigt Ihre Reise in die Rote Stadt bestimmt gewaltig.«

Dieses ganze Gerede von Emporhebung und Hebern verwirrte mich total, aber ich hatte nicht die Absicht, diesem geschenkten Oger ins Maul zu schauen. »Sie meinen, Sie würden mir helfen?«

»Ich würde Ihnen jeden Dienst erweisen, den ich Ihnen erweisen kann.« Er gab seinen Worten einen seltsam gewichtigen Klang. »Können Sie sich denn nicht vorstellen, was Ihre Botschaft mir und den meinen bedeutet?«

Konnte ich nicht, nicht so genau, aber sie bedeutete offenbar eine Menge, und ich würde mein Bestes tun, diese Welle bis an den Strand zu reiten. »Doch, natürlich.«

»Ich bitte Sie dafür nur um einen Gefallen.«

Shit, dachte ich, jetzt kommt's. Will er von meinem Blut trinken oder eins meiner Augen essen? »Und der wäre …?«

»Dass Sie heute Abend mit mir in die Gemeinschaft kommen.«

Offenbar doch nicht so schlimm, wie ich befürchtet hatte. »Natürlich. Aber ich verstehe es immer noch nicht ganz. Wie wollen Sie mich denn so viel schneller nach diesem Grabesschlund bringen, als ich zu Fuß hinkäme?«

Er lachte. »Per Schiff natürlich – meinem Schiff, der *Ollen*

Hippe. Sonst würden Sie mindestens hundert Lampen brauchen. Aber auf Kokytos' breitem Rücken schaffen wir es in neun.«

Hey, danke, du ekliger, stinkender Fluss, dachte ich. *Bist offenbar doch nicht so übel.*

Ich hatte ganz offensichtlich noch eine Menge zu lernen.

Das Gemeinschaftstreffen, wie Riprash es nannte, fand an einem dermaßen widerwärtigen Ort statt, dass es ein Wunder ist, wenn ich mich überhaupt noch an das Treffen selbst erinnern kann. Man war noch nie in einer richtigen Kloake, wenn man nicht in einer Höllenkloake gewesen ist. Diese hier war aus etwas erbaut, das aussah wie Lehmziegel und roch wie … tja, es gibt dafür einfach keine Worte. Hätte ich nicht einen Dämonenkörper getragen, hätten meine Nebenhöhlen vermutlich beim ersten Kontakt mit diesem schleimhautversengenden Gestank nach Tod und Scheiße und Scheiße und Tod Selbstmord verübt.

Aber üble Gerüche waren nichts verglichen damit, von einem der Mördersektentrupps erwischt zu werden, die am Fluss patrouillierten, deshalb fanden Riprashs Gemeinschaftstreffen immer tief in den Abwassertunneln statt. Der Versammlungsort war überfüllt, denn zwei Dutzend von uns hockten auf dem Rand einer Abwasserrinne, aber alle rückten brav zusammen, weil selbst hier in der Hölle, selbst unter diesen auf ewig Verdammten, niemand in der Brühe planschen wollte.

Ich fand es schon irgendwie berührend, dass all diese Verdammten und Dämonen (hier in der Kloake waren etwa ein Viertel der Anwesenden Dämonen, also Kreaturen, deren Aufgabe es ansonsten war, die Verdammten zu quälen) auf der Suche nach etwas zusammenkamen, das größer und besser war als das, was sie kannten. Und Riprash selbst beeindruckte mich noch mehr.

Er war wohl der spirituelle Führer, zumindest hier in Port Kokytos, und das merkte man. Als er zu reden begann, gab sich selbst der arme Verdammte, der über und über mit zitternden Stachelschweinborsten bedeckt war, alle Mühe, still zu sein und zuzuhören.

»Es war einmal, daheim in der Welt, ein Mann namens Origenes.« Riprash sprach es aus wie einen irischen Namen – O'Ridginnys. »Und der hatte eine großartige Idee: Niemand muss ewig verdammt bleiben. Niemand.«

Ein paar offenbar neue Mitglieder der Gemeinschaft guckten verdutzt und flüsterten miteinander.

»Und so ist es.« Der Oger sprach langsam, wie zu Kindern. »Nicht mal der Widersacher selbst muss ewig in der Hölle bleiben. Selbst er kann sich läutern. Sich emporheben! Und wir können es auch.«

»Aber was bringt das?«, wollte eine Kreatur mit dem Kopf eines gehäuteten Esels wissen. »Diese Mistkerle von Engeln stoßen uns doch wieder runter. Die lassen uns hier nie raus!«

Es gab einiges an zustimmendem Gemurmel, aber Riprash war in so was offensichtlich ein erfahrener Profi, und heute Abend hatte er eine noch bessere Antwort als sonst.

»Wenn ihr so denkt, dürfte es interessant für euch sein, die Botschaft zu hören, die mir dieser Freund heute gebracht hat.« Er zeigte auf mich, und mehrere Kreaturen im Tunnel drehten die Köpfe. »Er brachte mir eine Botschaft von« – er senkte die Stimme zu einem Beinahe-Flüstern, aber bei einem Oger war das immer noch ganz schön laut – »jenem *anderen Ort.* Dem Ort hoch droben. Wo jene Engel leben, die eurer Meinung nach nichts anderes wollen, als euch wieder hinabzustoßen. Und wie lautet diese Botschaft? Die Botschaft, die uns von dem anderen Ort hier herabgesandt wurde – wie lautet sie, werter Snakestaff?«

Das war eindeutig mein Einsatz. »Ihr seid nicht vergessen«, zitierte ich.

»So ist es! Also denkt daran. Ich sage nicht, dass die Heiligenscheine uns durch die Bank lieben, weil das nicht stimmt. Aber es gibt einige, die wissen, dass das, was mit uns gemacht wurde, nicht richtig war. Und wenn wir es immer weiter versuchen, dann *können* wir uns emporheben, ihr werdet sehen!«

Riprash machte noch eine Weile so weiter und fragte dann, ob jemand aus der Gemeinschaft Zeugnis ablegen wolle. Ich hatte gedacht, ich würde mich langweilen und hibbelig sein wie bei jeder Art religiöser Veranstaltung auf der Erde, aber ich war im Gegenteil fasziniert. Der Erste, der das Wort ergriff, war ein Verdammter, der ein bisschen so aussah wie ein Lebkuchenmann, den man aus schimmligem altem Papier gebacken hatte. Er erklärte ausführlich, dass er in seiner Erdenzeit ein Dieb in Antiochien gewesen sei und, obwohl er nur Essen für seine hungernde Familie gestohlen habe, von den römischen Machthabern hingerichtet und dann vom Gericht zur Hölle verdammt worden sei.

»Es ist eine frohe Botschaft, dass wir eines Tages vielleicht wieder frei sein könnten«, begann er langsam und feierlich. »Eine frohe Botschaft. Und ich werde tun, was ich kann, um zu lernen, mich zu benehmen. Weil ich frei sein will. Was sie mit mir gemacht haben, war nicht fair. Und wenn ich wieder frei bin, werde ich diesen Scheißhändler finden, der mir die Wachen auf den Hals gehetzt hat, und meine Frau, die alte Schlampe, die nicht mal zu meiner Hinrichtung gekommen ist, und all die Mistkerle, die gekommen *sind*, und dann werde ich sie alle in Stücke hacken.« Er sprach, als läse er eine Wäscheliste vor. Er hatte lange darüber nachgedacht.

»Ich bin mir nicht sicher, ob du wirklich im Einzelnen erfasst hast, worum es geht«, sagte Riprash sanft, als sich der Lebkuchenmann wieder auf den Sims über dem stinkenden Strom setzte. »Das Ziel ist nicht Rache. Das Ziel ist *Besserung*.«

»Ich fühl mich garantiert besser, wenn dieser miese Händlerarsch tot ist«, brummte der Lebkuchenmann, aber inzwischen war schon jemand anderes aufgestanden, um zu sprechen. Diese verdammte Seele war weiblich, obwohl man das nicht gleich erkennen konnte, weil sie eher aussah wie ein personenförmiges Gewirr von matschigen Spaghetti mit daruntergemischten Augäpfeln anstelle von Fleischklößchen. Sie zögerte, wickelte ihre Nudelfäden um ebenso schlaffe Finger.

»Nur zu, meine Liebe«, sagte Riprash ermutigend. »Deva, richtig?«

Sie nickte, schien jetzt den Mut zu finden. Einige weitere Augen kamen hervor. »Als ich gelebt habe ... na ja, ich war ein furchtbar schlechter Mensch. Ich hab es bestimmt verdient, hier zu sein.«

»Was hast du getan, meine Liebe?«, fragte Riprash. Falls Sie noch nie ein Drei-Meter-Monster säuseln gehört haben – es ist ein echtes Erlebnis.

»Ich habe meine Kinderchen verloren.« Ein paar von ihren Augen verschwanden wieder in dem Dschungel aus Nudeln oder was es auch war. »Nein, das ist nicht wahr. Ich habe sie nicht verloren, ich hab sie eher ... beseitigt.«

Ich mag einen schockierten Laut ausgestoßen haben, aber sonst reagierte niemand. »Und warum hast du das getan, liebe Deva?«, fragte Riprash.

»Ich weiß nicht so genau. Ich hatte Angst, und sie waren so krank, und ich hatte kein Geld, ihnen was zum Essen zu kaufen. Sie haben die ganze Zeit geweint, obwohl sie so schrecklich schwach waren ...« Sie verstummte für einen Moment. Jetzt waren nur noch wenige Augen sichtbar. »Ich hab alles versucht, ehrlich. Ich hab mich an Männer verkauft, aber dabei kam nie genug rum. Und die Frau, die die Kleinen für mich gehütet hat, wenn ich nicht da war, also, die ... hat nicht gut auf sie aufgepasst ...« Die Kreatur namens Deva krümmte die Finger und zerrte so fest an den Nudelgebilden, dass ich dachte, sie würden abreißen. »Sie hat zu viel Palmwein getrunken, die Alte, und

182

eines Tags hat sie meine Jüngste einfach davontapsen lassen, und meine Kleine ist aus dem Fenster gefallen, in den Innenhof, und war tot. Ich kam nach Hause, den Geruch von dem Mann noch an mir, und da fand ich sie auf dem Steinboden. Die Alte, die auf sie aufpassen sollte, hatte noch nicht mal gemerkt, dass sie weg war!« Die Verdammte schüttelte den Kopf oder jedenfalls den Klumpen am oberen Ende, den ich für den Kopf hielt. »Da wusste ich, dass ich in die Hölle komme. Und die anderen waren immer noch krank und haben geweint und sind immer dünner geworden.« Nach einer langen Schweigepause, die niemand unterbrach, sagte sie: »Also bin ich eines Nachts, als alle schliefen, mit ihnen rausgegangen, bis vors Dorf, und hab sie im Fluss ertränkt. Es war so traurig, weil ich nämlich noch auf dem Weg runter ans Ufer geguckt hab, ob da auch keine Krokodile sind. Ich wollte sie ertränken, aber ich hatte immer noch Angst, dass ein Krokodil sie schnappt!«

An diesem Punkt brach sie in Tränen aus, und es dauerte eine ganze Weile, bis sie wieder sprechen konnte. Das Seltsame war, dass die anderen Verdammten und selbst die Dämonenmitglieder der Gemeinschaft allesamt schweigend warteten. An einem Ort, wo niemand groß hinschaute, wenn jemand sich schwerverletzt am Boden wand oder ein Kind geschlagen oder sexuell missbraucht wurde, warteten diese Höllenkreaturen geduldig, ja sogar freundlich, dass eine von ihnen die Fassung wiedererlangte.

»Natürlich haben sie mich gesteinigt«, sagte sie schließlich. »Selbst die Frau, die meine Kleinste auf dem Gewissen hatte, warf einen Stein! Ich bin schon lange hier. Ich habe keine Ahnung, wie viele hundert Jahre. Immer weiter und weiter ... Es klingt bestimmt komisch, aber obwohl ich tot bin, wusste ich gar nicht wirklich, dass ich lebendig gewesen war, bis ich Riprash reden hörte, ihn davon sprechen hörte, dass wir eines Tages vielleicht emporgehoben würden. Seit ich hier aufgewacht bin, bin ich wie ein Maulwurf in der Erde, krieche hin und her, jeden Tag im Dunkeln, und kenne nichts anderes. Meine Kinder – ich konnte nicht an sie denken. Ich konnte mich nicht an sie erinnern, weil mein Herz weggesengt war. Doch als ich Riprash von der Emporhebung reden hörte, da konnte ich mich wieder fühlen. Ich wusste, nichts würde meine Schlechtigkeit je von mir nehmen. Für das, was ich getan hatte, würde für immer der schreckliche Fluch Gottes auf mir liegen ... Aber ich konnte hoffen, dass mir eines Tages, vielleicht dann, wenn Himmel und Hölle selbst enden, vergeben würde. Dass ich eines Tages, auch wenn meine Untat noch so schlimm und schrecklich war, meine Kleinen wiedersehe und ihnen sagen kann, wie leid es mir tut, dass sie von so einer Mutter geboren wurden –« Sie senkte den Kopf und all die Nudelfäden erschauerten. »Oh, Gott! Es tut mir so leid! So leid!«

Meine Augen waren trocken, als ich in der Menge der Verdammten saß und sie sich mit klagender Stimme bei ihren toten Kindern entschuldigte, aber das kam nur daher, dass der Dämonenkörper, den ich trug, keine Tränendrüsen hatte.

16

AUS DER MITTE ENTSPRINGT EIN DRECKIGER FLUSS

G ob und ich versteckten uns in Gagsnatchs Etablissement, bis die zweite Lampe angezündet worden war, dann begrub uns unser neuer Freund Riprash (behutsam) unter einer Ladung Schiffsproviant auf einem Wagen und kutschierte uns runter zum Kai. Alles, was ich sah, waren die Unterseiten von groben Säcken voller getrockneter Maden, was aber sicher auch nicht schlimmer war als der Anblick der Straßen von Port Kokytos, jedenfalls schloss ich das aus der erstaunlichen Vielfalt an unangenehmen Geräuschen und Gerüchen, die durch die Schichten von Dämonenleckereien drangen.

Riprash lud den Proviant eigenhändig ab, um zu verhindern, dass wir versehentlich von einem seiner Helfer geköpft wurden, und lotste uns dann eilig die wacklige Laufplanke hinauf.

»Sie wohnen in meiner Kabine«, sagte er und zeigte stolz in dem niedrigen Raum umher, der für uns gut ausgereicht hätte, wenn Riprash draußen geblieben wäre. So aber fühlte es sich an, als teilten wir eine Badewanne mit einem Buckelwal.

Als der Tag vorbei war und nur noch die Nachlichter glühten, gingen die Hafenarbeiter nach Hause. Riprash führte uns an Deck und zeigte uns das Schiff, wie ein Rentner seine Rhododendren vorführt. Die *Hippe* war ein Mittelding zwischen einem Müllkahn und einer chinesischen Dschunke: lang und flach, mit Segeln, die, wenn sie vollständig gesetzt waren, wie Fledermausflügel aussehen mussten. Das Gefährt war aus unterschiedlichen Hölzern gebaut und so üppig mit Teer verschmiert, dass es aussah wie aus gekautem Lakritz. Doch soweit ich Riprashs stolzen Erklärungen entnehmen konnte, war die *Olle Hippe* trotz ihres Alters und ihres klapprigen Zustands auf dem neuesten Stand, was Dinge wie Fußeisen, Käfige und Züchtigungsinstrumente anging. Ich versuchte zu lächeln und beeindruckt dreinzuschauen, doch beim Anblick einer Vorrichtung mit Eisenzähnen, die sich zwecks Fluchtverhinderung in jemandes edelste Teile graben sollen … na ja, wie gesagt, ich versuchte zu lächeln.

Riprash hatte offenbar befunden, dass er mich mochte. Seine Solidarität bekundete er durch gelegentliches Klopfen auf meinen Rücken, wobei meine Knochen ächzten. Er machte mich auch mit dem höllischen Rum bekannt, den er sehr schätzte; das Zeug schmeckte wie Galle mit Benzin und haute rein wie schwarzgebrannter Maisschnaps. Nein, ich habe nicht gefragt, wie oder woraus es gemacht war. Riprash hatte Spaß daran, mir dabei zuzuschauen, wie ich es zu schlucken versuchte, und belohnte mich für mein unterhaltsames Husten, Würgen und Prusten, indem er mir bis spät in die Nacht Geschichten erzählte, wenn ich lieber geschlafen hätte.

Aber der Alkohol half, und die Geschichten waren auch gar nicht schlecht. Ja, nach Höllenmaßstäben waren sie sogar richtig nett: die interessanten Abenteuer eines einfachen Ogers und seines Sklavenschiffs in verschiedensten Winkeln der Höllenwelt. Für hiesige Verhältnisse war Riprash wirklich ein prima Typ. Okay, er hatte im Lauf seines Lebens ein paar Leute getötet – ein paar hundert, genauer gesagt –, und es fiel ihm schwer, in den verdammten Seelen, mit denen er handelte, irgendetwas anderes zu sehen als mobiles Fleisch, doch als wir ihn erst mal ein bisschen besser kannten, hatte ich kein einziges Mal Angst vor ihm, was ich nicht von vielen Höllenwesen sagen kann. Auch nicht von meiner Freundin.

Kurz bevor die erste Tageslampe entzündet wurde, setzten wir Segel. Sobald wir unterwegs waren, ließ uns Riprash an Deck, damit wir etwas sehen konnten. Die *Olle Hippe* hatte so viele schwarze Segel, dass die Masten wie Nistbäume von Vampiren aussahen. Wegen der vollen Ladung Sklaven lag sie so tief, dass der Fluss permanent übers Schanzkleid schlug und man an Deck immer mindestens knöcheltief in Kokytos-Brühe stand, aber ich genoss es, die (vergleichsweise) frische Luft außerhalb der Kabine zu atmen.

In jener ersten Nacht, als die Stadt hinter uns entschwand und wir ins Dunkel segelten, war die schwarze Riesenschlange des Flusses bald nicht mehr zu sehen. Mit den fernen Lampen an den Wänden der Hölle als einziger Beleuchtung, hätten wir in einem Universum aus flackernden roten Sternen unterwegs sein können. Ich fühlte mich plötzlich einsam, so einsam wie noch nie, auch wenn Gob an meiner Seite mit großen Augen und offenem Mund all das bestaunte, was er sich nie zu erleben erträumt hätte. Ich sehnte mich nach Caz und diesem einzigartigen Gefühl von Vollständigkeit, das sie mir gegeben hatte. Ich vermisste Freunde wie Sam und Monica und meine vertrauten Jagdgründe. Klar kennen Sie das auch, aber in der Hölle fühlt es sich anders an. Die Chancen auf ein Wiedersehen waren minimal. Der kleine Gob war mir zwar so eine Art Gesellschaft, aber er war nicht gerade gesprächig, und da ich ihn sowieso zurückzulassen gedachte, bevor das Unternehmen wirklich gefährlich wurde, wollte ich auch nicht, dass wir uns zu gut kennenlernten.

Riprash kam auf uns zugestampft und breitete die mächtigen Arme aus. »Das hier ... das ist Freiheit«, sagte er, wobei er die Schreie der Verdammten in ihren Käfigen drunten im Frachtraum einfachheitshalber ignorierte. »Niemandem untertan au-

187

ßer dem Wind und der Strömung. Als ich das gefühlt habe, bin ich das erste Mal emporgehoben worden. Aber in dem Moment wusste ich es gar nicht.« Er legte mir eine Pranke auf die Schulter; hätte er es mit Druck getan, hätte er mich garantiert in die Decksplanke getrieben wie einen Nagel. »Sie könnten doch noch zu einem anderen Gemeinschaftstreffen mitkommen, Snakestaff? Wenn wir in Grabesschlund sind vielleicht?«

Ich murmelte etwas Unverbindliches. Ich bin nicht so der Vereinsmensch, aber aus reiner Neugier fragte ich: »Wie viele Mitglieder hat denn Ihre Gemeinschaft?«

»Oh, sie ist nicht mehr so klein wie damals, als Ihr Herr und Meister das erste Mal mit mir gesprochen hat. Es kommen täglich Leute dazu. Aber trotzdem sind wir nicht viele.« Er nickte. »Aber wir sind erhoben, im Geist, wenn schon nicht körperlich.«

Ich bin nie dahintergekommen, wo er das mit Origenes herhatte, aber seine Auslegung war ziemlich gut. Origenes von Alexandria war ein christlicher Gelehrter im dritten Jahrhundert oder so, der den Standpunkt vertrat, wenn man vom freien Willen und der Vergebung ausgehe, habe sogar Satan selbst eine Chance, eines Tages mit dem Höchsten Frieden zu schließen und Vergebung zu erlangen. Versteht sich, dass die Kirche diese Idee niedermachte, weil sie eine Hölle, die nicht für alle Ewigkeit war, ziemlich zahnlos fand. Offenkundig hatten viele dieser frühen Christen nie die Erfahrung gemacht, über Jahrhunderte in flüssiger Lava zu baden, sonst hätten sie das Konzept noch mal überdacht, ja schon ein Jahrzehnt solch ständiger Qualen hätte da einiges geradegerückt, würde ich meinen.

Ich war von Riprashs Glauben beeindruckt, und ich sage das als bekennender Zyniker. Gob fand ihn auch interessant, jedenfalls schließe ich das daraus, dass er immer genau zuhörte, wenn der Oger sprach.

»Aber die Herrschenden der Hölle … die können ja wohl von dieser Idee nicht so begeistert sein«, sagte ich schließlich.

»Sind sie auch nicht, so viel steht fest.«

Ich konnte nicht umhin, darüber nachzudenken, dass mein Betreuer Temuel ein ganz schön gefährliches Spiel spielte, wenn er das Fußvolk der Hölle dazu ermutigte, Erlösung für möglich zu halten. Wussten unsere Oberen davon? Das klang doch nicht minder revolutionär und gefährlich als das, was Sams mysteriöser Engel Kephas ausgebrütet hatte, diese Sache mit dem Dritten Weg, die ich schon an den Hacken kleben hatte. Dass Bobby Dollar sich jetzt noch heimlich davonmachte, um eine religiöse Rebellion in der Hölle zu unterstützen, würde das Ephorat auch nicht gerade für mich einnehmen. Wobei ich ja schon tief genug in der Scheiße gesteckt hatte, bevor ich hierhergekommen war: Ich hatte mit einer hochrangigen Dämonin geschlafen, einem abtrünnigen Engel (der zufällig mein bester Freund war) geholfen, einem anderen Engel eins über die Rübe gezogen, während er seine himmlischen Pflichten erfüllte, und dann den Himmel in allen diesen Punkten belogen.

Einen todsicheren Schuldspruch hätten unsere Freunde von der Anwaltschaft das wohl genannt.

»Wir schippern die Hippe um jede Klippe«,

sang Riprash mit einer Stimme wie eine langsame Lawine.

»Wer uns dumm kommt, der kriegt Verdruss
Wir saufen und raufen, sind ein stinkender Haufen
Doch wir reiten die Weiber so gut wie den Fluss!«

Yeah. Was kam es jetzt noch auf ein Vergehen mehr oder weniger an? Ich täte wohl gut daran, dachte ich, mich nach einer hübschen kleinen Immobilie umzuschauen, solange ich hier in der Hölle war, weil alles dafür sprach, dass ich bald auf Dauer hierher zurückkommen würde.

17

HAUS GRABESSCHLUND

Der Fluss entpuppte sich als so grässlich und so gefährlich, wie ich ihn mir vorgestellt hatte, voller Piraten, die nur Gerippe auf windigen Flößen waren, und spitzzahnigen, schlangenhaften Kreaturen, so groß wie Nahverkehrszüge. Aber wir segelten auf einem großen, wohlbewaffneten Schiff, und die nächtlichen Geschichten von Sindbad dem Seefahrer mit dem gespaltenen Schädel machten den Gestank und die ständige Angst, von irgendwas gefressen zu werden, schon beinahe wett.

Riprash hatte im Dienst eines hochrangigen Dämons namens Crabspatter begonnen und sich zu einer verantwortlichen Position in dessen Leibwache hochgearbeitet, doch dann war Crabspatter von einem anderen, noch schlimmeren Dämon in einer Seeschlacht an einem Ort, den Riprash Schmatzmoor nannte, niedergemacht worden.

»Mit einem Speer mitten durch den Bauch ist der alte Crabby untergegangen, o ja«, sagte Riprash im nostalgischen Ton von jemandem, der über einen kauzigen Onkel spricht. »Ist wahrscheinlich immer noch dort unten und versucht, aus dem Schlamm rauszukommen – war ein harter Hund, der Alte. Da hab ich auch das hier her.« Er fasste sich an den Spalt in seinem Kopf. »Und dann bin ich aufgewacht, nackt und ohne alles, in einer Reihe von aneinandergeketteten Gefangenen. Der Sieger hat ei-

nige von uns behalten und den Rest verkauft.« Er lachte. »Kein
Wunder, dass er mich nicht wollte. Mein Kopf hat noch monatelang geblutet.«

Doch der Sklavenhändler, der ihn erwarb, erkannte Riprashs
Qualitäten oder zumindest seine enorme Körpergröße und machte ihn zum Aufseher. Die Freiheit wurde Riprash nie gewährt,
aber er arbeitete sich in immer höhere Vertrauenspositionen
empor, bis er schließlich die rechte Hand des Sklavenhändlers
war. Jahrhunderte später hatte dann Gagsnatch das Geschäft des
Sklavenhändlers übernommen (weder auf nette noch auf legale
Art, wenn ich es richtig verstand), Riprash aber in besagter Ver-
trauensposition belassen, und seither arbeitete mein neuer Kumpel für Gagsnatch. Er sah mich verdutzt an, als ich ihn fragte,
wie viele Jahre das schon seien.

»Jahre? Solche Wörter bedeuten hier nichts. Die, die neu
hierherkommen, fragen manchmal, wie lange dies oder das her
ist oder dauert, aber wir übrigen finden, dass es nichts bringt,
darüber nachzudenken.«

Unwillkürlich überlegte ich, wie viele Jahre Gob wohl schon
ein Kind war und sich in den Gassen von Abaton durchschlug.
Der Kleine war in der Hölle geboren, aber Zeit hatte hier keine
große Bedeutung, und Gobs Erinnerung schien nicht weiter als
ein paar Tage zurückzureichen, wahrscheinlich, weil sein Dasein
praktisch immer gleich gewesen war, bis er sich mit mir zusam-
mentat.

Allmählich wurde mir klar, dass alles an der Hölle, die Zeit-
losigkeit eingeschlossen, auf ausgeklügelte Art darauf angelegt
war, die Insassen möglichst unglücklich zu machen. Sie mussten
jeden Tag einen mühsamen Kampf um Essen und Obdach führen, aber ansonsten änderte sich kaum je etwas – oder nur gerade so viel, dass die immer wieder erfolgende Bestrafung noch
schmerzhafter war. Wenn alles immer gleich bleibt, gewöhnt
man sich daran. Wenn sich Dinge ändern, wenn manchmal et-

was ein bisschen besser wird, schmerzt der Rückfall ins Elend umso mehr. Falls Sie sich also mit dem Gedanken tragen, Ihre eigene Hölle aufzumachen, merken Sie sich dieses bewährte Rezept: Immer schön das Leiden variieren, damit die Opfer nicht abstumpfen. Ihnen ab und zu mal eine Ahnung von etwas Besserem geben, einfach nur, damit sie die Hoffnung nicht aufgeben.

Ich fragte mich, ob Riprashs Emporhebungsgemeinschaft vielleicht auch Teil des höllischen Masterplans war. Gab es ein sichereres Mittel, Leiden zu perpetuieren, als ab und zu mit der Aussicht auf bessere Zeiten vor der Nase der Verdammten herumzuwedeln? Aber Riprash sah es nicht so, und ich würde mich da bestimmt nicht einmischen. Ich vertraute ihm inzwischen, und er schien sogar Gob zu mögen, auf Dämonenart. Da Gob immer so hungrig war wie eine Wildkatze, gab Riprash ihm kleine Proviantrationen und amüsierte sich über die extreme Vorsicht des Jungen, sobald wir die winzige Kabine verließen. »Weißt du nicht, dass du auf *meinem* Schiff bist, kleiner Floh?«, polterte Riprash dann. »Niemand pisst auch nur auf der *Ollen Hippe* ohne meine Erlaubnis!«

Ich bin nie dahintergekommen, ob Riprashs Schiff nach einer bestimmten Person hieß, aber er hatte Frauen (wenn man den Begriff mal etwas weiter fasst) in jedem Hafen, in den ihn die Geschäfte des Sklavenhändlers führten. Nicht dass ich ihn ermutigt hätte, mir *diese* Geschichten zu erzählen. Wenn Sie je den Wunsch haben sollten, das Interesse am Sex zu verlieren, verbringen Sie mal Ihren Urlaub in Port Acheron oder in Penitentia, der Anhäufung von Schlamm, Stein und windschiefen Hütten, wo wir am zweiten Tag Proviant aufnahmen. Die Hafennutten sahen aus wie Maulwurfsmenschen-Statistinnen aus *In den Klauen der Tiefe*, aber Riprash versicherte mir, nur die hübschesten dürften die anlandenden Schiffe bedienen.

Ich will Sie nicht mit einer ausführlichen Beschreibung der ganzen Reise langweilen. Von der Mitte eines Flusses aus sind alle Höllenstädte ziemlich gleich – gleich scheußlich. Am dritten Tag kam schließlich Grabesschlund in Sicht, ein unwirtlicher Hubbel aus schwarzem Lavagestein, der ins schwarze Wasser des Kokytos ragte wie ein deformierter Fußballen. Eine natürliche Bucht hatte ihn zum Hafen prädestiniert, und das verzweifelte Getriebe des höllischen Lebens hatte ihn bald in einen wimmelnden Ameisenhaufen von verdammten Seelen und Dämonen verwandelt. Oben auf dem gewaltigen Steinhubbel stand, umgeben von Mauern, so hoch wie die der Stadt selbst, eine Burg, ein Wald von schwarzen Türmen, so schlank und spitz wie Aalzähne. Auf dem obersten Spitzturm wehte eine riesige Fahne, eine weiße Vogelklaue auf schwarzem Grund. Dieser Turm war aber nicht das Höchste in Grabesschlund: Eine gigantische Säule in der Mitte der Stadt überragte alles andere wie ein zentraler Pfeiler, der das Höllenweltengebäude trug.

»Das dort ist Nilochs Banner, und die Burg mit den schwarzen Türmen ist seine«, sagte Riprash. »Ich rate Ihnen, bleiben Sie bloß weg davon. Ich erklär Ihnen jetzt, wie Sie von hier durch die Stadt kommen. Sehen Sie das da?« Er zeigte auf die riesige Säule, die, wie ich jetzt erkannte, aus so etwas wie Lehmziegeln bestand, aber höher war als jeder Wolkenkratzer. Selbst jetzt, da der zweite Satz Lampen auf den Mauern von Grabesschlund brannte – das hiesige Äquivalent zu helllichtem Tag –, war nicht zu erkennen, wo der gewaltige runde Pfeiler endete, da er sich bis in das Schwarz unterm unsichtbaren Dach der gigantischen Kaverne emporzog. »Gehen Sie einfach hin, und der Heber bringt Sie, wohin Sie wollen.« Offenbar kam ich mit dem Ding bis nach Pandämonium, viele, viele Ebenen über uns. Das war zwar mal ermutigend, aber im Ganzen doch einigermaßen verwirrend.

Unsere Flussfahrt hatte uns nämlich mindestens ein Dutzend

Ebenen höher hinaufgebracht, was total widersinnig war. Wir waren mit Sicherheit nicht bergauf gesegelt, und der Kokytos, so schwarz und klebrig und giftig er auch war, schien doch ansonsten allen mir bekannten Gesetzen der Schwerkraft und übrigen Physik zu gehorchen. Aber wir waren schließlich in der Hölle, und obwohl sie realistischer (ich nenne es mal so in Ermangelung eines besseren Wortes) war als der Himmel, war sie doch nicht logischer. Als Engel war ich ja die gleitenden Entfernungen und die unbestimmbare Zeit des Himmels gewohnt, also konnte es ja wohl nicht so schwer zu akzeptieren sein, dass manches in der Hölle, so unlogisch es auch sein mochte, einfach so *war*.

Mit kleinen Stücken von Segeltuch, das zum Flicken der Segel bestimmt war, rieb ich mir den schlimmsten Dreck von der Haut, da der Fluss zu gefährlich war, um ein Bad zu nehmen. In der Hölle benutzten gewöhnliche Seelen überhaupt nie Wasser zum Baden: Es war viel zu kostbar. Dann warteten Gob und ich auf Riprashs Zeichen, dass wir es wagen konnten, an Land zu gehen. Es dauerte gefühlte Stunden, während derer der Junge in der winzigen Kabine auf und ab wanderte, bis ich ihm am liebsten eine geknallt hätte. Ich fragte mich ohnehin schon, was ich mit Gob machen sollte. Ich wollte ihn nicht weiter mitnehmen, weil ich vielleicht am Ende sehr schnell von einem sehr üblen Ort verschwinden musste und es schon schwer genug sein würde, Caz rauszuschmuggeln, ohne dass auch noch Gob mit im Spiel war. Andererseits hatte ich ihn weit von allem weggeschleppt, was er kannte. Ich besaß keinen einzigen Eisenspitz, um ihn zu bezahlen, und ihn hier in Grabesschlund sich selbst zu überlassen, würde ihn wahrscheinlich erst recht in Gefahr bringen.

Da kam mir plötzlich eine Idee. Ich ließ Gob weiter auf und ab tigern und ging Riprash suchen. Er hatte mir gesagt, ich solle in der Kabine bleiben, aber ich war so beflügelt von dem Gedanken, jemandem etwas Gutes zu tun (ich bin oder war jedenfalls ein Engel, okay?), dass ich den Aufgang zum Hauptdeck hinaufstürmte.

Das Erste, worüber ich stolperte, war einer von Riprashs Gehilfen, das katzenartige, glubschäugige Wesen, das mich in dem Sklavenstand in Port Kokytos angegafft hatte wie einen langverschollenen Verwandten. Ich konnte mir keinen Grund denken, warum mich diese schmuddelige Kreatur so schamlos anstarrte (Sie sehen, die Hölle zehrte allmählich an meinen Nerven), also fragte ich, ehe der Kerl die Frechheit aufbrachte, irgendetwas zu sagen, in barschem Ton, wo Riprash sei.

»A-auf dem K-k-kai«, stotterte Glotzekater mit hoher Stimme, »a-aber ich g-g-glaube ...«

Ich sah wahrscheinlich einfach aus wie sein alter Onkel Dreizack oder wer. Oder, schlimmer: Trotz Temuels Beteuerungen hatte der Kerl den Dämonenkörper erkannt, den mir der Erzengel und Lameh gegeben hatten. Jedenfalls wollte ich keine Konversation mit ihm, also schob ich mich an ihm vorbei. Ich war schon auf der Laufplanke, als ich plötzlich merkte, dass etwas auf dem geschäftigen Kai seltsam war. Nicht die bizarren, insektenartigen Lasttiere, die mit Schiffsgütern beladen wurden, und auch nicht die anderen, halbnackten Kreaturen, die unter den Peitschen der Aufseher schufteten, manche so deformiert, dass man ihnen nicht zugetraut hätte, überhaupt irgendeine Arbeit zu verrichten, geschweige denn derart schwere Lasten zu schleppen – nein, etwas viel Schockierenderes.

Riprash stand auf dem Kai, aber er war umringt von bewaffneten Dämonensoldaten, mindestens einem Dutzend, alle mit Nilochs Vogelklaue-Wappen. Und schlimmer noch, Niloch selbst saß auf einem hochbeinigen und nur entfernt pferdeähnlichen Insektenwesen, und Riprash redete mit ihm.

Niloch entdeckte mich so schnell, als hätte er nach mir Ausschau gehalten. In dem Moment war ich überzeugt, dass Riprash mich verraten hatte, und ich verfluchte mich dafür, jemals einem Dämon vertraut zu haben. Dadurch war ich ja überhaupt in der Hölle gelandet.

»Und da ist er schon, wahrhaftig, da ist er! Wie reizend!« Nilochs beinerne Fortsätze wedelten im Seewind wie die Arme einer Seeanemone, als er sein bizarres Insektenpferd ans untere Ende der Laufplanke trieb. »Riprash hat mir gerade von Ihrem Pech erzählt, bester Snakestaff! Es spricht für Sie, dass Sie es wieder so weit hinauf geschafft haben, nach einem derart miesen Trick …«

Ich war auf der Laufplanke erstarrt. »Trick. Natürlich ….«

Riprash warf mir einen Blick zu, den ich für ein stummes Flehen hielt: So was ist schwer zu sagen, wenn ein Gesicht dermaßen verwüstet ist. »Ja, ich habe ihm erzählt, wie Sie von Ihren Feinden entführt und in den Tiefen ausgesetzt worden sind.« Er wandte sich wieder an Niloch. »Snakestaff muss nur zum Heber, Lordkommissar, dann ist alles geregelt.«

Niloch lachte sein pfeifendes Lachen. »Gewiss, gewiss, aber zuerst muss er mit mir kommen und es sich in Haus Grabesschlund ein wenig bequem machen und mir ausführlich von seinen Abenteuern erzählen!« Es klang zwar beinah aufrichtig, doch selbst wenn ich ihm vertraut hätte, hätte ich doch mit diesem flötenden Horrorwesen nirgends hingehen wollen. »Sie sehnen sich doch sicher nach einem richtigen Mahl, Snakestaff, hmmm? Delikatessen? Und ich werde auch dafür sorgen, dass Sie anständige Kleidung bekommen. Nackt zu gehen wie die gemeinen Verdammten wird es Ihnen nicht erleichtern, wieder nach Pandämonium hineinzugelangen. Die dort oben in der Hauptstadt sind da ganz schön voreingenommen.«

»Sehr freundlich«, sagte ich und krächzte ein wenig vor lauter Bemühen, locker zu klingen. »Aber Sie brauchen sich wegen einer Kreatur wie mir wirklich keine Umstände zu machen, Lordkommissar.« Was auch immer Niloch war, er stand mit Sicherheit über mir, also konnte ich nicht einfach ablehnen.

»Unsinn. Wo in der Roten Stadt wohnen Sie denn?«

»Blasenstraße. Das ist in der Nähe vom Dispaterplatz.« Ich war froh, dass Lameh mir eine Antwort eingegeben hatte. Ich überlegte kurz, ob diese Wohnstatt wirklich existierte. Vielleicht konnte ich sie ja als Unterschlupf nutzen, wenn ich in Pandämonium war. *Falls* ich je nach Pandämonium kam.

»Reizende Gegend! Es wäre mir eine Freude, wenn Sie mir meine bescheidene Gastfreundschaft mit einer kleinen Gegeneinladung vergelten würden, sobald ich das nächste Mal in die Metropole komme. Jetzt aber, Snakestaff, wackerer Reisender, auf in mein Heim! Nach so langer Zeit auf einem Schiff und so vielen Strapazen in den Tiefen sollen Sie bei mir einen angenehmen Abend verbringen!«

Ich konnte nur noch rasch ein paar geflüsterte Worte mit Riprash wechseln. Ich bat ihn, sich um Gob zu kümmern, und er versprach es, jedenfalls für die Zeit, bis er ihn mir wieder übergeben könne, was nicht ganz das war, was ich mir erhofft hatte. »Wir sehen uns wieder, Snakestaff«, grollte der Riese. »Da können Sie getrost sein.«

Ich war da nicht so zuversichtlich wie Riprash. Ich verabschiedete mich förmlich von ihm, da uns Nilochs rote Knopfäuglein beobachteten. »Sie waren sehr nett zu mir«, erklärte ich ihm leise. Der Riese runzelte die Stirn, und ich merkte, dass das etwas war, das er noch nie gehört hatte. »Sie haben mir nichts getan, im Gegenteil, Sie haben mir sogar einen großen Dienst erwiesen. Das werde ich Ihnen nie vergessen.«

Das Herz schlug mir im Hals – wo es immerhin verhinderte, dass mein kärgliches, aber ekelhaftes Frühstück gewaltsam wieder ausgestoßen wurde –, während ich dem klackernden Kommissar über den Kai folgte. Er führte mich zu einer Transportpalette, die bereits mit dem Sklavenkäfig beladen war und auf den Schultern weiterer Sklaven ruhte; Letztere stöhnten nur resigniert, als ich mich auch noch zu der Last gesellte. Dann

197

folgte die ganze Prozession Niloch die gewundene Straße entlang, durch den riesigen Slum, der Grabesschlund war, und den Hügel hinauf zur Festung.

Mein erster Eindruck von Haus Grabesschlund war, dass ich irgendwie aus der Hölle gefallen und mitten im Shoreline-Park gelandet war, dem stillgelegten, halbverfallenen Vergnügungspark von San Judas. Die Festung des Kommissars saß wie ein bizarrer Tumor auf der Hügelkuppe und sah aus wie ein Haufen riesiger Bauklötze, den ein gelangweiltes Riesenkind hinterlassen hatte. Soweit ich im roten Laternenlicht der Hölle erkennen konnte, schienen die schiefen Mauern und die unteren Partien der nicht ganz senkrechten Türme mit bunten Streifen-, Wirbel- und anderen Mustern bemalt. Die Zugangsstraße schlängelte sich durch weite, chaotische Gärten, deren Bepflanzung hauptsächlich aus bis zur Hüfte in steinigem Boden steckenden, halbskelettierten Leichnamen zu bestehen schien; diese waren so von Schlingpflanzen und Dornenranken überwuchert, dass schwer auszumachen war, wo der Bewuchs aufhörte und die Muskelfasern und freiliegenden Nerven anfingen. Als ich einen davon zucken und seinen ausgefransten Mund einen stummen Hilfeschrei formen sah, wurde mir wieder klar, dass in der Hölle nichts je wirklich stirbt.

»Ah«, sagte Niloch, der mein Gesicht musterte. »Gefällt's Ihnen? Was soll man in dieser ländlichen Gegend mit Dienern machen, wenn sie zu heruntergewirtschaftet zum Arbeiten sind? Ich hätte sie zum Ausschlachten verkaufen können, aber da hätte ich nicht viel bekommen. So sind sie noch zu etwas nütze.«

»Großartig«, sagte ich, was alles war, was ich herausbrachte, ohne zu kotzen. Das Schlimmste war, dass all diese Strauchleute, wenn wir an ihnen vorbeikamen, darum rangen, sich uns zuzuwenden und das Augenmerk des Kommissars auf sich zu lenken: Mit klaffenden Mündern und hervortretenden Augen (soweit sie noch welche hatten) flehten ihn die halbverwesten Gestalten an. Was Niloch allerdings nicht kümmerte.

»Sehen Sie den da?«, fragte er. »Mein ehemaliger Butler.« Er zeigte auf ein Etwas, das ich sonst nicht bemerkt hätte, da es zu den wenigen Zierstücken gehörte, die sich nicht bewegten. Gesicht und Gliedmaßen waren nur zu erahnen. »Er hat eine ganze Großflasche Jungfrauentränen fallen lassen.« Der Strauch war gebeugt vom Gewicht einer lastwagenradgroßen Steinschale. »Ich habe ihm gesagt, wenn er so viel davon wieder auffängt, wie er verschüttet hat, darf er seine Arbeit weitermachen.« Die geringe Wahrscheinlichkeit, dass irgendwelche Jungfrauen hier vorbeikamen und in die Steinschale weinten, geschweige denn sie mit Tränen füllten, schien Niloch sehr zu erheitern. Im Vorbeigehen sah ich, dass ich mich getäuscht hatte und der Strauch sich doch bewegte: Er zitterte unter der Last der Steinschale gerade so ausgeprägt, dass es der Wind hätte sein können, nur dass kein Wind wehte.

Wir erreichten das Haupttor, zwei krude Dämonenstatuen und dazwischen Eisengitterflügel, die jetzt aufschwangen. Dahinter lagen ein zwanzig, dreißig Meter langer, seltsam hubbeliger Weg und an dessen Ende das mächtige, schwarze Portal.

»Sind Sie barfuß?«, fragte mich Niloch. Mehrere Diener waren zu beiden Seiten des Wegs herbeigeeilt, um dem Kommissar von seinem bizarren, insektoiden Reittier zu helfen. »Aber natürlich sind Sie's, Ihre Feinde haben Ihnen ja die Kleidung abgenommen. Doch das ist gut, sehr gut! Das Haus muss wissen, wo Sie gewesen sind, damit es die angemessene Gastlichkeit bereitstellen kann.« Er zeigte mit einem knochigen Finger, wobei die gewundenen Hörner auf seinen Armen ein bisschen klackerten. »Gehen Sie weiter, Freund Snakestaff. Da entlang. Auf dem Weg.«

Ich tat, wie mir geheißen. Der Weg sah aus wie graues altes Fleisch und fühlte sich auch so an, schwammig und nachgiebig unter meinen Fußsohlen. Es war nicht gerade toll, aber auch nicht allzu fies, jedenfalls nicht, bis ich mich etwa auf der Hälfte des Wegs befand und meine Füße feucht werden fühlte. Ein paar Schritte weiter watete ich bereits durch knöcheltiefe Flüssigkeit. Der Weg schien sich jedes Mal, wenn ich einen Fuß aufsetzte, regelrecht an meine Sohle zu schmiegen. Das Ganze erinnerte mich an irgendwas, aber ich kam nicht drauf, bis ich nur noch einen Schritt vor der Eingangstreppe stand.

Eine Zunge. Ich ging auf einer Riesenzunge. In meiner Hast, sie zu verlassen, machte ich einen regelrechten Satz auf die Eingangstreppe. Als ich mich umdrehte, sah ich die Furche in der Mitte, die kleinen Hubbel, die die Geschmacksknospen waren, und den Glanz des Speichels, der jetzt wieder in den großen Poren verschwand. Irgendwie schaffte ich es, auf den Beinen zu bleiben.

Nilochs Sklaven hatten ihm die Stiefel ausgezogen, und während er den Weg entlangkam, umspielt von seinen sachte klackernden beinernen Fortsätzen, murmelte er zärtlich auf das Zungending ein: »O ja, meine hungrige Schöne. Ah, das schmeckt dir, was? O ja, und wie! Eben bin ich auf die da getreten – hat gequietscht wie ein Hündchen. Ist das schön? Ja, zwischen meinen Zehen.«

Ich schaute weg. Besagte Zehen erinnerten an gepanzerte Würmer, die auf dem weichen, grauen Fleisch der Zunge zappelten, und Niloch blieb immer wieder stehen, damit der Weg sie genießen konnte. Niemand, der halbwegs bei Verstand ist, sollte so etwas sehen müssen.

Niloch bedeutete mir hineinzugehen. Zum Wegrennen war es zu spät, also trat ich ein. Die Eingangshalle war ein Chaos aus monströsen Ecken und Kanten und Schattenpfützen. Wesen, die ich nicht zu genau betrachten wollte, huschten an mir vorbei.

»Warum so dunkel hier?«, fragte Niloch, nur eine Spur von

Drohung in der Stimme, und mehrere Sklaven, kleine Wesen wie versengte Affen, sprangen zu in den Wänden versenkten Rädern und drehten sie. Durchscheinende Kugeln an den Wänden glommen auf, was viele der kleinsten Krabbelkreaturen wieder in ihre Verstecke zurückscheuchte.

»Nun, was sagen Sie?«, fragte der Kommissar. Sklaven entledigten ihn gerade seiner Rüstung. Ich wandte mich ab, weil ich nicht scharf darauf war, noch mehr von Nilochs abscheulicher Gestalt zu sehen. »Meine Laternen können es mit jeder Beleuchtung in der Roten Stadt aufnehmen, das müssen Sie doch zugeben. Aus diesem Hügel tritt ein Gas aus, das die Flammen speist. Deshalb habe ich mich hier niedergelassen. Auch wenn die letzte Lampe längst gelöscht ist, brennt in Haus Grabesschlund noch strahlend helles Licht. Man sieht es meilenweit!«

Seine Sklaven traten weg. Niloch trug jetzt so etwas wie eine Kamel-Satteldecke, ein formloses schwarzes Ding, das ein Hauskleid hätte sein können, voller Kleckse, die ein Muster sein mochten oder auch einfach nur Spuren von Nilochs Frühstück; es bedeckte all seine Fortsätze, sodass er aussah wie ein äußerst hässlicher Motivwagen, der seiner Enthüllung harrte.

»Kommen Sie, mein Bester«, sagte er. »Sie werden mit mir speisen, lieber Snakestaff, oh, Sie werden sehen, nach der armseligen Kost auf einem Sklavenschiff werden Sie begeistert von dem sein, was meine Küche zu bieten hat!«

Er geleitete mich in einen langgestreckten, niedrigen Saal. Der riesige Tisch war aus massivem Stein mit lauter Löchern, die, wie ich erst später erkannte, Abflusszwecken dienten. Zwei ramponiert aussehende Sklaven lotsten mich eilig zu meinem Platz, kaum mehr als ein Steinbrocken. Niloch hatte einen kunstvolleren Stuhl, eine Art langbeinigen Bock unter einem Baldachin aus schmiedeeisernen Geweihstangen, die mit den hörnernen Auswüchsen unter seinem Kaftan korrespondierten. Seltsame Kreaturen saßen an den Wänden, solche, die umgestülpten Eidechsen ähnelten, und glibbrige Dinger, so formlos wie Amöben. Manche waren Bedienstete, wie sich herausstellte, andere waren Teil des Menüs, aber sie alle kamen, wenn Niloch rief.

Mit Hilfe seiner Sklaven kletterte der Kommissar auf den Bock und setzte sich rittlings darauf, sodass er jetzt gut doppelt so groß war wie ich. Das schien ihm zu gefallen, denn seine Seitwärtskiefer klackten fröhlich. »Ah«, rief er aus, »wie gut, daheim zu sein! Und jetzt bringt uns etwas zu essen! Tischt uns die feinsten Delikatessen auf! Euer Herr ist wieder da, und wir haben Besuch!«

Über das Essen will ich Ihnen nicht viel erzählen. Nichts zu danken. Alles lebte noch, und auch wenn dem nicht so gewesen wäre, hätte ich nichts davon freiwillig gegessen. Doch unter den gegebenen Umständen musste ich lächeln und so tun, als genösse ich das Gefühl kleiner Krabbelbeine im Mund oder das Wimmern von etwas, das sich nicht gern zerkauen ließ. Dessert? Das Dessert lebte auch, auch dann noch, als es mit etwas begossen und angezündet worden war. Niloch bestand darauf, dass ich es probierte, bevor es zu schreien aufhörte.

Meine Rettung war mein Dämonenkörper, der derlei Dinge offenbar besser verkraftete als ich. Ich brachte das eine oder andere hinunter, aber mir war klar, dass ich den Rest meines Lebens, so lang oder kurz er auch sein mochte, damit verbringen würde, diese Mahlzeit zu vergessen.

»Und nun, mein Guter«, sagte Niloch, als die letzte Platte mit bebenden Überresten abgeräumt war, »müssen Sie mir von Ihren Reisen nach dieser unseligen Entführung erzählen.« Er bedeutete dem nächststehenden Sklaven, mir etwas einzuschenken, das so klumpig war wie braune Soße. »Sie müssen ja in Abaton wundervolle Dinge gesehen haben. Waren Sie beim Eiterbrunnen? Leute reisen viele Ebenen hinab oder hinauf, eigens um ihn zu sehen. Wunderschön!«

Natürlich tat ich mein Bestes, wie ein verärgerter niedriger Adliger zu klingen, der sich über seinen ungewollten Trip in die Tiefen beklagt. Nilochs Fragen klangen zuerst teilnahmsvoll, doch mit der Zeit bekam ich das Gefühl, dass er mir ein Bein stellen wollte, da er immer wieder kleine Ungereimtheiten aufgriff und mich mit vergifteter Liebenswürdigkeit bat, sie ihm zu erklären.

»Wissen Sie«, sagte er, als ich eine lange, unsichere Antwort zu Ende gebracht hatte, »es sind nämlich Dinge im Gange, mein Lieber, o ja. Wie es scheint, ist ein *Außenstehender*« –, er sagte das Wort mit zischendem Nachdruck, »durch eins der alten, nicht mehr benutzten Tore in die Hölle gelangt.«

»Ein Außenstehender? Hereingelangt?« Plötzlich fiel mir das Sprechen schwer, obwohl ich zum ersten Mal seit einer Stunde keine strampelnden kleinen Dinger in der Kehle hatte. »Wer …?«

»Wer wäre denn wohl so unhöflich, unsere schönen Lande zu betreten, ohne sich zu erkennen zu geben – zumal, wenn er von Sie-wissen-schon-wem geschickt worden wäre?« Er sah mich an. Wenn diese roten Äuglein hätten zwinkern können, hätten sie es getan, aber so saßen sie einfach nur in seinem Gesicht wie Tropfen nasser Farbe. »Ich kann darüber nichts sagen – aber Sie doch sicher, mein lieber Snakestaff?« Die Augen wurden opak. »Habe ich recht? Hmmm?«

»Aber ich sagte doch, ich habe nichts gesehen.«

»Ach, hören Sie auf, mein weichfleischiger, zerbrechlicher Freund. Die Zeit dieser Spielchen ist vorbei. Ich bin mir sicher, Sie haben mir mehr mitzuteilen, so sicher, dass ich für Sie einen Termin mit meinem Hofnarren Greenteeth gemacht habe. Er wird es auf die unterhaltsame Art aus Ihnen herausbekommen. Herein, guter Greenteeth, ich weiß, du kannst es kaum erwarten!«, rief er hinaus. »Wir sind jetzt so weit.«

Etwas kam durch eine der Türen gewatschelt: nur halb so groß wie ich, doch gedrungen und muskulös und schlüpfrig wie ein Amphibium. Augen konnte ich nicht entdecken, aber jede Menge spitze Zähne mit einem grünlichen Belag. Weit mehr Zähne als gemeinhin gebräuchlich. Als das Wesen bei Niloch anlangte, tätschelte der es mit einer Krallenhand wie ein Schoßtier. Unsichtbare Glöckchen klingelten leise, wenn das Wesen sich bewegte. Es mochte ja vielleicht ein Narr sein, aber ich fand es gar nicht zum Lachen.

»Sehen Sie«, zwitscherte der Kommissar, »ich habe versprochen, dem kleinen Greenteeth ein paar neue Spielsachen vom Schreifleisch-Bazar mitzubringen. Und ich hab's getan, mein Lieber, ich *hab*'s getan. Er brennt bestimmt drauf, sie auszuprobieren, und so wie Sie sich beim Essen benommen haben, würde ich meinen, Sie stehen nicht auf Schmerz.« Niloch hob die Hand, um meinen verzweifelten Protest im Keim zu ersticken. »Nein, nein, Herzchen, seien Sie nicht dumm. Ich bin sicher, Sie haben es eilig, mir das Gegenteil zu beweisen, aber wir können nicht jetzt schon anfangen, wo Sie noch erschöpft von der Reise sind. Das würde dem ganzen doch die Würze nehmen, meinen Sie nicht? Müdes Fleisch ist unsensibles Fleisch.« Er machte eine Handbewegung. Sofort war ich von verbrannten Affen umringt. Ihre rauhen Finger schlossen sich um meine Arme und hievten mich von meinem Steinsitz hoch. »Wir werden beginnen, wenn die Morgenleuchten entzündet werden, oder kurz vorher«, sagte Niloch. »Ich habe schon lange keine Unterhaltung unter der Regie meines lieben Greenteeth mehr geführt. Das wird ein Freudentag.« Der Kommissar tätschelte das Wesen, und es entblößte immer noch mehr Zähne durch ein immer noch breiteres Grinsen, bis ich schon dachte, der ganze obere Teil seines Kopfes würde abfallen. »Bis morgen früh also. Bringt ihn in sein Schlafgemach.«

Ich wurde ins Innere von Haus Grabesschlund geschleift, vorbei an weinenden Tieren und vernarbten Dienern mit leeren Gesichtern, und dann an die Wand eines kahlen, feuchtkalten

Steingelasses gekettet. Wie ich im Fackellicht der Sklaven erkennen konnte, waren Boden und Wände glitschig von diversen Flüssigkeiten, die nur zu einem geringen Teil wie Blut aussahen. Als meine Gefangenenwärter gerade hinausgingen, hörte ich aus einem benachbarten Raum ein schrilles, kratziges Kreischen, das nicht im Entferntesten menschlich war. Ich war mir ziemlich sicher, dass da noch ein anderer Gast für eine Session mit dem Kommissar und seinem Spezi Greenteeth weichgekocht wurde.

Die Tür schloss sich. Ich hörte, wie der schwere Riegel vorgelegt wurde. Ich zerrte an meinen Ketten, vermochte sie aber kaum zu bewegen, geschweige denn zu zerreißen. Ohne die Fackeln herrschte in dem Gelass ein Dunkel, das fast schon absolut war.

18

EIN DUNKEL WIE DER TOD

Ich versuchte alles. Shit, klar versuchte ich alles. Ich zog und zerrte an den Ketten, bis jeder Nerv und jeder Muskel meines Körpers sich anfühlte, als würde er gleich durch die Haut hervorbersten, aber die Eisenglieder waren selbst für Dämonenkräfte zu schwer und zu dick. Ich versuchte, meine Hände aus den Handeisen zu winden, doch obwohl ich rackerte, bis die Eisenschellen in mein graues Fleisch schnitten, schaffte ich es einfach nicht. Wenn ich mir die Daumen hätte abbeißen können, damit es ging, hätte ich es getan – so groß war meine Verzweiflung, denn ich wusste, dass Niloch und sein Folterknecht mich binnen einer Stunde dazu bringen würden, meinen richtigen Namen und meine Mission herauszuschreien, und dann würde es *richtig* schmerzhaft werden. Aber die Ketten hielten meine Arme seitlich weggestreckt, sodass die Hände von meinem Mund weit entfernt waren. Meine Beine waren frei, aber meine untere Hälfte würde ja ohne den Rest meiner Person nirgends hingehen.

Ich hing niedergeschlagen an meinen Ketten, erschöpft und wohl auch ziemlich stark blutend, als ich plötzlich im Dunkel der Zelle ein Flüstern hörte oder vielleicht auch fühlte.

»… und dass ihm jegliches Werk zunichtewerde und der Gestank seiner Schande ihm anhafte, wohin er auch geht.«

»Wer ist da?« Von dem jämmerlichen Zittern in meiner Stimme will ich gar nicht reden. »Wer hat da gesprochen?«

Nach einem Augenblick gespannter Stille war da wieder das Flüstern, diesmal ein bisschen lauter. »Sie ... Sie können mich hören?« Die Stimme klang weiblich, aber in der Hölle kann man sich auf nichts verlassen.

»Wer sind Sie?«, fragte ich. »Wo sind Sie?« War es eine Gefangene in einer Zelle, die einen Durchgang zu meiner hatte? Oder nur ein weiteres Foltermittel, wenn auch subtiler als das meiste, was Niloch bisher aufgeboten hatte?

»Wer ich bin? Na, das ist ja mal eine interessante Frage.« Ich konnte ihre bittere Belustigung förmlich schmecken. »Als ich noch *war*, war ich Herzspinne, die Favoritin des Kommissars.« Wieder die Empfindung eines Lachens, bitter und ein bisschen wahnsinnig. »Aber nach mir gab es etliche andere Favoritinnen. Wenn Sie sich umschauen, sehen Sie, was von ihnen übrig ist.«

»Ich sehe nichts. Zu dunkel.«

»Ist sowieso nicht mehr viel da. Häufchen von Knochen in der Ecke. Sauber abgenagt ganz überwiegend. Nilochs klebriger kleiner Folterknecht bekommt die Reste, aber er ist sehr unordentlich.«

Ich wollte nicht über die Knochen nachdenken. »Aber Sie? Wo sind Sie?«

»Ich bin eins von den Häufchen.«

Es dauerte einen Moment, aber dann begriff ich. »Sie ... Sie sind tot?«

»Keiner stirbt hier, Sie Narr. Wenn die nur mal saubermachen würden, könnte ich wenigstens woanders weiterleiden, aber so bin ich hier gefangen, wie lange weiß ich schon gar nicht mehr.«

Ein Geist. Sie war ein Geist, oder zumindest das Geistartigste, was ich in der Hölle bisher getroffen hatte: Ihr Körper war zerstört worden, so gut wie vernichtet, aber ihre Seele ging noch immer an dem Ort um, wo die brutale Zerstörung stattgefunden hatte. Und die Sollyhull-Schwestern glaubten schon, sie hätten es schwer, weil sie in Coffee-Shops spuken mussten!

»Können Sie mir helfen?«, fragte ich sie. »Wenn Sie's tun, helfe ich Ihnen.«

»Ich kann nichts für Sie tun.« Eine lange Schweigepause diesmal. »Wie denn? Wie könnten Sie mir helfen?«

»Sagen Sie's mir. Wenn ich frei wäre, könnte ich Ihre Knochen von hier wegbringen. Wäre das eine Hilfe?«

»Vielleicht.« Kurz meinte ich, etwas Neues in der körperlosen Stimme zu hören, doch dann war sie wieder ton- und hoffnungslos. »Aber das spielt sowieso keine Rolle. Ich kann Ihnen keinen Schlüssel bringen. Ich kann keinem Sklaven befehlen, Sie freizulassen. Du guter Satan, glauben Sie etwa, ich wäre noch hier, wenn ich irgendetwas tun könnte?« Eine Bö von Wut fuhr durch den Raum, Hass, so intensiv, dass ich ihn spüren konnte. »Wenn ich könnte, hätte ich Niloch schon vor langem zu meinem Gefangenen gemacht. Ich würde ihn jeden Tag mit Feuer verbrennen, bis seine kleinen roten Augen sieden und platzen würden. Ich würde ihn verschnüren, bis seine Hörner in sein eigenes Fleisch wachsen würden. Ich würde ihn zerreißen und mit Salz bestreuen. Ich würde ihm die Eier zur Kloake heraussaugen und sie zerkauen wie Trauben …«

Meine Ketten klirrten, als ich wieder gegen die Wand sank. Ich teilte ihren Hass. Einen Effekt hatte es jedenfalls, in der Hölle gefangen zu sein: Es fiel mir definitiv leichter zu hassen. Aber es nützte uns beiden nichts.

Schließlich legte sich Herzspinnes Ausbruch wieder zu einem Flüstern, dann verlor sich auch dieses. Eine ganze Weile schwiegen wir beide. Meine Gedanken rasten, doch wie Ratten in einem Labyrinth landeten sie immer nur in der nächsten Sackgasse.

»Der Boden«, sagte sie schließlich.

Ich richtete mich auf. »Was?«

»Der Boden. Ich habe gesehen, dass Sie es fast geschafft haben, die Hände aus den Eisen zu ziehen. Der Boden ist glitschig von Blut und Fett. Nicht nur von meinem. Nach mir sind noch mindestens ein Dutzend andere hier erledigt worden, und die Sklaven haben nichts weggespült.«

»Und?«

»Versuchen Sie, etwas davon auf Ihre Handgelenke zu schmieren. Vielleicht klappt es dann mit dem Rausschlüpfen.«

Ich wollte ihr gerade sagen, dass ich den Boden nicht mal annähernd erreichen konnte, als mir auffiel, dass ich zwei, drei Zentimeter tief in ebenjenem Schmodder stand, von dem sie gesprochen hatte. Ich hob den Fuß, so weit ich konnte, und hörte etwas Widerliches von meinen Zehen tropfen. Ich versuchte es noch mal und schaffte es, das Bein anzuwinkeln und den Fuß bis in Höhe meiner Taille zu heben, aber da war er immer noch weit weg von den Handeisen. Ich bewegte den Fuß ruckartig, im Bemühen, das Zeug auf meine Handgelenke zu schleudern, und fühlte Spritzer auf Brust und Schulter. Ich versuchte es noch mal. Und noch mal.

Ich weiß nicht, wie viel später es war, als der Riegel klackte und die Tür nach innen aufging, aber ich hatte mich so lange in völligem Dunkel befunden, dass mich das Licht der Fackel blendete. Glöckchen klingelten leise. Es war Nilochs Folterknecht – Pardon, Hofnarr – Greenteeth. Das warzige Etwas watschelte näher heran, das Maul so voller giftiger, spitzer Dinger wie eine Vietcong-Fallgrube. Der Narr war klein, aber seine kurzen Arme und Beine waren so massig wie die eines Gorillas, und obwohl er mir kaum bis zur Taille ging, bezweifelte ich nicht, dass Greenteeth mehr wog als ich. Ich fasste die Handeisen mit meinen schmerzenden Händen und fragte mich, wann er wohl merken würde, dass meine Handgelenke nicht mehr darin steckten.

»Bist bereit?«, fragte er mit irritierend feuchter Stimme. Augen konnte ich immer noch nicht ausmachen, aber es war klar, dass er mich inspizierte, insbesondere meine blutigen Arme: Er begrabbelte meine Haut und leckte an seinen kalten, knotigen Fingern. »Hast versucht, dich zu befreien? Klar, klar, aber nicht zu viel kaputtmachen. Verdirbt sonst das, was wir jetzt veranstalten werden.« Das Etwas streckte eine Hand aus und strich mir über die Brust. Bei all den Schmerzen, die ich ohnehin schon litt, ließ mich doch erst die feuchtkalte Berührung der Kreatur zusammenzucken. »O nein. Keine Angst. Zusammen werden wir Gutes schaffen. Werden was Wunderbares vollbringen.«

Dann bemerkte Greenteeth, dass ich die Handeisen abgestreift hatte und nur noch festhielt. Noch immer keine Augen, aber der spitzzahnige Unterkiefer klappte vor Verblüffung herab. Ich ließ dem Horrorwesen keine Zeit, Alarm zu schlagen, sondern trat, so fest ich konnte, dorthin, wo ich es für verwundbar hielt, irgendwo zwischen Beinen und Brust. Es ließ die Fackel fallen, die blakte und flackerte, aber nicht ausging, und als es stolperte und hintenüber kippte, keuchend vor – wie ich hoffte, extremem – Schmerz, sprang ich mit beiden Beinen auf seinen Körper und stampfte mit möglichst viel Wucht auf ihm herum, ohne mich davon beeindrucken zu lassen, dass ich Knochen unter meinen Fersen brechen fühlte; ich hatte ja keine Ahnung, wie widerstandsfähig das Monster war. Als der Körper so glitschig wurde, dass ich Mühe hatte, nicht auszurutschen, stieg ich von ihm hinunter und begann, Kopf und Brust mit Fußtritten zu traktieren.

»Er tut Ihnen jetzt nichts mehr«, sagte Herzspinne schließlich. Sie klang, als hätte sie das, was sich gerade abgespielt hatte, genossen. »Wird eine ganze Weile niemandem etwas tun.«

Doch da war eine rasende Wut in mir, die nicht nachlassen wollte, und ich trat noch ein halbes Dutzend Mal auf das gummiartige, inwendig zertrümmerte Etwas ein. Im Schummerlicht sah ich frische Spritzer von Flüssigkeit, und das gefiel mir. Als ich schließlich aufhörte, keuchte ich, mein Herz arbeitete wie eine Stanzmaschine auf Höchstgeschwindigkeit, aber alles, was ich wollte, war, noch weiter auf das widerliche Etwas einzutreten. Die Hölle färbte definitiv auf mich ab.

Ich fand den Schlüssel an seinem Gürtel, zusammen mit einer Glöckchenkette und genügend scharfen und spitzen Gegenständen, um eine ganze Straßengang in den Knast zu bringen. Ich wischte Schmodder von der Fackel, bis sie wieder richtig hell brannte, und sammelte dann, Herzspinnes Anweisungen folgend, ihre Knochen auf, an denen noch ledrige Fleischfetzen hingen. Ich hatte nichts, um sie hineinzutun, fand aber ein paar von getrocknetem Blut steife Lumpen, daraus bastelte ich eine Art Landstreicherbündel und schlang es mir über die Schulter. Die Knochen klackerten, als ich auf den dunklen Gang hinaustrat. Ich hätte schwören können, dass es fröhlich klang.

Herzspinne sprach so direkt in mein Ohr, dass ich zusammenfuhr. »Wenn wir doch mit Niloch dasselbe machen könnten, aber der ist zu stark für Sie.«

Ich hatte keinerlei Bedürfnis, meinen Gastgeber noch einmal zu sehen. »Sagen Sie mir einfach nur, wohin. Wie komme ich hier raus?«

»Runter. Wie die meisten Höllen-Herrscherlinge hat der Kommissar von Schwing und Klau einen Bau mit vielen Ein- und Ausgängen. Dorthin, wo die Rohre sind. Runter.«

Sie dirigierte mich von einem Kellergeschoss zum nächsten. Selbst mitten in der Höllennacht drangen durch etliche Türen Geräusche, die so grässlich waren, dass ich betete – jawohl, betete –, niemals sehen zu müssen, was sich auf der anderen Seite befand. Die ganze Anlage war ein Labyrinth, und als Herzspinne endlich sagte, dass wir das unterste Geschoss erreicht hatten, war ich sicher, dass Niloch oder seine Sklaven inzwischen den Kladderadatsch entdeckt haben mussten, der sein geliebter Hofnarr gewesen war.

Hier unten war es ein bisschen wie in den römischen Katakomben, endlose Steingewölbe und riesige Rohrleitungen, die
aussahen wie aus gebranntem Ton, das Ganze erhellt von Kugel-
lampen, wie ich sie schon in der Eingangshalle gesehen hatte. Es
wirkte schon fast wie etwas Normales, wie die Eingeweide eines
U-Bahnhofs oder irgendeines anderen Stücks urbaner Architek-
tur, bis auf die Flüche und Beschimpfungen an den Wänden, geschrieben von Sklaven oder Gefangenen mit deren eigenem
Blut.

»Der Atem der Unterwelt«, sagte Herzspinne, als ich sie fragte,
was in den Röhren war. »Er speist die Lampen und Nilochs Maschinen.«

Also wohl das vulkanische Gas, mit dem er geprahlt hatte, die
unendliche Energieversorgung, die den Kommissar zu einem
mächtigen Herrn in diesen zentralen Gebieten der Hölle gemacht hatte.

Ich hörte jetzt von oben Geräusche herabdringen, Rufen und
Rennen. Ich wusste, mir blieb nicht viel Zeit, also ließ ich mich
von Herzspinne durch den Irrgarten aus Gängen und Rohren
lotsen. Leider kannte sie das unterste Geschoss nicht so gut,
also musste ich immer wieder ein Stück zurückgehen, und ich
wurde mit jedem Augenblick nervöser. Niloch ließ das Haus
durchsuchen, und wie lange noch, bis ein Trupp hier herabge-
schickt wurde? Die Abstände zwischen den Lampen wurden
größer; ohne die Fackel hätte ich mich gar nicht mehr zurecht-
gefunden.

»Da!«, sagte Herzspinne, als wir um eine Ecke bogen. Am
Ende des Gangs führte eine uralte Holzleiter einen senkrechten
Schacht hinauf. »Da geht es hinauf in die Gärten. Von dort finden Sie schon einen Weg, Nilochs Grund und Boden zu verlassen und irgendwohin zu kommen, wo Sie meine Knochen be-
graben können. Dann bin ich frei für einen Neuanfang.«

Herzspinnes Worte hatten mich auf eine Idee gebracht. Ich

suchte den Boden ab, bis ich ein loses Stück Stein fand, reckte mich dann, so hoch es ging, und zertrümmerte die leuchtende Kugel am Ende das Gangs. Ich rannte den Gang wieder zurück und zerschmetterte schnell noch ein Dutzend Lampen.

»Was machen Sie denn?«, fuhr mich Herzspinne an. »Niloch wird jeden Moment mit seinen Jagdvögeln draußen sein. Die zerfetzen Sie mit ihren Eisenschnäbeln. Sie müssen sich beeilen. Sie müssen mich von seinem Grund und Boden wegbringen, sonst werde ich nie frei sein!«

Im Zurückrennen hörte ich das Gas zischend aus den zerschlagenen Lampen entweichen. Es war nicht die handelsübliche Sorte Gas, die mit dem Warngeruch, aber ich war mir ziemlich sicher, dass mir das Zeug schaden konnte, also rannte ich wieder zur Leiter und kletterte hinauf. Oben angekommen, versperrte mir eine rostige Eisenluke den Weg, aber das Ding war nicht vollständig geschlossen worden und ich konnte es aufstemmen, wenn auch nicht, ohne meinen sowieso schon zerschundenen Dämonenkörper noch ärger zuzurichten. Als ich in die relative Helligkeit der beleuchteten Gärten hinausgeklettert war, drückte ich die Luke wieder zu und setzte mich darauf. Ich hörte jetzt aufgeregte Geräusche vom Haus her und wusste, mir blieb nicht viel Zeit, doch trotz Herzspinnes wütendem Gezischel an meinem Ohr blieb ich sitzen.

»Er kommt gleich! Er wird Sie finden! Seine Hunde werden Ihre Knochen zerkauen – und meine auch!«

Ich ignorierte sie. Sie tobte, aber ich rührte mich nicht von der Stelle.

»Sie Idiot! Was soll das? Ist Ihnen klar …?«

Irgendwo nicht weit weg hörte ich das mächtige Hauptportal quietschen und knarzen, was wohl bedeutete, dass Niloch die Durchsuchung des Hauses beendet oder es jedenfalls für unwahrscheinlich befunden hatte, dass ich noch drinnen war. Jeden Moment würde er herausgestürmt kommen, mit Sklaven und Wachen und seinen eisenschnäbligen Vögeln, was für ein neuer Horror das auch immer sein mochte.

»Verräter! Das ist auch Ihr Verhängnis!«

Noch während Herzspinnes Stimme vor Verzweiflung so schrill wurde, dass ich dachte, der Kommissar müsste sie hören, stand ich auf und zerrte wieder an der Luke. Sie knirschte und klemmte ziemlich, aber ich brauchte sie nur ein kleines Stück aufzubekommen. Ich stieß die Fackel durch den Spalt und drückte die Luke wieder zu, rannte dann los, durch den steinigen Garten in den Schutz eines Grüppchens versteinerter Bäume.

Der Boden bebte. Kurz wurde das Gelände vor mir von einem Schwall feurigen Lichts erhellt, als das brennende Gas hervorbarst und die Eisenluke durch die Luft schleuderte wie ein Tornado eine Abendmahlsoblate. Sie hätte mich beinah getroffen, als sie herabfiel und sich tief in den Boden grub. Dann erschütterte ein Donnerschlag den Boden erneut, und Haus Grabesschlund spie Feuer aus der Hälfte seiner Fenster.

Herzspinne hatte im ersten Schock nichts mehr sagen können, doch als ich wieder zur Schachtöffnung kroch, flehte sie mich an, diese Chance nicht zu vertun. Ich bin mir nicht mal sicher, ob sie wusste, dass ich die Explosion verursacht hatte. Flammen schlugen jetzt aus dem Schacht, als ob in den gesamten Katakomben Feuer wütete. Der Boden unter mir bockte. Während ich die Balance zu halten suchte, sah ich eine der Außenwände des Hauses einstürzen, sich wie eine Steinlawine über den Boden ergießen. Ich hörte Schreie aus dem Teil des Hauses, der noch stand. Herzspinne hatte recht: Sehr lange konnte ich hier nicht mehr verweilen.

Ich nahm das Bündel mit ihren Knochen von meiner Schulter und warf es in den Schacht. Herzspinnes Stimme kreischte in mein Ohr: »Verräter! Verräter! Verflucht –« Dann verstummte sie, als die Knochen den Ausstiegsschacht hinabklackerten, in das Flammeninferno, und ihr klar wurde, was da passierte.

»Ah!«, stieß sie hervor wie eine Beinahe-Ertrunkene, die es doch noch an die Oberfläche geschafft hat. Und dann, als Gluthitze ihre letzten Überreste zu Asche verbrannte, war sie verschwunden.

»Ja, ich hab's getan«, sagte ich, obwohl ich jetzt nur noch mit mir selbst sprach. »Ein Deal ist schließlich ein Deal.«

Als ich mich durch die Gärten davonzumachen versuchte, strömten Neugierige herbei und starrten staunend auf die Feuersäule, die jetzt über Haus Grabesschlund stand – hauptsächlich Dämonen. Bezeichnenderweise schien kein einziger gekommen zu sein, um zu helfen, alle sahen nur zu, wie Nilochs Sklaven gegen die hungrige Feuersbrunst ankämpften. Vom Besitzer der Sklaven war nichts zu sehen, und ich hatte nicht vor zu warten, bis ich wusste, ob der Kommissar überlebt hatte. Irgendwie glaubte ich sowieso nicht recht, dass man einen Höllenadligen mit Feuer töten konnte. Dummerweise trieben sich hier jetzt so viele Verdammte und Dämonen herum, dass irgendjemand sich garantiert an mich erinnern würde, wenn Niloch rachedurstig herausgestürmt käme.

Einer der Gaffer, ein Wesen mit einem farblosen Schweinskopf auf dem langen Körper eines Basketball-Shooting-Guards, folgte mir, als ich mich dezent an der Menge vorbeizuschleichen versuchte.

»Du da!«, sagte er. »Sklave! Stehenbleiben, oder ich lasse dich häuten!« Meine dreckige, versengte, blutverschmierte Nacktheit war offenbar Tarnung genug, jedenfalls für diesen Idioten. Doch ihn in seinem langen, schwarzen Gewand da stehen zu sehen, brachte mich auf eine andere Idee. »Wie geht es unserem geliebten Kommissar?«, fragte er gebieterisch. »Ist er wohlauf und in Sicherheit? Sag ihm, sein getreuer Handelsmann Trotter hat sich nach seinem Ergehen erkundigt.«

Ich nickte beflissen und winkte ihn mit mir. Er folgte mir,

vielleicht in der Hoffnung, zum Kommissar selbst geführt zu werden, damit er ihm in diesem überaus passenden Moment eine Runde in den Arsch kriechen konnte. Als wir außer Sichtweite der übrigen Gaffer waren, eilte ich durch die unübersichtlichen Gärten bergan. Die Skelettbüsche weinten und versuchten vergeblich, herabregnende Glutstücke von ihren Blättern zu schütteln. Als wir den Einstieg erreichten, tat ich mein Bestes, die sengende Hitze auf meiner zerschundenen Haut zu ignorieren. Die Flammen hatten sich zurückgezogen, aber nicht weit, und die heiße Luft, die herausströmte, fühlte sich an, als hinterließe sie Brandblasen.

»Da«, sagte ich. »Schauen Sie, Herr, da!«

Trotters Neugier siegte über die Vorsicht; er kam fast bis an die Öffnung und reckte den langen Hals. Ich beugte mich über die Öffnung, als ob mir die peinigende Hitze nichts anhaben könnte, und winkte wieder. »Schauen Sie!«

Als er sich weit genug vorbeugte, drückte ich seinen Oberkörper so jäh und so fest nach unten, dass ihm die Einfassung der Luke die Luftröhre abklemmte. Während er noch nach Atem rang, schlug ich seinen Kopf immer wieder auf die eiserne Einfassung, bis er sich nicht mehr rührte; dann zog ich ihm mit blutenden, zerschundenen Fingern das Gewand aus. Trotters Körper war so grau und knubbelig und abstoßend, wie ich erwartet hatte. Ich hätte wohl Mitleid oder wenigstens Schuldgefühle haben sollen, weil ich ihn gerade kaltblütig ermordet hatte (na ja, schrecklich zugerichtet hatte, denn in der Hölle stirbt ja niemand), aber da war nichts dergleichen. Da war einfach nicht mehr genug von *mir*. Ich wusste nur, dass ich hier weg und in den großen Heber musste. Das Problem war jetzt nicht mehr nur, nach Pandämonium zu kommen und mein Vorhaben durchzuführen, ohne gefasst zu werden, obwohl auch das jetzt, wo die Hölle einen flüchtigen Eindringling suchte, noch hundertmal schwerer sein würde. Nein, es war sonnenklar, dass ich mich beeilen musste, Caz zu finden und aus dieser Welt unendlicher Schrecken zu verschwinden, weil ich sonst ganz und gar und endgültig verrückt werden würde.

19

ABWÄRTS

Das Gute war, dass ich den riesigen Heberschacht praktisch von jeder Stelle der Stadt Grabesschlund aus sehen konnte. Das Schlimme war, dass ich, nachdem ich bereits die endlose, versengte Wüstenei von Nilochs Gärten hinter mich gebracht hatte und über die äußere Mauer geklettert war, noch durch den ganzen elenden Slum musste, um hinzukommen. Offenbar hatte der Kommissar von Schwing und Klau das gigantische Bauwerk als Herabwürdigung seiner eigenen Größe empfunden und seinen Wohnsitz deshalb auf dem höchsten Punkt weit und breit errichtet, der dummerweise zwei, drei Meilen vom Heber entfernt war.

Jetzt, da Haus Grabesschlund in Flammen aufging, flackerte der rötliche Flammenschein so hell, als wäre es vorzeitig Höllenmittag geworden, und ich sah, dass mir Massen von Bewohnern der umliegenden Stadt bergauf entgegenströmten. Ich schaute mich gerade nach etwas um, das als Waffe zu gebrauchen wäre, als die ersten von ihnen an mir vorbeirannten. Es kamen immer mehr, und alle johlten und schrien und gaben Geräusche von sich, für die mir bei Weitem die Worte fehlen. Manche von ihnen hüpften, andere flogen (wenn auch nicht besonders gut), und wieder andere hinkten auf ungleichen Beinen, aber keiner beachtete mich. Das gestohlene Gewand tat seinen

Dienst, und ich war wohl nicht verbrannt genug, um interessant zu sein.

Ich arbeitete mich gegen den Strom voran wie ein etwas merkwürdiger Lachs zur Laichzeit, wobei ich jeden Körperkontakt zu vermeiden versuchte, dennoch traf oder streifte mich alle paar Schritte etwas Spitzes, Schmieriges oder Staubiges. Kaum eine der Kreaturen, die an mir vorbeidrängten, schien bestürzt oder erschrocken über das, was da geschah. Im Gegenteil, viele schienen regelrecht entzückt und die übrigen zumindest billigend interessiert. Der Kommissar hatte offenbar nicht viele Fans.

Endlich kam ich aus dem schlimmsten Gedränge hinaus und rannte zum Fuß des Hügels hinab. In den engen Gassen von Grabesschlund waren immer noch Leute verblieben, Dämonen und Verdammte, die nicht einfach alles stehen und liegen lassen konnten, um sich etwas Vergnügliches anzuschauen. Viele waren blind, und manche hatte so fremdartige Sinnesorgane, dass sie vielleicht gar nicht mitbekommen hatten, was los war. Andere konnten sich einfach nicht schnell genug bewegen. Ich begegnete einem dünnen Mann, der langsam die Straße entlanghüpfte und mit dem rechten Arm wedelte. Erst, als ich mich umdrehte, erkannte ich, dass er überhaupt nur eine rechte Seite *hatte*: Er war vom Scheitel bis zum Schritt zerteilt wie eine plastinierte Leiche, die einen Längsschnitt durch den Körper zeigt; er hüpfte auf seinem einen Bein und versuchte, den halben Körper und den halben Kopf durch Rudern mit dem verbliebenen Arm im Gleichgewicht zu halten. Ich sah seine bloßliegenden Organe und die Gehirnhälfte nass glänzen, als er so dahinhoppelte.

Kreaturen wie mit Salz bestreute Schnecken, wie Kröten mit einer Knochenkrankheit oder Vögel mit gebrochenen Flügeln, viele unter ihnen mit Köpfen, die zu groß für den Körper waren, oder umgekehrt. Ich eilte an ihnen vorbei und versuchte, nicht zu genau hinzuschauen, sah aber doch mehr, als ich wollte. Der untere Teil von Grabesschlund lag auf einer Reihe kleiner Hügel, und im Auf und Ab der Gassen fühlte ich mich wie auf der einzigen muskelkraftbetriebenen Achterbahn der Welt. Es kam mir vor, als ob ich durch die halbe Stadt rannte, auch durch abgelegenere Viertel, wo Geschäft, Qual und Peinigung nebeneinander stattfanden wie an jedem beliebigen Abend. Selbst hier mussten die, die Augen hatten, die brennende Burg auf der Hügelkuppe sehen, aber es schien sich niemand groß dafür zu interessieren. Den einzigen Kommentar hörte ich von einem überwiegend skelettierten, dreiäugigen Riesen, der vor einer offenbar sehr seltsamen Zwecken dienenden Werkstatt mit einem Hammer sorgfältig die Schienbeine eines angeketteten Gefangenen zertrümmerte. Er schaute, als ich vorbeikam, gerade zur Hügelkuppe hinauf und sagte zu seinem Kompagnon, der mit einem Löffel in einem Auge des Gefangenen grub: »Brennt prima. Brennt *richtig* gut.«

Sein Kompagnon blickte auch kurz hinauf, nickte und ließ versehentlich den Löffel in den Dreck fallen. Er hob ihn wieder auf, leckte ihn sorgsam sauber und machte sich wieder an die Arbeit.

Ich lief an Gebäuden vorbei, die wie Fabriken aussahen, Höllen-»Mühlen«, wie sie sich nicht einmal Blake hätte vorstellen können. Aus manchen strömten blutrote Abwässer, und vor den Türen lagen verbrannte und verstümmelte Körper, Kreaturen, bei denen es sich wohl um besonders zu Unfällen neigende Arbeitskräfte handelte; viele scharrten an den Eisentüren der Fabrik, um wieder eingelassen zu werden, trotz ihrer grässlichen Wunden. Ich hörte den Lärm großer Maschinen und sah Rauch und Dampf aus Schornsteinen quellen. Mir fiel auf, dass auf dieser Ebene der Hölle die technologische Entwicklung nicht mehr auf dem mittelalterlichen Stand von Abaton war, sondern eher auf dem des achtzehnten Jahrhunderts: Dampfkraft und Höllenmaschinen koexistierten einträchtig mit Pestilenz und extremer Armut.

Je näher ich dem Heber-Schacht kam, desto ehrfurchtgebietender wurde das Bauwerk. Der Steinzylinder war vom Umfang her fast so groß wie ein Straßenblock, aber das war nichts im Vergleich zur Höhe: Er verschwand im Dunkel ganz dort oben. Ich konnte mir nicht vorstellen, wie etwas so Hohes ohne Abspanndrähte oder Strebewerk auskommen konnte. Es war eine bautechnische Meisterleistung, die jeden Pharao stolz gemacht hätte.

Der Heber stand mitten auf einem belebten Platz, wie er manche europäische Kathedralen umgibt. Als ich mich, jetzt vorsichtiger, der Riesensäule näherte, traten ein paar Leute aus Torbögen im Fuß. Die Menge auf dem Platz schien sich so gut wie gar nicht um Nilochs brennende Festung zu kümmern, alle gingen ihren jeweiligen öffentlichen Geschäften nach: dem Diebstahl, dem Glücksspiel, der Unzucht und sonstigen Zeitvertreiben. Ein eilig ausschreitender Passant erregte hier keinerlei Aufsehen, außer dass ihn der an solchen Ankunfts- und Abfahrtsorten übliche Schwarm von Taschendieben, Vergewaltigern und messerschwingenden Psychopathen beäugte. Wenn ich langsamer gegangen wäre, hätten sie mich bestimmt aufs Korn genommen, so aber war ich ihnen wohl einfach zu anstrengend.

Ich betrat den Heberturm durch den nächsten Torbogen und sah, dass da faktisch mehrere Kabinen auf und ab fuhren, jede in einem schmaleren Schacht; die Schächte verliefen in der großen Säule wie Nervenfasern in ihrer Umhüllung. Ich blieb ein Weilchen stehen und beobachtete das Ganze, aber es wirkte ziemlich unkompliziert, nicht *so* anders als eine Aufzugbatterie in einem modernen Bürogebäude: Eine der Hebertüren öffnete sich, und die Draußenstehenden drängten hinein, während andere von drinnen herausdrängten. Die Passagiere wirkten wohlhabender als die Elendsgestalten, die draußen auf dem Platz herumlungerten. Viele trugen beeindruckende Outfits, und einige waren physisch so einschüchternd, dass niemand mit ihnen in den Heber steigen wollte, aus Angst, erdrückt oder aufgespießt zu werden. Es war ja auch logisch, dass vor allem die Bessergestellten die Heber benutzten. Aus den Erinnerungen, die mir Lameh implantiert hatte, wusste ich, dass Höllenbewohnern strikt davon abgeraten wurde, sich auf einer höheren als der ihnen zugewiesenen Ebene blicken zu lassen, und wer fuhr schon freiwillig tiefer hinab?

Nachdem ich mir die Sache etwa zehn Minuten angeschaut hatte, wartete ich, bis sich die zuletzt ausgestiegenen Leute zerstreut hatten, nahm dann meinen ganzen Mut zusammen und marschierte zur nächsten Hebertür. Jemand, vermutlich das dämonische Äquivalent eines japanischen Salaryman am Ende eines bis spät in den Abend dauernden Arbeitstags, tauchte neben mir auf, und gemeinsam betraten wir den Heber.

Wir waren die einzigen Fahrgäste, doch der Boden des rostigen Eisenkastens war voll mit Unrat und verspritzten Flüssigkeiten, manche davon noch frisch. Mein Mitpassagier hatte einen Raubvogelkopf, jedoch Facettenaugen wie eine Fliege. Er trug schäbige, aber ziemlich saubere graue Gewänder, aus denen nur seine Klauenfüße herausguckten. Er bedachte mich mit einem kalten Blick und einem noch kälteren Nicken, hob dann die Hand – die nicht gefiedert war, sondern wie ein weiterer Vogelfuß aussah – und drückte sie an die Wand der Kabine. Er murmelte etwas, das ich nicht verstand, aber ich beeilte mich bereits, es ihm nachzutun. Ich legte ebenfalls die Hand an die rauhe Eisenwand und sagte leise: »Pandämonium.« Ich war halb darauf gefasst, nach meiner Legitimation befragt zu werden, doch die Tür glitt quietschend zu, und der Heber erbebte. Das Beben hielt bestimmt eine Minute lang an, dann endlich ächzte der Heber, ein Geräusch, als ob eine riesige metallene Kuh kalbte, und zu meiner wohlkaschierten Freude und Erleichterung setzte sich der Eisenkasten in Bewegung.

Zuerst langsam, dann immer schneller ratterten wir die Riesenröhre hinauf. Die Heberkabine war zwar eher wie ein Tresor gebaut denn wie ein irdischer Aufzug, wackelte und knirschte und quietschte aber dennoch so heftig, dass ich zuerst überzeugt war, wir würden entgleisen – oder was auch immer Aufzüge tun, wenn etwas schiefgeht. Doch wir wurden nur immer noch schneller, sodass meine Ohren wie wild knackten. Dann sagte eine monotone, gelangweilte Stimme: »*Sauermilchpark, Groß-Grässlich, Unterkindsschädel*«, und die Kabine wurde langsamer und kam mit einem metallenen *Kloink* zum Stehen. Der Fliegenvogelmann wartete, bis die Tür sich quietschend öffnete, und ging dann hinaus, ohne sich noch mal umzuschauen, als hätte er es eilig, von mir wegzukommen. Genau wie die Leute zu Hause.

Ich wartete, während der Dampfdruck sich wieder aufbaute (oder was auch immer da passierte – jedenfalls zischte und vibrierte alles). Die Tür glitt wieder zu. Wie wundersam, dass mich, nach allem, was ich hinter mir hatte, jetzt nur noch eine kurze Liftfahrt von meinem Ziel trennte. Wäre ich ein ordentlicher Engel gewesen, hätte ich es als Zeichen dafür genommen, dass Gott tatsächlich über mich wachte und mich für mein ganzes Wohlverhalten belohnte. Wobei ich als ordentlicher Engel natürlich sicherheitshalber schon mal ein paar Jährchen Wohlverhalten angespart hätte. Leider jedoch ist das eins der vielen Konten auf meinen Namen, wo nicht viel drauf ist.

Doch als die Tür schon fast zu war, schob sich plötzlich etwas Dunkles in den Spalt und bremste sie. Der Körperteil, der die Türkante umfasste, sah nicht aus wie eine Hand, sondern eher wie etwas, das man im Katzenklo verscharrt findet. Der ganze Heber schien gegen das Hindernis, das die Tür blockierte, anzukämpfen, als ob er entschlossen wäre, es entweder zu überwinden oder sich bei dem Versuch selbst zu zerstören. Der Schließmechanismus jaulte, das Vibrieren verstärkte sich. Dann glitt die Tür wieder auf.

Was da hereintrat, war ein massiges, entfernt menschenförmiges Wesen, das ganz aus Matsch bestand. Es war nackt, und seine ausgeprägtesten Züge waren eine geplatzte Schlammblase als Mund und ein Batzen nasser Lehm, den ich für die Nase hielt, vor allem deshalb, weil er in der Nähe der beiden glimmend gelben länglichen Dinger saß, die wohl die Augen waren. Wenn ich Ihnen sage, dass diese Augen wie leuchtende Nacktschnecken aussahen, die sich aus schlickigem Meeresgrund wühlten, können Sie vermutlich ermessen, wie ungern ich in dieses Gesicht blickte. Aber es waren nicht nur die Augen. Ich konnte dieses neue Wesen *fühlen*, sein Alter und seine absolute Nichtmenschlichkeit. Ich wusste nicht, was das für ein Wesen war, aber auf jeden Fall kein gewöhnlicher Dämon.

Der Schlammklumpen blieb gleich an der Tür stehen, und von seinem Gewicht neigte sich die massive Eisenkabine. Das formlose Gesicht wandte sich mir zu, schwenkte aber sofort weiter und inspizierte die ganze leere Kabine, als müsse es, bevor es meine Existenz in irgendeiner Weise anerkannte, zuerst feststellen, wie alles, was *nicht* da war, aussah. Allein mit dieser Kreatur in dem engen, geschlossenen Raum fühlte ich mich in der Falle, und mir wurde ganz mulmig. Das war kein höllischer Salaryman. Das war etwas Uraltes und Mächtiges.

Die Tür ging zu. Das Etwas legte die matschige Pranke an die Wand. Als es sein Fahrziel nannte, war ich so schockiert von der schlammig schmatzenden Stimme, dass mir erst mit Verspätung bewusst wurde, was es da gerade gesagt hatte: »Tartarus Zentral.«

Etwas stimmte hier ganz und gar nicht. Ich wusste ein bisschen was über die Geografie der Hölle, von Lamehs und meinen eigenen Reisen her, und ich war mir ziemlich sicher, dass Tartarus Zentral nicht weiter oben war, sondern weiter unten. *Viel weiter unten.*

Dann erreichte das Zischen und Vibrieren seinen Höhepunkt, und der Heber setzte sich abwärts in Bewegung. Bestürzt starrte ich das Matschwesen an. Es blickte zurück, so teilnahmslos wie eine Statue.

»Wir … wir fahren abwärts«, sagte ich schließlich.

Das Wesen reagierte so, wie es diese Bemerkung seiner Meinung nach verdiente, nämlich gar nicht.

»Aber ich will aufwärts«, sagte ich, wobei ich die Panik in meiner Stimme zu zügeln versuchte. »Ich meine, ich muss aufwärts. Nach Pandämonium. Es ist wichtig.« Die Kreatur starrte mich nur mit diesen glimmendgelben Augen an. »Im Ernst! Ich muss nach Pandämonium!«

Endlich öffnete es den Mund. Die Worte kamen in klebrigen Klumpen heraus, als ob jemand mit der Schaufel in einem Sumpf grub. »Wir haben die Kontrolle über den Heber übernommen. Wir haben einen hochwichtigen Auftrag von der Mastema. Sie können wieder über den Heber verfügen, wenn wir weg sind.«

Die Mastema war eins der mächtigsten Werkzeuge des Widersachers, eine Art Sicherheitstruppe, ähnlich der SS bei den Nazis. Aber ich hatte ja schon erraten, dass dieser Typ nichts Gutes bedeutete.

In der Stille, die auf seine Proklamation folgte, hörte ich die Ansage-Stimme in mein Ohr flüstern, als wir wieder an Grabesschlund vorbeisausten, dann an Gierhaufen, Organkeller, Kokytos-Delta, Braunwasser, Zeh und Port Kokytos. In wenigen Augenblicken würden wir durch Abaton rauschen, wo ich die Hölle betreten hatte. Mein Herz hämmerte, aber der Matschmann war mir an Rang und Status so offensichtlich und so haushoch überlegen, dass ich mich nicht getraute, irgendeine Art von Aufstand zu machen. Vielleicht konnte ich ja, wenn er ausgestiegen war, dem Heber einfach wieder das Kommando geben, aufwärts zu fahren.

Glaubte ich wirklich, es würde so leicht sein? Na ja, sagen wir mal, ich hoffte es.

Der Heber sauste jetzt noch schneller abwärts, und die Stimme ratterte die Namen der Ebenen herunter wie ein Rennbahnsprecher die der Pferde bei einem engen Finish. *Oberabaton. Seuchenstadt. Nekro-Felder. Acheronfurt. Unteracheronfurt. Abatonwüste.* Und dann hatten wir die Abatonebenen passiert und rasten immer noch abwärts. Zuerst dachte ich, ich fühlte mich nur fiebrig vor Angst, doch dann begriff ich, dass es in der Heberkabine mit jeder Sekunde heißer wurde. Der Schweiß verdampfte auf meiner Haut, sobald er aus den Poren drang. Das Blut dröhnte mir in den Ohren.

Der Matschmann beachtete mein Japsen gar nicht, war vielleicht mit den Gedanken ganz bei dem grässlichen Ort, an den er fuhr, den grässlichen Dingen, die er dort tun würde. Doch er *veränderte* sich. Seine Haut oder was es auch immer war, das ihn hatte aussehen lassen wie mit etwas Klebrigem beschmiert, mit Erdnussbutter oder irgendeiner unerquicklicheren Substanz, verhärtete sich nun, wie Ton in einem Brennofen. Sie wurde immer glatter und steinartiger, bis er fast schon aussah wie eine Statue, ein über zwei Meter hoher Golem, tot bis auf die glimmenden pissegelben Augen.

Ich konnte jetzt die Ansagen kaum noch verstehen, die Wörter verschmolzen miteinander, sodass ich nur noch Bruchstücke mitbekam: »*Fett Schwielen Fleisch Eck Spitz Brenn Würge Fistel ...*« Aber es war nicht nur die Hitze, die mir so zusetzte, dass ich das Gefühl hatte, jeden Moment zu sterben, es waren auch die Wörter, die in meinem Kopf zu Bildern wurden, ohne dass meine Vorstellungskraft aktiv daran beteiligt war. Irgendwie wirkte die Tiefe auf mich wie ein stetiger Druckanstieg, zwang mir innere Bilder auf, endlose Gänge voller kreischender Stimmen, reflexhafte Schreie um Hilfe, von der der Schreiende wusste, dass sie nie kommen würde, Höhlenkammern, so groß wie Ballsäle, voll mit Steintischen, jeder mit einem zerstörten, aber dennoch lebenden und sich windenden Körper darauf, Tiere ohne Augen, Räume, erfüllt von Donner und spritzendem Blut, das Stampfen von Metall auf verletzlichem Fleisch, bellende Hunde, heulende Wölfe, und das alles durchtränkt mit einem Gefühl unendlicher Qual und Hoffnungslosigkeit, das meinen Schädel zusammenquetschte wie eine riesige Zange.

»Ich kann nicht«, keuchte ich.

Das Tonwesen starrte mich kurz an und schaute dann weg, als wäre ich nur ein Blatt, das ihm der Wind über den Weg geweht hatte.

Der Druck stieg ständig an, doch mein Mitpassagier war einfach nur fester und glänzender geworden, als hätte man ihn glasiert und gebrannt.

Straf. Straf. Straf. Jeder Name, den die Stimme in meinen Kopf flüsterte, schien jetzt diese Silbe zu beinhalten. *Straf.* Wir waren auf dem Weg in die tiefsten Tiefen, wo das schlimmste Werk der Hölle in ewiger Nacht verrichtet wurde: das Verabreichen von Pein in exakt der richtigen Dosis, damit sie für die Dauer des Universums selbst anhielt.

Doch schlimmer noch, ich fühlte jetzt *noch etwas*, etwas, das die anderen schlimmen Gefühle umfasste und komprimierte wie eine schraubstockartige eiskalte Faust. Ich kann es nicht erklären – werde es nie können. Es kam langsam, doch als ich es schließlich aus dem übrigen Horror herausfühlen konnte, war es das Allerschlimmste, was ich je erlebt hatte. Eiseskälte, aber ich spreche nicht von einer Temperatur wie der von Eis oder Schnee. Das hier war die Kälte des absoluten Dunkels, die Kälte, in der nichts leben konnte, der Punkt, an dem selbst die Bewegung der Atome zum Erliegen kam. Leere. Nichts. Das Ende. Doch das Schrecklichste daran, das, was selbst den Horror all der Höllenqualen und -leiden jäh aus meinem Kopf bombte, war die Tatsache, dass dieses öde Nichts in der tiefsten Tiefe *lebendig* war. Ich weiß nicht, woher ich das wusste, aber ich wusste es. Es lebte und dachte, und obwohl es immer noch ungeheuer weit weg war, bewirkte seine Gegenwart, dass meine Gedanken schreiend in alle Richtungen auseinanderstoben wie Hühner in einem Hühnerstall in Gegenwart eines Wolfs mit blutigem Fang.

Ich merkte, dass ich auf die Knie gefallen war, mir den Kopf hielt, damit er nicht explodierte, und das bisschen, was ich im Magen hatte, herauswürgte. Doch der Druck und die Wahrnehmung dieses denkenden, wartenden Dunkels wurden immer schlimmer. Ich jammerte und brabbelte – schrie vielleicht sogar heraus, dass ich ein Engel war, ich weiß es nicht –, aber das irdene Wesen, das mit mir im Aufzug war, beachtete es gar nicht. Ich fühlte, wie meine Augen förmlich aus den Höhlen gedrückt wurden, wie es mir die Eingeweide zusammenquetschte, als hätte mich von jeder Seite ein Müllauto gerammt, wie der Rest meines Verstands aus mir herausrann wie dreckiges Wasser durch ein Abflussloch. Und dann hielten wir.

Als das Vibrieren aufhörte, lag ich als schlaffes Häufchen da, außerstande aufzustehen oder zu sprechen. Etwas packte mich wie der Greifer in einem dieser Spielzeugautomaten und hob mich hoch, bis ich keuchend und stöhnend in der Luft hing. Vage sah ich, wie mich die gelben Augen des irdenen Wesens musterten, dann ging die Tür der Heberkabine auf, und es warf mich hinaus wie ein Stück Dreck. Dann, als ich auf dem heißen Steinboden zappelte, so hilflos wie ein mit Wasser vollgesogener Erdwurm, ging die Hebertür zischend zu. Ich hörte, wie sich der Druck wieder aufbaute, dann war die Kabine weg, sank ächzend und kloinkend weiter hinab.

Lange lag ich einfach nur da, innerlich siedend wie ein Ebola-Opfer. Die Konstitution meines Dämonenkörpers war offenbar robust genug, um am Leben zu bleiben, nicht aber, um mir meine Geisteskräfte zu erhalten, wenn ich auch nur noch eine Ebene tiefer hinabgeriet. Doch selbst wenn ich hier blieb, würde ich es wohl nicht mehr lange machen – in meinem Kopf hämmerte es so wild, dass ich kaum noch denken konnte. Ich hatte keine Ahnung, wo ich war, wusste aber, ich musste hier raus, musste nach oben, auch wenn ich nicht mal die Finger bewegen konnte, geschweige denn meinen ganzen Körper.

Auf, verdammt! Ich starrte auf meine Hand, versuchte sie per Willenskraft dazu zu bringen, sich aufzustützen, mich emporzustemmen, da sah ich die Füße des ersten Wesens näher kommen. Sie waren hufartig, aber nicht einfach wie Kuh- oder Pferdehufe. Der mächtige große Zeh und sein Nagel waren aus stumpfgrauem Metall. Das Wesen blieb vor mir stehen. Ich hätte nicht hochgeschaut, selbst wenn ich es gekonnt hätte.

Gleich darauf kam etwas anderes herabgeflattert und landete. Alles, was ich sah, waren Beine, so dünn wie die Stelzen eines Flamingos, aber mit blauen Menschenhänden als Füßen. Eine dritte Kreatur gesellte sich zu den beiden, dicke, dicht mit Haaren und schimmernden Stacheln bedeckte Beine, die in zylindrischen Füßen endeten.

»Schau mal einer an«, sagte eins der Wesen mit einer Stimme, die klang, als stemmte jemand ein rostiges Fangeisen auf. Was es anzuschauen galt, war ziemlich klar. »Es gibt Frühstück.«

»Scheuchen wir's erst noch ein bisschen«, sagte ein anderes, so krächzend und vernuschelt wie ein Papagei mit halb abgebrochenem Schnabel. »Ich mag sie, wenn das Blut ordentlich in Bewegung ist. Schön warm und zart.«

»Scheiß drauf«, sagte ein drittes, so ruppig wie Sesamstraßen-Babybär auf Steroiden. »Ich habe Hunger. Wir teilen es jetzt sofort auf, dann kannst du deinen Teil herumscheuchen, soviel du willst.«

20

BLOCK

Ich hätte es irgendwann geschafft, mich auf den Rücken zu drehen, ganz bestimmt, aber jemand nahm es mir ab, wendete mich so mühelos wie eine Schnellimbisskraft einen Burger – keine Assoziation, die mir gefiel, das können Sie mir glauben.

Ich lag in einer hohen Höhlenkammer, dem Strafebenen-Äquivalent einer Heberstation, nur dass hier nicht viele Spontanreisende ein- und ausstiegen. Die Decke sah aus wie großzügig mit Zeug beworfen, das eigentlich ins Innere von Leuten gehörte, jetzt aber zu Stalaktiten getrocknet war. Der rissige Stein und Lehm des Bodens unter mir war mit schwarzem, getrocknetem Blut bespritzt und verschrammt von unzähligen durch diesen Dreck geschleiften Gefangenen und Käfigen. Doch die Örtlichkeit war mein geringstes Problem. Der Druck in dieser Tiefe war immer noch so gewaltig, dass ich eine ganze Weile brauchte, um den Kopf zu heben und die Kreaturen in meiner Nähe zu fixieren.

Das Wesen, das zuletzt gesprochen hatte, Babybär, hatte die Statur einer behaarten Waschmaschine, doch die verstörende Wirkung seines Körpers machten all die Maschinenteile komplett, die mit blutigen Nieten daran befestigt waren. Die anderen beiden, die ich Vogel-Girl und Stachelschwein nennen will, erwiesen sich, jedes auf seine Weise, als ebenso unerquicklich.

Vogel-Girl, eine Kreuzung aus einem Storch und irgendeinem schrecklichen, fleischfressenden Dritte-Welt-Erreger, hatte gefiederte Fledermausflügel, einen scharfgezackten Schnabel und Augen, die lediglich Löcher im teilweise freiliegenden vogelartigen Schädel waren. Stachelschwein war noch weniger humanoid: vierbeinig, mit riesigen Vorderkrallen wie ein Dachs und auf dem Rücken einer Reihe von Höckern, die Köpfe sein mochten, weil sie allesamt Augen hatten.

»Ich ... ich bin ...« Wegen des Drucks auf meinem Kopf hatte ich große Mühe zu sprechen. Und zu denken auch. Andererseits hatte sich das Gefühl nicht dramatisch verschlimmert, seit mich Matschmann aus dem Aufzug geworfen hatte, und allmählich dachte ich, dass mich der schiere Druck vielleicht doch nicht zerstören würde, jedenfalls nicht sofort. Das war aber auch das einzig Gute. »Ich bin jemand Wichtiges.«

Vogel-Girl klackte mit dem Schnabel, während mich die leeren Augenhöhlen musterten. »Hört euch die Kreatur an! Klar bist du wichtig, kleines Dingelchen. Du bist unser Happi-Happi!«

Stachelschwein knurrte und stieß mich mit dem Vorderkopf. Einen Mund sah ich nicht, aber über dem allgemeinen Gestank roch ich seinen abscheulichen Atem. »Zu viel Gequatsche. Esst. Ihr beide nehmt euch, was ihr wollt, und der Rest ist für mich.« Das Wesen richtete sich auf, die Vorderbeine gespreizt wie eine Raupe, die sich nach einem neuen Zweig reckt, und jetzt endlich sah ich seinen Mund, der sich senkrecht den Bauch hinabzog wie ein unvollständiger Obduktionsschnitt; die beiden Reihen spitzer Zähne gaben ihm etwas von einem elfenbeinernen Reißverschluss.

Ich gebe zu, dass mir ein Laut der Bestürzung entfahren sein könnte. Okay, ich quiekte wie ein panisches Schwein – die unfreiwillige Hauptperson bei einem gruseligen Luau.

Babybärs Pratze packte mich mit einem Griff, dass meine Knochen knirschten. Ich schrie wieder auf und drehte mich mit, weil er mir sonst den Arm abgerissen hätte. »Stopp!«, stieß ich hervor. »Ihr habt mich nicht verstanden! Ich bin … ich bin auf einer wichtigen Mission. Für die Mastema!«

Für einen Moment herrschte Schweigen – na ja, bis auf ein tiefes Knurren, das aus Stachelschweins grässlichem, von Zähnen starrenden Mundschlitz neben meinem Ohr kam.

»Einfach aufessen«, sagte Stachelschwein. »Es lügt uns die Hucke voll.«

»Nein, tue ich nicht!« Das Denken war so schwer! »Ich … ich wurde angegriffen. Während ich in Diensten der Mastema unterwegs war. Das wollt *ihr* doch nicht ausbaden müssen, oder?« Ich sah in die anormal vielen Augen, die mich musterten. Babybär lief etwas, das wie Motoröl aussah, aus einem Mund voller kruder Metallzähne. Vogel-Girl hatte den Schädel schiefgelegt, als überlegte sie. »Wenn ihr mich wieder in den Heber lasst, kann ich Bericht erstatten! Dann werdet ihr alle belohnt.«

»Ha.« Stachelschwein ließ sich wieder auf alle viere herab und stieß mich mit dem Kopf. »Jetzt redet es aber wirklich Blech. Belohnt? Dieser knorpelige Happen hier ist unsere Belohnung. Schluss jetzt.«

»Warte mal, Spätzchen«, sagte Vogel-Girl. »Vielleicht sollten wir's zu Block bringen. Ich weiß, du jieperst nach deinem Happi, aber mit der Mastema sollte man sich nicht anlegen.«

Stachelschwein knurrte wieder, und Babybär stimmte mit ein. »Mastema, pfff«, sagte die Zottelmaschine. »Drauf geschissen. Was haben die je für uns gemacht?«

»Es geht nicht drum, was sie für uns gemacht haben«, sagte Vogel-Girl sanft und musterte mich dabei immer noch mit den leeren Augenhöhlen. »Es geht drum, was sie *mit* uns machen könnten. Weißt du noch, was in Klein-Gedärm passiert ist? Als sie Sumpfmaul geholt haben?«

Stachelschwein und Babybär wichen hastig einen Schritt zurück – sehr zu meiner Erleichterung.

»Können wir wenigstens ein bisschen was davon essen, bevor wir's zu Block bringen?«, jammerte Stachelschwein. »Ich hab so einen Scheißhunger!« Ich hörte seine Magen-Schneidezähne aufeinanderklicken.

»Zu Block«, sagte Vogel-Girl entschieden. »Aber mach dir nicht's draus, Kumpel – vielleicht können wir's ja doch noch essen. Und womöglich sogar ein bisschen damit spielen.«

»Wehe, wenn nicht«, sagte Babybär.

Ich konnte kaum laufen, aber das spielte keine Rolle, weil Babybär mich hinter sich herschleifte wie ein Ziehspielzeug. Ich hatte keine Ahnung, wer oder was Block war. Ich wusste nur, dass die Nadel meiner Gleich-werde-ich-gegessen-Anzeige erst mal wieder aus dem roten Bereich zurückgeschwenkt war. Ich hatte so ein Gefühl, dass ich diese Kreaturen vielleicht besiegen oder ihnen zumindest entkommen könnte, wenn wir woanders wären, aber hier in diesen erdrückenden Tiefen konnte ich allenfalls versuchen, bei Bewusstsein und halbwegs bei Verstand zu bleiben. Es war nicht nur der Druck, der mich fertigmachte; alles, was ich auf der Fahrt hier herab gefühlt hatte, vor allem diese einzigartige, fürchterliche ... *Präsenz* ... war noch in mir wie eine schreckliche Übelkeit, ein Horrorkater, der mich zittrig und nahezu hilflos machte.

Das Dämonentrio schleifte mich durch lange, von Schreien und unartikulierten Lauten hallende Gänge, vorbei an Räumen und immer noch mehr Räumen, von denen jeder ein Laboratorium war, in dem neue Formen von Qual entwickelt und angewandt wurden. Ich sah, wie Gefangene zerrissen, zerquetscht, in Stücke gefetzt, mit Dampf verbrüht, zu Nervenspaghetti zerkocht und dann auf glühenden Drähten ausgebreitet wurden, bis die Nerven vibrierten wie gezupfte Violinsaiten, von Schreien, die ich fühlte, ohne sie zu hören. Immer weiter ging es, durch lange Abschnitte von flackerndem Dunkel, durch grässliches Stöhnen und Gurgeln, vorbei an immer neuen Schrecken, bis das bisschen Kontrolle, das ich über mein Denken hatte, mir wieder zu entgleiten drohte. Es fühlte sich so sinnlos an zu kämpfen, bei Verstand bleiben zu wollen. Wozu? Selbst wenn ich irgendwie hier herauskam, war die Hölle doch praktisch endlos, und ich musste immer noch mitten in die Bastion meines Feindes marschieren, dem Großfürsten Caz vor der Nase wegstehlen, dann ihm und seiner geballten Macht entrinnen und irgendwie wieder aus der Hölle hinauskommen.

Das Wort dafür, soviel schien klar, war »unmöglich«. Ich hatte es schon nicht für den tollsten Plan gehalten, bevor ich in der Hölle angelangt war, aber ich neige nun mal, wie meine Freunde mir oft erklären, zu einem völlig bekloppten Optimismus.

Endlich, nachdem ich an zu vielen Räumen voll schreienden Fleischs vorbeigezerrt worden war, um es noch wirklich wahrzunehmen, kamen wir an eine Art Vorzimmerschreibtisch vor einer großen, schwarzen Tür. Die weibliche Kreatur, die hinter dem Schreibtisch saß, hatte einen hübschen goldlockigen Kopf wie ein Postkartenengel, ihr Körper aber war der eines riesigen Tausendfüßlers, und sie musste ihn um die Armlehnen des Stuhls schlingen, um ordentlich dazusitzen. Sie beäugte meine Bewacher misstrauisch.

»Wasch?« Das goldlockige Tausendfüßler-Fräulein hatte die Nuschelstimme eines alten Säufers oder Boxers. »Wasch woht iah?«

»Wir müssen zu Block, Schätzchen«, sagte Vogel-Girl. »Wir wollen ihm was zeigen.«

»Keihe Schangsch.« Ich sah jetzt, warum die Sekretärin (oder was sie auch war) so sprach: weil sie den Mund voller kleiner Tausendfüßler hatte. Ein paar waren auf den Schreibtisch gefallen und krochen jetzt wieder an ihr hinauf, in Richtung Mund. »Block winisch gesch … geschö …« Sie unterbrach sich, um die zurückgekrabbelten Zentipeden hinunterzuschlucken und hob dann eine Scherenklaue ans Gesicht, um die übrigen daran zu hindern, die Verwirrung zur Flucht zu nutzen. »Gestört werden.«

»Ach, will er nicht?«, knurrte Stachelschwein, aber Vogel-Girl wedelte mit einer gefiederten Klaue.

»Das hier will er sehen, Süßilein. Mit Sicherheit.«

Goldlöckchen starrte Vogel-Girl nur an, und ihr Kopf war so ganz und gar menschlich, dass ich mich fragte, ob sie wohl im Leben so ausgesehen hatte: wie eine Göttin der Morgenröte. Dann durchbrach die Rezeptionskreatur die Pattsituation, indem sie sich über die Rückenlehne ihres Sitzes schlängelte und auf all diesen winzigen Beinen die Wand hinauf zur Türklinke kroch, wobei ihr Kopf wackelte wie die instabile Last, die er war. Sie zog die Tür mit den vordersten Beinen ein Stück auf und sagte etwas durch den Spalt, was den Nebeneffekt hatte, dass ihr wieder mehrere kleine Tausendfüßler aus dem Mund fielen, die sich sogleich vom Boden aus auf den langen Rückweg machten, vermutlich getrieben vom Bedürfnis nach Sicherheit und Komfort. Dann drehte die entstellte Göttin den Kopf zu uns um und sagte: »Es soll allein reingehen. Ihr übrigen bleibt hier.«

Aufzustehen war schon schwer genug. Gehen war noch schwerer, und ich schaffte es nicht gleich. Schließlich gab mir Babybär einen Schubs, und ich taumelte vorwärts, konnte mich aber am Türrahmen festhalten, sodass ich nicht auf der Nase landete.

Der Raum war feucht und schummrig, mit einer kleinen Öllampe auf dem Schreibtisch als einziger Lichtquelle. Das Wesen, das hinter dem Schreibtisch saß, wirkte auf den ersten Blick fast menschlich: Augen, Ohren und Nase einigermaßen an der richtigen Stelle. Doch die Gesichtshaut war abgezogen und hing ihm um den Hals wie eine besonders grässliche Renaissance-Halskrause. Die Gesichtsmuskeln und das freiliegende Bindegewebe waren rot-weiß wie roher Speck, die Augen aber blickten wach und beunruhigend intelligent. Er trug die Überreste von etwas, das wie eine relativ moderne Militäruniform aussah. Er grinste mich an oder entblößte jedenfalls seine Zähne. Sie waren allesamt schwarz und zu groß.

»Nun? Was sind Sie für einer?« Worte wie triefendes heißes Fett. »Zum Essen oder zum Bestrafen?«

»Weder noch, großer Block, weder noch!« Ich hatte keine Ahnung, welche Funktion und welchen Rang dieser feuchte, rot-weiße Kerl innehatte, aber ich war nicht in der Position, groß-spurig aufzutreten. Ein Blick sagte mir, dass er die Sorte minderer Funktionär war, die über ihren persönlichen Winkel der Hölle herrschte wie ein kleiner Gott. »Ich bin ein Reisender aus den oberen Bereichen – Snakestaff von der Lügnersekte.« Die Lügner stellten die Anwälte der Hölle, die ich in meinem Engelsjob täglich als Gegner hatte. Ich hatte auch schon vor dem Briefing durch Lameh einiges über sie gewusst und mir deshalb diese Legende zugelegt. »Ich bin im Auftrag der Mastema hier in den Tiefen, aber ich wurde überfallen.«

»Von Polly Papagei und ihrer kleinen Crew?« Das fand er offensichtlich sehr lustig. Kurz hatte ich die irrationale Hoffnung, er würde vor lauter Lachen ersticken, aber dann fiel mir wieder ein, dass er ja immer so rot war. »Oh, das ist gut! Wirklich gut!«

»Nein, von … Mietlingen meiner Feinde, die neidisch darauf sind, dass die Mastema mich mit einer Mission betraut hat.« Ich improvisierte, aber dafür, dass mein Kopf sich anfühlte, als steckte er in einem Industrie-Farbmischer, und ich gerade mein Gehirn ausgekotzt hatte, fand ich, machte ich meine Sache ziemlich gut. »Die Angreifer lauerten mir im Heber auf«, fuhr ich fort, »aber ich konnte ihnen hier auf dieser Ebene entkommen.« Ich tat mein Bestes, ruhig und souverän zu klingen. »Diejenigen, die mich beauftragt haben, werden erfahren, wie ich behandelt worden bin, auch hier.« Appelle an irgendeine Art von Altruismus waren wohl nicht besonders aussichtsreich, also sagte ich: »Wer sich mir in den Weg stellt, wird selbstverständlich bestraft werden, aber jede Hilfe, die ich finde, das kann ich versprechen, wird vermerkt und belohnt.« Es war schwer, Autorität auszustrahlen, wenn man kaum stehen konnte und sich fühlte wie ein gebackenes Stück Scheiße, aber ich gab mir alle Mühe.

»Belohnt, belohnt. Das klingt hübsch.« Block stieß sich ein Stück von seinem Schreibtisch ab, und jetzt erst bemerkte ich, dass er mit Stacheldraht an seinem Stuhl festgebunden war; unterhalb seiner Rippen war nichts als ein herabhängender Strang Nerven und ein Stück Wirbelsäule. Etwas, das aussah wie eine fette schwarze Nacktschnecke, klebte feucht und pulsierend am Ende der Wirbelsäule und saugte daran wie ein französischer Gourmet beim Genuss von Knochenmark. Immer wenn es anschwoll, sah ich kleine Wellen von Pein über Blocks hautloses Gesicht huschen. Es war nett zu wissen, dass er auch nicht gerade vor Wohlbefinden strotzte. »Ja, aber wissen Sie«, sagte er, »ich *bin* bereits für meine treuen Dienste belohnt worden. Mir wurde das Geschenk der Erinnerung zuteil, der Erinnerung an all die anderen Dienste, die ich geleistet habe, zu meinen Lebzeiten und danach.« Block lächelte wieder, doch jetzt erkannte ich, dass es ein Schmerzgrinsen war, weil das schwarze Ding an seinem Rückgrat kaute und saugte. »Welch größere Belohnung könnte ich mir wünschen, als der Gerechtigkeit des Höchsten teilhaftig geworden zu sein und hier dienen zu dürfen?«

Er spielte mit mir, das fühlte ich. Hatte er vor, mich gehen zu lassen? Oder mich hierzubehalten? Hatte er sich schon entschieden?

Ich ließ den Türrahmen los und versuchte, mich lässig zu geben, schwankte aber ganz schön. »O ja, bestimmt haben Sie alles, was Sie wollen. Was könnte befriedigender sein, als das heilige Werk des Widersachers hier an dieser Stelle zu tun. Ich bin sicher, nicht mal die Versetzung auf einen verantwortungsvollen Posten auf einer höheren Ebene könnte einen treuen Diener wie

Sie reizen.« Klingt ganz schön cool und raffiniert, wenn ich's jetzt so sage, aber es kam mit einer Menge Japsen und Grunzen heraus, während ich senkrecht zu bleiben versuchte. Ich gewöhnte mich zwar allmählich an den Wahnsinnsdruck in meinem Schädel, aber angenehm fand ich ihn weiß Gott immer noch nicht.

»Oh, das klingt ja alles äußerst wichtig.« Wieder dieses schwarze Grinsen, während eine Welle von Schmerz über sein rotebeetefarbenes Gesicht huschte. »Wirklich ungemein wichtig. Bestimmt kennen Sie auch wichtige Leute.«

»Niloch, der Kommissar von Grabesschlund, ist ein Freund von mir.« Ich hoffte, dass Niloch zu beschäftigt damit war, als Aschehäuflein vor sich hin zu glimmen, um diesem Kerl hier je die Wahrheit zu erzählen. »Und ich will ja kein Name-Dropping betreiben … aber dann ist da noch Eligor der Reiter. Der Großfürst, der ist Ihnen doch sicher ein Begriff …?«

»Eligor?« Sein Mund wurde schmal. »Ich habe natürlich nicht das Glück, seine Erlaucht zu kennen. Aber wenn er ein Freund von Ihnen ist …«

»O ja! Ein alter Freund. Wir sind so.« Ich hob die Hand, Zeige- und Mittelfinger gekreuzt. »Neulich erst hat er zu mir gesagt, ›Snakestaff, wenn du diesen Auftrag erledigt hast, musst du mich eine Weile besuchen kommen.‹« Was ja nicht ganz gelogen war – Eligor würde mich garantiert nur zu gern bei sich unterbringen, wenn er herausfände, dass ich in der Stadt war. Nur dass die Unterkunft noch nicht mal so nett wäre wie dieser gastliche Ort hier.

»Sie haben mich überzeugt.« Blocks Gesicht wurde plötzlich dunkler, als ob eine unsichtbare Riesenhand es zusammenpresste. Als der krampfartige Anfall vorbei war, sagte er: »Kommen Sie. Geben Sie mir die Hand.«

Fast zwanzig Jahre Erdenleben hatten mich einfältig gemacht. Ich streckte die Rechte aus, als würde ich gleich einen Gratulationshändedruck und vielleicht einen kleinen Scheck empfangen. Bobby Dollar, Mister Immer-nett-und-freundlich in Person. Blocks dicke, nur allzu menschliche Hände packten mein Handgelenk und rissen mich vorwärts. »Natürlich kostet es einen Zoll«, sagte er. Bevor ich mich fangen konnte, steckte er meine ganze Hand in seinen breiten, schwarzbezahnten Mund, was sich unbeschreiblich scheußlich anfühlte. Dann biss er zu.

Okay, ich trug ja nicht meinen eigenen Körper, und der Dämonenkörper war offenkundig nicht mal entfernt so empfindlich wie ein menschlicher, aber ich kann Ihnen sagen, es tat tierisch-höllisch-wahnsinnig weh, mir die Hand abbeißen zu lassen. Ehe ich wusste, wie mir geschah, war ich in die Knie gebrochen und wimmerte und schnappte nach Luft, während ich verzweifelt das Blut zurückzuhalten versuchte, das aus meinem ausgefransten Handgelenk schoss. Block spuckte die Hand wieder aus. Einen Moment lag sie auf seinem Schreibtisch wie eine aufgedunsene tote Spinne, dann nahm er sie und riss drei Finger ab, was jeweils mit einem grässlichen feuchten Knacken einherging.

»Polly!«, rief er. Die Tür ging auf. Da stand Vogel-Girl.

»Ja, großer Block?«

Er warf ihr die Finger hin, wie man einem Hund Fleischreste hinwirft. Ich hörte Vogel-Girl, Stachelschwein und Babybär darum zanken, aber der Schmerz war so heftig, dass es mir unwirklich erschien. Block führte den Rest der Hand an seinen Mund und begann, große Stücke davon abzubeißen und genüsslich zu verspeisen. Die roten Wangenmuskeln schwollen an, wenn er die Knochen zwischen seinen schwarzen Backenzähnen zermalmte. Als er fertig war, wischte er sich mit dem haarigen, fleischigen Handrücken das meiste Blut von Mund und Kinn und rülpste dann zufrieden.

»Sie werden Sie wieder in den Heber setzen«, sagte er. »Bedenken Sie, dass ich mehr hätte nehmen können, Snakestaff von der Lügnersekte. Sagen Sie Ihren Herren droben in den fernen

Höhen, dass Block auch gar nichts außer dem Kopf hätte zurückschicken können und sie trotzdem alles erfahren hätten, was sie wissen wollen.« Er umfasste die Kanten seines Stuhls mit den kräftigen Händen und stemmte sich so weit hoch, wie es der Stacheldraht zuließ. Das schneckenartige Ding am Ende seiner bloßliegenden Wirbelsäule schwang wie der Klöppel einer Kirchenglocke. Ich war so ausgelastet mit dem Warten darauf, vor Schmerz, Übelkeit und Blutverlust zu sterben, dass ich nicht viel mitbekam, aber ich hörte ihn brüllen: »Das ist mein Eckchen Hölle! Hier regiere ich! Und wenn der große Schwarze Meister persönlich herkäme, würde ich mir auch von ihm mein Stück Fleisch nehmen. Ja, ich würde seinen Schwanz als Zahnstocher benutzen! Denn ich bin Block der Scharfrichter! Block der Schlächter!«

Er wütete immer noch vor sich hin, als Babybär mich mit seinen Pranken packte und hinausschleifte.

Ich drückte den zerfleischten Handgelenksstumpf ab, so fest ich konnte, während sie mich durch die von Schreien hallenden Gänge zurückschleppten, verlor aber dennoch sehr schnell sehr viel Blut. Ich spürte, wie sich blanker Knochen in meine gesunde Hand grub, was ein unglaublich bizarres und schmerzhaftes Gefühl war, aber ich wusste, dass mein Körper ansonsten im Begriff war, seinen Signalapparat abzuschalten und zu kapitulieren. Als wir den Heber erreichten, wurden selbst die Schreie der Gepeinigten gedämpfter und Pollys Gesicht gnädig verschwommen. Ich fühlte eine neue Art von Schmerz, als ob mein Gelenkstumpf mit grobem Glaspapier geschmirgelt würde: Babybär leckte die blutige Wunde. Während wir warteten, driftete ich ein paarmal in schwarzes Dunkel ab, doch schließlich kam der Heber, ächzend wie ein überladener Laster, der einen steilen Berg herabholpert. Als die Tür aufging, gaben sie mir ein paar Fußtritte und warfen mich hinein.

Schon sammelte sich unter mir eine Blutlache. Die Vibration

des Hebers schüttelte beinah das letzte bisschen Bewusstsein aus mir hinaus, und ich schien in einen langen, schwarzen Tunnel zu kriechen, weg von Licht und Hoffnung. Ich klatschte die heile Hand an die Wand und versuchte, während aus meinem anderen Handgelenk wieder Blut schoss, mein Ziel auszurufen. Die Wörter kamen als kleine feuchte Lautkleckse heraus, wie blutiger Schleim. »Die ... Rote ... Stadt.«

Der Heber rüttelte noch heftiger, schüttelte mich durch wie ein Insekt in einem Tötungsglas. Dann stürzte der schwarze Tunnel in meinem Kopf ein.

21

ENDSTATION

... *Fisteln, Jammerfleisch, Herzzerreiß und Phlegethonufer* ... Als ich zu mir kam, hörte ich die Heberstimme die schrecklichen Orte ansagen, die wir in schneller Folge passierten. Der Druck in meinem Kopf hatte nachgelassen, aber das war ja jetzt nicht mehr mein größtes Problem. Während ich mich zu orientieren versuchte und die Stimme noch weitere Stationen entlang des flammenden Flusses Phlegethon ausrief, schaffte ich es, mich in eine sitzende Position hochzurappeln, den Rücken an der vibrierenden Kabinenwand. Mein Blut auf dem Boden sah aus, als könnte es eine Tiefe von zwei Zentimetern erreichen, wenn es sich je zu einer einzigen Lache vereinen würde. Ich fühlte mich wie eine zerbrochene Sanduhr.

Zu meinem Erstaunen hatten sich während meiner Bewusstlosigkeit einige andere Passagiere zu mir gesellt, ein buntes und ziemlich diabolisches Sortiment von Kreaturen: tierartige, klumpenartige und sogar ein paar humanoide Gestalten, die meisten besser gekleidet, als ich es inzwischen von meiner Umgebung gewöhnt war. Ich konnte sie nicht lange anschauen, da meine Augen nicht richtig fokussierten, doch diese Hautevolee-Höllenwesen schienen sich so weit wie möglich von mir entfernt an die Kabinenwand zu drücken. Unter anderen Umständen hätte mich das amüsiert: Höllenbewohner, die etepetete einem bisschen Blut auswichen. Wobei mir natürlich kein einziger Mitpassagier Hilfe anbot oder mich auch nur anders als mit leisem Ekel ansah. Wie Sie inzwischen sicher schon ahnen, ist Mitgefühl in der Hölle nicht so verbreitet.

Als sich alles nicht mehr ganz so verdammt schnell drehte, riss ich einen Streifen von meinem Gewand ab und band damit unbeholfen den Handgelenkstumpf ab. In einem menschlichen Körper, ja vielleicht sogar in einem meiner optimierten Engelskörper, wäre ich längst tot gewesen, aber dieser Dämonenkörper war widerstandsfähig, zumindest, was Blutverlust anging. Ja, jetzt, da der Druck nicht mehr so schlimm war, hätte ich mich sogar so gesund gefühlt wie seit Stunden nicht mehr, wären die Schwäche und der Schwindel nicht gewesen.

Andererseits, musste ich einräumen, *fühle ich mich ja vielleicht nur deshalb besser, weil ich fast völlig ausgeblutet bin. Vielleicht fühlt es sich ja so an, in der Hölle zu sterben – wie das angenehmste Geschehnis des Tages.*

Natürlich glaubte ich nicht, dass es mir wirklich vergönnt sein würde zu sterben. Man würde mich entweder zu einem dauerhaften Häufchen Qual und Elend recyceln oder aber, wenn ich für wichtig genug erachtet würde, aufsammeln und in einen höllischen Körpershop verfrachten, damit ich Ersatz erhielte, was schlimmer wäre, weil es ihnen vermutlich auffallen würde, wenn ihre sämtlichen Messgeräte »ALARM! UNDERCOVERENGEL! VERNICHTEN! VERNICHTEN!« anzeigten.

Immer wieder hielt der Heber jäh und rumsend an, um dann genauso jäh und rumsend wieder loszufahren. Immer mehr Leute stiegen aus und ein, jetzt, da wir höher kamen – nach *Oberer Phlegethon*, *Groß-Mandibeln*, *Knochenbruch*, *Schlucht der Schreie* und einer ganzen Reihe anderer Orte, deren Namen ich nicht richtig verstand, weil ich zu benommen war. Als wir bei den Lethe-Ebenen anlangten, die mit *Unteres Lethe-Bassin* anfingen, zog ich den improvisierten Verband über der Wunde strammer und bereitete mich darauf vor, nach draußen zu stürzen oder wenigstens zu kriechen, sobald ich mein Ziel erreicht hatte.

Wir rasten weiter aufwärts, durch noch mehr Lethe-Stationen, dann durch eine Reihe unterer Vororte von Pandämonium. Die mir von Lameh implantierten Erinnerungen besagten, dass die Rote Stadt selbst viele Ebenen umfasste. Die Haltepunkte, die die Stimme ansagte, waren allesamt überaus verlockend – *Arschritz, Ekel, Drecksee* –, aber schließlich hörte ich das, worauf ich gewartet hatte: *Loch Styx.* Sie müssen wissen, die Wasserwege der Hölle sind alle ineinander verschlungen wie DNA-Stränge, oder jedenfalls stelle ich sie mir so vor. Und obwohl der Styx die alleruntersten Ebenen Erebus und Tartarus um- und durchfließt (und vielleicht sogar die Hufe des Widersachers selbst umplätschert), umfängt er doch auch die obersten Ebenen, ergo waren wir gleich in Pandämonium.

Trotz aller Schwäche und Benommenheit – etwas wunderte mich. Wenn der Widersacher selbst in den tiefsten Tiefen residierte und dort auch das wichtigste Werk der Hölle verrichtet wurde, hätte man doch meinen sollen, dass sich der ganze Hofstaat ebenfalls dort angesiedelt hatte. Stattdessen aber wohnten die hohen Tiere alle hier oben, so weit weg von jenen schrecklichen Tiefen wie irgend möglich, als ob sie immer noch irgendwie hofften, eines Tages wieder ans Licht steigen zu können. Vielleicht hatte Riprash ja wirklich etwas Wichtiges erfasst.

Die Ansagestimme schwieg ein paar lange Sekunden und sagte dann dumpf und bedeutungsschwanger: »Endstation.«

Mit einem letzten Ruckeln und einem Ächzen, als würde ein Nagel aus einem Hartholzsarg gezogen, kam der Heber zum Stehen. Die Tür öffnete sich zischend und Dampf speiend. Die übrigen Passagiere, jetzt fast zwei Dutzend und dicht gedrängt, wenn auch immer noch unter Vermeidung meines blutigen Kabineneckchens, schoben sich hinaus. Ich hatte schreckliche

Angst, dass die Tür vor meiner Nase zugehen und der Heber mich wieder abwärts entführen könnte, also versuchte ich gar nicht erst aufzustehen, sondern krabbelte einfach auf Ellbogen und Knien hinaus, bemüht, mit dem blutigen Stumpf nirgends anzuecken. Der Schock ließ allmählich nach, und der Schmerz war unglaublich, als ob die Wunde in einen Sack Salz getaucht worden wäre. In der Hölle lassen sie einen vielleicht nicht sterben, aber glauben Sie mir, leiden lassen sie einen nur zu gern, bis an die Grenzen dessen, was man aushält, und darüber hinaus.

Die Endstation war gigantisch. Allein in die Heberstation hätte man locker zwei, drei Grand Central Stations packen können, aber das Ganze war auch noch ein Knotenpunkt von Fußgängertunneln, Straßen und (wie ich zu meiner Überraschung feststellte) Eisenbahnstrecken. Die Gleise führten fächerförmig aus dem Endbahnhof hinaus, und als ich die Treppe hinaufwankte, sah ich einige wartende Züge – lange, niedrige Dinger wie riesige Tausendfüßler, aus stumpfschwarzem Metall und mit Fenstern, so schmal, dass sie Schießscharten hätten sein können und vermutlich auch waren. Ich hatte aber keine Zeit, die Züge zu bestaunen, weil jede Sekunde, die ich ziellos in Pandämonium umhertaumelte, eine Sekunde war, in der ich riskierte, einer der umherstreifenden Banden von Dieben und Kidnappern in die Hände zu fallen oder von den Gereinigten ergriffen zu werden, den Elite-Mastema-Wachen der Hölle und einzigen Kreaturen, die nur dem Widersacher direkt unterstanden. Doch auch wenn die Gereinigten nicht nach der Pfeife von Eligor, Prinz Sitri und den anderen hohen Höllentieren tanzten, würden sie garantiert befinden, dass Bobby Dollar in der Hölle *persona non grata* war, und nach einer Express-Fahrt zurück in die Strafebenen wäre ich ebenso schnell den schrecklichsten Folterqualen ausgesetzt, wie wenn mich Großfürst Eligor persönlich in seinem Schlafzimmer erwischte.

Die Gereinigten trugen semi-moderne Militäruniformen in

der Farbe von Gewitterwolken; das tunikaartige Oberteil zierte eine Art schwarze Spirale, wie ein Tornado, von oben gesehen, vielleicht ein Sinnbild des Höllenschlunds, in dem wir uns alle befanden. Aufgelockert wurde dieses düstere Grauschwarz durch Spritzer von Leuchtendrot, die offenbar bei jedem Soldaten ein individuelles Muster bildeten. Mit ihren klobigen metallenen Panzerelementen und seltsamen, die Gesichter verdeckenden Helmen hätten die Gereinigten die Vision eines viktorianischen Schriftstellers von Raumfahrern sein können, mal abgesehen von den missgestalteten Körpern, die nur das Kriterium »groß und stark« zu einen schien, und der erstaunlichen Vielfalt an Waffen, die sie trugen, darunter auch die ersten Pistolen, die ich in der Hölle sah.

Während ich in einem Gedränge von Pandämoniern, das mit dem schlimmsten Geschiebe und Geschubse in Abaton durchaus mithalten konnte, durch die Halle stolperte, fragte sich mein benebeltes Hirn: Das also war der technologische Stand von Pandämonium? Warum? Warum sah das hier aus wie ein relativ moderner Bahnhof, während drunten in Abaton selbst die vergleichsweise Reichen wie mittelalterliche Dörfler lebten?

Normalerweise fesselt so was mein Interesse, aber ich durfte mich nicht ablenken lassen. Ich war benommen und am Ende meiner Kräfte, und wenn ich hier nicht hinausfand, würde ich den Gereinigten auffallen, die wenig anderes zu tun zu haben schienen, als durch ihre Sehschlitze alles zu mustern, was sich an ihnen vorbeibewegte. Ich fand eine riesige Treppe, die für jemanden in meiner Verfassung wie der Mount Everest wirkte, aber sie schien irgendwo hinzuführen, wo es heller war, vielleicht auch nur in eine noch größere Halle, also zog ich den Stoffstreifen um meinen Handgelenkstumpf wieder fester und machte mich an den Aufstieg.

Ich brauchte eine gefühlte halbe Stunde, um die endlosen Stufen zu erklimmen. Ich ging mitten in einem Strom von grotesken Pendlern, die mich gnadenlos anrempelten und beiseiteschubsten, aber schließlich erreichte ich eine weitere Halle. Sie war kleiner als die große Halle unten, aber die monströs hohen, schmalen Fenster glühten von rotem Licht, und ich sah einen Ausgang.

Als mich die gleichgültigen bis aggressiven Massen aus der Endstation auf das hinausspülten, was, wie mir aufging, der Dispaterplatz sein musste, sah ich zum ersten Mal das Herz der Höllenmetropole. Pandämonium war offenbar nur aus zwei Sorten Stein erbaut, mächtigen vulkanisch-schwarzen Blöcken und etwas Durchscheinenderem, Quarzartigem, das feurigrot leuchtete. Durch das Strahlen, das von den großen Gebäuden im Zentrum ausging, wirkte die ganze Stadt wie brennende Kohle. Umgeben von der schwarzen Stadtmauer, musste Pandämonium von weitem aussehen wie ein nie erlöschender Gluthaufen im Dunkeln. Die Rote Stadt. Sie war nicht *so* anders als andere Höllenstädte, die ich gesehen hatte, nur größer und noch chaotischer. Der Himmel über mir war ein Gewirr: Dutzende und Aberdutzende Wolkenkratzer ragten krumm und schief ins Dunkel empor, untereinander verbunden durch fragile Stege, so als hätte jemand ein Bündel Mikadostäbe in den Boden gerammt und dann ein weiteres Bündel Stäbe darauffallen lassen, damit sie liegenblieben, wie und wo sie wollten. Nur vom Hinaufschauen wurde ich ganz beduselt, ohne dass mein verletzter Arm auch nur etwas weniger schmerzhaft pochte.

Plötzlich wurde mir bewusst, dass ich nicht mehr stand, sondern vor der Endstation am Boden lag. Ich war hingefallen, wusste aber nicht, wie lange ich schon so dalag. Ich rappelte mich auf und stolperte weiter, doch der anstrengende Aufstieg vom Heber bis hierher hatte mir den Rest gegeben. Ich musste einen sicheren Unterschlupf finden, aber wo? Ich erinnerte mich vage, dass Lameh etwas von einer sicheren Wohnung in der Roten Stadt gesagt hatte, wo Snakestaff sich im Notfall verstecken könnte, aber mein unterdurchblutetes Gehirn brachte es nicht mehr zusammen. Wenn doch Lameh nur in meinem Dämonenkopf wäre, wie sie in meinem Bobby-Kopf gewesen war ... aber ich hatte sie hinter mir gelassen wie meine Welt, alle Hoffnung und allen Verstand.

Wo sollte ich hin? Ich war ein krankes Tier und musste mich verkriechen und meine Wunden lecken, aber dem standen mehr als nur ein paar Probleme im Wege.

Problem Nummer eins: Ich war in der Hölle. Ich hatte kein Geld, und hier gab es nichts umsonst, auch kein Verkehrsmittel. Selbst wenn mir wieder eingefallen wäre, wo die sichere Wohnung lag, hatte ich doch keinen Schimmer, wie weit es dorthin war. Aller Wahrscheinlichkeit nach befand sie sich aber nicht im Zentrum, und ich war so schwach, dass ich es kaum aus der Station geschafft hatte. Getrübten Blicks starrte ich auf die Fahrzeuge, die in den engen Straßen an mir vorbeirasten, die Autos der Reichen, tiefliegend, stromlinienförmig wie Schnecken und Abgasschwaden ausstoßend. Ich sah schicke Kutschen, manche von nashornartigen Kreaturen gezogen, andere von hintereinandergespannten kreischenden, schnabellosen Vögeln. Ich sah Fahrrad-Taxis, auf denen Beinahe-Gerippe strampelten, und große Lastkarren, gezogen von kopflosen Sklaven, aber ich sah nichts, was mich kostenlos transportieren würde, und ich war mir ziemlich sicher, dass es nicht mehr lange dauerte, bis ich wieder in Ohnmacht fiel.

Auf der anderen Straßenseite entdeckte ich den klapprigen Karren eines Essensverkäufers, beladen mit dampfenden Behältern. Der Besitzer hatte das Gesicht eines Schakals und die Beine einer anorektischen Spinne, aber bei ihm schien mir die Wahrscheinlichkeit, dass er mich den Gereinigten übergeben würde, am geringsten. Mein einziger Gedanke war, auf seinen Karren zu klettern, während er gerade wegschaute, mich dort zu verstecken und zu schlafen. Ich hatte Schleier vor den Augen, und mich überkam eine sehr verführerische Schwere. *Verbluten* nannte es sich, und es war wie *vergehen* oder *verschwinden*: Ich fühlte, wie ich immer weniger wurde, wie etwas, das einen Abfluss hinabstrudelt. Ich machte einen Schritt auf die Straße – keine Bordsteine in der Hölle – und fand es schwer, aber nicht unmöglich zu gehen. Ich sah nicht mehr scharf, konnte aber die Form des Karrens noch vage erkennen, also machte ich noch einen Schritt und noch einen.

Ich kann Ihnen nicht viel drüber sagen, was es war, oder konnte es zumindest in dem Moment nicht, nur dass da plötzlich etwas Großes, Lautes war. Dann rollte oder flog oder wirbelte ich über eine der Hauptstraßen Pandämoniums, und alles war schwarz, weiß und rot wie der berühmte Pinguin mit Sonnenbrand. Dann ein zweiter Zusammenprall, mit etwas weniger Großem. Ein Gefühl, als ob der ganze Steinhimmel der Hölle auf mich herabgestürzt wäre, dann wurde mir schwarz vor Augen.

Das Letzte, was ich hörte wie durch das längste Blechdosentelefon, das je ein Kind an einem Baumhaus installiert hatte, war eine verblüffend liebliche weibliche Stimme, die rief: »Oh! Das arme, hübsche Geschöpf!«

Dann verschwand alles.

ZWISCHENSPIEL

*C*az schlief. Ich lag neben ihr, zu erledigt, um irgendwas anderes *zu tun als vor mich hin zu denken. Ich hätte weiß Gott auch schlafen sollen, nach allem, was ich gerade hinter mir hatte – einen hinterhältigen Überfall, während ich etwas zu versteigern versuchte, was ich gar nicht besaß, Kugeln, die mir um die Ohren pfiffen, eine Verfolgungsjagd, bei der ich vor einem uralten übernatürlichen Monster geflohen war, mehrere Minuten unter extrem kaltem Wasser, mit einem Schlauch als Atemgerät, und dann zwei, drei Stunden wilden Sex mit einem weiblichen Dämon. Ich hätte hundert Jahre schlafen sollen, wie Dornröschen. Doch stattdessen lag Bobby schlaflos in Caz' von Vorhängen umgebenem Bett, die Hände unterm Kopf verschränkt, und sah zu, wie die durchscheinenden Stoffbahnen leise in der Klimaanlagen-Luft wehten. Die Vorhänge hatten Rot-, Leuchtendgelb- und Erdtöne. Es kam mir komisch vor, dass sie sich ausgerechnet solche Flammenfarben aussuchte, aber das ganze Apartment war so: eine Kreuzung aus dem Bühnenbild einer im vorderen Orient spielenden Oper und dem roten Etablissement einer Amsterdamer Hure.*

Ich dachte vor mich hin, dachte aber über nichts Wichtiges nach. Das konnte ich mir nicht leisten, weil ich im Moment an keiner Front irgendwas tun konnte. Ich hätte die Augen zumachen und versuchen können, den Schlaf herbeizuzwingen, aber das klappt bei mir nie. Also lag ich einfach nur da, lauschte Caz' leisem Atem und phantasierte abstrakt von einer unmöglichen Zukunft, in der wir so zusammen sein könnten wie jetzt, ohne das Gleichgewicht der gesamten Schöpfung zu bedrohen. Doch jeder Versuch, mir eine Zukunft mit Caz auszumalen, scheiterte schnell. Selbst wenn wir nicht von ihren oder meinen Bossen für unsere Vergehen verdampft würden, wo sollten wir leben? Was sollten wir tun?

Vor dieser Nacht hätte ich sofort erkannt, wie absurd es war, wenn ein Engel wie ich auch nur einen Moment lang mit dem Gedanken spielte, ein ganz normales Menschenleben zu führen. Ich hätte den Kopf geschüttelt, kurz und bitter gelacht und mich dann mit Sam auf ein paar Drinks getroffen, um die Asche des verglühten Traums zu ertränken und für immer unschädlich zu machen. Aber ich war mir nicht sicher, ob das diesmal funktionieren würde. Vor allem war ich mir nicht sicher, ob ich wollte, dass es funktionierte.

Aber was war die Alternative? Diese eine Nacht, wie Caz sagte, und dann nichts mehr? Nur Erinnerungen? Ich war ganz ohne Erinnerungen in mein Engeldasein hineingeboren worden, also konnte ich mir nicht vorstellen, wie es wohl wäre, Erinnerungen zu haben, die besser waren, als der Rest des eigenen Lebens je sein konnte. Wie konnte irgendjemand so leben? Wie konnte sich irgendjemand da noch den Glauben daran bewahren, dass dem Universum irgendein Sinn innewohnte?

Aber wie kam ich denn auf die Idee, dass dem Universum irgendein Sinn innewohnen könnte? Ich arbeitete für den Allmächtigen selbst, den Höchsten, und ich war genauso verwirrt wie jedes andere denkende Wesen.

War das hier wirklich das Ende? Würde ich diese wunderschöne Frau oder Dämonin, oder was sie auch war, nach dieser Nacht nie mehr wiedersehen? Oder, schlimmer noch, würden wir uns wiedersehen, aber wie Fremde aneinander vorbeigehen müssen, sie in ihrem Job gefangen und ich in meinem?

Bei dieser Vision fühlte ich mich plötzlich so kalt und leer, dass ich einen Moment lang dachte, meine Seele stürbe.

Als bekäme sie es mit, schlug Caz die Augen auf und sah mich an. Sie sagte nichts, breitete einfach nur die Arme aus, wie um mich nach einer langen, gefährlichen Reise willkommen zu heißen. Ich kroch ganz nah an sie heran, bis ich ihre ganze kühle Person an mir fühlte, von meiner Brust bis zu meinen Schienbeinen, den Druck ihrer kalten, kleinen Füße und ihrer kalten, kleinen Brüste.

Wir hielten einander schweigend in den Armen, weil es nichts mehr zu sagen gab.

22

DIE REIZENDE LADY ZINC

Mein Lieber«, sagte sie. »Sie müssen mir erzählen, wer Ihnen das angetan hat. Da war ja überall Blut!«

Meine Augen, die eine ganze Weile nichts Brauchbares gesendet hatten, nur einen vagen Eindruck von Licht und Schatten, die Art optische Wahrnehmung, die selbst eine Schnecke hinkriegt, fokussierten jetzt endlich auf die sich bewegende Gestalt. Nach allem, was ich gesehen und durchgemacht hatte, war das Objekt, das ich allmählich erkannte, seltsam menschlich. Und nicht nur menschlich, sondern sogar hübsch – eine Frau in der strahlenden Blüte ihrer Erwachsenenjahre, mit dunklem, lockigem Haar, das da, wo es sich aus den Haarnadeln gelöst hatte, eine Wolke um ihre Schultern bildete. Ihr Gesicht war herzförmig, die Wangen rund und niedlich, und trotz meines erbärmlichen Zustands konnte ich nicht umhin zu bemerken, dass sie ein ganz beeindruckendes Dekolleté zu bieten hatte. Ihre lebhaften Augen registrierten meinen Blick, und eine leichte Röte zeigte sich nicht nur auf ihren Wangen, sondern auch auf ihrem Brustbein, wie ein Hauch von Rouge, aufgetragen von einem unsichtbaren Pinsel.

»Wer?«, sagte ich. Dann: »Was …?« Ich schwör's, mein Gehirn kribbelte wie ein eingeschlafenes Bein. Vielleicht, sagte ich mir, kam es ja daher, dass mein Denkgewebe sich nach dem ganzen

Sauerstoffmangel regenerierte. Aber vielleicht hatte ich ja auch einen bleibenden Dachschaden davongetragen.

»Sie sind in Sicherheit. Ich bin Lady Zinc, aber Sie können mich Vera nennen.«

Plötzlich fiel mir wieder ein, warum ich vor dem Unfall halb ohnmächtig gewesen war, und ich schaute schnell auf meinen rechten Arm. Die Hand fehlte immer noch, klar, aber der Stumpf war sorgsam verbunden, das Blut abgewaschen. Das Verrückte war, dass ich meine Hand am Ende des Arms fühlte, als ob sie noch da wäre. Ich verbuchte es unter »Phantomglied«, oder wie man dieses Phänomen nannte. Ich hatte sogar etwas Sauberes an, ein altmodisches Nachthemd aus dünnem Stoff, die Art Prunkstück, die der Sheriff von Nottingham auf einer Übernachtungsparty getragen haben könnte.

»Wie bin ich hierhergekommen?« Ich brachte alle vier Wörter heraus, ohne zu husten, aber es fühlte sich an, als hätte ich jahrelang nicht mehr gesprochen. Meinem Kopf ging es allerdings etwas besser. Entweder lernte ich das Gehirnkribbeln zu ignorieren, oder es ließ nach.

»Sie sind mir vors Auto gelaufen, mein Lieber. Ich dachte, ich hätte sie zerstört, aber jetzt, wo sie frisch und sauber sind, sehen Sie ja wieder ganz gut aus.« Die dunkelhaarige Frau lächelte. Das konnte nicht wahr sein. Nicht in der Hölle. Niemand in der Hölle tat irgendwas gratis. Aber ich konnte es mir definitiv nicht leisten, diesem geschenkten Gaul ins Maul zu schauen, also gab ich mir alle Mühe zurückzulächeln und angemessen dankbar dreinzuschauen.

»Vielen Dank, Lady Zinc.«

»Oh, Vera, bitte. Schließlich sind Sie jetzt Gast hier.« Sie lachte und stand auf. »Also sollte ich wirklich Ihren Namen wissen. Würden Sie ihn mir verraten?«

Eine halbe Sekunde lang konnte ich mich nicht erinnern, weder an meinen Höllennamen noch an meinen richtigen Namen, als ob ich gerade vom Himmel mitten in diesen verrückten Traum gefallen wäre, ohne dran gedacht zu haben, irgendwelches Gepäck mitzunehmen. Wie viel Blut hatte ich verloren? Wie knapp war es gewesen? Dann fielen mir beide Namen wieder ein. Ich traf die richtige Wahl. »Snakestaff von der Lügnersekte, Mylady. Und ich stehe in Ihrer Schuld.«

Sie lachte wieder, und es klang aufrichtig vergnügt. »Nein, nein, ich stehe in der Ihren. Es war ein verkorkster Morgen und überhaupt eine freudlose Woche. Sie haben mich enorm aufgeheitert.«

Es war das erste Mal, dass ich jemanden in der Hölle einen Begriff wie »Woche« verwenden hörte, und ich fragte mich, ob das eine persönliche Eigenheit von Vera war oder eine Besonderheit von Pandämonium. »Wo bin ich?«

»In meinem Haus am Zitterberg. Und jetzt ruhen Sie sich aus. Wir werden noch jede Menge Zeit zum Reden haben, während Sie sich hier erholen. Wenn Sie etwas brauchen, klingeln Sie nach Belle.«

Ich antwortete nicht mal. Ich war abgelenkt, weil Vera, die am Fußende meines Betts gesessen hatte, jetzt aufstand und ich sie ganz sehen konnte. Da gab es eine Menge zu sehen. Sie war wohlgerundet, mit schmaler Taille und grazilem Hals, und wenn sie auch ein langes Kleid trug, vermutete ich doch, dass ihre Beine ebenfalls hübsch waren. Ja, auch fast tote Typen bemerken so was, selbst wenn sie Engel in Dämonenkörpern sind. Es hatte nichts mit Caz zu tun, und es hatte auch nichts mit Sex zu tun, weil ich mich so schwach fühlte, dass ich zu keinerlei körperlicher Aktivität imstande gewesen wäre, schon gar nicht zu einer solchen. Aber so sind Augen und Gehirn bei einem männlichen Wesen nun mal verschaltet. Verklagen Sie den Höchsten, wenn es Ihnen nicht passt.

Lady Zinc ging hinaus. Ich studierte kurz das Zimmer, das aussah wie eine Mittelalter-Kulisse in einem alten Hollywood-

255

film, inklusive offenem Mauerwerk und einem hohen Fenster ohne Vorhänge, aber ich war zu erschöpft von dem kurzen Gespräch, um auch nur in Erwägung zu ziehen, aufzustehen und herauszufinden, ob die Tür von außen abgeschlossen war – ob ich hier gefangen war –, und es war mir in diesem Moment auch völlig egal. Ich wusste, manche hohen Dämonen liebten die Verstellung. Vielleicht war das ja alles irgendein aufwändiges Spiel. Es konnte doch nicht real sein, oder? Ich konnte doch nicht wirklich in Sicherheit sein, jedenfalls für eine Weile? Oder?

Sicherheit hin oder her, ich war immer noch völlig erledigt. Ich sank zurück in den Luxus des Betts und den leisen Nebel in meinem Kopf und überließ mich dem Schlaf.

Als ich aufwachte, war da eine ganz andere Frau im Zimmer: groß und stämmig. Ich erinnerte mich diffus, dass die dunkelhaarige Vera eine gewisse Belle erwähnt hatte, und diese Frau hier wirkte mit ihrer schlichten Kleidung wie eine Dienstbotin. Im Unterschied zu ihrer Herrin war Belle jedoch ganz offensichtlich eine Dämonin, mit rauher grauer Haut und Horn- oder Knochenspornen an Schultern, Ellbogen und anderen sichtbaren Gelenken. Aber ich hatte schon wesentlich Schlimmeres gesehen. Ich krächzte eine Bitte um Wasser hervor, und sie brachte mir einen Becher; als ich ihn geleert hatte, füllte sie ihn wieder und stellte ihn auf den Nachttisch. Sie sah aus, als wäre sie stärker als ich, insbesondere stärker als die geschwächte Version meiner selbst in diesem Bett, aber sie schien ganz nett, bedachte mich mit einer Art Lächeln und drückte aufmunternd meine Hand, als ich ihr den Becher zurückgab.

»Keine Bange, Herr. Sie sind bald wieder wohlauf«, versicherte sie mir im Hinausgehen.

Das Kribbeln war definitiv so gut wie weg. Ich war auch nicht mehr so benommen. Als ob ich ganz schön lange geschlafen hätte. Ich hatte keine Ahnung, ob ich seit Stunden oder seit Tagen in Lady Zincs Haus war, und eine Uhr sah ich nicht. Wenn man bedenkt, welch ein Fluch der modernen Welt Uhren sind, sollte man doch meinen, die Hölle wäre voll davon, aber nein. Tatsächlich gibt es auch keine Kalender, obwohl sie ein Datumssystem und sogar so etwas wie Jahreszeiten haben. Ich nehme an, wenn man zu endloser Strafe verdammt ist, will man nicht dauernd mitkriegen, wie langsam die Zeit vergeht. Mal ganz davon abgesehen, dass, wenn es hier ähnlich lief wie im Himmel, die Zeit *gar nicht* verging, jedenfalls nicht im normalen Sinne.

Mit der Wiederkehr meiner geistigen Fähigkeiten wurde mir auch klar, dass ich dieser ganzen augenscheinlichen Freundlichkeit nicht trauen durfte. Selbst wenn das alles kein Trick war, selbst wenn Vera der Riprash ihrer Oberschichtsdämonenkreise war, hieß das nicht, dass Leute, die sie kannte, mich nicht mit Freuden verspeisen oder denunzieren würden. Ich musste aufpassen.

Ich wankte zum Fenster, das zu meiner Freude weder vergittert war noch auf sonst irgendeine außergewöhnliche Art gesichert schien: als ob ich tatsächlich ein Gast des Hauses wäre. Ich hoffte, ein Blick nach draußen könnte mir sagen, welche Höllentageszeit wir ungefähr hatten, was schon mal eine gewisse Orientierung wäre. Ich hatte das Gefühl, schon monatelang in der Hölle zu sein, und obwohl ich keine offizielle Vorgabe hatte, wann ich sie wieder verlassen musste, war mir eins klar: Wenn ich nicht bald samt der Gräfin von Coldhands hier hinauskam, würde ich nie mehr hinauskommen. Das Niederdrückende der Hölle, der schiere, dumpfe Horror allerorten, machte mich fertig. Nur der Gedanke an Caz trieb mich noch weiter, das Wissen, etwas unternehmen zu müssen, sonst wäre ihr Los das aller Höllenbewohner: ewiges Leiden und Elend. Ja, ich hatte für sie alles noch schlimmer gemacht, und nicht nur, weil ich sie meiner sprühenden, charmanten Person ausgesetzt hatte. Eligor würde sie wahrscheinlich nie mehr in die reale Welt hinüberlassen, sodass ihr selbst dieser kleine Trost verwehrt war.

Nein, darüber durfte ich jetzt nicht grübeln, ermahnte ich mich: Es war zu weit weg, zu abstrakt. Eins nach dem anderen.

Ich erreichte die Höhe des Fensters, indem ich auf einen soliden Stuhl aus irgendeiner Art von Tierknochen stieg. Doch auch als ich die Fensterbank erklommen hatte, erfuhr ich nichts über die Tageszeit. Wir schienen ganz unten in einem der riesenhohen Türme zu sein, tief unter dem Gewirr aus Verbindungsstegen, das ich beim Verlassen der Endstation gesehen hatte. In nächster Nähe ragte ein Stück der mächtigen, schwarzen Stadtmauer auf, sodass ich nichts sah als die riesigen Steinblöcke: als hätte jemand eine sternenlose Nacht hochkant gestellt und vor das Fenster geschoben. Das rote Licht, das in den Hof fiel, hätte alles sein können, eine Tageszeitlampe, ein Brand irgendwo in der Nähe oder auch nur der glühende Lichtschein einer der offenen Lavagruben, die ganz Pandämonium durchsetzten wie Erdhörnchenlöcher.

Als ich zittrig wieder hinunterkletterte, ungeschickt mit nur einer Hand, während mein rechter Arm noch immer schmerzhaft pochte, entdeckte ich etwas auf einer Kommode ein Stück vom Fußende des Betts entfernt. Mitten zwischen den Schönheitspflegeartikeln eines Höllengentleman, Bürsten, Pinzetten und dergleichen, lag da, mit dem Glas nach unten, ein schwerer Handspiegel. Ich hatte mein Gesicht nicht mehr gesehen, seit ich in der Hölle war. Meine grau-schwarze Haut, gemustert wie die eines afrikanischen Savannengeschöpfs, war mir inzwischen ganz vertraut, ja sogar lieb geworden (weil sie so robust war wie die eines Büffels), doch über meine Gesichtszüge wusste ich nichts, außer dass sie sich beim Betasten ziemlich menschlich anfühlten. Reflektierende Oberflächen waren in der Hölle Mangelware; es gab ja fast kein klares stehendes Wasser, und alles

Metallene war zu verrostet und zerfressen, um zu spiegeln. Neugierig und beklommen zugleich ergriff ich den Handspiegel. Ich kann Ihnen sagen, es war ein Schock.

Nicht dass das Gesicht nicht zur übrigen Haut gepasst hätte. Es hatte das gleiche Streifenmuster aus Dunkel- und Hellgrau, und vom Kinn zogen sich schwarze Streifen beidseits des Mundes hinauf, über die Augen bis auf die Stirn, wo sie in geschwungenen Linien endeten, die ein bisschen so aussahen wie ein Maori-Tattoo. Der Mund hatte Reißzähne, aber das wusste ich schon, und auch die Augen fügten sich durchaus ein: Sie waren ziegenhaft hellorange, mit senkrechten Pupillenschlitzen wie bei einer Katze. Das Schockierende war, dass es unter all dem *mein* Gesicht war, Bobby Dollar, sofort erkennbar, wie ein hastig überlackierter gestohlener Wagen. Ohne Scheiß. Der Dämonenkörper war nur eine dürftige Tarnung, und ich bezweifelte stark, dass er irgendjemanden täuschen würde, der mein irdisches Selbst kannte – und ein solcher Jemand war auch Großfürst Eligor, das Monster, das ich bestehlen wollte.

Panik erfasste mich. Ich war die ganze Zeit praktisch mit meinem eigenen Gesicht hier herumgelaufen. Wie konnte das sein? Hatte Lameh versagt? Oder hatte mich Temuel irgendwie verraten? Aber warum sollte er es so kompliziert machen, wenn er mich doch nur als unerlaubt abwesend zu melden und den Rest seinen Vorgesetzten zu überlassen brauchte? Das Ephorat, das die Sache mit der Dritter-Weg-Bewegung meines Freundes Sam untersuchte, hätte doch nur noch einen winzigen Anstoß gebraucht, um mich zu verurteilen.

Ich war wochenlang mit einem riesigen »TÖTET MICH«-Schild durch die Hölle spaziert, ohne es zu wissen.

Ich versuchte mich zu beruhigen. Vielleicht hatte es ja nichts mit irgendwelchen verräterischen Absichten Temuels zu tun, sondern war einfach so passiert beim Transfer meiner Seele in den anderen Körper? Schließlich war mir noch nie zu Ohren gekommen, dass schon mal ein Engel einen Dämonenkörper benutzt hätte. Meine Erdenkörper hatten ja auch alle ähnlich ausgesehen. Vielleicht waren da ja immer dieselben Mechanismen am Werk. Aber hieße das nicht, dass unsere Seelen eingebaute Gesichtszüge hatten? Das erschien mir verrückt.

Die Tür ging auf, was mich so erschreckte, dass ich den schweren Spiegel fallen ließ. Ich versuchte ihn mit der Hand aufzufangen, die ich nicht mehr besaß, konnte ihn aber gerade noch am Zerschellen hindern, indem ich blitzschnell den (nackten) Fuß so ausfuhr, dass der Spiegel darauf fiel.

»Was machen Sie denn, Herr?«, sagte Belle. »Sie tun sich noch weh!« Die Bedienstete eilte herbei, hob den Spiegel auf, als wäre er so leicht wie eine Spielkarte, und dirigierte mich dann mit der anderen kräftigen Hand zurück zum Bett. »Zu früh! Zu früh zum Aufstehen!« Sie schüttelte den Kopf wie eine Gorillamutter angesichts ihres ungehorsamen Sprösslings und gab mir einen sachten Schubs, der mich aufs Bett und beinah auf der anderen Seite wieder hinabschleuderte. »Schön wieder hinlegen. Meine Herrin wird böse auf mich, wenn Sie sich was tun. Wollen Sie, dass ich meine Stellung verliere?«

Ich versicherte ihr, dass ich das keinesfalls wollte, und tatsächlich war es ganz schön, wieder zwischen die Laken zu schlüpfen, aber ich hatte immer noch keine Ahnung, was hier lief. Warum war Lady Zinc so nett zu mir? Ich war doch bestenfalls ein völlig unbedeutender Höllenadliger. Meine Gastgeberin hingegen lebte hier offensichtlich auf ziemlich großem Fuß. Wollte sie etwas von mir?

Und jetzt musste ich mir auch noch wegen meines verräterischen Gesichts Sorgen machen. Aber sich Sorgen zu machen, ist anstrengend, und mein Körper war immer noch sehr schwach. Bald schon vertrieb der Schlaf meine Gedanken.

Als ich aufwachte, waren Vera und ihre Dienerin gerade dabei, behutsam meinen Verband zu wechseln. Der Gelenkstumpf war fast verheilt, die Beiß- und Reißspuren von Blocks Zähnen bedeckte jetzt neue rosa Haut, aber das Verblüffendste war, dass mir aus dem Stumpf bereits neuer Knochen zu wachsen schien. Ich weiß nicht, was sie mit diesen Höllenkörpern machen, aber die Dinger heilen schneller als die, die der Himmel stellt, und daran hatte ich gewiss nichts auszusetzen. Der schlimmste Schmerz war weg, geblieben war nur ein leises Pochen, und wenn mein Gehirn auch unmittelbar nach dem Aufwachen noch kribbelte, fühlte ich mich physisch auf eine Art wohl wie schon seit Beginn meines Höllenabenteuers nicht mehr.

»Sie machen so gute Fortschritte!«, sagte Vera, als sie sah, dass ich sie beobachtete. Sie stand schnell auf, als ob es etwas anderes wäre, auf dem Bett eines wachen Mannes zu sitzen, als auf dem eines schlafenden Invaliden. »Ich glaube, Sie sind jetzt so weit, ein bisschen ausgehen zu können. Möchten Sie?«

Was für eine Frage! Es ging mir erstaunlich gut, und obwohl die Zeituhr in meinem Hinterkopf immer noch tickte, nickte ich. Ein bisschen die Gegend auszukundschaften, konnte ja nur gut sein.

»Wunderbar«, sagte sie, und der freudige Ausdruck ihres hübschen Gesichts war geradezu mädchenhaft. Warum war diese Frau in der Hölle? Wollte ich es überhaupt wissen? »Dann gehen wir heute Abend aus. Francis und Elizabeth geben eine Party, zwei meiner besten Freunde, und Sie werden mein Begleiter sein, schmucker Snakestaff.«

Ich ertrug es so gutwillig wie möglich, von den beiden Frauen herausgeputzt zu werden; welche Befürchtungen ich auch immer hegen mochte, bis jetzt hatte Vera mir nur Gutes getan. Sie staffierten mich mit dem aus, was sie offenbar für die angemessene Garderobe hielten, unter anderem einem Schlips und einem dezidiert viktorianisch aussehenden langen Überrock. Ein verdammt originelles Outfit. Als ich fertig angekleidet dasaß, band Vera mir eigenhändig und liebevoll die Krawatte, ein schmales, bandartiges Ding. Ich fand, ich sah damit aus wie ein fescher Western-Revolverheld (mit einer Hautkrankheit und gelben Augen). »Das ist wegen des Klimas«, erklärte sie mir, und ihr Atem streifte mein Ohr. »Zu heiß für normale Krawatten.«

»Muss ich eine tragen?« Ich habe die Dinger nie gemocht.

Vera sah mich unverhohlen entsetzt an. »Glauben Sie, ich könnte Sie meinen liebsten Freunden vorstellen, ohne dass Sie korrekt gekleidet sind?«

Als sie gegangen war, um sich selbst fertig zu machen, saß ich steif auf einem Stuhl und sah zu, wie die stämmige Belle mein Zimmer putzte. »Sie mag Sie«, sagte die hünenhafte Frau mit einem deutlichen Augenzwinkern. Sie schob schwere Möbelstücke umher, als wären sie aus Balsaholz, und wischte dann da, wo sie gestanden hatten. »Sie findet, dass Sie gut aussehen.«

Ich tat mein Bestes, um zu lächeln, hatte aber ein bisschen das Gefühl, Caz zu verraten – ich hatte nichts Einschlägiges getan und auch nicht vor, etwas zu tun, aber dieser plötzliche Eintritt in eine Welt der Partys und Abendgarderoben schien nicht so ganz mit meiner Mission vereinbar. Trotzdem, es war eine willkommene Abwechslung.

Ich muss das Terrain erkunden, sagte ich mir. *Ich bin schließlich ein Spion, ein feindlicher Agent. Einem Spion kann doch keiner vorwerfen, dass er sich möglichst nahtlos einfügt.*

Wir fuhren in einem Wagen mit Chauffeur – von Vera »das Mobil« genannt –, und ich hatte erstmals Gelegenheit, das Fahrzeug zu sehen, das mich vor der Endstation angefahren hatte. Es war lang und niedrig, aber der Frontschutz war so massiv wie der Kuhfänger einer Lokomotive, es grenzte also an ein Wunder (falls es hier so etwas gab), dass ich die Kollision überlebt hatte. Der Chauffeur, ein untersetzter, unauffälliger Mann namens Henri, öffnete mir schweigend den Schlag und ließ mich ins luxuriöse Innere. Er hatte einen intensiven stechenden Geruch an sich, wie von Formaldehyd. Ich nahm ja inzwischen die abnormen Merkmale, die selbst die relativ normal aussehenden Höllenbürger hatten, kaum noch wahr, aber es war nicht zu übersehen, dass Henris weit auseinanderstehende Augen milchig vom Star waren. Was bei einem Chauffeur nicht gerade Vertrauen einflößend ist. Aber wir glitten schnell und ohne Zwischenfälle durch die Stadt. Ich sah erstmals wirklich etwas von Pandämonium, und obwohl wir hauptsächlich durch reichere Gegenden fuhren, wo breite Straßen von den hoch aufragenden Mauern luxuriöser Turmhäuser gesäumt wurden, gab es da draußen immer noch Horror genug, eine Jahrmarktsshow von Abnormitäten und Monstern, die die matschigen Straßen entlangschlurften. Wenn wir an verstopften Kreuzungen bremsen mussten – in der Hölle gibt es natürlich weder Ampeln noch Stoppschilder –, schauten einige dieser Straßenexistenzen her, als erwögen sie, sich dem Wagen zu nähern, vielleicht, um zu betteln, vielleicht in finstererer Absicht, aber keine tat es je. Ein paarmal sah ich sogar jemanden einen Kumpan zurückhalten, als ob er ihn warnte, dass wir kein gutes Objekt wofür auch immer seien.

»Manchmal, wenn die Feuer sehr heiß brennen, sind die Straßen einfach unerträglich«, sagte Vera, fast schon verträumt. »Wir haben Glück, mein Lieber, dass es heute Abend so mild ist.«

»Mild« hieß, dass Hitze und Gestank überlebbar waren, aber auch nur, weil ich einen Körper trug, der für die Hölle gemacht war. Die Luft von Pandämonium fühlte sich so dick und stickig an, dass ich mir im Gehen mit den Armen einen Weg hindurch bahnen wollte, und ich lernte den ätzenden Gestank nie ganz zu ignorieren. Es war, wie sich über einen Topf mit kochendem Urin zu beugen.

Es wurde etwas besser, sobald wir im Haus von Veras Freunden waren, einer prächtigen Serie leicht schiefer Schlosstürme

mit Querverbindungen, ähnlich den Ästen einer Korallenforma-
tion. Die eckigen Räume waren in einer Art extremem Rokoko-
Stil eingerichtet, überall Blattgold und zur Schau gestellter
Reichtum, aber damit ich ja nicht auf die Idee kam zu vergessen,
wo ich mich befand, zeigten die Skulpturen und Gemälde allesamt brutales Leiden, deformierte, verkrümmte Gestalten und
berühmte Schreckensszenen. So stellte etwa eine Serie detail-
lierter Stiche die Verbrennung der Heiligen Johanna auf dem
Scheiterhaufen dar; man sah, wie ihr Körper von den Flammen
verzehrt wurde, während sie noch weinte und betete.

Von diesem morbiden Kunstgeschmack abgesehen, bemerkte
ich auf Anhieb nichts Höllisches an Veras Freundin Elizabeth,
einer weiteren hübschen jungen Brünetten, schlanker als meine
Retterin, mit einer Hochfrisur über dem blassen Gesicht. Ihr
Mann (oder Freund – das war nicht klar) Francis hingegen zeigte
Merkmale eines Einheimischen: Sein bärtiges Gesicht und seine
gesamte sichtbare Haut bedeckten Beulen und Pusteln. Elizabeth schien das nicht zu stören, sie nannte ihn mehrfach »meine
große Liebe« und »mein einzig geliebter Mann«. Beide trugen
Renaissance-Kleidung, neben der mein viktorianisches Outfit
ganz modern wirkte, und ihre Gäste präsentierten sich in Mo-
den aus mindestens einem Dutzend Epochen, darunter auch
Kleidungsstile, die ich noch nie gesehen hatte. Wären die augen-
fälligen körperlichen Deformitäten vieler Gäste nicht gewesen,
hätte das Ganze einfach wie irgendein Kostümfest gewirkt. Es
war schwer, das schreckliche Elend, das uns umgab, mit dieser
fröhlichen Happy-Hour-Geselligkeit unter einen Hut zu bringen. Für diese reichen Dämonen schien die Hölle eher eine
Ewigkeit unbeschwerten Feierns zu sein, während die Verdammten für sie schufteten. Ich hätte empört sein sollen, aber ich gestehe, ich war einfach zu fertig dazu, und es war nett, mal nicht
um mein Leben zu rennen.

Was kann denn ein einzelner Engel schon tun?, dachte ich. *So ist es doch schon seit Jahrtausenden und Aberjahrtausenden. Beschwert euch bei Gott, nicht bei mir.*

Einer der gruseligsten Gäste war ein gewisser Al. Er sah aus wie ein Leichnam, der monatelang im Grab gelegen hatte: die Augen eingesunken und schleierig, die Nase schwarz von Fäulnis, der Anzug angemodert. Trotz seines wenig festlichen Äußeren schien er sich hier ganz zu Hause zu fühlen, und irgendwann beugte er sich zu mir und flüsterte mir vertraulich zu: »Sie haben wirklich den absoluten Glückstreffer gelandet, Junge. Unsere schöne Lady Zinc ist eine wunderbare Frau.«

Ich lächelte und nickte, aber Al sah nicht nur aus wie ein Leichnam, er roch auch so, also ging ich weiter.

Ich nahm einen Drink vom Tablett eines Dieners. Das Zeug war nicht *so* viel besser als Riprashs Dämonen-Rum, aber das Glas war sauber, und ich fühlte, wie mein Dämonenkörper die Verätzung von Kehle und Magen nach jedem Schluck reparierte. Die Gäste unterhielten sich über alles Mögliche, und während ich rastlos von Raum zu Raum wanderte, bekam ich Fetzen von Dutzenden von Gesprächen mit, hörte aber niemanden je irgendetwas über seine Vergangenheit oder sein Erdenleben sagen. Es ging vielmehr um dieselben Dinge wie überall in solchen Kreisen – das Problem, gute Dienstboten zu finden, Klatschgeschichten, die besten Urlaubsorte … als würde man sich unter einer Horde reicher Faschisten tummeln. Nach einer Weile horchte ich einfach nicht mehr auf die grausamen Untertöne, sondern ließ alles über mich hinwegplätschern. Ich war jetzt etwas zuversichtlicher, was meine Chancen betraf, nicht enttarnt zu werden, denn diese Leute schienen allesamt herzlich wenig neugierig. Niemand stellte mir auch nur eine einzige Frage nach meinem persönlichen Hintergrund; es schien zu genügen, dass ich »Veras Gast« war. Ich gehörte wohl einfach dazu. Zur Höllenschickeria.

Ich fand Vera und Elizabeth im großen Salon wieder, einem

von Kerzen erhellten Raum, dessen Decke goldene Spinnweben zierten. Während wir Konversation machten, kam ein junger Mann, der mir bereits als »Fritz« vorgestellt worden war, ein schmucker Bursche in Militäruniform, auf uns zugeeilt. Bis auf den lächerlich aufgeblähten Brustkasten unterm Uniformrock war er wohl die äußerlich normalste Person im Raum, jedenfalls nach irdischen Maßstäben, wenn auch erstaunlich viele Dämonen anwesend waren, die ähnlich menschlich aussahen.

»Elizabeth!«, rief er der Gastgeberin aufgeregt zu. »Sie erraten nie, wer gerade gekommen ist!«

»Fritzi, mein Häschen, müssen Sie so gewöhnlich sein?«, fragte Vera. »Wir tratschen gerade.«

»Dann habe ich etwas für Sie, worüber sich wirklich zu tratschen lohnt«, sagte er. »Der Präsident persönlich ist hier.«

Ich drehte mich um, halb darauf gefasst, Richard Nixon mit einem Party-Sortiment Alcopops oder so was zu sehen, aber die Gestalt, die da mit einem kleinen Gefolge minderer Dämonen zur Tür hereinkam, war mir unbekannt, jedenfalls auf den ersten Blick: ein langes, asketisch dünnes Wesen in einem schwarzen Frack, mit einem langen Gesicht und einer spitzen, krummen Nase, die ihm etwas von einer humanoiden Krähe gab. Dann ging mir plötzlich auf, wer das war. Und, schlimmer noch, dass er mich in meinem Bobby-Dollar-Körper gesehen hatte und wiedererkennen könnte.

»Caym, Präsident des Höllenrats«, kündigte ihn ein Diener laut an. Caym – der Kerl, der bei der großen Himmel-Hölle-Konferenz in Jude als Eligors Strohmann agiert hatte, kurz bevor der Großfürst mich zu grillen versuchte wie ein Marshmallow.

Ich konnte nur hinstarren, als dieser infernalische Rabe auf uns zukam, die schwarzen Augen so glänzend wie Rohölkleckse. Und was das Schlimmste war, sie blickten mir genau ins Gesicht, und der Mund verzog sich zu einem Lächeln.

Es schien mir gar kein nettes Lächeln.

23

EINE LANGE NACHT
IN DER OPER

Caym mit seinem Schnabelgesicht kam immer näher, grinsend wie die Katze, die gerade den Kanarienvogel verspeist hat – nur dass in seinem Fall der Kanarienvogel die Katze verspeist hätte. Mein Herz hämmerte, und wenn Höllenkreaturenkörper schwitzen könnten, hätte ich getropft wie ein schmelzendes Eis am Stiel. Ich hatte nur zwei, drei Sekunden, um mich zwischen Flüchten und Standhalten zu entscheiden. Hätten sich der Präsident und seine Entourage nicht zwischen mir und dem Ausgang befunden, wäre ich vermutlich losgerannt, aber ich hatte schon festgestellt, dass der Rest des Hauses ein Labyrinth war, in dem ich mich ohne Kompass nie zurechtfinden würde, also atmete ich tief durch und wartete ab.

Caym wandte den Blick vorübergehend von mir ab, um seine lange, hagere Gestalt zu beugen, Elizabeth einen Handkuss zu geben und dann mit Vera ebenso zu verfahren.

»Es ist uns eine Freude und eine Auszeichnung, Sie bei uns begrüßen zu dürfen, Euer Ehren«, sagte Elizabeth. Es klang aufrichtig – atemlos und begeistert.

»Es ist immer ein Vergnügen, Ihre prächtige Residenz zu besuchen, Gräfin«, sagte er – das erste Mal, dass ich jemanden Elizabeth so anreden hörte, und es erinnerte mich an Caz, meine Gräfin, die irgendwo in dieser verrückten Stadt gefangen saß.

»Und wie überaus erfreulich, auch Sie wiederzusehen, Lady Zinc.«

Vera errötete allerliebst. Sie schien noch beeindruckter von der Gegenwart des Präsidenten als Elizabeth. »Es schmeichelt mir, dass Sie sich an mich erinnern, Mylord.«

»Caym, bitte. Das ist heute mein freier Abend.« Und dann richtete er sich wieder auf und wandte sich mir zu. Seine feucht-glänzenden Augen blickten an mir auf und ab, als wäre ich ein appetitliches überfahrenes Karnickel, das er aus geeigneter Höhe musterte. »Und Sie müssen Veras Gast sein. Snakestaff, richtig? Als wir uns das letzte Mal begegnet sind, sprach sie von nichts anderem.«

»Oh! Sie haben ja so ein gutes Gedächtnis, Herr Präsident!« Zu mir sagte sie: »Das war an dem Abend, als wir Sie auf der Straße gefunden hatten.«

»Über den Haufen gefahren, haben Sie mir erzählt.« Der Präsident machte ein kokett-schelmisches Gesicht, was bei seinen hageren, überzeichneten Zügen besonders grässlich aussah, wie eine exotische Stammesmaske. »Und bitte, Lady Zinc, ich möchte Sie nicht immer wieder korrigieren, aber nennen Sie mich Caym.«

Während Vera aufgeregte kleine Laute der Zustimmung von sich gab, wandte sich der Präsident wieder mir zu. Ich war gerade dabei, mich zu entspannen. Anscheinend hatte er mich nur so angesehen, weil Vera von mir gesprochen hatte.

»Aber jetzt, da ich Sie von nahem sehe, mein Herr«, sagte er, »kommen Sie mir irgendwie bekannt vor.« Ebenso gut hätte er in meinen Brustkorb langen und mein Herz zusammenquetschen können. »Kann es sein, dass wir uns schon mal begegnet sind?«

»Oh! Äh, ich meine, nein – nein, das kann ich mir nicht vorstellen.« Ich hatte das Gefühl, dass mich alle im Umkreis von zwanzig Metern anstarrten. »Ich komme so selten in die Rote

Stadt. Geschäftlich bin ich meistens in ... im Tal des Verderbens, mehrere Ebenen unter uns.«

»Eine nette kleine Provinz«, sagte Caym in einem freundlichen Ton, dem zu entnehmen war, dass er noch nie davon gehört hatte. »Tja, dann, es gibt hier etliche Anwesende, die ich gern begrüßen würde, Gräfin, unter anderem Ihren Mann, den ich dort drüben mit diesem alten Spitzbuben, Papst Sergius, irgendwelchen Schabernack aushecken sehe. Sie werden mir also hoffentlich verzeihen, wenn ich mich jetzt aus Ihrer weit charmanteren Gegenwart losreiße. Das mag zwar heute mein freier Abend sein, aber ganz kann ich mich meinen Pflichten doch nicht entziehen.« Während Elizabeth und Vera sich vor Verständnis förmlich überschlugen, wandte sich die krähenhafte Gestalt zum Gehen, blieb dann aber stehen und kam noch mal zurück. »Was ich noch sagen wollte, Gräfin, ich sponsere demnächst einen Abend im Dionysos, diese großartige Monteverdi-Oper, die wir alle so lieben. Es dürfte ein ziemliches Event werden – er singt höchstselbst die Hauptrolle.«

Er höchstselbst? Einen Moment lang hatte ich die absurde Vision von Satan im Walkürenkostüm, eine Arie schmetternd. Nicht sehr wahrscheinlich, aber Elizabeth und Vera stießen unterdrückte kleine Schreie des Entzückens aus, als hätte Caym etwas köstlich Ungezogenes gesagt. »Wirklich?«, fragte Vera. »Wie amüsant!«

»Ja, und ich würde mich sehr geehrt fühlen, wenn die Damen meine Gäste wären. Samt zugehörigen Herren natürlich.« Er deutete mir gegenüber eine Verbeugung an. »Ich gehe in aller Bescheidenheit davon aus, dass der Abend *das* Gesprächsthema in der Roten Stadt sein wird.«

Auf der Rückfahrt war Vera so glücklich wie eine Fünfzehnjährige, die gerade erfahren hat, dass sie bei einer MTV-Reality-Show mitmachen darf. Sie plapperte in einem fort darüber, wie geehrt sie sich fühle, dass Caym sich an sie erinnere, und welch erstaunliches Wunder es sei, dass der Präsident uns zu seinen Theatergästen erkoren habe.

»Was hat er mit ›er‹ gemeint? Wer singt die Hauptrolle?«

»Warten Sie ab.« Sie machte auf neckisch. »Sie werden schon sehen. Es wird köstlich. Aber reden wir jetzt von Ihnen, mein Lieber. Sie haben den Präsidenten wirklich beeindruckt! Er ist ja nicht wie wir. Die meisten Alten haben nicht unsere … Impulse. Aber er war offensichtlich sehr von Ihnen eingenommen. Wollte wissen, ob Sie sich schon mal begegnet seien! Aber Sie sind ihm doch noch nie begegnet, oder, mein Lieber? Sie würden es mir doch sagen, wenn Sie ihn kennen würden? Einen Präsidenten!«

Übrigens gibt es in der Hölle nicht jeweils nur einen Präsidenten wie in den USA. Es ist nur ein Titel, aber einer, der ganz schön was hermacht. Ich habe überhaupt nur von drei oder vier Dämonen gehört – alle beim Sturz dabei gewesen –, die *das* vorweisen können, also ist es in gewisser Weise etwas viel Exklusiveres, als der Typ im Weißen Haus zu sein.

Jedenfalls, Vera war extrem gut drauf. Als ich mich ausgezogen und das Dickens'sche Nachtgewand angelegt hatte, kam sie in mein Zimmer, noch immer in ihrer Partygarderobe, und wollte unbedingt noch drüber reden, wie aufregend der Abend gewesen war, wen sie alles getroffen und was sie alles gehört hatte. Cayms Einladung war natürlich das Kronjuwel und wollte daher besonders ausführlich behandelt werden. Sie saß neben mir auf dem Bett, auf der Decke, während ich darunter lag. Die Dienerin Belle war ebenfalls im Zimmer und wartete darauf, dass ihre Herrin ihre Dienste beim Zubettgehen benötigte. Während Vera redete und mir sanft übers Haar strich, verspürte ich ihr gegenüber eine große Zuneigung, das Letzte, wovon ich geglaubt hätte, dass ich es hier je für irgendjemanden empfinden würde. Das Ganze war schon auch sexy, auf eine verrückte Art: die altertümlichen Klamotten, die altmodischen Umgangsformen. Vera war hübsch wie eine Porzellanpuppe, mädchenhaft in ihren Begeisterungsausbrüchen, und wie Caz hätte auch sie überall auf der Erde als Menschenfrau (und eine hübsche noch dazu) durchgehen können. Sie schien mich sehr zu mögen, und das ging natürlich auch nicht völlig an mir vorbei. Allein schon das Gefühl ihrer Finger, die durch mein Haar fuhren, machte mich schläfrig und zufrieden, auf eine wohlige Art und Weise, wie ich es auf der Erde und sogar im Himmel kaum je erlebt hatte. Aber mehr war da bei mir nicht, ich schwör's. Ich bewunderte sie, ich war ihr dankbar, aber ich hatte schon eine Freundin, die ein Dämon war, und wohin hatte mich das gebracht? Vor allem aber nahm Caz seit unserer ersten gemeinsamen Nacht in mir so viel Platz ein, dass für eine andere keiner mehr übrig war.

Aber Vera war gut zu mir gewesen. Ich langte hinauf, um ihre Hand zu drücken. Kurz glaubte ich etwas Seltsames zu fühlen, als ich sie berührte, etwas Hartes und Spitzes, und wir fuhren beide ein bisschen zusammen, doch als wir uns wieder gefangen hatten und lachten, ging mir auf, dass es ihre langen, perfekt gefeilten und lackierten Fingernägel gewesen sein mussten.

»Oh, aber ich rede und rede!«, sagte sie. »Sie müssen ja völlig erschöpft sein, mein Lieber. Belle, komm, hilf mir aus diesen Kleidern. Ich werde heute Abend nicht baden. Ich bin zu müde und zu aufgeregt. Ich glaube, ich krabble einfach nackt ins Bett.«

Sie und die großgewachsene Dienerin gingen hinaus und ließen mich mit diesem interessanten Vorstellungsbild allein, aber ich war plötzlich so müde, dass ich einschlief, kaum dass sich die Tür hinter ihnen geschlossen hatte.

Die Tage vergingen. Snakestaff mochte ja nur ein unbedeutender minderer Dämon aus der Lügnersekte sein, ein kleiner Provinzanwalt, verglichen mit den Top-Leuten, denen ich als Doloriel, Verteidiger im Dienst des Himmels, gegenübergestanden hatte, aber jetzt hatte es Snakestaff und mich in die tonangebenden Kreise verschlagen oder jedenfalls unter die Höllenversion der reichen Müßiggänger.

Es war nicht leicht zu kapieren, wie die Höllengesellschaft funktionierte, weil alles hier so bizarr und chaotisch wirkte, verglichen mit der Ordnung und Unwandelbarkeit des Himmels. Immerhin war mir aber inzwischen klar, dass Vera nicht zum innersten Kern gehörte. Ihre Freunde Elizabeth und Francis waren wesentlich größere Nummern, doch Vera war eine enthusiastische und wohlgelittene Trabantin, eine Art altmodisches Höllen-It-Girl, mit einer großen Begeisterung für die sozialen Insignien und Verhaltensnormen ihres einstigen Erdenlebens. Sie nahm mich zu einer Reihe gesellschaftlicher Anlässe mit, und obwohl ich ein paar wahrhaft widerlichen Leuten begegnete (ich verwende die Bezeichnung »Leute« hier sehr großzügig), traf ich doch andere, die bis auf ihr Äußeres bei keinem schicken Event deplaziert gewesen wären. Viele der Verdammten und Dämonen waren witzig, originell, ja sogar charmant (auf eine Dreh-ihnen-keinen-Moment-den-Rücken-zu-Art).

Viele bezeichneten mich als »Veras Neuer«, obwohl zwischen uns definitiv nichts Erotisches gelaufen war. Manchmal war ich auch »Veras Entdeckung«, als bezeugte meine tölpelhafte Typisch-tiefere-Ebene-Art irgendwie Lady Zincs Cleverness oder jedenfalls ihre Aufgeschlossenheit. Einige wenige Leute aus ihren Kreisen begegneten mir offen feindselig, vor allem junge (oder jung aussehende) Männer, die wohl gern an meiner Stelle gewesen wären. Aber das war nur eine weitere Facette dieser wahrhaft vielfältigen und komplexen Gesellschaft. Ja, allmählich fühlte ich mich in der Hölle regelrecht wohl, was mich jetzt erschreckt und auch damals hätte erschrecken sollen, aber eine seltsame Zufriedenheit war über mich gekommen. Manchmal, vor allem abends, wenn Vera auf meinem Bett saß und mir übers Haar strich und ins Ohr flüsterte, erinnerte ich mich kaum noch an den davorliegenden Teil meiner Reise, geschweige denn an mein Engelsleben auf der Erde.

Nur die Gedanken an Caz holten mich auf den Boden der Tatsachen zurück. Sooft ich mich entspannt der angenehmen Gesellschaft von Leuten zu überlassen begann, die, wie ich wusste, Mörder und Diebe der schlimmsten Sorte sein mussten, erschien ihr blasses Gesicht vor mir, und ein kalter Guss von Schuldgefühl brachte mich wieder zu mir, jedenfalls für den Moment. Irgendwo dort draußen war Eligor – ich hörte gelegentlich jemanden seinen Namen erwähnen, so aufgeregt, als wäre er ein in der Nähe wohnender Rockstar –, was hieß, dass auch Caz irgendwo dort draußen war, wenn ich ihr auch in einer so riesigen Stadt wahrscheinlich nie zufällig begegnen würde. Aber es gab auch Zeiten, da fühlte ich sie kaum, fühlte ich überhaupt kaum etwas außer der wohligen Gewissheit, in Sicherheit zu sein und bewundert zu werden. Es ging doch eindeutig aufwärts. Meine Hand wuchs nach, neue Mittelhand- und Fingerknochen sprossen bereits aus dem Stumpf wie Maisstengel. Doch das Wichtigste war die Sicherheit. Ich war so lange verfolgt und gehetzt worden und nicht nur in der Hölle.

Der Opernabend kam. Nachdem ich meine Prinz-Albert-Garderobe angelegt hatte, wartete ich lange auf Vera, die natürlich perfekt aussehen wollte. Sie entschied sich schließlich für ein luxuriöses, tiefausgeschnittenes rotes Samtkleid, das ihre wohlgerundete, fast schon üppige Figur voll zur Geltung brachte. Nachdem ich sie so überschwänglich mit Komplimenten überschüttet hatte, wie ich konnte (ich hatte immer noch ein bisschen Probleme mit diesem altmodischen Rede- und Verhaltensstil), fuhr Henri den Wagen vor und wir machten uns auf den Weg ins Theater.

Pandämonium erschien mir anders als an dem Tag, als ich blutend und halbtot hier angekommen war. Es war immer noch dunkel und grotesk, wirkte aber eher wie eine dieser ausländischen Großstädte, die man in Agentenfilmen sieht, das Berlin des Kalten Kriegs oder Bogarts Casablanca, voll schrecklicher Gefahren, ja, aber auch aufregend und voller Möglichkeiten. Heißt das, ich konnte die Monster auf den Straßen übersehen, nur weil ich in einem sicheren Gefährt unterwegs war? Konnte das Leiden übersehen, das schlimmer war als in der gnadenlosesten Dritte-Welt-Metropole?

Zu einem gewissen Grad ja. Ich hatte inzwischen schon fast die innere Einstellung, dass ich, nur um nicht wieder allein, ohne Schutz und ohne Verbündete, in die Hölle hinausgestoßen zu werden, alles tun würde: meine Prinzipien vergessen, meine Engelausbildung vergessen, so gut wie alles vergessen. Das unterwandert einen, ohne dass man es richtig mitkriegt. Doch Caz konnte ich immer noch nicht vergessen, egal, was sonst war. Ich übertreibe nicht, wenn ich sage, sie war das Einzige, das mich davor bewahrte, in den Abgrund zu taumeln.

Ich hatte gedacht, das Dionysos-Theater wäre wie die Scala oder andere große Opernhäuser, ein riesiges, klassizistisches Gebäude mit Säulen, darauf angelegt, »Hey, wir haben Kultur!« zu verkünden, aber da hatte ich nicht mit dem Humor der Hölle gerechnet. Das Theater lag ein paar Blocks vom Dispaterplatz, versteckt am Ende einer breiten Straße, an der lauter seltsam missgestaltete Gebäude standen, nicht die hohen Türme der Reichen, sondern die bienenstockartigen Wohnstätten, die für die restlichen Pandämonier das Ziel aller Wünsche waren, mit kleinen Läden und Gewerbebetrieben im Erdgeschoss. Doch der Witz war, wie ich erkannte, als ich das elektrisch beleuchtete Schild mit den senkrecht angeordneten Lettern durch die permanente Dämmerung glimmen sah, dass das Dionysos eine dunkler geratene Kopie des Apollo Theatre in Harlem war, das ich schon einmal besucht hatte – das Wallfahrtsähnlichste, was Ihr Freund Bobby Dollar je unternommen hat.

Autos und Kutschen und noch bizarrere Transportmittel drängten sich auf der Straße, als die Hochmögenden eintrafen, umgeben von Neugierigen und Horden von Bettlern, die schon ein einziger hingeworfener Knochen in ein Rudel zähnebleckender Wölfe verwandelt hätte. Das Dionysos hatte eine Truppe kräftiger Hauswachen, bewehrt mit einem Längsschnitt durch weite Teile der Waffengeschichte, von Keulen bis zu dampfgetriebenen Gatlin-Kanonen, und da sich die meisten wirklich Wohlhabenden mit eigenem Schutzpersonal durch die Gegend bewegten, hielten selbst die Gefährlichsten und Verzweifeltsten unter den Umstehenden respektvollen Abstand. Aber es war eine Erinnerung daran, dass hier wie überall, wo Diebstahl und Gewalt die vorherrschende Form der Akkumulation von Reichtum sind, nur so viel Sicherheit existiert, wie man sich kaufen kann.

Während wir am Eingang warteten, fragte ich Vera noch mal, wer der »Er« sei, der die Hauptrolle singe. Draußen stand es nicht dran, nur der Name der Oper, *Die Krönung der Poppea*. Ich hatte noch nie davon gehört, aber klassische Musik und Oper waren auch nie so mein Ding, verglichen mit Jazz und Blues jedenfalls.

So sehr ich mich auch an die Hölle gewöhnte, traf es mich doch wie eine Faust in die Magengrube, als ich sah, dass das Interieur im Stil der Pariser Katakomben gestaltet war, nämlich ganz aus Schädeln und Knochen, nur dass hier daraus weit mehr als nur Wände und Durchgänge erschaffen worden waren. Die gewölbte Decke zierten Schäferszenen mit den Gerippen aller möglichen Tiere; da waren umhertollende Schafe und friedliche Kühe und natürlich menschliche Skelette, die über sie wachten. Es mochte am flackernden Fackelschein liegen, dass sich die Skelette leise zu bewegen schienen, als ob sie lebten, aber unter einem Bann stünden. Ja, es könnte lediglich der Fackelschein gewesen sein, aber das glaube ich nicht. Die riesigen Kronleuchter, die Balkone, selbst die Säulen, die das Gebäude trugen, alles bestand aus menschlichen und semi-menschlichen Schädeln und Knochen, vielfach leuchtend rot, golden oder weiß angemalt, sodass das Theater wie ein äußerst verstörendes Zirkuszelt wirkte.

Präsident Caym winkte uns aus seiner Loge zu, ein leises Wackeln seiner langen Finger, das ihn mehr denn je wie einen Riesenvogel erscheinen ließ, der sein Gefieder schüttelte. Vera war entzückt, dass der große Mann ihr in der Öffentlichkeit solche Aufmerksamkeit schenkte. Ich versuchte zu lächeln.

Der Vorhang ging auf, und die Oper begann. Ich verstand nicht viel, aber sie schien im alten Rom zu spielen. Zuerst sangen Götter und Göttinnen, doch die Musik war noch älter als die Sorte Opern, die ich manchmal im Radio oder Fernsehen gehört hatte, Renaissance oder etwas noch Früheres, vermutete ich. Kurz fragte ich mich, ob sie Caz wohl zu modern gewesen wäre, da sie mir ja erzählt hatte, die Renaissance sei nach ihrer Zeit gewesen. Der Gedanke machte mich traurig. Es war leichter, ihn wegzuschicken wie einen Statisten, den man von der Bühne abgehen und hinter einem der schweren Brokatvorhänge verschwinden hieß.

Da ich nicht an Caz denken wollte, ohne genau zu wissen, warum nicht, konzentrierte ich mich wieder auf die Oper und das Rätsel des »Er«, von dem Caym gesprochen hatte. Die Mitwirkenden schienen allesamt ganz talentiert, aber keiner wirkte auf mich in irgendeiner Weise bemerkenswert oder außergewöhnlich. Als ich mich bemühte, auf den Text zu hören, fiel mir auf, dass es um den römischen Kaiser Nero ging, ebenjenen Nero, über dessen bröckelnde Brücke ich in die Hölle gelangt war. Diese Ironie amüsierte mich. Ich fragte mich, wie viele Leute in diesem Beinhaus von Opernpalast überhaupt von der Existenz der Neronischen Brücke wussten.

Dann trat der Sänger auf, der den Kaiser verkörperte, und

zum ersten Mal hatte ich das Gefühl, dass etwas Ungewöhnliches passierte. Es war nichts an dem Sänger selbst, jedenfalls nichts Äußerliches. Er sah nicht besonders gut aus, hatte ein dickliches Gesicht und einen hängenden, faltigen Hals, und seine Beine waren ein bisschen dürr für die Toga, die er trug, aber ich kannte ihn definitiv nicht. Andere offenbar schon, denn er wurde mit Applaus und zu meiner Überraschung einigen Buhrufen und Lachern empfangen. Im Unterschied zu den übrigen Sängern schien er sich auch auf der Bühne nicht sonderlich wohlzufühlen – eine seltsame Wahl für die Rolle des Herrschers. Ich nahm an, dass er zum Ausgleich eine phantastische Stimme hatte, da alle anderen Ensemble-Mitglieder Weltklasse schienen. Als er Luft holte, um zu singen, war ich etwas verdutzt, denn sein Hals schwoll wie der aufblasbare Kehlsack eines Ochsenfroschs, aber auch das war noch nicht ungewöhnlich: Viele auf der Bühne und im Publikum hatten körperliche Merkmale, die sie als Höllenbewohner auswiesen. Doch als der Kaiser mit seiner Arie begann, war seine Stimme eindeutig enttäuschend: mehr als nur ein bisschen rauh und nicht sehr kräftig. Einige Zuschauer lachten prompt, was ihn aus dem Konzept brachte, und das Johlen wurde lauter, als er stur weitersang, wobei sein Kehlsack sich dehnte und zusammenzog wie der Balg eines Akkordeons und sein Gesicht immer ängstlicher wurde.

Dann war er fertig, und jemand anders sang, doch die gebannte Aufmerksamkeit war dahin: Viele Zuschauer schwatzten oder lachten laut. Ich konnte mir gar keinen Reim auf das Ganze machen, aber während ich mich noch wunderte, warum so ein schlechter Sänger dem versammelten Höllenadel in einer derart prominenten Rolle präsentiert wurde, lenkte mich die verspätete Ankunft eines Logengasts ab. Es wurde ganz still im Zuschauerraum, und die Arie einer armen Sopranistin geriet ins Hintertreffen, da alle die Köpfe drehten, um zu schauen, wer da in Präsident Cayms Loge gelassen wurde.

Der Neuankömmling sah nicht so aus wie bei unserer letzten Begegnung, aber ich erkannte ihn sofort. Er trug eine extrem gut geschnittene weiße Galauniform, wie man sie möglicherweise bei einem Königsbegräbnis in einer alten Wochenschau sehen könnte, nur war der weiße Stoff so kunstvoll mit Leuchtendrot gesprenkelt, dass es ganz ohne Zweifel zum Design gehörte. Die einzige Frage war, ob es sich um arterielles Blut handelte oder einfach nur um Farbe. Ich glaubte, die Antwort zu wissen.

Großfürst Eligor sah weniger menschlich aus als damals auf der Erde, aber im Moment auch weniger dämonisch als die monströse Gestalt, die er angenommen hatte, als er mich in seinem Firmengebäude in San Judas am Hals gehalten und ein gutes Stück über seinem Büroteppichboden hatte baumeln lassen. Sein blondes Haar war ganz kurz rasiert und sein Gesicht knochiger und älter als das seiner Kenneth-Vald-Persona. Weniger der kalifornische Millionär, mehr der faschistische Diktator eines imaginären nordeuropäischen Landes, ganz harte Ecken und Kanten und eiserne Prinzipien. Aber es war definitiv er, Eligor der Reiter, mein bestgehasster Dämon. Mir sträubten sich die Nackenhaare. Ich war froh, dass ich im Schattendunkel saß und er meine wenig überzeugende Verkleidung nicht mal aus der Distanz sehen konnte.

Erst als ich (wie auch die meisten anderen Zuschauer) beobachtete, wie Eligor seinen Platz einnahm, fragte ich mich einen Moment lang, wo Caz war. Es war wirklich nur ein Moment, denn kaum dass der Großfürst saß, öffnete einer der Wächter an der Rückwand der Loge die Tür und ließ einen weißgoldenen Schimmer herein.

Da war Caz.

24

KEIN VERLASS

E s fühlte sich an, als ob mein Herz stehengeblieben wäre und nie wieder anfangen würde zu schlagen. Caz' Gesicht war starr und leer wie eine Maske. Sie trug ein langes rotes Kleid mit einem Muster von weißen Spritzern, das sie zu Eligors Gegenstück machte und sie als sein Eigentum markierte, deutlicher noch als der Wächter, der ihr den Platz neben dem Großfürsten anwies und sich dann hinter ihrem Stuhl postierte wie ein Gefangenenwärter.

O Gott, mein Herz! Alles war schlagartig wieder da, die verzweifelte Gier unserer Nächte, die Monate des Sehnens seither, und es kostete mich alle Mühe, nicht von meinem Platz aufzuspringen und zu ihr zu rennen. Die Zuschauer, viele noch immer tuschelnd, hatten sich zur Bühne zurückgedreht, da sich jetzt der Imperator wieder anschickte zu singen, aber ich konnte den Blick nicht von dort oben losreißen. Ich kann nur vermuten, was für ein Gesicht ich machte. Schließlich brachte mich ein brüsker und offenkundig ärgerlicher Rippenstoß von Vera dazu, meine Augen wieder auf die Opern-Action zu richten, nicht aber meine Gedanken. Ich blickte noch ein paarmal verstohlen zu Caz hinauf, aber sie schaute nie in meine Richtung, ja überhaupt nicht in den Zuschauerraum und noch nicht mal auf das Bühnengeschehen. Sie saß nur da wie ein eingeschüchtertes

Schulmädchen, die Augen niedergeschlagen. Eligor ignorierte sie; er verfolgte die Darbietung durch ein Opernglas.

Das höhnische Lachen und Johlen setzte wieder ein, als der Sänger mit dem Aufblaskehlsack mühsam den Berg seiner Arie erklomm und dabei mehr denn je aussah, als wünschte er sich sehnlichst, irgendwo anders zu sein. Die Buhrufe wurden lauter; dann, als er trotz aller Anstrengung einen hohen Ton jämmerlich verfehlte, flog etwas in Richtung Bühne, offenbar auf seinen Kopf gezielt. Er wich aus, so gut er konnte, und trug nicht mehr davon als einen unerquicklichen Fleck auf seiner Tunika, wo der Dreck- oder Kotklumpen von ihm abgeprallt war.

Über dem Tumult, der jetzt in den Sitzreihen unter uns auszubrechen schien, vergaß ich für einen Moment schon fast, dass Caz dort oben saß, so quälend nah. Ich ging davon aus, dass derjenige, der den Sänger tätlich angegriffen hatte, gefasst und hinausgeschafft würde, aber es stellte sich schnell heraus, dass es mehr war als nur das. So etwas wie Anarchie brach im Parkett des Dionysos-Theaters aus, und als sich die Arie gerade mal ein paar wacklige Takte weitergehangelt hatte, traf ein schwereres Wurfgeschoss den Imperator genau in die Magengrube, und er brach in die Knie. Etwas anderes traf ihn am Kopf. Blut strömte sein Gesicht hinab und auf seine weiße Toga. Die Arme schützend überm Kopf, kauerte er am Boden, während weitere Wurfgeschosse ihr Ziel fanden. Das Gejohle schwoll noch mehr an, und ein wahrer Hagel von Steinen und vergammelten Nahrungsmitteln und noch Schlimmerem kam aus dem Publikum und prasselte auf den verzweifelten Sänger ein, als handle es sich um eine öffentliche Steinigung.

Das Orchester spielte weiter, aber der Sänger lag jetzt blutend und heulend auf Händen und Knien. Die Menge schrie auf ihn ein, ein animalischer Lärm, der immer noch lauter wurde. Dann wurde es fast schon schlagartig still, und aller Augen richteten sich wieder auf die Loge des Präsidenten. Caym stand an der Brüstung, sein Krähengesicht war wutverzerrt, doch statt die ungebärdigen Zuschauer zusammenzustauchen, beugte er sich vor und zeigte mit einem langen, krallenartigen Zeigefinger auf den Sänger.

»Steh auf, du Kübel Unrat! Wofür hältst du dich? Du bist hier, um zu singen, und das wirst du auch tun!«

Der Schauspieler sah auf; sein Gesicht war blutig, der schlaffe Kehlsack hing ihm auf die Brust wie ein dreckiges Lätzchen. »Bitte, Herr Präsident, bitte …. Ich kann nicht!« Ein Stein traf ihn an der Schulter, und er fiel fast um. »Es tut weh! Es tut so weh!«

»Halt den Mund, du undankbarer Wicht. Du wolltest singen, also wirst du gefälligst singen. Und welch bessere Rolle gäbe es für dich als deine eigene erbärmliche Person?«

Kurz verschwanden Caz und mein verhasster Feind Eligor ganz aus meinen Gedanken, als ich endlich begriff, was da vor sich ging. Das dort war Nero selbst! Der Kaiser, der die Hölle hatte betrügen wollen, musste jetzt seine psychopathische Lebensgeschichte zum Amüsement der Höllen-Schickeria darbieten.

Wie ich schon sagte, niemand kann auf so kreative Art nachtragend sein wie ein Dämon.

Die Ordnung war wiederhergestellt, doch für Nero wurde es nur noch schlimmer. Immer wieder hob er an zu singen und wurde mit einem Hagel von Unrat eingedeckt oder von teils kindskopfgroßen Steinen gefällt. Ich hörte ganz deutlich, wie ein solcher Stein ihm den Arm brach, aber Caym gewährte ihm keine Gnade, obwohl sein Gesang immer schwerer von Schmerzens- und Angstschreien zu unterscheiden war. Wieder sah ich ab und zu verstohlen zu Caz hinauf. Ihr Gesicht zeigte keinerlei Regung, doch Eligor genoss das Spektakel offensichtlich: Er lachte und tuschelte mit Caym. Schließlich, es musste so etwa in der Mitte der Oper sein, schickte ein Sperrfeuer von größeren Wurfgeschossen, scharfkantigen Dingern, die zertrümmerte Pflastersteine sein mochten, Nero vollends auf die Bühnenbretter, und seine Versuche, wieder aufzustehen, waren aussichtslos. Jetzt brach die totale Raserei aus. Zuschauer erklommen die Bühne und begannen, ihn mit Fußtritten zu bearbeiten und mit den größten Steinbrocken auf ihn einzuschlagen. Nero wehrte sich nicht – das alles wirkte wie ein eingeübtes Ritual. Obwohl die Musiker immer noch tapfer weiterspielten, klang das Ganze, als hopste jemand in einem Bottich voller Eier herum.

Als Nero nur noch ein blutiges Häufchen Lumpen war, sah ich, wie Eligor sich von Caym verabschiedete. Caz war schon weg.

»Das war sein bester Auftritt bisher«, sagte ein Mann mit einer dröhnend lauten Stimme hinter mir. »Zu der Seneca-Sache sind sie gar nicht mehr gekommen.«

Mit anderen Worten, das Ganze passierte ständig. Zweitausend Jahre war Nero jetzt in der Hölle, und noch immer demütigten sie ihn regelmäßig in der Öffentlichkeit, von der körperlichen Qual und Verwüstung mal ganz abgesehen. Was würden sie mit mir machen, wenn sie mir auf die Schliche kämen? Kaiser Nero war ja immerhin auf *ihrer* Seite gewesen.

Auf der Heimfahrt war Vera stiller als sonst, und wenn sie mir auch den Kopf streichelte, wie sie es immer gern tat, wenn wir durch die rotflackernden Straßen Pandämoniums sausten, tat sie es doch unsensibel und zerstreut, in Gedanken vielleicht noch bei dem, was sie gesehen hatte, sodass sie mich immer wieder mit ihren spitzen Nägeln piekte. Ich für mein Teil hätte wohl immer noch die Erregung und Erschütterung des Moments spüren sollen, in dem ich Caz die Loge hatte betreten sehen, aber ich war plötzlich einfach nur erschöpft. Eingeschläfert vom Geräusch des Dampfantriebs und dem hypnotischen roten Flackern der Straßenbeleuchtung, hatte ich Mühe, die Augen offen zu halten. Kurz stellte ich mir vor, wie ich auf dieser Bühne stand, gepeinigt und blutend, ausgelacht von den Großkopfeten der Hölle, doch nicht einmal dieses Schreckensszenario konnte verhindern, dass ich immer tiefer und tiefer sank.

»Fester«, hörte ich wie durch ein Leitungsrohr oder ganz weit weg Vera zu jemandem sagen. Ich war groggy, begriff ich, aber es zu begreifen, machte es auch nicht besser. Groggy und schwach. Warum redete sie? Warum ließ sie mich nicht schlafen? »Nein, fester«, sagte sie.

»Geht nicht, Mylady«, sagte eine tiefe Frauenstimme – Belle. »Es hält nicht richtig, obwohl die Hand nachwächst. Der Riemen bleibt nicht dran.«

»Dann eben festbinden. Nimm ein Stück Schnur.«

Offenbar half Belle ihrer Herrin gerade mit ihrem Nachtgewand, aber warum in meinem Zimmer? Oder war ich in Veras Zimmer? Und was redeten sie da von meiner Hand? Wo auch immer ich war, in einer besonders bequemen Position konnte ich nicht daliegen, weil meine Gelenke wehtaten.

Ich versuchte, die Augen zu öffnen, aber das war nicht so leicht. Selbst meine Augenlider fühlten sich schwer an, als ob jemand die Münzen für Charon draufgelegt hätte. Aber diese Reise hatte ich doch schon hinter mir, oder? Ich hatte doch den Totenfluss schon überquert, weil ich ja in der Hölle war. Konnte man ihn zweimal überqueren? Ich war verwirrt, mein Denken zähflüssig wie Sirup.

Endlich bekam ich mit großer Anstrengung die Augen auf. Ich war in meinem Zimmer, und Vera und Belle kämpften tatsächlich mit Schnüren und Riemen, aber es hatte nichts mit Lady Zincs Nachtgarderobe zu tun, da Vera immer noch ihr Opernkleid trug. Die Schnur, um die es ging, wurde gerade um meinen versehrten Arm gebunden, der offenbar immer wieder aus seinem Fixierungsriemen geschlüpft war. Mein anderer Arm mit der intakten Hand war für sie kein Problem gewesen – er war fest ans Kopfteil des Betts gefesselt.

Als Belle an der Schnur zog, die unmittelbar unterhalb des Ellbogens um meinen Arm geknotet war, wurde mir erstmals klar, was da vor sich ging, auch wenn mir das Warum erst mal schleierhaft war. War ich aus dem Bett gefallen? Hatte ich mir wehgetan? Warum banden sie mich fest? Doch dann fuhr die erste kalte Realitätsbö durch mich hindurch, und der Nebel in meinem Kopf lichtete sich etwas.

»Du kannst jetzt gehen, Belle«, sagte Vera, als meine beiden Arme in gespreizter Haltung fixiert waren. Meine Fußgelenke waren ebenfalls ans Bett gefesselt, und ich war so hilflos wie das Opfer bei einem sakralen Ritual. »Ich habe Lord Snakestaff Dinge zu sagen, die nur für seine Ohren bestimmt sind.«

»Wie Sie wünschen, Mylady.« Aber Belle wollte sichtlich nicht gehen. In der Tür, die ihre Riesengestalt fast ausfüllte, blieb sie noch mal stehen, um ihr Werk zu betrachten: mich, verschnürt wie ein bratfertiger Truthahn.

Vera ging neben dem Bett auf und ab, und ihre Wangen färbten sich roter, als ich sie je gesehen hatte.

»Undankbar.« Ihre Stimme hatte sich verändert. Aller Liebreiz und alle Lebendigkeit waren daraus gewichen, und auch wenn es schwer zu glauben ist, ihr kalter Ton machte mir mehr Angst als die Fesseln. »Undankbar und wankelmütig. Wieder. Ihr seid doch alle gleich! Und ich dachte, du wärst anders, Snakestaff! Ach, ich hatte so viel Hoffnung in dich gesetzt!«

»Ich weiß nicht, wovon Sie reden.« Ihr vertrauliches »Du« irritierte mich. Ich hatte Mühe, die Worte korrekt zu artikulieren. Ich fühlte mich betäubt oder betrunken.

»Alle Männer sind *Lügner*.« Da war so viel Hass in ihrer Stimme. Ich konnte kaum glauben, dass es dieselbe Frau war. »Huren! Ihr nennt *uns* Huren! Aber ihr seid die Schamlosen! Ich habe sie gesehen! Ich habe gesehen, wie du sie angestarrt hast,

Eligors dreckige, weißhaarige Schlampe! Was willst du von ihr? Was willst du von ihr?« Sie blieb neben mir stehen, packte mich so fest an den Haaren, dass sie mir welche ausriss, und schüttelte meinen Kopf so heftig, dass ich dachte, sie würde mir das Genick brechen. Sie war stärker, als ich je vermutet hätte. »Ich habe dir alles gegeben! Ich habe dir meine Liebe gegeben! Und ich hätte dir noch mehr gegeben! Ich hätte dich zu einem meiner Unsterblichen gemacht! Aber jetzt wirst du auf den Misthaufen von Gehenna verrotten. Du Schwein!«

Noch während Vera mich anschrie und Tränen des Zorns über ihre roten Wangen liefen, kletterte sie neben mir auf das breite Bett. Hilflos, wie ich war, konnte ich nur das Gesicht wegdrehen, weil ich mir sicher war, dass sie mich schlagen oder kratzen wollte. Doch ihre Finger nestelten nur hektisch an der Schnürung ihres Mieders, als ob es zu eng wäre und sie nicht atmen könnte. Sie kniete sich mit einem Bein auf meinen Bauch, zog dann das Oberteil ihres Opernkleids vorn herab und entblößte ihre Brüste. Sie war schön, perverserweise gerade in diesem Moment so schön wie nie zuvor; ihr dunkles Haar schwang hin und her, als sie sich jetzt rittlings über mich kniete. Wieder machte ich mich auf Schläge gefasst, doch sie begann, an meiner Hose herumzufummeln. Ich zerrte an meinen Fesseln, bekam aber weder Arme noch Beine frei, und wenn ich mich auch bemühte, sie durch Aufbäumen meines Körpers abzuwerfen, war es doch wie ein Kampf mit einer wilden Großkatze. Sie beugte sich tief herab, als sie mir die Hosen runterzog, setzte sich dann wieder auf, meine Beine zwischen ihre geklemmt. Sie ergriff meinen Schwanz und drückte ihn, bis ich vor Schmerz aufschrie.

»Jämmerliches Etwas. Mann!« Die Augen, die mich jetzt anstarrten, waren schrecklich. Ich hatte ja gewusst – hatte mir immer wieder in Erinnerung gerufen –, dass Vera nicht grundlos in der Hölle war, aber die Begegnung mit Caz hatte mich verändert. Warum hatte ich so bereitwillig glauben wollen, Vera sei auch nur eine verlorene Seele, dass die Freundlichkeit, die sie mir gegenüber an den Tag gelegt hatte, echt sei? Es schien, als wäre ich nicht ich selbst gewesen.

Aber was ich geglaubt hatte, war jetzt egal. Jetzt ging es darum, was sie wirklich war – ein vor Wut rasendes, verrücktes Etwas. Und ich war ihr Gefangener.

Noch während Vera mich beschimpfte, rieb sie sich an mir, riss mein Hemd auf und strich mit ihren schweren Brüsten über meine Haut, über mein Gesicht, ja steckte mir sogar für einen Moment eine erigierte Brustwarze in den Mund wie eine vor Schmerz hysterische Mutter, die ihr totes Kind zu stillen versucht. Ich musste mich beherrschen, um nicht zuzubeißen, aber bis jetzt hatte sie mir noch nichts Schlimmes zugefügt, und im Moment war ich in ihrer Gewalt. Meine einzige Chance war, sie ihre Wut abreagieren zu lassen und zu hoffen, dass sie mir anschließend zuhören würde. Aber was konnte ich ihr sagen? Ich liebte sie ja nicht, und selbst wenn ich diese Tatsache nicht aussprüche, könnte ich ihr doch nie geben, was sie wollte. Was an Fähigkeit zu lieben in mir war, gehörte Caz, sie dort im Theater zu sehen, hatte mich zum Klingen gebracht wie eine Glocke, und auch jetzt, da ich darum rang, Veras Fingernägel von meinen Augen fernzuhalten, vibrierte ich von diesem verblüffend mächtigen Bedürfnis nach der Gräfin von Coldhands.

Jetzt tränenüberströmt, stieg Vera von mir herunter und ergriff meine Eier. Ich verkrampfte mich vor Angst, gleich erfahren zu müssen, wie es war, etwas noch Wichtigeres als eine Hand zu verlieren, aber sie schien ihre Parodie leidenschaftlicher Liebe fortführen zu wollen. Sie begann mich zu streicheln, zu lecken und zu drücken, hielt meinen Schwanz an ihr Gesicht, murmelte zärtliche Worte und übelste Drohungen im fliegenden Wechsel. Es war nicht gerade das, was man eine romantische Situation nennen würde, es sei denn, man stünde in extremem Maß auf Bondage und Erniedrigung, und um das genießen zu können, habe ich in meinen Jahren auf der Erde zu viel Hässliches gesehen. Von meiner wohlbekannten Aversion gegen Schmerz mal ganz abgesehen. Aber Vera war wild entschlossen. Sie zog und drückte, küsste mich überall, ja drang sogar mit einem Finger in mich ein und half mit allen Mitteln nach, bis ich gegen meinen Willen steif wurde. Dann glitt sie an mir hinauf und setzte sich auf meine Brust, von der Taille aufwärts nackt, das Haar jetzt offen und wild um die Schultern, und ihre blassen, ungleichmäßig geröteten Brüste schwangen über mir wie Kirchenglocken.

»Ich hätte ja gewartet«, keuchte sie, die Hand noch immer fest um meine Schwanzwurzel geschlossen, damit das Blut vor Ort blieb und die Erektion nicht nachließ. Ihre Augen starrten in meine. Sie hatten sich wieder verändert, waren weit und voll von etwas, das aussah wie verzweifelte Zärtlichkeit. »Ich hätte warten können, bis der richtige Moment gekommen wäre, Liebling. Es war eine lange Zeit, aber ich habe schon öfter lange gewartet. Ich wollte, dass es perfekt würde!«

Sie drückte meinen Schwanz so fest, dass ich kaum sprechen konnte. »Es muss nicht …«

Dann wurde ihr Blick wieder leer, als hätte jemand einen Schalter umgelegt. »Du hättest einer von meinen Unsterblichen werden können, Snakestaff. Du hättest für immer lieb und wert gehalten werden können. Stattdessen bist du auch nur ein … elender wankelmütiger, verlogener Mann. Aber du wirst nie zu deiner weißhaarigen Hure gehen. Du gehörst mir. Ich habe dich gefunden, und du bist mein!«

Die Knie in meinen Achselhöhlen, machte sich Vera jetzt an ihren langen Röcken zu schaffen, zog sie unter lautem Geraschel hoch und enthüllte Schichten schneeweißer Unterröcke. Ich spürte die von ihrer Schrittgegend ausgehende Hitze an meinem Bauch, aber wie ich mich auch drehte und wand, ich konnte sie nicht abwerfen. Sie war in einer Art Zornesrausch, getrieben von etwas Primitivem, nicht sonderlich Menschlichem. Sie richtete sich in den Kniestand auf und zog die Unterröcke vollends aus dem Weg.

Zwischen ihren Beinen – der nackte Horror.

Lila, dunkelblau und flammendrot, war es ein hervorgewölbtes, zitterndes Etwas, wie eine Qualle, mit Strängen von durchscheinendem Fleisch, die mir auf Bauch und Oberschenkel hingen. Das Kribbeln dort, wo sie mich berührten, wurde zu einem Stechen, dann zu einem fürchterlichen Brennen. Ich schrie. Vera hockte sich über mich und legte mir die flachen Hände auf die Brust, und kurz bevor ihre Finger meine Haut berührten, sah ich endlich die transparenten, biegsamen Stacheln, den Borsten einer Zahnbürste ähnlich, unter ihren Fingernägeln hervorkommen und sich in mein Fleisch bohren. Sie hatte mich schon die ganze Zeit vergiftet. Bei all dem Streicheln, dem zärtlichen Spiel ihrer Finger in meinem Haar, hatte sie ihr Gift in mich hineingepumpt, irgendeine Wohlfühlflüssigkeit, die mich dumm und zufrieden gemacht hatte. Aber diese Toxine waren noch mild gewesen. Das, was sie mir jetzt verabreichte, war ein anderes Kaliber.

Das ätzende Brennen in meiner Genitalgegend wurde plötzlich zur Nova, schoss in alle Adern meines Körpers wie flammender Schnaps. Ich fühlte mein Fleisch überall schwellen. Blut toste in meinem Gehirn, und ich sah kaum noch etwas, aber ihre Augen hielten meine fest. Veras wahnsinnige Augen.

Das Ding zwischen ihren Beinen machte ein feuchtes Geräusch, ein grässliches Schmatzen, wie ich es noch nie gehört hatte, und öffnete sich. Hinter dem zerklüfteten mundartigen Saum reihten sich winzige nadelspitze Zähne, stachen zu Hunderten aus dem feuchtglänzenden Lila und Rosa hervor.

Ich versuchte wohl wieder zu schreien, denn sie nahm eine Hand von meiner Brust – wobei sich die Fingerspitzen mit einer Serie von winzigen *Plopp*s lösten, wie wenn man Efeu von einer

Mauer abreißt – und hielt mir damit den Mund zu, während sie sich auf mich herabließ. Mein Herz drohte meine Rippen zu sprengen, aber mein Unterleib hob sich ihr entgegen, bot sich dar, folgte dem Drängen meines infizierten, lodernden Bluts.

Sie senkte sich langsam auf mich, ich fühlte diese gruseligen winzigen Zähne und schrie wieder hinter ihrer Hand, schrie und schrie und schrie. Ihr Gesicht hing jetzt über mir, der Mund offen wie vor Ekstase, dann glitten nickhautähnliche Membranen unter ihren Lidern hervor, und ihre Augen wurden milchigweiß.

Sie ritt mich ohne Pause; das obszöne Ding zwischen ihren Beinen kaute an mir, molk mich, bis ich in sie explodierte. Lady Zinc sank auf mir zusammen, und endlich verschluckte gnädiges Dunkel mein Bewusstsein.

25

VOM REGEN IN DIE TRAUFE

S ie sind ein undankbarer Kerl«, sagte Belle und verpasste mir wieder einen Schlag, von dem sich meine Zähne anfühlten wie die Perlen eines Abakus. Veras Dienerin hatte sehr große Hände und auch verdammt viel Kraft.

Wumm! Batsch! Ich sah förmlich die Comic-Blasen in der Luft über meinem Kopf erscheinen, während sie immer wieder zuschlug. Das Riesenweib störte es anscheinend nicht im Geringsten, dass ich gefesselt und völlig hilflos war. Sie schien nicht mal besonders sauer auf mich. Es machte ihr einfach nur Spaß, auf mich einzudreschen.

Ich sagte nichts, da ich festgestellt hatte, dass es noch sinnloser war, mit der Dienerin diskutieren zu wollen als mit der Herrin. Ich versuchte, locker zu bleiben und mit den Schlägen mitzugehen, aber ein Teil von mir hatte ausgeprägte Phantasien, was ich mit diesem hünenhaften Miststück machen würde, wenn ich irgendwann die Hände frei hatte, um mich zu wehren.

Seit dem Opernabend waren jetzt mehrere Tage vergangen, und niemand tat jetzt mehr so, als wäre ich irgendetwas anderes als ein Gefangener. Jede Nacht und manchmal auch am Tag nahm mich Vera. Ich hatte nie geglaubt, dass es angenehm war, vergewaltigt zu werden, aber was es wirklich hieß, verstand ich erst jetzt. Hilflosigkeit, Wut, brennende Scham, das alles erfuhr ich am eigenen Leib. Ich verstand sogar die tiefe Angst, das Gefühl, nie mehr die Kontrolle darüber zu haben, was mit einem geschieht. Manchmal weinte ich, und nicht nur vor physischem Schmerz, aber ich wartete damit immer, bis ich allein war. Das war das Einzige, was mir noch blieb.

Belle versetzte mir noch einen letzten Schlag, eine Rückhandohrfeige, die meinen Schädel ans Kopfteil des Bettes krachen ließ. Es war inzwischen ein Ritual: Sie machte mein Zimmer sauber, wenn auch nicht annähernd so gründlich wie vorher, sie leerte mein Nachtgeschirr, und dann schlug sie mich. Sie hatte die Statur eines Schwergewichtsboxers von der alten Sorte, mit langen Armen und mächtigem Oberkörper. Ich schätzte, dass sie im Leben so um die zwei Zentner auf die Waage gebracht haben musste, beinahe die Körpermasse eines Footballverteidigers, aber hier, mit den Knochenspornen an ihren Gelenken, wog sie bestimmt noch zwanzig, dreißig Pfund mehr. Mit anderen Worten, sie war größer und breiter als ich, und jeder Zoll an ihr hatte die ganze Kraft, die nur ein Dämonenkörper haben kann.

»Sie sollten ihr die Füße küssen und dankbar sein, dass sie Sie behalten hat«, sagte Belle von der Tür aus. »Ich hätte Ihnen den Kopf abgerissen und Sie auf den Müllhaufen geworfen. Ich weiß, wie man mit solchen wie Ihnen umgeht.«

»Klar.« Mein Kopf dröhnte noch, und es wäre klüger gewesen, den Mund zu halten, aber das war mir ziemlich egal. Selbst zerstört zu werden wäre besser als das hier und auf jeden Fall nicht so demütigend. »Ich wette, die Jungs sind auf Sie geflogen, bei dem hübschen Gesicht und der tollen Figur.«

Sie grinste höhnisch. »Sie glauben, ich hätte keinen abgekriegt? Die Männer sind an meiner Tür Schlange gestanden. Sie haben mir Geld gebracht!« Sie schob das mächtige Kinn vor. »Ich hatte genauso viele wie Vera. Ich war nur nicht so sentimental. Nichts mit ›Unsterblichen‹. Nein, ich hätte Sie ins Feuer geworfen und zugeschaut, wie Sie brutzeln, Bürschchen.«

Sie war wirklich reizend. Ich würde ja gern sagen, dass sie der böse Bulle war und ihre Herrin der gute, doch vor die Wahl gestellt, hätte ich mich lieber schlagen als vergewaltigen lassen, auch wenn meine Vergewaltigerin ebenso oft weinte, wie sie mich beschimpfte. Mann, war das eine Mahnung, niemandem in der Hölle zu trauen! Veras Glückssaft hatte mich zwar eingelullt, aber mein Gehirn hatte trotzdem noch einigermaßen funktioniert, also konnte ich die Schuld nicht abwälzen. Ich war leichtsinnig geworden, und jetzt musste ich es büßen. Und büßen und noch mal büßen.

In den meisten Nächten sah Vera mich nicht mal an, wenn sie fertig war: Wenn ihre Zuckungen verebbten, krabbelte sie von mir runter und arrangierte ihre Kleidung zu einem halbwegs ehrbaren Erscheinungsbild. Heute Nacht trug sie, wie in einer Parodie auf einen jener alten Filme, in denen Eheleute in getrennten Betten schlafen, ein besonders züchtiges Nachtgewand, das sie über ihren langen Beinen glattstrich. Sie war Mina Murray *und* Dracula, die viktorianische Jungfrau und der Fürst der Finsternis in einer Person.

»Vera. Vera, rede mit mir.« Es war schwer, nach dem Schmerz, den ich gerade erlitten hatte, in normalem Ton zu sprechen, aber ich kämpfte um mein Leben. »Warum muss es so sein? Weil ich in der Oper eine Frau angesehen habe? Ich dachte, ich würde sie kennen, das ist alles. Es hatte nichts mit dir zu tun.«

»Nichts mit mir zu tun.« Ihre Stimme war schleppend, ihr Ton düster. So war sie immer, nachdem sie über mich hergefallen war. »Das ist ja das Problem. Ich wollte, dass du dich nur für mich interessierst. Dass du nur *mich* siehst.«

Ich versuchte sie zum Reden zu bringen, zum Erklären, zu irgendeiner Art von Kommunikation. Sie verlor bereits das Interesse an mir, das merkte ich. Ihre schlimmste Wut, der fast schon opernhafte Zorn darüber, verraten worden zu sein, kühlte allmählich ab, aber ich war nicht so dumm zu glauben, dass sie mich einfach gehen lassen würde, wenn sie mit mir fertig war.

»Hör zu, wir können es doch noch mal versuchen!«

Sie würdigte mich nicht mal einer Antwort, schüttelte nur den Kopf, stand vom Bett auf und ging hinaus; ich hörte ihre barfüßigen Schritte auf dem Steinboden leiser werden. Belle, die jetzt während Veras Raserei immer Wache stand, sah mich verächtlich an.

»Sie ist bald mit Ihnen fertig. Vielleicht überlässt sie Sie dann mir. Ich drehe Ihnen den Hals um wie einem Huhn, dann hat niemand mehr irgendwelche Scherereien mit Ihnen.«

Ich sagte nichts, fragte mich aber, was dieses Umdrehen meines Halses hier bedeuten würde. Umbringen würde es mich wohl nicht, da man ja, soweit ich wusste, in der Hölle nicht sterben konnte, aber es wäre sicher sehr unangenehm, vor allem in Kombination damit, auf irgendeinen Müllhaufen geworfen oder verbrannt zu werden, wie es mir ja beide Frauen angedroht hatten. Ganz zu schweigen von der misslichen Situation, wenn meine Seele im Depot für die Wiederverkörperung einträfe und die zuständigen Höllenbeamten feststellen würden, dass sie von der Sorte war, die normalerweise einen Heiligenschein trug. La-mehs implantiertes Briefing besagte klipp und klar, dass die bloße Zerstörung meines Dämonenkörpers mich von keinerlei Horror befreien würde. Wenn ich die Hölle nicht aus eigener Kraft verließ, auf dem Weg, den mir Temuel und der Schutzengel genannt hatten, würde ich ewig hier bleiben.

Als sich die Tür hinter der hünenhaften Belle schloss, bearbeitete ich wieder meinen Fesselriemen. Ihr und ihrer Herrin war entgangen, dass nicht nur meine Hand nachwuchs, sondern dass ich inzwischen auch in der Lage war, die sich regenerierenden Finger zu bewegen. Die dicke graue Haut meines Dämonenkörpers mochte ja gestreift sein wie die einer Gazelle, aber meine

Hände waren mit gekrümmten schwarzen Fingernägeln bewehrt, die an der intakten Hand so scharf und robust waren wie Papageienschnäbel. An der nachwachsenden Hand waren die Krallen weit weniger imposant, aber wenn ich das Gelenk verrenkte, bis es so wehtat, als ob Block es erneut durchbeißen würde, kam ich mit dem Zeigefingernagel gerade eben an den Riemen.

Es war immerhin ein Anfang. Wenn ich lange genug den (wahrhaft höllischen) Schmerz ignorierte und an dem Riemen herumsägte, konnte ich ihn vielleicht vom Rand her einritzen. Das Leder war dick, und nach einer Stunde etwa war meine Kralle zu stumpf, um noch etwas zu bewirken. Aber ich fand heraus, dass ich sie durch eine ebenfalls extrem schmerzhafte Verrenkung der Hand in eine andere Richtung am metallenen Bettpfosten reiben und so mit der Zeit wieder schärfen konnte.

Es erübrigt sich wohl zu sagen, dass das Ganze elend langsam voranging und die Chance, dass ich lange genug am Leben bleiben würde, um den Riemen durchzubekommen, minimal war, aber einen besseren Plan hatte ich nicht. Lady Zinc und ihre Dienerin waren beide wahnsinnig. Niemand würde mich retten, und ich wurde stündlich schwächer. Welche Ironie: Vera hatte mich vor dem Verbluten gerettet und gesundgepflegt, aber jetzt nahm sie mir etwas ebenso Wichtiges wie das Blut, auch wenn ich nicht genau wusste, was es war. Es war nicht nur meine kostbare Samenflüssigkeit, es schien meine Essenz zu sein, und jedes Mal, wenn sie mich gemolken hatte, war weniger davon übrig.

Eines Nachts, als Belle gerade den Riemen an meinem intakten Arm festgezogen hatte – ich war jetzt so schwach, dass sie meine Beine gar nicht mehr fixierten –, stieß ich mühsam eine Frage hervor: Warum sie und Vera Männer so hassten.

»Hassen? Männer? Das zeigt nur, dass Sie keine Ahnung haben. Für mich waren Männer so was wie Hass nie wert. Ein Mittel zum Zweck, das sind sie, weiter nichts. All meine Ehemänner, Liebhaber, Mitbewohner, sie brachten mir Geld. Ich hatte kein Interesse daran, dass sie es mit mir ausgaben – ja ich wollte nicht mal mit ihnen diskutieren, wofür ich es ausgab –, also habe ich sie aus der Welt geschafft. Aber wenn es Frauen gewesen wären, die ich hätte anlocken können und die das Geld gehabt hätten, tja, dann wäre es eben auf diese Art gelaufen, ein paar habe ich durchaus auch umgebracht. Aber meine Herrin, die ist da ganz anders. Sie *liebt*. Sie liebt so sehr, dass sie nichts dagegen tun kann.«

»Komische Art, das zu zeigen.«

Belle schüttelte den Kopf, den mächtigen Unterkiefer ärgerlich vorgeschoben. »Es ist die perfekte Art, es zu zeigen. Sie ist wie ein Schmetterling. Sie lebt für die Liebe, und sie stirbt für die Liebe.«

»*Sie* stirbt doch nicht.«

Belle knurrte und gab mir eine träge Ohrfeige, die ein paar Zähne lockerte. »Sie verstehen gar nichts. Wissen Sie, warum sie Lady Zinc genannt wird?«

Meine Ohren klangen noch von dem Schlag. Ich schaffte es gerade, den Kopf zu schütteln.

»In ihrem alten Leben, in Bukarest, war sie eine reiche Frau. Sie nahm sich viele Liebhaber. Niemand sah diese Männer je wieder. Sie machte nur einen Fehler – einen lokalen Bankier in ihr Bett zu lassen. Als er verschwand, machte seine Frau einen Riesenaufstand. Die Polizei kam, und als die Beamten Veras Haus durchsuchten, fanden sie in ihrem Keller fast drei Dutzend Zinksärge, jeweils mit einem Fenster über dem Gesicht des Toten. Alle diese Särge waren so arrangiert wie eine Gruppe von Bewunderern auf einer Party. Da war sogar ein Stuhl, auf dem Vera sitzen konnte, um mit ihnen zu reden und sie anzuschauen, all ihre geliebten treulosen Männer. Sie konnte es nicht ertragen, sie an andere Frauen zu verlieren, und wenn sie merkte, dass das Interesse an ihr schwand, vergiftete sie sie. Zu viel Liebe, verstehen Sie? Einfach zu viel Liebe. Wundervoll, was?«

Belle legte ihre große, schwielige Hand auf mein Gesicht und stieß mich so fest gegen das Kopfteil, dass mein Gehirn im Schädel schwappte. »Sie hat Ihnen diese Liebe angeboten, und Sie haben ihr ins Gesicht gespuckt. Sie werden keiner von ihren Unsterblichen werden, nicht so wie jene Männer.«

Und damit blieb ich zurück, um eine weitere elende, schmerzerfüllte Nacht an dem dicken Riemen um mein Handgelenk herumzukratzen. Zinksärge. Über dreißig Stück. Das war das Maß für Veras Liebe. Ich war nur ihr jüngstes Opfer, und ich würde nicht mal den Vorzug genießen, in einem dieser grauen Metallkästen zu landen.

Ich hätte nicht mehr sagen können, wie viele Nächte Vera schon zu mir kam und mich auslaugte. Es war ganz gut, dass ich ans Bett fixiert war, denn meine Genitalgegend juckte und brannte so fürchterlich, dass ich mich sonst in Fetzen gekratzt hätte. Viel war von mir nicht mehr übrig – ich war fast völlig ausgesaugt. Ich träumte nicht mal mehr von Caz, sondern driftete nur von Halbschlaf zu Halbschlaf mit kurzen Intermezzi von sengendem Schmerz, dem darauffolgenden Elend und Schwächeanfällen, die jedes Mal länger dauerten, und wenn ich dazu in der Lage war, sägte ich verzweifelt an dem dicken Lederriemen. Bald würde Vera ein letztes Mal von mir zehren, sich den Rest von mir einverleiben, und das wäre es dann. Belle hatte mir schon erklärt, dass ich im Feuer landen würde, wenn ich aufgebraucht wäre, dass nichts übrig bleiben solle, was in ihrer Herrin noch sentimentale Regungen wecken könnte.

Ich träumte nicht mehr von Caz, aber ich träumte schon noch ein bisschen, bizarre Phantasien, wie man sie im Fieber hat, kompliziert, aber letztlich bedeutungslos. Deshalb dauerte es in jener Nacht auch eine Weile, bis ich begriff, dass ich wach war und tatsächlich etwas neben mir auf dem Bett kniete, eine gespreizte Hand auf meiner Brust.

Ich war so schwach, dass ich es eine ganze Weile nur anstarrte, gegen das Licht der einzigen Kerze im Zimmer anblinzelnd. Einerseits hatte ich es nie richtig studiert, dieses Gesicht, das sich jetzt dicht an meins beugte und mich mit einer Intensität ansah, in der so viel Gier zu liegen schien wie bei Vera; andererseits kannte ich es besser als mein eigenes Gesicht: das tote, graue, geschrumpfte Fleisch, den vorstehenden Unterkiefer, die winzigen, Schottersteinchen ähnelnden Zähne, die glitzernden kleinen Haifischaugen. Smyler.

»Es hat dich gesucht.« Die Stimme war ein kratziges Flüstern. »Es hat dich so lang gesucht, Bobby Böser-Engel. Jetzt hat's dich *gefunden.*«

Das magere Etwas kletterte auf meinen Bauch und piekte bedächtig mit der nur allzu vertrauten Vierkantklinge in meiner Gesichtshaut herum. Jeder kleine Stich war so schmerzhaft wie eine falsch gesetzte Spritze. Die mörderische Kreatur sah irgendwie anders aus, die Haut dunkler, der Körper noch dünner, die drahtige Muskulatur noch ausgeprägter.

»Was ... was willst du?« Ich versuchte, mich in eine Position zu bringen, in der ich mit aller mir noch verbliebenen Kraft an dem geschwächten Riemen reißen konnte. Dass ich ihn schon weit genug durchgewetzt hatte, um ihn sprengen zu können, glaubte ich nicht, aber was hatte ich schon für Alternativen? Meine Bewegung irritierte Smyler. Er setzte die Klinge auf mein Oberlid. Ich verharrte völlig reglos. Ein Tropfen Blut verfing sich in meinen Wimpern und etwas davon drang mir ins Auge, aber ich wagte nicht zu blinzeln.

»Was willst du?« Ich muss panisch geklungen haben, weil ich in Panik war. Ich lief schon auf meinen letzten Reserven an Zuversicht – an Glauben, wenn man so will –, und jetzt hatte sich alles drastisch verschlimmert.

»Was es will?« Smyler lachte kurz, ein Geräusch, so trocken wie das Rasseln einer Klapperschlange, *t-t-t-t-t.* »Es will die

Feder. Ist weither gekommen für die Feder. Sag, wo sie ist, oder es steckt Böser-Engels Auge in seine Tasche und Böser-Engels Herz in seine Lunchbox.« Plötzlich verzog sich der deformierte Mund zu einer Art Grinsen. »Böse Engel haben das beste Fleisch. Böse Engel schmecken *lecker*.«

26

UNSTERBLICH

Sogar frei und mit einer Pistole hatte ich die Begegnungen mit diesem mörderischen kleinen Scheißkerl nur um Haaresbreite überlebt, und diesmal war ich an ein Bett fixiert, tagelang ausgesaugt von Lady Zinc. Mir fiel einfach nichts anderes ein, als auf Zeit zu spielen.

»Warum willst du die Feder?«, fragte ich, obwohl ich verdammt genau wusste, dass er sie für seinen Herrn Eligor beschaffen sollte. »Ich meine, ich habe sie nicht hier. Ich könnte sie dir gar nicht geben, selbst wenn ich wollte. Ich müsste zurück auf die Erde. Du weißt doch, was ich meine, oder? Die reale Welt?«

Smyler bohrte nur die Klinge etwas tiefer in mein Augenlid. Ich schwör's, ich fühlte sie auf meiner Hornhaut. Nicht gut.

»Feder«, sagte er. »Gib her.«

»Ich hab sie nicht!« Ich fragte mich, ob er zu dumm oder zu geschädigt war, um es zu verstehen, und da mein ohnehin nicht allzu ausgeprägter Glaube an eine Verhandlungslösung schwand, zog ich die Beine etwas an. »Aber ich kann sie dir holen, du musst mich nur hier –«

Er beugte sich noch näher an mich heran. Sein Atem … Ich will gar nicht erst versuchen, den Geruch zu beschreiben. Ungeziefer. Seuchen. Offene Gräber. »Es will die Feder«, flüsterte er. »*Jetzt.*«

Ich rammte die Füße gegen Smylers knochige Brust und trat zu, so fest ich konnte, wobei ich darauf achtete, ihn in Richtung der mit Glasgegenständen und anderen zerbrechlichen Dingen vollgestellten Frisierkommode zu schleudern. Er wog praktisch nichts, nicht mehr als ein Neunjähriger, und ich hatte doch so viel Kraft in meine Überraschungsaktion legen können, dass er flog wie ein schlecht gebauter Drachen. Er krachte gegen die Kommode und brachte mindestens die Hälfte der darauf befindlichen Gegenstände zum Herabfallen, eine Klirrkaskade wie der Hummelfiguren-Weltuntergang. Ich ruckte mit aller Kraft an dem Riemen, den ich tagelang bearbeitet hatte. Ich fühlte, wie sich das angeritzte Leder dehnte, aber es hielt. Und der Schmerz war säuisch.

Smyler hielt immer noch das lange Messer in der Hand, als er über dem Fußteil auftauchte wie ein Kastenteufel. Sein Lächeln war ja schon grässlich genug, aber jetzt lächelte er nicht. Sein Schrumpfgesicht war vollkommen ausdruckslos, tot in jeder Hinsicht. Durch die ganze Panik meldete sich in meinem Kopf plötzlich der Gedanke, dass nur Boris Karloff es richtig hingekriegt hatte, das schlaffe, seltsam grämliche Gesicht des lebenden Toten. Dann kam Smyler über das Fußteil gekrabbelt wie eine Wolfsspinne aus ihrem Loch, und ich konnte nichts anderes tun, als den ersten gemeinen Stich mit der Wade abzufangen. Der Schmerz war barbarisch, das ist alles, was ich dazu zu sagen habe.

Das Gesicht meines Gegners war so leer, dass ich mich schon fragte, ob bei der Kollision mit der Kommode sein Verstand, soweit vorhanden, auf der Strecke geblieben war. Er schien kein anderes Interesse mehr zu haben, als mich zu erstechen: Die Klinge schnellte immer wieder vor wie die Zunge einer Schlange. Ich wehrte jede Attacke mit den Beinen oder dem Körper ab, musste aber manchmal etwas Fleischiges hinhalten, um meine kostbaren Teile zu schützen. Das Messer zuckte vor und zurück, und ich war immer noch ans Bett fixiert. Es war aussichtslos, gleich würde er mich kriegen.

»Stopp! Ich geb dir die Feder!«, keuchte ich, aber Smyler schien sein ursprüngliches Ziel ganz vergessen zu haben. Seine Attacken wurden weniger grimmig, aber dafür überlegter. Er bewegte sich jetzt so, dass der Bettpfosten immer zwischen meinen Füßen und seiner Körpermitte war.

Plötzlich änderte sich das Licht, die Schatten sprangen alle auf die Seite, als hätte sie etwas erschreckt. In der Tür erschienen eine Ansammlung kleiner Flammen – ein vielarmiger Leuchter – und daneben Belles verdutztes Gesicht. »Was geht hier vor?«

Zwar war ich an diesem Punkt, wie Sie sich sicher vorstellen können, etwas durchgedreht, aber etwas in mir dachte doch auch vergleichsweise rational, dass es wohl noch meine größte Chance war, Belle oder ihre Herrin auf den Freak zu hetzen, der da so eifrig bemüht war, mich mit seiner Klinge zu perforieren, also rief ich: »Das ist sie! Töte sie, wie ich's dir gesagt habe! Befreien kannst du mich später!« (Ich habe keine Ahnung, ob irgendjemand darauf reinfiel oder ob es überhaupt irgendetwas bewirkte, außer dass ich rüberkam wie ein Idiot, aber ich vermute einfach mal, es war meine Rettung.)

Belle donnerte den schweren Leuchter auf Smylers Arm, wodurch ihm das Messer aus der Hand fiel, und stieß ihm dann die Kerzen ins Gesicht, was ihm die Wange verbrannte. Fauchend schlug er auf sie ein. Aus dem Gleichgewicht gebracht, ließ sie den Leuchter fallen. Die Kerzen sprangen heraus, aber etliche brannten weiter und produzierten lange, extrem groteske Schatten der beiden kämpfenden Monster, von denen das kleine, dünne beißend und kratzend auf das große, kräftige losging wie ein wütendes Frettchen.

Ich bekam die Beine unter mich und zog an meinem rechten Armriemen, so fest ich konnte, wobei ich unwillkürlich aufbrüllte. Es fühlte sich an, als wäre ich im Begriff, den ganzen Arm aus dem Schultergelenk zu reißen. Aber ich hatte den Riemen so weit durchgewetzt, dass er schließlich barst und der ganze Zug schlagartig auf dem anderen Arm lag, dem unversehrten mit der intakten Lederfessel. Was auch ein Höllenschmerz war, aber ich konnte mich nicht damit aufhalten, also begann ich mit meinen scharfen Dämonenzähnen an diesem Riemen herumzunagen. Die Geräusche vom Fußboden her wurden immer tierischer. Ich konnte nicht heraushören, wer die Oberhand gewann, und um ehrlich zu sein, ich drückte keinem von beiden die Daumen.

Es war mühsam, aber endlich hatte ich den dicken Riemen durch. Die ersten Sekunden Freiheit waren herrlich, doch die Arme zu senken, nachdem ich ein, zwei Wochen in Kreuzigungsposition gefesselt gewesen war, fühlte sich an wie simultane Messerstiche in beide Achselhöhlen. Aber wie gesagt, Schmerz war ich ja inzwischen gewöhnt. Ich fiel mehr oder weniger vom Bett, schnappte mir meine Hose und rannte los.

Dass Vera bei dem ganzen Tumult nicht aufgetaucht war, um zu schauen, was vor sich ging, sprach dafür, dass sie entweder in einem anderen Teil des Hauses oder, wenn ich Glück hatte, ausgegangen war. Doch selbst wenn Vera wirklich weg war, mussten sich Belle und Smyler schon gegenseitig außer Gefecht setzen, denn in meiner momentanen Verfassung hatte ich gegen keinen von beiden auch nur den Hauch einer Chance.

Belles langes dickes Bein versuchte mich zu umschlingen wie eine ärgerliche Anakonda, aber sie und Smyler waren immer noch ineinander verknäult, und ich sprang über sie hinweg und in den Flur hinaus. Veras Schlafzimmer lag nur ein paar Türen weiter. Wenn Mylady außer Hörweite waren, musste das Zimmer ja leer sein, und ich brauchte ein paar Sachen von dort.

Im Zuge ihrer seltsam altmodischen Flirterei hatte Vera geflissentlich darauf geachtet, mich mehrfach ihr Boudoir sehen zu

302

lassen, indem sie mich entweder zum Morgentee zu sich einlud – wobei sie mich in einem hochgeschlossenen Morgenmantel empfing – oder aber »zufällig« die Tür so lange offenließ, dass mein Blick auf die kunstvoll da und dort drapierten Unterkleidungsstücke fallen musste. Daher hatte ich keine Mühe, ihr Zimmer zu finden, und auch eine ziemlich klare Vorstellung davon, wo sie am ehesten ihren Schmuck und vielleicht auch etwas Bargeld aufbewahrte. Auf dem Weg zur betreffenden Kommode griff ich mir das Schüreisen, das neben dem Kamin hing. (Ja, in der Hölle gibt es Kaminfeuer. In manchen Teilen Pandämoniums ist es so heiß, dass die Leute die Kaminfeuer als Klimatisierung benutzen.) Das Schüreisen lag schön schwer in der Hand; ich war froh, endlich etwas zu haben, womit ich mich verteidigen konnte, hielt aber dennoch die Augen nach konventionelleren Waffen offen. Ich wusste, in der Küche hätte ich etwas Scharfes und Spitzes gefunden, wollte aber nicht quer durchs Haus – es gab näher gelegene Ausgänge.

Ich fand ein paar Dutzend Kupferbatzen (sie heißen so: »Batzen«) in einem Schmuckkästchen mit Veras Ringen und Halsketten. Als ich mir die Taschen vollstopfte, bemerkte ich einen seltsamen Schatten an der Rückwand des Zimmers. Eins von Veras Bildern, ein Obstbaum voller Vögel, schien auf der einen Seite dicker zu sein. Nein, erkannte ich, als ich näher hinging, das Gemälde verdeckte eine Tür, die nicht ganz geschlossen war.

Ich erstarrte. Hieß das, Vera war hier? Aber wozu die Geheimtür? War es ein Fluchttunnel? Hatte sie die lauten Stimmen gehört und befunden, diskreter Rückzug sei besser als Tapferkeit?

Ich öffnete die Tür und sah einen gemauerten Gang, der geradeaus und abwärts führte und dann um eine Ecke verschwand. Eine brennende Fackel steckte in einem Wandhalter. Es sprach alles dafür, dass dort unten jemand war. Doch als ich gerade umkehren wollte, hörte ich, wie sich das Smyler-Belle-Knäuel aus meinem Schlafzimmer in den Flur hinter mir verlagerte: dumpfe Geräusche, Keuchen und das feuchte *Slisch* von Klinge in Fleisch. Egal, wer von ihnen übrigblieb, der Weg in den Rest des Hauses war mir versperrt. Ich konnte nirgends anders hin als da hinunter.

Ich hielt das Schüreisen vor mich wie ein Rapier, als ich leise den Tunnel betrat: In dem niedrigen, engen Gang würde es leichter sein, damit zuzustechen, als es zu schwingen. Der gemauerte Tunnel machte eine Biegung und noch eine, führte dabei aber immer weiter abwärts, und mir war klar, dass ich mich bereits unter dem Niveau des Hauses befinden musste. Kurz darauf hörte ich Stimmen, vielleicht auch nur eine, durch Hall verstärkt und vervielfacht. Ich machte noch ein paar Schritte, sah dann vor mir noch mehr Licht und schlich, so leise ich konnte, weiter, wobei ich mich dicht an der Wand hielt und erst einmal um jede Biegung spähte. Plötzlich weitete sich der Gang dramatisch.

Ich war wohl in einer Art Tiefkeller, aber das erfasst es nur unzureichend. Es war eine *Höhle*, eine Höhle unter Veras Haus, mit Stalaktiten und Stalagmiten, die von oben nach unten und von unten nach oben zeigten, wie es sich gehört. Als ich aus dem Licht einer Fackel in den dunkleren Bereich vor dem Schein der nächsten schlüpfte, hörte ich auf einmal ganz deutlich Veras Stimme. Die Worte konnte ich nur zum Teil verstehen – irgendwas mit »enttäuscht« und »wie ihr ja wohl wisst« –, aber klar war, dass sie mit mehreren Personen sprach. Das machte mir Angst. Es drängte mich ganz und gar nicht, mit Vera zu kämpfen, die allein schon ein ganz schönes Kaliber war, und wenn sie auch noch Verbündete hatte, wollte ich einer Konfrontation auf jeden Fall aus dem Weg gehen. Ich erwog, kehrtzumachen und zurückzuschleichen, aber inzwischen hatte entweder Belle oder, was wahrscheinlicher war, Smyler die Sache für sich entschieden und würde mich suchen.

Ich übertraf mich selbst im Schleichen. Es war nicht einfach nur eine Höhle, das sah ich jetzt, es war eine Art Lager oder Destille oder beides. Um mich herum standen, kaum sichtbar im Schummerlicht, dicke Glasgefäße, jedes etwa so groß wie ein Restaurant-Suppentopf, in Regalen, die bis unter die niedrige Decke reichten. Es sah aus, als betriebe Vera hier unten eine Art Großhandel für Medizinalbedarf.

»Ich mache euch keinen Vorwurf«, hörte ich sie sagen. »Gar keinen. Jeder von euch hat seinen Platz hier verdient. Jeder einzelne ...«

Als ich weiterschlich, um eine Stelle zu finden, wo ich durch die Regale sehen könnte, mit wem Vera da sprach, bemerkte ich aus dem Augenwinkel ein seltsames Aufschimmern in einem der Gläser und schaute noch mal hin.

Etwas blickte zurück. Ein Kopf. Ein körperloser Kopf.

Nein, erkannte ich, als ich mich hinbeugte, er war nicht völlig körperlos, denn es sah aus, als ob etliche Teile, die zu einem Körper gehörten, ebenfalls in dem Glas schwammen, nur dass sie nicht miteinander verbunden waren. Ich musterte die anderen Gefäße und sah Unterarme mit Händen daran, die gespreizten Finger am Glas wie graugrüne Seesterne. Ich sah Füße und Gesichter, die vom Schädel abgelöst waren und jetzt wie Masken wirkten, und ich sah natürlich auch Penisse – eine ganze Menge sogar (wenn auch nie mehr als einen pro Glas). Und in jedem Glas war, wie die Sonne, um die diese grässlichen bleichen Planeten kreisten, ein Kopf.

Angewidert ließ ich den Blick die darüberliegenden Borde entlang und wieder zurück wandern. Ich wusste, das, was ich hier sah, mussten Veras Unsterbliche sein, all die Liebhaber, die sie der Konservierung für würdig befunden hatte, weil sie sie so behandelt hatten, wie sie es erwartete.

Hat ihnen ja mordsviel gebracht, dachte ich.

Da zwinkerte mir der nächststehende Kopf zu und grinste.

Im Allgemeinen versuche ich ja, in Observierungssituationen nicht loszuschreien wie ein erschrockenes Kind, aber dafür war es schon zu spät. Nicht nur hatte ich Vera gewarnt, meine Lautstärke hatte vermutlich auch gereicht, um Smyler mitzuteilen, wo ich war. Ja, wahrscheinlich wussten das jetzt sogar die Leute drunten auf den Abaton-Ebenen. Selbst die Köpfe um mich herum wachten auf und bewegten die Augen, um festzustellen, wer da Kreisch-Schallwellen durch ihr Formalin gejagt hatte.

Sinnlos, jetzt noch zu schleichen oder mich zu verstecken. Ich trat in die Mitte des Gangs und ging weiter. Vera stand in dem Höhlenraum inmitten hässlicher, klobiger Regale voller Glasgefäße, von denen jedes sein eigenes Set Hände, Herz, Eier und starrende Augen enthielt.

Ich unterschätzte Vera. Ich hatte damit gerechnet, dass sie überrascht wäre oder wenigstens heulen und mich anschreien würde, ehe sie mich angriff. Aber sie ging sofort auf mich los, mit erhobenen Armen. Sie schwang die Hände nach mir, als wollte sie mir die Augen auskratzen; ich fragte mich, warum, weil sie dafür noch viel zu weit weg war. Etwa drei Tausendstelsekunden später flogen diese grässlichen Fingernagelstacheln, diesmal an langen Fäden, wie Taserdrähte haarscharf an meinem Gesicht vorbei.

Offenbar taugten ihre Giftkanülen nicht nur für den Naheinsatz.

Okay, ich hatte also ein Schüreisen; sie hatte an den Fingern beider Hände zwei Meter lange Quallenfäden, die mich vergiften konnten. Vera schleuderte sie erneut. Ich warf mich hin, und ihre Stechtentakel fegten ein Glas vom Regal hinter mir. Es krachte auf den Boden, spie Scherben, stinkende Flüssigkeit und Körperteile in alle Richtungen. Ich musste über Leichenhände springen, die sofort auf Vera zukrabbelten. Sie attackierte mich wieder mit beiden Armen. Ich warf mich unter den fast unsichtbaren Strängen hindurch, rollte mich herum und rammte ihr das Schüreisen mit voller Wucht in den Bauch. Sie klappte vornüber, aber das schien auch alles zu sein: Während ich sie noch anstarrte, riss sie die Hände nach hinten und versuchte mich mit den nachschleifenden Strängen zu erwischen. Einer schlang sich um meinen Hals wie ein Faden von brennendem Napalm. Als er sich um meine Kehle zusammenzog, fühlte ich das Denkvermögen aus mir hinausrieseln wie Sand. Der Schmerz wurde heftiger, dunkler, wie ein starker Stromstoß, nein, wie ein ganzer Zitteraal, der sich um meinen Hals gewickelt hatte und mir die Luft abquetschte.

Die Pein ließ nach. Aus dem Augenwinkel sah ich Vera nach etwas treten. Eine der Hände aus dem zerschellten Glas umklammerte ihr Fußgelenk. Sie konnte sie schließlich abschütteln und wandte sich wieder mir zu, aber da war mir schon eine Idee gekommen.

Ich packte das Stechtentakel um meinen Hals mit der Hand. Es war, wie einen weißglühenden Draht zu umfassen, aber wie gesagt, mit Schmerz konnte ich inzwischen umgehen. Ich ruckte an dem Strang, wappnete mich dann innerlich und zog, obwohl es sich anfühlte, als trennte ich mir mit einer Motorsäge den Hals durch, immer weiter, bis das Ding schließlich riss. Vera stieß einen Wutschrei aus, klang aber nicht nennenswert verletzt. Diese durchscheinenden Häutchen schoben sich wieder über ihre Augen, als sie fauchend ein weiteres Mal ihre Fäden nach mir schleuderte. Ich duckte mich weg und zerschlug mit meinem Schüreisen das nächststehende Glasgefäß, dann noch eins. Als sie ihre Fangstränge wieder an sich zog, schlug ich mit dem Schüreisen um mich, donnerte ein Glas gegen das nächste, fegte die heil gebliebenen wie auch die zerschmetterten von den Borden. Überall lagen Glasscherben, und der stechende Geruch der Konservierungsflüssigkeit machte mich fast blind.

Aber überall waren jetzt auch Körperteile, und wie ein

Schwarm träger Fische bewegten sie sich durch die Scherben und die verschüttete Flüssigkeit auf Vera zu.

Jetzt schlug ich reihenweise Gläser herunter, versuchte, so viele von Veras Unsterblichen zu befreien wie irgend möglich. Als sie sich um sie scharten, bildeten Teile Dutzender verschiedener Körper gemeinsam Brücken, über die andere Körperteile aufwärtskrabbelten. Hände hievten in Gemeinschaftsarbeit einen Kopf zu anderen Händen empor. Vielköpfige, vielarmige Haufen von triefendem Fleisch bildeten sich auf dem überschwemmten Fußboden wie entstehende Vulkane. Die zusammengewürfelten Kreaturen hatten Vera schnell umzingelt, und trotz der Liebe, mit der sie sie überschüttet, und der Gunst, die sie ihnen erwiesen hatte, schien keiner ihrer Unsterblichen auf dieses erneute Treffen verzichten zu wollen.

Sie hatte mich vergessen und versuchte, sich freizukämpfen, doch das Korallenriff aus Fingern, Füßen, Nieren und Gesichtern reichte ihr schon bis zur Taille. Hände krabbelten an ihr hinauf wie Krebse – viele hingen bereits in ihrem dunklen Haar. Sie schrie und versuchte, sie wegzuschlagen, aber immer mehr schwangen sich auf sie und bildeten Ketten, über die andere Hände hinüberkrabbeln konnten, bis Vera schwankend inmitten solch wimmelnder Gebilde stand, kreideweiß und schockiert, inzwischen vor Heiserkeit fast tonlos schreiend. Hände hangelten sich an sie heran und ermöglichten es Köpfen, sie zu küssen. Während die Körperteilgebilde noch höher wurden, fuhren die Köpfe mit den Zungen über Veras Haut, Zungen, die sich manchmal lösten und auf den Boden fielen wie übervolle Blutegel.

So sehr ich das Miststück auch hasste, wohnte ich dem Spektakel doch nicht länger bei. Ich stolperte an der bizarren Wiedervereinigung vorbei und rannte mit hämmerndem Herzen weiter, bis ich die Treppe am anderen Ende des Kellers fand, mühte mich dann gefühlte Tage lang Stufen empor. Veras heisere Schreie verfolgten mich noch ein gutes Stück Wegs. Schließlich kam ich in einem der regulären Tunnel nahe der Endstation heraus. Von da schaffte ich es weiter hinauf, bis ich endlich draußen unter dem beklemmenden Gewölbe des Höllennachthimmels stand.

Ich hätte nie gedacht, dass ich einmal so froh sein würde, dieses schreckliche, sternenlose Firmament wiederzusehen.

27

DIE KANZLEI

Ein Vorteil der Hölle ist, dass man nie Probleme hat, gestohlene Dinge loszuwerden, ganz egal, zu welcher Tages- oder Nachtzeit. Zwischen den Heimsuchungen durch Vera mit ihrem Vampirgenital hatte ich viel Zeit zum Nachdenken gehabt und ein paar Ideen entwickelt, was ich tun würde, wenn ich je die Chance dazu hätte. Jetzt hatte ich sie.

Veras Nobelviertel lag am Rand der Schwefellagune – eine erstklassige Wohngegend, unter anderem wegen der Nähe zum Nachtmarkt, einer riesigen Ansammlung von Zelten, Buden und Ständen aus allerlei grässlichen Materialien, wo man so ziemlich alles kaufen und verkaufen konnte. Humpelnd und blutverschmiert (was in der Hölle zum Glück beides nicht viel Aufmerksamkeit erregt) gelangte ich dorthin und fragte herum, bis ich den Bazar eines gewissen Saad Babrak fand, der vom Hals abwärts aussah wie eine unbehaarte Tarantel und in dem Ruf stand, ein diskreter An- und Verkäufer verschiedenster Waren zu sein. Mit anderen Worten, ein Hehler.

Ich konnte nur hoffen, dass Veras Schmuck hochwertig war. Ich behielt eine Halskette aus klumpenförmigen Lagunenperlen (warum, erkläre ich später), klatschte das restliche Zeug auf Saads Ladentisch und ließ ihn unter dem Etikett »Feilschen« alle Register der Verachtung ziehen. Zu schnell wollte ich nicht nachgeben, weil er sich daran erinnern würde, aber ich wollte auch, dass mich Smyler, oder wer auch immer in Veras Haus überlebt haben mochte, hier finden würde. Schließlich bekam ich einen Preis, mit dem ich leben konnte, und erstand von dem Geld gleich einige Dinge aus Saads Angebot, unter anderem saubere Kleider, die ich aber noch nicht anzog, und ein hochwertiges langes, scharfes Messer mit abwärts gebogener Parierstange, die Sorte Ding, die ich in der Hand haben wollte, wenn ich das nächste Mal um mein Leben kämpfen musste.

Ich besaß zwei Goldpfund, drei Kupferbatzen und ein paar Eisenspitz, die ich für die gestohlenen Sachen erlöst hatte, plus die Münzen aus Veras Schmuckkästchen, war also ziemlich reich, jedenfalls fürs Erste. Die Taschen voller Geld, wählte ich das am wenigsten übel beleumundete Gasthaus, das ich finden konnte, ein Etablissement namens *Zum Schwarzen Strauß* am stinkenden Stauwasser, dort, wo sich der Styx zur Schwefellagune ausbaucht. Ich sah vermutlich ziemlich fix und fertig aus, also zeigte ich dem Wirt beim Bezahlen mein Messer und teilte ihm mit, dass ich während meines Aufenthalts hier nicht schlafen würde, weshalb es keinen Sinn hätte, mich ausrauben und ermorden zu wollen, und dass er und seine Leute gut daran täten, mein Zimmer großräumig zu umgehen. Dann schleppte ich mich nach oben und machte mich an die Arbeit.

Zu den Dingen, die ich Saad abgekauft hatte, gehörte auch ein Krug Feuerwasser. Ja, es heißt so, ist aber nicht die Dodge-City-Sorte. Es wird aus dem Wasser des flammenden Flusses Phlegethon gemacht, ist in Mund und Rachen noch gemeiner als Riprashs Rum, und man braucht nicht besonders viel davon zu trinken, um rausgehen und irgendjemanden zu Brei schlagen zu wollen. Ich blieb unter dieser Menge, trank nur gerade genug, um die schmerzhaftesten Nachwirkungen meiner langen Gefangenschaft zu betäuben und mich ein wenig für das zu narkotisieren, was ich mir gleich antun würde.

Noch etwas hatte ich bei Saad gekauft: ein gesprungenes Stück Spiegelglas. Aus irgendeinem Grund will kaum jemand in der Hölle einen Spiegel besitzen, und in einer billigen Absteige wie dem *Schwarzen Strauß* gab es erst recht keinen. Jetzt, da ich mich sehen konnte, schnitt ich mir mit dem Messer Linien in die Gesichtshaut und befeuchtete sie großzügig mit Feuerwasser; alle paar Minuten hielt ich inne, um mein blutiges Gesicht in die dreckige Matratze zu pressen und zu schreien, weil es so abartig weh tat.

Als ich Brauenlinie, Stirn, Wangen, Nase und Kinn in dieser Weise bearbeitet hatte, tupfte ich das langsam hervorquellende Blut ab, durchtrennte dann die Schnur von Veras Perlenkette und machte mich daran, die Perlen in die blutenden Schnitte zu stecken. Auf National Geographic TV hatte ich ein ähnliches Ritual gesehen, junge Männer irgendwo in Afrika oder Neuguinea, die sich Steinchen und Asche in Hautschnitte stopften, um imposante Narben zu erzielen. Mir ging es nicht darum, irgendjemanden zu beeindrucken, ich wollte nur das Aussehen meines Gesichts verändern. Ich hatte beinah mein eigenes Herz ausgekotzt, als Präsident Caym sagte, ich käme ihm bekannt vor. Irgendwann würde ich es wahrscheinlich mit Eligor selbst zu tun haben, und welches Verfahren Temuel auch immer angewandt haben mochte, um mich in diesen Körper zu stecken, der Effekt war, dass ich immer noch sehr viel mehr Bobby Dollar ähnelte, als ich mir's leisten konnte. Ergo: Selbstverstümmelung.

Ich trank immer wieder kleine Schlucke von dem Feuerwasser, und das dämpfte den Schmerz, aber ich blutete so heftig, dass die paar Lumpen, die ich in Saads Bazar hatte mitgehen lassen, bald durchtränkt waren. Meine neuen, sauberen Kleider anzuziehen, ehe die Bluterei aufgehört hatte, war sinnlos, also betupfte ich meine Wunden noch ein letztes qualvolles Mal mit Phlegethonschnaps und legte mich dann hin, um den schlimmsten Schmerz zu verschlafen.

Natürlich träumte ich von Caz, von unserer letzten gemeinsamen Nacht in Eligors Hotel, bevor er den ganzen verdammten
Laden in die Luft gejagt hatte, doch in meinem Traum konnten
wir uns nicht lieben, weil immer wieder Stücke von mir abfielen
und auf einem Boden, der glitschig von Blut war, umherkrabbel-
ten. Irgendwann rappelte ich mich lange genug hoch, um mich
noch mal mit der brennenden Flüssigkeit zu befeuchten, und
versuchte dann wieder einzuschlafen, aber ich fühlte buchstäblich, wie sich Narbengewebe über meinen Wunden schloss – ein
irres, kribbelndes Gefühl, als ob Ameisen in kleinen weißglühenden Metallschühchen auf mir tanzten. Nach einer Weile gab
ich auf, lag einfach nur mit zusammengebissenen Zähnen da
und wartete, dass der Schmerz abflaute und der Schlaf käme.

Es dauerte etliche Stunden. Allmählich fühlte ich mich wie
ein echter Höllenbewohner – wütend, elend, gepeinigt, alles, was
dazugehörte. Betrogen auch. Wie jeder hier, konnte ich nicht verstehen, was ich getan hatte, um dermaßen leiden zu müssen.

Da ich in diesem Zimmer einigermaßen sicher war, gab ich den
Wunden einen ganzen Tag Zeit, um zu vernarben. Ich ging nur
schnell auf den Nachtmarkt, um mir etwas Ekelhaftes zu essen
zu holen, und schlich dann wieder in mein Zimmer im *Strauß*
zurück. Als sich der Schmerz meiner Eigenoperation auf ein
dumpfes Ziehen reduziert hatte, nahm ich den zerbrochenen
Spiegel und inspizierte mein Werk. Es war ein bizarrer Look: Mit
der hubbeligen neuen Stirn und den knotigen Linien auf Wan-
gen- und Kieferknochen sah ich aus wie eine Wüstenechse. Ich
zerrieb das verkohlte Ende des Kerzendochts und schminkte mir
mit dem schwarzen Zeug die Augen, sodass sie tiefer in ihrer
knubbeligen Umrandung zu liegen schienen. Es machte mich
noch hässlicher, aber das war gut so. In der Hölle gibt es keine
Normen für das Aussehen, und mein einziges Ziel war, weniger
wie Bobby Dollar, Staatsfeind Nummer eins, auszusehen.

Ich legte mich wieder hin, um nachzudenken, weil ich reichlich Stoff zum Nachdenken hatte. Wie hatte Smyler mich gefunden? Hatte Eligor ihn aus der realen Welt hierher zurückgeholt, so wie man einen Angestellten von einer Außenstelle zurückbeordert? Das war die einzig plausible Erklärung. Aber wenn der Großfürst genug über meinen Aufenthaltsort wusste, um mir Smyler auf den Hals zu hetzen, warum hatte er es dann nicht schon längst getan? Warum hatte er stattdessen die Mördersekte ausgeschickt? Und warum war noch keiner meiner Feinde hier in meinem neuen Versteck aufgetaucht?

Kommissar Niloch und andere hatten ja davon gesprochen, dass die Behörden jemanden suchten, einen Eindringling, und ich hatte automatisch angenommen, dass ich das sei. Aber wenn es nun die ganze Zeit Smyler gewesen war? Wenn er mir irgendwie in die Hölle gefolgt war und mich erst gefunden hatte, als ich in Veras Haus festsaß?

Da stieß das Nachdenken aber auch schon an seine Grenzen, weil es keinen Sinn hatte, aus so wenig Information irgendetwas schließen zu wollen. Ich war wegen Caz hier, darum ging es, und ich hatte eine Menge zu tun, darunter einiges, das mehr als beängstigend sein würde. Es aufzuschieben, machte es nur noch schlimmer. Allein der Höchste mochte wissen, wie lange ich schon in dieser grässlichen Hölle war, aber vom Gefühl her schien es mindestens ein halbes Jahr. Womöglich hatte der Himmel mich längst zur Fahndung ausgeschrieben. In vielerlei Hinsicht lief mir die Zeit davon.

Das Justizministerium, auch die Kanzlei genannt, lag im innersten, am dichtesten bebauten Teil der Roten Stadt, einem Labyrinth von engstehenden schiefen Türmen und bewachten Portalen gleich hinterm Dispaterplatz. Ich hatte gebetet, dass ich Hochkanzler Urgulap nie mehr wiederzusehen bräuchte – diesen scheußlichen Riesenkäfer, der mich damals auf der Erde wegen des grässlichen Todes von Ankläger Grasswax befragt hatte. Zum Glück war der niedrige Adlige Snakestaff aus der Lügnersekte zu unbedeutend, um einen Termin beim Hochkanzler zu erhalten; vielmehr wurde er an eine (buchstäblich) äußerst scharfe junge Frau verwiesen, die ganz aus Scherenteilen zu bestehen schien. Urgulap war nur in Form eines Porträts anwesend, das von der Wand aus über das düstere Büro wachte. Darauf war sein Panzer auf Hochglanz poliert und sein Gesicht eine Maske entschlossener Führungsautorität. »Wir können Ihnen diese Information nicht geben, Lord Snakestaff«, sagte die Scherendame. »Der Hochkanzler hat seine Untersuchung noch nicht abgeschlossen, wird sie aber bald dem Senat und dem Rat vorlegen.«

»Ist schon okay«, sagte ich und versuchte mir währenddessen vorzustellen, wie waghalsig ein Typ wohl sein musste, um mit einer Frau ins Bett zu gehen, deren Schenkel scharfgeschliffene Scherenblätter zu sein schienen. »Ich muss nur irgendwas mit dem Ding hier machen.« Ich streckte ihr ein Stück Pergament hin, schaffte es dabei aber, mehrere Akten von ihrem Schreibtisch zu fegen. Sie sah mich mit blitzender Verachtung an, dann schrappten ihre metallenen Oberflächen gegeneinander, als sie sich bückte, um die Ordner aufzuheben. Als das getan war, inspizierte sie die Schriftzeilen auf dem Stück getrockneter und geglätteter Haut. »Was ist das? Eine Art Schuldschein?«

»Genau«, sagte ich. »Grasswax schuldete mir fast zwei Pfund. Spielschulden.« (Grasswax war in der Tat ein Spieler gewesen und hatte, soweit mir zu Ohren gekommen war, ziemlich oft verloren. Aber ich hatte nicht nur nie gegen ihn gewonnen, ich wusste noch nicht mal, welche Spiele oder Wetten sein Ding gewesen waren). »Ich meine, könnte mir das Geld vielleicht, na ja, aus seinem Nachlass ausgezahlt werden, wenn die Untersuchung abgeschlossen ist?«

»Erlaubt Ihnen Ihre Sekte nicht, die Sache aus Grasswax' Relicta zu regeln?«

Ich tat mein Bestes, verlegen dreinzuschauen, was nicht allzu schwer war, weil ich keine Ahnung hatte, was sie mit Relicta meinte. »Na ja ... Sie haben mich ... rausgeworfen. Ich bin nicht mehr in der Lügnersekte.« Ich zuckte die Achseln. »Ich bin jetzt bei den Dieben.«

Sie rieb sich mit einem ihrer Scherenblätter die Nase, die ebenfalls ein Scherenblatt war. *Skrrkkkkkk.* »Na gut«, sagte sie schließlich. »In Ordnung. Lassen Sie das da hier, ich hefte es der Akte bei. Mit einer Erläuterung.« Sie runzelte die Stirn, was ziemlich merkwürdig aussah. »Aber erwarten Sie nicht zu viel.«

Ich stand auf. »Wie käme ich dazu? Wir sind ja in der Hölle.«

Draußen trat ich ins Schattendunkel eines Turmeingangs, um mich zu vergewissern, dass ich mir die richtigen Dinge gegriffen hatte, während die Scherendame damit beschäftigt gewesen war, die von mir hinuntergeworfenen Akten aufzuheben. Ich warf einen kurzen Blick auf die Schriftstücke, die ich aus dem Postausgangskorb gestohlen hatte, ein paar Bögen Pergament mit dem offiziellen Briefkopf der Kanzlei. Wichtiger aber war das andere Objekt, das ich hatte mitgehen lassen, ein Holzstempel, der aussah, als käme er direkt von Ebenezer Scrooges Schreibtisch, nur dass die Gravur nicht »Scrooge & Marley«, sondern »Justizministerium« lautete.

Perfekt.

In dieser Nacht schlief ich nicht besonders gut, nicht nur wegen der Schmerzensschreie, die immer wieder von der Promenade am Ufer der Schwefellagune heraufdrangen. Die waren auch nicht viel schlimmer als der Gestank der Lagune selbst, und beides ließ sich wesentlich leichter ignorieren als die bizarren brummenden und würgenden Begleitgeräusche des Sex, den zwei oder drei Irgendwasse im Zimmer über mir hatten.

Endlich war ich so weit, das in Angriff zu nehmen, wozu ich in die Hölle gekommen war. Wenn Sie mich inzwischen auch nur ein bisschen kennen, wissen Sie, dass ich nicht so dumm bin, jedes Mal die gleiche Dummheit zu begehen – ich variiere meine Dummheiten. Ich hatte inzwischen diskret ausgecheckt, wo Eligor residierte (Loyalität existiert in der Hölle so gut wie nicht, und Bestechung ist mit der beliebteste Zeitvertreib). Ich würde nicht blind in seine Festung von Haus hineinmarschieren. Mir war klar, dass ich nicht einfach dort aufkreuzen und Caz befreien konnte. Ich wollte noch nicht mal einen Plan machen, bevor ich mehr wusste. Deshalb hatte ich den ganzen Abend dagesessen und mir falsche Justizministeriumsdokumente ausgestellt, bis mir schließlich etwas eingefallen war, das mir dabei helfen würde, meine Absicht in die Tat umzusetzen, in Eligors Festung hinein- und mitsamt meiner Haut und meinen lebenswichtigen Organen wieder herauszukommen.

Als ich mich in seiner irdischen Bastion am Page Mill Square in San Judas mit Eligor angelegt hatte, war mir nicht klar gewesen, mit wem ich es zu tun hatte. Jetzt war es mir klar. Ich war mir ziemlich sicher, dass ich nur einen Versuch haben würde, sie ihm zu entreißen, und auch den nur mit viel Glück. Ich brauchte einen richtigen Plan, ja, aber dafür musste ich zuerst seine Burg, die man Fleischross nannte, genauer inspizieren.

Auch nur in die Nähe derselben zu kommen, war schwer, weil die hochherrschaftlichen Häuser zwar in Höhe der oberen Etagen waagrechte Verbindungselemente zu anderen solchen Häusern hatten, aber allesamt extrem streng bewacht wurden. Wie das Höllen-Kabinettsgebäude und die meisten wichtigen Institutionen in Pandämonium stand Fleischross in einem großen Park, durch Mauern von den Nachbaranwesen abgeschottet. Das Grundstück war dicht mit blutfarbenen Bäumen bewachsen und von Legionen von Kreaturen bewacht, die wie Albinoskorpione mit Wolfsköpfen aussahen. Die machten mir aber nicht allzu viel Sorge, weil ich den Haupteingang zu nehmen gedachte, jedenfalls beim ersten Mal.

Fleischross hatte eine Grundfläche von mehreren Morgen und ragte so hoch in den rauchverhangenen Himmel, dass man, selbst wenn die roten Taglampen brannten, das obere Ende nicht sehen konnte. Das riesige steinerne Schloss sah nicht aus wie ein Pferd und auch nicht wie Fleisch, aber wie ein freundlicher Ort sah es auch nicht aus. Trotzdem, Caz war irgendwo dort drinnen, und ich musste sie unbedingt zurückbekommen. Es fühlte sich an, als wäre es das Einzige, was mich davon abhalten würde, verrückt zu werden.

Also verwandte ich mehrere Tage und eine Menge Bestechungsgeld darauf, Informationen zu sammeln und mich mit der gebührenden Sorgfalt vorzubereiten. Ich ließ mir von einem Schneider auf dem Nachtmarkt eine spezielle Garnitur Kleider machen und schaute noch mal bei Saad, der rosa Tarantel, vorbei, um mir noch einige notwendige Dinge zu besorgen. Meine Narben waren jetzt so gut wie verheilt, die Beulen und Höcker in meinem Gesicht noch immer genauso hässlich, aber nicht mehr so offensichtlich frisch.

Am Abend, ehe ich meine Mission in Angriff nahm, füllte ich mich fast bis zur Bewusstlosigkeit mit Phlegethon-Feuerwasser ab, weil ich zu aufgedreht war, um ohne Hilfsmittel schlafen zu können. In dem Beinahe-Dunkel, das in der Hölle als Morgen gilt, nahm ich noch einen letzten Schluck, um den Kater und den fauligen Geschmack in meinem Mund wegzubrennen, und machte mich dann sorgsam fertig, ehe ich, die Titelmelodie von *Zwei glorreiche Halunken* vor mich hinpfeifend, in die Rote Stadt hinausging.

Okay, das mit dem Pfeifen stimmt nicht. Ich gebe ja zu, ich *wünschte* mir, Clint Eastwood wäre auch dabei, aber da war nur meine Wenigkeit.

28

DAS ERTRUNKENE MÄDCHEN

H ier ein Tipp. Falls Sie Mormonenmissionar oder Vertreter
sind, vergeuden Sie nicht Ihre Zeit und Ihre Haut damit, es
in Fleischross zu probieren. Meine gefälschten Dokumente trugen mir mehr Aufmerksamkeit ein, als mir lieb war, verschafften
mir aber schließlich Zutritt zum Turm und einen Termin bei
Eligors Sicherheitschef. Den vorigen Sicherheitschef des Großfürsten, meinen alten Freund Howlingfell, hatte – sehr zu meiner Freude, muss ich sagen – ein übernatürliches Riesenmonster
gefressen, das eigentlich mich hätte fressen sollen. Der neue
Security-Boss, ein scheußliches Etwas namens Snaghorn, sah aus
wie ein gehäuteter, blutiger Grizzly mit den Stielaugen einer
Schnecke. Er hatte mich noch nie gesehen, was natürlich nicht
hieß, dass er mich freundlich hereinbat: Snaghorn beschnüffelte
mich erst mal eine gute Viertelstunde lang. Bestimmt machte er
nur seinen Job, aber er machte ihn sehr ausführlich. Sehr, *sehr*
ausführlich. Doch endlich schien er zufrieden. Statt mir irgendwelche Körperteile abzubeißen, tatschte er mir mit einer gekrümmten schwarzen Kralle auf die Stirn. Ich fühlte mich ge-
brandmarkt, und in gewisser Weise war ich es auch: Er hatte mir
sein Zeichen verpasst, damit erhielt ich die befristete Erlaubnis, mich durch die unteren Etagen des Hauses zu bewegen.
Nicht allein natürlich, und auch nicht frei. Ich hatte einen Ter-

min bei jemandem, den Snaghorn »das ertrunkene Mädchen« nannte.

Spaß und Unterhaltung allerorten. Erstaunlich, dass nicht mehr Leute die Hölle als Urlaubsziel wählen.

Angesichts der Tatsache, dass wir uns in einem Gebäude befanden, das von außen aussah, als hätte es ein riesiger Röhrenwurm ausgeschissen, und von innen wie die Horrortrip-Version eines Renaissance-Turms, war das Büro des ertrunkenen Mädchens verblüffend normal. Sie saß an einem Schreibtisch, einem von der altmodischen Art, die sich »Sekretär« nennt, mit jeder Menge Fächern und Schubladen und einem großen, gerahmten Spiegel mitten auf der Schreibfläche. Die Fenster des ruhigen, dunklen Raums gingen auf eine Ausbuchtung des Phlegethon namens Tophet-Bucht hinaus. Die ganze Flussoberfläche kochte; Flammen schwammen auf dem schwarzen Brodeln und ließen kräuseligen Rauch in die roterleuchtete Luft emporsteigen. Der Ausblick wirkte wie ein dramatisches Bühnenbild. Das ertrunkene Mädchen selbst sah ziemlich genauso aus, wie man es sich vorstellen würde. Obwohl partiell aufgedunsen, war die junge Frau immer noch schlank, was das schlaffe, nasse Haar, das ihr auf die Schultern des nassen, vage mittelalterlich anmutenden Kleids fiel, noch betonte. Ihre Haut war erwartungsgemäß bläulich-weiß und aufgequollen. Ihre ausgewaschenen Augen blickten intelligent (wenn auch ein wenig verärgert), rollten aber ab und zu einfach nach oben weg, sodass ich für eine Weile eine überaus realistische Leiche auf einem Bürostuhl vor mir sah.

»Ich bin Marmora.« Es klang, als hätte sie immer noch Wasser in der Lunge. »Und Sie sind demnach Pseudolus von Prespa.« Sie las den Namen von dem Blatt Pergament ab, das ich ihr gereicht hatte. (Mir schien, »Snakestaff« hatte es sich mit zu vielen Leuten verdorben, als dass ich mich in Eligors Haus wieder so nennen konnte.) »Was wünschen Sie von Seiner Hoheit Großfürst Eligor?«

Ihm die großfürstlichen Eier abzuschneiden, wollte ich sagen. Oder etwas Ähnliches, das meine Gefühle bezüglich all dessen ausdrückte, was er mir angetan hatte, nicht zuletzt des Diebstahls meiner Freundin, die ich zuvor ihm gestohlen hatte. »Es geht um ein Mitglied meiner Sekte, den verstorbenen Ankläger Grasswax«, sagte ich aber in Wirklichkeit. »Die Lügnersekte schickt mich.« Was natürlich nicht stimmte, aber aus meinen gefälschten Dokumenten hervorging. »Ich wollte ihn nur ein paar Sachen wegen Grasswax fragen.«

»Daraus wird nichts.« Der Schwaps Flüssigkeit, der von ihrer Unterlippe lief, machte ihr säuerliches Lächeln etwas gruselig. »Seine großfürstliche Hoheit sind viel zu beschäftigt, um jemanden wie Sie zu empfangen.«

»Verstehe.« Ich hatte nicht damit gerechnet, eine Audienz zu erhalten, und wollte auch gar keine, es ging mir nur um die Möglichkeit, mich ein bisschen umzuschauen. »Mit wem kann ich dann sprechen?«

»Mit niemandem.« Sie schob mir das Pergament wieder hin, und ihre Finger waren so aufgeweicht, dass sie kleine Hautfetzen auf dem Schriftstück hinterließen. »Grasswax stand nie in Diensten des Großfürsten.«

»Aber er war öfters hier. Und man hat mir gesagt, er habe zuweilen, nun ja, informelle Aufgaben für den Großfürsten erledigt –«

»Das ist egal. Seine großfürstliche Hoheit wird Sie nicht empfangen, und niemand sonst hier kann Ihnen etwas über irgendwelche … informellen Arrangements erzählen. Ich schlage vor, Sie stellen Ihre Nachforschungen woanders an.« Sie sah mich längere Zeit an, was etwas seltsam Intimes hatte, auch wenn es schwer war, den Blick dieser ausgewaschenen, gebrochenen Augen zu erwidern. »Ich würde es bedauern, wenn ich Snaghorn und seine Wachen rufen müsste, damit sie Sie hinausbegleiten, aber notfalls werde ich es tun.« Sie sagte es so, als meinte sie das

321

mit dem Bedauern ernst, was nett von ihr war, aber dennoch: Ich hatte gehofft, weiter vordringen und länger bleiben zu können, vielleicht sogar eine Ahnung zu bekommen, wo Caz gefangen gehalten wurde.

Ich blieb stehen, meine gefälschten Dokumente in der Hand, und fragte mich, was ich jetzt tun sollte. Mir war noch nicht mehr eingefallen, als entweder nach einer Besuchertoilette zu fragen oder irgendeine Art von Anfall zu simulieren, da ertönte ein auf harte Art musikalisches Geräusch, wie wenn ein langer Eiszapfen zerspringt. Marmora wandte den leblosen Blick dem Spiegel auf ihrem Schreibtisch zu. »Ja, Gräfin?«

Ich brauche wohl nicht zu sagen, dass ich mich schlagartig wie eine gespannte Gitarrensaite fühlte. Ich wanderte ein Stück vom Schreibtisch weg, als ob ich nicht indiskret sein wollte, suchte aber in Wirklichkeit nur einen Winkel, aus dem ich die Spiegelfläche sehen konnte.

Es war *sie* in dem Spiegel, ihr wunderbares Gesicht, dort vor meinen Augen. Ich konnte nicht hören, was sie sagte – offenkundig im Unterschied zu dem ertrunkenen Mädchen –, aber das machte nichts. Es war Caz, und nach dieser ganzen langen Zeit war sie quasi in Reichweite. Ich brauchte nur Marmora ins Wort zu fallen und würde direkt mit der Frau sprechen, die ich liebte. Natürlich würde ich nichts derart Dummes tun, aber ich wollte es, wollte es so sehr. Da war sie, dieselbe verstörend schöne Gestalt, die ich bei unserer ersten Begegnung auf dem Grundstück des frischverstorbenen Edward Walker erblickt hatte, samt blutroten Augen und allem. Aber jetzt sah Caz blass und müde aus, so schrecklich müde, und selbst von da, wo ich stand, konnte ich erkennen, wie viel Anstrengung es sie kostete, dieses hausinterne Gespräch mit Marmora zu führen. Gott, ich wollte sie. Ich wollte nichts anderes, als aus dem Büro des ertrunkenen Mädchens zu schlüpfen und sie zu suchen, aber ich wusste, das wäre eine ziemlich sichere Form des Selbstmords.

»Ja, Gräfin, natürlich, ich werde es arrangieren«, sagte Marmora. »Wann möchten Sie hin? Am ersten Wolfsabend? Mache ich. Wie viele Personen?« Ich sah Caz sprechen und fragte mich, wo in diesem riesigen Turmkomplex sie sich jetzt gerade befand. Es war eine Qual. Konnte ich einfach rauswitschen und sie suchen? Sie *jetzt gleich* mitnehmen? Machte ich es zu kompliziert?

»Möchten Sie auf der Leopoldplatz-Seite des Circus sitzen?«, fragte Marmora. Sie hatte einen seltsamen Ton, der wie die Höllenversion von »unterkühlt« klang. Konnte sie die Gräfin von Coldhands nicht leiden? Oder lief da etwas Komplizierteres? Und was interessierte mich das überhaupt? »Gut, also Leopoldplatz-Seite«, sagte das ertrunkene Mädchen. »Sehr wohl, Mylady.«

Caz' Gesicht verschwand vom Spiegel. Ich dankte dem ertrunkenen Mädchen für die Auskunft. Marmora sah mich auf eine Art an, die mir in Erinnerung rief, dass »Danke« in der Hölle kein gebräuchliches Wort war.

»Sie sollten die Finger von diesen Dingen lassen und wieder in die unteren Ebenen zurückkehren, Lord Pseudolus«, sagte sie, als ich hinausging. »Sie sind nur eine Maus für die Katzen von Pandämonium.«

Ich glaube, es war nett gemeint.

Sobald die triefende Sekretärin »Circus« gesagt hatte, glaubte ich ziemlich sicher zu wissen, wohin Caz am ersten Abend des nur noch zwei Höllentage entfernten Wolfsfests wollte. Wolf war das Feiertagsähnlichste, was es in der Hölle gab, eine große Orgie, geprägt von öffentlichem Blutvergießen und noch schlimmerem Benehmen als sonst. Der Circus musste der Circus des Commodus sein, Pandämoniums Äquivalent zum Madison Square Garden oder Wembley Stadion. Es war vielleicht meine einzige Chance, außerhalb von Fleischross mit Caz zu sprechen, was hieß, dass es auch meine letzte Chance war, sie auf meinen Armen von hier fortzutragen. (Ja, ich gestehe, auch jetzt noch dachte ich in solch romantischen Begriffen, obwohl Caz mindestens so stark war wie ich und die Hölle besser kannte, als ich sie je kennen würde.) Also brauchte ich eine neue Taktik. *Just slip out the back, Jack. Make a new plan, Stan.*

An solches Zeug erinnere ich mich immer in den komischsten Momenten.

Der Dispaterplatz ist der größte öffentliche Platz von Pandämonium, das Herz der Höllenhauptstadt. Doch so wie das Zentrum von Paris bei Notre-Dame beginnt und über die Champs Élysées bis zum Arc de Triomphe geht, erstreckt sich das Zentrum von Pandämonium über die ganze Via Dolorosa, die breite, martialische Straße, die siegreiche Dämonengeneräle entlangmarschierten. Der Circus, auch das Amphitheater des Commodus genannt, lag am Ende der Via Dolorosa, am Leopoldplatz. Commodus war einer der übelsten römischen Kaiser, ein brutaler Psychopath im Stil Caligulas und Neros, doch im Gegensatz zu Nero hatte Commodus nie versucht, die Hölle zu betrügen. Nach Commodus war keine längst vergessene Brücke benannt, sondern eins der Hauptwahrzeichen der Höllenhauptstadt, deshalb nahm ich an, dass Eligor, Caym und die übrigen Jungs den Imperator Commodus auch nicht zwangen, vor randalierendem Publikum zu singen.

Die Fähre über die dampfende Tophet-Bucht kostete zwei Spitz, aber es ging wesentlich schneller, als zu laufen, und in einen der ruckelnden, überfüllten Züge wollte ich mich nicht quetschen. Noch bevor die zweite Lampe entzündet war, erreichte ich die Anlegestelle Leopoldplatz, was hieß, ich hatte den ganzen Höllennachmittag für die Terrainerkundung. Das Amphitheater war zu, aber ein kleines Schmiergeld für einen Wächter – der aussah wie ein gescheiterter Versuch, Walrossdörrfleisch herzustellen – verschaffte mir Zutritt, und ermüdend viele Steinstufen später stand ich ganz oben, wo ich den Überblick hatte.

Das Amphitheater des Commodus hatte ziemliche Ähnlichkeit mit dem berühmten Kolosseum in Rom, nur dass es länglicher und etwa fünfmal so groß war. Es fasste bestimmt ein paar hunderttausend Leute oder was man hier so unter Leuten verstand. Um das gesamte Oval zog sich eine Laufbahn, doch das Zentrum bildete eine freie Fläche, die offenkundig für so etwas wie Gladiatorenkämpfe bestimmt war. Der Sand der Laufbahn und der Arena war rostfarben von getrocknetem Blut.

Ein ganzes Stück unterhalb meines Standorts, näher an der Arena, war ein Sitzreihenareal überdacht mit Baldachinen aus getrockneter und gespannter Haut, die aussahen wie Riesen-Albino-Flugsaurierflügel. Da es in der Hölle keine Sonne gab, war ich mir ziemlich sicher, dass die Überdachung dazu da war, die Höllen-VIPs vor neugierigen Blicken und vielleicht auch vor den Wurfgeschossen und der Spucke der mutigeren oder zumindest verrückteren Proleten in ihrem Rücken zu schützen.

Ich ging eine Weile umher und versuchte, ein Gefühl für die Anlage zu bekommen, sprich, achtete besonders auf Ausgänge, Versteckmöglichkeiten, geeignete und ungeeignete Stellen für einen letzten Verzweiflungskampf. Dann verzog ich mich wieder in mein Zimmer im *Strauß*, um mich auszuruhen und nachzudenken. Was beides nicht leicht war. Sobald ich mich halbwegs auf etwas konzentrierte, sah ich wieder Caz' bleiches Gesicht dort im Spiegel vor mir, und meine Gedanken purzelten durcheinander wie Bowlingkegel. Ich hätte mir nie träumen lassen, dass es möglich war, etwas oder jemanden so sehr zu begehren, und die Tatsache, dass ich so gut wie keine Chance hatte, sie zu bekommen, steigerte die Obsession nur noch. Ich schlief ein und träumte natürlich von Caz. Im Traum sagte sie immer wieder, ich solle sie vergessen, solle umkehren und wieder nach Hause gehen, aber nicht mal im Traum konnte ich sie aufgeben, also folgte ich ihr in endloses Dunkel.

Was denn nun am ersten Wolfsabend im Amphitheater des Commodus ablief? Tja, ziemlich genau das, was man an einem Höllenfeiertag als Darbietung vor einer Viertelmillion Dämonen und Verdammten erwarten würde. Und es war alles ungemein grässlich.

Die Festivitäten begannen mit dem rituellen Schlachten und Zerstückeln Dutzender Arten von Tieren und verdammten Seelen, die Sorte Lustbarkeit, die man auch in einem echten römischen Kolosseum geboten bekommen hätte, nur dass hier weder die Tiere noch die Verdammten sterben konnten. Was nicht verhinderte, dass schreckliche, blutige Dinge geschahen, und in gewisser Weise war es noch schlimmer, Kreaturen so furchtbar leiden zu sehen und zu wissen, dass kein gnädiger Tod ihrer Qual ein Ende machen würde. Dann begannen die Rennen, deren krönender Höhepunkt der große Lykaion-Lauf war, auf den die meisten Wetten abgegeben wurden. Dafür hatte man die Laufbahn rings um das Oval unter Verwendung aller erdenklichen harten, heißen, scharfen und spitzen Objekte in einen Hindernisparcours verwandelt, und etwa hundert nackte Sünder wurden gleichzeitig losgelassen, um die gesamte Runde von zwei, drei Meilen zurückzulegen. Dabei mussten sie nicht nur die »normalen« Hindernisse – Gräben mit brennendem Öl, Stacheldrahtverhaue und etwas, das aussah wie Minenfelder – überwinden, sondern auch noch Dutzende bewaffneter Dämonen und wilder Tiere.

Was mir – außer der hohen Wahrscheinlichkeit, dass dies ein Rennen ohne Gewinner sein würde – sofort auffiel, war der ramponierte Zustand sämtlicher Teilnehmer-Schrägstrich-Opfer. Viele waren so bucklig und krumm wie Richard der Dritte, und etliche hatten verschieden lange Beine oder Arme oder riesige, nicht verheilte, sondern nur roh zusammengenähte Wunden. Warum, wurde mir klar, als das Rennen begann und die ersten Läufer Gliedmaßen an die Fallen, wilden Tiere und bewaffneten

Dämonen verloren: Da sie ja nicht sterben konnten, wurden sie, wenn sie nicht mehr weiterkonnten, von der Laufbahn geschleift, zusammen mit dem, was gerade an Gliedmaßen oder sonstigen Körperteilen in ihrer Nähe lag. Wenn die Teile ihnen gehörten, umso besser, aber sie wurden ihnen in jedem Fall notdürftig angeflickt, und die im wahrsten Sinn des Wortes höllische Regenerationsfähigkeit der Verdammtenkörper ließ sie anwachsen, egal, woher sie stammten.

Jedenfalls war das Rennen so grässlich, wie man es sich nur vorstellen kann, und die Massen tobten vor Begeisterung. Besonders entzückt waren die Fans, als der momentan Führende genau in die Stoßzähne eines skelettierten Mastodons lief, im Sand landete, dort zu etwas, das wie eine Erdbeer-Fruchtrolle aussah, zertrampelt und dann von den Relikten des Rüssels wie ein Schlachtenbanner geschwenkt wurde.

Ich nutzte die allgemeine Erregung, um von den billigen Plätzen zu den flügelartigen Baldachinen hinabzugehen, unter denen der Höllenadel (inklusive Caz, wie ich hoffte) saß. Ich kaufte einem Bauchladenhändler irgendetwas Scheußliches ab – ich glaube, es war eine spitze Papiertüte voller schrumpfender, gesalzener Nacktschnecken –, nur damit es so aussah, als hätte ich einen Grund, hier zu sein, und schlenderte dann lässig hinab zu dem Quergang hinter dem überdachten Teil.

Mein Herz begann zu rasen, als ich inmitten all des Schattendunkels ein Aufleuchten von silbrig-goldenem Haar sah. Es war Caz, aber sie saß neben Großfürst Eligor, und so heftig der Impuls auch war, hinzurennen und von hinten mit der Willkommen-im-Theater-Mister-Lincoln-Nummer auf ihn zuzutreten, hatte ich doch keine Waffe, die mehr bewirken würde, als ihn zu reizen, mal ganz abgesehen von seinen ganzen Wachen und fiesen, mächtigen Freunden.

Zwei führende Läufer rissen sich jetzt gegenseitig mit bloßen Händen das Gesicht ab, was die Leute im VIP-Bereich mit

Johlen und Rufen nach mehr Feuerwasser quittierten, aber ich konnte den Blick nicht von Caz lösen. Sie beugte sich leicht zu Eligor und sagte etwas. Er bedachte sie mit einem kurzen verächtlichen Blick und machte dann eine auffordernde Kinnbewegung zu jemandem hin. Zwei bullige, grauhäutige Kerle standen auf, um Caz zu eskortieren. Ich erkannte sie wieder – aber sicher doch! Es waren meine alten Freunde Candy und Cinnamon, ihre ehemaligen Bodyguards, jetzt aber garantiert ihre Bewacher.

Ich sah sie vorbeigehen, sah dieses schöne, traurige Gesicht nur wenige Meter von mir entfernt; sie bewegte sich langsam und würdevoll, nahezu eingeklemmt zwischen ihren beiden Bewachern. Sie stieg die Steintreppe zum oberen Rand des Amphitheaters hinauf, und eine ganze Weile verstand ich nicht, was sie vorhatte. Doch ganz oben angekommen, stellte sich Caz einfach nur an die Mauer, mit dem Rücken zur Arena, und blickte über Pandämonium hinweg, als wäre sie ganz woanders. Dort oben musste es genauso stinken wie überall in der Stadt, aber diese Luft war ihr wohl lieber als die neben Eligor.

Candy und Cinnamon starrten sie einen Augenblick lang irritiert an und gingen dann ein Stückchen weiter, um die Action drunten verfolgen zu können, behielten Caz aber im Auge. Sie war eindeutig eine Gefangene und war es wahrscheinlich schon die ganze Zeit gewesen, während ich in der sicheren und komfortablen realen Welt überlegt hatte, ob ich mich auf die Suche nach ihr machen sollte. In dem Moment konnte ich mich nicht besonders leiden.

Ich ging ein Stück in Querrichtung und dann einen Aufgang hinauf, sodass ich mich ebenfalls in der obersten Reihe befand, wenn auch mehrere hundert Leute zwischen uns waren. Als unten ein Läufer in einen Graben mit brennendem Öl fiel, das Rennen aber als schreiende Fackel fortsetzte – was das Publikum *geil* fand –, warf ich einen kurzen Blick über den oberen Rand des Amphitheaters.

Ich hatte Glück. Auf der Außenseite waren Halterungen für Fahnen oder vielleicht auch für irgendeine Art von Windschutz und darunter ein Sims, auf dem Arbeiter stehen konnten, um diese Dinge anzubringen oder abzunehmen. Ich wartete, bis der brennende Läufer von einem lachenden Riesen mit einer Keule gelöscht wurde, was weite Teile des Publikums veranlasste, freudekreischend aufzuspringen, und ließ mich dann über die Mauer auf den Sims hinab. Er war wesentlich schmaler und instabiler als er ausgesehen hatte.

Ich arbeitete mich allein mit der Kraft meiner Finger und Zehen den Sims entlang, bis ich ungefähr an der Stelle war, wo ich Caz eben hatte stehen sehen. In der Hoffnung, dass ihre Bewacher immer noch zehn, fünfzehn Meter weiter standen, zog ich mich vorsichtig hoch. Ich musste die Füße vom Sims nehmen und mich allein auf den Fingerhalt verlassen, und unter mir ging es tief hinab. Doch als ich über die Mauerkante lugte, war sie da, das weißgoldene Haar schimmerte rötlich vom Licht der Lampen.

Ich ließ mich wieder hinab. »Caz!«, sagte ich, erneut unsichtbar, so laut, wie ich mich irgend traute. »Gräfin!«

Es kam nichts zurück. Ich zog mich wieder hoch, hing an meinen armen Fingern. »Caz!«, zischte ich.

Sie drehte sich her, schaute kurz in meine Richtung und dann genauso schnell wieder weg. Candy und Cinnamon unterhielten sich jetzt miteinander, ohne sie im Blick zu haben. »Wer immer Sie sind«, sagte sie leise und eindringlich, »gehen Sie weg. Sie haben ja keine Ahnung, wozu er …«

»O doch, habe ich wohl«, sagte ich. Ich arbeitete mich ein bisschen näher zu ihr, damit ich leise sprechen konnte. Meine Finger taten jetzt schon ganz schön weh. »Ich hab's erlebt. Er hat doch dieses gehörnte Monster auf mich gehetzt, weißt du noch?«

Ihr Gesicht drehte sich jäh her, so bleich wie der Mond, der hinter Bäumen hervorkommt, und wandte sich sofort wieder ab. »Gehen Sie weg«, sagte sie, oder jedenfalls glaubte ich das zu verstehen. Über dem Lärm der Menge konnte ich sie kaum hören.

»Hast du mich schon vergessen, Caz?« Ich vermochte mich kaum noch zu halten, meine Finger fühlten sich an, als klemmten sie in einer Riesenmausefalle, aber da war *sie*, und sie sprach mit mir. »Dein Medaillon hat mich gerettet. Ich konnte es dir gar nicht mehr erzählen. Es hat mich gerettet.«

Sie wurde starr wie Stein. Einen endlosen Moment lang dachte ich, ihr sei etwas zugestoßen, ihre Seele sei aus ihrem Körper entflohen. Als sie dann sprach, ließ sie das Gesicht abgewandt.

»Ich weiß nicht, wer Sie sind, aber wenn Sie noch ein Wort sagen, rufe ich die Wächter, und dann wird Großherzog Eligor Ihnen die Haut abziehen und aus Ihren Knochen Zahnstocher schnitzen. Haben Sie mich verstanden? *Lassen Sie mich in Ruhe.*«

Sie ging die Treppe wieder hinunter. Sichtlich unwirsch, weil sie sich schon wieder in Bewegung setzen mussten, folgten ihr Candy und Cinnamon, eine Wand aus fiesen grauen Muskeln. Ich hing einfach nur an der Mauer des Amphitheaters wie eine sterbende Eidechse.

29

DER ATEM DES HIMMELS

Caz war einfach weggegangen – es fühlte sich an, als ob ein Tornado sich mitten in meine Brust herabgesenkt und alles in mir zerfetzt und verwüstet hätte und dann plötzlich weitergezogen wäre. Ich hörte die Verdammten und ihre Gefängniswärter im ganzen Amphitheater vor Begeisterung über das Spektakel dort unten kreischen und johlen, aber dieser ganze Horror war plötzlich nur noch ein Geräuschteppich. Ich war so schockiert, dass ich kaum denken konnte.

Schließlich schaltete sich mein Überlebenstrieb wieder ein. Ich konnte ja nicht ewig an der Fassade des Kolosseums hängen, also arbeitete ich mich wieder an meinen Ausgangspunkt zurück und kroch über die Mauer ins Innere des Circus. Die Zuschauer unter mir bemerkten nichts, weil sie vollauf damit beschäftigt waren, dass sich jetzt die beiden letzten verkrüppelten, blutenden Rennteilnehmer drunten im Sand gegenüberstanden, jeder mit einem langen Dolch zwischen den Zähnen und keiner von beiden in der Lage, sich das letzte Stück bis zum Sieg zu schleppen, ohne den anderen aus dem Weg zu räumen. Die Zuschauer warfen jetzt auch Steine und andere schwere Gegenstände auf die beiden Finalisten, sei es, um den Kämpfer zu unterstützen, auf den sie gewettet hatten, oder um einfach noch ein bisschen mehr Pein zu sehen.

Ich sank auf einen Steinsitz und ließ den heißen Gestank über mich hinwegfluten. Allmählich hatte ich das Gefühl, hierherzugehören, auch nur ein sich selbst bejammernder Verlierer im Großen Heizkeller zu sein. Ich hatte es vermasselt und wusste noch nicht mal, wie. Meine einzige Chance, Caz allein zu treffen – und sie ging einfach weg. Sie hatte mir sogar gedroht, dass Eligor mich vernichten würde, wenn ich sie nicht in Ruhe ließe – also, wirklich! Mir das noch extra aufs Butterbrot zu schmieren …!

Da machte es plötzlich Klick – natürlich, ich hatte das Offensichtliche übersehen! Nachdem ich ein paar Sekunden darüber nachgedacht hatte, stand ich auf und ging wieder hinauf in die oberste Reihe. Drunten hatte es jetzt einer der beiden Finalisten geschafft, dem anderen die Kehle durchzuschneiden; er krabbelte davon, während sein Opfer zuckend auf einem sich ausbreitenden frischroten Fleck im Sand lag. Ich fühlte, wie sich die Erregung der Zuschauer noch weiter steigerte. Sie waren wie Haie – Blut weckte ihr Interesse.

Ich setzte mich nah bei der Stelle hin, wo Caz gestanden hatte. Ich solle weggehen, hatte sie mindestens zweimal gesagt, aber sie hatte keinen Schritt zu ihren Bewachern hin gemacht, die ein ganzes Stück weiter standen, und hatte auch kaum in meine Richtung geschaut. Warum sollte sie einem potentiellen Problem quasi den Rücken zudrehen? Warum sollte sie nicht mal die Stimme erheben, um ihre Bewacher zu alarmieren? Weil sie gewusst hatte, dass ich es war und dass ich durchaus fähig war, etwas Dummes zu tun. Vielleicht hatte sie mich ja vor meinem eigenen Übereifer schützen wollen. Hatte ich wirklich erwartet, dass sie sich mir freudig an den Hals werfen würde, hier, vor den Augen halb Pandämoniums? Wo Eligor nur ein paar Reihen tiefer saß? Dafür war Caz zu klug.

Während ich so tat, als verfolgte ich, wie der letzte Überlebende des Lykaion-Laufs der Ziellinie entgegenkroch, schaute ich mich ganz genau um, für den Fall, dass sie einen Zettel hatte fallen lassen oder einen Schlüssel oder sonst irgendetwas, das mir sagte, was ich jetzt tun sollte, aber ich sah nur den üblichen Dreck. Ich suchte sogar auf allen vieren die Ritzen zwischen den alten Steinen ab, doch da war nichts Verstecktes oder Weggeworfenes.

Wieder überkam mich Verzweiflung. Einen Moment lang war ich mir so sicher gewesen, dass sie mir in Wirklichkeit gesagt hatte, ich solle vorsichtiger sein, sie brauche eine Situation unter weniger Beobachtung oder mehr Zeit oder irgendwas, aber jetzt dachte ich wieder, dass es doch so war, wie ich es zuerst gedeutet hatte: dass sie mich entweder vergessen hatte oder nicht mehr sehen wollte. Nach allem, was ich auf mich genommen hatte, um hierherzukommen, fühlte ich mich schlichtweg verarscht, es ließ sich nicht anders hindrehen.

Da entdeckte ich ihn. Er war nicht leicht zu erkennen, weil er fast dieselbe Farbe hatte wie der Stein – ein langer Faden, nur unwesentlich heller als die Lavablöcke der Mauer, hing da an einer splittrigen Stelle etwa in Taillenhöhe. Ich hob ihn behutsam mit dem Zeigefinger an. Es war ein sehr feiner Faden, ein Material, das wohl schon auf der Erde sehr teuer gewesen wäre, um wie viel teurer musste es also erst in der Hölle sein! Er hing auf beiden Seiten etwa gleich lang herab, als ob ihn jemand an den Enden gehalten und sorgsam da plaziert hätte. Aber wenn das Caz gewesen war, was sollte es bedeuten?

Natürlich war es Caz gewesen. Das war die Frau, die es geschafft hatte, Eligor die Engelsfeder zu stehlen und mir vor der spitzen Nase des Höllengroßfürsten das Medaillon in die Brusttasche zu schmuggeln. Sie hatte mir den Faden hinterlassen. Sie wollte, dass ich sie mit seiner Hilfe fand. Ich weigerte mich, irgendetwas anderes zu glauben.

Eine neue Welle von Gebrüll schwappte die Ränge herauf. Der scheinbar besiegte Finalist mit der durchtrennten Kehle hatte seinen Rivalen von hinten gepackt, ihm die Zähne ins Bein geschlagen und die Kniesehne herausgerissen; er mochte ja verloren haben, aber er wollte sicherstellen, dass sein Hauptkonkurrent ebenso wenig gewann. Dem anderen die Chance vermasseln, das gefiel den Zuschauern – wie fast allen Höllenbewohnern. Sie jubelten, als die beiden blutigen Körper sich immer langsamer am Boden wanden und dann schließlich ganz erschlafften, nur wenige Meter vor dem Ziel. Ein Trupp kräftiger Mördersektendämonen mit robusten dreizinkigen Gabeln marschierte hin, und ich bezweifle, dass einer der beiden Finalisten seine Karriere als Äquivalent eines Deckhengsts fortsetzen durfte.

Den Rest ersparte ich mir. Ich war schon auf dem Weg die Treppe hinunter, mit Ziel Nachtmarkt.

Saad, der Hehler, hob die gesprungene Glaslinse, die er an einer Kordel um den Hals trug, und kniff ein Auge zu. Mit seinen rosa Spinnenbeinen hielt er den Faden ins Licht, soweit vorhanden, und bewegte ihn hin und her, um ihn aus verschiedenen Winkeln zu inspizieren. Dann ließ er ihn sich wieder in meine hohle Hand kringeln.

»Einen Batzen«, sagte er. »Wenn nicht, dann nicht.«

»Ich will ihn nicht verkaufen, ich will wissen, was das ist – wo er herkommt!«

Saad leckte sich die rissigen Lippen mit einer Zunge, die aussah wie die einer Strumpfbandnatter. »Ich weiß. Kostet Sie einen Batzen, es zu erfahren.« Er sah mich auf rauhe Art belustigt an. »Sie glauben doch nicht, ich geb Ihnen die Auskunft umsonst? Ha! Umsonst geb ich gar nichts, nicht mal einen Haufen von meiner Scheiße.«

Ich hatte immer noch einiges von dem Geld, das ich Veras Schmuckkästchen verdankte, also war der Preis eigentlich kein Problem, aber niemand hier sollte wissen, dass ich vergleichsweise reich war, darum feilschte ich mit Saad, bis er wütend mit dem Gros seiner Arme wedelte, und handelte ihn auf vier Spitz herunter. Glauben Sie mir, in der Hölle um jeden Penny zu kämpfen, ist nur ein Gebot der Vernunft, so wie den Proviant zwischen Bäumen aufzuhängen, damit keine Bären ins Zelt kommen. Es ist sogar fast das Gleiche, nur dass man mit Bären noch eher klarkommt als mit jemandem, der einem in der Hölle das Geld abnehmen will.

Als meine vier Eisenspitz schließlich in Saads Schatulle lagen, verwies er mich an einen Seidenhändler namens Han Fei ganz am anderen Ende des Nachtmarkts. Ich erfuhr eine Menge von diesem unerquicklichen Herrn, der die unglaublich teure Seide von irgendwo drunten auf den Phlegethonebenen importierte. Sie war so teuer, weil sie wirklich aus den Seidenfäden von Seidenraupen bestand, jedenfalls von der Sorte Seidenraupen, die es in der Hölle gab. Später fand ich heraus, dass das, was man in der Hölle »Seidenraupen« nannte, ziemlich identisch mit dem war, was man hier als »Sklaven«, »Gefangene« und »die üblichen Verdächtigen« bezeichnete – die glänzenden Fäden gewann man irgendwie durch das Foltern von verdammten Seelen, die in der Hölle als etwas wiedergeboren wurden, das sich massenhaft halten ließ, um die Versorgung der reichsten Höllenadligen mit prächtiger Kleidung zu gewährleisten.

Ich sah Han Fei beim Verspeisen eines neungängigen Mahls zu, während er mich über die Höllenseide und die Höllenökonomie belehrte. Als er schließlich sein Dessert von honiggesüßten Augen beendet hatte, war ich erschöpft. Der größte Teil der Nacht war vorbei, und wenn ich jetzt auch eine Liste mit einem guten halben Dutzend Geschäften besaß, die diese extrem teuren Stoffe führten, war es doch eindeutig zu spät, sie abzuarbeiten. Ich trottete zurück in das Gasthaus an der Lagune, legte mich in mein schmales, unbequemes und verschwitztes Bett und versuchte zu schlafen.

Es entbehrt wohl nicht der Ironie, aber ausnahmsweise träumte ich nicht von Caz.

Am nächsten Morgen, kurz nach dem Entzünden der ersten Lampe, brach ich auf, und nach einer Stunde hatte ich die Hälfte der Geschäfte auf Han Feis Liste eliminiert. Es waren alles riesige Etablissements, Großhändler letztlich, nicht nur für Seide, sondern auch für exotische Häute und alle möglichen Dinge, die am Ende der standesgemäßen Bekleidung der Höllenprominenz dienen würden. Wenn Caz mich in eins dieser Großhandelshäuser hatte schicken wollen, dann hatte sie mir eindeutig nicht genug Information zukommen lassen. Wie die meisten Unternehmen in der Hölle machten die Tuchhändler ihre Buchführung im Kopf, und keiner würde einem Fremden gegenüber offenlegen, wem er seine Stoffe verkaufte, nicht mal gegen Bestechung.

Etwas mehr Glück hatte ich in einem der kleineren Läden, wo mir ein schmuddeliges, altes, weibliches Etwas mit einem Gesicht wie zusammengetackerte Pastinaken und Fingern wie dürre Zweige erklärte, meine Materialprobe sei »vom Feinsten«, mit dieser Technik gefärbte Stoffe führe niemand mehr außer Château Machecoul, eines der exklusivsten Bekleidungsgeschäfte in Pandämonium. Sie sagte es mir gratis, was mich misstrauisch machte, aber dann erklärte sie mir nach einem Blick auf meine Kleidung, ich käme dort nie hinein, wenn ich aussähe wie ein ungehobelter Bauer, was mich etwas beruhigte. Wenn nämlich in der Hölle jemand nichts Gehässiges zu einem sagt, sollte man nachschauen, ob er einem ein Messer in den Rücken gestoßen hat.

Ich bat sie, mir ein paar Sachen aus ihrem Sortiment zu empfehlen, die mir einen Besuch bei Machecoul eher ermöglichen würden. Die Aussicht, mir etwas Geld abzupressen, besserte ihre Laune erheblich, und sie verbrachte fast eine Stunde damit, mir ein Outfit zu verpassen, das sich nahtlos in eine Laienaufführung von *Die Piraten von Penzance* eingefügt hätte. Sie versicherte mir, ich sähe aus wie ein pandämonisches Fashion-Vorbild, und als ich mich in einer Art Spiegel aus poliertem Metall betrachtete, musste ich ihr schon fast zustimmen. Ein Grund mehr, so schnell wie möglich aus der Hölle zu verschwinden.

Ich war nicht so dumm, einfach zu Fuß zu Château Machecoul zu gehen. In der Hölle auf seinen eigenen kleinen Hufen irgendwohin zu gehen, heißt, öffentlich zu verkünden, dass man ein armes Stück Dreck ist und von allem, was in der Nahrungskette über einem steht, problemlos gefressen werden kann, also nahm ich ein Taxi, eine Art schnaufende, dampfgetriebene Krabbe auf riesigen Speichenrädern, und ließ mich an der Ecke Torquemada-Straße und Ranavalona-Allee absetzen, im Schinderkarren-Viertel, einer Nobelgegend, wo die Maitressen und Lustknaben mächtiger Dämonen shoppen gingen. Was man auch daran sah, dass die meisten Dämonen und Verdammten, denen ich begegnete, entweder auf extreme und insofern schon lächerliche Art hübsch oder aber im Sinne irgendeiner speziellen sexuellen Verwendbarkeit deformiert waren.

Als ich die Reichen und Schönen der Hölle einzeln, zu zweit oder zu dritt flanieren sah, fragte ich mich plötzlich, ob Caz' umwerfendes Äußeres vielleicht gar nicht selbst gewählt war, sondern Eligors Wünschen entsprach. Es war in der Höllenschickeria definitiv Mode, hochgradig menschlich auszusehen. Das hatte ich schon in Veras Umfeld bemerkt, und noch auffälliger war es jetzt, da ich die Elite Pandämoniums beim Schaufensterbummel oder beim Tête-à-tête im hiesigen Äquivalent schicker kleiner Restaurants beobachtete. »Äquivalent« insofern, als auf der Erde selbst ein hungernder Bettler den Fraß verschmähen würde, der einem in diesen Lokalen aufgetischt wird. Egal, wie reich man ist, in der Hölle kriegt man nichts, was gut schmeckt, weil in der Hölle *gar nichts* gut schmeckt. So simpel. Es sieht vielleicht aus wie erlesener Wein und Nouvelle Cuisine, schmeckt aber wie Essig und Asche. Das Einzige, was nicht aktiv widerlich schmeckte, waren die allgegenwärtigen Asphodelien, die Blumen, die die Höllenbewohner aßen, die schmeckten schlicht nach gar nichts.

Château Machecoul sah von außen nicht anders aus als die teuren kleinen Läden rechts und links daneben, ein Juwelier und ein Herrenbekleidungsgeschäft, das auf scharfe und spitze Outfits spezialisiert schien, so scharf und spitz, dass sie jede intimere zwischenmenschliche Aktivität als ein Zuwinken quer durch den Raum schmerzhaft oder regelrecht gefährlich machen mussten. Die alten Lehmziegelgebäude zierten Markisen, Blumenkästen und Lichterschmuck – elektrisch natürlich, weil in Pandämonium Elektrizität ein Zeichen von Reichtum war. Ich bin sicher, erzeugt wurde sie durch irgendeine Art von grässlicher Quälerei.

Die Ladentür war verschlossen. Ich klopfte, und gleich darauf ging sie auf, aber dahinter war niemand.

Den ganzen Laden füllten Stoffe: Sie hingen in Bahnen wie überlappende Wandteppiche und lagen in Ballen in den Wandnischen, eine fast schon beklemmende Masse von verschiedenen Stoffarten. Kopflose Schaufensterpuppen – jedenfalls hoffte ich, dass es welche waren – standen überall herum, aber ich sah weder Kunden, noch Schneider, noch Verkaufskräfte.

»Ist da jemand?« Ich ging weiter in den Laden hinein, und meine Hand fuhr unwillkürlich an die Tasche, in der ich das Nachtmarkt-Messer hatte. Es roch mit jedem Moment mehr nach einer Falle, wie in diesen Mafia-Filmen, wo der Typ von seinen Cannelloni aufblickt und merkt, dass alle anderen Gäste verschwunden sind. Als sich eine Hand leicht auf meine Schulter legte, fuhr ich mit gezücktem Messer herum, bereit, demjenigen, der sich da angeschlichen hatte, die Innereien herauszuschneiden. Was aber nicht ging. Weil sie es war.

Sie konnte sich da umgekehrt nicht so sicher sein – ich sah ja ganz schön anders aus als zuletzt auf der Erde –, aber ihre Augen blickten in meine, und sie zuckte mit keiner Wimper. »Bobby …?«

Ich konnte kaum sprechen. »Caz?«

»Du Idiot!« Und dann schlug sie mich. Voll ins Gesicht. So heftig, dass ich ins Taumeln geriet. Immer, wenn ich diese Frau traf, bekam ich eins in die Fresse. Glauben Sie mir, das ist nicht meine Vorstellung von einer perfekten Beziehung.

»Au! Verdammt, was soll das?«, sagte ich und hielt mir die Nase zu, damit kein Blut auf meine neuen Kleider tropfte, aber im nächsten Moment presste sie sich an mich, und gleich darauf beschmierte ich uns beide mit meinem Blut. Es fühlte sich alles so unwirklich an. Nach so langer Zeit …!

»Warum schlägst du mich immer?«, murmelte ich, die Lippen so fest auf ihre gepresst, dass es wahrscheinlich wie eine Kindergeheimsprache klang.

»Du hättest nicht kommen sollen! Nicht hierher!« Sie nahm den Kopf zurück. Tränen waren ihr ein Stück über die Wangen gelaufen und dann gefroren, funkelnd weiße kleine Dinger, wie unregelmäßig verteilte Pailletten. »Er wird dich umbringen, Bobby. Du kannst nichts für mich tun, also geh nach Hause, bevor er dich erwischt.« Doch was sie auch sagte, sie hielt mich weiter fest. Ich hatte ihr Mieder schon offen und so weit heruntergezerrt, dass ich an ihre Brustwarzen kam, die wie kleine Finger auf mich zeigten. Ich hätte sie beide gleichzeitig in den Mund genommen, wenn es machbar gewesen wäre, aber ich musste abwechseln.

»Nein«, stöhnte sie, zerrte aber, während ich noch an ihr nuckelte, mein Hemd hoch und packte mich an der Haut meines Rückens, als wollte sie mich in sich hineinziehen, ja durch sich hindurchziehen wie durch eine Tür, und obwohl sie immer noch wütend war und immer noch weinte, Tränen des Ärgers und der

Angst, schob sie mich doch nicht weg. Ihr Hunger war genauso groß wie meiner. Ich für meinen Teil hatte, als ich meine fremden grauen Dämonenhände auf ihrer weißen Haut sah, plötzlich das Gefühl, dass ich sie irgendwie beschmutzte, dass mein fremder Körper eine Art Entweihung war, aber Caz schien es nicht zu stören. Und schon wenige Herzschläge später störte es mich auch nicht mehr. Es war schließlich der Körper, den meine Seele trug, und meine Seele interessierte gar nichts außer Casimira, Gräfin von Coldhands. Das hier *war* jetzt mein Körper, und als der Moment der Fremdheit vorbei war, fühlte er sich auch mehr denn je so an.

Wir sanken auf den mit Teppichen belegten Boden und verstreuten, während wir uns da wälzten, Kleidungsstücke um uns herum, nur mit dem einen Ziel, uns ineinander zu verlieren. Alles, was ich hinter mir hatte, alles, was mir noch bevorstehen mochte – Verrat, Folter, Tod –, verschwand aus meinem Bewusstsein. Ich hielt mich nicht mal mit dem Gedanken auf, dass es nicht besonders diskret war, in einer Höllen-Nobelboutique Liebe zu machen. In diesem Moment existierte nichts außer uns beiden, die wir so lange auseinandergerissen, aber doch nie wirklich getrennt gewesen waren, die wir immer noch füreinander brannten. Das ist nicht logisch, weder in der Hölle noch auf der Erde, aber wenn Sie's mal erlebt haben, kennen Sie's ja. Wir errichteten am übelsten Ort, den es je gab, eine Kathedrale aus Schweiß und Haut und unterdrückten Schreien, und darin war niemand außer uns beiden.

Wir gaben die Auszieherei irgendwann auf, weil wir immerhin so viele Kleidungsstücke aus dem Weg geschafft hatten, dass ich auf sie klettern und den Weg zum Kern der Dinge suchen konnte. Mein Dämonenkörper, stellte ich fest, reagierte ziemlich genauso wie mein Erdenkörper. Die Wissenschaftler haben wohl recht: Sex spielt sich hauptsächlich im Kopf ab.

Caz schrie leise auf und versteifte sich, und ihre Nägel bohrten sich in meine dicke Haut wie Messerspitzen, zehn Stiche zugleich, aber das machte mich nur noch wilder, noch animalischer. Ich rieb mein Gesicht an ihrem, sog ihren Geruch in mich hinein, während sie die Beine um mich schlang und mich tiefer in sich hineinzog, durch die beißende Kälte ihrer Blütenblätter in ihr heißes Inneres. Sie stöhnte. Ich auch. Im Verlangen nach einer vollständigeren Vereinigung, als es sie je geben könnte, drängten wir so heftig zueinander, dass wir gegen Tischbeine und Schneiderpuppen rumsten und Sachen umschmissen, bis wir so ähnlich aussehen mussten wie diese beiden verdammten Seelen beim Lykaion-Lauf, die sich im blutigen Sand des Commodus-Circus gegenseitig zu zerstören versuchten.

Schließlich hielt ich keuchend und schweißtriefend inne, noch immer zu begierig und zu überwältigt, um zu kommen. Caz wälzte mich auf den Rücken, glitt dann auf mich und streckte mir ihre Muschi ins Gesicht, während sie mich mit dem Mund und den krallenbewehrten Fingern bearbeitete. Dann bestieg sie mich wieder in der anderen Richtung und ritt mich, als wäre ich ein sterbendes Pferd, aus dem sie noch das Letzte herausholte. Als der Orgasmus schließlich aus mir herausbarst, fühlte es sich an wie ein Herzinfarkt. Ich schrie und zog sie so fest an mich, wie ich konnte, und das schien auch sie zum Höhepunkt zu treiben. Sie presste mir die Knie in die Rippen und ritt mich immer noch wilder, bis ihr stoßweises Atmen zum kehligen Begleitgeräusch verzweifelter und nur zufällig auch lustvoller Entladung wurde. Dann rollte sie sich von mir hinunter und lag da wie tot. Ich sagte nichts. Konnte nicht. Ich konnte kaum atmen, aber was ich an Luft einsog, roch nach Caz. Sie mochte ja eine Frau sein, die schon vor Kolumbus' Zeiten verdammt worden war, aber sie war nun mal die Frau, derentwegen ich durch die Hölle gegangen war: Für mich war ihr Geruch der wahre Atem des Himmels.

Schließlich wurde ihr Atem etwas ruhiger. Sie streckte eine

Hand aus, berührte auffordernd meinen Arm. Im ersten Moment wusste ich nicht, was sie wollte, dann begriff ich: Ich sollte ihre Hand halten.

Und so lagen wir, beide noch außer Atem, Hand in Hand in einem Chaos aus Höllen-Haute-Couture.

»Okay«, sagte sie schließlich. »Diesmal haben wir *richtig* gefickt, Dollar. Ich hoffe, du bist glücklich.«

»Seltsamerweise ja«, sagte ich. Natürlich würden wir beide schrecklich leiden, wenn sie uns erwischten. Sterben wäre noch das Gnädigste, aber das war uns beiden nicht beschieden. »Ja, bin ich.«

30

EIN ANDERES UNIVERSUM

Sie stand auf. Das gefiel mir gar nicht. Mir gefiel gar nichts, was nicht darin bestand, dass wir beide eng beisammen lagen, am besten für immer.

»Nicht.« Ich streckte die Hand aus, berührte gerade noch die Rückseite ihres kalten Oberschenkels. »Bleib bei mir.«

»Ich muss in ein paar Läden hier gehen und dafür sorgen, dass es so aussieht, als hätte ich reichlich Geld ausgegeben, weil ich nämlich angeblich shoppen bin und bald wieder zurück sein muss. Und Poitou braucht seinen Laden wieder. Er hat ihn mir nur geborgt.« Sie lächelte, aber es war kein nettes Lächeln. »Er glaubt natürlich, er hat damit Eligor einen Gefallen getan.«

Der Name des Großfürsten war wie ein Eimer kaltes Wasser. Ich setzte mich auf. »Nicht. Geh nicht zurück. Deshalb bin ich doch hier, um dich mitzunehmen.«

»Lass mich los, Bobby. Das hier war sowieso schon eine unglaubliche Dummheit von mir. Du machst alles nur noch schlimmer.«

»Schlimmer? Wie könnte irgendwas *schlimmer* sein, Caz? Wir sind in der *Hölle!* Du lebst hier, und ich habe schon auf Kraftfahrzeugämtern angenehmere Stunden verbracht – das eben natürlich ausgenommen.«

Sie schüttelte den Kopf und sammelte ihre Kleider auf.

»Schluss jetzt. Meine Wärter werden mich jeden Moment suchen.«

»Wärter? Du meinst deine Ex-Bodyguards, Crunchy und Jamjam? Die schaffe ich schon. Alle beide.«

»Candy und Cinnamon. Nein, die schaffst du nicht. Nicht hier. Nicht in diesem Körper.« Sie bewegte sich jetzt schneller, drohte ganz aus meiner Reichweite zu verschwinden, vielleicht für immer. »Sie würden dir die Arme ausreißen wie einer Fliege die Flügel.« Sie deutete mit dem Kopf auf meine teilweise nachgewachsene Hand. »Anscheinend hast du sowieso schon Probleme, deine Körperteile beisammenzuhalten.«

Ich stand auf. »Hör auf damit, Caz. Seit ich dich kenne, sagst du zu mir, ›Nein, nein, nein! Lass mich in Ruhe! Ich liebe dich nicht!‹ Aber das nehme ich dir nicht ab. Eben erst hast du dich meinetwegen großer Gefahr ausgesetzt. Du sagst doch selbst, deine bulligen grauen Benimmberater können jeden Moment hier hereinplatzen …«

»Hier nicht. Sie wissen nichts von diesem Laden. Ich habe ihn mir schon öfters ausgeborgt.«

»Egal!« Aber ein Dampfstrahl der Eifersucht verbrühte mich innerlich. Mit wem war sie hier gewesen? Ich hätte ihr wohl für jedwedes Paar Hörner, das sie Eligor aufsetzte, Beifall zollen sollen, aber meine Gefühle waren doch etwas komplizierter. »Jetzt hör mir mal zu. Ich bin hierhergekommen, um dich zu holen, und ohne dich gehe ich hier nicht weg.«

Sie versuchte mich zu ignorieren, bekam es aber nicht besonders gut hin. Ich gedachte auch nicht, es ihr zu erleichtern, folgte ihr vielmehr auf Schritt und Tritt. Als sie sich hinsetzte, um sich die Schuhe anzuziehen, hockte ich mich neben sie.

»Ich gehe nicht weg, Caz. Ich hab dich so schrecklich vermisst, wochenlang – monatelang! Ich kann nicht schlafen, kann nichts anderes tun, als an dich denken. Ich gehe hier nicht ohne dich weg.«

»Monate?« Ihr Lachen war schroff, verdutzt. »Weißt du, wie lang es hier unten war? Eher Jahre. Erzähl du mir nicht, wie es ist, jemanden zu vermissen. Es war idiotisch von mir, Gefühle aufkommen zu lassen. Und jetzt bezahle ich dafür. Geh einfach weg, Bobby. Lass mich in Ruhe, damit es heilt.«

Jahre? War es für sie wirklich so lang gewesen? »Ich kann nicht, Caz. Tut mir leid. Ich hätte auch keine Gefühle aufkommen lassen sollen – aber ich hab's getan. Und jetzt kann ich es nicht mehr rückgängig machen.«

Sie starrte mich eine ganze Weile schweigend an, die Augen so schmal, dass die Regenbogenhäute nur blutrote Streifen waren. »Du bist blöd. *Ich* bin blöd! Es wird böse enden«, sagte sie schließlich.

»Was nicht?«

Plötzlich schossen ihr Tränen in die Augen und quollen über die Lidränder. Sie rannen immer langsamer, gefroren auf ihren kalten Wangen. Ich berührte eine mit dem Finger, sah sie zu Boden schweben, eine verirrte Schneeflocke in der Hölle.

»Wo?«

»Wo was?« Aber sie wich nicht zurück. Sie hielt Tasche und Stola vor der Brust, als wäre das alles, was sie noch hatte, um sich zu schützen.

»Wo sehe ich dich wieder? Wann?« Der Anblick der blassen, verwundbaren Haut an ihrem Hals weckte in mir solches Verlangen nach ihr, dass ich zur Gefahrenabwehr ebenfalls meine Kleider anzuziehen begann. Ich wollte nicht, dass sie erwischt würde, egal, wie stark mein Begehren war. Außerdem war ich in Wirklichkeit auch noch nicht bereit, sie mitzunehmen. Es galt ein paar Vorbereitungen zu treffen, und ich hatte nicht damit gerechnet, Caz so schnell zu finden.

Sie war so schön, dass es mich immer wieder vom Anziehen ablenkte. Ich kroch nah an sie heran und fuhr mit den Händen die Innenseiten ihrer Beine hinauf, wobei ich ihren Rock hochstreifte, bis er in unordentlichen Falten vor ihrem Bauch hing. Ich biss sachte ins Fleisch ihres Oberschenkels, direkt über der Arterie. Es war kalt und heiß zugleich. Sie schob meinen Kopf weg, als wäre ich ein etwas aufdringlicher Hund, tat es aber nicht sehr energisch. Ich knabberte mich weiter ihr Bein entlang, bis ich kaum noch etwas hören konnte, weil ihre Schenkel sich auf meine Ohren pressten.

»Hör auf! Du bist wie ein Teenager.« Sie gab einen unentschiedenen kleinen Seufzer von sich, schob mich dann schließlich resoluter weg. Als sie dazu in der Lage war, stand sie auf und schüttelte ihren Rock zurecht. »Heute Abend, letzte Lampe. Dispaterplatz, vor dem alten Tempel. Ich schicke jemanden, der dich holt.«

»Tempel?«

»Schau dich einfach um. Du erkennst die Person, wenn du sie siehst.« Sie ließ sich von mir küssen, sank für einen Moment an mich, sodass ich schon fast befürchtete, sie sei ohnmächtig geworden. Das war wohl das erste Mal, dass ich sie ohne ihren Schutzpanzer fühlte, aber es dauerte auch nicht lange. Schon kehrte ihre Körperspannung wieder. »Ich muss los«, sagte sie und entzog sich meinen Armen.

»Du liebst mich, stimmt's?«

»Ich … hab dich gern. Ich liebe gar nichts.« Sie schüttelte den Kopf. »Das ist nicht mein Wort.«

»Meins aber. Es ist doch ein und dasselbe.«

»Es ist ein völlig anderes *Universum*, Bobby«, sagte sie. »Mach die Tür zu, wenn du gehst.« Dann eilte sie hinaus.

Es kostete mich größte Anstrengung, ihr nicht nachzulaufen. Aber ich wartete eine schickliche Zeitspanne lang, räumte ein bisschen auf und verließ dann Château Machecoul. Die vollen Straßen wirkten jetzt irgendwie anders, ich konnte es nicht genau festmachen. Vertrauter vielleicht. Die Halloween-Parade von grässlichen Gestalten und Gesichtern war in den teuren Gegenden der Stadt zwar ohnehin nicht ganz so schlimm, aber doch immer noch gruselig genug. Wenn man einen gewöhnlichen Menschen in das hineinversetzen würde, was ich um mich herum sah, würde er sich auf der Stelle mit fliegenden Fahnen der puritanischsten religiösen Sekte in die Arme werfen, die er auftun könnte. Aber ich, der ich vom Zusammensein mit Caz noch immer high war, fand es aushaltbar. Ja, irgendwie … normal. Allmählich gewöhnte ich mich wirklich an diese Umgebung.

Es war schlimmer als damals, als ich mit dem Rauchen aufgehört hatte. Zu wissen, dass ich Caz schon in wenigen Stunden wiedersehen würde, machte das Warten bis dahin unglaublich quälend. Es bedeutete ja nicht nur, dass ich sie treffen und mit ihr zusammen sein würde, sondern auch, dass ich sie endlich von hier fortbringen konnte. Doch das musste bald passieren. Schließlich hatte ich noch andere Probleme außer Caz. Ich hatte keine Ahnung, wie lange ich nach Erdenzeitrechnung schon in der Hölle war, und bis jetzt hätte ich auch nicht viel tun können, um meinen Aufenthalt hier abzukürzen, aber wenn ich zu lange wegblieb, würde ich ernste Probleme in meinem Job kriegen. Doch ich war hier ja auch fast fertig. Jetzt, da ich sie gefunden hatte, brauchte ich sie nur noch einem der mächtigsten und fiesesten Scheißkerle des gesamten Universums wegzustehlen und dann aus der Hölle zu schmuggeln. Es war unmöglich, das wusste ich, aber wieder in ihrer Nähe zu sein, hatte mir endgültig klargemacht, dass mir keine andere Wahl blieb.

Laut der Erinnerungen, die mir Lameh implantiert hatte, musste ich, um aus der Hölle hinauszukommen, mit Caz dorthin zurückgelangen, wo ich hereingekommen war – zur Neronischen Brücke, viele Ebenen unter Pandämonium, am Rand einer der tiefen Abaton-Ebenen. Doch ob es nun rein rational war oder nicht, ich wollte mich nicht mal mehr in die Nähe dieser Heber begeben. Nicht nur wegen meiner schrecklichen Erfahrungen, obwohl auch die eine Rolle spielten, sondern vor allem, weil diese Dinger mit nur einem Ausgang auf jeder Ebene so leicht zu überwachen waren. Nicht rein zufällig war die Hölle wie eine Art idealer faschistischer Staat angelegt.

Aber wenn ich keinen Heber nahm, musste ich anderweitige Vorkehrungen treffen, und deshalb ging ich jetzt runter in den Styx-Hafen.

Die größten Schiffe hatten zum Teil Schornsteine, und einige der modernsten und teuersten sahen sogar so aus, als könnten sich unter ihren dunkelglänzenden Decks sogar noch fortschrittlichere Antriebseinrichtungen befinden, doch selbst hier im großen Hafen der Roten Stadt waren die meisten Schiffe Segler, und wie sie so in den Wellen dümpelten, sahen ihre Masten aus wie ein endloser Wald von schwarzen Bäumen, die im Wind schwankten.

Je näher ich kam, desto lauter wurden die Geräusche von den Docks her, bis ich mich bei dem ganzen Hämmern und Sägen kaum noch denken hören konnte, vom üblichen Peitschenknallen und Schreien mal ganz abgesehen. Dämonen und Verdammte in Hängegurten mühten sich ab, die hölzerne Rumpfhaut von Segelschiffen oder das rauhe Metall der gepanzerten Dampfer vom wüstesten Befall mit Höllen-Unterwasserorganismen zu befreien: von blutroten Entenmuscheln so groß wie Verkehrspylonen und scheibenförmigen Kreaturen, die den Seeleuten, die sie fangen wollten, davonflutschten wie Süßwasserrochen auf dem schlickigen Grund eines Flusses.

Während ich da stand und überlegte, wie ich ein Schiff finden könnte, das mich in die tieferen Ebenen zurückbrachte, spürte ich, dass mich jemand beobachtete. Zuerst war es nur ein kribbelndes Gefühl in meinem Nacken. Doch als mich umdrehte, sah ich gut zehn Meter entfernt, auf der anderen Seite des belebten Kais, eine merkwürdige kleine Kreatur, die mich anstarrte. Ein mir irgendwie bekannt vorkommendes Etwas, wie eine pummelige, aufrecht gehende Katze mit Glubschaugen und einem allzu menschlichen Gesicht.

Ich dachte, der Kerl würde wegrennen, wenn ich auf ihn zuging, aber er blieb stehen und begaffte mich wie jemand, der gar nicht merkt, dass er gafft. Bis ich ihn erreicht hatte, war es mir wieder eingefallen.

»Ich k-k-kenne Sie«, sagte der kleine Kerl.

»Vom Sklavenmarkt. Sie arbeiten bei Riprash.«

»Sch-schon«, piepte er. »Ja. A-aber irgendwas ...« Er runzelte die Stirn und hatte jetzt etwas von einem verschrumpelten Apfelmännchen. »Ich kenne *S-s-sie* ...«

»Still. Ist Riprash *hier*? In Pandämonium?«

»K-klar.« Krazy Kat starrte mich immer noch an. Allmählich nervte es mich. »K-kraken-Kai.«

Ich war verblüfft. Ausnahmsweise mal Glück? »Können Sie mich zu ihm bringen?«

Er schüttelte den Kopf, und anstelle des versonnenen Blicks war da plötzlich Furcht. »Geht nicht. Schon spät dran. Muss ihm sein Essen holen.« Er wich ein Stück zurück, drehte sich um und wackelte dann so schnell davon wie ein Waschbär, der gezwungen ist, auf den Hinterbeinen zu rennen. »Kraken-Kai!«, rief er noch über die Schulter.

Der Kraken-Kai war einer der letzten Anleger am Hauptpier. Ich kam an einer Vielfalt von bizarrem Frachtgut vorbei, das von einem nicht minder seltsamen Sortiment von Schiffen gelöscht wurde. Da war alles vertreten, von großen, flachen Sumpfbooten bis zu tief im Wasser liegenden Sklavenschiffen. Ich sah auch etliche schlanke Handelssegler aus den tieferen Ebenen, aber die meisten Wassergefährte waren vom Dschunken-Typ, eher auf Verlässlichkeit als auf Schnelligkeit ausgelegt. Wenn ich an die abscheulichen Kreaturen dachte, die ich auf der Reise mit Riprash aus den Tiefen des Kokytos hatte auftauchen sehen, konnte ich das mehr als gut verstehen.

Die *Olle Hippe* lag am Kai, der Rumpf schwarzglänzend von Pech, die Segel gerefft, aber bereit. So wenig einladend sie auch wirkte, freute ich mich doch so sehr, sie wiederzusehen, dass ich beinah über die Laufplanke gerannt wäre, aber ich war lange genug in der Hölle, um es mir zu verkneifen. Ich hatte ja keine Ahnung, was für Blicke hier, im größten Hafen der Hölle, auf mich gerichtet waren, also ließ ich mir Zeit, schlappte so müde an Deck wie jemand, vor dem nichts liegt als weitere elende Sklaverei. Ein paar Seeleute, die Proviant an Bord hievten, hielten mich auf, doch bevor ich ernsthafte Probleme mit ihnen bekam, erschien Riprash am oberen Ende des Achteraufgangs: Seine riesige Schädelwunde schimmerte im Laternenschein.

»Snakestaff!«, rief er mit dröhnender Stimme.

Ich legte mir den Finger auf die Lippen. »Pseudolus.«

Er starrte mich kurz an, nickte dann aber. »Säu-do-luss.« Um viele Jahrhunderte lang auf den Höllenflüssen zu überleben wie Riprash, muss man wahrscheinlich eine relativ schnelle Auffassungsgabe besitzen. Er winkte mich zu seiner Kabine. Die roch immer noch wie eine riesige Käsesocke, fühlte sich aber, verglichen mit den meisten Orten, wo ich gewesen war, nett und heimelig an.

Gob hockte auf dem Fußboden. Als ich eintrat, sah er auf wie ein Hund, der es gewohnt ist, in der Mehrzahl aller Fälle getreten zu werden. Wenn ich erwartet hätte, dass er mir um den Hals fallen oder auch nur freundlich grunzen würde, wäre ich enttäuscht worden, doch es war klar, dass er mich erkannte. In der Hölle umarmt man sich nicht, außer unter reichen Leuten, die so tun, als wären sie Menschen. Aber ich *war* froh, ihn wiederzusehen. Er sah ein bisschen dicker und gesünder aus, fand ich.

»Ich schulde dir noch was«, sagte ich zu dem Jungen und hockte mich neben ihn. Ich nahm seine Hand und legte zwei Eisenspitz darauf. »Das ist das, was ich dir schulde.« Dann gab ich noch eineinhalb Batzen in Eisen dazu. »Und das ist dafür, dass du mir so lange geholfen hast.«

Gob blickte auf das Geld, und sein kleines Affengesicht war todernst.

Riprash lachte. »Er überlegt, wo er's vor mir verstecken soll.«

Ich sah den Riesen stirnrunzelnd an. »Sie stehlen ihm sein Geld?«

Riprash lachte noch lauter. »Sie machen Witze! Nicht einen Viertelspitz würde ich diesem kleinen Haarknäuel wegnehmen. Aber er traut mir nicht. Und Ihnen wahrscheinlich auch nicht.«

Ich dachte daran, wie lange es gedauert hatte, bis der Junge es wagte einzuschlafen, während ich wach war. »Da dürften Sie recht haben.«

Zu meiner Erleichterung sagte Riprash, er werde in der nächsten Nacht ablegen und mich gern mitnehmen, was hieß, wenn ich Caz irgendwie überreden konnte mitzukommen, bräuchte ich sie nicht lange vor Eligor zu verstecken. Der Großfürst war eine reiche und mächtige Figur und würde ziemlich sicher alles, was ihm zur Verfügung stand, hinter uns herschicken.

Die Aussicht, auf der Rückfahrt zum Sklavenmarkt von Port Kokytos meine Gesellschaft zu haben, schien Riprash zu freuen, doch einfach nur um ihm zu helfen, klare Prioritäten zu setzen, gab ich ihm einen Kupferbatzen, so viel wie sechs Eisenspitz, und erklärte ihm, er bekomme noch zwei, sobald wir abgelegt hätten.

Sein Lachen war so tief, dass meine Zähne vibrierten. »Bezahlen Sie mich, wenn wir in Port Kokytos sind. Man weiß nie, was bis dahin passiert, und ich verdiene mir mein Geld lieber.« Er schien etwas überrascht, als ich aufstand. »Wo gehen Sie hin?«

»Ob Sie's glauben oder nicht, ich habe ein Date.«

Gob schien kaum mitzukriegen, dass ich ging. Er schaute immer noch misstrauisch von den Eisenstücken in seiner Hand zu Riprash und wieder zurück.

Wenn sich ausgehfein zu machen heißt, ein Messer und diverse kleinere Waffen am Körper zu verstecken und außerdem wichtige Körperteile durch strategisch plazierte dickere Kleidung zu schützen, tut das der Romantik schon etwas Abbruch. Ich beeile mich zu erklären, dass Caz zwar die leidige Angewohnheit hatte, mich ab und zu ins Gesicht zu schlagen, dass das aber nicht der Grund für meine Vorkehrungen war. Jede Erledigung in der Hölle, selbst ein Gang zum Laden an der Ecke, hat ein erhebliches Potential, in einem größeren Blutbad zu enden. Einfach so aus dem Haus zu gehen, ohne vorbeugende Maßnahmen zu treffen – da könnte man sich ebenso gut die Taschen mit Geld und begehrten Konsumartikeln vollstopfen und dann mit somalischen Piraten fischen gehen. Ja, am liebsten hätte ich irgendeine Art von Panzer getragen, aber ich wusste nicht, wie die Vorschriften für meine Sekte waren, und wollte auf keinen Fall wegen irgendeines blöden Verstoßes gegen den Dresscode aufgegriffen werden.

Ich ging wieder durch die Innenstadt zum Dispaterplatz, wo ich das suchen musste, was Caz den »Tempel« genannt hatte. Ich wusste nicht, was das war, und so leicht war es bestimmt nicht zu finden: Der Beeger Square zu Hause in San Judas war ja ein ziemlich großer Platz, aber man hätte zehn von der Sorte auf dem Dispaterplatz unterbringen können und immer noch jede Menge hässlichen Raum übriggehabt. Außerdem war der Dispaterplatz nicht annähernd so ordentlich und übersichtlich wie der Beeger Square. In der Hölle existieren keine Bauvorschriften, dafür aber ziemlich dubiose physikalische Gegebenheiten, was hieß, wenn es dort so etwas wie einen alten Tempel gab, konnte er durchaus unter Obdachlosencamps und improvisierten Märkten verborgen sein. Der Dispaterplatz war das absolute Zentrum von Pandämonium. Wie viele irdische Großstädte auch, zog Pandämonium Flüchtlinge von überallher an, hatte aber nicht genügend Wohnraum für sie alle.

Ich passierte einige der bizarrsten provisorischen Unterkünfte, die man sich vorstellen kann, zum Beispiel Zelte, belüftet durch Augen-, Nasen- und Mundlöcher in der getrockneten und gespannten Haut, aus der sie bestanden. Oder Hütten, zusammengeschustert aus den Chitinpanzern riesiger Höllenkäfer. Auf einer Seite des Platzes saßen geflügelte Dämonen – ein ganzer Schwarm – wie die Tauben von Venedig auf den Fassadensimsen eines verlassenen Palastes und fächelten sich mit ihren Flügeln Luft zu. Dutzende anderer Kreaturen hockten unter ihnen im Schatten, vielleicht um von dem Wind zu profitieren, den das Gekabbel und Geflatter der Geflügelten erzeugte, wahrscheinlicher aber, um sich vom Abfall oder selbst vom Guano, den diese fallen ließen, zu ernähren.

Endlich fand ich Caz' Tempel, ein Gebäude, das einfach nur klein und unscheinbar gewesen wäre, hätte es nicht diese Aura immensen Alters gehabt. Die rohen Steinblöcke waren zwar von der Zeit minimal geglättet, aber man sah ihnen immer noch an, wie sie aus dem Muttergestein – nun ja, am ehesten wohl herausgerissen worden waren. Ich stieg die Stufen zu der Eingangsöffnung hinauf, die wie ein dümmlich klaffender Mund aussah, und lugte hinein. Nichts schien mich daran hindern zu wollen, ins schattendunkle Innere zu treten, doch nicht mal die Androhung körperlichen Schmerzes hätte mich dazu gebracht. In dem uralten Tempel war es dunkel, heiß, stickig und still bis auf das Surren einer ungewöhnlichen Menge Fliegen. Da schien niemand zu sein, aber irgendetwas an diesem Ort war so unheimlich, dass ich trotz allem, was ich erlebt habe, heute noch dran denken muss.

Als ich mich umdrehte, sah ich eine Frau in einem langen Kapuzengewand am Fuß der Treppe stehen. Einen beglückenden Moment lang dachte ich, es sei Caz, doch als ich die Stufen hinabstieg, winkte sie mich mit sich, und ein Blick auf ihre blutleere, aufgequollene Hand sagte mir, wer es war. Marmora, das ertrunkene Mädchen, führte mich vom Platz weg und durch eine Reihe immer enger werdender Gassen. Wir marschierten immer weiter, aber sie hörte nicht auf zu tropfen und hinterließ die ganze Zeit nasse Fußspuren.

Eine gefühlte knappe Stunde wanderten wir dahin, zuletzt bergauf durch eine Folge von immer verwilderteren stillen Straßen. Es war noch Abend in der Roten Stadt, aber diese Gegend lag in einem Winkel der Lamischen Hügel, wo das Licht der Lampen nie hinkam, darum war es hier nachtdunkel. Und es wirkte so einsam und verlassen, dass ich bei jedem Schritt auf der Hut war. Doch die kleine Seilbahnstation sah ich erst, als wir direkt davor standen.

Ich spreche von einer Luftseilbahn. Wir haben solche Bahnen in den Weinbergen nördlich von San Judas, und es gab mal eine auf den Mount Tamalpais bei San Francisco, die jedoch beim Erdbeben '98 zerstört wurde. Ich mochte die Dinger nie, aber verglichen mit dem, was ich jetzt vor mir sah, waren die Seilbahnen auf der Erde so sicher wie Dreiräder. Diese Drahtseile führten in einem unmöglich steilen Winkel nach oben, und die unbemannte Antriebsmaschinerie sah unglaublich alt und unzuverlässig aus. Aber da waren die riesigen Seilscheiben und das mächtige Drahtseil, und da war die Gondel, ein rostiger Kasten mit den verrotteten Überresten dessen, was vielleicht mal ein hübsches Interieur gewesen war.

Marmora schlug die Kapuze zurück, enthüllte ihr feuchtes Haar und ihre wie verlorene Eier aussehenden Augen. »Die Gräfin ist oben«, sagte sie mit ihrer ruhigen, leicht wassergetränkten Stimme. Was sie dachte, war ihr nicht anzumerken. »Sie erwartet Sie, Lord Pseudolus.« Sie wandte sich ab und entschwand den gewundenen Weg hinab.

Ich starrte auf die klcinkende, ächzende Apparatur, die mich beängstigend an den Heber erinnerte. Immerhin war ich diesmal nicht am Verbluten.

Ich stieg in die kleine Gondel und fand einen Hebel. Ich legte ihn um, und nach einem Moment rüttelnder Unentschlossenheit schwankte die Gondel bergan.

Nur das noch, sagte ich mir. *Oben erwartet dich Caz. Dann ist alles gut.*

Womit ich natürlich völlig falsch lag. Wie immer.

31

KERNIGE JUNGS

Als ich über dem schwarzen Vegetationsgewirr ein ganzes Stück bergauf geschaukelt war, sah ich plötzlich auf einer Lichtung unter mir Eligors Wagen stehen. Er sah aus wie eine Kreuzung aus einem dampfgetriebenen Duesenberg und einem Humvee, nur dass er über und über mit dekorativen Laternen bestückt war und an den Stoßstangen lange Stacheln hatte. Außerdem war er gepanzert und wahrscheinlich auch mit allen möglichen Waffen bewehrt. Am Wagen lehnten zwei hünenhafte Dämonen: kahle, graue Köpfe auf muskelbepackten Körpern – Candy und Cinnamon, die Ex-Bodyguards der Gräfin, die ein Auge auf das Eigentum ihres Chefs hielten.

Aha, die Zucker- und Zimtjungs waren also hier. Aber das Gute war, dass ich Caz selbst nicht entdecken konnte und dass es von der gerodeten Stelle, die als Parkplatz diente, keinen Fahrweg weiter hinauf zu geben schien. Also warteten sie wohl dort unten auf sie. Ich duckte mich in die rostige Gondel, für den Fall, dass einer von ihnen hochschaute.

Der Gedanke, Caz allein anzutreffen, nahm mir schier den Atem, aber die Gondel kroch so langsam bergan wie eine Raupe, und mir blieb nichts anderes übrig, als die Landschaft zu studieren, die für Höllenverhältnisse ganz interessant war. Jetzt sah ich, dass Pandämonium auf einer Reihe von Hügeln lag und von einer mächtigen schwarzen Stadtmauer umgeben war. Ich gondelte gerade den höchsten dieser Hügel hinauf, den Diabolus-Berg mit Graten aus schwarzem Obsidian und einer vielfältigen Vegetation von Pflanzen und Bäumen, vorwiegend in Rot-, Schwarz- und Grautönen. (Ich begriff allmählich, dass farbliche Monotonie als solche schon eine Strafe ist, und diese Farbtöne war ich inzwischen gründlich leid. Kein Wunder, dass die Höllenprominenz sich so gern farbenprächtig kostümierte.)

Doch erst als die Seilbahngondel dem Gipfel entgegenschwankte, bot sich mir die ganze relative Imposanz der Szenerie dar. Im Sattel zwischen diesem Gipfel und dem dunklen Schemen seines nächsten Nachbarn lag, umgeben von drahtartigen Bäumen und schwarzem Gras, ein See, so glatt und glänzend wie ein unregelmäßig geformter Spiegel.

Die Gondel hielt ächzend und knirschend in den halbverrotteten Überresten der Bergstation. Ich stieg aus.

»Ich konnte kaum glauben, dass das gestern wirklich passiert ist«, sagte sie.

Caz stand am Rand eines Pfads durch die dunklen Bäume. Ich lief zu ihr, und sie ließ sich zwar in die Arme nehmen und küssen, wand sich dann aber relativ brüsk los.

»Was ist?«

»Geh ein Stück mit mir«, sagte sie tonlos. Ich nahm ihre kalte Hand, und wir tauchten in den Schutz der Bäume ein, die wie die verkohlten Gerippe eines Nadelwalds aussahen, aber unter der schwarzen Kohleschicht und unter dem grauen Boden eindeutig lebendig waren.

Wir gingen hangabwärts, zum See, der in diesen letzten Stunden der zweiten Lampe wie ein roter Edelstein schimmerte. Ich fragte mich, wie dunkel es hier oben wohl wurde, wenn nur noch die Nachlichter brannten. Caz brach das Schweigen, indem sie auf ein geflügeltes, langschnäbliges Geschöpf auf einem der schwarzen Äste zeigte und sagte: »Das ist das, was man hier einen Würger nennt, es ist aber kein richtiger Vogel. Jedenfalls keiner mit Federn. Wenn man genau hinschaut, sieht man, dass er eher wie ein Insekt ist.« Sie schüttelte den Kopf. »Würger‹ heißt er, weil er seine Beute auf spitze Zweige spießt, so wie der Vogel. Der Unterschied ist nur, dass der Vogel es tut, um sich zu ernähren, diese Kreaturen aber damit einen Partner anlocken.«

»Willst du sagen, ich sollte jede Menge Leichen aufspießen, wenn ich dich wirklich beeindrucken will?«

»Das ist nicht witzig, Bobby. Ich will auf etwas Bestimmtes hinaus. Die Evolution läuft hier anders.« Ich zog eine Augenbraue hoch. Sie sah mich stirnrunzelnd an. »Was? Erstaunt es dich, dass ich weiß, was Evolution ist? Ich mag ja im Mittelalter aufgewachsen sein, aber seither habe ich eine Menge erlebt und auch eine Menge gelesen. Ich bin Darwin sogar mal begegnet.« Sie ließ meine Hand los und machte eine abwinkende Geste. »Ach, vergiss es. Ein andermal. Ich will etwas Bestimmtes sagen.«

»Und das wäre?«

»Das mit uns kann nichts werden, Bobby. Wir sind zu verschieden. Ich bin wie eins von diesen Würger-Insekten. Ich habe nur ein paar Jahre auf der Erde gelebt. *Das* hier hat mich zu dem gemacht, was ich bin, Bobby. Egal, was ich für dich empfinde, und egal, was du …« Sie schüttelte wieder den Kopf, konnte einen Moment lang nicht sprechen, ging aber immer weiter. »Egal, was zwischen uns ist, wir haben einfach keine Zukunft.«

Ich ließ das ein, zwei Sekunden auf mich wirken, ehe ich meinen Gedanken Luft machte. »Quatsch.«

»Nein. Du kannst es nicht einfach wegmachen, indem du leugnest –«

»Ich behaupte ja nicht, dass alles, was du sagst, Quatsch ist, Caz, nur deine Schlussfolgerung. Woher willst du das denn wissen? Du hast doch eben selbst gesagt, hier gibt es eine *Evolution*. Aber, und das ist das Interessante – im Himmel nicht, nicht dass ich wüsste jedenfalls. Dort verändert sich nie was, und genau so wollen sie's offenbar. Aber hier? Hier verändert sich ständig alles. Es ist wie … ein verrücktes Experiment oder so was.«

»Und weißt du, warum?«, fragte sie. Wir näherten uns jetzt dem Waldrand, hinter dem der See glänzte wie ein von Titanenhand abgelegter Spiegel. Caz packte mich an beiden Armen. Ich hatte schon fast vergessen, wie stark sie war. »Weil es so noch *schlimmer* ist! Darum dreht sich hier alles. Um Bestrafung. Um Leiden.«

»Na und? So viel hab ich selbst schon spitzgekriegt. Was hat das mit uns zu tun? Ich habe mich doch nicht in dich verliebt, weil ich dachte, du wärst so eine lustige Zeitgenossin.«

An einem anderen Punkt unserer Beziehung hätte sie wohl wenigstens ein bisschen belustigt gewirkt, aber jetzt war sie zu müde, zu traurig. »Nicht, Bobby. Mach keine Witze. Mit all dem will ich sagen: Das hier ist ein Abschied.«

Damit hatte ich nun wirklich nicht gerechnet, jedenfalls nicht in dieser unverblümten Form, und es erwischte mich kalt. Ich ging ein paar Meter weiter, aus dem Wald hinaus ans Seeufer. Teile der schwarzen Oberfläche dampften, während andere von schlüpfrigen Schemen aufgewühlt wurden, die unter der Oberfläche dahinglitten und sich nur gerade so weit aus dem Wasser erhoben, dass es spritzte und Wellen warf. Ich hatte keine Ahnung, was für eine Sorte Kreaturen das war, eine, die leicht einen Plesiosaurus hätte verdrücken können, nach dem, was ich sah: aalglatte Körper, so dick wie Riesenmammutbäume. Ich blieb ein paar Meter vom Ufer weg.

»Abschied?«, sagte ich schließlich. »Hör mal, ich habe ganz schön lange gebraucht, um hierher zu kommen. Glaubst du wirklich, ich mache nach all dem einfach kehrt und gehe ohne dich zurück?«

»Ja.« Sie war ein kleines Stück hinter mir stehen geblieben. Vom staubigen grauen Boden waren ihre weißen Strümpfe schon ganz verdreckt, jedenfalls da, wo sie unter ihrem altmodischen Kleid hervorguckten. Dinosaurier und Trägerkleider. Die Hölle war wirklich ganz schön verrückt. »Ja, Bobby, das glaube ich. Deshalb sind wir hier. Mach noch ein letztes Mal Liebe mit mir – hinterlass mir noch eine letzte Erinnerung –, und dann geh. Ich würde in deiner Welt niemals glücklich. In keiner von beiden.«

»Willst du etwa sagen, du wärst *hier* glücklich?«

»Natürlich nicht. Ich versuche, deine Seele zu retten, du Dummkopf, daran denkst du offenbar nie. Also geh einfach.«

Jetzt war ich wirklich sauer. Jetzt packte ich *sie*, ungeschickt wegen meiner immer noch nachwachsenden Hand. Ich hatte nicht vor, sie gehen zu lassen. »Nein, Caz! Und nicht nur, weil ich diese ganze Scheiße auf mich genommen habe, um dich zu finden. So oberflächlich bin ich nicht. Nein, wir gehören zusammen, und nur, weil du ... dich nicht traust, es zu glauben, kannst du mich noch lange nicht dazu bringen, einfach zu kapitulieren.«

Sie weinte jetzt ein bisschen, und die Tränen wurden zu Eisflöckchen, kaum dass sie über ihre Lider gequollen waren. »Hör auf, Bobby! Lass es! Das ist ... grausam.« Sie erschlaffte so plötzlich, dass ich schon dachte, ihr sei etwas passiert, aber sie war einfach nur von Erschöpfung und Emotionen überwältigt. »Verstehst du denn nicht? Weißt du denn nicht, was du mir mit deiner sogenannten Liebe antust?«

»Was tue ich dir an? *Ich* halte dich nicht gefangen – das ist dein Erzarschloch von Ex, Schätzchen.«

»Glaubst du, es geht um Eligor? Glaubst du, es kümmert mich in irgendeiner Weise, was er mit mir macht? Ich habe dir doch gerade erklärt, wie die Hölle funktioniert. Warum kapierst du's denn nicht? Ich hatte endlich gelernt, mit der Qual zu leben oder wenigstens zu existieren, aber seit ich im Circus deine Stimme gehört habe ...« Ihr blieb kurz die Stimme weg, und sie rang um Fassung. »Seit diesem Moment bin ich *wirklich* in der

Hölle. Weil auf einmal alles wieder da ist. Nicht nur du, sondern *alles*. Das, was zwischen uns war, das, wovon wir uns eingebildet haben, dass es zwischen uns wäre, ja, das, was vielleicht sogar zwischen uns hätte sein können, wenn das Universum ein anderes wäre. Ja, ich hatte auch solche Gedanken. Ein paar Sekunden lang habe ich es sogar schon fast gefühlt. Aber es war von Anfang an Lüge, Bobby.«

»Ich bin nicht einfach nur Bobby«, sagte ich ruhig. »Ich bin ein Engel, Caz. Ich bin auch Doloriel.«

»Ja, und du denkst immer, das Glas ist halbvoll. Aber selbst wenn es so wäre, wäre das Glas halbvoll mit Gift.« Sie streckte mir ihre andere blasse Hand hin. Sie zitterte. »Liebe mich, Bobby. Noch ein letztes Mal. Und dann geh zurück zu deinen Engelsspielchen und deinen Wir-tun-so-als-wären-wir-Menschen-Freunden. Gib mir die Chance, Narbengewebe zu bilden, weil das alles ist, worauf ich hoffen kann.«

»Nein.« Seit wir in dem Nobel-Kleiderladen auseinandergegangen waren, hatte ich darauf gewartet, wieder mit ihr Liebe zu machen, aber jetzt war ich zu wütend und zu verletzt. »Nein, das tue ich nicht. Ich sage dir nicht Lebewohl und du mir auch nicht, und ich will auch keinen letzten Ach-wie-traurig-Fick. Ich komme morgen wieder, Caz, und ich nehme dich mit. Wenn du es schaffst, allein aus dem Haus zu kommen, kannst du mich vor diesem alten Tempel am Dispaterplatz treffen, wo mich heute deine klatschnasse Freundin abgeholt hat. Wenn nicht, komme ich direkt in Eligors Haus, um dich zu holen, und es ist mir egal, wie viele von seinen Wächtern ich dafür in Stücke hacken muss. Hast du mich verstanden? Morgen, sobald die letzte Lampe aus ist.« Ich drehte mich um und ging am Seeufer entlang.

»Nein, Bobby! Das ist doch Wahnsinn!«

Ich hörte es, ging aber weiter.

»Bobby! Du kannst nicht so ins Tal runtergehen! Nimm die Seilbahn!«

Aber ich war zu wütend. Wenn ich nicht etwas von der Wut verbrannte, die wie Napalm in meinen Adern zirkulierte, würde ich irgendwas erwürgen. Nicht dass das Erwürgen beliebiger Opfer in der Hölle *so* verpönt wäre, aber es würde mehr Aufmerksamkeit auf mich lenken, als ich brauchen konnte. Noch immer ignorierend, was Caz mir nachrief, erreichte ich das nahe Ende des Sees und stapfte weiter, durch den Wald von schwarzen Bäumen bergab. Mein Gehirn fühlte sich an wie ein Wespennest, dem jemand einen Fußtritt verpasst hatte.

Als ich etwa eine Meile bergab marschiert war, die Lunge voll staubigem grauem Dreck, die ungeschützten Hautpartien von dornigen Zweigen zerkratzt, verrauchte mein Zorn allmählich. Ja, ich fragte mich sogar schon, ob ich vielleicht ein bisschen vorschnell (oder, Gott bewahre, melodramatisch) gewesen war, als ich plötzlich auf eine Lichtung hinausstolperte und mich Aug in Aug mit Caz' Gorillas fand, die noch immer bei der geparkten Limousine warteten. Sie starrten mich eine Sekunde lang an, weniger, weil sie *mich* erkannten, als vielmehr, weil sie erkannten, dass ich hier nichts zu suchen hatte. Dieselbe Erkenntnis hatte mich auch gerade getroffen, als auch schon einer der beiden »He! Sie!« rief. Ich machte auf dem Absatz kehrt, rannte wieder in den Wald und verfluchte mich dafür, dass ich der um sich selbst kreisende Idiot war, als den mich immer alle Welt hinstellt. Klar hat alle Welt recht, aber trotzdem: Klappe!

Es war ein Wettrennen. Sie setzten mir nicht so entschlossen nach, wie es der Fall gewesen wäre, wenn sie mich erkannt hätten, aber trotz ihrer Namen waren Candy und Cinnamon richtig kernige Jungs – militärtaugliche Waffen in hypermuskulöser, entfernt menschlicher Gestalt. Sie mussten nicht wie ich um die Bäume herumkurven: Das Bersten und Brechen frontal attackierter Stämme und Äste folgte mir den Hang hinab wie Artilleriefeuer.

Den Geräuschen nach schien ich einen der beiden ein Stück

abgehängt zu haben, aber sein hässlicher Bruder war mir dicht auf den Fersen. Ich folgte den Seilbahn-Seilen, so gut ich konnte, rutschte dabei die Hälfte der Zeit auf dem Hintern, weil der lockere, schwarze Boden tückisch war. Die wesentlich schwereren Süßilein-Boys schienen dieses Problem nicht zu haben. Als ich mich umschaute, war einer nur noch etwa zehn Meter hinter mir. In der Hand hielt er etwas, das wie eine kurze Peitsche aus Schlaufen von glühendem Stacheldraht aussah. Ich hatte entschieden keine Lust herauszufinden, wie sich das Ding anfühlte. Aber leider schien ich keine große Wahl zu haben. Zwanzig, dreißig Meter vor mir fiel der Hang jäh ab: Die Seilbahn-Drahtseile schwangen sich über einen furchterregenden Steilabsturz. Ich musste bremsen.

Ich war mir ziemlich sicher, dass der, der direkt hinter mir herstürmte, Cinnamon war; sie unterschieden sich zwar nicht so sehr in ihrer Hässlichkeit, doch selbst in seiner Dämonengestalt hatte Caz' Fahrer noch etwas von seinem irdischen Schnurrbart-Look, eine gewisse Verdickung der ledrigen Oberlippe. Ich war versucht, ihn an meine diversen Bemerkungen über seine Karrierechancen als Pornodarsteller zu erinnern, um ihn wütend und unvorsichtig zu machen, aber da wir beide jetzt andere Körper trugen und er mich in meinem neuen bislang nicht wiedererkannt hatte, wäre das wohl in die Kategorie »unnötige Provokation« gefallen. Also machte ich ein paar Schritte auf ihn zu und nahm eine Art Catcherpose ein, die Arme ausgebreitet.

»Heda«, raunzte er mich an und drosselte seinen Schritt etwas, als er mich in Kampfhaltung gehen sah. Er hob die glühende, rasselnde Drahtpeitsche. »Können Sie mir sagen, was Sie da oben ...«

Wäre ich irgendein Normaltrottel gewesen, hätte er mich überrumpelt, denn mitten im Satz schwang er plötzlich seine Peitsche in der eindeutigen Absicht, mir den Kopf vom Hals zu fetzen. Zum Glück war mir jedoch klar, dass keiner von uns beiden dem anderen wohlwollte. Ich duckte mich weg und schleuderte ihm eine Handvoll schwarzen Staub vom Hangboden in die Augen.

Er schrie erbost auf, war aber nicht annähernd so wütend, wie ich ihn haben wollte, denn statt blind loszustürmen, tastete er sich mit kleinen Schrittchen auf mich zu, wobei er die glühende Peitsche schwang und sich so positionierte, dass ich es möglichst schwer hatte, an ihm vorbeizukommen, solange er nichts sah. Ich hatte mich im Lauf der Jahre mehr guten Kämpfern gegenübergesehen, als mir lieb gewesen war, und Cinnamon war eindeutig auch einer.

Aber er war eben ein Kämpfer, und ich war keiner, und das war mein einziger Vorteil. Ich bin nur auf Überleben gepolt. Ich bewarf ihn weiter mit Zeug und machte genug Lärm und Getue, um ihn zu veranlassen, weiter auf mich zuzutappsen, während er sich die tränenden Augen wischte und mich gleichzeitig vor sich herzutreiben versuchte. Nach ein paar Schritten rückwärts stolperte ich so, dass ich in Hockstellung landete. Ich versuchte, erschöpft zu wirken, was mir nicht schwerfiel, denn ich war es wirklich. Cinnamon konnte gerade genug sehen, um zu wissen, dass er mich praktisch schon hatte, also stürzte er schnell auf mich zu, um mich zu erwischen, bevor ich wieder hochkam. Und das war der Fehler, auf den ich gehofft hatte.

Kurz bevor er mich erreichte, schnellte ich mich mit aller Kraft empor. Der Höchste war mit mir oder zumindest in diesem Moment nicht aktiv darauf aus, mich zu töten, und meine Fingerspitzen hakten sich um das Seilbahn-Drahtseil. Ich zog die Beine just in dem Moment hoch, als Cinnamon sich auf die Stelle stürzte, wo ich eben noch gehockt hatte, und sobald er unter mir durch war, drehte ich mich um und trat ihm mit beiden Füßen, so fest ich konnte, gegen die Schulterblätter, sodass er bergab taumelte. Ich hatte nicht die Kraft, ihm ernsthafte Schmerzen zuzufügen, und er hätte sich schon nach ein paar

Schritten wieder gefangen – er war ja mindestens doppelt so schwer wie ich –, aber das Problem war: Er hatte nicht mehr den Platz für die paar Schritte. Ich hatte ihn bis fast an den Rand des Steilabsturzes gelockt, und als er den zweiten Fuß aufsetzen wollte, war darunter nichts mehr. Nicht mal Dämonen der Hölle können sich wie Trickfilmfiguren in der Luft halten, indem sie so tun, als träten sie Wasser. Er fiel so jäh außer Sicht wie ein Sack Wackersteine. Doch als er, verblüfft ob der Leere unter seinen Füßen, die Arme hochriss, streifte mich die Drahtpeitsche noch, ehe sie mit Cinnamon im Abgrund verschwand.

Es war nicht wie Strom, und es war nicht wie Feuer, aber das, was diese Peitsche enthielt, vereinte in sich die unangenehmsten Aspekte von beidem. Ich kann mich nicht mal erinnern, das Drahtseil losgelassen zu haben, und wenn ich nur etwas näher am Abgrund gehangen hätte, wäre ich dem grauen Muskelmann unverzüglich gefolgt, aber ich fiel so schlaff zu Boden, dass ich nicht mal mehr rollte, sondern an der Kliffkante liegen blieb wie ein halbgefüllter Sandsack.

Ich hing gerade der müßigen Frage nach, wie ich es immer wieder schaffte, in solche Situationen zu geraten, als das schlierig-rötliche Licht des späten Höllennachmittags von einer zweiten hünenhaften Silhouette verdunkelt wurde.

»Du kleines Stück Scheiße«, sagte Cinnamons Kumpel Candy. Er beugte sich vor, und ich fühlte sein Knie auf meiner Brust, als hätte jemand einen Laster auf mir geparkt. Er stieß mir etwas ins Gesicht, das wie eine überdimensionale Steinschlosspistole aussah, ein Ungetüm aus Gusseisen, Messing und Holz. Ich hatte keine Ahnung, welches Level von Höllentechnologie das Ding repräsentierte, war mir aber ziemlich sicher, dass es mir den Kopf wegpusten würde. So riesig, wie Candys Zeigefinger war, verblüffte es mich, dass er noch nicht versehentlich abgedrückt hatte. Er keuchte, und was ich von seinem großen, hässlichen Gesicht sah, wirkte gar nicht glücklich. »Du hast meinen Partner zerstört«, knurrte er. Ich hätte schwören können, dass sein Knie den Boden berührte, durch meinen Oberkörper hindurch. »Ich sag's dir. Du wirst *jahre*lang schreien.«

32

EMPORGEHOBEN

Unter normaleren Umständen hätte ich wahrscheinlich versucht, da irgendwie durch Reden rauszukommen. Wobei Candy mich natürlich nie hätte gehen lassen, dafür war es zu spät. Aber ich hätte versucht, ihm irgendwas zu erzählen, um ihn ein Stückchen von der Pelle zu kriegen, und dann die Beine in die Hand genommen. Aus irgendeinem Grund aber war ich im Lauf der letzten Stunde oder so immer wütender geworden. Mag sein, dass es was mit der Abfuhr zu tun hatte, die mir Caz erteilt hatte. Außerdem hatte ich gerade Candys Partner über die Kliffkante befördert, was vermutlich hieß, dass er mir nicht allzu aufmerksam zuhören würde. Also machte ich gar nicht erst den Versuch, eine weniger gewaltsame Möglichkeit zu finden, gegen das Elefantenknie auf meiner Brust und die Pistole in meinem Gesicht anzukommen, sondern drehte mich unter dem Lauf weg und zog das lange, gekrümmte Messer, das ich auf dem Nachtmarkt erstanden hatte, aus meinem Stiefel. Ich tat mein Bestes, Candy im Zuge dieser Bewegung wesentliche Beinsehnen zu durchtrennen, gab mich aber gar nicht erst lange mit der Frage ab, ob es mir gelungen war oder nicht, weil mein Hauptziel darin bestand, ihm das Messer in die Genitalgegend zu rammen, was ich eine Viertelsekunde später auch tat. Candy stieß einen Schrei aus und fiel, eine Blutfontäne verspritzend, auf mich, aber da rollte ich mich bereits weg: Ich schaffte es, mich unter ihm hervorzustrampeln, war aber schon nass von klebrigem, rotem Zeug. Wenn er seine dicken Finger in mich gegraben hätte, beschwert mit seinem ganzen Gewicht, läge ich jetzt noch dort.

Eins muss man ihm lassen: Als der Hüne merkte, wie böse ich ihn verletzt hatte und dass ich ihm entschlüpft war, hielt er sich nicht lange mit Fluchen oder Brüllen auf, sondern rappelte sich hoch und wankte wie ein lahmer Elefant hinter mir her. Ich rannte die Kliffkante entlang, auf der Suche nach einem weniger dramatischen Weg bergab als die Direttissima, die Cinnamon genommen hatte, konnte aber keinen entdecken. Candy hatte immer noch die Pistole und feuerte jetzt einen Schuss ab, von dem mir fast die Trommelfelle platzten. Hätte er mich getroffen, wäre mein Kopf gleich mit geplatzt, so aber zerbarst nur ein Baum einen halben Meter neben mir in brennende Splitter.

Ich hatte keine Ahnung, ob seine Pistole einschüssig oder irgendeine Art von Repetierwaffe war und wusste auch nicht, wie ich es herausfinden sollte, ohne ihn ein weiteres Mal auf mich schießen zu lassen. Candys graues, grobknochiges Gesicht, das sich noch nie durch Hübschheit ausgezeichnet hatte, war jetzt eine grimmige, blutverschmierte Maske. Er blutete heftig aus dem Unterleib, walzte aber immer noch wie ein Panzer über alles hinweg, was ich an Hindernissen zwischen uns zu bringen versuchte, woraus ich schloss, dass er nicht verbluten würde, ehe er dazu gekommen war, mir die Eingeweide herauszuziehen wie eine Yoyo-Schnur. Im Rennen hob ich einen kantigen Stein von der Größe einer Zuckermelone auf.

Als er das nächste Mal stolperte und für einen Moment langsamer wurde, war ich bereit. Ich ging gar nicht erst ins Windup, sondern warf mit Wucht aus der Set-Position wie beim Double Play. Ich habe einen ziemlich guten Wurfarm und frage mich oft, ob diese Tatsache und meine Baseball-Begeisterung Spuren meiner unbekannten Vergangenheit sind, aber in diesem Moment hatte ich nur das eine im Kopf: einen Kaventsmann von Stein an Candys Kaventsmann von Schädel zu donnern. Er traf ihn mit einem schrecklichen dumpfen Geräusch mitten auf die Stirn, mit so viel Schmackes, dass ich den Knochen unter der Haut nachgeben sah wie die Schale eines harten Eis, das auf Steinfliesen fällt. Er ließ die Pistole los und brach in die Knie, jetzt oben und unten blutend wie ein Schwein, während er sich mit zittrigen Händen ans Gesicht fasste.

Ich hätte einfach weiterrennen können – er wäre wenigstens ein paar Minuten außerstande gewesen, mich zu verfolgen, auch wenn er noch so erstaunliche Heilkräfte besaß. Oder ich hätte seine Pistole aufheben und ihm ein paar Kugeln in Kopf und Brust jagen können, genug, um ihn so lange außer Gefecht zu setzen, dass ich den restlichen Weg ins Tal gemütlich schlendernd und unterwegs noch Blumen pflückend (so denn auf diesem elenden Scheißhaufen von Berg welche wuchsen) hätte zurücklegen können. Doch wie gesagt, ich war irre wütend und aggressiv, deshalb rannte ich zu ihm zurück und stach stattdessen mit diesem mächtigen, alten Dämonendolch auf ihn ein, stach ihm immer wieder in Hals, Gesicht und Brust. Er brüllte – na ja, es klang eher wie ein Gurgeln, was es vermutlich auch war – und versuchte, mich zu fassen zu kriegen, aber ich tänzelte nach jedem Zustechen sofort wieder aus seiner Reichweite. Als er mich schließlich doch zu fassen bekam, hatte ich aus seiner oberen Hälfte bereits eine zerfetzte, rotgetränkte Masse gemacht, und da ich hinter ihm stand, konnte er nicht mehr tun, als mich an sich zu ziehen. Ich sprang ihm auf den Rücken, schlang die Beine um seinen Hals (der mindestens den Umfang meiner Taille hatte) und begann, an seiner Kehle herumzusäbeln.

Es war schrecklich. An den letzten Teil kann ich mich, ehrlich gesagt, kaum erinnern. Ab und zu hörte ich über Candys Röcheln und Brüllen meine eigene Stimme, und sie produzierte dieselben inkohärenten Laute, nur eine Oktave höher. Ich dachte nicht an die guten alten Zeiten, als ich ihm gedroht hatte, ihm den Schwanz wegzupusten, und er mir versprochen hatte, mich zu zerquetschen wie ein Insekt auf einem Kühlergrill. Ich merkte nicht mal, ehe es zu spät war, dass er schon seit geraumer Zeit nicht mehr an mir zerrte, sondern zu signalisieren versucht hatte, dass er sich ergab. Da war er bereits vornübergekippt, sodass er auf Knien und Ellbogen lag, der Boden um ihn herum nur noch aufgewühlter Matsch mit roten Pfützen.

»*Stopp.*« Das war das einzige Wort von ihm, das ich verstand, und es war bei weitem das leiseste, nur ein schwaches Gurgeln. Aber es kam just in dem Moment, als ich den letzten Rest Hals durchtrennte. Ich riss seinen Kopf los und hielt ihn vor mich. Er war so schwer, dass ich ihn kaum halten konnte, aber ich sah seine sich trübenden Augen vor Erstaunen ganz groß werden, sah seinen Mund lautlos ein »Sie …?« formen. Dann warf ich den Kopf so weit wie möglich von mir. Er sprang noch zwei, drei Mal auf, rollte dann über die Kliffkante und verschwand.

Ich sackte auf Candys kopflosem Körper zusammen. Meine Wahnsinnswut war plötzlich weg.

Als mein Gehirn schließlich rebootete, setzte ich mich auf und sah mich um. Das Licht hatte sich nicht groß verändert, also brannte die letzte Taglampe noch. In der Hölle war es immer schwer zu schätzen, wie viel Zeit vergangen war, aber bis auf den Leichnam von Caz' Bodyguard (der durch die Entfernung des Kopfes beträchtlich gewonnen hatte) war ich immer noch allein. Wofür ich sehr dankbar war, glauben Sie mir, und nicht nur aus den nächstliegenden Gründen. Ich hatte so völlig die Kontrolle über mich verloren, dass ich mich geschämt hätte – jawohl, selbst in der Hölle –, wenn mich irgendjemand gesehen hätte, vor allem aber Caz.

Ich war blutgetränkt. Ich säuberte mein Messer, so gut ich konnte, und steckte es wieder in meinen Stiefel. Ich wusste, dass

Candys und Cinnamons Wagen nicht allzu weit über mir stand, wollte aber nicht zurückgehen, um ihn zu stehlen, weil dann Caz gezwungen wäre, allein zu Fuß nach Fleischross zurückzugehen, durch üble Viertel der Roten Stadt. Dieser Gefahr wollte ich sie nicht aussetzen. Was wieder mal auf eine dieser besonders sinnigen Bobby-Dollar-Aktionen hinauslief: Ich ließ ihr ihren Wagen, damit sie schneller nach Hause kommen und das Verschwinden ihrer Leibwächter früher melden konnte. Was sie natürlich musste. Man machte nicht einfach eine kleine Spazierfahrt und verlor dabei eine halbe Tonne Dämonen-Gorillas, ohne deren Arbeitgeber davon in Kenntnis zu setzen.

Ich hätte wahrscheinlich versuchen sollen, Caz zu finden und sofort mitzunehmen, aber ich wusste nicht, wie lange ich es schaffen würde, sie vor einem wütenden Großfürsten und dessen Soldaten zu verstecken. Riprash legte ja erst am nächsten Tag ab, und ich konnte es gar nicht brauchen, dass sie die Häfen absuchten. Wenn Caz jetzt nach Hause kam, würde Eligor zwar wegen der Sache mit ihren Leibwächtern alarmiert sein, sie selbst aber hoffentlich nicht verdächtigen. Natürlich wäre es jetzt für sie schwerer, am nächsten Tag aus dem Haus zu kommen, um mich zu treffen. (Ja, ich weiß, dass sie mir nicht mal indirekt zu verstehen gegeben hatte, sie werde es tun, aber ich musste einfach daran glauben, um überhaupt irgendwie weitermachen zu können.) Daran waren ich und meine misslichen Entscheidungen schuld.

Meine Situation war auch nicht ganz unkompliziert. Selbst wenn ich alles von mir abwusch, was aus dem geköpften Bodyguard gesickert, getropft und gesprudelt war, hatte ich doch sicher genug eigene Wunden. Ich wollte nicht in diesem Zustand in den *Strauß* zurückkehren und einfach darauf hoffen, dass es niemandem auffiel. Auch wenn den Höllenbewohnern so was im Allgemeinen ziemlich egal ist, werden sie einen doch jederzeit verraten, falls für sie dabei etwas herausspringt.

Zum Glück hatte ich im *Strauß* nichts zurückgelassen, was ich wirklich brauchte, denn je länger ich darüber nachdachte, desto weniger wollte ich mich dort blicken lassen. Ich war erschöpft und zittrig und sah aus, als hätte ich einen Käfigkampf mit einem Löwenrudel bestritten. Ich musste irgendwohin, wo ich sicher war, und sei es nur, um zu schlafen. Das hieß, mir blieb genau eine Möglichkeit.

Bevor ich mich Riprashs Schiff näherte, ließ ich mich kurz ins seichte ölig-schwarze Wasser des Styx gleiten, wusch Candys Blut, so gut es ging, von mir ab und kletterte dann gerade noch auf den Kai zurück, bevor mich eine Flottille großer, leichenblasser Aale erreichte, die der Geruch von feingewürfeltem Bodyguard angelockt hatte.

Was ich nicht einfach abwaschen konnte, war mein Selbstgefühl, das *mehr als beschissen* war. So was wie diesen Blutrausch vorhin hatte ich noch nie erlebt, nicht mal in den schlimmsten Momenten bei den Harfenmännern, während der brutalsten und furchterregendsten Einsätze. Und ich musste mir jetzt etwas eingestehen, was ich geraume Zeit verdrängt hatte: Die Hölle drohte nicht nur auf mich abzufärben, sie *hatte* es längst getan.

Bei dieser Erkenntnis wurde mir ganz kalt. Als ich mitten in Riprashs Belade-Aktion hineinstolperte, fröstelte ich wie ein Malariakranker im Endstadium.

Der Oger fragte mich gar nicht erst, was passiert war. Sobald er meine klatschnasse, blutige Kleidung sah, lud er mich einfach auf seine Schulter und trug mich über die Laufplanke in seine Kabine. Er und Gob wuschen meine schlimmsten Wunden aus, verbanden mich dann mit vergleichsweise weichem Stoff und gaben mir Wasser zu trinken. Meine Kraft reichte gerade noch, um darüber zu staunen, wie ähnlich das Dasein in der Hölle dem richtigen Leben war. Ich konnte hier bluten. Ich konnte hier ausrasten.

Und schlafen konnte ich hier auch. Ich sank in fiebriges Dunkel.

Als ich aufwachte, war ich allein. Ich stand auf, so zittrig wie ein Junkie direkt nach dem Entzug, und stieg aufs Deck der *Ollen Hippe* hinauf. Es war dunkel bis auf das ferne Glühen der Nachlichter. Riprash schickte gerade die letzten Schauerleute nach Hause.

»Gut, dass Sie wach sind«, polterte er, »weil der Junge und ich nämlich ausgehen und ich Sie gerade wecken wollte, um's Ihnen zu sagen. Wollte ja nicht, dass Sie aufwachen und wir sind weg.«

»Weg?« Ich hatte zwar nicht mehr den Wahnsinnszorn in mir, aber doch eine gesunde Dosis hölleninduzierter Paranoia. »Wohin?«

Riprash sah sich eingehend um und beugte sich dann dicht an mein Ohr. »Gemeinschaftstreffen«, sagte er leise. »Ist ja unsere letzte Nacht im Hafen, da wär's mir arg, wenn ich es versäumen würde.«

Ich war ja schon bei einem von Riprashs Treffen gewesen, und so interessant (und sogar bewegend) ich es auch gefunden hatte, musste ich doch nicht unbedingt noch eins mitmachen. Aber dann müsste ich ganz allein hier auf dem Schiff warten, vielleicht stundenlang, in dem Wissen, dass Eligors gesamter Haushalt auf der Suche nach demjenigen war, der die beiden Bodyguards getötet hatte. Falls sie die Möglichkeiten hatten, sie in neue Körper umzusetzen, hoffte ich, dass es wenigstens eine Weile dauern würde, denn mit ziemlicher Sicherheit hatte mich Candy zum Schluss noch erkannt. Nein, je länger ich drüber nachdachte, desto weniger wollte ich allein irgendwo bleiben.

»Ich komme mit.«

Natürlich gefiel das dem frommen Riprash. »Gut! Sehr gut! Ich sage Gob Bescheid. Wird ihn freuen. Er hat nämlich inzwischen zur Emporhebungsgemeinschaft gefunden.«

Ach, der Junge fühlte sich zu einem Glauben hingezogen, der ihm in Aussicht stellte, es könnte noch mehr für ihn geben als ewige Qual, Hoffnungslosigkeit und Not? Warum bloß?

Der Ort des Treffens war eines der riesigen Lagerhäuser an einem der Hauptarme des Styx. Im Erdgeschoss stapelten sich Säcke und Tonkrüge, aber in den darüber gelegenen Stockwerken war etwas mehr Platz, und im obersten gab es einen Raum, der sich für die Zwecke der Emporhebungsgemeinschaft eignete: leer bis auf eine Schicht von schwarzem Stroh auf dem Boden und mit einem großen Dachfenster. Denkt dran, Kinder, falls ihr mal eine Häretikersekte gründet, achtet darauf, immer mindestens zwei Ausgänge zur Verfügung zu haben.

Drei, vier Dutzend Verdammte warteten hier, und daran, wie sie bei Riprashs Erscheinen aufmerkten, konnte ich ablesen, dass er in dieser kleinen Untergrundgemeinde von Unzufriedenen eine genauso zentrale Rolle spielte wie in seiner Heimatgemeinschaft in Port Kokytos.

»Also, lasst mich euch jetzt von einem Mann erzählen, von dem ich gehört habe«, begann Riprash, als sich der Geräuschpegel etwas gesenkt hatte. »Ich sagte, hört zu, ihr Dreckskerle!«

Wenn ein Dreimeterriese Schweigen gebietet, ist das ziemlich effektiv. In der nunmehr eingekehrten Stille hörte ich die Rufe der Stauer ein Stück weiter weg auf dem Kai und die Schreie der gepeitschten Sklaven, deren Muskelkraft den Antrieb des Ladekrans bildete. Auch nach Wochen in der Hölle noch immer keine angenehme Geräuschkulisse.

»Da war also dieser Mann«, hob Riprash wieder an. »Keine Ahnung, ob er hier bei uns ist oder am Anderen Ort, aber als er noch lebte, hatte er eine sehr wichtige Idee. Er hieß Origenes und lebte in Alexandria –«

»Ich habe in Alexandria gelebt«, sagte einer der kräftigeren und lauteren Zuhörer. »Hab nie jemanden gekannt, der so hieß.«

Riprash schüttelte den mächtigen Kopf. »Es reicht jetzt mit deinem Dazwischenreden, Poilos. Das hast du über Alexander den Großen auch gesagt. ›Wie kann er so groß gewesen sein, wenn ich nie von ihm gehört hab?‹ Halt doch zur Abwechslung einfach mal den Mund, dann kannst du vielleicht was lernen.« Er sah den Mann unwirsch an, was bei den meisten lebenden Menschen zum sofortigen Herzstillstand geführt hätte. Poilos fiel zwar nicht tot um, schwieg aber immerhin. »Gut«, sagte Riprash. »Also ...«

Da ich die Predigt über Origenes und seine Ideen schon mal gehört hatte, klinkte ich mich ein bisschen aus. Ich kaute immer noch an der Frage, was Temuel mit diesen armen verdammten Kerlen verband. Schließlich zettelte Riprash hier ja keine offene Rebellion oder so was an – eher im Gegenteil, soweit ich es mitkriegte. Statt seine Mitgläubigen dazu aufzurufen, sich zu erheben und ihre Post-Engelssturz-Herrscherkaste zu entmachten, verwies er sie auf bessere Zeiten, die vielleicht irgendwann in unvorstellbar ferner Zukunft kommen würden. Was konnte das dem Himmel nützen?

Plötzlich kam mir ein Gedanke. Vielleicht ging es ja gar nicht darum. Vielleicht hatte das alles ja nichts mit einem höheren Plan zu tun, nichts mit dem Krieg zwischen uns und ihnen, zwischen dem Höchsten und dem Widersacher. Vielleicht war es ja einfach nur etwas, woran Temuel wirklich glaubte. Vielleicht war es ja einfach seine Überzeugung, dass niemand für immer unrettbar verloren war, nicht die Verdammten und nicht mal ihre verfluchten Peiniger.

Das nahm mir regelrecht den Atem. Ich hatte plötzlich ein Gefühl dafür, wie riesig und tragisch die Hölle wirklich war. Gott hatte, wenn er denn so ursächlich für alles war, wie meine Oberen behaupteten, eine riesige Maschinerie erschaffen, um sein Bestrafungswesen zu institutionalisieren und das Leiden zu konzentrieren. Das Prinzip, wie ich es kannte, lautete: »Wenn du Unrecht tust, und sei es noch so momentan, wirst du für immer und ewig gepeinigt werden, Amen.« Punkt. Keine Berufung, keine Bewährung. Aber der gute Origenes aus Alexandria hatte das nicht hingenommen, und vielleicht nahm es Temuel ja auch nicht hin. Konnte das irgendwas Bedeutsames bewirken?

Ja, konnte es, wenn diese verdammten Seelen daran glaubten. Es würde ihnen etwas geben, das sie nie gehabt hatten – Hoffnung. Versuchte mein Erzengel also wirklich, Trost ins Dasein dieser Unglücklichen zu bringen? Oder war das Ganze, wie ich zunächst automatisch unterstellt hatte, nur ein zynisches Mittel, dem Widersacher Knüppel zwischen die Beine zu werfen?

Obwohl ich jetzt schon so lange hier unten war und es wahrhaftig genügend Versuche gegeben hatte, mich zu zerstören, hatte ich doch mit dem ganzen Konzept der Hölle mehr Probleme denn je. Es ist schwer, den Feind noch genauso zu sehen wie früher, wenn man mal bei ihm zu Hause war, ihn mit Frau und Kindern erlebt hat usw. Und ich war definitiv ganz schön weit in der »Usw.«-Phase, da ich immerhin eine Dämonin als meine Liebste betrachtete, auch wenn sie sagte, sie wolle es nicht sein. Bestand noch eine Chance, dass Caz morgen Abend auftauchen würde? Und selbst wenn, wie sollte ich sie heil auf Riprashs Schiff bringen?

All diese offenen Fragen machten mich unruhig, also stand ich auf, um ein bisschen hin und her zu gehen. Das scheiterte aber daran, dass der Raum voller grässlicher Höllenkreaturen war, die es nervte, dass ich auf dem Holzboden umherknarzte, während sie Riprash zuhören wollten. Also ging ich hinaus auf den Gang, der durchs Dachgeschoss führte. Die meisten Lagerräume waren leer, und die Türen standen offen. Plötzlich glaubte ich in einer der Türöffnungen eine graue, geduckte Gestalt zu erblicken, die mir beunruhigend bekannt vorkam. Kurz war ich vor Überraschung wie gelähmt, dann zog ich mein Messer aus dem Gürtel und näherte mich vorsichtig der Türöffnung. Der dahinterliegende Raum war leer, enthielt noch nicht mal die Haufen von schwarzem Stroh, die ich erwartet hatte. Das Fenster auf der gegenüberliegenden Seite war offen, der Laden nach oben geschoben.

Konnte es wirklich Smyler gewesen sein? Aber wenn ja, warum sollte er abhauen? Hatte er Angst vor den vielen Leuten im anderen Raum? Irgendwie entsprach das nicht meinem Bild von ihm. Vielleicht wartete er ja nur auf eine bessere Gelegenheit, mich zu erwischen, eine Situation, in der ich allein war.

Geschockt eilte ich in die größere Sicherheit des Gemeinschaftstreffens zurück, doch kaum war ich leise wieder in den Raum geschlüpft, da ließen mich ein lautes Krachen und barsche Stimmen von unten zusammenfahren. Und nicht nur mich: Im ganzen halbdunklen Raum glänzten schreckgeweitete Augen auf, und eine Sekunde später verwandelte sich die ruhige Versammlung von Verdammten in eine jäh von Licht aufgestörte Kakerlaken-Party: Missgestaltete Kreaturen huschten nach allen Seiten davon, als die ersten Mördersekten-Wachen mit Peitschen, Fackeln und Netzen zur Tür hereinstürmten.

Hatte uns Smyler im Auftrag der Höllenoberen bespitzelt? Das machte zwar keinerlei Sinn, aber dass seine Anwesenheit hier reiner Zufall gewesen war, konnte ich auch nicht glauben.

Ich kämpfte mich durch das Chaos, auf der Suche nach Riprash, doch der Riese erschien wie aus dem Nichts, packte mich am Schlafittchen wie einen Hundewelpen und trug mich zum Fenster. In der anderen mächtigen Pranke hielt er Gob, und bevor ich auch nur erahnen konnte, was er beabsichtigte, hatte sich Riprash schon so weit aus dem Fenster gebeugt, dass der Junge und ich in der Luft baumelten, unter uns nichts als die harten Pflastersteine rund dreißig Meter tiefer. Mir blieb aber nicht viel Zeit, mir irgendwelche Gedanken zu machen, denn im nächsten Moment spürte ich einen heftigen Ruck, und Gob und ich flogen durch die Luft, wobei sich alles um uns herum drehte wie das Muster in einem Kaleidoskop. Ich machte eine panische halbe Sekunde durch, ehe wir aufschlugen und rollend und rutschend zum Halten kamen und mir klar wurde, dass Riprash uns nicht hinuntergeworfen hatte, sondern hinauf aufs Dach des Lagerhauses.

Danach konnte ich gar nicht mehr viel denken, weil ich ganz damit beschäftigt war, meine Waffen zu finden und den schreienden Emporhebungsgläubigen auszuweichen, die ebenfalls aufs Dach gelangt waren.

Im wilden Getümmel wurde ich schnell von Gob getrennt. Jetzt waren nicht mehr nur Gläubige auf dem Dach – die Mördersekten-Schergen waren uns hinterhergeklettert, pflügten durch die kreischenden Häretiker, fetzten mit ihren klingenbewehrten Peitschen Fleisch aus Rücken, zermalmten Gliedmaßen und Schädel mit schweren Keulen. Die Gefällten wurden in Netzen weggeschleift, verschnürt und in einer Ecke des Daches deponiert, während die Wachen sich auf diejenigen von uns konzentrierten, die noch frei waren.

Als ich, mit meinem Stiefelmesser fuchtelnd, in Richtung Dachkante zurückwich, um möglichst viel Distanz zwischen die Wachen und mich zu bringen, hörte ich unmittelbar unter uns ein splitterndes Krachen und gleich danach ein Donnergepolter. Ich spähte über die Kante und sah, dass Riprash den direktesten Weg aus dem Versammlungsraum genommen hatte: Er hatte den beengenden Fensterrahmen einfach herausgebrochen und beim Runterspringen gleich noch einen Gutteil der umliegenden Wand mitgenommen. Offensichtlich heil gelandet, stand er jetzt inmitten von Trümmern und kaputten Pflastersteinen und schaute herauf.

»Springen Sie!«, brüllte der Riese, als er mich sah. »Ich fang Sie! Keine Angst!« Er breitete die mächtigen Arme aus. Ich zögerte, nicht weil ich ihm nicht vertraut hätte, sondern weil ich immer noch nicht wusste, wo Gob war, und den Kleinen nicht einfach zurücklassen konnte. Ohne mich wäre er gar nicht hier in Pandämonium!

Endlich sah ich ihn, kratzend und beißend wie eine gebadete Katze, in den Armen eines Wachsoldaten. Der Mördersektenkerl hatte ledrige Haut und beinharte, schnabelartig vorstehende Lippen, als wollte er demonstrieren, dass eine leibhaftige Ninja Turtle alles andere als niedlich wäre. Auch wenn er sich noch so tapfer wehrte, hatte Gob doch keine Chance; der Kerl hatte ihn schon so gut wie unter Kontrolle und würde ihn jeden Moment zu etlichen anderen ins Netz packen.

Ich stürmte von hinten auf den Wachsoldaten los und rammte ihm meine Klinge dorthin, wo ich seine Nierengegend vermutete. Das kettenhemdartige Ding, das er trug, bremste den Stoß zwar ab, doch der Dämonenstecher war ein wuchtiges Messer, und ich trieb es ihm mit beiden Händen ins Kreuz. Er stieß einen überraschten Krächzlaut aus und ließ Gob fallen. Ich hielt mich nicht damit auf, das Messer wieder herauszuziehen, sondern schnappte mir schnell den Jungen und rannte im Zickzack durch das Chaos aus Wachen und Emporhebungsgläubigen zur Dachkante. Drunten kämpfte Riprash mit drei Soldaten, hatte aber die Oberhand, und als ich seinen Namen rief, schaute er hoch und machte dann mit seinen Gegnern kurzen Prozess, wobei er einem mit der Faust den Kopf vom Hals schlug.

Ich warf ihm Gob zu. Ich konnte gerade noch verfolgen, wie der Junge in Riprashs mächtigen Pranken landete, dann rissen mich zwei Mördersekten-Wachen zurück. Zwei, drei weitere kamen hinzu, warfen sich auf mich wie dicke Männer auf einen Rugbyball, und das war's dann. Jemand prügelte mir mit einer Art Keule jeden Gedanken aus dem Kopf – das ist das Letzte, woran ich mich erinnere. Es war das mieseste Trommelsolo aller Zeiten, und unter so was leide ich echt, aber zum Glück brauchte ich es nicht lange zu hören.

33

DER KONFERENZRAUM

Ich war wach, schon eine ganze Zeitlang, auch wenn ich die Augen noch zu hatte, aber meine Sinne sagten mir immer wieder, ich sei in einem Konferenzraum in irgendeinem Holiday Inn oder Hilton Businesshotel, obwohl ich doch wusste, dass ich in der Hölle war. Trotzdem, ich roch eindeutig Kaffee und glasierte Donuts und irgendein en gros erhältliches Raumspray. Ich versuchte gerade, mir darauf einen Reim zu machen, als jemand etwas sagte.

»Tss, tss, Anwalt Doloriel, Sie sind wirklich ein hartnäckiges kleines Biest, was?«

Das Herz rutschte mir in den tiefsten Winkel meiner Hose und weigerte sich, je wieder hervorzukommen. Und meine Augen sprangen auf, obwohl ich sofort wünschte, sie wären zugeblieben, denn dann hätte ich noch ein Weilchen so tun können, als wäre das Ganze nur ein keulenhiebinduzierter Traum.

Großfürst Eligor stand da in voller Höllenadelskostümierung, gut zwei Meter groß, umwallt von etwas Schwarzem, Renaissanceartigem mit einem Stehkragen bis ans Kinn. Das einzig aus dem Rahmen Fallende war, dass er, abgesehen vom unmenschlichen Glimmen seiner Augen, sein Kenneth-Vald-Erdenmilliardärsgesicht trug statt einer seiner wirklich furchterregenden Fratzen. Nicht, dass ich mich nicht auch so genug gefürchtet hätte.

Trotzdem tat ich mein Bestes. »Nettes Outfit, Ellie. Wie hieß noch mal das Safeword?«

Er sagte nichts. Der Ort, an dem ich mich befand, sah haargenau so aus wie er roch: Vald/Eligor stand auf der anderen Seite eines ganz normalen Konferenztischs in einem ganz normalen Hotelkonferenzraum (jedenfalls, wenn sich das Hotel in Visalia, Bakersfield oder San Leandro befunden hätte), inklusive einer Packung Donuts und eines Kaffeetabletts mit Süßstoff und Kaffeeweißer. Das Einzige, was an diesem Inbild rotarischer Perfektion fehlte, war ein Fenster mit halboffener Jalousie und Blick auf den Freeway oder den Business Park nebenan. Dieser Raum hier hatte gar kein Fenster.

Eligor faltete sich elegant auf einen Stuhl mir gegenüber. Ich schien nicht gefesselt zu sein, wollte es aber lieber nicht austesten – noch nicht, denn es war mit an Sicherheit grenzender Wahrscheinlichkeit das, was er erwartete. Ich hatte keinerlei Mittel gegen ihn, außer vielleicht dem, etwas Unerwartetes zu tun, und dazu würde ich wohl höchstens *eine* Chance haben, also sollte ich warten, bis mir etwas einfiel, das den Versuch wert war. So lange würde ich an dem ansetzen, was ich von unseren früheren Begegnungen über Eligor den Reiter wusste: dass er gern redete.

»Das war also alles eine Falle?«

Der Großfürst lächelte leise. »Was, dieses kleine Holy-Roller-Treffen, das Sie besucht haben? Glauben Sie wirklich, ich würde Ihnen extra eine aufwändige Falle stellen? Die Gräfin hatte recht – Sie haben wirklich ein übersteigertes Gefühl Ihrer eigenen Wichtigkeit. Nein, es wusste überhaupt niemand, dass Sie hier sind, kleiner Engel, obwohl Sie es wahrlich darauf angelegt haben, bemerkt zu werden. Also ehrlich, Dollar, Sie waren in meinem Haus. Ich dachte, der Himmel verbietet Selbstmord.«

»Und ich dachte, die Hölle würde einem in ein paar Millionen

Jahren das Modepüppchenhafte austreiben, aber da habe ich mich offensichtlich geirrt. Sie sagen, Sie waren gar nicht hinter mir her?«

Er schüttelte den Kopf, als wäre diese Frage eigentlich keiner Antwort wert. »Wir waren auf der Suche nach ›Pseudolus‹, seit Sie Fleischross Ihren kleinen Besuch abgestattet haben. Haben Sie wirklich geglaubt, wir würden nicht bei der Lügnersekte rückfragen, ob Ihre Angaben stimmen? Und als dann jemand seine schlechte Laune an Candy und Cinnamon ausgelassen hat – tja, Sie können sich sicher denken, dass das unser Interesse schlagartig intensiviert hat. Als die Stadtwachen von Pandämonium Sie dann zusammen mit diesen Emporhebungsidioten aufgegriffen haben, hat einer meiner Informanten in Ihnen denjenigen erkannt, den wir suchten … also sind Sie jetzt hier.« Er schüttelte den Kopf. »Sie haben die Leibwächter der Gräfin so gut wie vernichtet. War das wirklich nötig? Zuerst töten Sie in San Judas meine Sekretärin, und jetzt kommen Sie den ganzen weiten Weg hierher und erledigen zwei harmlose Lohnsklaven. Haben Sie was gegen die arbeitende Bevölkerung?«

»Es reicht jetzt mit dem Gequatsche«, sagte ich. »Reden wir Tacheles, damit wir das hier hinter uns bringen können. Sie wollen die Feder. Deshalb haben Sie Smyler auf mich angesetzt. Von unserem Problem mit der Gräfin mal ganz abgesehen, musste ich was unternehmen, weil ja offensichtlich war, dass Sie mich nicht in Ruhe lassen würden. Und Sie wussten, dass ich in der Hölle bin, weil Smyler mir hierher gefolgt ist, also tun Sie nicht so überrascht.«

Er sah mich eine ganze Weile an, so ausdruckslos wie die verwitterte Statue eines frühmittelalterlichen Königs. »Smyler«, sagte er. »Ja, klar.«

»Sie brauchen keine Spielchen zu spielen, Big Boss. Sie halten alle Trümpfe in der Hand. Tun Sie, was Sie zu tun gedenken. Ich werde Ihnen die Feder nicht geben und Ihnen auch nicht sagen, wo sie ist. Sie töten mich doch sowieso, warum also sollte ich Ihnen den Gefallen tun?«

Er lächelte, indem er langsam die Zähne entblößte, ein Raubtier, das es nicht eilig hatte, weil seine Mahlzeit nicht mehr entkommen konnte. Zum ersten Mal sah ich, dass er wahrscheinlich so alt war wie der Planet, wenn nicht noch älter. »Sehr gut. Heroisch gesprochen. Aber meiner Meinung nach sollten Sie das sagen, *nachdem* ich versucht habe, Sie ein bisschen weichzuklopfen. Kommt dann besser zur Geltung.«

»Nur zu«, sagte ich. »Versuchen Sie Ihr Glück. Was haben Sie damit vor?« Ich deutete auf den Konferenztisch und die miserablen Ölgemälde. »Mich mit der Verkaufspräsentation für ein Timesharing-Apartment zu quälen?«

»Ach, das Ambiente gefällt Ihnen nicht?« Eligor sah sich um. »Ich habe es eigens für Sie angefordert. Dachte, so ein Kleinkrämer wie Sie würde sich da zu Hause fühlen. Wir können es aber ändern, wenn Sie lieber –«

Und plötzlich war der Raum weg, und ich fiel durch pfeifendes Dunkel, hilflos ins Leere greifend.

»Wie wär's damit?«

Um mich herum wässriges Licht, dreckiges Glas, Edelstahltische, verschmiert mit altem Blut, antikes Linoleum, braun von den eingetrockneten Überresten zahlloser ekliger Flüssigkeiten. Über dem Operationstisch, auf dem ich lag, hing ein Sortiment von Gerätschaften, das selbst Torquemada hätte erschauern lassen: Bohrer und Knochensägen und Greif- und Kneifinstrumente, deren Zweck ich nicht mal erahnen konnte, deren rostige, fleckige Oberflächen aber Bände sprachen.

»Oder, falls Sie's lieber traditionell haben«, sagte Eligors Stimme, »könnten wir's hiermit probieren.«

Das Licht wurde heruntergedimmt. Jetzt war da nur noch eine einzige Fackel, gerade hell genug, um erkennbar zu machen, dass der alte Steinboden um mich herum von krabbelnden

Kreaturen wimmelte. Auch die Wände waren ein Gewusel von klickenden kleinen Dingern. Ich schrie auf und wollte mich losreißen, kam aber nicht hoch, geschweige denn weg.

»Oder was Surrealistisches? Zwanzigstes Jahrhundert dürfte Ihnen doch zusagen?«

Ich wurde in ein Dutzend Richtungen gedehnt; meine Augen standen jetzt unmöglich weit auseinander, hatten zwei getrennte Perspektiven. Die bleiche Decke über mir hatte ein riesiger Mund ersetzt, Lippen, so groß wie die Front eines Autos, kicherten und machten Kussgeräusche und flüsterten Sachen, die ich nicht ganz verstand, während ein feiner Spucke-Sprühregen auf mein Gesicht niederging. Spinnen mit Vogelköpfen und Vögel mit den Köpfen mittelalterlicher Harlekins hüpften und flatterten um mich herum. Die Lippen ließen jetzt ein Würgegeräusch heraus, rundeten sich dann zu einem »O«, und etwas Graues, Sirupzähes von der Größe eines Gorillas kletterte zwischen den Zähnen hervor; Augen schwammen in seinem Körper herum wie Luftblasen in einem mit Flüssigkeit gefüllten Plastikbeutel.

»Oder vielleicht können Sie jetzt ja dem ursprünglichen Thema doch etwas abgewinnen«, sagte Eligor, und auf einmal war da wieder der Konferenzraum um mich herum. »Sie sehen, es ist im Grund egal. Sie sind nicht an irgendeinem Ort, Doloriel – Sie sind bei *mir*. Und Sie werden mir sagen, wo die Feder ist. Es ist nur eine Frage der Zeit, und wir haben ja … die Ewigkeit.«

Mächtige, tosende Krematoriumsflammen loderten aus den Wänden, rot, gelb und orange, vom gleichen grässlichen Orange wie Eligors Augen. Aber Eligor konnte ich nicht mehr sehen. Ich sah überhaupt nichts mehr außer den Flammen.

Ich fühlte, wie meine Haut versengt wurde. Fühlte, wie sie ausdörrte, platzte und dann verbrannte. Ich fühlte, wie meine Nerven zu verkohlten Strängen wurden, wie mein Muskelgewebe zusammenschnurrte und Feuer fing, wie meine Knochen in Flammen aufgingen. Ich fühlte genau das, was man fühlt, wenn man den Flammentod stirbt, ein Maß an schrillem Schmerz in jeder Faser, das man gar nicht beschreiben kann, eine Agonie, die alles überstieg, was ich mir hätte vorstellen können. Die Person, die auf diese Weise verbrannt worden war, dieser Bobby, dieser Engel Doloriel, war jetzt unwiederbringlich dahin. Diese Person konnte es nie wieder geben. Und das Etwas, das zurückblieb, da war ich mir sicher, würde nie mehr aufhören zu schreien. Nie mehr aufhören zu brennen.

Eligor wählte bedachtsam einen Donut aus. »Der letzte mit Puderzucker«, erklärte er. »Also, wo ist meine Feder?«

Ich brauchte eine Weile, um Worte zu formen, obwohl ich, soweit ich es an meinen zittrigen Händen ablesen konnte, wieder heil und unverbrannt war, als hätte ich nicht eben erst mehr sengende Flammenpein erlitten, als in eine ganze Lebensspanne passt. »Leck ... mich.«

»Tja, dann!«, sagte er und prostete mir mit seinem *World's Greatest Boss*-Becher zu, als die Flammen wieder aufloderten.

Wenn ihm das Höllenfeuer langweilig wurde, hatte er noch jede Menge andere Methoden, mich zu foltern, darunter ein paar recht innovative. Ich musste mit ansehen, wie Caz – oder jedenfalls etwas, das aussah wie sie – gefoltert und von Eligor selbst und diversen anderen Dämonen vergewaltigt wurde. Später dann musste ich miterleben, wie eine andere Version von Caz sich an denselben Aktivitäten freiwillig, ja sogar mit Begeisterung beteiligte, während gleichzeitig meine Nerven gestreckt und versengt und mit schabenden Instrumenten bearbeitet wurden. Eligor ging gern multimedial vor.

Natürlich redete ich. Scheiße noch mal, was denn sonst? Ich erzählte ihm alles, was ich wusste, über die Feder und überhaupt. Pein tut weh. Und Höllenpein tut noch viel mehr weh. Und das hier war persönlich, war Pein, die mir Eligor zufügen *wollte*, und er sorgte dafür, dass ich auch noch das letzte Quentchen spürte. Ich glaube, es hatte gar nicht so sehr mit Caz zu tun, sondern damit, dass ich ein lästiges Ärgernis war, dass meine unbedeutende Person es geschafft hatte, ihm so viel von seiner kostbaren unbegrenzten Zeit zu stehlen. Man sollte meinen, er hätte mir für die Zerstreuung dankbar sein müssen. Aber nein.

Doch es schien egal, dass ich alles auskotzte, was an Geheimnissen in mir war. Eligor quälte mich trotzdem weiter. Nach den Flammen fand ich mich plötzlich an einem Ort, der so hell und weiß war wie ein Industrie-Reinraum. Männer mit Gesichtern wie Fettflecken droschen mit Eisenhämmern auf mich ein, zerschlugen jeden einzelnen Knochen meines Körpers, klopften mich flach wie ein Kotelett. Mein Mund änderte unter jedem Schlag seine Form, sodass es nahezu unmöglich war, Worte zu artikulieren. Aber sie droschen weiter auf mich ein, und ich schrie immer weiter heraus, was ich wusste.

Dunkle, ölige Flüssigkeit. Schlangenartige Dinger, die mir die Zähne ins Fleisch schlugen und sich um mich wanden wie sexbesessene Aale, um mich hinabzuziehen. Kurz vorm Ertrinken konnte ich mich befreien, auftauchen, stinkende, giftige Luft ausstoßen und meine Lunge mit etwas vollsaugen, das nicht viel besser war, nur um dann wieder ins Dunkel hinabgezerrt zu werden. Und das Ganze noch mal. Und … es ist angekommen, oder?

Horden von halbverwesten Kreaturen, die mir das Gesicht abfressen wollten, während ich über Müllberge zu entkommen versuchte. Das war weniger lustig, als es klingt.

Meine Haut, die sich von meinem Körper loszureißen versuchte. Genauso lustig wie es klingt.

Ein Gelass voller Stechameisen und beißender Fliegen, so groß wie Tauben. Ich ohne Arme und Beine.

Ein stockfinsterer Raum, wo nichts passierte, außer dass da in meinem Schädel ein fürchterlicher Schmerz war, wie ein wahnsinniger Seeigel mit Reißnagelstacheln, der sich durch eine meiner Augenhöhlen ins Freie zu zwängen versuchte. Es wurde immer schlimmer, bis ich mir schließlich den Kopf abriss, worauf er wieder nachwuchs und das Ganze von vorn anfing.

Und zwischendurch, nur als kleine Erinnerung, warum ich buchstäblich Höllenqualen litt, landete ich wieder bei Eligor im ursprünglichen Konferenzraum. Er stellte mir ein paar neue Fragen oder dieselben noch mal. Oder er sah mich nur an und lachte, und dann war ich wieder im Säurebad oder baumelte wieder am Elektrozaun. Zwei, drei Mal las er gerade E-Mails auf seinem Smartphone und schaute nicht mal auf. Einmal sah ich Caz aufrecht und stumm dastehen, von Eligor mit einer Hand am Hals gepackt wie ein Huhn, das gleich auf den Hackklotz wandert. Ihre Augen waren feucht, und ihre Wimpern glitzerten von gefrierenden Tränen, doch sie regte sich nicht und sagte nichts.

Dann wieder die Krematoriumsflammen, aber diesmal waren alle meine Freunde aus dem *Compasses* auch da – Monica, Sweetheart, Walter Sanders, die allesamt schrien, während sie verbrannten, und mich anflehten, ihnen zu helfen.

Als ich das nächste Mal wieder im Konferenzraum landete, wartete da Lady Zinc mit irre glänzenden Augen auf mich. Während Eligor Kaffee trinkend zusah, vergewaltigte Vera mich wieder, wie sie es so oft getan hatte. Dann nahm sie mich auf die eine oder andere neue Art, die sie damals nicht hatte ausprobieren können. Es war alles schmerzhafter, als man es sich je ausmalen könnte – guter Gott, viel, viel schmerzhafter.

Nach ein paartausend Stunden verschwand Vera.

»Na, kleiner Mann?«, sagte der Großfürst grinsend. »Ganz schön anstrengenden Tag gehabt, was?«

Er versetzte mich in einen Raum, dessen Maschendrahtboden mit Säure bestrichen war. Das Fleisch schmolz mir von den Knochen und tropfte hindurch, und so entschlossen ich auch auf sie zukrabbelte, blieb die Tür doch immer gleich weit weg.

Eine endlose Wüste aus Glasscherben und Salz.

Ein finsterer Wald voller spitzzahniger Raubvögel. Die lachten wie schwachsinnige Kinder.

Noch mehr Feuer. Nadeln. Dreck. Unschuldige, die leiden mussten. Immer und immer wieder.

Wieder und wieder.

Als kleine Pause zwischen Phasen unbeschreiblicher Agonie unterbrach Eligor immer mal wieder die Foltersause, um mir zu erklären, wie was im Universum *wirklich* funktionierte. Ein bisschen wie diese lehrreichen Lückenfüller, die das Fernsehen früher zwischen den Kinder-Zeichentrickfilmen am Samstagmorgen brachte.

Das erste Mal erschien er, als ich hilflos schrie, und sagte: »Sie haben ein völlig falsches Bild.«

Ich antwortete nicht, weil ich damit beschäftigt war, Blut und Galle zu spucken.

»Der Himmel führt euch hinters Licht. Die dort oben sind gar nicht gegen das, was wir tun – sie haben uns beauftragt, es zu tun. Wir sind ein offizielles Vollzugsorgan. Wir gehören ebenso zu Gottes System wie Gefängniswärter.«

Ich spuckte wieder aus und brachte ein »Leck mich« hervor.

»Nein, im Ernst. Da könnten Sie ebenso gut Aversionen gegen die Firma haben, die Richterhämmer herstellt. Wir machen nur unseren Job, genau wie ihr.«

Ein andermal tauchte er auf, um zu sagen: »Ich habe übrigens gelogen, als ich sagte, wir arbeiteten für den Himmel. Weil es so was wie den Himmel gar nicht wirklich gibt.«

Diesmal würde ich nicht antworten. Etwas hatte mir ein paar Stunden zuvor die Zunge herausgerissen und sich noch nicht die Mühe gemacht, sie wieder zu befestigen.

»Es ist nämlich wie so eine Art Science-Fiction-Story«, erklärte der Großfürst. »Hölle, Himmel – alles Quatsch. Die Erde wurde schon vor langer Zeit von Invasoren aus dem Weltraum übernommen, aber die Menschen haben es noch nicht gemerkt. Die Außerirdischen haben dieses ganze Zeug aus unserem Unterbewusstsein heraufbefördert, damit wir gefügig sind, immer schön spuren und uns benehmen wie eine brave Sklavenpopulation. Verstehen Sie jetzt die Logik des Ganzen?«

Später, als ich wieder im Besitz meiner Zunge war, hatte Eligor eine neue Erklärung. »In Wirklichkeit waren es keine Außerirdischen. Das war gelogen. Es waren Menschen aus der Zukunft, die das Problem der Zeitreise geknackt hatten. Sie befanden, das netteste Geschenk, das sie ihren unwissenden Vorfahren machen könnten, bestünde darin, die Art Universum zu erschaffen, an die diese Primitiven glaubten. Also taten sie genau das. Der ganze Kram, ich, Sie, der Höchste, alles, ist für die Menschen erfunden worden, und zwar von deren eigenen Nachfahren. So wie wenn einen die Enkelkinder bei Laune halten wollen, verstehen Sie? ›Ja, Opa, stimmt, ein lieber Gott wacht über euch und bestraft alle bösen Leute. Und jetzt mach schön dein Mittagsschläfchen.‹«

Der Großfürst schien seinen Spaß daran zu haben, denn er kam mit immer neuen Erklärungen, welcher Art die Ordnung des Universums sei, darunter etliche, die ich selbst schon erwogen hatte. Vielleicht stimmte ja eine davon. Vielleicht sogar mehrere. Vielleicht auch keine. Ich bin mir ziemlich sicher, dass er einfach nur alles niedermachte, was irgendetwas erklären, irgendetwas bedeuten könnte, damit ich am Ende mit dem Gefühl zurückblieb, dass nichts irgendeinen Sinn hatte.

Ein bisschen wie moderne politische Werbung, wenn man's recht bedenkt.

Doch selbst Eligor wurde das Spielchen nach gefühlten paarhundert Jahren leid und überließ mich ganz der physischen Folter, die immer weiterging, obwohl ich gar keine Geheimnisse mehr preiszugeben hatte. Oder vielleicht *deswegen*. In der Hölle ist das schwer zu sagen. Hier sind nicht mal der Tod und die

Steuer sicher. Alles, was hier sicher ist, sind Pein und Leiden und noch mehr Pein.

»Also, Doloriel.« Eligor stellte seinen Kaffeebecher ab und richtete sich auf seinem Konferenzstuhl auf, als ob die Flammen und das Gift und die mörderischen Qualen nur die Begrüßungspräliminarien gewesen wären und unsere Geschäftsbesprechung jetzt beginnen könnte. »Sagen Sie mir, wo sich die Feder derzeit befindet.«

Ich brauchte eine gefühlte Stunde, um die Kraft zum Sprechen aufzubieten. »Hab ich … doch … *gesagt*. Ich hab Ihnen doch alles gesagt.«

»Nein, haben Sie nicht. Sie haben mir erzählt, sie sei, durch einen Engelstrick versteckt, in der Jackentasche Ihres Körpers in einem Haus in San Judas. Meine Leute haben die ganze Bude umgekrempelt. Dort ist Ihr Körper nicht.«

Selbst da, wo ich jetzt war, am anderen Ende einer Million Jahre grässlicher Qualen, jagte mir das Angst ein, nicht weil mir in dem Moment etwas an meinem Erdenkörper gelegen hätte oder weil ich mir Sorgen um G-Man und Posie, die in dem Haus wohnten, gemacht hätte, sondern allein aus dem Grund, dass ich nur den einen Wunsch hatte, den echten, endgültigen Tod zu sterben, und dass ich wusste, Eligor würde mich nicht töten, bevor er die Feder wiederhatte. »Er ist … weg?«

»Tja, jetzt, wo ich drüber nachdenke, muss ich sagen, das Ganze ist doch ein bisschen dubios. Sie hatten die Feder die ganze Zeit, ohne es zu wissen? Und Ihr Kumpel Sammariel war derjenige, der mitbekam, wie Grasswax sie Ihnen unterschieben wollte? Sehr geschickt, wo Ihr Freund sich ja in dieser Discount-Version des Himmels verkriecht, die die Traumtänzer vom Dritten Weg kreiert haben. Und um es noch ein bisschen dubioser zu machen – wir wissen doch beide, von *wem* Sammariel seine Anweisungen bekommt.«

Ich konnte dem nur schwer folgen, nicht nur wegen der Schmerzen. Eligor irrte sich, ich hatte ihm nichts verschwiegen. Wenn die Feder weg war, wenn mein Körper wirklich verschwunden war, überraschte *mich* das am allermeisten. »Sam ... Anweisungen ...? Sie meinen Kephas?«

»Ja, ›Kephas‹, oder welchen Namen Sie auch benutzen wollen. Den Architekten dieses ganzen Fiaskos.«

Der mysteriöse höhere Engel hatte Sam für den Dritten Weg rekrutiert und ihm die Mittel zu dessen Realisierung gegeben, unter anderem das Ding, das Sam den »Gotteshandschuh« nannte und das er benutzt hatte, um Eligors Unterpfand für den Deal mit Kephas zu verstecken – eine Feder aus Kephas' höchsteigenem Engelsflügel. Es an *mir* zu verstecken, wie dann herausgekommen war, auch wenn ich es die längste Zeit nicht gewusst hatte. Dadurch war ich ja überhaupt erst auf Eligors Radarschirm geraten. Hätte ich doch nur nie etwas von dem Ding gehört oder gesehen!

Wumm! Eligor hieb auf den Tisch, dass sein Becher wackelte und Kaffee auf das Holzimitat schwappte, als wäre es realer Kaffee in einem realen Raum an einem realen Ort. »Ich will sie haben. Und Sie werden Sie mir holen.«

»Ja, klar! Wenn sie weg ist, habe ich auch keine Ahnung, wo sie ist. Weiche, Arschloch.«

Ich bekam gar nicht mit, wie er mir eine verpasste, so schnell ging es. Ich merkte nur plötzlich, dass ich am anderen Ende des Raums auf dem gemusterten Teppich lag und nur noch verschwommen sah und dass mein Kopf dröhnte wie eine Kirchenglocke. Eligor stand vor mir, über fünf Meter von da entfernt, wo er eben noch gesessen hatte. »Hüten Sie Ihre Zunge. Sie wären nicht der erste tote Engel, den ich produziere.« Er beugte sich herab. Seine Vald-Verkleidung wirkte von weiter weg perfekt, Körper und Gesicht absolut menschlich, aber jetzt, aus der Nähe, sah ich das Feuer unter der Haut durch die Poren dringen.

»Aber ich bin Pragmatiker, also mache ich Ihnen ein Angebot, Fliegerchen. Seien Sie schlau, dann dürfen Sie noch ein bisschen weiterleben und für den Ruhm Ihrer ach so heiligen Himmelsstadt kämpfen.«

Ich traute mich nicht zu atmen, geschweige denn etwas zu sagen, weil ich von seinem Hieb eben immer noch so gut wie gelähmt war und – auch wenn man es nach all der brutalen Pein, die ich bereits durchgemacht hatte, erstaunlich finden mag – schreckliche Angst hatte, er könnte wieder zuschlagen. Es fühlte sich an, als hätte er mir jeden einzelnen Knochen im Leib zerschmettert, und ich war kurz davor, mich auf den Rücken zu drehen und ihm den Bauch darzubieten. Wie war ich nur auf die Idee gekommen, ich könnte mich mit jemandem wie Eligor anlegen und es überleben? Jemand, der so blöd war, verdiente es nicht, am Leben zu bleiben.

Der Großfürst saß plötzlich wieder auf seinem Stuhl. Und im nächsten Moment saß ich ihm, ohne bewusst mitgekriegt zu haben, wie es dazu gekommen war, wieder gegenüber, zitternd wie ein geprügelter Welpe.

»Der Deal ist folgender«, sagte er. »Ich will diese Feder. Sie hätte nie aus meinem Besitz verschwinden dürfen. Sie ist meine Versicherung, dass Kephas Wort hält. Ich traue niemandem, schon gar nicht aber ehrgeizigen Engeln, und wenn jemand ehrgeizig ist, dann Kephas. Also werden Sie nach Hause zurückkehren, die Feder beschaffen und sie mir geben. Wenn Sie das nicht tun …« Er hob die Hand, und plötzlich stand Caz neben ihm, diesmal mit verbundenen Augen, einem Knebel im Mund und auf dem Rücken gefesselten Händen. »Wenn Sie's nicht tun, verabreiche ich ihr alles, was ich Ihnen gerade verabreicht habe, und noch viel mehr.«

Ich war ohnmächtig, hatte keinerlei Druckmittel, gar nichts. Ich war auf der ganzen Linie unterlegen. Mir blieb keine Wahl.

»Nein«, sagte ich. »Abgelehnt.«

»WAS?« Eligors Wutschrei war so laut, dass er mich fast vom Stuhl fegte. »Wollen Sie sie auf der Stelle brennen sehen? Bis nichts mehr übrig ist? HIER UND JETZT, SIE KLEINE SCHMEISSFLIEGE?«

»Tun Sie's bitte nicht.« Eligor war so viel mächtiger als ich, so viel mächtiger als so ziemlich alles, was ich kannte, dass ich mir vorkam, als wäre ich im Zoo ins Löwengehege gefallen. Mir blieb nichts anderes übrig, als mich ganz, ganz langsam zu bewegen und zu hoffen, dass er Caz nicht aus reiner Gereiztheit vernichten würde. »Es wäre ein Fehler.«

»Sie haben zwei Sekunden Erklärungszeit, bevor ich Sie in extrem schmerzempfindliche Atome zerlege.« Eligors Gesicht veränderte sich jetzt, als ob ich ihn so wütend gemacht hätte, dass er Mühe hatte, auch nur annähernd menschlich auszusehen. Ich sah ein andeutungshaftes Ziegenhorn, eine Spur von eitriger Haut, das Aufblitzen metallener Schädelknochen, alles nur für Sekundenbruchteile.

»Hören Sie, ich gebe Ihnen die verdammte Feder – ich will sie nicht. Ich bin nur hierhergekommen, weil Sie mir Smyler auf den Hals gehetzt haben, um sie zu finden. Aber Sie müssen uns beide gehen lassen. Mich und die Gräfin.«

»Beide?« Eligor unterdrückte jetzt seinen Zorn, aber er war ganz offensichtlich *not amused.* »Warum sollte ich?«

»Weil ich sonst einfach immer weiter nein sage. Dann können Sie mich ewig foltern oder auch töten, wenn es Ihnen langweilig wird. Und Caz können Sie auch foltern und töten. Ich kann Sie nicht dran hindern. Das Einzige, was ich habe und was Sie wollen, ist die Feder. Also lassen Sie mich *und* Caz gehen oder vergessen Sie's.«

Er zog eine Augenbraue hoch. Er hatte jetzt die Fassung wiedererlangt, war wieder ganz der gutaussehende und immens erfolgreiche Kenneth Vald. »Eins muss ich Ihnen lassen, Doloriel. Sie haben Eier, so groß wie Grapefruits.« Er machte eine Bewegung mit dem Zeigefinger, und Caz war so jäh verschwunden, dass ich gar nicht mehr dazu kam, noch einmal ihr Gesicht zu betrachten, für den Fall, dass ich es zum letzten Mal sah. Dann schnippte er mit den Fingern in meine Richtung, und alles um mich herum – der Konferenzraum, die Donuts, der verschüttete Kaffee – verschwand, und ich war allein mit meinem Schmerz und meinen schrecklichen jüngsten Erinnerungen, diesmal in endlosem, leerem Raum schwebend, einer Leere, so grau wie der Abendnebel zu Hause um die Golden Gate Bridge.

Leere ist auch eine Art von Qual. Und Einsamkeit ebenfalls, vor allem, wenn beides einfach nicht aufhört.

34

ES

Ich weiß nicht, wie lange ich in dem grauen Nichts hing/lag/
driftete. Verzeihen Sie die Konfusion in Sachen Verb, aber ich
kann es wirklich nicht genau sagen. Ich befand mich in meinem
Höllenkörper, dem Snakestaff-Körper mit den Savannenantilo-
pen-Streifen, nackt und hilflos. Gefesselt war ich nicht, aber das
bedeutete wenig, da ich außer Kopf und Hals sowieso nichts
bewegen konnte.

Natürlich war es besser, als aktiv gefoltert zu werden, aber
nur so etwa die ersten tausend Stunden, dann wurde ich allmählich ein bisschen verrückt. Ich weiß, ich weiß, Sie sagen jetzt:
»Hey, erst sagt er, er ist ein paar hundert Jahre lang gefoltert
worden, und jetzt das.« Sie haben ja recht, in der Hölle vergeht
die Zeit, wenn auch anders als in der realen Welt, und nach
meinem subjektiven Zeitempfinden waren es mindestens etliche Erdenjahre, aber das Schlüsselwort ist hier »subjektiv« – als
Eligors Gefangener befand ich mich ganz und gar außerhalb der
normalen Zeit. Er konnte nach Belieben regeln, wie lang sich
was für mich anfühlte. Es war durchaus möglich, wenn nicht gar
wahrscheinlich, dass es immer noch derselbe Morgen war, an
dem er mich in seine gastlichen Klauen bekommen hatte.

Dennoch glomm da zum ersten Mal, seit ich die Stimme des
Großfürsten gehört und gewusst hatte, dass ich mich in seiner

Gewalt befand, in mir so etwas Ähnliches wie Hoffnung. Nicht viel, aber er hatte mir immerhin einen Deal angeboten. Natürlich konnte das auch nur ein weiterer Trick sein, doch allein schon die Tatsache, dass er erst mal davon abgelassen hatte, mir die Haut abzuziehen und meine Nerven wie Vermicelli zu kochen, deutete ja wohl darauf hin, dass er nicht recht wusste, was er mit mir machen sollte. Paradoxerweise war es meine Drohung, mich von ihm zu Tode foltern zu lassen, die mir mein Leben erhielt, jedenfalls für den Moment.

Und ich bluffte nicht. Irgendwann hatte ich in einem der schlimmsten Momente erkannt, dass meine Lage hoffnungslos war. Eligor war einfach zu stark. Ich konnte ihm nicht entkommen, ich konnte nicht gegen ihn kämpfen. Das Einzige, was ich konnte, hatte ich in diesem Inferno der Pein begriffen, war zu leiden. Aber das konnte ich, wenn es sein musste, immer weiter fortsetzen. Ja, ich würde um Gnade flehen. Ja, ich würde ihm alles sagen, alles erzählen. Doch solange ich mich weigerte zu *tun*, was er wollte, konnte er mich nur immer weiter foltern. Er konnte Caz vor meinen Augen peinigen und töten, aber das konnte er sowieso, ob ich ihm nun mit der Feder half oder nicht. Das Einzige, was ich für Caz tun konnte, war, nicht zu tun, was er wollte, und ihn so zum Verhandeln zu zwingen.

Also hing oder driftete oder lag ich dort im Nichts, ewig oder noch länger, und versuchte, meine Kräfte für den Moment zu sammeln, da die Peinigerei wieder losgehen würde. Und sie würde wieder losgehen, denn ich müsste Eligor beweisen, dass es kein Bluff war. Ich müsste ihn dazu bringen, nicht länger auf den Schmerz zu setzen.

Es ging wieder los. Ich erspare Ihnen die Beschreibung. Nach ein paar tausend Jahren wurde es selbst Eligor langweilig, und so überließ er mich der eifrigen Fürsorge eines gewissen Doktor Teddy, der wie ein Plüschteddybär aussah, aber die Fingerchen eines Menschenkindes und die Augen und die Whiskyfahne eines Alkoholikers im fortgeschrittenen Stadium hatte.

Gegen Doktor Teddy nahm sich Nilochs Folterknecht wie der Hobbyfolterer aus, der er war. Doktor Teddy verabreichte mir nicht nur alles, was mir Eligor hatte angedeihen lassen, noch einmal, er hatte auch ein paar pfiffige eigene Varianten auf Lager, doch selbst meinem plüschigen neuen Freund schienen irgendwann die Ideen auszugehen, und schließlich wurde ich in das graue Nichts zurückgeschickt, wo ich mich weinend an meinen Namen zu erinnern versuchte, obwohl ich wusste, wenn mir der wieder einfiele, würde ich mich auch wieder daran erinnern, warum ich hier war und was mit mir passierte. Sie hatten irgendetwas Merkwürdiges mit mir gemacht, das bewirkte, dass ich nicht mehr schlafen konnte, und wenn ich auch am allmählichen Nachlassen meiner Schmerzen ablesen konnte, dass die Zeit verging, gab es in dieser schrecklichen, farblosen Leere doch sonst nichts, was die Stunden und Tage markierte, geschweige denn sie herumzubringen half.

Als schließlich eine Veränderung eintrat, merkte ich zunächst nur, dass sich etwas bei mir in dem Grau befand und dass dieses Etwas, was auch immer es sein mochte, weder ganz drinnen noch ganz draußen war. Am besten kann ich es so erklären: als wäre man unter Wasser, irgendwo, wo es mehr Schatten als Licht gibt und die Entfernung Dinge verfälscht und einem etwas vorgaukelt. Eine ganze Weile sah ich nur einen schiefen Schemen, wild verzerrt, als käme er gerade aus einer Dimension, die ich nicht richtig sehen konnte, und dann stand er vor mir und starrte mich an: graues Leichengesicht und Nadellochaugen, der bizarr vorstehende Unterkiefer herabgeklappt wie bei einem Fisch. Der Rest war ebenfalls grau, tote graue Haut, über Knochen gespannt. Smyler war seit unserer letzten Begegnung nicht hübscher geworden.

Mir war zwar inzwischen so ziemlich alles egal, aber bei dem Anblick zuckte ich doch ein bisschen zusammen. »Was willst du, Süßer?«, sagte ich, als ich die Sprache wiedergefunden hatte. »Ungeduldig? Du darfst bestimmt mit mir spielen, wenn dein Herrchen mit mir fertig ist.«

Er beugte sich so dicht an mich heran, dass ich in dem matten, medizinischen Licht des grauen Nichts erstmals die Linien seiner Haut genau sehen konnte, und ich erkannte, dass es nicht einfach nur Falten waren und auch keine Tattoos, sondern etwas wesentlich Komplizierteres und Bizarreres. Der Mörder war über und über mit Schrift bedeckt, Tausenden winziger Buchstaben, die mit etwas sehr Scharfem mühevoll in seine Haut geritzt worden waren, aneinandergereiht zu einem unleserlichen Text, der jeden sichtbaren Quadratzentimeter seines Körpers überzog. Ich blickte auf die graue Hand, die die Vierkantklinge auf mein Gesicht gerichtet hielt, und sah die gleiche Art Verzierung auf der Haut seiner knotigen Finger. Die andere Hand hielt er hinter seinem Rücken verborgen, aber ich hätte wetten können, dass auch sie dieses Gewimmel von unzähligen kleinen Narben aufwies.

»Warum hast … sag, warum?« Smyler reihte seine Worte noch immer auf dieselbe langsame und dennoch atemlose Art aneinander, so schlurrig-monoton wie ein gelangweilter Priester, der einen ihm nur zu bekannten Katechismus herunterleiert. »Warum bist nicht weggerannt?«

»Ich weiß nicht, was du meinst. Hör zu, wenn du mich mit dem Ding da stechen willst oder was, tu's einfach. Ist wenigstens mal eine Abwechslung.«

»Nein.« Er beugte sich noch näher heran, bis seine ledrige Gesichtshaut fast mein Gesicht berührte und ich seine Augen in den tiefen Löchern feucht umherhuschen sah. Sein Ton war fast schon verzweifelt. »*Sag*. Sag warum.«

»Was soll ich denn sagen?«

»Sag. Warum bist zurückgegangen? Warum hast ihm helfen wollen, dem kleinen Ding? Warum bist nicht weggelaufen, dich selber retten?«

Es dauerte eine Weile, bis ich schaltete. Darf ich die Geschworenen daran erinnern, dass man mich gerade ein paar tausend Stunden lang aufs sadistischste gequält hatte? Aber schließlich dämmerte es mir: Diese grässliche Kreatur wollte wissen, warum ich noch mal umgekehrt war, um Gob zu retten. Offenbar hatte er das Ganze beobachtet, nicht nur Riprashs Gemeinschaftstreffen, sondern auch den Einsatz der Mördersekten-Wache.

»Warum ich zurückgegangen bin? Weil es meine Schuld war, dass der Junge überhaupt dort war.« Mir kam plötzlich der Gedanke, dass dieser Mördermumien-Verschnitt ja jetzt vielleicht auch hinter Gob her war, also versuchte ich die Bedeutung des Jungen herunterzuspielen. »Ich habe ihn gezwungen, mit hierherzukommen. Er wollte gar nicht weg aus Abaton. Ich wollte ihm ja nur helfen ...«

»Nein!« Zum ersten Mal hörte ich so etwas wie Ärger in Smylers Stimme. Normalerweise war er so sonderbar heiter wie diese alten Männer, die kein Wort Englisch sprechen, im Hinterzimmer von chinesischen Lebensmittelläden sitzen und die Nachrichten auf Mandarin gucken. »Nein«, sagte er etwas ruhiger. »Du nicht. Engel helfen. Du bist ein Teufel. Hat Kef mir gesagt. Teufel in Engelkleidern.«

»Kef ...?« Das rührte an irgendwas. Wieder brauchte ich eine ganze Weile. »Moment mal – *Kephas*?« Sams mysteriöser Wohltäter. Der Engel, der den Deal mit Eligor geschlossen und die goldene Feder als Unterpfand gegeben hatte. »*Du* kennst Kephas?«

»Kef ... *Kephas* ist so schön. Schön wie Wolken und Silber.« Und plötzlich lächelte die Kreatur, entblößte all diese hässlichen kleinen Unterkieferzähnchen und auch die paar Stummel im

Oberkiefer. »Kephas sagt, es muss tun, was Kephas sagt, dann kann es auch ein Engel werden.«

»Was kann auch ein Engel werden? Was ist ›es‹?«

Smyler deutete mit dem Messer auf seine eigene Brust. »Es. Es wird Engel, wenn es alles recht macht. Sagt Kephas.«

Ach, du guter Gott, dachte ich verdattert. *Er glaubt, er kann ein Engel werden, indem er mich tötet.*

»Ich *bin* ein Engel«, sagte ich langsam und prononciert. »Ich bin Doloriel, Anwaltsengel vom Dritten Haus. Willst du etwa sagen, Kephas hat dir gesagt, ich sei … eine Art Teufel? Es war gar nicht Eligor, der dich auf mich angesetzt hat?«

Smyler legte den Kopf schief wie ein verwirrter Hund. Jetzt erst wurde mir bewusst, dass er genauso nackt war wie ich, aber was er je an Genitalien oder dergleichen besessen haben mochte, war weg, da war auch nur noch verwüstetes, totes Fleisch.

»Eligor?«

»Der mächtige alte Dämon, dem dieser Ort hier gehört. Der, der mich hier gefangen hält. Du arbeitest nicht für ihn, sondern für einen *Engel*?«

»Es liebt Engel.« Der Leichenmarionettenkopf nickte emphatisch. »Es wird auch ein Engel, wenn es den Job gemacht hat.«

Ich mag diese Alles-was-du-zu-wissen-glaubst-ist-falsch-Momente schon im normalen Leben nicht, aber noch weniger mochte ich sie als Gefangener in der Hölle, der gerade eine kleine Pause zwischen zwei unbeschreiblich qualvollen Foltereinheiten hatte. Was ging hier vor? Dieses Monster, dieser radebrechende Killer, gehörte nicht Eligor und hatte ihm vielleicht auch nie gehört? Jetzt, da ich drüber nachdachte, hatte der Großfürst schon ein bisschen merkwürdig reagiert, als ich Smyler erwähnt hatte, so … ausweichend. Aber warum sollte Kephas eine solche Kreatur beschäftigen? Hielt Kephas nicht seine – oder ihre – Identität gerade deshalb vor dem Rest des

Himmels geheim, weil er – oder sie – fand, dass der Höchste zu hart mit den Totenseelen umsprang? Wie vertrug sich das damit, einen Serienmörder auf einen völlig unbescholtenen Engel anzusetzen? Wer war hier der wahre Schurke, Eligor, Großfürst der Hölle, oder Kephas, der angebliche himmlische Idealist? Keiner von beiden? Alle beide?

»Wie hast du Kephas kennengelernt?«, fragte ich.

Smyler musterte mich, vielleicht, weil er das Unbehagen hinter meinen Worten spürte. »Kephas ist kommen. Kephas hat geredet. Kephas hat ihm den Himmel gezeigt. Hat ihm das Licht gezeigt. Kephas sagt, stimmt nicht, was Papa-Mann und Mama gesagt haben. Sagt, es war nicht schlecht, es war … für was andres gemacht.«

»Papa-Mann? Mama?« Smyler hatte mal gelebt, also musste er natürlich Eltern gehabt haben oder zumindest eine Mutter, aber ich hatte ihn schon so lange nur als eine Kraft des übernatürlichen Bösen gesehen. »Waren das deine Eltern?«

»Ist Kreuz, das sie tragen. Hat Mama immer gesagt. Es ist zur Welt kommen, weil Papa-Mann voll mit Hochmutsünde war. Weil Papa-Mann ihr Baby machen wollt, wo Gott sie doch ersehen hat, dass sie Jumpfer bleibt.«

»Du meinst … Jungfrau?«

»Ja. Jumpfer. Aber Papa-Mann tut das Dreckige in sie rein. Er tut es in sie rein, und wie's rauskommt, sieht sie, es ist hässlich und schlecht. Das hat sie gesagt, hat Mama immer gesagt.« Smyler wurde jetzt wieder erregter, seine Stimme noch monotoner und so haspelig, als würden die Worte von einem Strom von Emotionen mitgerissen, der zu schnell war, um ihn einzuholen oder auch nur genau zu betrachten. »Das dreckige, dreckige Ding, und Papa-Mann geht weg und lässt es da wie Dreck am Boden. Wie Dreck an Mama ihrem Kleid. Kann das Dreckige nicht vollends aus ihm rausprügeln, hat Mama gesagt. Kann's nicht totmachen, weil Gott einen Grund hat, dass es da ist. Gott will, dass es auf der Welt ist, egal wie hässlich und schlecht. Egal wie hässlich und schlecht und bös und …«

Ich bereute schon fast, dass ich gefragt hatte. Es war ja schon schlimm genug gewesen zu wissen, dass es da draußen war und mich suchte, dieses grässliche Etwas, dieses Monster, das so viele unschuldige Leute getötet hatte. Zu wissen, wie es zu diesem Monster geworden war, war noch schlimmer. Viel schlimmer.

Es erzählte mir seine Geschichte stückchenweise, in einzelnen Strängen, die zunächst nichts miteinander zu tun zu haben schienen, sich dann aber zu einem Gewebe zusammenfügten. In gewisser Weise war es eine deprimierend bekannte Geschichte, die schreckliche Geschichte so vieler Soziopathen und religiösen Psychopathen: ein Kind, das wie ein Tier oder noch schlimmer behandelt wurde, Torturen, angeblich im Namen Gottes, ein Dasein ohne sicheren Ort, ohne Wärme, ohne Liebe. Es war fast, als ob Smylers schreckliche Eltern alles darangesetzt hätten, etwas hervorzubringen, das noch schrecklicher war als sie selbst, und es ihnen gelungen wäre.

Doch jedes Mal, wenn er getötet hatte, zumindest in seinem Erdenleben, hatte Smyler geglaubt, dem Himmel etwas Schönes zu schicken, ein Geschenk für die Engel. Selbst der Name, den er sich gegeben hatte, den er am Schauplatz so vieler brutaler Verbrechen hinterlassen hatte, war keine Anspielung auf Chaucers »Lächler mit dem Messer im Gewand«, sondern ging darauf zurück, dass Mama jedes Mal, wenn sie aufgehört hatte, ihn zu schlagen oder mit spitzen Gegenständen zu stechen oder ihm Finger, Zehen oder Gesicht mit dem heißen Bügeleisen zu verbrennen, gesagt hatte: »Hör auf zu heulen. Lächle. Denk dran, Gott liebt dich.«

Und so hatte er sich gesehen, sah er sich immer noch, auch wenn er noch so tief in Blut und Wahnsinn versank. Er war Gottes lächelnder kleiner Soldat.

Die Geschichte verlor sich schließlich in Verwirrung, weil Smyler immer noch nicht wusste, was er von mir halten sollte. Sein Tunnelblick auf die Welt, dieser verrückte Fokus, der ihn zum Morden getrieben und dazu gebracht hatte, mir bis in die Hölle zu folgen, machte es ihm schwer, neue Informationen zu verarbeiten, und die Eröffnung, dass ich *kein* Dämon war, der so tat, als wäre er ein Engel, machte ihn ratlos und unsicher.

»Es muss nachdenken. Es muss beten. Gott wird sagen, was es jetzt machen soll.« Smyler nahm die Hand hinterm Rücken hervor, die er seit seinem Auftauchen in der grauen Leere dort versteckt gehalten hatte. Sie sah aus wie seine andere Hand, doch dann begannen zuerst die Fingerspitzen zu leuchten, darauf die Finger selbst, dann auch der Rest, sodass ich schließlich die Knochen durch die Haut sah, als wären sie aus brennendem Phosphor. Die Hand war so hell, dass ich kaum hinschauen konnte.

»Was …?« Ich blinzelte. Wenn ich mir die Hände vor die Augen hätte halten können, hätte ich es getan, aber ich war immer noch vom Hals abwärts bewegungsunfähig. »Was machst du da?«

»Hand der Herrlichkeit. Hat es von Kephas gekriegt. Damit es Gottes Werk tun kann.« Smyler fuhr mit der leuchtenden Hand durch das graue Nichts, das uns umgab. Plötzlich klaffte in dem Nichts ein Riss mit schwelenden Rändern, hinter dem sich weiteres Nichts erstreckte. Smyler kletterte durch den Riss.

»Hey!«, rief ich. »Geh nicht weg! Lass mich nicht hier zurück …!«

Doch es nützte nichts. Er war weg. Die schwelende Wunde schloss sich im Nu und verschwand. Das Grau war wieder leer, und ich war allein.

35

HÖLLENHUNDE

A ls sich das Grau endlich auflöste, befand ich mich plötzlich wieder im Konferenzraum. Diesmal waren da keine Donuts, nur die schimmligen Überreste der Schachtel, die schon jahrelang auf dem Tisch zu stehen schien. Die Kaffeekanne lag da, von Spinnweben verschleiert und mit einer dicken Staubschicht überzogen. Tisch und Teppich waren ebenfalls eingestaubt. Ein Bluff, da war ich mir sicher. Na ja, ziemlich sicher.

Eligor trug jetzt ein anderes Outfit. Statt des Richelieu-Kostüms hatte er einen Look gewählt, der mehr in Richtung männliches Victoria's Secret-Model ging, falls Sie sich so was vorstellen können: Blue Jeans, bloßer Oberkörper, nackte Füße und ausladende weiße Flügel.

»Sie wissen ja, ich war mal ein Engel«, sagte er, als er meine Miene sah. Er trug immer noch sein Vald-Gesicht. »Und stand ein ganzes Stück höher in der Hierarchie als Sie.«

»Ja, schon, aber wie ich gehört habe, hat Sie ein Downsizing ereilt.«

Kurz sah ich etwas von dem weißglühenden Zorn unter seiner betörenden, goldhaarigen Fassade; kleine Wellen liefen durch seine gesamte Person, wie bei einem Teich, in den man einen Stein geworfen hat. »Ich wurde *gestürzt*.«

Er tut dir im Moment gerade nichts, Bobby, ermahnte ich mich.

Warum hältst du also nicht einfach die Klappe, statt ihn in Rage zu bringen?

Ich schwieg, während er mich anstarrte. Das tat er so lange, als hätte ich seit unserer letzten Begegnung interessante neue Merkmale entwickelt. Schließlich hob er die Hand, und im nächsten Moment stand Doktor Teddy neben ihm, halb so groß wie Eligor und so niedlich wie ein aufziehbares Anti-Abtreibungspüppchen.

»Ich habe Ihnen einen Vorschlag zu machen, Doloriel«, sagte der Großfürst.

»Ich höre.«

Eligor setzte sich einfach in die Luft. »Ich will Ihnen sagen, was das Problem ist, Sie lästiger Engel. Sie bereiten mir Unbehagen. Nicht weil Sie so clever wären, wie Sie zu sein glauben, nein, ganz im Gegenteil. Sie sind so dumm, dass ich Ihnen kein bisschen traue.« Er sah mich nachdenklich an. Viele Renaissance-Maler, und nicht nur die Schwulen unter ihnen, hätte der Anblick von so viel Schönheit in Tränen ausbrechen lassen. »Sie mögen ja glauben, die Feder wirksam vor mir und allen anderen versteckt zu haben, aber ich kann mich nicht auf das verlassen, was Sie unter wirksam verstehen. Zu wissen, dass nichts als Sie und Ihre Vorstellung von einem wirksamen Versteck zwischen mir und einer *Curia infernalis* steht, macht mich … nun ja, wenn ich so ein Sensibelchen wie Sie wäre, würde ich sagen, ›nervös‹.«

Er tat mir zwar akut nichts, hatte aber einen sehr merkwürdigen Gesichtsausdruck, deshalb unterdrückte ich meine natürliche Neigung, im blödesten Moment freche Bemerkungen zu machen. »Will heißen?«

»Will heißen, ich biete Ihnen ein Tauschgeschäft an. Ich lasse Sie auf die Erde zurückkehren und die Feder beschaffen. Wenn Sie sie mir übergeben, bleiben Sie frei. Sobald ich sie wiederhabe, gibt es ja keinen Grund mehr, Sie zu verfolgen.«

Ich traute meinen Ohren nicht. Konnte das wirklich wahr sein, oder war es nur ein Trick? Eligor verlegte sich auf's Verhandeln?

Ich gab mir alle Mühe, ruhig zu bleiben. »Nein. Ich nehme die Gräfin mit. Wenn wir beide heil auf die Erde zurückkommen, gebe ich Ihnen die Feder.«

Er lachte. Es klang schon fast angenehm, was nur zeigt, *wie* mächtig er war. »Das meinen Sie natürlich nicht ernst. Ich könnte Sie beide auf der Stelle auslöschen und einfach darauf setzen, dass die Feder da, wo Sie sie versteckt haben, auch bleiben wird.«

»Warum tun Sie's dann nicht?«

Wieder dieser nachdenkliche Blick. Erst wenn er solche kleinen menschlichen Dinge tat, konnte ich deutlich erkennen, wie unmenschlich er war. Üblicherweise huschte nicht die kleinste Gefühlsregung über dieses perfekte Gesicht, so als lieferte man sich einen Starrwettkampf mit einer Michelangelo-Statue. »Okay, Engel. Mein letztes Angebot. Ich lasse Sie gehen. Sie kehren auf die Erde zurück und holen die Feder. Dann tauschen Sie sie bei mir gegen die Gräfin ein, wenn es denn wirklich das ist, was Sie unbedingt dafür wollen.« Ein verschlagenes Lächeln. »Ich an Ihrer Stelle hätte mir ja etwas Besseres unter den Schätzen der Hölle ausgesucht, aber darauf wollen wir jetzt nicht herumreiten. Sie geben mir die Feder, und ich gebe Ihnen die Hure und garantiere Ihnen beiden freies Geleit.«

»Nennen Sie sie nicht so.«

Das Lächeln wurde breiter. »Glauben Sie mir, verglichen mit manch anderer Benennung, die durchaus zutreffend wäre, ist dies ein Kompliment, das sie freudig erröten lassen sollte. Aber egal. Das ist mein äußerstes Angebot. Ich will Ihre Antwort *jetzt*.«

Worin bestand der Trick? Ich wusste, es musste einer sein. »Woher weiß ich, dass Sie Ihr Versprechen halten?«

»Kleiner Engel, die Gesamtheit dessen, was Sie Realität nennen, existiert nur aufgrund der Versprechen von Wesen wie mir. Ich kann mein Wort so wenig brechen, wie Sie die Sonne außer Betrieb setzen oder die Zeit zurückdrehen könnten. Und außerdem haben Sie keine Wahl.«

»Und wenn ich die Feder hole und Ihnen gebe, lassen Sie die Gräfin von Coldhands gehen? Casimira? Sie geben sie frei und bringen sie mir, und wir tauschen? Okay? Und dann lassen Sie uns in Ruhe? Keine Rache?«

»Genau.«

»Sagen Sie's. Ich will es aus Ihrem Mund hören.«

Er schüttelte das goldene Haupt. »Tss, tss, Sie sind ganz schön fordernd für jemanden in Ihrer Lage. Aber meinetwegen. Ich, Eligor der Reiter, Herr auf Fleischross und Großfürst der Hölle, verspreche hiermit, Ihnen, wenn Sie mir die Engelsfeder, die Sie versteckt haben, zurückgeben, im Tausch dafür diese Dämonin hier auszuhändigen, die Sie Casimira Gräfin von Coldhands nennen.« Er machte eine lässige Handbewegung, und plötzlich stand Caz neben ihm, in Ketten und noch immer geknebelt. Ihre Augen weiteten sich, als sie mich sah, und sie schüttelte vehement den Kopf. Ich wusste, sie wollte mir sagen, dass man Eligor nicht trauen konnte.

Als ob ich das nicht wüsste. Doch auch wenn ich noch so cool tat, war mir doch klar, dass ich gar keine Wahl hatte. »Okay. Ich erfülle meinen Teil. Und dann lassen Sie uns beide in Ruhe? Wo wir auch sind? Für immer?«

Eligor nickte. »Sobald ich die Feder habe, lasse ich euch beide für immer in Ruhe, wo ihr auch seid, solange Sie über das, was Sie wissen, Schweigen bewahren. Aber wenn Sie irgendwann versuchen sollten, mich irgendwie zu verpfeifen, gilt unser Abkommen nicht mehr, und ich werde Dinge mit Ihnen tun, gegen die Ihnen das, was im Konferenzraum passiert ist, wie die Spiele auf einem Kindergeburtstag vorkommen wird. Abgemacht?«

Ich holte Luft und sah Caz an, die immer noch zu protestieren versuchte. Was blieb mir anderes übrig? »Okay, abgemacht. Und jetzt nehmen Sie ihr diese Ketten ab, okay? Wenn Sie ihr wehtun, kriegen Sie das, was Sie wollen, nie. Nie. Ich rufe einfach im Himmel an und übergebe es denen.«

Im nächsten Moment war Caz verschwunden. »Sie ist frei, aber natürlich immer noch in meiner ... Obhut. Und sie bleibt es auch, bis ich höre, dass Sie die Feder haben und bereit sind, sie mir zu übergeben.«

Ich kam mir vor wie Sky Masterson, wenn ich alles, was ich hatte, einschließlich meiner unsterblichen Seele, auf einen einzigen Würfelwurf setzte. Aber wie gesagt, was blieb mir anderes übrig? »Dann kann ich jetzt gehen?«, fragte ich.

Eligor nickte langsam. »Gleich. Aber ich würde Ihnen raten, sich erst mal anzuhören, was ich Ihnen noch zu sagen habe. Sie sollten nämlich wissen, dass mein alter Freund, Prinz Sitri, irgendwie erfahren hat, dass Sie mein Gast sind. Sie erinnern sich doch an Sitri?«

Und ob ich mich an diese monströse Kreatur erinnerte. »Klar doch. Er ist wirklich ein reizender Bursche.«

»Er ist ein neidisches, wichtigtuerisches, fettes Stück Scheiße«, sagte Eligor, eine Spur erbittert. »Er hat den Senat davon in Kenntnis gesetzt, dass der Gefangene, den ich mir aus dem Gewahrsam der Mördersekte ausgeliehen habe, in Wirklichkeit ein Engel ist – ein Spion des Himmels.«

»Was?«

»Daraufhin kam es zu einer kleinen ... Kontroverse. Und da ich die Mördersekten-Wachen bestochen haben soll, haben Sitri und die anderen die Gereinigten von der Mastema zu meinem Haus geschickt. Die unterstehen nur dem Widersacher selbst, also wird Bestechung in diesem Fall nichts nützen.«

»Geschickt? Heißt das, sie sind auf dem Weg hierher?«

Der Großfürst sah gelangweilt drein. »Sie dürften wohl schon draußen stehen, *noch* von meinem Personal aufgehalten. Aber lange klappt das wohl nicht mehr.«

»Dann hatten Sie also gar keine Wahl. Kein Wunder, dass Sie den Deal mit mir gemacht haben! Ich wäre denen ja sowieso in die Hände gefallen.«

Eligor schüttelte den Kopf. »Nein. Ich würde Sie dem Senat niemals lebend überlassen. Aber selbst wenn ich denen Ihre Überreste aushändige, besteht immer noch ein Risiko, dass jemand die Feder findet. Ich will nicht, dass sie ewig … über meinem Kopf hängt, wenn Sie verstehen, was ich meine.« Er flatterte leicht mit den reinweißen Flügeln. »Deshalb unser kleines Tauschgeschäft.«

»Aber wie soll ich aus der Hölle rauskommen?«

»Nicht mein Problem. Sie sind ja irgendwie reingekommen, also werden Sie auch irgendwie wieder rauskommen.«

»Aber Sie haben doch gesagt, wenn die mich erwischen, bringen sie mich dazu, ihnen zu sagen, wo die Feder ist und was Sie getan haben und überhaupt alles …!«

»Ah, ja.« Er nickte. »Richtig, eine Vorkehrung gilt es noch zu treffen.« Er zeigte mit dem Finger auf das Teddy-Monster, und plötzlich trug dieses OP-Kleidung. »Haben Sie unseren kleinen Freund mitgebracht, Doktor Teddy?«

»Natürlich, Herr«, sagte der Plüschbär mit seiner knurrigen Stimme. Er zog eine golfballgroße Kugel aus seiner Kitteltasche und hielt sie auf seiner zotteligen Pfote Eligor hin. Sie war teilweise durchsichtig, wie eine beschlagene Luftblase, und ich sah darin etwas krabbeln, etwas, das kaum Platz hatte, sich zu bewegen.

Eligor nahm ihm die Kugel ab und zeigte sie mir. Das Ding darin hatte zu viele Zähne und zu viele arbeitende Beine, und seine Augen fixierten mich durch die halbtrübe Kugel, als wäre es im Geist schon dabei, mich anzubohren und Eier in mir abzulegen oder so was. »Erkennen Sie's, Doloriel? Sie haben schon etliche von der Sorte gesehen.«

Ich beugte mich von dem scheußlichen Ding weg. »Wovon reden Sie?«

»Das ist ein Intrakubus, unser Gegenstück zu euren Schutzengeln. So einer wird jedem Menschen von Geburt an zugeteilt, um alles an dessen Verhalten zu registrieren, was am Ende dazu führen könnte, dass er hier bei uns landet. Auf der Erde sind die Intracubi substanzlos, aber hier sind sie ausgesprochen real, ausgesprochen … physisch. Das heißt, um Ihnen diesen hier zu implantieren, muss Sie Doktor Teddy einem kleinen chirurgischen Eingriff unterziehen.«

»Eingriff …?«

Eligor lächelte und machte eine Handbewegung. Der Hotel-Konferenzraum verschwand, und sofort war da wieder der Raum mit dem rostigen, blutfleckigen Stahltisch und den gruseligen Werkzeugen. Gleich darauf lag ich, ohne dass mich jemand berührt hätte, bäuchlings auf dem Stahltisch, unfähig, mich zu rühren. Ich fühlte, wie das plüschige kleine Foltermonster auf meinen Rücken kletterte und dann nach vorn rutschte, bis er in meinem Nacken saß. Und, was das Schlimmste war, ich fühlte, dass es eine plüschige kleine Erektion hatte.

»Er muss in der Schädelbasisgegend plaziert werden«, sagte der Großfürst. »So werde ich immer informiert sein, wenn Sie mit jemandem in der Hölle reden, und falls die Mastema Sie erwischt – tja, dann wird unser kleiner Intrakubus sich einfach aus Ihnen herausfressen, und wir brauchen uns keine Sorgen mehr zu machen, dass Sie irgendetwas sagen könnten, was Sie nicht sagen sollen.« Er gluckste vergnügt. »Aber wenn Sie es wirklich irgendwie schaffen, aus der Hölle hinaus- und auf die Erde zurückzukommen, Mister Dollar, dann verschwindet der Intrakubus zusammen mit dem Dämonenkörper, den Sie jetzt tragen. Und dann warte ich auf Nachricht von Ihnen. Sie kennen ja meine Büronummer. Rufen Sie mich an, wenn Sie die Feder haben, dann arrangieren wir unseren kleinen Austausch.«

Und damit war Eligor weg. Ich fühlte sein Verschwinden, als wäre plötzlich eine Flamme erloschen. Da waren nur noch ich, das Ding in der Kugel, und das zottelige Ungeheuer, das sich prompt daranmachte, mit einem Werkzeug, das sich wie ein rostiger Schraubenzieher anfühlte, ein Loch in mein Genick zu meißeln. Betäubung? In der Hölle?

Und ich hatte gehofft, für diesen Tag hätte ich genug geschrien.

Man sollte meinen, nach all den schrecklichen Dingen, die ich in jüngster Zeit durchgemacht hatte, nach all den Attacken, Quälereien und gewaltsamen Übergriffen, denen ich ausgesetzt gewesen war, wäre das nur noch eine letzte, unbedeutende Zugabe, ein geringer Preis dafür, mit dem Leben davonzukommen oder zumindest die Chance dazu zu erhalten. Sollte man meinen, ja, aber da hätte man sich getäuscht. Das grässliche Gefühl, den Schädel aufgemeißelt zu bekommen, verblasste zur Bedeutungslosigkeit neben dem vielbeinigen Etwas, das Doktor Teddy in mich hineinschob, bis es direkt an meiner Gehirnmasse saß. Es fühlte sich an wie ein aus Rasierklingen bestehender Einsiedlerkrebs in einem viel zu kleinen Schneckenhaus – einem Schneckenhaus, das dummerweise auf meinem Hals saß. Dann verankerte sich das Ding mit all diesen Beinen und Zähnen an meinem Hirnstamm, und viel schlimmer noch als der Schmerz war das Gefühl, wie es sich auf intimste Art und Weise in mich einklinkte. Ich habe mit Geistern und Dämonen und Schutzengeln geredet und bin Wesen begegnet, bei deren Anblick sich ein Green Beret in die Hose pissen würde, aber ich schwöre, ich habe nie auch nur etwas annähernd so Abscheuliches erlebt wie den Moment, da dieses Ding sich in meinem Kopf häuslich einrichtete.

Als der Teddy-Doktor mit der zerebralen Vergewaltigung fertig war, nähte er mich im Hauruckverfahren mit etwas zu, das sich wie Bindedraht anfühlte. Dann wirbelten Doktor Teddy und der Konferenzraum plötzlich im Kreis und verschwanden, als ob ein Abflussstöpsel gezogen worden und alles davongestrudelt wäre.

Ich stand auf einmal draußen auf dem Fleischross-Grundstück, verborgen in einem See von Schatten. Der mächtige Turm blockte selbst das Licht der höchsten Lampen ab. Doch zum Haupttor drang noch so viel Licht hinab, dass ich das dort aufmarschierte Heer sehen konnte. Jeder der berittenen Gereinigten hätte mich wahrscheinlich im Alleingang zermalmen können, so riesig und grimmig waren sie. Und es waren Dutzende, alle bis an die Zähne bewaffnet mit bizarren Gewehren, langen Speeren und Äxten mit überdimensionalem Kopf und gezackter Schneide. Ihre Pferde waren Kadaver, in Fetzen hängende Haut, unter der man gelbe Knochen und verschrumpelte Organe sah. Doch am meisten beunruhigten mich die Bestien, die geifernd an ihren Führgeschirren zerrten. Sie waren etwas kleiner als die Pferde, aber so stark und so begierig, das Wild (mich, wenn Sie sich erinnern) aufspüren zu dürfen, dass sie mehrfach ihre bulligen Führer umrissen und von vielen vereinten Händen festgehalten werden mussten wie vierbeinige Zeppeline.

Inmitten eines solchen Tauziehens hob eins der Tiere den missgestalteten Kopf und heulte, ein Laut, der meine Knochen verflüssigte. Die anderen stimmten ein, bis das ganze Fleischross-Grundstück von ihrem gruseligen Geheul widerhallte. Ich hatte von Höllenhunden gehört, aber noch nie welche in natura gesehen, und plötzlich tat mir Robert Johnson auf eine völlig neue Art leid. Während mein Herz so furchtbar hämmerte, dass ich kaum stehen konnte, hörte ich die klagende Stimme des großen alten Bluesmusikers nur für mich singen.

And the days keep on worryin' me
There's a hellhound on my trail

Als registrierte er meine Hoffnungslosigkeit, ruckelte der Intra-kubus an den Strippen meines Denkens wie ein ungeduldiger Fahrer, der im Leerlauf Gas gibt, und alles in mir gefror. Ich griff mir ins Genick, an die Stelle, wo das unsagbar widerliche Ding in meinen Kopf eingeführt worden war. Doktor Teddys Stiche fühlten sich an wie achtlos verknotete Schnürsenkel, und der Schnitt suppte noch. Etwas von Eligor würde mich jetzt überall-hin begleiten, ob es mir passte oder nicht.

So beschissen das alles auch war, blieb mir doch keine Al-ternative. Es galt um mein Leben und meine ewige Seele zu rennen.

36

IRGENDWIE BEKANNT

Die dunklen Höllenstunden brachen an, was ein bisschen half. Ich war nackt und voller blauer Flecken, und an ein paar Stellen blutete ich, aber von den meisten Folterqualen, die mir Eligor zugefügt hatte, waren keine Spuren zurückgeblieben. Nacktheit war in Pandämonium zwar nicht so üblich wie in anderen Höllengegenden, aber auch nichts Unerhörtes.

Während ich über Schutt und Schlacke durchs Schattendunkel huschte, betete ich, dass Riprash noch nicht abgelegt hatte, um nach Port Kokytos zurückzufahren. Ich wusste ja nicht, ob ich vielleicht monate- oder gar jahrelang Eligors Gefangener gewesen war, und wenn mir das auch unwahrscheinlich schien, war doch zweifellos eine gewisse Zeit vergangen: Die Hand, die Block mir abgebissen hatte, was jetzt fast vollständig nachgewachsen. Die graue Haut war zu glatt und so runzelig wie Verbrennungsnarben, aber die Finger funktionierten alle, und ich konnte sie mit dem Daumen berühren, was hieß, mit dieser Hand konnte ich Sachen halten. Wobei ich natürlich an Waffen dachte. Engelkörper sind beidhändig und Dämonenkörper offenbar auch, darum war ich mit nur einer Hand nicht allzu behindert gewesen, aber wenn es ans Kämpfen geht, sind zwei Hände doch eindeutig besser.

Noch während ich mich durch die Gegend an der Schwefellagune arbeitete, nicht allzu weit von da, wo mir Vera diese interessante Art von Gastfreundschaft erwiesen hatte, hörte ich die Geräusche des Ausnahmezustands: Sirengeheul und das Jaulen meiner tierischen Verfolger, Letzteres zum Glück noch fern. Es war meine Wenigkeit, der die ganze Aufregung galt. Zum Glück würden sich die meisten Pandämonier in ihren Wohnungen einschließen, denn jeder hier mied den Kontakt mit den Höllenhunden, die nicht immer streng darauf achteten, was sie erjagten und fraßen. Die Beteuerung »Ich hab nichts gemacht!« zog nicht besonders, weder bei den Hunden, noch bei ihren Herrchen. Über der Via Dolorosa, am Eingang zur Stadt, wo andere Kommunen so etwas wie »Willkommen in Sheboygan!« aufhängen, verkündete in Pandämonium ein riesiges Schild in drei Meter hohen feuerroten Lettern: »Niemand ist unschuldig«.

Vor lauter Eile, zu Riprash zu kommen, war ich beim Betreten des Styx-Hafens so unvorsichtig, dass mich ein Wächter anhielt. Ich musste ihn bewusstlos schlagen, und als ich ihn ins Licht schleifte, sah ich, dass er nur eine zerlumpte alte Kreatur war, fledermausähnlich und gebrechlich. Da ich aber nicht wusste, ob er einen stummen Alarm ausgelöst hatte, konnte ich nicht viel Zeit darauf verschwenden, ihn zu bemitleiden. Ich verstaute ihn in einer dunklen Ecke hinter einer riesigen Taurolle. Ich wusste immer noch nicht recht, wie ich zu den kleinen Leuten in der Hölle stand. Manche hatten wahrscheinlich so fürchterliche Dinge getan, dass ich sie, hätte ich die Fakten gekannt, auf der Stelle in ein Aschehäufchen hätte verwandeln wollen. Andere waren vielleicht wie Caz nur durch die Umstände zu ihren Verbrechen getrieben worden oder hatten womöglich wie Riprash seither so viel Gutes getan, dass es ziemlich kleinlich schien, sie immer weiter zu bestrafen. Andererseits war das hier die Hölle – wie viel Mitgefühl mit deren Normalbürgern konnte ich mir leisten, zumal so ziemlich jeder von ihnen seinen

Spaß daran hätte, wenn ich wieder geschnappt und gefoltert würde?

Ich gelangte zum Kraken-Kai, ohne weiterem Hafenpersonal in die Arme zu laufen. Zu meiner ungeheuren Freude sah ich die *Olle Hippe* noch an ihrem Liegeplatz dümpeln. Ich hatte eine kleine Meinungsverschiedenheit mit dem Matrosen, der an der Laufplanke wachte, einem schuppigen Burschen mit Schwimmhäuten zwischen den Fingern und Zehen, wie gemacht für das Schifferleben. Doch ich wahrte die Beherrschung, niemand bekam irgendwelche Messerstiche ab, und schließlich erschien Riprash persönlich. Als der Oger sah, dass ich es war, winkte er mich schnell an Bord und in seine Kabine. Gob schlief in einer Ecke, auf einem Haufen Häute zusammengerollt wie ein Tier.

Riprash bestand darauf, mich sofort zu verarzten. Er tränkte meine Wunden mit brennendem Salzwasser und bedeckte sie dann mit heißem Teer, eine Heilmaßnahme, die sich schlimmer anfühlte als die Verletzungen selbst. Dennoch war ich zutiefst dankbar dafür, an einem Ort zu sein, wo mir überhaupt jemand etwas Gutes zu tun versuchte.

Gob wachte während der Verarztungsprozedur auf und sah interessiert zu. Auch ein, zwei Mann von Riprashs Besatzung kamen vorbei, um zu schauen, wer da, wie einer es ausdrückte, »schreit wie ein Schwein, dem man den Hals von der falschen Seite durchschneidet«.

Ich warnte Riprash, dass ich auf der Fahndungsliste der Hölle ganz oben stünde, also befahl er seinen Männern, die Laufplanke einzuziehen und alles zum Ablegen bereit zu machen.

»Möglich, dass wir's an der Ausfahrt mit der Hafenwache zu tun kriegen«, erklärte mir mein Lieblingsoger. »Ich will ja keinen Kampf, aber wenn's dazu kommt, brauchen Sie was.« Er sah mich stirnrunzelnd an. »Paar Kleider würden auch nichts schaden. Wird kälter, der Styx, wenn wir in die Fahrrinne rauskommen.«

Ich schlief fast im Stehen ein, tat aber mein Bestes, senkrecht zu bleiben, während Riprash durchkramte, was er hatte. Von seinen Kleidern hätte mir natürlich nichts gepasst – ebenso gut hätte ich ein altes Familienzelt tragen können –, doch in einer Seekiste fand er ein paar Sachen von seinem Boss Gagsnatch. Die Hemden hatten natürlich allesamt zwei Halslöcher, um Gagsnatchs kopfmäßiger Überausstattung Rechnung zu tragen, doch unter kurzem Einsatz eines dreckigen Fingernagels machte Riprash aus den beiden Löchern ein großes, und die Hosen waren zwar etwas baggy, aber es ging.

Das alles linderte natürlich weder den Schmerz in meinem Schädel von Doktor Teddys brutaler Operation noch das scheußliche Gefühl, dass da ein krebsähnliches Monster am Ende meines Hirnstamms lauerte, bereit, mich jederzeit zu exekutieren, aber ich konnte es mir nicht leisten, mäkelig zu sein. Dieses Problem war immer noch um Klassen besser als der Flammengrill.

»So, jetzt Waffen«, grollte Riprash. »Hmmm. Piek-Piek oder Bumm-Bumm? Vielleicht beides.« Er hob eine weitere, wesentlich schwerere Kiste heraus wie einen Schuhkarton, und nachdem er eine Weile klirrend und klappernd ein Sortiment Waffen durchwühlt hatte, zog er ein Messer hervor, das in seinen mächtigen Pranken wie ein Damendolch wirkte, mir aber als Schwert dienen konnte. Ich steckte es in meinen Gürtel und kam mir vor wie ein Halloween-Pirat, doch Riprash war noch nicht fertig. Auf dem Grund der Kiste fand er schließlich, was er gesucht hatte, ein in gewachstes Segeltuch eingewickeltes Paar Handfeuerwaffen. Nicht solche Steinschloss-Pistolen, wie ich sie in der Hölle mehrfach gesehen hatte, sondern ein bisschen moderner, näher an den Colt-Perkussionsrevolvern, die die wichtigsten Auseinandersetzungen im Wilden Westen entschieden hatten. Sie waren aus schwarzem Eisen, die Griffschalen aus vergilbtem Knochenmaterial mit minuziösen Schnitzereien.

»Hat mir einer als Bezahlung fürs Mitnehmen gegeben. Quasi.« Riprash lachte.

Ich war so lange jeder Peinigung hilflos ausgesetzt gewesen, dass mir die Vorstellung gefiel, auf alles schießen zu können, was mir wehtun wollte. Ich steckte die Revolver rechts und links in meinen Gürtel, mit den Griffen nach vorn, und probierte dann, sie über Kreuz zu ziehen, einzeln und beide zugleich in Billy-the-Kid-Manier. Meine nachgewachsene Hand schmerzte schon nach wenigen Versuchen, aber die Revolver waren bestens ausbalanciert. Ich nahm mir vor, später ein paar Schüsse abzugeben, um festzustellen, wie genau das Visier justiert war.

»Sie sagten ›quasi‹?«, fragte ich, während ich übte.

»Hat sich in Brackbitter als blinder Passagier an Bord geschlichen. Wollte nach Pandämonium. Hab ihm gesagt, ich würde die beiden Dinger als Bezahlung nehmen. Er hat nein gesagt und eins davon gezogen.« Riprash schüttelte den mächtigen Kopf, und die feuchte Schädelwunde wirkte so frisch, als wäre sie ihm gerade erst zugefügt worden. »Also hab ich ihn in der Hungerfelsenge über Bord geworfen und die Dinger behalten. Aber ich krieg nicht mal den Finger durch den Abzugbügel, also ist es besser, Sie nehmen sie.«

»Ich gehe mal davon aus, dass der ursprüngliche Besitzer nichts dagegen hat.«

»Wenn wir durch die Enge kommen, können Sie ihn ja fragen.« Riprash lachte. »Aber Sie müssen schon brüllen. Hab ihm einen Anker an den Gürtel gehängt, also ist er wahrscheinlich noch auf dem Grund.«

Als Riprash ging, um sich seinen Kapitänspflichten zu widmen, streckte ich mich auf dem Kabinenboden aus. Gob sah schweigend zu, wie ich meinen Kopf auf ein Knäuel Ölzeug bettete.

Ich sackte fast sofort weg, in einen tiefen Schlaf, der traumlos gewesen wäre, hätte mich nicht die Horrorvision verfolgt, dass da in meinem Schädel noch etwas weit Fieseres war als nur mein Gehirn. Was natürlich kein Traum war.

Als ich aufwachte, war es auf dem Schiff ruhig, jedenfalls nach Höllenmaßstäben, und ein Weilchen lag ich einfach nur auf dem Boden von Riprashs Kabine und genoss das Gefühl, nicht gefoltert zu werden. Ich hätte wahrscheinlich an Deck sein und nach schwimmenden Höllenhunden Ausschau halten sollen, aber es war für mich die erste Gelegenheit seit langem, ohne höllische Schmerzen nachzudenken, und zum Nachdenken hatte ich reichlich Stoff, in erster Linie die Frage, ob es wirklich sein konnte, dass Smyler gar nicht für Eligor gearbeitet hatte, sondern für Kephas – den Engel, der Sams Wohltäter und die andere Partei bei Eligors kleinem Agreement war. In gewisser Weise machte es Sinn, da der Himmel ja zuletzt im Besitz von Smyler (oder jedenfalls von Smylers Asche) gewesen war, nachdem wir diesen Killer erwischt und die Sackleute ihn erledigt hatten. Aber warum sollte Kephas eine psychotische Mordmaschine auf San Judas' fähigsten und beliebtesten Anwaltsengel – sprich, mich – ansetzen? Ich wusste ja, dass es in der himmlischen Politik nicht so blitzsauber zuging, wie es aussah, aber das schien doch ein bisschen extrem.

Ich puzzelte eine ganze Weile daran herum, doch mir fehlten ganz offensichtlich wesentliche Teile: Wer zum Teufel war Kephas? Und wie passte das Trachten, mich von fiesen, spitzen Gegenständen durchbohren zu lassen, mit dem angeblichen Ziel dieses mysteriösen Engels zusammen, das Los der menschlichen Seelen zu erleichtern?

Frustriert rappelte ich mich hoch und stolperte an Deck hinaus. Die *Olle Hippe* war in der tiefen Flussmitte und Pandämonium nur noch ein fernes Glühen hinter uns. Der Styx war fast schon schön, schwarz und glänzend, gesprenkelt mit den kupferfarbenen Spiegelungen der fernen Nachlichter, das Wasser ruhig bis auf das gelegentliche Wogen, wenn der zylindrische Leib irgendeiner schrecklichen Flussschlangenkreatur die Oberfläche durchbrach. Wir fuhren mit dem Strom und schienen ziemlich schnell zu sein. Neue Rätsel hin oder her, ich war zum ersten Mal seit langer, langer Zeit fast schon optimistisch. Ich brauchte nur aus der Hölle hinauszugelangen und die Feder wiederzufinden, dann würde Eligor mir Caz dafür geben. Und danach – na ja, wenn es je ein »Danach« gäbe, würde ich mir dann Gedanken drüber machen. Wie es weitergehen sollte, wenn ich eine Beziehung mit einer Frau hatte, die bekanntermaßen eine Dämonin war, war ein Erfolgsproblem. Damit würde ich mich befassen, wenn ich musste.

Die nächsten zwei Tage rasten wir auf dem pechschwarzen Styx dahin, vorbei an zahllosen wenig einladenden Hafenorten. Riprash sah jetzt keine Veranlassung mehr, mich vor der Besatzung zu verstecken, da niemand an Land gehen würde, und bald schon stand ich stundenlang an der Reling und sah zu, wie die Uferstädtchen der Hölle vorbeiglitten.

»Wissen Sie, ich habe über das alles nachgedacht«, erklärte mir Riprash eines Abends. »Ich habe das Gefühl, es ist vielleicht Zeit, dass ich was anderes tue.«

Ich war ein bisschen überrascht. »Was anderes? Was denn?«

»Die Botschaft von der Emporhebung mehr als nur ein paar Leuten verkünden«, sagte Riprash und sah dabei so philosophisch drein, wie es einem monströsen Riesen mit gespaltenem Schädel irgend gegeben ist. »In der ganzen Zeit, seit mir das Wort von Sie-wissen–schon-wo gebracht wurde, hab ich immer nur halb geglaubt, dass die Geschichte, die mir Moltwarp erzählt hat, wahr ist, darum hab ich nie wirklich den Hintern hochgekriegt, um das zu tun, wovon ich jetzt weiß, dass es richtig ist.«

Ich schüttelte verwirrt den Kopf. Riprash erklärte mir, vor

langer Zeit, als er gerade bei Gagsnatch angefangen habe, sei ein Dämon namens Moltwarp von einem anderen Schiff geworfen worden und er, Riprash, habe ihn gerettet. Es habe sich herausgestellt, dass der Neuling erstaunlich intelligent war, angenehme Gesellschaft auf der langen Fahrt. Irgendwann schließlich habe ihm der Neuling gestanden, dass er nicht von hier sei – mit anderen Worten, von außerhalb der Hölle komme –, und ihm die Botschaft des Emporhebungsglaubens verkündet. Er, Riprash, habe so lange gelebt, dass er, wie er es formulierte, »auf seine alten Tage ein bisschen philosophisch geworden« sei, und die Worte des Fremden hätten etwas in ihm angesprochen.

Ich registrierte den Namen »Moltwarp« denn doch mit einem gewissen Amüsement. Wenn Temuel sich in der Hölle so genannt hatte, hatte die *Compasses*-Clique mit »der Mull«, ihrem Spitznamen für ihn, ja ziemlich ins Schwarze getroffen. Aber was hatte Erzengel Temuel überhaupt in der Hölle gemacht? Noch so eine Frage, die ins Leere führte.

»Aber seit Sie gekommen sind und mir seine Worte überbracht haben«, fuhr Riprash fort, »habe ich das Gefühl, dass es für mich vielleicht doch mehr zu tun gibt, als einfach nur weiterzuleben, als ob nichts gewesen wäre. Ich frage mich, ob die Tatsache, dass Sie mit Moltwarps Botschaft gekommen sind – ob das so eine Art Zeichen ist, verstehen Sie? Ein Zeichen für mich, dass es Zeit ist, was anderes zu tun. Die Emporhebungsbotschaft überall hinzubringen, zu denen, die sie noch nie gehört haben.«

Wenn Riprash wirklich vorhatte, Missionar zu werden, hier, am missionarsfeindlichsten Ort, den man sich vorstellen konnte, war ich froh, dass sich unsere Wege bald trennen würden, wahrscheinlich, sobald wir Port Kokytos erreichten. Ich hatte ein schlechtes Gewissen, dass ich den kleinen Gob da hineinverwickelt hatte, sagte mir aber, dass das Leben im Dreck von Abaton wohl nichts war, was er sehr vermissen würde.

Ich lief auch immer wieder Riprashs seltsamem kleinen Mitarbeiter über den Weg, den ich insgeheim Krazy Kat getauft hatte. Er war so eine Art Buchhalter und deshalb häufig bei Riprash, doch sooft er mich sah, glotzte er wie beim ersten Mal und schaute dann weg, wenn er merkte, dass ich ihn ertappt hatte. Allmählich nervte es mich und beunruhigte mich auch ein bisschen. Ich fragte Riprash, wo der katzenartige kleine Bursche herkomme.

»Warts? Der war erst kurz da, als Sie gekommen sind. Ist einfach eines Tages bei Gagsnatch aufgetaucht und hat gesagt, er hätte gehört, wir bräuchten jemanden, der rechnen kann. Das hat auch gestimmt, wir brauchten so jemanden, also ist er seither bei uns. Redet nicht viel und scheint sich wirklich ein bisschen sehr für Sie zu interessieren, aber ansonsten hatte ich nie irgendwelche Probleme mit ihm. Ich rufe ihn her, dann soll er uns sagen, was Sache ist.«

»Ich weiß nicht...«, setzte ich an, aber Riprash hatte Gob schon losgeschickt, ihn zu holen.

»Also«, sagte Riprash, als Gob mit der kleinen Buchhalterkreatur zurück war, »was soll der Unsinn? Warum belästigen Sie unseren Snakestaff hier auf diese komische Art, Warts?«

Der kleine Bursche sah ihn furchtsam-unterwürfig an. Er kiekste einmal kurz, brachte aber nichts Sinnvolles heraus. Aus Mitleid überredete ich Riprash, die Befragung mir zu überlassen.

»Sie haben nichts zu befürchten«, sagte ich so beruhigend, wie ich irgend konnte. »Ich möchte nur wissen, warum Sie mich immer so anschauen.«

Jetzt wollte er mich gar nicht mehr anschauen. »Weiß nicht.«

»Denken Sie mal drüber nach. Niemand tut Ihnen was.«

»Es sei denn, der Bursche lügt«, knurrte Riprash, »dann werde ich ihm nämlich auf der Stelle den Kopf abreißen und selbigen verspeisen«, was wohl nicht so hilfreich war, wie es der Oger gemeint hatte. Es dauerte einige Zeit, bis Warts wieder aus seiner Ohnmacht geweckt war, und dann noch mal eine Weile, bis sich sein Zähneklappern so weit gelegt hatte, dass er sprechen konnte.

»Weiß nicht«, flüsterte er. »Ist einfach ... irgendwas an Ihnen. Ihr Gesicht. Nicht die Dinger da«, sagte er und zeigte auf die Knubbel, die ich mir nach der Flucht aus Veras Haus als Tarnung verpasst hatte. »War gleich so. So ein Gefühl ... dass ich Sie kenne. Oder jedenfalls schon mal gesehen habe.«

Doch was ich ihn auch fragte, mehr konnte er nicht zur Klärung beitragen. Wie viele Höllenbewohner erinnerte sich der kleine Warts kaum an letzte Woche, geschweige denn an Details seines weiter zurückliegenden Höllenlebens. Ich musterte den kleinen Dämon genauer. Er war äußerlich nicht weiter auffallend, jedenfalls nach Höllenmaßstäben, irgendwas zwischen einer in Motoröl getauchten Straßenkatze und einem überaus hässlichen Gartenzwerg, doch jetzt, da ich richtig hinguckte, *war* da an ihm etwas, das ich nicht zu fassen bekam, das aber an irgendwelche Erinnerungen rührte. War ich ihm irgendwann kurz nach meiner Ankunft in der Hölle begegnet? Doch selbst wenn, sah er für hiesige Verhältnisse so durchschnittlich aus, dass ich ihn höchstens eines flüchtigen Blicks gewürdigt haben konnte. Und wenn mein Gedächtnis *so* gut war, sollte ich mich beeilen, aus der Hölle rauszukommen und bei Quizshows abzuräumen.

»Gut, Warts, Sie können gehen«, sagte Riprash schließlich. »Wenn Ihnen noch irgendwas einfällt, sagen Sie's mir, aber vor niemand anderem als den beiden hier.« Er zeigte auf Gob und mich. »Zu viele Ohren.«

Warts nickte langsam. »Zu viele Ohren«, sagte er, doch die Worte schienen ihn zu beschäftigen, denn er wiederholte sie noch mal. »*Zu viele Ohren* ...«

Der kleine Bursche drehte sich her und gaffte mich an. Es ging ihm wohl im selben Moment auf wie mir.

»*Walter* …?«, sagte ich. »Walter Sanders? Sind Sie's? Was machen Sie *hier*?«

Und jetzt sah ich es durch die ganze bizarre Oberfläche hindurch, er war es – Walter Sanders, mein Engelkollege aus dem *Compasses*, den Smyler erstochen hatte und der seither verschollen war. Hatte ich Halluzinationen? War ich schon so lange in der Hölle, dass mein Verstand abbaute? Doch das Gesicht des kleinen Buchhalters spiegelte das, was sich auf meinem abzeichnen musste – das langsame Empordrängen der Wahrheit, die unmöglichen Fakten, die sich durch den Flaschenhals der Logik zu zwängen versuchten.

»Ja«, sagte er kaum hörbar. »Ja! Walter Sanders. Nein. Vatriel. Das ist mein *wahrer* Name.« Er sah sich in der Kabine um, betrachtete dann Riprash, Gob und mich, blinzelnd wie ein Faulaffe, den ein Stablampenstrahl eingefangen hat. »Was mache ich hier?«

»Sie wissen es nicht?« Na toll. Noch mehr Rätsel, zu denen, die ich bereits mit mir herumschleppte. »Keine Erinnerung?«

Er schüttelte gerade den struppigen Kopf, als ein Matrose an die Kabinentür klopfte und rief, Riprash möge schnell aufs Quarterdeck kommen.

Walter und ich hatten uns der Lösung des Rätsels, was zwischen seiner Ermordung durch Smyler und seinem Eintritt in Gagsnatchs Qualitätssklavenhandel passiert war, noch keinen Zentimeter genähert, als Riprash die Kabinentür aufstieß. »Probleme«, sagte der Oger. »Kommen Sie rauf.« Ich hatte ihn kaum je beunruhigt erlebt, aber jetzt lag seine Stirn in so tiefen Sorgenfalten, dass die Augen unter den mächtigen Brauen kaum noch zu sehen waren.

Gob, ich und Warts alias Vatriel folgten ihm aufs Quarterdeck. Das Etwas am Horizont war so klein, seine Lichter so schwach, dass ich eine ganze Weile brauchte, um zu kapieren, dass es ein Schiff war. »Was ist auf der Flagge?«, fragte Riprash Gob. »Benutz deine jungen Augen.«

Gob kletterte so weit die Reling hoch, dass er sich hinausbeugen konnte, und spähte dann eine halbe Minute lang mit zusammengekniffenen Augen ins neblige Dunkel. »Vogelfuß«, sagte er, als er neben dem Oger wieder herabkletterte.

»Hab's befürchtet«, sagte Riprash. »Das ist das Zeichen des Kommissars von Schwing und Klau. Es ist Nilochs Schiff, die *Kopflose Witwe.*«

Ich war erschrocken, wollte es mir aber nicht anmerken lassen. »Reizender Name.«

»Eigentlich heißt es *Die Schändung der kopflosen Witwe,* aber das ist den meisten Leuten zu lang, weil sie eh nicht gern über das Schiff sprechen. Es fährt mit Dampf, hat etwa zwanzig Kanonen gegenüber unseren acht – von denen nur zwei funktionieren – und wird uns unter Garantie morgen oder übermorgen einholen.«

Ich konnte jetzt Nilochs Schiff etwas besser erkennen: ein dunkler Schemen, der tief im Wasser des Styx lag und dessen Laternen zu uns herüberlugten wie Augen im Nebel. Ich hatte gehofft, ich hätte den hässlichen, rasselnden Mistkerl in ein Aschehäufchen verwandelt, als ich Haus Grabesschlund in die Luft gejagt hatte, aber Höllenadlige sind extrem schwer zu töten. Und wie ich wohl schon erwähnte, sind sie extrem nachtragend. Offenbar hatte es der Kommissar geschafft, zum obersten Bobby-Jäger ernannt zu werden. »Haben wir eine Chance, wenn wir gegen sie kämpfen?«

»Wenn Sie die Chance meinen, in Stücke gefetzt, verbrannt und versenkt zu werden, ja, die haben wir. Aber was soll's? Ich hatte immer schon so eine Ahnung, dass ich eines Tages auf dem Grund des Styx lande.«

Wie um diese ermunternde Äußerung zu unterstreichen, drehte der Wind, und unsere Segel erschlafften. Während ich über die dunkle Fläche des Flusses starrte, hörte ich das hungrige Grollen der Maschinen der *Kopflosen Witwe.*

37

WASSER HAT KEINE BALKEN

H ier eine kleine Faustregel für den Kampf zu Wasser: *unbe-dingt vermeiden.*

Und hier eine spezifizierte Faustregel für den Kampf zu Wasser gegen ein Schiff voller wütender Dämonen auf einem mythischen Fluss voller Ungeheuer, ohne verlockendere Perspektive selbst für den Fall des Sieges, als sich durch den Rest der Hölle zu kämpfen, in der abwegigen Hoffnung, wieder hinauszufinden, worauf dann die eigenen himmlischen Vorgesetzten oder irgendwelche sonstigen interessierten Parteien darangehen werden, einem die Seele aus dem Leib zu reißen und sie geradewegs in die Hölle zurückzuschicken: *Erst recht vermeiden.*

Aber da stand ich nun an der Reling der *Hippe* und sah just ein solches Dämonenschiff hinter uns herdampfen, wie es das schon seit Stunden tat.

Unter normalen Umständen hätte uns nichts passieren können, denn wir segelten mit dem Strom, und unser Schiff war klein und schnell. Was Sklavenschiffe sein mussten, nicht weil Sklaverei in der Hölle illegal gewesen wäre (abwegige Idee), sondern weil Sklaven eine wertvolle Fracht waren, die sich andere Schiffe nur zu gern unter den Nagel reißen wollten. Doch Nilochs Schiff wurde laut Riprash von vier riesigen Dampfmaschinen angetrieben, und selbst wenn wir es schaffen sollten, vor den Verfolgern das Stygische Loch zu passieren, würden sie doch noch schneller aufholen, sobald wir auf dem dickflüssigeren, mehr Widerstand bietenden Wasser des Phlegethon wären.

Wenn wir die ganze Nacht fahren würden, erklärte mir Riprash, auf die Gefahr hin, auf einen Felsen oder weiß der Höchste was zu laufen, und wenn es uns gelänge, vor Niloch zu bleiben, könnten wir das Loch wohl in der Früh erreichen. Doch danach sei es nur eine Frage der Zeit, dass er uns überholte.

Riprash und seine Crew taten alles, um uns solange am Leben zu erhalten, indem sie jedes Quentchen Fahrt aus dem alten Seelenverkäufer herausholten, aber ich hatte nichts zu tun, als auf dem Deck auf und ab zu tigern und eine düstere Untergangsstimmung zu kultivieren.

Unter weniger beschissenen Umständen wäre es ein interessantes Schauspiel gewesen, wie alle Mann zusammenarbeiteten, um dem Feind so lange wie möglich davonzufahren. Viele Crewmitglieder waren von ähnlich affenartiger Gestalt wie Gob, was es ihnen ermöglichte, sich so behende durch die Wanten zu schwingen, wie es selbst erfahrenste menschliche Matrosen nie vermocht hätten. Andere, weniger klettertauglich gebaute Kreaturen wirkten, als wären sie am nützlichsten, wenn es ans Kämpfen ging, vor allem zwei Brüder namens Argh und Jiper, die an Händen und Füßen rasiermesserscharfe Sporne hatten und über und über mit stachligen Panzerplatten bedeckt waren. Doch wenn uns der Feind stellte, würden es selbst diese beiden schwer haben, mehr zu erreichen, als uns übrige um ein paar Augenblicke zu überleben. Die *Kopflose Witwe* hatte schon aufgeholt, und selbst im schwachen roten Licht, das von der fernen Höllendecke zurückgeworfen wurde und das Einzige war, was dieses Stück des ölig schwarzen Flusses ein wenig erhellte, offenbarte sich, dass dieses Schiff wesentlich größer war als unseres und seine Besatzung wesentlich umfangreicher.

Es war meine Schuld, dass Niloch der *Hippe* hinterherjagte, meine Schuld, dass er, wenn er uns einholte, Riprashs Schiff versenken und die Überlebenden in die Sklaverei verschleppen würde. Es war an mir, etwas zu tun, oder diese ganze Sache mit der Errettung war nur Gefasel.

Da fiel mir auf einmal Riprashs Geschichte wieder ein, wie er den Vorbesitzer meiner Revolver über Bord geworfen hatte, und das brachte mich auf eine Idee – eine verrückte, abwegige Idee, aber ich konnte im Moment nicht wählerisch sein –, also ging ich zu Walter, um ihn zu fragen, ob wir bestimmte Dinge an Bord hatten. Ich fand meinen Ex-Kollegen an der Steuerbordreling, wo er beobachtete, wie die Lichter der *Witwe* allmählich näher kamen.

»Riprash sagt, Niloch ist ein Dämon von der schlimmsten Sorte«, sagte Walter.

»Es gibt welche, die noch schlimmer sind als andere?«

»Er sagt, Niloch ist einer, der sich partout einen Namen machen will, aber im Grund sei er medioker. Medioker – das ist meine Formulierung, nicht die von Riprash. Er sagt ›eine Pfeife‹. Er sagt, die ehrgeizigen Dummen stiften das meiste Unheil.«

»Nicht nur hier«, sagte ich im Gedanken an Kephas. »Können Sie sich immer noch nicht erinnern, was passiert ist?«

Walter zuckte die Achseln. Er sah mich nicht an. »Tut mir leid. Aber ich kenne Sie, Bobby. Hat eine Weile gedauert, aber jetzt erinnere ich mich an Sie. Ich glaube, Sie haben mich anständig behandelt.«

»Wir waren Freunde«, erklärte ich ihm. »Jedenfalls hab ich's so gesehen. Erinnern Sie sich sonst noch an irgendwas? Ans *Compasses*?«

Er rieb sich das faltige kleine Gesicht. »Nicht wirklich. Also, ich weiß, dass das ein Ort war, wo ich oft hingegangen bin. Irgendwie scheint mir, dass es ein Ort war, wo Leute gelacht haben und … gesungen?«

»Weniger gesungen als Geld in die Jukebox gesteckt und mitgegrölt«, sagte ich. »Aber, ja, so ungefähr.«

»Ich glaube ... ich erinnere mich auch an den Himmel.« Er sprach langsam, als wollte er sich dessen, was er sagte, sicher sein. »Jedenfalls kommt es mir vor wie der Himmel. Wunderschönes, strahlendes Licht. Jemand, der mit mir redet. Eine sanfte, liebliche Stimme.«

»Ja, klingt wie der Himmel. Aber sonst erinnern Sie sich an nichts?«

»Nein.« Er war frustriert, den Tränen nahe. »Nein, aber es ist wichtig. Ich weiß, es ist wichtig.«

Auch an seiner Gequältheit fühlte ich mich schuld, aber es war doch sicher besser für ihn, wenn er wusste, dass er nicht in die Hölle gehörte, oder? Es wäre doch nicht nett gewesen, ihn darüber im Dunkeln zu lassen. Sagte ich mir jedenfalls. »Okay, wenn Ihnen noch irgendwas einfällt, lassen Sie's mich wissen. Irgendwas ist da nämlich eindeutig merkwürdig. Sie wurden von dem Kerl erstochen, der auf mich angesetzt worden war, und dann ... sind Sie einfach nicht mehr zurückgekommen. Ich dachte, die würden Sie in einen neuen Körper stecken ...« Ich brach mittendrin ab, weil mir am Horizont, wo die *Kopflose Witwe* inzwischen so groß war, als hätte sich Haus Grabesschlund selbst auf den Fluss verlagert, etwas aufgefallen war. »Kann es sein, dass Nilochs Schiff ... brennt?« Ich starrte hin, sicher, dass ich Dinge sah, die gar nicht da waren. Es wäre ja wohl zu schön, um wahr zu sein, wenn unsere Feinde einfach in Flammen aufgingen. »Riprash!«, rief ich. »Kommen Sie mal her!«

Als der Oger kam, hatte sich die Rauch- und Flammenwolke der *Witwe* übers Wasser ausgebreitet, und allmählich glaubte ich wirklich, dass mich das Schicksal vor einem extrem unersprießlichen Ende meines Höllenurlaubs bewahrte. »Das ist doch Feuer, oder? Brennt sie?«

Riprash sah nicht aus, als würde er gleich losjubeln. »Feuer ist es allerdings. Aber was da brennt, ist nicht ihr Schiff. Was es auch ist, es kommt jedenfalls auf uns zu.«

»Was? Kommt es aus einer Kanone? Haben sie irgendwas auf uns abgefeuert?«

Ich bekam keine Antwort, jedenfalls nicht von Riprash, denn die dunkle Wolke mit dem Feuer darin wurde so schnell größer, dass ich Nilochs Schiff gar nicht mehr sehen konnte. Gleich darauf sauste etwas über unsere Köpfe hinweg, flammend wie ein Leuchtspurgeschoss. Es schlug aufs Deck, sprang in einem Funkenregen noch einmal auf und krachte dann ans gegenüberliegende Schanzkleid. Ein in der Nähe stehender Matrose kippte einen Eimer schwarzes Styx-Wasser darauf.

»Was ist das?«, fragte ich Walter, doch im nächsten Moment zischten noch ein Dutzend von den Dingern über uns hinweg, und wir sahen jetzt, dass es Vögel waren, graue, plumpe, schnelle Vögel, allesamt in Flammen.

Zwei trafen das Besansegel, das sofort zu schwelen begann. Zwei affenartige Matrosen kletterten in die Wanten, um es zu löschen, doch während sie noch auf dem Weg nach oben waren, trafen noch etliche Vögel Besan- und Toppsegel. Ein weiterer geflügelter Feuerball kam, verrückt auf und ab wippend, übers Wasser auf uns zugesaust, krachte genau in Gob und entzündete dessen Behaarung. Riprash brüllte auf, packte den Jungen, beugte sich über die Reling und tauchte ihn mit seinem langen Arm in den Fluss, um die Flammen zu löschen.

»Nilochs Werk! Es ist der Kommissar von Schwing und Klau«, rief Riprash, als er den klatschnassen Gob auf dem Deck absetzte. Weitere Vögel sausten heran wie aus einer Kanone geschossen; sie zogen einen Flammenschweif hinter sich her und versuchten mit brennenden Flügeln zu fliegen. »Alle Mann an die Eimer, los, zum Teufel!«, brüllte er. »Sie versuchen, die Segel in Brand zu stecken, und wenn die Segel brennen, haben sie uns vor dem nächsten Glasen. Eimerketten bilden! Wasser marsch!«

Ich stürzte mich mit in das Chaos, reihte mich in eine Kette von Männern ein, die Eimer mit stinkendem Styxwasser von der Bilge bis zu den Masten weiterreichten. Die besten Kletterer löschten schleunigst die Stellen, wo die Höllentauben eingeschlagen waren, doch das Besansegel war bereits verbrannt, und das Toppsegel stand fast ganz in Flammen, und nur der heroische Einsatz der Männer verhinderte, dass das Feuer auf die übrigen Segel übergriff.

Schließlich ließ der Vogelbeschuss nach, doch ohne Toppsegel verloren wir unseren Vorsprung noch schneller. Ich hockte neben Walter an Deck und versuchte, wieder zu Atem zu kommen, ehe die nächste Welle von flammenden Vögeln über uns hereinbrach.

Etwas Helles sauste rasselnd über mich hinweg. Ein weiteres bleiches Etwas traf den Großmast hinter uns und fiel aufs Deck, wo es zuckend und schnappend liegen blieb. Es war ein fliegender Fisch oder jedenfalls ein Teil eines solchen – das nahezu nackte Skelett. Doch dass es praktisch nur aus Gräten und leeren Augenhöhlen bestand, hinderte das Ding nicht, seine Zähne in alles zu schlagen, was es erreichen konnte, bevor es verendete. Ein paar weitere Dinger dieser Art schossen über uns hinweg, dann, plötzlich, schien ein ganzer Schwarm auf uns herabzuhageln. Mehrere Crewmitglieder, die in der Takelage Feuer löschten, wurden regelrecht abgeschossen. Sie schlugen aufs Deck – ich hörte Knochen brechen –, also packte ich Walter und zog ihn zu Riprashs Kabine. Gob war schon dort, kauerte im Eingang und sah mit geweiteten Augen zu, wie die mumifizierten Fische in die Segel und Decksplanken krachten.

Dann hörte ich in der Ferne die Kanonen der *Kopflosen Witwe*, ein dumpfes Krachen wie aufeinanderfolgende Donnerschläge. Noch waren wir außerhalb ihrer Reichweite, aber es war eine Art Proklamation: Das Ende würde kommen, ob nun früher oder später.

»Ich habe eine Idee«, rief ich Gob und Walter durch das Brüllen und Schreien der Männer zu, von denen sich etliche gerade noch mit letzter Kraft in den Wanten hielten, während sie den spitzzahnigen Horrorfischen auszuweichen versuchten. Ich fragte Gob: »Kannst du nähen?«

Er sah mich an, als hätte ich einen Erdenteenager gefragt, ob die Macarena noch »in« sei.

»Nein? Dann such mir jemanden, der es kann. Walter, helfen Sie mir, Öltuch von der richtigen Größe zu finden.«

»Was haben Sie vor?«, fragte Walter, während Gob durch das schnappende Fischchaos auf den Decksplanken davonflitzte.

»Sie wollen nicht euch, sie wollen mich. Solange ich auf diesem Schiff bin, werden sie nicht lockerlassen. Aber wenn ich aussteige, werden sie wahrscheinlich mich verfolgen.«

Er sah auf den wachsenden Haufen Öltuch neben mir. »Was? Wollen Sie sich ein Rettungsfloß basteln? Die kriegen Sie doch binnen einer Stunde.«

»Nein, ich will mir kein Rettungsfloß basteln. Ich will es mit einem kleinen Trick versuchen. Ich weiß ja nicht, wie weit Ihre Erinnerung an Ihr altes Leben inzwischen geht, aber auf der Erde waren die Leute immer sehr beeindruckt von jemandem, der auf dem Wasser wandeln konnte.«

Er starrte mich verdutzt an. »Sie wollen auf dem Wasser wandeln?«

»Noch besser. Ich will *unter* Wasser wandeln.«

Kurz darauf kam Gob mit einem Mann zurück, der wohl zu den ältesten Crewmitgliedern zählte – ein Matrose namens Ballcramp, dessen Höllenkörper aus den unerfreulichsten Elementen der Konzepte *Spinne* und *Trockenfleisch* zusammengesetzt schien. Der wackere Mann hielt mich offensichtlich für verrückt, als ich ihm erklärte, was ich wollte, sah aber die Vorteile einer Aufgabe in der Kapitänskabine, die Deckung vor dem mörderischen Fischhagel bot. Er ließ sich auf dem Fußboden nieder und nahm ein in Leder gewickeltes Nähzeug heraus: Nadeln aus Gräten und Faden aus Fischdarm.

Ich gab ihm genaue Anweisungen, wie er das Ölzeug zusammennähen sollte, und ließ ihn unter Walters und Gobs Aufsicht zurück. Ich eilte, meinen Kopf mit den Armen vor den immer noch hereinprasselnden lebenden Fischgerippen schützend, übers Deck. Riprash war unten auf dem Kanonendeck, wo er die beiden funktionierenden Kanonen weiter heckwärts zu postieren versuchte.

Ich erläuterte ihm meinen Plan. Riprash vergeudete keine Zeit darauf, mit mir zu debattieren, auch wenn es nicht besonders wahrscheinlich war, dass ich überleben würde. Manchmal war der allgemeine Verzicht auf Artigkeiten in der Hölle schon fast erfrischend: Man hielt sich nicht damit auf, Betroffenheit zu mimen, wo keine war. Riprash hatte nichts gegen mich, aber er liebte die *Hippe*, und er ging wahrscheinlich davon aus, dass ich, wenn mein Körper starb, einfach irgendwie recycelt werden würde. Ich verzichtete darauf, ihm zu erklären, dass sterben für mich der kürzeste Weg wäre, Niloch und den übrigen hochrangigen Höllendämonen in die Hände zu fallen. Lamehs Instruktionen waren da sehr klar gewesen: Durch Temuels Arrangements konnte ich nur dann wieder in meinen alten Körper zurückversetzt werden, wenn er es geschafft hatte, mich zurückzuholen, und zurückholen konnte er mich nur von einem bestimmten Ort aus, dem von hier aus gesehen jenseitigen Ende der Neronischen Brücke.

»Wenn es klappt, dürften Niloch und seine Leute Sie und Ihr Schiff in Ruhe lassen«, schloss ich. »Versprechen kann ich's nicht, aber meiner Meinung nach werden sie sich, wenn sie sich entscheiden müssen, für mich entscheiden.«

»Das überstehen Sie nie«, sagte Riprash. »In diesem Teil des Flusses gibt es Nöcks und Schwarze Senker und einen Monsterschwarm von Riesenreißzahnquallen. Die werden sich alle drum schlagen, Sie zu verschlingen wie einen eingelegten Augapfel.«

Ich wollte noch nicht mal verschlungen werden wie ein normaler Augapfel. »Können Sie mich näher ans Ufer bringen?«

»Hier nicht. Kann nicht aus der Hauptströmung raus, sonst haben sie uns gleich. Aber nicht mehr lange, dann haben wir das Dellschädeleck passiert, wo der Styx am Rand der Tophet-Bucht mit dem Phlegethon zusammenfließt. Dort ist das Wasser flacher, da gibt's keine Reißzahnquallen. Vielleicht ein paar Schweinekraken, aber die sind nicht so schlimm. Über die wissen Sie ja Bescheid, oder?«

Ich wollte, ehrlich gesagt, weder über Schweinekraken noch über Reißzahnquallen und Konsorten Näheres wissen. Jedes weitere negative Detail hätte die geradezu Zen-mäßige Vollkommenheit der Scheiße, in der ich steckte, in ein unharmonisches Zuviel umschlagen lassen.

Die *Kopflose Witwe* holte weiter auf, und wenn ihre Kanonen feuerten, waren die weißen Fontänen der Einschläge nur noch ein paar hundert Meter hinter uns. Ich blieb auf dem Rückweg in Riprashs Kabine kurz stehen, um eine von unseren Kanonenkugeln an mich zu nehmen, womit sich die Liste der Höllenbewohner, die mich für verrückt hielten, um den Kanonier erweiterte.

Ich legte die schwere Eisenkugel in einer Ecke der Kabine ab und tat mein Bestes, sie zu sichern; sie war groß genug, um Knochenbrüche zu verursachen, wenn sie durch das Stampfen des Schiffs in Bewegung geriet. Dann stellte ich mich wieder neben den alten Ballcramp, um ihm weitere Direktiven zu geben. »Hier an der Ecke ein Loch lassen«, erklärte ich der spindeldürren Kreatur.

Ballcramp schüttelte den schrumpeligen Kopf ob dieser unsinnigen Anweisung, doch draußen krachten immer noch untote fliegende Fische gegen die Kabinenwand, und drinnen war es wesentlich gemütlicher, also sagte er nichts.

»Ihr beide seid bei Riprash sicherer«, erklärte ich Klein-Gob und Walter, als ich die improvisierte Öltuchweste anlegte, die ich Ballcramp hatte anfertigen lassen. Da ich sie gerade eben aufgeblasen hatte, sah ich damit ein bisschen wie das Michelin-Männchen aus, nur nicht so grazil. Günstiger Wind, eine der wenigen glücklichen Fügungen, die mir auf diesem ganzen Höllentrip zuteil geworden waren, hatte uns das Dellschädeleck vor Niloch erreichen lassen, und ich war entschlossen, die *Hippe* zu verlassen, bevor der Kommissar sie zerstörte.

»Aber die kennen doch dieses Schiff«, sagte Walter. »Sie kennen doch Gagsnatchs Verkaufsstand und alles. Wir können doch nicht nach Port Kokytos zurück.«

»Egal«, sagte Riprash, als er mich ins Beiboot hob. »Wir wollen auch nicht zurück.«

»Wie meinen Sie das?« Während des Gesprächs testete ich schnell das Öltuch der Weste, ob es flexibel genug war, aber hauptsächlich sorgte ich mich, dass die Nähte undicht würden: Ich traute dem Teer, mit dem wir sie verschmiert hatten, nicht sonderlich.

»Es ist ein Zeichen, das meine ich«, sagte Riprash. »Ich sehe jetzt klar. Ich soll die *Hippe* nehmen und die Botschaft von der Emporhebung verbreiten. Wir können fahren, wohin wir wollen, und jeder Hafen wird unser Zuhause sein.«

Für mich klang das ganz und gar nicht wie eine gute Idee. »Aber die Mächtigen, Eligor und Niloch und Prinz Sitri und alle – die werden euch zertreten wie Ameisen, Riprash. Die lassen euch nie davonkommen.«

»Nicht mal die Mastema kann überall sein«, sagte er verblüffend heiter. »Wir werden haltmachen, das Wort verbreiten und dann weiterfahren. Wir hinterlassen Leute, die für uns das Wort weiterverbreiten können. Gob zum Beispiel kann das Gebet der Emporhebungsgläubigen schon auswendig! Sprich es, Junge. Zeig's ihm.«

Der Junge sah verlegen (oder auch ängstlich, bei Gob war das schwer zu sagen) drein, starrte aber auf die Decksplanken und sprach mit ruhiger, sehr ernster Stimme.

Wärter unser, der du sitzt im Himmel,
gepeinigt werde kein Armer,
kein Reicher entkomme,
kein Quälen geschehe,
wie im Himmel, so soll es werden.
Unser affodelisch Brot gib uns heute
Und vergiss unsere Schuld,
wie wir längst vergaßen die Beschuldigung,
und führe nicht die, die uns suchen,
sondern erhebe uns aus dem Übel ...

Wieder verdankte ich es nur meinen nicht vorhandenen Tränendrüsen, dass ich mich nicht zum rührseligen Narren machte. Ich war mir immer noch nicht sicher, ob es für den Jungen gut oder das endgültige Verderben gewesen war, dass ich ihn aus Abaton hierher mitgenommen hatte, aber daran ließ sich jetzt sowieso nichts mehr ändern. »Pass auf dich auf, Gob. Riprash wird gut für dich sorgen.«

Der Junge nickte. Ich weiß nicht, ob er überhaupt je auf die Idee gekommen wäre, sich bei mir zu bedanken, in der Hölle haben es die Leute ja, wie Ihnen vielleicht schon aufgefallen ist, nicht so mit dem Danken. In der konkreten Situation aber kam verschärfend hinzu, dass um uns herum weiße Wasserfontänen aufspritzten, weil Nilochs Kanonenkugeln sich allmählich der *Hippe* annäherten, also war alles ein bisschen hektisch.

»Und, Walter, ich hole Sie hier raus. Irgendwie.« Ich kam mir idiotisch vor, noch während ich es sagte – so viele Versprechen, so wenige mit Aussicht auf Erfüllung. Aber Walter war selbst als Dämon zu höflich, um mich darauf hinzuweisen, wie unwahrscheinlich das war. Er winkte nur wie ein kleiner Junge, der mit ansieht, wie sein großer Bruder aufs Galgengerüst steigt.

Riprash begann jetzt, das Beiboot im Alleingang zu Wasser zu lassen. »Ich habe Ihnen eine Flasche Rum in die Weste da gesteckt, Snakestaff. Die werden Sie brauchen können. Und sagen Sie Sie-wissen-schon-wem Sie-wissen-schon-wo, dass ich das Wort in der ganzen Hölle verbreiten werde!«, erklärte er mit dröhnender Stimme.

War es wirklich das, was Temuel wollte? Egal, es war jedenfalls das, was er jetzt kriegte. Wir wissen ja nie, wozu eine Geste oder ein Wort führt, oder?

»Gott liebt Sie!«, rief ich. Das sagen wir Engel immer zu den Frischverstorbenen. Ich war mir ziemlich sicher, dass es keiner hier seither je wieder gehört hatte, und Riprash hatte es vermutlich überhaupt noch nie gehört.

»*Bobby!*« Walter beugte sich über die Reling und wäre über Bord gefallen, wenn eine Kanonenkugel nahe genug eingeschlagen hätte, um das Schiff ins Schaukeln zu bringen, aber Gob packte ihn an den Beinen und hielt ihn fest. »Mir ist gerade noch was eingefallen. Die Stimme! *Ich erinnere mich an die Stimme!*«

»Welche Stimme?« Ich hörte ihn kaum bei dem Wind und dem Krachen der feindlichen Kanonen.

»Die Stimme, die mich über Sie ausgefragt hat.«

»Keine Ahnung, wovon Sie reden!«

»Ich weiß es auch nicht genau, aber ich glaube, es ist wichtig. Es war eine Kinderstimme. Eine liebliche Kinderstimme …!«

Mein Boot klatschte ins Wasser, und ich war erst mal damit beschäftigt, nicht in den Fluss zu fallen. Die Wellen, die der Wind vor sich hertrieb, hatten von Bord aus viel niedriger gewirkt als jetzt von dem kleinen Beiboot aus. Ich hörte Riprash den Ruderern das Kommando zum Pullen geben, und das Sklavenschiff entfernte sich von mir. Es schien, als hätte das Aussetzen meines Boots Niloch und dessen Besatzung verwirrt. Die

Kanonen der *Witwe* verstummten, obwohl die schwarze Masse des Schiffs weiter auf mich zu hielt.

Der Kommissar und seine Crew erwarteten sicher, dass ich losrudern würde, aber ich hatte nicht mal Ruder mit – keine Verwendung dafür. Ich sah der *Ollen Hippe* nach und fühlte jetzt erst, wie vollkommen allein ich war.

Niloch und seine Crew befürchteten offensichtlich eine Art Bombe oder sonstige Falle: Dreißig, vierzig Meter von mir entfernt kuppelten sie die Maschinen aus und ließen das Schiff mit der Strömung treiben, die auch mein kleines Boot dahintrug. Viele Matrosen und Soldaten schauten durch die Schwaden, die aus den Schornsteinen der *Witwe* kamen, auf mich herab.

Aus dieser geringen Distanz sah Niloch noch unangenehmer aus, als ich ihn in Erinnerung hatte. Viele seiner knöchernen Fortsätze waren verbrannt oder abgebrochen, und ich konnte jetzt erstmals erkennen, dass sein Kopf eher wie ein Vogel- denn wie ein Pferdeschädel aussah.

»Sie!«, schrie er schrill. »Snakestaff, Sie mieses Stück Scheiße! Warum sehen Sie denn so aufgeblasen aus? Was auch immer Sie da drunter tragen, vor mir wird Sie kein Panzer schützen. Sie haben mein Heim zerstört.«

»Ach Gottchen«, rief ich zurück, »könnte das etwas damit zu tun haben, dass Sie mich foltern und Ihren Oberen übergeben wollten?«

»Die Amtsgewalt verhöhnt niemand ungestraft«, schrie Niloch. »Schon gar nicht so ein Krümel Dreck wie Sie, eine Kreatur ohne Stand und Land, ohne Loyalität …!«

»Ich höre gar nicht zu«, sagte ich. »Sie sind genauso langweilig wie hässlich.« Ich drehte kurz den Kopf, um mich zu vergewissern, dass die *Hippe* noch immer Fahrt machte und Riprash und die übrigen sich von Nilochs größerem Schiff entfernten. Dann bückte ich mich und hob die schwere Eisenkugel vom Boden des Beiboots hoch.

»Wissen Sie, was das ist?«, fragte ich.

Niloch kicherte verdutzt. »Eine Kanonenkugel.«

»Falsch. Versuchen Sie's noch mal.«

Er runzelte die Stirn, was bei einem so langen Knochengesicht sonderbar aussah. »Eine Bombe? Nur zu, elender kleiner Verräter. Erledigen Sie sich ruhig selbst – uns können Sie nichts anhaben. Dieses Schiff ist eisengepanzert.«

»Es ist auch keine Bombe. Es ist einfach nur ein Gewicht.« Ich balancierte kurz, ein Bein auf dem Bootsboden, den anderen Fuß auf dem Dollbord, gerade so lange, wie ich brauchte, um die schwere Eisenkugel in der Halterung auf meinem Bauch zu verstauen, dann stieg ich über Bord, und die Kanonenkugel riss mich ins ölige, ätzende Wasser des Phlegethon hinab.

38

IN KETTEN

Auf jeder Pauschalreise durch die Hölle wäre es sicher ein kostenpflichtiges Extra gewesen, auf den Grund des Phlegethon hinabzusinken – »Schwimmen mit den reizenden Reißzahnquallen!« –, aber mir ging es, ehrlich gesagt, mehr ums Überleben als darum, das meiste aus dem Erlebnis herauszuholen. Wobei Überleben vielleicht das meiste war, was sich dabei herausholen ließ.

Die ersten paar Sekunden verbrachte ich damit, den Knochenstopfen aus dem Luftsack meiner Weste herauszuziehen und dann die Öffnung in meinen Mund zu bugsieren, damit ich atmen konnte. Nur flach natürlich, die Luft musste reichen, bis ich an Land gelangte, was hieß, sie musste so lange reichen, bis die *Witwe* jedwede Verfolgung meiner Person eingestellt hatte. Ich schaute hoch. Die Augen meines Dämonenkörpers passten sich sehr gut an schwaches Licht an, und zum Glück war der Phlegethon nicht so schwarz wie der Styx. Dennoch konnte ich den Rumpf von Nilochs Schiff über mir nur mit Mühe ausmachen. Die Sicht war zwar ganz okay, aber es hatte seine Gründe, dass der Phlegethon sich permanent entzündete: Sein Wasser brannte mir fürchterlich in Augen und Nase. Trotzdem, so weit, so gut. Die Kanonenkugel war schwer genug, um mich trotz des Auftriebs durch den Öltuch-Luftsack auf dem Grund zu halten.

Wesen schwammen im Trüben an mir vorbei, manche beängstigend handfeste, schlangenartige Dinger, wie riesige Aale oder Kreaturen aus Loch Ness, andere hingegen kaum mehr als dunkle Schatten im Wasser oder kalte Strömungen mit einer definierten Form. Mit Riprashs Reißzahnquallen machte ich keine nähere Bekanntschaft, aber in dunkler Ferne sah ich etwas dahindriften, das wie ein sich abwechselnd zusammen- und wieder auseinanderfaltendes Zirkuszelt aussah. Ich hielt mich nicht damit auf, mir deswegen oder wegen irgendwelcher anderer Wesen eingehendere Gedanken zu machen, es lag ja wohl auf der Hand, dass der Grund eines Höllenflusses nicht gerade ein sicherer Ort war. Ich musste nur zusehen, so schnell wie möglich an Land zu gelangen, um meine Überlebenschancen zu erhöhen.

Wie überall in der Hölle war die primitivere Fauna genauso deformiert und deprimierend wie die komplexeren Kreaturen. Als ich, auf dem Grund angekommen, langsam durch den Schlick in die Richtung stapfte, in der ich das Ufer vermutete (wenn ich mich irrte, war ich wirklich aufgeschmissen), umging ich immer wieder vorsichtig stachlige Dinger, die Seeigel hätten sein können, wenn sie sich nicht in einem Fluss befunden und einen Durchmesser von gut eineinhalb Metern gehabt hätten. Platte, scheibenförmige Krebse mit bestürzend menschlichen Gesichtern flitzten zwischen den Steinen umher und ließen Schlickwölkchen aufsteigen, wenn sie sich vor Räubern verkrochen, die kaum mehr als spitzzahnige Kiefer mit Flossen waren. Einmal blieb ich trotz meines begrenzten Luftvorrats stehen und wartete ab, dass ein riesiger Schatten mit einem langsamen Schwanzschlag über mich hinwegglitt. Ich konnte ihn nicht klar erkennen, aber er war mit knöchernen Platten gepanzert und hatte ein Maul, das Bobby Dollar und einige andere Leute gleichzeitig hätte verschlingen können. Ich bildete mir gar nicht erst ein, ich könnte ihm davonschwimmen oder mich gegen ihn behaupten – das Ding war so groß wie ein Schulbus –, also hielt ich einfach nur still. Es dauerte lange, aber schließlich entfernte sich das lebende U-Boot, und ich konnte weitergehen. Später sah ich wohl sogar einen Schweinekraken, jedenfalls etwas, das ein bisschen so aussah wie mein Freund Fatback in seiner Schweinegestalt, wenn Fatback so groß wäre wie ein Tanklastwagen und ihm sieben Meter lange Fangarme aus der Schnauze wüchsen. Zum Glück war das hässliche Biest viel zu sehr damit beschäftigt, den schlickigen Flussgrund nach fressbaren Kreaturen zu durchwühlen, um mich zu bemerken.

Es fiel schwer, sich inmitten all dieser Monster langsam zu bewegen und immer nur kleine Atemzüge zu tun, und ich fühlte, wie der Luftsack immer kleiner wurde, hatte aber keine Ahnung, wie lange es dauern würde, bis ich am Ufer war, und ob es dort dann so weit sicher sein würde, dass ich mich aus dem Wasser wagen konnte. Bestimmt lauerte Niloch nur darauf, dass ich auftauchte. Vielleicht würde er mich sogar am Ufer erwarten, denn es erforderte ja selbst für Höllenadelsverhältnisse nicht allzu viel Grips, vorherzusehen, was ich vorhatte.

Ich hatte gerade ein paar größere Exemplare der menschengesichtigen Krebse aus dem Weg gekickt – die Gesichter der größeren wirkten einerseits weniger menschlich und andererseits expressiver, wenn Sie sich's vorstellen können – und fragte mich so langsam ernsthaft, ob ich noch genug Luft hatte, um ans Ufer zu kommen, als ich einen weiteren langgestreckten Schatten aus dem trüben Halbdunkel auf mich zukommen sah. Sicher, dass es auch so eins dieser gepanzerten Monster oder etwas noch Schlimmeres war, kauerte ich mich auf den Grund, rührte mich nicht und versuchte, keine verräterische Luftblase aus meiner Lunge entweichen zu lassen. Doch das, was da aus den Schlickwolken auf mich zukam und in die tiefe Flussmitte hinausstrebte, war nicht das prähistorische Monster, das ich erwartet hatte, sondern ... eine Parade. Humanoide Gestalten, die im Gänsemarsch über den Flussgrund trotteten und mit ihren

Füßen den grauen Schlamm aufwühlten, sodass es aussah, als marschierten sie durch Nebel wie Feenwesen in den irischen Hügeln. Dann erkannte ich, dass sie deshalb in einer Reihe über den Flussgrund tappten, weil sie aneinandergekettet waren.

Sklaven. Jemandes Sklavenschiff war von einem schnelleren Schiff aufgebracht worden oder vielleicht auch einfach nur gesunken. Auf jeden Fall waren diese armen verdammten Seelen ihrer schweren Ketten wegen auf dem Grund des Phlegethon gelandet. Ich hatte keine Ahnung, wie lange sie schon so hier unten durch den Schlick trotteten, aber offensichtlich so lange, dass der Fluss seinen Tribut gefordert hatte. Von einigen Sklaven war nicht mehr viel übrig, nur das Gerippe und ein paar in den Ketten verheddderte Hautfetzen, während etliche noch fast heil wirkten, bis auf die Stellen, wo Fische und andere Flusskreaturen an ihnen genagt hatten. Der Anführer, der in seiner grimmigen Entschlossenheit die übrigen hinter sich herzuschleppen schien, hatte beide Augen, einen Arm und die meisten Finger der verbliebenen Hand verloren, stapfte aber immer noch durchs dunkle Wasser, einen knochigen Fuß vor den anderen setzend, während seine Gefährten hinter ihm herstolperten oder -drifteten, je nachdem, wie viel noch von ihnen da war. Beim Anblick all der leeren Augenhöhlen verstand ich, warum die armen Kerle in die dem Ufer entgegengesetzte Richtung marschierten.

Ich bewegte mich so schnell auf sie zu, wie es mir in dem glitschigen Schlamm möglich war, und winkte mit den Armen, um sie auf mich aufmerksam zu machen, doch wegen des Kanonenkugelgewichts war ich genauso langsam wie sie, und auch als der Abstand geringer wurde, bemerkten sie mich nicht, schon gar nicht der blinde Anführer. Er marschierte an mir vorbei, und der Rest des elenden Trupps folgte ihm. Ich schaffte es, einen der Sklaven am Oberarm zu packen, aber der Arm blieb in meiner Hand zurück, ohne dass es sein bisheriger Besitzer auch nur zu merken schien.

Hoffnungslos, begriff ich. Wie lange auch immer sie bereits hier unten umherwandern mochten, es war nicht mehr genug von ihnen übrig, weder körperlich noch geistig, als dass sie noch an Land überleben könnten. Der größte Gefallen, den ich ihnen tun konnte, war, sie einfach so weitermarschieren zu lassen, bis sie von Fischen zerrissen wurden oder allmählich zerfielen und im Fluss aufgingen.

Wie wenig ein Engel bewirken konnte, war eines der gewichtigsten Dinge, die mich die Hölle lehrte. Diese Lektion war mir seit meiner Ankunft hier immer wieder erteilt worden, aber noch nie so klar.

Die aneinandergeketteten Sklaven trotteten davon und waren gleich darauf in den Schlickwolken verschwunden, für meine brennenden Augen nicht mehr auszumachen.

Wenn ich ein anderer Typ wäre, könnte ich ja vielleicht meine berufliche Erfüllung darin finden, das Unterwasserleben (na ja, Sie wissen schon, was ich meine) der Höllenflüsse zu studieren. Ich bin aber kein anderer Typ. Ich wollte nur raus aus diesem Fluss und weg von dieser Höllenebene, runter zur Neronischen Brücke. Trotzdem konnte ich nicht *nicht* hingucken, als da etwas den Grundschlamm aufwühlte und mir aufging, dass es statt des fischartigen Monsters, das ich erwartet hatte, zwei lebende Leichname – kaum mehr als Gerippe – waren, die sich gegenseitig umzubringen versuchten.

Noch mal: Ich musste über zwei Skelette hinwegsteigen, die im Grundschlamm des Phlegethon, tief unter der Oberfläche, miteinander rangen. Beide bestanden fast nur noch aus der oberen Hälfte, und jedes hielt mit den knochigen Händen den Hals des anderen umklammert. Wobei Hals in diesem Fall kaum mehr hieß als Wirbel und ein paar Fetzen verwesten Fleisches und sie sich, ich wiederhole, auf dem Grund eines Flusses befanden, wo es unwahrscheinlich war, dass eins das andere ersticken würde. Aber genau das spielte sich da ab. Ich nehme an, deshalb nennt man diesen Ort Hölle.

Wie gesagt, ich könnte Ihnen noch viel mehr erzählen, weil es genug Stoff zum Erzählen gäbe – fleischfressende Flusswürmer, hummerartige Viecher, die ihren eigenen klebrigen Magen auswürgten und dann wieder einholten wie ein Fischernetz, Kreaturen mit dem Körper eines Hais und dem Kopf eines wahnsinnigen Pferds, ganz Zähne und verdrehte Augen, und natürlich noch weitere menschenähnliche Körper in verschiedenen Stadien der Verwesung, Verdammte, die offenbar nicht alle gegen ihren Willen hier im Fluss gelandet waren. Ja, etliche von ihnen schienen befunden zu haben, dass im ätzenden Schlamm des Phlegethongrundes zu liegen und sich langsam in lebenden Brei zu verwandeln, besser war als das, was sie an Land durchgemacht hatten. Die Höllenversion von Selbstmord vermutlich.

Ich erreichte gerade in dem Moment seichteres Wasser, als mir die Luft ausging. Ich befreite mich von Weste und Kanonenkugel, rettete aber Riprashs Flasche und ließ mich dann emportreiben. Erst mal lag ich eine ganze Weile im Wasser und bemühte mich, wie ein weiterer Selbstmordfall auszusehen, ehe ich es wagte, mich diskret umzuschauen. Zu meiner Erleichterung entdeckte ich die *Kopflose Witwe* immer noch draußen auf dem Fluss, nahe der Stelle, wo ich untergegangen war, und von Riprashs Schiff war nichts zu sehen. So weit, so gut.

Ich paddelte behutsam weiter, bis ich Grund unter den Füßen spürte, und erklomm dann das Ufer an der dunkelsten und verstecktesten Stelle, die ich finden konnte, denn es hätte ja jemand auf Nilochs Schiff ein Fernrohr haben können. An einem relativ sicheren Plätzchen gönnte ich mir ein Päuschen, um mich auszuruhen und tief durchzuatmen, aber schon bald schreckten mich ferne Stimmen auf.

Die *Witwe* schien es aufgegeben zu haben, an der Stelle zu wachen, wo ich versunken war, und hielt unter Dampf und mit

Rudern wie Tausendfüßlerbeinen aufs Ufer zu. Ich wusste, selbst um diese dunkelste Nachtzeit gab es an Bord garantiert Augen, die besser sahen als meine, also wickelte ich Riprashs Revolver aus dem schützenden Öltuch, steckte sie und das Dolchschwert in meinen Gürtel und stieg eine felsige Uferböschung hinauf. Diese erwies sich jedoch schnell als Fuß eines höheren Hügels, und an dessen Hang war ich ungeschützter als am Ufer, also musste ich rasch weiter hinaufsteigen. Dabei sah ich drunten Nilochs Schiff in der Bucht Anker werfen und die Landeboote ans Ufer schicken. Im Unterschied zum winzigen Beiboot der *Hippe* waren das geräumige Boote mit mehreren Ruderern und Platz für Soldaten, Reittiere und sogar Nilochs Höllenhunde. Auf welchem Boot sich Letztere befanden, war leicht zu erkennen, da sich dort alle übrigen Passagiere am anderen Ende drängten.

Zu meiner Bestürzung errichteten die Männer des Kommissars nicht etwa ein Lager am Ufer, sondern machten sich sofort in meine Richtung auf, als hätten die Hunde bereits Witterung aufgenommen. Ich beeilte mich nach Kräften, obwohl der Anstieg im Dunkeln gefährlich war. Als ich fast oben war, sah ich meine Verfolger zurückfallen: Die Pferde, oder was auch immer sie da ritten, hatten Probleme an dem steinigen, steilen Hang. Von einer vergleichsweise flachen Stelle aus, vielleicht zweihundert Meter unter mir, suchten sie nach einem leichteren Aufstiegsweg.

Ich nutzte diese Atempause, um einen Platz aufzutun, wo ich ausruhen und sie gleichzeitig im Auge behalten konnte. Was sie redeten, verstand ich nicht, aber Niloch war eindeutig wütend. Seine schrille Stimme hallte übers Flusstal. Während er seine Leute zusammenstauchte, beobachtete ich, wie die Höllenhunde erregt an ihren Ketten zerrten, jeder von zwei, drei Führern gehalten. Doch bald schon bereute ich, dass ich mir gerade diese Zerstreuung ausgesucht hatte.

Die Hunde waren riesig, etwa so lang wie Löwen oder Tiger, mit tiefhängendem Körper wie mittelalterliche Wolfsdarstellungen und fast schon mattschwarz wirkendem Fell. Später fand ich heraus, dass es so aussah, weil es gar kein Fell war, sondern ledrige Schuppenhaut, etwa wie die eines Komodowarans. Auf einmal drehte sich einer von ihnen in Richtung meines Verstecks, und seine gesamte rosafarbene, bis dahin unsichtbare Schnauze schob sich aus dem rauhen, schwarzen Gesicht wie ein Hundepenis aus der Vorhaut. Das rosa Ding, glatt bis auf zwei große Löcher, die wohl die Nasenlöcher waren, glänzte selbst im Fackelschein klebrig-feucht.

Ich habe ja schon viele fiese Dinge gesehen, aber kaum etwas Fieseres als das, denn im Unterschied zu den Horrorwesen im Fluss waren diese Kreaturen ganz speziell hinter mir her. Als mein Magen aufgehört hatte zu krampfen, stand ich auf und beeilte mich, über die Hügelkuppe zu kommen, um auf der anderen Seite eine Abstiegsmöglichkeit zu suchen. Ich war immer noch erschöpft, aber glauben Sie mir, die Monster, die hinter mir her waren, so genau zu sehen, hatte einiges an Adrenalin freigesetzt.

Zu meiner Erleichterung tauchten im Tal jenseits des Hügels Lichter auf, ein Gesprenkel von orangerotem Glühen, das auf eine nennenswerte Stadt dort unten im Nebel der Phlegethon-Gegend schließen ließ. Zu mir hin lagen ein Netz von Straßen, die aus der Ansammlung von Lichtern kamen, und eine kurvige, von Fackeln erhellte breitere Fahrbahn, die an dem ganzen vorbeiführte und so etwas Ähnliches wie ein Highway zu sein schien. Ich nahm mir diese zum Ziel und arbeitete mich den Hügel hinab, so schnell ich konnte, ohne zu fallen und mir irgendwas Wichtiges zu brechen.

Bis in die Ebene hinunter brauchte ich gefühlte zwei Stunden. Ein, zwei Mal hörte ich das schaurige Geheul der Höllenhunde über mir. Ich nahm ein paar halsbrecherische Abkürzungen, war aber wild entschlossen, die Verfolger nicht herankommen zu lassen, denn in der Stadt konnte ich sie leichter abhängen als in der Wildnis. Außerdem musste ich eine Heberstation finden, nur so würde ich vor Niloch und seinen heulenden Penismonstern nach Abaton hinabkommen.

Während des ganzen Abstiegs sah ich auf der Schnellstraße ganze vier Fahrzeuge: zwei schicke Kutschen, einen Händlerkarren und einen großen, schwarzen Wagen, der wahrscheinlich einem Mitglied der Höllenaristokratie gehörte. Ich wollte nicht wieder gefasst werden, aber ich wollte auch nicht zu Fuß bis in die etliche Meilen entfernte Stadt gehen, also horchte ich, als ich am Rand der breiten Straße anlangte und ihr in Richtung der Lichter folgte, nach einer möglichen Mitfahrgelegenheit.

Ich versuchte, das erste vorbeikommende Fahrzeug anzuhalten, eine Kutsche, gezogen von zwei pferdeähnlichen Kreaturen (wenn man denn etwas, das Menschenbeine hat, noch als »pferdeähnlich« bezeichnen kann), doch der Kutscher schlug mit seiner Peitsche nach mir und raste weiter. Etwa eine halbe Stunde lang trottete ich dahin, ohne dass ein weiteres Fahrzeug auftauchte, doch schließlich hörte ich das Schnaufen einer Dampfmaschine, und ich sah ein groteskes Ding, halb Panzer, halb Fahrrad, ruckelnd herannahen. Ich winkte. Das Vehikel bremste tatsächlich ab, und der Fahrer musterte mich. Dann kam das Ding zischend zum Stehen, und die Tür des Fahrgastraums, der an Aschenputtels Kürbiskutsche erinnerte, ging auf. Ich betrachtete das als Einladung und stieg ein, nur um von der trichterförmigen Mündung einer Donnerbüchse empfangen zu werden.

Ich war darauf gefasst, ausgeraubt oder erschossen zu werden (oder, wahrscheinlicher noch, sowohl als auch), doch der Besitzer der Feuerwaffe inspizierte mich nur und schlug dann vor, ich möge doch meine Revolver auf den Boden vor dem Beifahrersitz legen. Ich tat, wie mir geheißen, wobei ich mich ganz langsam bewegte, um ihn nicht zu erschrecken. Befriedigt kuppelte der Fahrer wieder ein, und wir rollten an.

Mein Retter war ein verhutzeltes, menschenförmiges Wesen mit einem pockennarbigen Gesicht, dessen eine Seite schlaff herabhing, und einem gerade im Verheilen begriffenen Riesenloch in der Brust – so groß, dass ich die Faust hätte hindurchstecken können.

Er sah mich die Wunde anstarren und lachte. »Jetzt verstehen Sie, dass ich ein bisschen vorsichtig bin, was? Das verdanke ich dem letzten Anhalter, den ich mitgenommen hab. Wollte das alte Goldstück hier stehlen.« Er patschte aufs Armaturenbrett seines Gefährts. »Aber ich hab ihm den Kopf weggepustet und den Kerl am Straßenrand rausgeschmissen, wo er jetzt noch versucht, seine Birne wiederzufinden. Wird er aber nicht!« Er keckerte. »Nichts mehr übrig.«

Ich lächelte (ein bisschen matt vielleicht), um ihm zu signalisieren, wie uneingeschränkt ich es befürwortete, böse Möchtegern-Carjacker zu enthaupten, da ich natürlich nicht diese Sorte Anhalter war. »Aber Sie nehmen immer noch Leute mit?«

»Wird langweilig auf der Fahrt von Zadder bis Flechsen«, sagte er. »Bisschen Gesellschaft tut gut. Verhindert, dass man den Verstand verliert!« Er lächelte und nickte emphatisch.

Ich konnte nicht umhin, mich zu fragen, ob jemand, der immer noch Anhalter mitnahm, nachdem ihn einer fast in Stücke geschossen hatte, noch im Besitz seines Verstandes war. Tatsächlich war er, wie ich während der Fahrt erfuhr, im Lauf der Jahre etliche Male nur knapp davongekommen. Für die Anhalter aber hatte es schlimmer geendet.

»Und jetzt sind wir beide Reisegefährten«, sagte er. »Ich heiße Joseph. Und Sie?«

Ich erfand einen Namen – ich wollte keine unnötigen Spuren hinterlassen. »Was ist das für eine Stadt?«, fragte ich, als die Lichter vor uns lagen.

»Das ist Blindwurm«, sagte er. »Sie wollen doch hoffentlich nicht dahin, um Leute kennenzulernen.«

»Warum?«, fragte ich, obwohl es das Letzte war, was ich wollte, in irgendeiner Stadt der Hölle Leute kennenzulernen.

»Nicht hier aus der Gegend, hm? Komische Leute in Blindwurm. Stadt der Egoisten, sag ich immer.« Er führte das nicht näher aus, hatte aber eine Menge anderer Dinge zu erzählen. Er erklärte mir, er mache in Schlössern, im Sinn von Schließvorrichtungen. »Blindwurm ist mein Hauptabsatzort. Auf jeder Reise verkaufe ich hier am meisten. Die sorgen dafür, dass mein Geschäft brummt!«

Als wir das Stadtrandgebiet erreichten, erblickte ich Häuser mit adretten kleinen Vorgärten, wie ein Bilderbuchvorort. Doch obwohl ich in einigen Fenstern Silhouetten sah, war draußen niemand. Ich führte das auf die Tageszeit zurück – meiner Schätzung nach war es auf jeden Fall nach Mitternacht, Höllenzeit – und ging davon aus, dass es gen Zentrum anders sein würde. Doch die paar Fußgänger, die ich dann sah, verschwanden bei unserem Herannahen schleunigst in Hauseingängen oder Seitengassen, als hätten sie Angst vor uns.

Als ich Joseph danach fragte, schüttelte er den Kopf. »Sie wissen es echt nicht, was? Ich dachte, Sie machen Witze. Das weiß doch jeder. Die Leute in Blindwurm hassen alle. Da will jeder für sich bleiben.«

Wenn jeder für sich bleiben wollte, warum hatten sie dann eine große Stadt mit hohen Gebäuden errichtet? Von der Größe her musste Blindwurm mindestens eine Viertelmillion Einwohner haben. Doch als wir in die Innenstadt kamen, sah ich, was Joseph meinte. In keiner Wohnung und keinem Geschäft befand sich mehr als eine Person. Selbst Örtlichkeiten, die dafür gedacht waren, von mehreren Leuten gleichzeitig benutzt zu werden, wie etwa öffentliche Haltestellen oder Banken, schienen so unterteilt, dass die Wartenden oder Kunden einander nicht zu sehen brauchten. An einer Bushaltestelle saßen ein halbes Dutzend Leute, jeweils in ein enges Abteil gequetscht wie Kühe in einem Stall. Alle blickten auf, als sie unser Motorgeräusch hörten, und musterten unser Fahrzeug mit sichtlichem Missfallen.

Normalerweise hätte ich ein so bizarres Phänomen näher ergründet. Ich meine, wie funktioniert das denn, eine Stadt voller Einwohner, die einander nicht mal sehen wollen? Doch Joseph machte mich zunehmend nervös. Je näher wir dem Zentrum und dem alles dominierenden Heberschacht kamen, desto fahriger wurde er: Er führte Selbstgespräche und linste dauernd aus dem Augenwinkel zu mir herüber, als wäre ich derjenige, der sich merkwürdig verhielt. Ich versuchte, über irgendwas Harmloses mit ihm zu reden, aber das schien es nur noch schlimmer zu machen, und als wir uns dem mächtigen quadratischen Turm der Heberstation bis auf wenige Blocks genähert hatten, war ich bereits dazu übergegangen, gar nichts mehr zu sagen. Was es aber auch nicht besser machte. Joseph murmelte permanent vor sich hin und griff immer wieder an den Lauf seiner Donnerbüchse, die zwischen uns am gepolsterten Armaturenbrett lehnte. Als er sah, dass ich es bemerkt hatte, schien auch das die Dinge nur zuzuspitzen.

»Ah, ja«, sagte er. »Geglaubt, Sie könnten, hm? Aber ich wäre schneller, und dann peng! Selbst schuld!« Er lachte in sich hinein, und seine schlaffe Gesichtsseite blickte so leer wie ein Kürbiskopf. Er machte mir jetzt wirklich Schiss.

»Lassen Sie mich einfach hier raus«, sagte ich. »Hier wollte ich hin. Vielen Dank fürs Mitnehmen.«

»Dank?« Jetzt sah er mich an, und der empörte Ausdruck der anderen Gesichtshälfte kam neben der schlaffen Seite noch krasser zur Geltung. Speichel lief ihm aus dem Mundwinkel. »Sie besitzen die Unverschämtheit, mir zu danken? Wo Sie mich doch ermorden wollten?« Er bremste und grabbelte nach seiner Donnerbüchse, die zum Glück unhandlich lang für die enge Kabine war. Meine Revolver lagen immer noch auf dem Boden, und ich wusste, ich würde sie nie zu fassen bekommen, bevor er mich erschoss, also riss ich die Tür auf, kickte die Revolver hinaus und ließ mich dann hinterherfallen.

Im nächsten Moment tat es einen Donnerknall. Heiße Gase sausten über meinen Kopf hinweg, als ein Stück der Wand des Gebäudes vor mir in Staub und Splitter zerbarst. Während ich im Dunkeln meine Revolver suchte, hörte ich Joseph aussteigen und seine Donnerbüchse wieder spannen. »Wolltest mich töten, eh? Bist wiedergekommen, um's noch mal zu probieren, eh? Noch ein Loch in den Joseph zu schießen, eh?«, brüllte er, doch bevor er ein zweites Mal feuern konnte, wurde die Stille der nächtlichen Straße von einem der schrecklichsten Geräusche zerrissen, die ich je gehört hatte: einem Geheul, bei dem meine Haut sich von meinem Körper losschauern und ohne mich wegrennen wollte. Die Höllenhunde. Die Höllenhunde waren in der Stadt. Aber ich hatte sie doch in den Hügeln abgehängt, Meilen von hier! Wie hatten sie mich so schnell eingeholt?

Joseph mochte ja verrückt sein, aber so dumm, sich mit Höllenhunden anzulegen, war er nicht. Während ich meine Revolver auflas, hörte ich seine Wagentür zuschlagen. Dann fuhr er davon.

Als sein Motorgeräusch verklang, heulte wieder eine der Bestien – ein hallendes, schauriges Geräusch, dazu angetan, auch das gesündeste Herz stehenbleiben zu lassen. Ein anderer Höllenhund antwortete, und es klang noch näher. Sie waren ausgeschwärmt und auf der Jagd nach mir, und ich war noch mindestens eine halbe Meile vom Heberturm entfernt. Und ich war jetzt zu Fuß.

Ein jegliches hat seine Zeit. Manchmal gilt es zu kämpfen, ja. Aber jetzt galt es, die Beine in die Hand zu nehmen.

39

CHAUSSEE DER ISOLATION

Selbsterhaltung ist in der Hölle, wie Sie vielleicht schon erkannt haben, oberstes Gebot, also können Sie sich denken, wie viele Leute aus ihren Häusern kamen, um mir zu helfen, als ich durchs Geschäftsviertel von Blindwurm sprintete.

Obwohl ich mit Rennen beschäftigt war, sprangen mir die bizarren Eigenheiten dieser Stadt der Egoisten, wie der verrückte Joseph gesagt hatte, in die Augen: Straßen und Bürgersteige, so breit wie in einer faschistischen Kapitale (damit man sich leichter aus dem Weg gehen konnte, vermutlich), öffentliche Orte, unterteilt mit Zwischenwänden und Sichtblenden, damit die Leute sich nicht gegenseitig und die Verkäufer und sonstigen Beschäftigten nie mehr als einen Kunden oder Klienten auf einmal sehen mussten. Selbst die Gleise des Zentralbahnhofs, denen ich zum Heberturm folgte, waren durch Wände voneinander abgeteilt, wohl damit die Fahrgäste in ihren Einzelabteilen keine Passagiere anderer Züge zu sehen brauchten. Und natürlich waren in einer so großen Stadt auch mitten in der Nacht noch Leute unterwegs – Putzkräfte, Nachtschichtarbeiter, Imbissbedienungen und -gäste, alle einzeln hinter Panzerglas wie Museumsstücke. Und niemand kümmerte sich um irgendjemand anderen als sich selbst. Tunnels, Trennwände, Boxen, Klappen: Blindwurm hatte ein Weltklasse-Separierungssystem entwickelt. Ebenso gut hätte ich über eine Sanddüne in der Wüste Gobi rennen und auf Hilfe von den Echsen hoffen können. Wobei ich nicht wirklich erwartete, dass mir jemand helfen würde, während ich die Straße der Einsamkeit (kein Witz, sie hieß wirklich so) entlangspurtete. Das einzig Gute war: Wenn ich ihnen nicht in die Quere kam, würden die Einwohner von Blindwurm mir wahrscheinlich auch nicht in die Quere kommen. Stadt der Soziopathen wäre wohl ein besserer Name, dachte ich.

Die Bronzekrallen der Höllenhunde klickten laut übers Straßenpflaster, jetzt nur noch einen halben Block hinter mir. Selbst die egozentrischen Einheimischen reagierten jetzt allmählich, nicht auf mich, sondern auf die schrecklichen Geräusche der Verfolger: Sie huschten so blitzartig davon wie erschrockene Mäuse, wenn das Heulen durch die verlassenen Korridore zwischen den Gebäuden hallte.

Als ich in eine breite Durchgangsstraße namens Chaussee der Isolation eingebogen war, schaute ich mich um. Der erste Hund kam gerade um die Ecke, die einziehbare Schnauze zeigte ein kompliziertes Zähnefletschen. Die Bestie hatte dieselbe Schulterhöhe wie ich, aber ich konnte nur auf zwei Beinen rennen. Es war wie damals, als mich Eligors *Ghallu* verfolgt hatte – auch so eine uralte Kreatur des Bösen, die mich zerreißen wollte und die größer und schneller war als ich –, doch diesmal hatte ich keine Silbermunition, keinen Sam und keinen Chico, die mir helfen konnten, gar nichts. Ich spannte meine beiden Revolver, beugte den Kopf und versuchte, noch etwas mehr Tempo aus meinen erschöpften Muskeln herauszuholen.

Am Ende der breiten Chaussee sah ich jetzt die Heberstation am Fuß der gewaltigen Hebersäule und rannte darauf zu. Mehrere Höllenhunde waren nur wenige Meter hinter mir, ein Schnellfeuer-Krallenklicken auf Asphalt, aber ich wagte es nicht, den Kopf zu drehen.

Die Türen der Station standen offen. Ich stürmte hindurch,

wobei mich die erste Serie von Schwingsperren beinahe ausknockte. Statt *einer* Halle, wie man sie in einem so großen öffentlichen Gebäude erwarten würde, war da ein Labyrinth aus nachträglich eingebauten Zwischenwänden. Ich hatte keine Zeit für eine längere Versuch-und-Irrtum-Phase, aber zum Glück reichten die Trennwände nur etwas über meine Scheitelhöhe und ich konnte die Hebersäule in der Mitte der Station immer noch sehen. Offenbar war Blindwurm ursprünglich im Gedanken an eine konventionellere Population gebaut und erst später umgestaltet worden.

Wie die infernalische Fauna des Phlegethon könnten auch die soziologischen Besonderheiten der Stadt Blindwurm ein ganzes Forscherteam jahrzehntelang beschäftigen, doch ich hatte kein anderes Interesse, als die nächsten ein, zwei Minuten zu überleben. Ich spurtete durch das Labyrinth und beging dabei nach lokalen Maßstäben ein gutes Dutzend Kardinalsünden, indem ich Leute nicht nur überholte, sondern buchstäblich umwarf, um an ihnen vorbeizukommen. Die Hunde waren direkt hinter mir, und die Einheimischen, die ich aus dem Weg fegte, beschimpften mich nicht lange; ich hörte hinter mir eine Reihe von Schreien und unheilvollen Geräuschen, als die Leute merkten, wovor ich flüchtete.

Ich stürmte aus dem Labyrinth hinaus ins Zentrum der Halle, das aus einer Bienenwabe von kleinen Warteabteilen für die Heberpassagiere bestand. Meine Pechsträhne hielt an, keiner der Heber gab ein *Pling* von sich, was hieß, dass gerade keine Kabine da war. Und keine Leuchtanzeige verriet mir, welche als nächste kommen würde. Es konnte durchaus sein, dass die nächsten fünf Heber, die eintrafen, auf der anderen Seite der riesigen Säule lagen.

Ein tiefes, grollendes Knurren ließ mich einen Satz machen, und im nächsten Moment kam ein Höllenhund aus dem Labyrinthgang hinter mir geschossen, einen unseligen Pendler im riesigen Fang. Die Bestie beutelte den armen kreischenden Kerl wie ein Terrier eine Ratte und ließ den schlaffen Körper fallen, als sie mich sah.

Mit gezogenen Revolvern wich ich rückwärts in Richtung Hebersäule zurück. Ich hatte Riprashs Revolver ausgiebig genug getestet, um zu wissen, dass sie auf mehr als zehn Schritt unzuverlässig waren, also wartete ich. Doch während ich meine Schusshand ruhig und den Lauf auf die fliehende Stirn des Monsters gerichtet zu halten versuchte, kamen zwei weitere Höllenhunde aus dem Gang. Der eine kaute versonnen auf den zerfetzten Überresten eines von einem blutigen Kleid umhüllten Beins herum.

Ich hätte vielleicht *eine* solche Bestie mit den Kugeln, die in den primitiven Revolvern steckten, erledigen können, aber bei dreien hatte ich doch erhebliche Zweifel. Und selbst wenn ich sie alle erschießen könnte, ohne nachladen zu müssen, hätte ich es doch immer noch mit Niloch und seinen Schergen zu tun, die bestimmt nicht allzu weit hinter den Hunden waren. Ich sah nur noch eine Chance, also wich ich noch etwas weiter zurück, bis ich neben einer Reihe von Warteabteilen stand.

»Ah, mein Lieber, *da* sind Sie«, sagte eine Stimme, so widerwärtig wie Wochen alter Fisch. Niloch gab eine Art Pfiff von sich, und die Hunde machten kehrt. Der Kommissar trat aus dem Eingangslabyrinth, in der einen Hand so was wie eine Kutscherpeitsche, in der anderen eine gezackte, messerartige Waffe; seine knöchernen Fortsätze waren abgebrochen und verkohlt. »Sie haben uns ganz schön auf Trab gehalten, Snakestaff, aber jetzt ist Schluss mit dem Quatsch. Jetzt kann ich mich wieder der wichtigen Aufgabe widmen, Sie wünschen zu lassen, Sie hätten nie von meinem wundervollen Haus Grabesschlund gehört.« Er drehte den knöchernen Kopf, um die Soldaten anzusehen, die ihm aus dem Labyrinth gefolgt waren; sie hatten die zerfetzten Leichen mehrerer Blindwurmer Bürger mit den Füßen wegschieben müssen, um in die Halle hinauszukommen. »Hier ist er«, erklärte ihnen Niloch. »Man würde nicht meinen, dass dieser mickrige Wicht gefährlich sein könnte, aber er ist es, meine Süßen, o ja, er ist es. Also seid vif. Wenn er irgendwas Dummes versucht, macht ihn sofort nieder.«

Mehrere Soldaten hatten Gewehre, lange, mit imposanten Beschlägen verzierte Dinger, die jetzt auf meine Lieblingsperson weit und breit gerichtet waren: mich. Andere trugen Schwerter und Äxte. »Niedergemacht« zu werden, würde in jedem Fall schmerzhaft sein.

»Und wenn ich *Sie* erschieße, bevor mich jemand davon abhalten kann?«, fragte ich, wobei ich meinen Revolver vom nächststehenden Höllenhund auf Niloch schwenkte und genau zwischen die glänzenden roten Äuglein zielte. »Mit diesem Ergebnis könnte ich leben.«

Der Kommissar lachte, ein Geräusch wie ein dezentes kleines Niesen. »Oh, mag sein, dass Sie – «

Ich ließ ihn nicht ausreden, denn ich hatte kein Gespräch beginnen wollen, sondern ihn nur glauben machen, dass ich es wollte. Wie die meisten Höllenherrscherlinge liebte Niloch den Klang seiner eigenen Stimme. Ich schoss ihm ins Gesicht.

Es tötete ihn natürlich nicht und hielt ihn noch nicht mal besonders lange auf, aber das hatte ich auch nicht erwartet. Höhere Dämonen kann man sich nicht so leicht vom Hals schaffen, nicht mal auf der Erde, wo die physikalischen Gegebenheiten gegen sie sind. Mir ging es eher um Ablenkung: Einer der Heber hatte plingend seine Ankunft verkündet, und ich wusste: jetzt oder nie. Als Niloch rückwärts gegen seine Soldaten taumelte, der Vogelschädelkopf für den Moment ein Etwas aus zerschmetterten Knochen, warf ich mich, so fest ich konnte, gegen die Reihe von Warteabteilen.

Nach den rigorosen Maßstäben der Hölle mochte ich ja mickrig sein – mit Niloch hätte ich es vermutlich nicht aufnehmen können –, aber ich war doch gerade stark genug, um das windige Warteabteil neben mir ins Wanken zu bringen. Wieder war es mein Glück, dass Blindwurm erst nachträglich an die Isolationsbedürfnisse der Einwohner angepasst worden war. Die Abteile bestanden aus dem höllischen Äquivalent zu Sperrholz. Noch während die ersten Soldaten sich von dem taumelnden Niloch befreiten und in meine Richtung zu feuern begannen, neigten sich die Abteile in einer Art Dominoeffekt seitwärts und brachen zusammen. Ich duckte mich hinter die Trümmer und schoss zurück.

So schockiert die wartenden Heberpassagiere auch waren, als die Abteile über ihnen zusammenbrachen und sie sich mitten in einer Schießerei befanden, schockierte es sie doch noch viel mehr, sich plötzlich Auge in Auge oder sogar buchstäblich auf einem Haufen mit ihren Mitbürgern wiederzufinden – genau das, was sie die ganze Zeit gefürchtet und vermieden hatten. Natürlich schrien sie und kämpften, wie nur panische Irre kämpfen können, und binnen Sekunden erfasste der Tumult die ganze Station, da sich überall Leute mit den gleichwertigen Schrecknissen Höllenhund und Mitbürger konfrontiert sahen.

Ich kroch am Boden zur Hebersäule, stand dann auf und arbeitete mich durch das panische Getümmel, bis ich die offene Hebertür fand. In der Kabine war nur eine Person, ein großer, dürrer Dämon mit dem Gesicht eines depressiven Leichenbeschauers, der hektisch mit der Handfläche an die Wand hieb, um zu erreichen, dass die Tür sich schloss. Ich packte ihn und schob ihn als Kugelfang hinaus, rief dann den Namen einer Heberstation oberhalb von Blindwurm. Um aus der Hölle rauszukommen, musste ich viele Ebenen weiter runter, aber ich wollte nicht, dass meine Verfolger das wussten. Da ich keine Ahnung hatte, ob sie feststellen konnten, wo ein bestimmter Heber gerade war, oder ihn vielleicht sogar anhalten und mich zwischen zwei Ebenen gefangen setzen konnten, wollte ich noch nicht mal, dass sie wussten, in welchem ich mich befand.

Die Türhälften glitten aufeinander zu, wurden aber jäh vom massigen Hals eines albtraumhaften Kopfes blockiert – einer der Höllenhunde. Das Futteral des Gesichts zog sich zurück, als die feuchtrosa Schnauze ausfuhr. Sie hatte keinen richtigen Fang, diese grässliche Springteufelschnauze, nur einen bezahnten runden Mund wie der eines Neunauges. Er erreichte mich fast, ehe ich meine letzten Kugeln in das Ding jagte. Stinkendes Blut und Gewebefetzen spritzten auf mich, dann setzte ich der Bestie den Fuß an die Brust, wobei ich mein Bestes tat, der zerfetzten Schnauze auszuweichen, und trat so fest zu, dass ich auf dem Hintern landete. Das hätte mein Ende sein können, doch der Höllenhund taumelte gerade so weit zurück, dass die Tür zuging, und gleich darauf fühlte ich, wie sich die Heberkabine ruckelnd in Bewegung setzte, aufwärts in Richtung Pandämonium.

Keuchend und aus einer Schusswunde am Unterarm blutend, die ich gar nicht bemerkt hatte, klatschte ich die Hand an die Wand, rief den Namen einer näheren Station und lud dann schnell meinen Revolver mit Munition aus dem Öltuchpäckchen nach, während die Kabine bereits abbremste. Als die Tür aufging, trat ich so lässig hinaus, wie ich irgend konnte, und es stiegen mehrere Passagiere ein, die offensichtlich nicht ahnten, was da gerade nur zwei, drei Ebenen tiefer passiert war. Ein paar bemerkten die Blutflecken auf dem Boden und die beiden Höllenhundzähne in der Ecke, beide so groß wie mein Daumen, aber da wir nun mal Sie-wissen-schon-wo waren, schien es sie nicht weiter zu beunruhigen.

Ich schaute mich gar nicht erst in der Station um, sondern nahm einfach nur den nächsten offenen Heber, der ebenfalls aufwärts fuhr, stieg wieder aus, fuhr dann in zwei, drei Etappen abwärts und anschließend wieder rauf, alles, um es Niloch und seinen Schergen möglichst schwer zu machen. Als ich meine

Spur ausreichend verwischt zu haben glaubte, sprang ich in der Station Stinkachsel in einen offenen, leeren Heber und befahl ihm, mich nach Abaton, viele, viele Ebenen tiefer, zu bringen.

Ich war erschöpft und natürlich jedes Mal fürchterlich nervös, wenn der Heber hielt und neue Fahrgäste einstiegen, doch als ich eine ganze Weile ungehindert hinabgefahren war, glaubte ich langsam doch, ich würde es schaffen.

Dann, beim siebten Halt, stiegen zwei von Nilochs Soldaten ein.

40

DER GRAUWALD

Zum Glück war der Heber gedrängt voll, und die beiden
Soldaten redeten miteinander. Außerdem waren sie nur von
der Mördersekte und nicht von den härteren und intelligenteren
Gereinigten der Mastema. Ich drückte mich neben der Tür an
die Kabinenwand, so weit wie möglich hinter ihnen, und versuchte, einfach nur wie ein Höllenpendler auszusehen, der auf
dem Weg nach Hause war, bespritzt mit dem Blut und Hun-
dehirn eines ganz normalen Arbeitstages. Durch das Rauf- und
Runterfahren, um meine Spuren zu verwischen, hatte ich es
Nilochs Schergen ermöglicht, an mir vorbeizugelangen, was
hieß, ich konnte ihnen unterhalb von hier überall in die Arme
laufen.

»Seine Lordschaft kocht vor Wut«, sagte einer der beiden Soldaten, ein bärenköpfiger Kerl mit einem Hals, so dick wie meine
Taille, und Schultern, auf denen man ein Haus hätte errichten
können.

»Und er sieht auch nicht grad gut aus«, sagte sein Kumpan mit
einem kehligen Lachen. Er war genauso bullig und hässlich wie
sein Kollege, nur ein bisschen kleiner. Beide wirkten, als könnten
sie mir nur mit Daumen und Zeigefinger den Kopf vom Körper
rupfen. »Hast du dem Kommissar seine Fresse gesehen? Nichts
wie Splitter.«

»Wenn mir der Spion nicht den Tag durch das ganze Rumgehetze verdorben hätte«, sagte Muskelpaket Nummer eins, »würd ich ihm glatt die Hand schütteln. Danach würd ich sie ihm natürlich trotzdem abreißen.«

»Der Beschreibung nach hat das anscheinend schon jemand gemacht«, sagte Nummer zwei. Sein Lachen ging mir auf den Keks, aber jetzt sah er sich in der Kabine um, also drückte ich mich noch enger an die Wand und schlug die Augen nieder. Wenn er mich sah, schaute er nicht wirklich hin, denn als Nächstes sagte er: »Warum fahren wir runter nach Bettlers End?«

»Du Blödarsch«, sagte Nummer eins. »Warum wohl? Der Kommissar postiert uns und noch lauter andere Männer auf allen Ebenen zwischen Tophet und Unterer Lethe, klar? Der entflohene Spion kann nämlich nicht tiefer runter als bis zu den oberen Bestrafungsebenen. Er hat's einmal probiert, und das ist ihm gar nicht bekommen. Hab gehört, ein hohes Tier von der Mastema war da grad mit ihm im Heber, daher wissen sie's. Also fangen wir unten auf den Lethe-Ebenen an zu suchen und arbeiten uns von da nach oben, manche in den Hebern, manche auf den Straßen. Der Kommissar hat auch Boote auf den Flüssen postiert, für den Fall, dass der Kerl es wieder auf dem Weg versucht.«

Ich konnte nur mit Mühe ein Stöhnen unterdrücken. Wie sollte ich je zur Neronischen Brücke kommen, wenn Niloch und seine Schergen überall nach mir suchten? Ja, wie sollte ich auch nur aus diesem verdammten Heber rauskommen?

Okay, jemand hat mal gesagt, das Glück ist mit den Mutigen. Ich glaube, es war mein Freund Sam, kurz bevor er sich totgesoffen hat. (Na ja, eigentlich hat er nur diesen speziellen Körper totgesoffen, aber das ist eine andere Geschichte.) Da ich keinen Plan und im Grunde auch keine Hoffnung hatte, sagte ich mir, sollte ich vielleicht einfach *irgendwas* tun, also zog ich unauffällig das Dolch-Schwert von Riprash aus meinem Gürtel und stieß es, als der Heber auf der nächsten Ebene hielt, unter Aufbietung aller Kraft meiner Beine, meines Rückens und meiner Schultern Muskelpaket Nummer eins in die Seite. Wie ich wohl schon sagte, bin ich als Dämon ganz schön stark, und ich hoffte, die Klinge gleich durch die beiden Kerle stoßen zu können. Tatsächlich aber schaffte ich es, nachdem ich Nummer eins und seine Panzerung durchbohrt hatte, nur noch, ein etwa fünf Zentimeter tiefes Loch in Nummer zwei zu stechen, doch sein zusammensackender Partner brachte ihn ins Taumeln, was mir die Zeit gab, einen meiner Revolver zu ziehen und ihm eine Kugel in den Kopf zu jagen.

Die Tür glitt auf. Die Leute im Heber starrten mit weit aufgerissenen Augen auf die beiden toten Soldaten. Die draußen wartenden Fahrgäste bemerkten sie jetzt auch. Zwei, drei Sekunden lang bewegte sich niemand, und es war ganz still bis auf das leise Rasseln zitternder Schuppen. Helden sind in der Hölle dünn gesät, dem Höchsten sei Dank.

»Aussteigen«, sagte ich zu der nächststehenden Person im Heber, einer augenlosen Frau. Nur damit sie mich auch bestimmt verstand, setzte ich ihr die Revolvermündung sachte an die Stirn. Sie stieg aus. Die anderen Fahrgäste folgten ihr schnell. Ich wedelte mit dem Revolver zu den draußen Wartenden hin; sie kapierten, was ich sagen wollte, und traten von der Hebertür zurück. Als diese sich wieder schloss und der Heber sich abwärts in Bewegung setzte, war ich allein mit den beiden reglosen Soldaten, jeder eine hässliche, hubbelige Insel in einem sich ausbreitenden Meer von Blut.

Ich wusste, sie waren nicht tot im üblichen Sinn, auch wenn diese Körper vielleicht nie mehr so ganz funktionieren würden, und ich wollte nicht riskieren, dass sie sich in meiner Gegenwart regenerierten, also hielt ich auf einer willkürlich gewählten Ebene, überzeugte mich, dass draußen niemand wartete, und zerrte dann die beiden aus dem Heber. Es war nicht leicht – ich brauchte einige Minuten, um die massigen Körper ganz allein hinauszuwuchten, und als die Tür wieder zu war und der Heber wieder abwärts fuhr, sah ich aus, als hätte ich gerade eine Blutdusche genommen. Ich roch wahrscheinlich auch nicht so toll, aber im Moment hatte ich andere Sorgen.

Sie kennen das doch: wenn man über was wirklich Wichtiges nachzudenken versucht und einem andauernd andere, wesentlich unwichtigere Sachen im Kopf herumhüpfen wie Karnickel auf Crystal Meth, boing, boing, boing, alles, nur nicht das, worüber man nachdenken sollte? Kennen Sie nicht? Geht nur mir so, echt?

Vielleicht war es ja Eligors Krebsdämon, der in meinem Kopf Gymnastik machte, oder auch einfach nur Erschöpfung, doch während ich mich bemühte, mir zu überlegen, was ich jetzt tun sollte, kamen mir immer wieder Gedanken dazwischen, die im Moment wirklich nicht so wichtig waren, wie zum Beispiel: Wenn die Hölle auch kein physischerer Ort war als der Himmel, warum war sie dann so viel realistischer? Warum bluteten hier Leute? Was aßen sie? Warum der Aufwand, eine permanente Folterkammer zu erschaffen und sie dann mit einem eigenen Ökosystem und solch unnötigem Zeug auszustatten? War das Gottes Idee gewesen oder die des Teufels? Wie genau sah das Agreement zwischen den beiden aus?

Dann riss ich mich am Riemen und versuchte mich wieder auf mein Überleben zu konzentrieren.

Mir blieb nur ein Fluchtweg. Laut den beiden toten Soldaten suchten Nilochs Männer überall oberhalb von Abaton nach mir, weil sie von dem Mastema-Matschmann, der meinen Heber requiriert hatte, wussten, wie ich damals auf der Fahrt hinab in die Bestrafungsebenen reagiert hatte: so katastrophal, dass er mich rausgeschmissen und Block und dessen Monstrositäten zum Fraß vorgeworfen hatte. Vielleicht hatte ja sogar Eligor selbst diese Information an Kommissar Niloch weitergegeben, nur um mich auf interessante neue Art foltern zu lassen, bevor mir der Intrakubus in meinem Kopf das Licht ausknipste. Doch mich zu fragen, ob Eligor mich verarschte oder nicht, war ein Spiel, das nichts brachte. Wichtiger war jetzt, dass Niloch und seine Schergen mein Verhalten vorhersagen zu können glaubten, sodass es meine einzige Chance war, etwas Überraschendes zu tun. Wenn sie sich sicher waren, dass ich die Bestrafungsebenen nicht überleben konnte, musste ich just dorthin – genau das tun, womit sie nicht rechneten. Und wenn ich meine zweite Reise dort hinab überlebte, konnte ich nur beten, dass Eligor die Feder wirklich zu dringend wollte, um meinen Verfolgern zu helfen, denn höchstwahrscheinlich hielt ihn ja der Intrakubus in meinem Kopf genauestens auf dem Laufenden, wo ich hinging und was ich tat.

Und ein richtig toller Urlaub, dachte ich, *lebt schließlich von einer gewissen Steigerung.*

Damit Sie mich nicht falsch verstehen, ich schickte meinen Heber nicht runter in Satans Wohnzimmer oder was, sondern nur zu einer Station ein paar Ebenen unterhalb von Abaton. Von da könnte ich dann zu Fuß auf die Ebene mit der Neronischen Brücke hinaufsteigen. Schließlich war ich bei meiner ersten Erfahrung mit den Bestrafungsebenen noch ein ganzes Stück weiter unten gewesen und hatte es mehr oder minder heil überlebt.

Wahrscheinlich hätte ich bedenken sollen, dass sich damals, als ich den Bestrafungsebenen lebend entronnen war, kein Intrakubus in meinem Kopf festgebissen hatte wie eine dämonische Zecke. Dass bereits auf der Höhe von Juckstumpf, noch mehrere Ebenen über Abaton, das Innere meines Kopfs zu brennen begann, überraschte mich nicht – ich bin von Natur aus Pessimist, und schließlich war ich in der Hölle. Hingegen überraschte mich, *wie* weh es tat. Es wurde mit jeder Ebene schlimmer. Als ich mich Abaton selbst näherte, diesem Ort, den ich doch physisch problemlos verkraftet hatte, machte die rotglühende Tarantel in meinem Kleinhirn Fitness-Tanz, und ich zuckte wie eine Marionette, deren Fäden sich in einem Elektrorasenmäher verfangen haben.

Wie gesagt, ich hätte wahrscheinlich drauf kommen können, dass es diesmal anders sein würde, aber dadurch, dass mich alle Welt in Stücke hacken oder foltern wollte, war ich doch ein bisschen abgelenkt gewesen. Darum befand ich mich jetzt in der nächsten kritischen Situation: Aussteigen konnte ich nicht, weil Nilochs Soldaten von Abaton aufwärts alles absuchten. Doch jede Sekunde, die ich im Heber blieb, machte mich sicherer, dass mein Kopf gleich in einen Regen von flammenden Nerven und Gehirnmasse zerbersten würde.

Während die Ebenen vorbeizogen und meine Gliedmaßen zuckten und meine Nerven brutzelten, sang ich im Kopf Titelsongs von Zeichentrickserien, nur um mich von dem Schmerz abzulenken, aber Spiderman nützte schon weniger als die Flintstones zuvor, und ich hatte das Gefühl, dass ich zu Yogi Bär gar nicht mehr kommen würde. Aber ich hielt irgendwie durch, bis der Heber durch die Station Abaton durchgerauscht war, und stieß dann den Namen der nächsten Ebene hervor. Als der Heber ächzend und knirschend hielt und die Tür aufging, stolperte ich in die verlassene kleine Station Grauwald hinaus, um in die gleichnamige Stadt einzutauchen. Nur dass da keine Stadt war.

In dem Moment selbst hatte ich Probleme, halbwegs klar zu sehen und zu denken, kein Wunder, wenn etwas auf meinem Hirnstamm herumkaute, aber kurz darauf ging mir auf, dass ich an einem Ort war, über den ich schon mal was gelesen hatte, und zwar nicht irgendwo, sondern bei Dante höchstpersönlich. (*Inferno* war bei uns im Engelsstudium Zusatzlektüre gewesen, obwohl es größtenteils erfunden ist. Ein paar Sachen hat der alte Dante aber erstaunlicherweise ganz richtig dargestellt, zum

Beispiel die vertikale Anlage der Hölle.) Falls Sie *Inferno* auch gelesen haben, erinnern Sie sich vielleicht an den »Dornenwald« oder, direkter gesagt, Wald der Selbstmörder. Da befand ich mich jetzt. Die Heberstation hier war wie eine entlegene Haltestelle einer Vorortbahn, irgendwo weit draußen, wo man gar nicht meinen sollte, dass da je genug Fahrgäste zusammenkommen, um eine Station zu rechtfertigen.

Nicht nur war die Station leer, vor der Station befand sich eine Art schmale Plattform, eigentlich nur der Sockel des Gebäudes, und dahinter ... nichts. Nicht absolut nichts – obwohl in der Hölle vermutlich auch das möglich gewesen wäre –, aber nichts, was auch nur entfernte Ähnlichkeit mit Höllenzivilisation hatte. Der Wald erstreckte sich, so weit mein Blick reichte, und war so grau, wie er beschrieben wurde, ein dichter, feuchtigkeitstriefender Wald von Eichen, Erlen und anderen alten europäischen Baumarten, alles bemoost und mit Flechten behangen. Dort, wo man durch den Nebel Boden sehen konnte, bedeckte ihn Gras von einem so dunklen Grün, dass es fast schwarz wirkte.

Das Gute war: Ich war jetzt nur eine Ebene unter Abaton. Das Schlechte war: Ich war jetzt nur eine Ebene unter Abaton, wo der Kommissar, seine Hunde und seine Soldaten nach mir suchen würden, und wenn sie gründlich waren, würden sie auch hier nachschauen. Dann würde ich Niloch in die garstigen, klappernden Hände fallen.

Nein, ging mir auf, wenn ich ergriffen würde, ginge Eligors Krebsgranate mitten in meinem Kopf hoch, und dann wäre mein nächster bewusster Gedanke, *Oh, Scheiße, ich bin in der Höllischen Seelen-Transit-Lounge, und alle starren mich an.* Danach würde es *richtig* schmerzhaft werden. Eligor hatte es sich verkniffen, mich ganz und gar zu zerstören, weil er etwas von mir wollte, aber die Big Bosses der Hölle würden nicht so nett sein. Der ganze Laden hier war ja eigens dafür eingerichtet, genau die Sachen zu machen, die sie mit mir machen würden, und sie würden sie ewig mit mir machen.

Also tat ich das Einzige, was ich in dem Moment tun konnte. Ich benahm mich wie ein großer Junge und marschierte in den Selbstmörderwald.

Der Grauwald wäre schon ein furchtbar schrecklicher Ort gewesen, hätte er in unmittelbarer Nähe eines reizenden College-Städtchens gelegen, nur fünf Minuten von tollen Schulen und hübschen Grünanlagen zum Hund-Gassi-führen, aber so wie die Dinge lagen, hätte selbst ein Immobilienmakler kaum etwas Positives zu sagen gefunden. Der Wald war sumpfig, der Boden quatschend und tückisch, und durch den allgegenwärtigen Nebel konnte man kaum erkennen, wo man war, geschweige denn wo man herkam oder hinging. Aber ich wusste, der Weg hinauf zur nächsten Ebene musste irgendwo am Rand sein, und das war das Einzige, woran ich mich halten konnte.

Theoretisch musste ich nur die Heberstation immer im Rücken behalten, dann würde ich auf dem Radius geradewegs zum Rand der Ebene kommen. Das Problem war nur, dass ich schon nach hundert Schritten die riesige Hebersäule in der Nebelsuppe nicht mehr sehen konnte. Kein Witz. Der Heberturm war so mächtig wie das Empire State Bulding, eine riesige, viereckige Säule bis an die Decke dieser Ebene, aber der Nebel hatte ihn bereits verschluckt. Ich konnte nur versuchen, die Richtung beizubehalten, indem ich mir etwas aussuchte, was ich sehen *konnte*, darauf zuging und mir dann den nächsten Zielpunkt suchte, der für mein Empfinden genau in der Verlängerung lag. Effizient und amüsant, besonders in einem nieseligen grauen Nichts aus kahlen Bäumen und mörderischen Sumpflöchern. Und es wurde noch schlimmer, als ich auf die ersten Selbstmörder traf.

Im *Inferno*, das in einer Zeit geschrieben wurde, als die Kirche und andere wichtige moralische Instanzen Selbstmord noch als

Verstoß gegen die göttlichen Spielregeln betrachteten, war der Dornenwald der Ort, wo alle diese Leute nach dem Tod landeten, eingesperrt in Baumstämme. »Für immer in einen Baumstamm eingesperrt«, werden Sie jetzt vielleicht sagen, »klingt doch gar nicht so schlimm.« Aber in dem Dichtwerk fliegen dort diese Harpyien herum, Wesen, die aussehen wie mollige Eulen mit Frauenbrüsten – was eigentlich weniger furchterregend als total schräg klingt. Die Harpyien rupfen Blätter von den Bäumen, was offenbar so wehtut, dass die Selbstmörderbäume weinen. Alles in allem ein ganz schön gruseliges Szenario. Chapeau, Mr. Alighieri. Aber wenn man die Seelen in der real existierenden Version des Waldes vor die Wahl stellte, würden sie wohl einstimmig dafür optieren, in Dantes Version umzusiedeln, weil die nämlich im Vergleich zu dem, was sie jetzt haben, ein Kursanatorium wäre.

Aber das wusste ich noch nicht. Ich wusste es nicht, bis ich auf meine erste Selbstmörderseele hier unten traf.

Zuerst dachte ich, es wäre ein großer Moosklumpen, der vom Ast einer knorrigen alten Eiche hing, doch als ich näher kam, riss der Nebel vor mir auf, und ich konnte die ganze Gestalt erkennen, einschließlich der fahlen Hände und Füße. Verglichen mit manchem, was ich schon gesehen hatte, war das nicht besonders schockierend. Doch als ich noch näher hinkam, sah ich, dass der Mann, der da hing, noch lebte und sich bewegte.

In dem Moment hätte ich es wissen können, ich meine, Wald der Selbstmörder, okay? Wenn Selbsttötung ein Verbrechen war – oder jedenfalls eins gewesen war, als über diese Leute gerichtet wurde –, warum sollten sie dann einfach tot und in Frieden in der Hölle herumhängen dürfen?

Als ich durch den Sumpf auf ihn zuwatete, sah ich, dass der Leichnam zappelte, ja sogar matt an der Schlinge um seinen Hals herumgrabbelte. Okay, ich weiß, ich habe gerade »Leichnam« gesagt, weil er hundertprozentig so aussah, mit den einschlägigen Totenflecken (Sie sehen, ich habe auch mein Quantum Krimis geguckt), eingefallenen Augen, heraushängender schwarzer Zunge. Aber tot oder nicht tot, der arme Kerl litt sichtlich. Ich zog das große Messer, das ich von Riprash hatte, und kletterte auf das Gewirr von spinnenbeinartigen Wurzeln, bis ich den Strick durchsäbeln konnte. Das Erste, was der Selbstmörder tat, als er auf dem Boden landete, war, die Schlinge zu packen und zu lockern.

»Idiot!« Seine Stimme war so kratzig, wie man es bei jemandem erwarten würde, der eine beträchtliche Strecke Ewigkeit am Halse aufgehängt verbracht hat. Er kauerte auf Händen und Knien und verrenkte seinen in die Länge gezogenen Hals, um mich finster anfunkeln zu können. »Was haben Sie getan? Wie kommen Sie dazu, sich einzumischen? Ich kenne Sie ja gar nicht!«

Einzumischen? Ich wich einen Schritt zurück. Der Verwesungsgestank, der von ihm ausging, machte selbst Dämonensinnen zu schaffen.

Er rappelte sich auf, obwohl er kaum stehen konnte, und versuchte zu meiner Verblüffung, den jetzt um einiges kürzeren Strick so über den Ast zu werfen, dass er sich wieder aufhängen konnte. Ich hielt die Luft an, trat wieder auf ihn zu und griff nach ihm, erwischte aber nur seine verrotteten Kleider, die unter meinen Fingern zerrissen. Eine Hälfte seines Stricks war noch am Ast festgebunden. Das andere Stück war zu kurz, als dass er sich damit wieder hätte emporhieven können. Als er sich zu mir umdrehte, bemerkte ich mit Erstaunen, dass er weinte: zähflüssige Tränen, ähnlich wie Schneckenschleim, wanderten langsam seine bläulichen Wangen hinab. »Wie konnten Sie!«, stieß er halb schreiend, halb keuchend hervor und ging dann mit kraftlosen Fäusten auf mich los.

Ich hatte kaum Zeit zu kapieren, was vor sich ging, und mir in Erinnerung zu rufen, dass mir meine philanthropischen Bemühungen selbst *außerhalb* der Hölle nie recht gelohnt wurden, als plötzlich etwas aus dem Nebel herabstieß und sich an den fuchtelnden Leichnam heftete wie eine Vampirfledermaus in einem zweitklassigen Horrorfilm. Der weinende Erhängte schrie jetzt auch noch vor Schmerz, und obwohl ich wusste, dass ich es mit an Sicherheit grenzender Wahrscheinlichkeit bereuen würde, musste ich ihm einfach helfen.

Sie wissen noch, was ich vorhin über die Harpyien bei Dante gesagt habe, diese Kreaturen, die in seiner literarischen Hölle im Selbstmörderwald patrouillieren? Die echten Harpyien waren wesentlich unerquicklicher als Eulen mit Titten. Sie sahen eher aus wie Schleimklumpen, so groß wie Koalabären, mit Insektenflügeln und Gesichtern, die hauptsächlich aus flachen, kräftigen Zähnen bestanden. Und es war nicht nur eine, die aus dem Nebel herabstieß, es waren bald *viele* Harpyien, und sie waren offenbar nicht nur dazu da, Selbstmörder zu bestrafen, denn einer dieser grässlichen Rotzvampire schwang sich mir in den Nacken und flatterte erregt mit den grässlichen Fliegenflügeln, während er ein Loch in mich zu nagen versuchte. Bis ich es schaffte, ihn auf meine Klinge zu spießen, krabbelten schon drei weitere auf mir herum, auf der Suche nach der besten Möglichkeit, sich kopfüber zu meinen Innereien durchzuwühlen, und ich hörte das Schwirren weiterer Schwärme durch den Nebel nahen. Und während sich dieser ganze albtraumhafte Scheiß abspielte, rückten meine Feinde näher.

41

SCHMERZREPORT

Mitten im weglosen Selbstmörderwald von geflügelten Schleim-monstern attackiert, fragte ich mich gerade, was diesen Tag noch schlimmer machen könnte, als etwas an mein Ohr drang, das die prompte Antwort lieferte: das ferne Bellen von Höllen-hunden. Es war wie ein Dolch aus Eis genau zwischen meinen Schulterblättern.

Und ich konnte im Moment nichts tun, denn die vielzahnigen kleinen Rotzharpyien schwirrten scharenweise auf mich ein und experimentierten mit verschiedenen Methoden, durch meine Haut zu kommen. Dem Selbstmörder, dem ich hatte helfen wollen, war es gelungen, die meisten Harpyien lange genug ab-zuwehren, um den gekürzten Strick nun über einen tieferen Ast zu werfen. Er knotete ihn fest und ließ dann, die Füße auf dem Boden, seinen Körper erschlaffen, bis ihn die Schlinge wieder zu strangulieren begann. Als er röchelte und zappelte, flogen die auf ihm sitzenden Harpyien auf wie von einem Büffelrücken und steuerten stattdessen mich an. So unangenehm sie auch wa-ren, gedachte ich doch nicht, mich zu erhängen, nur um sie los-zuwerden, und um sie zu erstechen oder zu erschießen, waren es viel zu viele, zumal immer noch mehr aus dem Nebel herabstie-ßen. Also rannte ich los wie ein Irrer.

Endlich mal eine gute Entscheidung. Als ich mich von der

Stelle entfernte, wo ich den Erhängten zu retten versucht hatte, blieben die Harpyien nach und nach zurück. Offenbar waren sie standorttreu. Oder faul.

Je weiter ich rannte, desto mehr »Leichen« sah ich. Und »rannte« ist hier relativ zu verstehen, denn sich auf dem morastigen Boden schnell durch Dornengestrüpp und tiefhängende Äste bewegen zu wollen, war wie der Versuch, durch Stacheldraht-Bouillabaisse zu spurten. Wie schon der erste Selbstmörder hatten auch die anderen nicht gerade ihren Frieden gefunden. Einige ertranken in Bächen oder Tümpeln, die oft keinen halben Meter tief waren, andere hatten sich das Gehirn weggepustet oder die Kehle durchgeschnitten oder waren aus Baumwipfeln auf Felsen gesprungen und lagen jetzt leise wimmernd da, während ihr Gehirn und anderes Zeug, das eigentlich in ihr Inneres gehörte, auf den Waldboden sickerte. Sie alle litten sichtlich, aber ich hatte meine Lektion auf die harte Tour gelernt und ignorierte sie. Hunderte Seelen in Agonie, und ein Engel rannte einfach an ihnen vorbei, ohne groß hinzuschauen.

Hinter mir wurde das Geheul der Hunde zuerst lauter, dann aber immer leiser, bis ich schon zu hoffen wagte, sie hätten meine Fährte verloren. Der Wald wurde immer finsterer und der Nebel immer dichter, sodass ich schließlich kaum noch eine Armlänge weit sehen konnte und mich mit einem vorsichtigeren Gehtempo begnügen musste. Als ich mehrere Minuten lang keinem dieser ruhelosen Toten mehr begegnet war, nahm ich es als Zeichen dafür, dass ich mich dem Rand dieser Höllenebene näherte.

Ein Fels, so hoch wie ein kleiner Turm, ragte vor mir aus dem Dickicht. Drum herum lagen keine Selbstmörder, was mich in der Überzeugung bestärkte, dass der Waldrand nicht mehr weit war. Ich kletterte hinauf, so müde, dass meine zitternden Arme und Beine mir kaum noch gehorchten, doch als ich oben war, konnte ich endlich über den Nebel hinweg etwas von meiner Umgebung erspähen.

Was ich sah, war allerdings ein Schock: Der Wald schien nach allen Seiten ewig weiterzugehen, überall nur Baumwipfel und da und dort ein Felsbrocken, der wie ein halb freigelegter Schädel aus dem Boden ragte. Kurz erwog ich, einfach auf dem Felsen zu warten, bis die Hunde und Soldaten kamen, so könnte ich wenigstens ein paar von ihnen mitnehmen, doch dann dachte ich an Caz, an ihr Gesicht, als sie dort in dem schrecklichen, tobenden Theater neben Eligor gesessen hatte, und ich wusste, ich konnte sie nicht dazu verurteilen, ewig die Gefangene dieses Monsters zu bleiben.

Ich kletterte hinab und stolperte weiter in die Richtung, die ich vorher gehalten hatte.

Ich hatte schon eine ganze Weile keine Selbstmörder mehr gesehen, doch dann stieß ich auf ein Mädchen, das bäuchlings im Wasser lag, in einem ganz flachen Tümpel, der sich weitgehend rot gefärbt hatte. Ich blieb stehen, noch immer Gefangener meiner tückischen Engelsreflexe. Ich drehte sie um: Sie war jung, kaum jenseits der Pubertät, und ihr Gesicht war so weiß wie das eines fanatischen Goth-Girls, das sich für sein Facebook-Profil zurechtgemacht hatte. An beiden Handgelenken hatte sie so tiefe Schnitte, dass die Sehnen hervorlugten, weil fast alles Blut herausgeströmt war. Als ich sie berührte, stöhnte und zitterte sie. Ich kämpfte den Impuls nieder, sie herauszuheben, zu verbinden, zu heilen, wenn ich konnte. Ich hätte sie gar nicht anfassen sollen, weil ich nicht noch mehr Harpyien auf den Plan rufen wollte, aber aus irgendeinem Grund konnte ich sie nicht einfach ignorieren wie die vielen anderen zuvor. Ich kannte sie natürlich nicht, aber sie sah aus wie jemand, den ich hätte kennen können – eine arme Seele, die Gottes Justiz dazu verurteilt hatte, immer und immer wieder Selbstmord zu begehen, bis die Sterne erloschen. Ich konnte mich nicht mehr erinnern, wie es gewesen war, als die Dinge noch einen Sinn hatten.

»Warum haben Sie's getan?«, fragte ich.

Ihre Augen öffneten sich, fokussierten aber nicht auf mein Gesicht. Ich musste für sie wohl so etwas wie ein Traum sein. »Weil ich an nichts anderes denken konnte. Weil ich sogar davon geträumt habe. Weil ich Frieden wollte.«

»Den haben Sie aber nicht bekommen.«

Sie schloss die Augen wieder und stöhnte, viel zu tief und zu verzweifelt für ein so zartes kleines Ding. In der realen Welt hätte sie höchstens vierzig oder fünfundvierzig Kilo gewogen. Sie hätte Rollschuh laufen oder Bruchrechnen für einen Mathetest lernen sollen. »Gott verabscheut die Sünde, die ich begangen habe.«

»Das glaube ich nicht.« Und ich glaubte es wirklich nicht. Ich hatte noch nie einen Mandanten nur wegen Selbstmord an die Hölle verloren; ich glaube, die Anklage muss heutzutage schwerwiegenden Egoismus nachweisen, damit ein Selbstmörder verdammt wird. Ich fragte noch mal: »Warum haben Sie's getan?«

»Wo ich auch war, haben sie mich angestarrt.« Sie schüttelte den Kopf und versuchte, in das blutrote Wasser zurückzukriechen. »Nein. Bringen Sie mich nicht zum Reden. Wegen der Harpyien. Sobald es nicht mehr so weh tut, kommen sie.«

Es war also nicht nur der Akt des Selbstmords, sondern auch der Schmerz, den man hier immer wieder durchmachen musste. Ich stellte mir vor, wie so ziemlich jede der bedauernswerten Seelen in diesem Wald in den letzten Momenten ihres Erdenlebens gedacht haben musste, »Wenigstens ist es jetzt vorbei«, nur um hier aufzuwachen und feststellen zu müssen, dass es nicht nur nicht vorbei war, sondern noch gar nicht richtig begonnen hatte.

Mein Gott, mein Gott, dachte ich. *Wie konntest du zulassen, dass das in deinem Namen geschieht?*

Ich hörte Flügelschlagen im Nebel über uns, also stand ich auf. Die Pulsadernaufschlitzerin drehte sich um und ließ das Gesicht wieder in den Wassertümpel sinken. Ich ging schnell davon, konnte aber nicht auslöschen, was ich gesehen hatte.

Wie sich herausstellte, hatte ich die Selbstmörder keineswegs hinter mir gelassen, sondern nur ein Stück Wald durchquert, wo sie nicht so dicht gesät waren. Jetzt stolperte ich wieder an einer scheinbar unendlichen Vielfalt von lebenden Leichnamen vorbei, verzweifelten Menschen, die sich mit Feuer, Wasser, Gift oder Kugeln umgebracht hatten – ein wahres Museum letzter Momente. Ich hatte gelernt, sie nicht zu berühren, und nach dem Mädchen im Tümpel wollte ich auch nicht mehr mit ihnen sprechen, doch meiden konnte ich sie nicht. An manchen Stellen lagen sie so dicht beieinander wie in Jonestown, dann wieder waren sie praktisch unsichtbar, bis ich fast auf sie drauftrat, wie makabre Ostereier. Und der Selbstmörderwald hatte einfach kein Ende, und nichts veränderte sich, außer dass das Geheul und die Stimmen meiner Verfolger lauter wurden, als diese mir jetzt wieder näher auf den Leib rückten.

Mein Kopf schmerzte von inwendigem Gezappel, als ob das Ding, das Eligor mir dort hatte einsetzen lassen, durch die Geräusche meiner Verfolger in einen Erregungszustand geriete. Selbst dem robusten Dämonenkörper, den ich trug, würden bald die Kräfte schwinden. Ich hatte zwar ein Schwert – na ja, ein großes Messer –, aber mit der Sorte Klinge, die sie im Sandwichshop zum Aufschneiden der Brötchen benutzten, würde ich gegen riesige Höllenhunde nicht viel ausrichten können. Und ich hatte natürlich auch die Revolver und genug Munition, um etliche meiner Verfolger zu erschießen und noch eine Kugel für mich selbst übrigzubehalten, aber auch das war keine sonderlich verlockende Vorstellung, schon gar nicht nach den Erlebnissen hier in diesem Wald. Aber wichtiger noch, wenn ich aufgab, war Caz' letzte Chance dahin. Okay, ich hatte es noch nicht geschafft, sie zu befreien, doch solange sie mich nicht erwischten, bestand immer noch die Möglichkeit.

Zeitweise konnte ich jetzt meine Verfolger sehen, nur ein paar hundert Meter hinter mir, rennende, dunkle Gestalten, die kurz aus den Nebelschwaden auftauchten und dann wieder verschluckt wurden. Ich überlegte, ob ich in Guerilla-Manier ein paar von ihnen ausschalten sollte, um das Kräfteverhältnis etwas günstiger zu gestalten, hatte aber den Verdacht, dass es keine gute Idee war, sich vor den Höllenhunden und ihren feuchtrosa Schnüffelnasen verstecken zu wollen. Nein, ich würde einfach weiterrennen, bis ich eine gute Stelle für ein letztes Gefecht fand, und dann so viel Schaden wie möglich anrichten, ehe sie mich erledigten.

Doch Pläne können sich ändern. Plötzlich kam ich ins Freie hinaus, wo sich auch der Nebel lichtete, und zu meinem Schrecken fand ich mich am Rand einer Schlucht. Mit den Armen rudernd, konnte ich mich gerade noch fangen. Vorsichtig ging ich die Kante entlang, auf der Suche nach einer Möglichkeit, hinüberzugelangen. Ich konnte hier weiter sehen als seit Stunden und sogar auf der anderen Seite der Schlucht etwas Dunkles erkennen, das sich nach beiden Seiten erstreckte. Ich versuchte, mich in diesem heiklen Moment nicht von irgendwelchen Hoffnungen ablenken zu lassen, betete aber dennoch, dass das Dunkle dort drüben sich als die äußere Mauer dieser Höllenebene erweisen würde.

Am steilen jenseitigen Abhang lagen steinerne Überreste einer verfallenen alten Brücke. Das diesseitige Ende der Brücke musste dort gewesen sein, wo ich gerade beinahe abgestürzt wäre. Ich kletterte den feuchten, bröckelnden Fels hinab. Große Brocken von Erde und Stein waren beim Einsturz der Brücke am Abhang liegengeblieben und lieferten mir Halt für Hände und Füße. Ich rutschte das letzte Stück hinunter und blieb auf dem Grund der Schlucht liegen wie ein Sockenaffe, der seine Füllung verloren hat. Ja, kurz übermannte mich wohl sogar der Schlaf der Erschöpfung, doch das Geheul der Höllenhunde schreckte mich wieder auf. Aber was noch schlimmer war: Das Geheul oder mein jähes Hochschrecken weckte auch Eligors Intrakubus, und die kleine Krebspest zuckte unruhig in meinem Schädel, wobei jede ihrer Bewegungen lohenden Schmerz durch meine ganze Person jagte. Ich hatte mich gerade in den Stand hochgerappelt, brach aber wieder in die Knie und konnte nur hilflos am Boden kauern und hoffen, dass es aufhörte. Aber es hörte nicht auf. Der Intrakubus zappelte wie ein Frosch auf einem heißen Stein, und bei jedem Schmerzstoß war es, als würde ich gleich meine Innereien auskotzen.

Ich musste aufstehen. Ich hörte meine Verfolger jetzt schon ganz nah, vielleicht bereits am Schluchtrand über mir. Jedes Quentchen Vernunft in mir schrie, ich solle aufstehen und wegrennen. Inzwischen war mir das Grundprinzip der Hölle klar: rennen, rennen und wieder rennen, oder ewig bestraft werden. Der Verstand wollte, dass ich mich daran hielt.

Aber ich tat es nicht.

War das Ding in meinem Kopf wirklich nur eine Ausfallsicherung, um zu verhindern, dass ich Eligors Federgeheimnis verriet, falls ich gefangen genommen würde? Wonach würde es entscheiden, dass mein Entkommen ausgeschlossen war und es den Zerstören-Knopf drücken musste? Wie sollte ein Krebsmonster in meinem Kopf das beurteilen? Und vielleicht – und das war der schockierendste Gedanke – hatte Eligor mich ja überhaupt belogen. Vielleicht war das Ganze ja nur eine neue Art von Folter, die der Großfürst ersonnen hatte: mich laufen zu lassen, während der Intrakubus die ganze Zeit auch Informationen an Niloch und dessen Schergen übermittelte. Die Hunde mochten ja meinem Geruch folgen, aber Niloch und seine Gang hatten mich doch auffallend schnell hier im Grauwald gefunden, und jetzt machte es mir der Fremdkörper in meinem Kopf extrem schwer, ihnen wieder zu entkommen. Konnte das alles ein besonders abgefeimter Trick des Reiters sein? Vielleicht hatte er ja die Hoffnung aufgegeben, die Feder zurückzubekommen, oder vielleicht sollte der Intrakubus ja auch meine Gedanken ausspionieren und herausfinden, wo die Feder wirklich war, da Eligor ja gesagt hatte, im Walkerschen Haus sei weder sie *noch* mein Körper zu finden gewesen.

Nachdem ich einmal angefangen hatte, in diese Richtung zu denken, konnte ich nicht mehr aufhören, und aus irgendeinem Grund machte es den Intrakubus noch unruhiger. Nerven und Muskeln in meinem ganzen Körper krampften, weil der kleine Klumpen Hass in meinem Kopf herumzappelte, und es kostete mich größte Anstrengung, nicht zu schreien und mich dadurch zu verraten. Eine Schmerzwelle war so schlimm, dass sie mich aus meiner Kauerstellung platt auf den Bauch warf.

Schluss jetzt. Inzwischen hatte ich die wichtigste Lektion der Hölle gründlich genug gelernt: Traue keinem und schon gar nicht Eligor. Es war Zeit, etwas zu tun, das ich schon vor Stunden hätte tun sollen.

Die Flasche Dämonenrum, die mir Riprash mitgegeben hatte, hing immer noch an meinem Gürtel, wo auch die Revolver und das Schwert steckten. Ich nahm einen großen Schluck von dem scheußlichen Zeug, ließ ihn meine Kehle hinunterrinnen wie einen Strom glühender Lava, trank aber nicht zu viel. Dann fasste ich das Messer mit der linken Hand, weil ich den noch nicht ganz richtig verschalteten nachwachsenden Nerven der rechten nicht traute, und beugte mich vor, bis ich die Stirn auf dem matschigen Boden auflegen konnte wie ein betender Mönch. Anschließend goss ich das Gesöff über meinen Hinterkopf und mein Genick. Es brannte wie Eligors Krematoriumsflammen, ehrlich. Ich musste das Gesicht in den Schlamm pressen, um das Schreien zu ersticken.

Es wurde noch schlimmer. Meine Dämonenhaut heilte so schnell, dass die groben Stiche schon völlig eingewachsen waren, also musste ich zuerst meine eigene Haut aufschneiden, um drinnen die Knoten aufsäbeln zu können. Zudem war Riprashs Messer nicht das schärfste, und mein Tun versetzte den Intrakubus in krallende, beißende Panik. Die Details können Sie sich selbst ausmalen.

Es ist für Caz, sagte ich mir, als der Schmerz mich durchschüttelte wie eine Million Volt, aber was mich wirklich durchhalten und weitermachen ließ, war ein anderer, wesentlich grimmigerer Gedanke: *Fick dich, Eligor. Das einzig Gute an der Hölle ist, dass du ihr auf ewig gehörst.*

Während ich zu Werk ging, goss ich immer wieder Riprashs Fusel auf die Wunde. Es war mir eine Genugtuung, dass der Intrakubus das Zeug offensichtlich gar nicht leiden konnte, aber leider zappelte er deshalb umso heftiger. Ich war ein paarmal der Ohnmacht nahe, ehe ich das grässliche kleine Ding endlich zu fassen bekam und herausriss – was sich anfühlte, als käme der halbe Inhalt meines Kopfes mit. Danach verlor ich wirklich das Bewusstsein, aber nur kurz.

Als ich wieder zu mir kam, versuchte der Intrakubus gerade, auf seinen vielen, mit Widerhaken besetzten Beinen über den schlammigen Schluchtboden davonzukrabbeln, wobei er etliche mir gehörende Nervenfasern hinter sich herschleppte. Es waren wohl welche, die ich nicht allzu dringend benötigte, jedenfalls nicht so dringend, dass es mir in einem Moment dermaßen rasenden Schmerzes aufgefallen wäre. Ich goss noch einen letzten Schwaps Ogerfusel in meinen geöffneten Schädel, schüttelte den Kopf, um ihn in dem baseballgroßen Loch zu verteilen, mühte mich dann auf überaus wacklige Beine empor, fand einen großen Stein und zermalmte Eligors kleinen Freund mit aller Sorgfalt zu einem widerlichen Schmodder. Kurz erzeugten seine schrillen Schreie noch Luftbläschen darin.

Oh, ich kann Ihnen sagen, es fühlte sich so was von toll an, nichts im Kopf zu haben als meine eigenen fragwürdigen Gedanken. Ich leckte sogar das Messer sauber. Hey, es war mein Blut, und ich konnte es mir nicht leisten, noch mehr davon zu vergeuden.

Natürlich hatten Niloch und sein Lynchmob nicht untätig abgewartet, während ich meine kleine Selbstoperation durchführte. Einige Hunde klangen, als wären sie schon bis auf den Grund der Schlucht vorgedrungen, was hieß, dass sie nur noch ein paar Dutzend Meter entfernt waren. Doch wenn mich der Kommissar und seine Penisnasenköter jetzt erwischten, würde ich wenigstens das kleine Vergnügen haben, alles hinausschreien zu können, was ich über Eligors Geheimnisse wusste.

Ja, allmählich fühlte ich mich in der Hölle richtig heimisch.

Ich hielt das Loch in meinem Genick mit einer Hand zu, damit das, was ich noch an Hirn hatte, drinnen blieb, und rannte wieder los.

42

DIESES LAUSIGE T-SHIRT

Okay, sprechen wir eher von Dahinhumpeln, vollgesuppt mit Blut und Gehirnmasse, am Ende meiner Kräfte, meine Verfolger immer dichter auf den Fersen. Und da geschah plötzlich ein Wunder. Na ja, ich fand, dass es ein Wunder war. Ihr Ungläubigen würdet es vermutlich einen Abflusskanal nennen – ein großes Loch, das Wasser in den Selbstmördersumpf spie, und dahinter ein aufwärts führender Tunnel.

Ich sagte vermutlich schon, dass die Höllenflüsse durch verschiedene Ebenen fließen. Ich könnte beim besten Willen kein Modell davon machen, weil die Physik des Ganzen einfach unmöglich ist, aber die Hölle hat Löcher. Kanäle zwischen den Ebenen ermöglichen es den Flüssen und ihren Quellbächen, auf die nächsttiefere Ebene hinabzufließen, und ich war zufällig auf einen dieser Kanäle gestoßen – einen großen Gesteinstunnel. Obwohl das Wasser, das da herauskam, so stinkig und eklig war, wie man es sich nur vorstellen kann, erschien es mir doch als das Tollste, was ich je gesehen und gerochen hatte, denn am anderen Ende des Tunnels lag die Abaton-Ebene, wo sich mein derzeitiges absolutes Lieblingsbauwerk, die Neronische Brücke, befand. Es war, als wollte der Höchste sagen: »*Siehst du? Du zweifelst an mir, und ich schenke dir einen Fluchtweg. Na, meinst du immer noch, mir ans Bein pinkeln zu müssen?*«

Keine Zeit zum Feiern, klar. Niloch und seine Schergen patsch-
ten nicht weit hinter mir durch den Schlamm des unwegsamen
Schluchtgrundes.

Zum Glück war es kein richtiges Kanalrohr, sondern ein Tunnel, den die Erosion ins Gestein der Hölle gefressen hatte, denn
ein glitschiges Kanalrohr hätte ich gegen einen solchen Wasser-
strom nie hinaufklettern können. Doch das rauhe Gestein gab
meinen Händen und Füßen Halt. Jetzt brauchte ich nur noch
ein bisschen Glück, und ganz bald schon würden meine Freunde
im *Compasses* in Mitbringseln herumlaufen, auf denen stand:
»Mein Kollege war in der Hölle, und alles, was er mir mitgebracht hat, ist dieses lausige T-Shirt!«

Natürlich ist die optimistische Annahme, dass irgendetwas
sich »ganz bald« zum Guten wendet, in der Hölle immer ver-
fehlt, und der Aufstieg durch den nassen Tunnel war keineswegs
so leicht, wie ich gedacht hatte. Ein paarmal hing es praktisch
nur an den Fingernägeln meiner unversehrten Hand, dass ich
nicht wieder in den Sumpf des Grauwaldes zurückfiel. Doch
schließlich erreichte ich das obere Ende des Abflusskanals und
taumelte nach Abaton hinaus. Dort stand ich erst mal ein paar
Sekunden knietief im stinkenden, klebrigen Wasser des Kokytos
und hustete einen Teil der Dreckbrühe hervor, die ich verschluckt hatte. Vom Husten tat das Loch in meinem Kopf natürlich erst recht weh. Aber ich war wieder auf der Höllenebene,
wo ich den kleinen Gob getroffen und meine Reise begonnen
hatte, vor so langer Zeit, dass es sich anfühlte, als sei es ein ganz
anderer Bobby Dollar gewesen, der das damals erlebt hatte. Und
in gewisser Weise stimmte das auch.

Ich befand mich in einer Gegend, durch die ich schon mal
gekommen war: enge Straßen zwischen windschiefen Lehmzie-
gelbehausungen, alles ein einziges Gedränge von missgestalteten
Kreaturen, die Luft voll von rotem Staub und den permanenten
Geräuschen von Gewalt und Leiden. Aber Abaton war die erste

Ebene über den Bestrafungsebenen und insofern ein Ort der Freiheit – jedenfalls im Vergleich zu dem, was darunter lag, beginnend mit dem Selbstmörderwald und dann noch unvorstellbar viel schlimmer werdend, je tiefer man kam. Die Kreaturen hier in Abaton litten, weil sie in der Hölle waren, aber sie wurden nicht aktiv gefoltert. Es waren die Kreaturen, die der Höllenadel als Sklaven schanghaite, diejenigen, die die abscheulichsten Arbeiten in der Hölle verrichteten und den Höllenarmeen (manchmal buchstäblich) als Kanonenfutter dienten. Sie wären die Elendesten der Elenden im ganzen Universum gewesen, hätten sie nicht noch eins gehabt – ein kleines bisschen Freiheit. Immerhin bestritten sie noch irgendwie ihre Existenz. Und manche von ihnen, wie etwa Riprash, glaubten sogar, dass eines Tages noch mehr für sie drin sein könnte, und träumten von einem Ende der Qual – träumten vielleicht sogar davon, irgendwann so etwas wie Freundlichkeit und Güte kosten zu können. Die Kreaturen hier waren nicht einfach nur verdammte Monster, sondern auch menschliche Seelen.

Als ich gerade Gefahr lief, sentimental zu werden, hörte ich den Schall eines Horns von den Gesteinswänden widerhallen, unterlegt mit dem fernen, aber dennoch beunruhigend deutlichen Heulen von Höllenhunden. Der Kommissar und seine Männer mussten, als sie mein Entkommen bemerkt hatten, zur Station zurückgeeilt und mit dem Heber nach Abaton hinaufgefahren sein. Was hieß, mein ganzes Aufatmen war, gelinde gesagt, verfrüht gewesen: Sie konnten mich immer noch einholen, lange bevor ich die Brücke erreichte. Also galt es wieder loszurennen.

Mein Kopf fühlte sich an wie eine zerquetschte Melone, und ich hätte schwören können, dass ich kurz vor dem Umfallen war. Was ich unter jedweder Art von anderen Umständen auch getan hätte, doch unter diesen konnte ich mir den Luxus des Zusammenbrechens einfach nicht erlauben. Ich versuchte mich an alles zu erinnern, was mir Gob gezeigt hatte, jeden einzelnen Trick, schnell durch Abaton zu kommen. Ich marschierte mitten durch die Häuser der Verdammten, sprang von Dach zu Dach wie eine Comicfigur – nun ja, eine extrem müde, einhändige Comicfigur – und nahm jede Abkürzung, die mir wieder einfiel, so auch eine, bei der ich eine bröckelnde Mauer hinabkletterte, an deren Fuß sich nicht einfach nur ferner Boden, sondern eine riesige Feuergrube befand. Mit viel Glück und einer Risikobereitschaft, die nicht mehr nur waghalsig, sondern verrückt war, schaffte ich es, meine Verfolger so weit abzuhängen, dass das Heulen der Höllenhunde nur noch schwach zu hören war, aber ich wusste, das würde nicht lange so bleiben.

Schließlich kam ich in eine Gegend, wo die Straßen endeten und die dunklen, leeren Gänge der Randbereiche begannen. Ich hatte keine Laterne, aber ich war jetzt schon lange genug hier unten, und meine Dämonenaugen leisteten mir gute Dienste.

Ich tat mein Bestes, die engen Gänge hinter mir für die Verfolger schwer passierbar zu machen, indem ich, wo es ging, Steinbrocken und Ähnliches von den Wänden herabriss. Und ich gestehe, dass ich ein paarmal, wenn meine Verfolger so weit zurückgefallen waren, dass ich sie nicht mehr hörte, in Seitengänge lief und die falsche Fährte noch geruchsintensiver machte, indem ich sie mit meiner Pisse besprengte, bevor ich wieder zu meinem tatsächlichen Weg zurückspurtete.

Ein Problem in der Hölle, wurde mir klar, während ich durch Gänge und über freie Flächen flitzte wie eine panische Ratte, bestand darin, dass man sich nie wirklich entspannen, nie das Denken abschalten konnte. Das hatte ich auf schmerzhafte Art in Veras Haus gelernt, wo ich mich entspannt hatte anstatt nachzudenken.

Ich mochte ja freiwillig hierhergekommen sein, aber bestimmt nicht deshalb, weil ich es mir vergnüglich vorgestellt hatte. Caz mal für den Moment beiseiteschiebend, versuchte ich, auf die Reihe zu bringen, was passiert war und was ich erfahren hatte, für den *äußerst* unwahrscheinlichen Fall, dass ich überleben würde und etwas damit anfangen könnte.

Der untote Horrorkiller Smyler hatte mir erzählt, er sei von Kephas selbst auf mich angesetzt worden. Konnte das sein? Ich war davon ausgegangen, dass Eligor derjenige war, der mich unbedingt zum Schweigen bringen wollte, doch wenn ich es mir recht überlegte, hatte Kephas mindestens so viel zu verlieren wie der Großfürst, wenn die Feder, die das Unterpfand für einen geheimen Deal zwischen dem hohen Engel und dem hohen Dämon war, in die falschen Hände fiel. Aber würde ein himmlischer VIP wie Kephas versuchen, einen anderen Himmelsdiener zu vernichten, und sei es ein so unbeliebter wie meine Wenigkeit? Andererseits hatte ich mich jahrelang gefragt, ob nicht ein hochrangiger himmlischer Jemand meinen alten Mentor Leo, unseren Ausbilder bei der Counterstrike-Einheit *Lyra*, zum Schweigen gebracht hatte. War es wirklich so viel schwerer vorstellbar, dass einer meiner Bosse einen toten Killer ausschickte, um dasselbe mit mir zu machen?

Aber Kephas war ja nur der Deckname eines wohl ziemlich mächtigen Engels: Wer mein Feind wirklich war, wusste ich immer noch nicht. Was hätte ich davon, der Hölle zu entrinnen und Caz zu retten, wenn ich prompt von jemandem aus meinem eigenen Lager aus dem Weg geschafft würde? Oder schlimmer noch, wenn man mir Sams ganzes Dritter-Weg-Ding in die Schuhe schieben würde? Meine Akte nahm sich gar nicht gut aus: Mein bester Freund Sammariel hatte die ganze Zeit für die Meuterer vom Dritten Weg gearbeitet, und als sich die Gelegenheit bot, ihn zu schnappen, ließ ich ihn entkommen. Dann hatte ich eine illegale Sause in die echt wahre Hölle unternommen, um meine Dämon-Freundin zu retten, und sogar noch einen Deal mit Eligor dem Reiter in seinem Dämonenpalast gemacht. Also wirklich – wie viel müsste Kephas da noch dran drehen, damit mich jeder für schuldig hielte? Viel bestimmt nicht.

Aber falls es sich nicht um einen raffinierten Trick von Eligor handelte (was immer noch sein konnte) und es wirklich Kephas war, der Smyler hinter mir hergehetzt hatte, nicht nur auf der Erde, sondern bis hinab in die Tiefen der ewigen Bestrafung, was konnte ich dann dagegen tun? Solange ich nicht wusste, wer der Feind in meinem eigenen Team war, war ich ziemlich wehrlos.

Als ich so durch das trostlose Labyrinth am Rand von Abaton stolperte und ab und zu, wenn ich die Kraft dazu fand, einen Verzweiflungsspurt einlegte, beschlich mich noch ein Gedanke. Ein extrem beängstigender Gedanke – jawohl, selbst für jemanden, der gerade auf der Flucht vor Höllenhunden war. Der mysteriöse Kephas konnte doch durchaus einer der fünf Ephoren sein, die die ganze Dritter-Weg-Sache untersuchten und auch ein missbilligend-wachsames Auge auf meine Wenigkeit hatten. Natürlich war das nicht sicher – es gab Tausende von Engeln, die in der Hierarchie über mir standen. Aber wenn *ich* ein hoher Erzengel wäre, der etwas Großangelegtes, Heimliches tut, dachte ich, würde ich in dem zuständigen Untersuchungsgremium sitzen wollen, nicht nur um die Ermittlungen unauffällig zu manipulieren, sondern auch um gewarnt zu sein, wenn sie mir auf die Spur zu kommen drohten.

Karael war der härteste und furchteinflößendste der Ephoren, jedenfalls für mich: Er hatte wahrscheinlich immer noch Uniformen im Schrank, die mit dem Blut gefallener Engel aus der Großen Schlacht bespritzt waren. Aber er schien andererseits nicht der Typ dafür, ein von Engeln geleitetes Heim auf Basis sozialistischer Ideale aufzuziehen, wie es dieser Dritte Weg war. Die anderen vier kannte ich eigentlich nicht, bis auf Anaita, mit der ich ein kurzes und etwas seltsames Gespräch geführt hatte, bevor Karael erschienen war. Jetzt bedauerte ich, dass wir nicht länger hatten reden können. Und Terentia – außer dass sie aus unerfindlichen Gründen den Ephoratsvorsitz innehatte und nicht der wesentlich renommiertere Karael, wusste ich nichts über sie, schon gar nichts, was sie auf der Verdächtigenliste nach oben hätte rücken lassen. Chamuel und Raziel kannte ich noch weniger, obwohl Raziel insofern interessant war, als er/sie/es (oder »sier« in der Engelsprache) offenbar geschlechtslos war, wie es Sam ja auch über Kephas gesagt hatte.

Was natürlich nicht viel hieß, weil jeder von ihnen in der Lage war, sich eine Gestalt zuzulegen, in der ihn niemand erkannte. Wenn Raziel also der Verräter war, hätte sier so feminin wie die Fee Glöckchen erscheinen können oder auch so maskulin wie … na ja, Karael.

Und dann gab es jetzt noch ein Rätsel: Was machte Engel Walter Sanders in der Hölle? Es konnte doch wohl kein Zufall sein, dass er von ebendem Kerl erstochen worden war, den jemand auf mich angesetzt hatte, und dann irgendwie hier in der Hölle gelandet war. Smyler behauptete, er habe seine Befehle von Kephas erhalten. Zählte dazu auch der Befehl, Walter zuerst aus dem Spiel zu nehmen? Walter hatte an jenem Abend im *Compasses* mit mir reden wollen – über etwas, das mit der ganzen Sache zu hatte? Dann hätten sein »Tod« und seine Verbannung in die Unterwelt natürlich alles bereinigt …

Es brach sich so jäh Bahn, dass ich kaum den Nebel bemerkte, der jetzt um meine Füße wallte, was bedeutete, dass ich ganz in der Nähe der Brücke war. Ich hätte Freudensprünge machen sollen, aber der Gedanke war so plötzlich da wie ein Pickel auf der Nase am Morgen des Abschlussballs, unübersehbar, selbst in diesem triumphalen Moment.

Walter in seiner Krazy-Kat-Gestalt *hatte* etwas aus seinem Gedächtnis zutage gefördert, genau in dem Moment, als ich mich von ihm und Riprash und den übrigen verabschiedet hatte. »*Ich erinnere mich an die Stimme, die mich über Sie ausgefragt hat!*«, hatte er gerufen, als ich ins Beiboot gestiegen war. Ich hatte keine Ahnung gehabt, was für eine Stimme er meinte, aber wenn es sich nun um etwas aus der Zeit handelte, als er noch ein Engel gewesen war? Wenn es das war, weshalb er überhaupt in die Hölle entsorgt worden war?

Ich war so mit diesen Fragen beschäftigt, dass ich fast gegen ein tiefhängendes Stück Gangdecke gekracht wäre, was meinem pochenden Schädel gar nicht gutgetan hätte. Ich war müde, konnte kaum noch geradeaus gehen, aber die Gedanken ließen sich nicht abstellen.

Was hatte mir Walter gesagt? Warum hatte ich nicht genauer hingehört? Ja, ich hatte da gerade einen Haufen anderer Sachen im Kopf gehabt wie etwa Reißzahnquallen und Schweinekraken, aber jetzt war ich wütend auf mich. Die Antwort auf alle Fragen womöglich – oder wenigstens auf die Frage, wer Smyler auf mich angesetzt hatte –, und mir war sie über solchen Kleinigkeiten wie Höllenhunden und einer Selbstoperation einfach entfallen.

Ich kam aus dem letzten steinernen Gang, nur etwa hundert Meter vor dem Tor und dieser herrlichen, hässlichen Brücke. Während ich auf die Brücke zurannte, versuchte ich angestrengt, mich an alles zu erinnern, was in dem Moment gewesen war, als ich die *Hippe* verlassen hatte – der faulige Geruch der Tophet-Bucht, Riprashs Riesenpranken, die mir die Kanonenkugel reichten, deren Gewicht mich auf den Grund sinken lassen sollte, Gobs skeptisch-interessiertes Gesicht und Walter in seiner Höllengestalt, die aussah wie etwas, das nur in Baumkronen auf Madagaskar lebend anzutreffen war.

Was hatte er gesagt?

Und dann fiel es mir ein. »*Es war eine Kinderstimme*«, hatte er, als ich in das Beiboot stieg, gerufen, verzweifelt bemüht, mir zu helfen, obwohl ich ihn in der Hölle sitzenließ. »*Eine liebliche Kinderstimme!*«

Ein Jagdhorn trötete hinter mir, so erschreckend nah, als kreischte eine Krähe auf meiner Schulter. Ich drehte mich um und sah den vordersten Höllenhund aus dem Nebel stürmen, dicht gefolgt von zweien seiner dunklen, augenlosen Brüder und dahinter den Schemen eines Trupps bewaffneter Dämonen.

Ich spurtete auf die Brücke zu und verfluchte das chronische Bobby-Dollar-Pech. Es machte mich richtig sauer, dass ich just in dem Moment erwischt werden sollte, in dem ich endlich das Rätsel um Walters Verbannung gelöst hatte.

Anaita hatte so eine Stimme. Anaita war die einzige unter den mir bekannten mächtigen Engeln, die gern mit einer Kleinmädchenstimme sprach. Aber hätte sie ihre Stimme nicht verstellt? Nicht unbedingt, nicht wenn ihr nicht klar war, dass der Klang ihrer Stimme später bedeutsam sein würde. Vielleicht hatte sie Walter ja einfach nur in ihrer Funktion als wichtige himmlische Amtsperson Fragen über mich gestellt, Fragen, die ihm komisch vorgekommen waren. Vielleicht war es ja das, was er mir hatte erzählen wollen, als Smyler ihn erstochen hatte. Wenn ja, war Walters Erdenkörper ermordet und seine Seele in die Hölle geschickt worden, nur damit er mir nicht sagen konnte, dass Anaita Fragen über mich gestellt hatte.

Wow. Ich wusste ja, dass die höheren Engel anders waren als ich, aber Anaita alias »Kephas« – Ephora, Himmlisches Fürstentum und Heilige Hüterin der Fruchtbarkeit – war offenbar absolut *skrupellos*.

Doch es spielte keine Rolle, dass ich das wusste, weil ich sowieso nichts mehr gegen sie unternehmen konnte. Niloch und sein Club der hässlichen Jungs hatten mich praktisch eingeholt, und ich war noch nicht mal an der Brücke. Wie es aussah, würden meine Freunde diese Souvenir-T-Shirts doch nicht bekommen.

MR. JOHNSON UND ICH

P assenderweise lief eben, während ich die letzten Meter zur Brücke rannte, in meinem Kopf Robert Johnsons berühmt-berüchtigter Bluessong.

… Got to keep movin'
Blues fallin' down like hail
Blues fallin' down like hail …
And the days keep on worryin' me
There's a hellhound on my trail
Hellhound on my trail …

Einer seiner allerbesten Songs. Ich kenne keinen Bluesliebhaber, der nicht von Robert Johnson fasziniert wäre: von seinem seltsamen, kurzen Leben und seiner unter die Haut gehenden Stimme. Und für mich war dieser Text im Moment Realität – bellende Höllenhunde direkt hinter mir und hinter ihnen Höllensoldaten und der vor Wut kochende Kommissar Niloch –, weshalb es seltsam war, dass da in meinem Kopf *überhaupt* irgendein Bluessong war und nicht eine der Standardvarianten von *O mein Gott gleich bin ich tot schneller schneller verdammt!*

Doch selbst Engel haben manchmal Minderwertigkeitskomplexe, und während ich um mein Leben und meine Seele rannte, wie ein Irrer über den Asche- und Steinboden der letzten Höllenkaverne in Richtung Tor und Neronische Brücke spurtete, war ein Teil von mir regelrecht befriedigt, weil ich mich jetzt Johnson gegenüber nicht mehr wie ein weißer Poseur fühlen musste. Endlich konnte ich uneingeschränkt sagen: »Yeah, Robert, ich weiß genau, wovon du sprichst – ich hab's erlebt. Ich weiß genau, was du meinst.«

Blöd, ich weiß, zumal in so einem Moment, aber wenn ich nicht blöd gewesen wäre, wäre ich ja gar nicht in diese Situation gekommen, oder?

Ich stürmte durch den Torturm, ohne zu bedenken, wie nah er an der Brücke war. Als ich ein paar Schritte später genau in die vorderste der untoten, Pompei-Opfern ähnelnden, partout in die Hölle wollenden Fegefeuerkreaturen krachte, wäre ich beinah von der Brücke in diesen unvorstellbar tiefen Abgrund geschliddert. An ihnen vorbeizukommen war, wie sich durch verrottendes Styropor zu kämpfen. Die lautlosen Wesen boten gerade genug Widerstand, um mir jeden Schritt zu erschweren, und versperrten mir obendrein die Sicht, mal ganz davon abgesehen, dass, wann immer ich eins beschädigte, die blättrigen Bruchstücke sich auf der Brücke verteilten. Also versuchen Sie sich mal vorzustellen, wie es ist, sich durch Dutzende und Aberdutzende dieser Dinger hindurchzuarbeiten, auf einer nicht mal zwei Meter breiten Brücke, unter der ewig weit nichts ist als aus fernen Tiefen heraufdringende Schreie.

Ich hatte immer noch Riprashs Riesenmesser im Gürtel, also zog ich es und begann, mir damit den Weg freizuhacken. Ich weiß, ich bin ein Engel und sollte von Natur aus mitfühlend sein, aber nachdem ich gerade ziemlich lange in der Hölle gewesen war, machte mich der Gedanke, dass diese grässlichen Gestalten nur den einen blinden Drang hatten, dorthin zu gelangen, ihnen gegenüber längst nicht mehr so duldsam wie beim ersten Mal. Ich wütete wie eine Clusterbombe im Schlumpfdorf. Fetzen flogen wie dreckiger Seifenschaum. Die Höllenhunde hinter mir tobten, als sie auf die ersten Fegefeuerflüchtlinge trafen, und ich bildete mir ein, hündische Überraschung darüber herauszuhören, dass es so schwer war, durch die Dinger durchzukommen.

Als der Strom von gesichtslosen Wesen nachließ, kam ich schneller voran, was aber für die Höllenhunde ebenso galt. Ich hörte ihre Krallen hinter mir immer lauter auf dem Stein klacken, also steckte ich das Messer so sorgsam wieder in den Gürtel, wie es mir in vollem Lauf möglich war, und zog dann einen meiner Revolver.

Ich hatte immer noch reichlich Ersatzmunition, konnte mir aber keinen Fortgang der Ereignisse vorstellen, der mir das Nachladen erlauben würde, also verlangsamte ich meinen Schritt gerade so weit, dass ich prüfen konnte, ob sämtliche Kammern beider Waffen bestückt waren, und steckte die übrigen Patronen wieder in die Tasche. Vielleicht wendete sich mein Pech ja, denn durch diese nicht ganz einfache Bewegung geriet ich ins Stolpern, was meine Rettung war. Eine Harpune sauste über meine Schulter hinweg und verbrannte mir mit dem daran befestigten Seil die Halsseite, ehe sie im Bogen im Abgrund verschwand.

Ich hatte mich kurz gewundert, dass Niloch und seine Männer keine Pfeil- oder Gewehrschüsse abgaben, als sie auf Schussweite heran waren, aber jetzt wurde mir klar: Sie wollten nicht, dass ich von der Brücke fiel. Offenbar hatten sie Komplexeres mit mir vor, als mich einfach auf den Felsen unendlich tief drunten zerschellen oder in einer Fumarole von schmelzflüssigem Irgendwas verdampfen zu lassen. Darum die Harpunen. Ihr geschundenen Büro-Zeitarbeitskräfte und unausgeschlafenen Pendler, glaubt mir, ihr habt noch keinen richtig miesen Tag erlebt, wenn euch noch nie jemand zu harpunieren versucht hat.

Ich wurde bereits langsamer vor Erschöpfung, hatte aber noch Stunden vor mir, also beschloss ich, das Kräfteverhältnis ein wenig zu regulieren. Als ich auf das nächste stur herankrabbelnde Fegefeuerwesen traf, sprang ich darüber hinweg, drehte mich um, hockte mich hinter die humanoide Kreatur und richtete beide Revolver auf meine Verfolger. Das mürbe Ding würde mich vor gar nichts schützen, aber doch hoffentlich meinen Verfolgern die Sicht versperren und für einen Moment Verwirrung stiften.

Mein alter Boss Leo hatte uns immer eingeschärft, dass (in den meisten, aber nicht in allen Situationen) ein guter Schuss besser sei als drei oder vier schlechte, doch Fakt war, dass ich gar nicht die Zeit für mehr als einen Schuss hatte: Der vorderste Höllenhund war nur noch zehn, zwölf Meter entfernt, seine beiden Brüder klebten ihm an den Fersen, und der vorderste von Nilochs Harpunieren folgte schon in weiteren zehn Metern Abstand. Ich nahm eine polizeimäßige Schießposition ein, atmete aus und schoss dem Leithund genau ins Gesicht, just in dem Moment, als seine schuppig-schwarze Außenschnauze sich zurückzog und das widerliche rosa Ding darunter enthüllte. Ich traf es voll, und der Kopf des Hundes zerbarst in einem rosa Nebel. Doch selbst als seine Schnauze explodierte wie eine Imogen-Cunningham-Blume aus Blut und Knochen, schaffte es der Höllenhund, ein schrilles Schmerzjaulen von sich zu geben und noch ein halbes Dutzend Schritte zu machen, ehe er taumelte und zusammenbrach. Noch verblüffender aber: Statt auf der Stelle zu sterben, stand er schwankend auf und schien mich auch ohne wesentliche Teile seines Kopfes weiterverfolgen zu wollen, doch einer der beiden anderen Hunde rannte von hinten in ihn hinein; beide, der Hund mit der blutigen Masse anstelle des Kopfes und der andere, fielen als hilfloses Knäuel von der Brücke.

Ich schoss noch zweimal, in der Hoffnung, den letzten Höllenhund zu erwischen, als er auf dem Blut seines Hundebruders ausrutschte, verfehlte ihn aber. Nilochs Männer hatten kurz gezögert, als die Schüsse knallten, kamen aber schon wieder auf mich zugerannt, also rappelte ich mich hoch und spurtete weiter.

Unerwartete Entlastung wurde mir zuteil, als die Männer des Kommissars den letzten Höllenhund zum Weiterlaufen zu bewegen versuchten: Über die Schulter sah ich, dass die hässliche Bestie sich nicht von der Stelle rühren wollte, nicht aus Angst vor mir (haha!), sondern weil sie damit beschäftigt war, das Blut und die Gehirnmasse des von meiner Kugel getroffenen Höllenhunds aufzulecken. Als einer der Hundeführer es mit der Peitsche versuchte, drehte der Höllenhund sich um, schnappte nach dem Gesicht des Mannes und riss eine gute Portion Nase und Wange heraus.

Ich schaffte es, im Weitertraben nachzuladen, denn ich wusste, die Atempause würde von kurzer Dauer sein; ich hörte Niloch schreien, sie sollten den Hund erschießen, wenn er nicht spure. Leider ließ ich die restlichen Patronen fallen und erwischte sie nicht mehr, ehe sie in den Abgrund hüpften. Der Kommissar mochte ja nur noch einen Höllenhund haben, aber er hatte eine halbe Hundertschaft Bewaffneter gegen meine nunmehr noch zwölf Kugeln.

Indem ich Kraftreserven mobilisierte, die wahrscheinlich weit außerhalb der Herstellerspezifikationen selbst dieses Dämonenkörpers lagen, schaffte ich es, einigen Abstand zwischen mich und meine momentan aufgehaltenen Verfolger zu legen. Nilochs Geschrei leiser werden zu hören, war Musik in meinen Ohren.

Ich weiß nicht, wie lange ich gerannt war, ehe ich wieder das Klicken der Krallen auf dem Stein hörte. Es kam mir lange vor, aber ich war in einen Zustand absoluten Nichtdenkens verfallen, in dem es nicht mal mehr alte Bluessongs in meinem Kopf gab, sondern nur noch das Klatsch-Klatsch-Klatsch meiner Füße, wie ein Metronom. Ich hörte den Hund wieder hinter mir, ganz nah jetzt, dann brach das Klicken plötzlich ab. Ich war nicht so dumm anzunehmen, dass etwas die Bestie aufgehalten hatte, also drehte ich mich nicht um, sondern warf mich platt auf den Stein der Neronischen Brücke. Ein länglicher Schatten schoss über mich hinweg wie ein Hai über einen erschrockenen Taucher. Es schien ewig zu dauern. Den Angriffssprung der Bestie ins Leere gehen zu lassen, nützte mir leider nicht viel: Der Höllenhund landete, ohne das Gleichgewicht zu verlieren. Ja, er fiel nicht nur nicht von der Brücke, er schaffte es auch noch, sich wenige Meter vor mir um hundertachtzig Grad zu drehen wie ein Mini Cooper bei einer Handbremswende und mir den Weg abzuschneiden. Jeden Moment müssten Niloch und seine Männer da sein, und das wär's dann. Also tat ich das Einzige, was mir blieb. Ich rannte auf den Höllenhund zu.

Okay, sollte ich je einen Ratgeber für junge Engel schreiben, finge er wahrscheinlich an mit: »Geh nie, nie, *nie* in die Hölle.« Und dann würde ich als Fußnote hinzusetzen: »Wenn du aber aus irgendeinem Grund doch in der Hölle landest, lauf nie, nie, *nie* direkt auf einen Höllenhund zu.« Aber ich hatte ja keine große Wahl, weil der Höllenhund jetzt zwischen mir und jedweder Fluchtchance stand. Ich richtete meine Revolver auf ihn und feuerte im Laufen, aber das Biest sprang auf mich zu und bewegte sich dabei so schnell, dass meine beiden hastigen Schüsse über seinen Kopf hinweggingen, ohne die bizarre ledrige Haut auch nur zu ritzen. Der Höllenhund landete auf mir, und dann verwischt sich meine Erinnerung erst mal für eine ganze Weile; ich weiß nur, da war ein großes Knurren und Schreien (wobei Letzteres wohl vorwiegend von mir kam). Das sabbernde Rundmaul erinnerte an das eines Neunauges und schnellte immer wieder auf mein Gesicht zu. Der augenlose Kopf der Bestie folgte jeder meiner Bewegungen, als hätte ich vorher einen Aktionsplan bei der Höllenhundezentrale eingereicht. Ich brauchte beide Hände, um das rasende Biest abzuwehren, und dabei fiel mir einer meiner Revolver über die Brückenkante.

Beinahe hätte ich den anderen Revolver freibekommen, um auf den vierbeinigen Scheißkerl schießen zu können, da stieß der zu wie eine Kobra und grub mir die Zähne in die Hand, sodass der Revolver klackernd auf der Brücke landete. Ich griff nach dem Messer, das – dem Höchsten und all seinen gütigen Erzengeln sei Dank – noch immer in meinem Gürtel steckte. Sobald sich die Gelegenheit bot, stieß ich es dem Höllenhund durch den Unterkiefer dorthin, wo ich sein Gehirn vermutete.

Ich weiß nicht, ob die Bestie kein Gehirn hatte oder es bloß nicht sonderlich benötigte, denn sie gedachte offensichtlich nicht zu sterben, nur weil ich ihr ein Messer von der Größe einer Machete in den Kopf gerammt hatte. Sie wurde nur noch unwirscher und versuchte jetzt erst recht, mein Gesicht in ihren runden, unangenehm spitzzahnigen Mund zu saugen. Ich hielt noch immer den Messergriff unterm Kinn des Viehs umklammert und stemmte es von mir weg, während es seinerseits an meine weicheren und wichtigeren Teile zu kommen versuchte.

Ich will Ihnen nicht den Tag verderben, deshalb schildere ich jetzt nicht, wie echte Höllenhunde von Nahem riechen. Danken können Sie mir später.

Es war eine Pattsituation, die sich aber, das war mir klar, schnell zu meinen Ungunsten wenden würde. Das Biest wog doppelt so viel wie ich, und wenn ein Messer im Hirn es nicht beeinträchtigte, würde ich es vermutlich auch nicht niederringen können. Also blieb mir nur eine Chance: Ich zog die Beine an, setzte dem Vieh die Füße an den Brustkorb und trat zu, so fest ich konnte.

Wenn ich erwartet hätte, dass das Glück mir ein zweites Mal hold sein und das Biest von der Brücke fallen würde, wäre ich enttäuscht worden. Aber ich dachte in dem Moment, ehrlich gesagt, gar nicht so weit – ich wusste nur, das Biest war im Begriff, meinen Kopf zu fressen, und das durfte nicht passieren. Der Höllenhund flog tatsächlich ein Stück zurück, und die Hinterbeine rutschten ihm weg, was aber nur bedeutete, dass er kurz auf der Stelle rackerte, bis er wieder Tritt gefasst hatte und sich erneut auf mich stürzen konnte.

Doch inzwischen hatte ich meinen Revolver gefunden.

Ich lag auf dem Rücken, als das Monster kam, und konnte darum nicht so sorgfältig zielen wie beim ersten Höllenhund, also feuerte ich zweimal hintereinander, so schnell ich den Abzug betätigen konnte. Ich traf das Biest in die Brust, wo die Kugel ein großes, triefendrotes Loch riss, und schoss ihm auch noch ein Ohr mit einem Stück Schädel ab, doch obwohl das Monster jaulte und ein bisschen röchelte, straffte es sich wieder und machte noch ein paar staksige Schritte auf mich zu. Fluchend wie jemand, der gerade mit ansehen musste, wie sein verhasster Schwager im Lotto gewonnen hat, schoss ich wieder. Wieder jagte ich dem Höllenhund eine Kugel genau in die Brust, und er torkelte leicht seitwärts, dann noch mal, als ob sich die Brücke unter ihm plötzlich geneigt hätte. Schließlich torkelte er über die Kante.

Ich hörte das wütende Gebrüll der Verfolger, die gerade den Schauplatz erreichten, schaute mich aber nicht um: Ich war vollauf damit beschäftigt, auf die Beine zu kommen. Wenn ich in der ganzen Aufregung richtig gezählt hatte, besaß ich noch einen Revolver mit einer Kugel. Besiegen würde ich Niloch und seine Jungs wohl kaum, aber da sie keine Hunde mehr hatten, konnte ich ihnen vielleicht entwischen. Versuchen würde ich es allemal.

Als ich gerade loslief, traf mich etwas mit Wucht – mit solcher Wucht, als wäre ich vor einen zu schnell fahrenden Laster gelaufen. Ich flog zwei, drei Meter durch die Luft, schlidderte dann über den Stein und blieb so liegen, dass ein Arm und die Schulter über die Brückenkante hingen. Weil das Ganze so plötzlich geschah, brauchte ich erst noch einen Moment, um zu merken, dass ein Viertelmeter Harpune aus meiner Brust ragte. Dass das

Ding per Leine mit einem meiner Verfolger verbunden war, wurde mir erst klar, als etwas daran zog und die Harpune zurückglitt, bis sich die Widerhaken der Spitze an meinem Schlüsselbein verhakten.

Sie halten mich hoffentlich nicht für ein Weichei, wenn ich sage, dass ich trotz meiner nichtvorhandenen Tränendrüsen mein Bestes tat, wie ein enttäuschtes Kindergartenkind zu heulen. Na ja, wenn ich gerade nicht akut mit dem Aushusten von Blut beschäftigt war.

Die Leine der Harpune ruckte wieder und zog mich von der Brückenkante weg. Trotz der entsetzlichen Pein schaffte ich es, die Leine zu packen und mich halbwegs auf den Rücken zu drehen, um eine Chance zur Selbstverteidigung zu haben. Ich hatte keine Strategie. Mein einziger Gedanke war, dass niemand mehr an dieser Harpune rucken sollte, solange das Universum existierte.

Niloch kam jetzt auf mich zu, vorbei an der Kreatur, die mich harpuniert hatte, einem untersetzten, trollartigen Wesen mit einem stolzen, wenn auch zahnlückigen Grinsen. Der Kommissar folgte der straffen, vibrierenden Harpunenleine wie ein Kind, das am Weihnachtsmorgen zum Christbaum hinuntergeht. Sein Kopf hatte sich fast ganz regeneriert.

»Ja, was haben wir denn da?«, flötete Niloch. »Oh, du gute Güte, seht nur! Es ist dieser Snakestaff, der mein schönes, schönes Haus Grabesschlund zerstört hat. Ich glaube, bevor wir Sie der Mastema bringen, müssen wir Sie *dafür* zur Rechenschaft ziehen, meinen Sie nicht? Aber denen brauchen wir ja wohl nicht mehr zu geben als ein anständiges Stück von Ihnen, das das Untersuchungstribunal foltern kann, hmmm? Den Kopf und ein paar angeschlossene Teile vielleicht? Und der Rest kommt, wenn wir genug damit gespielt haben, in den Mörtel für den Wiederaufbau von Haus Grabesschlund. Das ist doch angemessen, oder nicht, Sie unhöflicher kleiner Gast?«

Es dauerte einen Moment, bis ich es kapierte, weil so viele Teile von mir schreckliche Schmerzbotschaften funkten, aber ich lag auf meinem Revolver. Ich schob die Hand so unauffällig wie möglich unter mich und schloss die Augen, als hätte ich aufgegeben. Ich wollte Niloch näher heranlocken. Noch eine letzte Kugel. Sie würde mich nicht retten – da waren noch zu viele andere Männer –, aber vielleicht doch wenigstens Niloch erledigen.

Als ich mich bereit fühlte, trotz des Schmerzes schnell zu agieren, zog ich den Revolver unter mir hervor, zielte und drückte ab. Der Knall war dafür, dass wir keine Decke über uns hatten, erstaunlich laut, hallte von der gerundeten Steinwand wider. Es tat höllisch weh, mich so schnell und abrupt zu bewegen, aber das wäre es wert gewesen, wenn ich nicht danebengeschossen hätte.

Niloch schien nicht weiter beeindruckt von der Tatsache, dass gerade eine Kugel an seinem knöchernen Kopf vorbeigezischt war. »Tss«, sagte er. »So garstig? Erst erledigen Sie meine feinen Hunde, und jetzt attackieren Sie auch noch mich? Nur weil ich meine Bürgerpflicht erfülle? Schämen Sie sich, Snakestaff, schämen Sie sich.«

Das rasselnde Geräusch war vermutlich sein Lachen, aber ich war etwas abgelenkt von dem Licht, das jetzt direkt hinter ihm mitten in der Luft hing. Einige von Nilochs Soldaten starrten ebenfalls hin. Zuerst war es nur ein Sprühen wie das einer Warnfackel, doch dann sauste das Sprühen plötzlich herab und hinterließ einen unsteten Lichtstreifen in der Luft. Gerade als Niloch auch merkte, dass etwas im Gang war, erschien aus dem unruhigen Lichtstreifen eine leuchtende Hand; eine Sekunde später sprang Smyler aus dem Nichts neben Niloch auf die Brücke. Noch während der Kommissar den knöchernen Mund öffnete, um einen Befehl zu brüllen, und bevor seine verblüfften Soldaten irgendetwas tun konnten, packte Smyler Niloch, rammte ihm seine Vierkantklinge in den Hals und drehte sie dann auf eine Art hin und her, die nicht mal für einen Erzdämon angenehm sein konnte. Niloch schrie vor Schmerz und Schreck. Seine Männer stürzten herbei und versuchten, das magere Etwas von ihm wegzureißen, bekamen es aber nicht recht zu fassen. Smyler kletterte buchstäblich auf Niloch herum, als wäre er eine Art bionischer Mörderaffe, und klammerte sich an ihm fest wie an einer Bananenstaude.

Mir wurde bewusst, dass ich mit offenem Mund gaffte, statt wie ein Irrer loszurennen. Ich versuchte aufzustehen, aber die schwere Leine führte immer noch von der Harpune in meinem Oberkörper mitten ins Getümmel und hatte sich inzwischen um mehrere Leute gewickelt. Jedes Mal, wenn daran gezerrt wurde, ruckte die Harpune in meiner blutenden Brust, eine Höllenpein, die ich nicht durch das schwache Wort »Schmerz« herabwürdigen will.

»Es sieht jetzt!«, rief Smyler aus dem Zentrum des Gemenges. Nilochs Männer kämpften verzweifelt, um ihren Herrn zu befreien, hatten aber Probleme wegen der schmalen Brücke und Smylers erstaunlicher, entsetzlicher Behendigkeit. »Es sieht jetzt. Warum. Du bist das Warum. Drum bist kommen, eh du hätt'st sollen – es sieht jetzt!«

Am Rand des kämpfenden Knäuels stöhnte der Soldat, der die Harpunenleine hielt, plötzlich auf, wankte und kippte dann in einer Sprühfontäne seines eigenen Bluts von der Brücke. Ich hatte nur einen Sekundenbruchteil, um mich dagegen zu stemmen und nicht mit in den Abgrund gerissen zu werden, doch zu meinem dankbaren Erstaunen blieb die Leine schlaff auf der Brücke liegen, am anderen Ende noch immer von einer blutigen Spinne aus Fleisch umklammert: Der Harpunier war weg, aber seine Hand war noch da, dank Smylers irrer Messertechnik.

Aufatmend bemühte ich mich, die Leine durchzureißen, ich konnte ja nicht rennen, wenn das ganze Ding hinter mir herschleifte. Es würde schon schlimm genug sein, dass die Harpune in meiner Brust herumwackelte und wahrscheinlich meine Dämonenlunge und mein Dämonenherz ganz schön ramponierte. Während ich mich zu befreien versuchte, entfernte ich mich vorsichtig rückwärts von den Kämpfenden. Das jähe Verschwinden des Harpuniers hatte Smyler mehr Platz zum Arbeiten verschafft, und er arbeitete! Es war das Irrste, was ich je gesehen habe.

Stellen Sie sich einen genialen, aber spastischen Balletttänzer vor. Und jetzt lassen Sie das Video in Ihrem Kopf mit drei- oder vierfacher Geschwindigkeit ablaufen und stellen Sie sich vor, dass dieses Balletttänzerwesen eine lange, spitze Klinge in der Hand hält und dass es, wenn es diese Klinge gegen Fleisch führt, davon überzeugt ist zu beten. Ich habe nie etwas so entsetzlich Brutales gesehen, das ich gleichzeitig schön nennen könnte. Ich weiß, es klingt verrückt, aber es war Kunst, das wildeste improvisierte Solo aller Zeiten, das sich entfaltet und beschleunigt und dann am Ende punktgenau auf dem Haupttriff landet. Es ging alles so schnell, dass man kaum glauben konnte, dass es spontan und ungeplant ablief. Aber niemand, nicht mal ein Dämon, würde jemals planen, so zu sterben, durch die mörderische Klinge dieses kichernden, gummiartigen Wesens.

Zwei weitere Soldaten taumelten blutend von der Brücke ins Nichts. Die ganze Horde stürzte sich jetzt auf meinen unerwarteten Retter wie ein Schwarm gieriger Piranhas, aber ich glaubte nicht, dass das emporspritzende Blut von Smyler stammte und auch nicht die Finger und Ohren, die aus dem Getümmel flogen.

»Renn!«, rief er. »Renn, Engel!« Dann kam, wie als Beweis, dass Smyler es gut mit mir meinte, noch etwas aus dem Tumult geflogen und rollte mir vor die Füße, wo sich das Blut, das daraus hervorrann, mit der beträchtlichen Lache meines eigenen vereinte. Es war Nilochs langer, schädelartiger Kopf, dessen bizarre

Kiefer ins Leere schnappten wie die Mundwerkzeuge eines sterbenden Krebses. Die nassroten Augen drehten sich nach oben und erblickten mich. Obwohl von Kehlkopf und Lunge getrennt, brachte der Kopf fast flüsternd hervor: »Ich ... werde ...!«

Ohne nachzudenken, stampfte ich mit voller Wucht darauf; ich hörte die Knochen unter meinem Fuß splittern. »Klappe«, sagte ich und kickte dann das zermalmte Ding, aus dem widerliches Zeug hervorquoll, von der Brücke. »Halt. Die. Klappe.«

Dann rannte ich los, wenn es auch eher ein Davonhumpeln war; aus meinem Genick suppte immer noch Blut und Gehirnmasse, und ich hielt die Harpune in meiner Brust mit beiden Händen fest, um den grässlichen Schmerz, den ihr Wackeln hervorrief, zu minimieren – im Ganzen ein Bild, das William Blake nach einer richtig wüsten Samstagnacht hätte malen können. Ich rannte, bis das Brüllen und Schreien der Soldaten nicht mehr zu hören war, und rannte immer weiter, durch ein Dunkel, von dem ich nichts Genaueres mehr weiß. Ich erinnere mich vage, dass ich den Aufzug erreichte, aber ich glaube, ich bin auch dann noch weitergerannt, habe mich gegen die Wände der sargförmigen Kabine geworfen, bis ich kapiere, dass ich in Sicherheit war oder jedenfalls so weit in Sicherheit, wie ich es in diesem Leben je sein werde, bis ich endlich die Worte, die mir Temuel eingeschärft hatte, sprechen und meinen Dämonenkörper ablegen, bis ich die Hölle hinter mir lassen und mich in wunderbarem, köstlichem Schwarz verlieren konnte.

Ich habe Smyler seit der Neronischen Brücke nicht mehr wiedergesehen. Ich habe keine Ahnung, ob er überlebt hat. Und ich weiß nicht genau, wie ich das finde, aber fest steht, dass er mich gerettet hat, als sonst nichts außer Gott selbst es gekonnt hätte.

44

IM KOFFERRAUM

Etwas zog schließlich die Decke aus Dunkel weg, aber ich fand immer noch nicht die Knöpfchen und Schalter, um meine Muskeln zu aktivieren, also lag ich ein Weilchen einfach nur da und versuchte herauszufinden, wo ich war.

Ich hatte meinen Körper heil und wohlauf unter einem Laken im Haus des verstorbenen Edward Lynes Walker zurückgelassen, also hätte ich eigentlich dort sein müssen, aber Eligor hatte gesagt, seine Leute hätten dort alles durchsucht und keinen Körper gefunden. Das konnte alles Mögliche bedeuten, aber wohl kaum etwas Gutes. Trotzdem, ich musste Geduld haben; wenn man so lange außerhalb seiner irdischen Hülle war, ist die Wiedervereinigung ein bisschen wie einer dieser verrückten Träume, die man hat, wenn man glaubt wach zu sein, es aber nicht ist oder jedenfalls nicht ganz. Man hört Geräusche und manchmal sogar Stimmen aus der realen Welt, aber es hat nichts mit einem zu tun.

Wobei ich keine Stimmen hörte. Ich fühlte aber meinen Körper oder jedenfalls *einen* Körper: Da waren die verkrampften, kribbelnden Muskeln als Beweis, und ich schien mit dem Laken bedeckt zu sein, unter dem ich meinen Körper zurückgelassen hatte. Ich beschloss, das Beste zu hoffen. Ich würde mir noch ein, zwei Minuten geben, um mich wieder vollständig zu vereinigen, dann unterm Bett des Gästezimmers im Obergeschoss des Walkerschen Hauses hervorkrabbeln und etwa neun Stunden duschen. Wenn ich *großes* Glück hatte, würden Walkers Enkelin Posie und ihr Freund Garcia nicht da sein, und ich hätte das Haus eine Weile für mich, aber das war zweitrangig. Mein dringendster Wunsch war es, nach dem Duschen irgendwohin zu gehen, wo es gutes Essen und alkoholische Getränke gab, beides in größeren Mengen zu konsumieren, dann nach Hause zu gehen und erst mal richtig zu schlafen – obwohl natürlich ein paar Drinks und ein Schläfchen nicht reichen würden, um zu vergessen, was ich gerade hinter mir hatte. Und im Himmel musste ich mich auch möglichst bald melden. Da ich noch einen Erdenkörper besaß, in den ich zurückkehren konnte, ging ich davon aus, dass ich noch nicht ins äußerste Dunkel hinausgestoßen worden war, aber das zu überprüfen, war sicher kein Fehler. Zumindest hatten mich wohl eine ganze Latte Nachrichten nicht erreicht.

Und natürlich musste ich Temuel berichten, aber daran wollte ich noch gar nicht denken. Um ehrlich zu sein, der Gedanke machte mir Angst. Ja, Temuel hatte eine Menge für mich getan, aber ich wusste nicht, wo er in Bezug auf Anaita stand, und niemand – nicht mal Bobby Dollar, jedermanns Paradebeispiel für mangelnde Impulskontrolle – legt einfach los und beschuldigt einen hohen Engel und amtierenden Ephoren wie Anaita des Verrats am Höchsten. Schon gar nicht jemand wie ich, der schon x-fach auf Bewährung ist. Ach ja, und verwertbare Beweise hatte ich auch nicht.

Ja, je länger ich darüber nachdachte, desto klarer wurde mir, dass ich das meiste erst mal für mich behalten musste, auch dem Mull gegenüber, da ich nicht wusste, was für ein Spiel er spielte und wo er stand, nicht nur in Sachen Anaita, sondern auch hinsichtlich des Dritten Wegs und des ganzen übrigen verrückten Zeugs, in das ich verwickelt war. Auch wenn er mir noch so viel geholfen hatte – Temuel steckte doch offensichtlich bis zum Heiligenschein in Geheimnissen und seltsamen Machenschaften, und ich hatte keine Lust, ihn vor die Wahl zwischen mir und irgendwelchen eigenen Interessen zu stellen.

Das alles wirbelte mir durch den Kopf, während ich darauf wartete, dass ich mich wach und wiedervereinigt genug fühlte, um das Laken von meinem Gesicht zu ziehen und à la Lazarus aus dem Grab aufzuerstehen. Okay, aus dem Staub unter dem Gästezimmerbett mit der Versandhausüberdecke und den geblümten Kissenbezügen, aber im Prinzip. Ich hatte schon vage registriert, dass das Laken, das mich bedeckte, ein bisschen rauher und schwerer schien, als ich es in Erinnerung hatte (und im Übrigen auch um einiges beengender), doch als ich mich aufzusetzen versuchte, stellte sich die Sache als komplizierter heraus: Es war überhaupt kein Laken, es war eine Plane, und die war nicht über mich gebreitet, sondern um mich gewickelt, und zwar so, dass meine Arme am Körper fixiert waren. Das war *nicht* die Situation, in der ich mich in diesem Körper zuletzt befunden hatte. Mal ganz davon abgesehen, dass ich fühlte, wie mich etwas bewegte, mich leise hoppeln ließ und manchmal sogar ein wenig kippte, als ob ich in der Hand einer Riesenkreatur läge, die mich hin- und herwendete, um zu entscheiden, von welchem Ende her sie mich fressen sollte. (Ich war definitiv zu lange in der Hölle gewesen.)

Natürlich bewahrte ich Ruhe, ich wusste ja, das Schlimmste war, schon auszurasten, bevor ich die Fakten kannte. Also rief ich ein ums andere Mal ruhig und gelassen: »Verdammte Scheiße noch mal, was geht hier vor? Hilfe!« Okay, »ruhig und gelassen« ist vielleicht nicht ganz die richtige Formulierung, aber ich schrie nicht nur, sondern arbeitete auch systematisch gegen die schwere Plane an, indem ich den Brustkorb aufblies und mit den Armen nach außen drückte, bis ich endlich genug Platz hatte, um die Hände ans Gesicht hochzubekommen.

Hände. Plural. Das war die erste gute Nachricht. Was auch immer mir sonst widerfahren sein mochte, ich hatte wieder die vorgesehene Zahl gebrauchsfähiger Greifwerkzeuge, an jedem Handgelenk eins, mit je einem vollständigen Satz funktionierender Finger daran. Das wusste ich, weil ich eifrig dabei war, mein Gesicht zu betasten, um festzustellen, ob ich wieder Bobby war oder immer noch im Snakestaff-Körper steckte. Da waren keine Steinchenhubbel über meinen Augenbrauen oder auf meinen Wangen, und meine Haut fühlte sich nicht mehr so sandpapierartig an wie in der Hölle, also war ich wohl wieder B. Dollar, Engel mit einer leichten Neigung, sich auf Abwege zu begeben. Kurze Nachforschungen in meinem Genick ergaben nichts als Kopfhaut und Haare. Keine Operationsnarben Marke Doktor Teddy, also war ich definitiv nicht mehr im Dämonenkörper. Das beruhigte mich etwas.

Als ich das rauhe Material ein bisschen von meinem Gesicht wegdrücken konnte und die Geräusche etwas deutlicher wurden, kapierte ich schließlich, dass ich nicht nur in eine Plane eingerollt war, sondern auch noch im Kofferraum eines Autos lag. Okay, ich hatte die Folterkünste diverser Finalisten von »Die Hölle sucht das Supertalent« und die Blutgier waschechter Höllenhunde überlebt, also hätten mir irdische Anwürfe am Arsch vorbeigehen sollen. Aber ich hatte *GoodFellas* und *Der Pate* oft genug gesehen, um zu wissen, dass in eine Plane eingerollt in jemandes Kofferraum zu liegen gewöhnlich etwas ist, das nichts Gutes verheißt.

Ich tat mein Möglichstes, die Plane so weit zu lockern, dass ich die Arme gebrauchen konnte, aber das Ding war dick (und alt und übelriechend, wie ich hinzusetzen sollte, solange ich mich sowieso gerade in Selbstmitleid ergehe), und ich schaffte es gerade mal, sie bis zur Nasenwurzel herabzuziehen. Trotzdem erkannte ich, dass ich definitiv im Kofferraum eines Wagens lag, und ich bekam die Hände so weit frei, dass ich an dem Schloss auf der Innenseite der Haube herumfingern konnte, doch das Fahrzeug war offenbar zu alt, um eine Notentriegelung zu haben. Hätte ich meinen Körper richtig einsetzen können, wäre es mir vielleicht gelungen, die Haube einfach mit Gewalt aufzustemmen – in meinem Erdenkörper bin ich ganz schön stark –, aber das konnte ich nicht, also blieb mir nur eine heroische Alternative.

Sobald ich von innen gegen die Haube zu bummern begann, fing der Wagen an, wilde Schlenker zu fahren. Doch meine Kidnapper hielten nicht an, also musste ich überlegen, was ich sonst noch versuchen könnte. Meine Pistole trug ich, soweit ich wusste, nicht – jedenfalls hatte ich sie ganz gewiss nicht getragen, als ich den Körper zurückgelassen hatte, denn wer will schon tage- oder wochenlang auf einer riesigen ausländischen Pistole liegen, selbst wenn er ohne Bewusstsein ist? Da hätte ich mich bei meiner Rückkehr in einem Körper mit etlichen schmerzhaften Druckstellen, wenn nicht sogar mit ein paar Kugeln im Hintern wiedergefunden. Was also sollte ich tun, wenn sie mich rausholten, um mich umzulegen? Und wer hatte mich überhaupt entführt? Eligor hatte gesagt, seine Leute hätten keinen Körper und schon gar keine Feder gefunden. Wollte Anaita, dass jemand anders den Job zu Ende führte, den sie ursprünglich Smyler übertragen hatte?

Ich würde nicht mehr lange auf die Antwort warten müssen, weil der Wagen jetzt abbremste, das Hoppeln nachließ. Ich verdoppelte meine Bemühungen, mich aus der Plane zu befreien und für etwas mehr Chancengerechtigkeit zu sorgen, denn derart eingewickelt war ich so gefährlich wie ein großer Burrito.

Ich hatte gerade den Oberkörper freibekommen, als der Wagen hielt. Jemand machte sich an der Kofferraumklappe zu schaffen. Wütend auf mich selbst, weil ich nicht so schlau gewesen war, irgendeine Waffe an meinem Körper zu verstecken, bevor ich ihn zurückgelassen hatte, stemmte ich mich am Kofferraumboden ab. Als die Klappe aufsprang, kniff ich die Augen zu, um nicht durch die plötzliche Helligkeit geblendet zu werden, und drosch, so fest ich konnte, mit der Faust zu. Mit Genugtuung hörte ich ein Aufstöhnen, das nach Wirkungstreffer klang, und dann einen Plumps, also öffnete ich die Augen, strampelte mich aus der Plane und machte Anstalten, aus dem Kofferraum zu steigen, hielt aber inne, als ich sah, dass es nicht Luca Brasi oder sonst irgendeiner von Don Corleones Vollstreckern war, dem ich gerade eins in die Eier gedonnert hatte, sondern Clarence, der Junior-Engel.

»Was zum Teufel machst *du* hier?«, brüllte ich. »Beziehungsweise, was soll das? Warum bin ich in einem Kofferraum?« Das war vielleicht ein bisschen unfair gegenüber Clarence, der auf dem Rücken lag, zusammengekrümmt wie ein sterbendes Insekt, vor Schmerz und Übelkeit stöhnend und offenkundig nicht in der Lage zu antworten.

Ich hörte die Fahrertür zuschlagen. Im nächsten Moment kam Garcia Birkling, alias G-Man, alias »Die größte Pfeife der Welt« ums Wagenheck getrabt, in seiner üblichen Gangsta-Kostümierung, die aussah, als hätte er sie aus Hot-Topic-Schnäppchenangeboten zusammengestellt. Diesmal hatte er sie noch um eine schwarze Augenklappe bereichert, mit der er weniger wie ein Pirat oder wie Nick Fury aussah als vielmehr wie ein Viertklässler in Schielbehandlung. »Boah!«, sagte er und schaute besorgt auf Clarence hinab, der leise vor sich hin hechelte wie eine Frau in den Wehen. »Bobby, Mann, warum machen Sie so was?«

»Warum ich so was mache? Die Frage lautet, warum bin ich im Kofferraum eines Wagens?« Ich blickte auf den grellen Lack und das überflüssige Chrom und zuckte zusammen. »Schlimmer noch, deines Wagens? Ich will noch nicht mal tot in diesem Wagen liegen, nie und nimmer. Und was macht Clarence hier, Birkling? Er sollte doch nichts von dem Ganzen erfahren?«

»Ich brauchte Hilfe.«

»Die wirst du gleich wirklich brauchen. Das ist ein Versprechen! Ich wollte Clarence keins in die Eier donnern, ich wollte
mich nur gegen Kidnapper verteidigen. Aber du ...« Ich funkelte G-Man so grimmig an, dass er zwei Schritte zurückwich.
»Dir werde ich die Nüsse so lange traktieren, dass du dich fühlst
wie eine Nussschaumschnitte.«

Nachdem das gesagt war, fühlte ich mich schon besser. Mehr
wie mein altes Selbst. Ich blieb noch einen Moment auf der Kof-
ferraumkante sitzen, beugte mich dann hinunter, um Clarence
aufzuhelfen. Er wollte zuerst nicht aufstehen, ließ sich dann
aber durch gutes Zureden bewegen, immerhin eine halbwegs
aufrechte Position einzunehmen.

»Oh, oh, oh«, jammerte er und hielt sich noch immer den
Schritt. »Körper sind die Pest. Ich glaube, eins ist geplatzt.« Wir
waren in einer Seitenstraße des Camino Real, und ein paar Fußgänger beobachteten uns, fragten sich wahrscheinlich, ob da jemand gestohlene Ware aus dem Kofferraum verdealte. Was ja gar
nicht so weit danebenlag, da ich mich quasi aus Nilochs knöchernen Händen gestohlen hatte. Dank Smyler natürlich. Letzteres zu denken, fühlte sich total verrückt an, das können Sie
sicher nachvollziehen.

»Sorry, Junior«, sagte ich. »Ehrlich, ich wusste nicht, dass du's
bist. Ich wusste nur, dass mich jemand in eine Plane gewickelt
hatte. Ich dachte, irgendwelche Gangster wollten mich in den
Baylands entsorgen oder was.«

Clarence biss sich auf die Zähne und schüttelte den Kopf.
»Wir wollten Sie in Garcias Haus zurückbringen.«

»Du meinst das Haus von Garcias Quasi-Schwiegergroßvater?
Das Haus, wo ich war? Wo er meinen Körper sicher aufbewahren sollte? Aufbewahren! Nicht in den Kofferraum seiner pein-
lichen Geschmacklosigkeit von Auto packen und durch San Judas kutschieren wie einen Stapel mexikanische Hochzeitshemden
für einen Flohmarkt!«

»Sie klingen echt sauer, Mann«, sagte G-Man.

Kleiner Schnellmerker, dieser Jüngling. »Nur ein bisschen. Und es wird sich wahrscheinlich irgendwann legen. Aber im Moment wäre ich lieber woanders als hier am Straßenrand. Könnten wir also wieder zum Haus von Posies Granddad fahren, Birkling, und du erklärst mir unterwegs, was genau Sache ist?«

G-Man nickte. »Okay. Inzwischen haben sie das Zelt wahrscheinlich wieder abgebaut.«

Wie sich herausstellte, sollte Edward Walkers Haus in Palo Alto, wo G-Man und Posie die letzten Monate campiert hatten, verkauft werden. Im Zuge dessen hatte der Makler Posie mitgeteilt, über dem Haus müsse zwecks Termitenbekämpfung ein Begasungszelt errichtet werden. Ich hätte wohl froh sein sollen, dass G-Man immerhin so viel Grips bewiesen hatte, sich zu sagen, dass eine massive Dosis Pestizide für meinen Körper wohl nicht das Beste wäre, aber gehandelt hatte er auf seine typisch dämliche Art. Allein habe er mich nicht tragen können, erklärte er. Also hatte er Clarence – dem ich, wie Sie sich vielleicht erinnern, von dem Ganzen absichtlich nichts erzählt hatte – zu Hilfe geholt, um mich in die Plane zu wickeln, rauszutragen und mit G-Mans Auto zu dem Haus in Brittan Hights zu bringen, wo Clarence ein möbliertes Zimmer hatte. Die letzten paar Tage, sagte er, hätte ich in einem Geräteschuppen verbracht, den Clarence' Vermieter nie benutzten. Der Kleinste Engel hatte immerhin den Anstand, etwas verlegen dreinzuschauen.

»In einem Geräteschuppen? Ach, ja? Einfach in eine Ecke gelehnt, wo die Spinnen und Ohrwürmer und wer weiß was alles nach Herzenslust auf mir herumkrabbeln konnten?« Ich wusste, ich war fies zu ihnen, aber noch war ich nicht bereit, etwas dagegen zu tun. Vielleicht hing es ja irgendwie damit zusammen, dass ich gerade eine Menge Zeit damit verbracht hatte, Höllenqualen zu erleiden.

»Nein!«, sagte Clarence. »Nein, Bobby, ich habe Sie auf einen alten Billardtisch gelegt. Ich habe dort Platz für Sie freigeräumt und dann andere Sachen über Sie drübergestapelt. Niemand hat Sie einfach in eine Ecke gelehnt. Und Spinnen habe ich auch keine gesehen.«

»Vielen Dank. Schön zu wissen, dass ich so umsorgt wurde.«

Clarence runzelte die Stirn. »Sie brauchen nicht so biestig zu sein, Bobby. Sie haben mich schon in die Eier geboxt.«

»Stimmt.« Ich nickte und trank den Rest meiner Flasche von der Pissbrühe, die Garcia im Kühlschrank des seligen Edward Walker lagerte – so ein schlaffes Hipster-Bier, das früher mal Malocher getrunken hatten, weil es das Einzige war, was sie sich leisten konnten, und das jetzt fast ausschließlich von Nostalgikern mit Tattoos und coolen Fahrrädern konsumiert wurde. Aber das Zeug war immerhin besser als gar kein Bier, wenngleich der Abstand nicht so groß war, wie Sie jetzt vielleicht glauben. »Noch mal, tut mir leid, Clarence. Echt ehrlich. Notwehr, Desorientiertheit, Verwirrung, vielleicht sogar posttraumatisches Belastungssyndrom. Nimm das alles zusammen und bastle daraus eine Entschuldigung, mit der du leben kannst, okay?«

Er sah mich mit diesem Clarence-Blick an, irgendwas zwischen »getretener Welpe« und »genervter großer Bruder«. Ich hatte ihm ja vielleicht nicht vertrauen wollen, auch wenn ich es jetzt jedenfalls zu einem gewissen Grad müsste, aber wie hätte ich jemanden nicht mögen können, der so leicht zu ärgern und so erfolgreich zu necken war?

»Und … was haben Sie in der Zwischenzeit gemacht, Bobby?«, fragte er.

»Irre Sachen. Nicht zu Hause nachmachen«, sagte ich. »Im Ernst, gar nirgends nachmachen. Ich will jetzt erst mal irgendwohin, wo ich was Besseres zu essen kriege als diese Cracker hier, dann erzähle ich, was ich erzählen kann.«

»Sie wollen in meiner Karre fahren?«, fragte G-Man.

»Du warst nicht gemeint«, sagte ich. Weil es schon schwer genug sein würde, mit Clarence zu reden, der immerhin wusste, dass ich – genau wie er – ein Engel war. Garcia Birkling einzubeziehen, kam überhaupt nicht in Frage.

Aber G-Man sah so sehr drein wie der Junge, der nicht nur in keine Mannschaft gewählt wird, sondern auch noch die Mannschaft, die ihn am Ende nehmen muss, nach Schadensersatz schreien lässt, dass er mir leidtat. »Okay, Garcia, du hast recht, ich schulde dir wenigstens ein Essen. Ich meine, du hast mich zwar in deinem Kofferraum herumgekarrt wie ein eigenhändig überfahrenes Reh, das du nach Hause schmuggeln willst, um Wildtrockenfleisch draus zu machen, aber ich hab's ja überlebt.« Ich würde mir eine entschärfte, für gewöhnliche Menschen nicht allzu schockierende Version der Geschehnisse einfallen lassen, wenn ich auch noch mindestens zwei, drei Drinks brauchen würde, um eine Vorstellung zu entwickeln, wie eine solche Version aussehen könnte.

Wenn die Erklärungsverpflichtungen erfüllt wären, würde ich mich wieder meinem eigentlichen Job widmen: Caz aus Eligors Klauen zu befreien. Ich hatte das keine Sekunde vergessen, zumal ich jetzt wieder meine Jacke trug, die mit der Tasche mit dem Engelsfeder-Geheimversteck, das sich in einem anderen Raum-Zeit-Kontinuum befand. Eligor hatte die Feder ja wohl tatsächlich nicht gefunden, da er mich sonst nie aus der Hölle rausgelassen hätte. »Und danach kannst du, Clarence, mich in meine bezaubernde Wohnung bringen, vorausgesetzt, mein Vermieter hat sie nicht schon an einen gewalttätigen Crackhead vermietet, und unterwegs bringe ich dich dann über die Firmenangelegenheiten aufs Laufende.«

»Geht von meiner Seite aus klar!«, sagte G-Man. »Bock auf den Chinesen drunten in Whisky Gulch?«

»Klar. Aber eins noch, Birkling. Wenn du mit mir irgendwohin willst, dann geht diese Augenklappe gar nicht. Nicht in der Öffentlichkeit.« Sie erinnerte mich zu sehr an den Gehilfen des Broken Boy, den kleinen Tico. Dieser Junge hatte nicht cool aussehen wollen, er hatte etwas Hässliches und Schmerzliches verdeckt.

»Aber sie ist ein Tribut an Slick Rick!«

»Und Rick wäre ganz meiner Meinung. Der Unterschied ist, Slick fehlt wirklich ein Auge. Dir nicht.«

G-Man schmollte, erklärte sich aber schließlich bereit, sein neuestes Accessoire abzulegen. Ich hätte ihm beinah gesagt, dass er sich auch ohne das Ding in der Höllenhauptstadt Pandämonium optisch nahtlos eingefügt hätte, aber das hätte er wahrscheinlich für ein Kompliment gehalten.

45

ARBEITSPLATZBESCHAFFUNG

Wenn mich jemand gefragt hätte, was ich tun würde, falls ich je wieder aus der Hölle hinauskäme, hätten Nudelteigtaschen und Cashew-Huhn auf meiner Liste wahrscheinlich nicht sehr weit oben gestanden.

Ansonsten hätte ich mit meinen Top-Nennungen aber ziemlich richtig gelegen. Sobald ich in meiner Wohnung war, die sich als genauso schäbig und ungastlich wie zuletzt erwies, ging ich erst mal lange, lange unter die Dusche und schlief dann vierzehn Stunden am Stück. Als ich aufwachte, war ich so froh, wieder in San Judas zu sein und einen normalen (oder zumindest nicht-dämonischen) Körper zu tragen, dass ich wieder duschte und dabei aus vollem Hals Dinah-Washington-Songs schmetterte, mit einer fulminanten Interpretation von »Don't Get Around Much Anymore« endend, die einen Banausen nebenan veranlasste, an die Wand zu bummern. Ich ignorierte die Kritik einfach. Verstehen Sie mich nicht falsch, ich hatte jede Menge neue Narben, die nie ganz verheilen würden, und Stoff für Albträume für Jahrhunderte, aber jetzt lief die Sache doch endlich in meinem Sinne. Ich war nicht so blöd, davon auszugehen, dass der Tausch Feder gegen Caz so problemlos über die Bühne ginge wie bei einem Tauschpartner, der *kein* hinterlistiger, mordgieriger, psychopathischer Dämonenfürst war, aber ich kannte Eligor und wir wollten beide das, was der jeweils andere hatte, und das war doch schon mal eine gute Ausgangsbasis.

Ich landete bei der Telefonzentrale von Vald Credit und arbeitete mich mit Hilfe von Name-Dropping und ein paar Lügen langsam die Hierarchie hinauf, bis ich schließlich Eligors persönliche Assistentin dranhatte. Die jetzige hatte einen britischen Akzent, was mich ein bisschen an Caz erinnerte und mein Herz noch ungeduldiger pochen ließ.

»Wer sind Sie?«, fragte sie – ein bisschen ungehobelt, wie ich fand.

»Bobby Dollar. Ihr Chef kennt mich.«

»Ach ja? Ich habe noch nie von Ihnen gehört.«

Sie wollte mich offenbar kleinkriegen. Tja, vor ein paar Wochen hätte das vielleicht noch geklappt, aber nicht jetzt – nicht mit dem Engel-der-durch-die-Hölle-gegangen-war. Ich fragte mich, ob sie sich anders benehmen würde, wenn sie wüsste, dass ich derjenige war, der ihrer Vorgängerin mehrere Kugeln ins Gesicht gejagt und ihr dann aus einem Fenster im vierzigsten Stock geholfen hatte. Vielleicht wäre sie mir ja dankbar dafür, dass ich ihr diesen Arbeitsplatz beschafft hatte.

»Ihre Meinung spielt keine Rolle«, sagte ich. »Sagen Sie's einfach Ihrem Chef. Sagen Sie ihm, ich sei wieder da und bereit, den Austausch vorzunehmen.«

»Aha.« Sie klang nicht gerade beeindruckt, schwieg aber kurz. Vielleicht hatte sie sogar zugehört. »Austausch, okay. Ist notiert.«

»Ja, sagen Sie ihm, er bestimmt den Zeitpunkt, ich den Ort. Alles ganz partnerschaftlich und korrekt.«

»Prima. Ich gebe es weiter.« Und damit legte sie auf. Legte auf! Eine dämliche persönliche Assistentin wagte es, Eligors Geschäftspartner so zu behandeln! Wobei es natürlich noch nicht lange her war, dass ihr Boss meine sämtlichen Nervenenden in Flammen gesetzt hatte, also war es wohl gar nicht *so* unhöflich, im Kontext gesehen. Ich fragte mich sogar kurz, ob es vielleicht ebenjene Sekretärin war, die ich getötet hatte, nur in einem neuen Körper (und diesmal mit dem britischen Akzent als kleinem Extra-Pfiff).

Jetzt brauchte ich einen Ort für den Austausch. Selbst wenn Eligor sich an die Abmachung zu halten gedachte (was ich keineswegs für gegeben nahm), würde ich Hilfe brauchen.

Ich hinterließ eine Nachricht unter der Telefonnummer, die mir Sam gegeben hatte, und machte dann weiter mit meinen After-Hell-Erledigungen. Ich ging ins *Compasses*, um meine Engelsfreunde zu treffen, und erfand wilde Geschichten, wo ich die letzten drei Wochen gewesen war. (Wie gesagt, in der Hölle läuft die Zeit anders. Dort könnten sie mit Sicherheit Qual und Elend für ein ganzes Leben in weniger als dreißig Tage packen.) Aber ich war so blass, als hätte ich lange keine Sonne mehr gesehen, was ja auch stimmte, weil ich die ganze Zeit unter einem Bett bzw. in einem Schuppen gelegen hatte, also erzählte ich ihnen, ich sei droben in Seattle gewesen, einen Freund besuchen. Monica, die mich jetzt, wo Sam weg war, am besten kannte, behandelte dieses Märchen mit der Verachtung, die ihm gebührte, drang aber nicht weiter in mich. Sie unterstellte vermutlich, ich hätte die ganze Zeit mit irgendeiner Frau im Bett verbracht. Ich hatte aber ein paar Fragen an sie und wartete damit, bis wir ein paar Minuten allein am Tisch saßen, während Jung Elvis und Teddy Nebraska an der Bar Armdrücken machten und alle anderen feixend drum herum standen.

»Was ist mit Walter Sanders?«, fragte ich. »Hat irgendjemand was gehört?« Mir war klar, dass niemand etwas gehört haben konnte, weil ich ja wusste, wo Walter war, nämlich als Zahlmeister der *Ollen Hippe* unterwegs auf den Höllengewässern, um die Emporhebungsbotschaft zu verbreiten, aber ich wollte herauskriegen, was so über sein Verschwinden geredet wurde.

Ich hielt es Monica zugute, dass sie betrübt dreinsah. »Nein, niemand. Ich habe den Mull gefragt, aber der sagt, er glaubt, Walter sei versetzt worden. Aus denen droben im Haus irgendwas rauskriegen zu wollen, ist immer für'n Arsch.«

»Amen.« Was mich daran erinnerte, dass ich definitiv mit Temuel reden musste, und zwar bald. Der Erzengel verdiente zumindest einen zurechtgestutzten Bericht über meine Erlebnisse in der Hölle, da er ja maßgeblich dazu beigetragen hatte, dass ich dorthin (und wieder zurück) gelangt war, und ich meinerseits hatte doch einige Fragen an ihn. »Und du, Mädchen? Wie geht's dir?«

Ich wollte nur nett sein. Wir hatten eine Menge miteinander erlebt, Monica und ich, und wenn ich dabei die meiste Zeit auf der Flucht vor einer richtigen Beziehung gewesen war, konnte sie ja schließlich nichts dafür. Doch sobald ich diese Worte aussprach, wurde ihr Blick irgendwie ausweichend, ja fast schon schuldbewusst. »Ganz okay, würd ich sagen. Warum? Ich meine, du fragst doch sonst nicht, Bobby.«

»Sorry. Wollte nicht gegen irgendwelche Regeln …«

Ich kam nicht dazu, meinen Satz zu beenden, denn in diesem Moment ging die Tür des *Compasses* auf und herein spazierte zur allgemeinen Überraschung (vor allem aber meiner) mein guter alter Freund Sam Riley. Ich fiel fast von der Sitzbank.

Monica sprang auf und fiel ihm um den Hals. Binnen Sekunden scharten sich so ziemlich alle Engel im Raum um ihn wie Bienen um den Honigtanz einer Artgenossin. Sam lachte und schüttelte Hände, ja ließ sich sogar umarmen und küssen, was gar nicht seine Art war. Schließlich rief er Chico zu, dass er gern ein Ginger Ale hätte, und ließ sich in Richtung Bar spülen, während ihn die anderen mit Fragen bombardierten.

Chico, der Barmann, schien fast so verdutzt wie ich, als ob er über Sams derzeitigen Status bei unseren Bossen Bescheid wüsste, sagte aber nichts, sondern lieferte lediglich Ginger-Ale-Nachschub. Soweit ich wusste, war außer mir nur Clarence darüber im Bilde, dass Sam offiziell als Himmelsverräter gesucht wurde. Ich war aber so baff, ihn hier zu sehen, dass ich kein Wort herausbrachte. Was machte Sam da? Wollte er unsere Bosse irgendwie unter Zugzwang setzen?

Ich hielt mich im Hintergrund, während Sam dem Ganzen Kaputten Chor irgendeine wilde Geschichte auftischte, die suggerierte, dass er auf einer Art supergeheimer Undercover-Mission war (was doch die Frage aufwarf, warum er sich dann hier in dieser Kneipe blicken ließ, worüber aber niemand zu stolpern schien). Ohne sich um seine eigene Sicherheit zu scheren, saß mein alter Freund fast eine Stunde im *Compasses*, beantwortete Fragen (oder gab vielmehr vor, Fragen zu beantworten, während er munter vor sich hinlog) und benahm sich im Großen und Ganzen wie der alte Sammariel, den alle so schmerzlich vermisst hatten. Am Ende der Vorstellung zwängte er sich zu mir durch, legte mir einen seiner massigen Arme um die Schultern und schlug vor, wir beide sollten doch noch irgendwo einen Happen essen gehen.

Die Stammgäste des *Compasses* standen Schlange, um sich von ihm zu verabschieden, als wäre Sam ein hoher königlicher Besuch. Sie nahmen ihm das Versprechen ab, von sich hören zu lassen, und erinnerten ihn an ein paar bevorstehende Anlässe, die er normalerweise doch mitfeiern würde. Sam lachte und versprach, sein Bestes zu tun, es zu allen zu schaffen. Das war natürlich auch gelogen, und ich glaube, die meisten Engel wussten es. Sie mochten den wahren Grund nicht kennen, aber Sams »Rückkehr« hatte einfach so gewirkt, als tauchte da jemand auf, der nicht mehr hierhergehörte – der nur noch mal zu Besuch gekommen war.

Sobald wir draußen waren, legte ich los: »Was machst du hier, Mann? Was soll das? Du spazierst da einfach rein, als wäre nichts? Wenn nun Clarence dagewesen wäre? Der hätte doch wieder versucht, dich festzunehmen.«

»Ich wusste, dass er nicht da war. Und dass ich überhaupt aufgetaucht bin? Sieh's als Teil meines Plans, unsere Bosse weiterrätseln zu lassen.«

»Was heißt ›unsere Bosse‹? Du stehst auf der Feindesliste, vergessen?«

Sam blickte nach beiden Seiten die Mainstreet entlang. »Hör mal, das mit dem Essen hab ich nicht nur so gesagt. Ich habe einen Mordshunger. Eine Sache, nach der man sich zurücksehnt, wenn man in einem Taschenuniversum lebt und die meiste Zeit keinen sterblichen Körper trägt, ist nämlich Essen. Hat der Koreaner am Rand von Spanishtown immer noch so lange offen?«

»Bee Bim Bop? Ja, ich glaub schon.«

Wir fuhren hin und fanden eine kleine Schlange von Hipstern vor, aber es dauerte nicht allzu lange, einen Tisch zu kriegen, nicht mal am Freitagabend. Ich hatte das Bier wiederentdeckt, seit ich von Sie-wissen-schon-wo zurück war – es war eins der Dinge, an die ich dort die ganze Zeit gedacht hatte: Wie toll ein richtiges kaltes Bier schmecken würde, statt diesem komischen Zeug aus irgendwelchen Wurzeln, das es in der Hölle gab. Höllenbier mochte einen ja schneller besoffen machen als irdisches, war aber ungefähr so erfrischend wie lauwarmes Badewasser, dem gerade ein fetter Kerl entstiegen ist.

Ich bestellte eine Schale von dem Zeug, nach dem das Restaurant heißt: Reis, geschnetzeltes Fleisch und ein Spiegelei. Sam orderte seine übliche nicht näher identifizierbare Suppe, gefolgt von verschiedenen scharfen Sachen, und wir konzentrierten uns hauptsächlich aufs Essen und Trinken – von Tee in Sams Fall. Als ich mein zweites Bier in Arbeit hatte, fühlte ich mich endlich bereit zu reden, also begann ich mit meinem Treffen mit Temuel beim Industriemuseum und erzählte ihm dann den Rest – in gekürzter Form natürlich, sonst hätten wir ja tagelang dort gesessen.

»Tja, B, ich will ja nicht sagen: ›Ich hab's dir ja gesagt‹, also

sage ich einfach nur: ›Schöne Scheiße.‹« Er schüttelte den Kopf.
»Aber ich hab dir gesagt, geh da nicht hin.«

»Ja. Und ich will ein bisschen Anerkennung dafür, dass ich es unter immensen Anstrengungen geschafft habe, nicht auf dich zu hören.« Ich lehnte mich zurück und signalisierte, dass ich noch ein Sapporo wollte. Wir waren inzwischen so ziemlich die einzigen Gäste, denn die Zeiger der Uhr reckten sich in Richtung Zwölf wie die Arme eines Raubüberfallopfers. Aber ich beugte mich trotzdem vor und senkte die Stimme. »Ich will dir was sagen, Sammy-Boy.« Jetzt spürte ich die ganzen Biere definitiv. Mein Körper war aus der Übung gekommen, während ich Höllenfusel durch Dämonennieren gefiltert hatte. »Ja, es war vermutlich blöd, aber das ist es nicht, was mich umtreibt. Es ist das ganze Arrangement. Hölle. Himmel. Ich meine, du hättest es sehen müssen. Es war entsetzlich, aber sie waren lebendig, Sam. Sie haben Sachen erledigt, Pläne gemacht, sich irgendwie durchgeschlagen. Shit, in manchem war es gar nicht so anders als San Judas.«

»Das hätte ich dir sagen können, und ich kenne nur San Judas.«

»Ich mein's nicht witzig.«

Sam lächelte. »Weiß ich. Und ich weiß auch, BD, dass du morgen früh glauben wirst, du hättest mir total wichtige Sachen erzählt. Aber jetzt sag ich dir mal was, und denk dran, wenn du dieses ganze Bier aus deinem System gepisst hast: Mir ist das längst klar.«

»Hä?«

»Was glaubst du, warum ich aus der Firma ausgeschieden bin? Was glaubst du, warum ich im Exil sitze, in einem Loch in der Realität, das Himmel *und* Hölle nur zu gern dem Äther gleichmachen werden, sobald sie wissen, wo es ist? Weil ich bei diesem Scheiß nicht mehr mitmachen kann. Wer weiß, vielleicht haben unsere Bosse ja recht.« Er runzelte die Stirn. »Vielleicht stimmt ja alles, was sie sagen, und schiere Brutalität ist wirklich die einzige Möglichkeit, wie Gott das Böse je besiegen kann. Vielleicht habe ich ja, indem ich mich aus dem Kalten Krieg verdrückt habe, dich und meine übrigen Freunde der Verdammnis ausgeliefert, wenn dereinst die Trompete des Gerichts erschallt und die Toten sich erheben und die Hände emporrecken.« Sein Gesicht war gerötet, als hätte er etwas anderes als Reistee getrunken, doch dann erkannte ich, was es war: tiefsitzender Zorn. »Aber weißt du was? Ich konnte nicht mehr. Ich konnte mich einfach nicht mehr für etwas einsetzen, woran ich nicht mehr glaube. Und falls es dir je ähnlich geht, Bobby … lass mich's einfach wissen.«

Ich starrte ihn an. Es war seltsam, diesen Sam zu sehen. Ich wusste ja von seinem Sinneswandel, seinem Entschluss, nach seinen Überzeugungen zu handeln und sich dem Dritten Weg anzuschließen – Teufel noch mal, er hatte mir das alles in jener Nacht im Shoreline-Park regelrecht unter die Nase gerieben –, aber irgendwo tief drinnen hatte ich es nicht glauben wollen, hatte so getan, als wäre dieses ganze politische Zeug einfach nur ein Spleen von ihm, so wie wenn ein Rockmusiker plötzlich echte Rootsmusik spielen will. Aber es war kein Spleen. Und wenn ich lange genug drüber nachdachte, fing es an, Sinn zu machen.

Ich konnte es mir nicht leisten, so lange drüber nachzudenken.

»Ja, aber was ich jetzt von dir will, ist ein bisschen konkreter, Sam.« Ich nahm die Rechnung, prüfte sie kurz, legte sie dann wieder auf das kleine Tablett und zwei Zwanziger und einen Zehner obendrauf. »Ja, ich übernehme das. Deshalb musst du dir jetzt dein Essen verdienen. Ich brauche einen Ort, wo der Austausch stattfinden kann. Irgendwelche Vorschläge?«

»Mit Eligor?« Er schüttelte den Kopf. »Mit Eligor, klar.« Er malte mit Reistee Kringel auf den Tisch, während er überlegte. »Ich wollte sagen, du musst einen öffentlichen Ort nehmen, aus

Sicherheitsgründen, aber je länger ich drüber nachdenke, desto unsicherer bin ich mir da.«

»Warum?«

»Weil dich jemand erkennen könnte. Dich haben sie droben im Haus sowieso schon auf dem Kieker. Wenn denen jetzt noch jemand meldet, dass du dich mit Eligor dem Reiter getroffen hast, dann heißt das Tiefenüberprüfung.« Was eine andere Formulierung dafür war, dass meine Seele Fitzelchen für Fitzelchen von Problemlösern auseinandergenommen werden und alles, was ich je gefühlt, gedacht oder getan hatte, Leuten wie den Ephoren unterbreitet würde, von denen wahrscheinlich mindestens einer mein geschworener Todfeind war. Nach allem, was ich an Gerüchten gehört hatte, waren die Befragungsspezialisten des Himmels genauso gründlich wie die Folterer der Hölle, nur ein bisschen subtiler. »Aber wo dann?«

»Ich weiß nicht. Ich werde mir was einfallen lassen und dich dann anrufen. Ich habe ein paar Sachen zu erledigen, während ich hier in der Stadt bin, aber ich denke drüber nach.«

»Sachen?«

»Herrgott, Dollar, du bist nicht der einzige Freund, den ich in der realen Welt habe.« Er fischte sich einen Zahnstocher aus dem Behälter auf der Theke. »Aber du bist vermutlich der einzige, mit dem ich um elf Uhr nachts beim Koreaner essen gehen kann, also werde ich mein Bestes tun, einen Ort zu finden, der deine Überlebenschancen maximiert. Ja, ich glaube, ich sollte dich sogar auf dieser kleinen Mission begleiten.«

Ich trank mein Bier vollends aus und holte ihn dann an der Tür ein. »Die letzten beiden Male, die du mit dabei warst, um mir zu helfen, sind wir beinahe umgekommen. Noch dazu auf hässliche Art und Weise. Lass es uns diesmal nach Möglichkeit besser machen.«

Er prostete mir mit einem imaginären Glas zu. »Verwirrung unseren Feinden, Kumpel!«

»Genau.« Ich ging mit ihm hinaus, aber er hob die Hand.

»Lass mich ruhig allein gehen«, sagte er. »Wie gesagt, ich hab heute Nacht noch was anderes vor. Ich ruf dich an. Spätestens morgen.«

Ich sah ihn davonmarschieren, die Hände in den Taschen, die massigen Schultern nach vorn gezogen. Es war kalt geworden, zumal für eine Julinacht, und ich überlegte gerade, ob ich noch im *Compasses* vorbeischauen oder direkt nach Hause gehen sollte, als sich hinter mir jemand leise räusperte.

Ich fuhr herum. Im grellen Licht, das durchs Fenster des koreanischen Restaurants fiel, stand eine hispanisch aussehende alte Frau, die ich nicht kannte. Sie streckte mir eine Hand entgegen, und ich sah, dass sie einen etwas zerzausten Bund Nelken hielt.

»Nein, danke«, sagte ich reflexhaft, doch schon währenddessen wurde mir klar, wie leichtsinnig es gewesen war, so unaufmerksam ins Dunkel hinauszulatschen. Und gleichzeitig ging mir auf, dass ich diese Frau schon gesehen hatte, nur nicht als Frau. Etwas an dem Gesicht kannte ich, aber ich kam nicht drauf.

»Sie wollen einer netten alten Frau keine Blume abkaufen, Bobby?« Sie lächelte, entblößte dabei authentisch aussehende mexikanische Provinzzahnarztkunst. »Wir wär's dann mit einem kleinen Spaziergang?«

Ich hatte die Hand schon unterm Mantel und griff nach meiner FN, als mir dämmerte, wer das war. »Temuel?«, flüsterte ich. »Sind Sie's?«

Der Erzengel nickte und zupfte sein Kopftuch zurecht. »Und ich würde wirklich gern ein Stückchen gehen.«

46

DER WITZIGSTE RASSIST, DEN ICH KENNE

Es war ungefähr Mitternacht, aber auf dem Camino Real war immer noch eine Menge los. Wir gingen südwärts, vorbei an den Clubs und Alkoholläden des gemischten Viertels, das zwischen Spanishtown und den noblen fast-wie-privaten Straßen von Atherton entstanden war. Wir waren schon etliche Blocks weit gelaufen, aber Temuel schien es mit dem Reden nicht eilig zu haben.

Unterdes versuchte ich noch mal, mir eine Meinung zu bilden, woran ich mit meinem Erzengel war. Ein paar Sachen würde ich ihm definitiv erzählen, zum Beispiel, wie ich seine Botschaft in der Hölle überbracht hatte und was daraufhin geschehen war. Dann waren da Sachen, die ich wohl erwähnen sollte, aber vorsichtig, wie zum Beispiel, dass Walter Sanders jetzt als Zahlmeister auf einem Missionarspiratenschiff in der Hölle arbeitete. Wieder andere Dinge scheute ich mich ganz erheblich anzusprechen: Caz natürlich, aber auch vieles an der Smyler-Sache, ganz bestimmt aber meine inzwischen ziemlich feste Überzeugung, dass das wahnsinnige kleine Monster von Anaita auf mich angesetzt worden war, einem hochrangigen weiblichen Engel, der zufällig zu Temuels Vorgesetzten gehörte.

Eines Tages würde ich schrecklich gern mal mit jemandem sprechen, der keine Geheimnisse und keine verborgene Agenda hat, einfach nur um zu erleben, wie das ist. Ich wette, es würde Spaß machen. Zumindest aber wäre es nicht so anstrengend wie das, womit ich's normalerweise zu tun habe.

Es war wahrscheinlich nur Zufall, doch als wir an einer episkopalischen Kirche vorbeikamen, fing Temuel endlich an zu reden. Ich sah drinnen Licht. Da jedoch vor dem Eingang der Wagen eines Reinigungsdienstes parkte und ich lautes Staubsaugergeräusch hörte, war die Kirche wohl eher zu Putzzwecken geöffnet als für spätnächtliche spirituelle Krisen.

»Ich bin froh, dass Sie wieder da sind, Bobby«, sagte Temuel. »Ich habe mir Sorgen um Sie gemacht.«

»Danke. Ich mir auch.«

»Konnten Sie meine Botschaft ausrichten?«

»Ja, allerdings.« Ich erzählte ihm die ganze Geschichte mit Riprash – na ja, nicht die ganze: Von Walter Sanders sagte ich nichts, und ich ging auch nicht allzu sehr ins Detail, was meine eigenen Unternehmungen vor und nach dem Überbringen der Botschaft anging, aber die Begegnung mit den Emporhebungsgläubigen hatte mich auf seltsame Art berührt, und es schien mir richtig, ihm das zu mitzuteilen. »Sehe ich es richtig, dass Sie auch schon dort waren?«, fragte ich.

»Ja, aber darüber kann ich nicht sprechen.« Das war ungewöhnlich – ein höherer Engel, der einem einfach die Wahrheit sagte, ohne sie in einem Haufen vager Glückskeks-Formulierungen zu verpacken. »Jetzt möchte ich Sie etwas fragen, Bobby. Die Ideen, die diese Emporhebungsgläubigen haben – meine Sie, Riprash wird sie verbreiten können?«

Ich hatte keine Ahnung, ob die Missiontätigkeit Temuels persönliche Initiative war oder Teil einer himmlischen Strategie, aber ich antwortete ihm möglichst aufrichtig. »Das System ist so massiv gegen ihn und seine Botschaft, dass ich nicht sehr optimistisch bin. Aber wenn jemand dort unten etwas in dieser Richtung tun kann, dann Riprash. Er ist stark wie ein Ochse und klüger als die meisten, und er hat ein gutes Herz für jemanden, der zur Ewigkeit in der Hölle verdammt worden ist.«

Temuel nickte und schaute dann auf sein Handy, was er, wie mir jetzt bewusst wurde, schon mehrmals getan hatte. »Erwarten Sie einen Anruf?«, fragte ich.

Er lachte auf. »Ich halte nur Ausschau nach Signaturen von Himmelshandys. Ich bekomme immer wieder einen Ping von einem hier ganz in der Nähe.«

Diese Seite von Temuel war ich nicht gewohnt. Es war, als ob sich der liebe eigene Opa plötzlich in Q aus den James-Bond-Filmen verwandelte. Wobei das spekulativ ist, weil ich meinen Opa so wenig kenne wie Alexander den Großen. »Glauben Sie, Sie werden verfolgt?«, fragte ich ihn. »Observiert?«

»Das befürchte ich weniger. Es geht vor allem darum, dass ich keinem von Ihren Kollegen über den Weg laufen möchte.«

Ich sah ihn an und bemühte mich, nicht zu lachen. »Ähm, aber Sie sehen aus wie die gute Frau vom Laden an der Ecke. Wie sollte Sie jemand von denen erkennen?«

Er sah mich leise enttäuscht an, als hätte ich einen Test nicht bestanden. »Es schadet nie, vorsichtig zu sein.«

Mir kam der Gedanke, dass der Mull bis auf den einen oder anderen Höllenbesuch und seine nunmehr zwei Offsite-Meetings mit mir wohl nicht sonderlich oft aus dem Himmel herauskam. »Okay. Sie wissen das sicher am besten. Aber jetzt muss ich über was anderes mit Ihnen reden.«

Ich erzählte ihm in groben Zügen, wie ich Walter Sanders in der Hölle getroffen hatte. Temuel hörte zu und sagte nichts, außer dass er wissen wollte, was Walter, den er bei seinem Engelsnamen Vatriel nannte, noch darüber hatte sagen können, wie er vom Anwaltsengel zum Buchhalterdämon geworden war.

»Nichts im Grund.« Was ich natürlich weglie, waren meine Interaktion mit Smyler drunten in der Hölle und mein Verdacht gegen Anaita – keine unerheblichen Teile der Geschichte also.

Es konnte sehr gut sein, dass Temuel auf meiner Seite war – ein gewöhnlicher Erzengel hatte genauso wenig auf eigene Faust irgendwelche Dinge mit der Hölle abzuwickeln wie ich, also hatte er mit Sicherheit Geheimnisse vor unseren Bossen –, aber himmlische Politik war schon im Normalfall undurchsichtig, und in den letzten Monaten war sie mir endgültig unheimlich geworden. »Das Ganze ist ziemlich mysteriös. Jemand wollte mich vor dem *Compasses* erstechen, so wie ich's sehe, hat aber stattdessen Walter erwischt. Und dann ist Walter plötzlich in der Hölle und kann sich an nichts erinnern.«

»Vatriel hat doch mit Ihnen geredet, als es passiert ist«, bemerkte Temuel scharfsinnig. »Vielleicht sollten ja auch Sie dorthin expediert werden und nicht er.«

Was ziemlich genau das war, was ich selbst gedacht hatte, bis mir Walter dann gesagt hatte, woran er sich noch erinnerte: an die liebliche Engelsstimme, die ihn über Bobby Dollar ausgefragt hatte. Der Messerangriff mochte ja mir gegolten haben, aber bei Walters Verbannung in die Hölle war ich mir ziemlich sicher, dass sie keine Verwechslung gewesen war. Doch auch das sagte ich Temuel nicht. Es war wirklich verdammt frustrierend, solch privilegierten Zugang zu einem höheren Engel zu haben und ihn nicht nutzen zu können. Aber alle, die mich kennen, würden wahrscheinlich sagen, jedwedes Bemühen meinerseits, nicht einfach draufloszupreschen, könne nur gut sein, und ich versuchte wirklich zu lernen, den Mund zu halten und Augen und Ohren aufzusperren.

»Und wo befinden wir uns jetzt?«, fragte ich, das Thema wechselnd.

Temuel blickte von seinem Handy auf und sah sich um. »Ich glaube, wir sind gleich an der Oakwood Road.«

»Nein, ich meine, wo stehen wir beide, Sie und ich? Das ist alles verdammt seltsam, und dabei ist da noch eine Menge Zeug, über das wir gar nicht geredet haben, wie zum Beispiel, woher

Sie wissen, was Sie wissen, und warum ich überhaupt dort runter wollte.«

»Ich vertraue Ihnen, Bobby. Und ich hoffe, Sie vertrauen mir.«

»Natürlich.« Ich vertraute niemandem.

»Gut.« Er hakte sich bei mir ein. Wir gingen weiter, ich und die kleine hispanische Lady mit dem unsichtbaren Heiligenschein. »Ich finde, wir sollten es vorerst dabei belassen«, sagte Temuel genau in dem Moment, als ein Auto mit quietschenden Reifen neben uns zum Stehen kam.

Diesmal hatte ich meine belgische Automatik in der Hand und schon halb aus der Jackentasche, als ich den alten blauen Camaro erkannte; im nächsten Moment sah ich den Kopf des Fahrers und die bekloppte Riesenhaartolle, die alle Zweifel beseitigte.

»Hey, Bobby!«, rief Jung Elvis. »Wer ist denn Ihre neue Freundin?«

Er jagte den Motor hoch, der klang wie das Speedboot eines Drogendealers. Es war ein hübscher Wagen, musste selbst ich zugeben, mit zwei Rennstreifen vorn auf der Haube. Jung E. mag ja eine Knalltüte sein, aber er ist der einzige mir bekannte Engel, der richtig gute Autos fährt.

»Was zum Teufel machst du denn in diesem Teil der Welt?«, fragte ich ihn und ließ diskret Temuels Arm los.

Jung Elvis musterte die Tarnpersona des Erzengels von oben bis unten und sah belustigt drein. »Ehrlich, Dollar«, sagte er, als ich am Bordstein angelangt war, »haben Sie was mit Ihrer Putzfrau?«

»Du bist der witzigste Rassist, den ich kenne.« Ich beugte mich ans offene Fahrerfenster. »Auf dem Weg zu einem Mandanten?«

»Gerade fertig mit einem. Netter Typ. Vom Dach gefallen. Die halbe Nachbarschaft stand weinend drum herum. Was machen Sie hier? Und echt mal, wer ist das?«

»Die Frau? Das ist nur eine arme alte Obdachlose, die ein bisschen mit mir reden wollte.«

»Ehrlich? Sie haben sie nicht angegraben? Sah so intim aus.« Normalerweise hätte ich ihm, wenn er mir so frech gekommen wäre, ausführlich erklärt, warum er ein Top-Kandidat für Der-Himmel-sucht-das-Superarschloch wäre, aber im Moment wollte ich nur, dass er verschwand. »Ja, klar. Ich erinnere sie an ihren Sohn, hat sie gesagt. Ich bin *nett und freundlich*. Du kannst ja mal im Diensthandbuch nachschauen. Wenn ich mich recht erinnere, sollen Engel so sein.«

»Engel, die Weicheier sind, vielleicht.« Er schüttelte seine imposante Haarpracht und ließ den Motor wieder aufheulen. »Na ja, wollte Sie nicht bei Ihren guten Werken stören. Ich werde allen im *Compasses* sagen, dass wir Sie eine Weile nicht sehen werden, weil Sie damit ausgelastet sind, für die Armen, Fetten und sexuell Ausgehungerten da zu sein.«

Er röhrte winkend von dannen. Er ist nicht so schlimm, wie er wirkt, echt. Na ja, doch, ist er schon, aber er will wirklich nicht so ein Arsch sein, Gott hat ihn nur so erschaffen.

Wieder bei Temuel angekommen, merkte ich deutlich, dass er ein bisschen nervös war. Er sagte, wir würden uns bald wieder treffen, und wir dürften auf keinen Fall jemals im Himmel über irgendwas von alldem reden, nur hier und nur wenn uns bestimmt niemand hören könne. Dann verschwand er einfach.

Erst in meiner Wohnung merkte ich, dass mein Handy die ganze Zeit abgeschaltet gewesen war. Ich hatte eine Sprachnachricht von Sam mit einem Vorschlag, wo wir den Austausch mit Eligor anberaumen sollten. Als ich sie gerade abgehört hatte, klingelte das Handy. Die Nummer war unterdrückt, also nahm ich ab und sagte: »Ja, ich hab die Nachricht gekriegt.«

»Beeindruckend«, sagte Eligor, Großfürst der Hölle. »Zumal ich gar keine hinterlassen habe. Haben Sie das, was ich brauche?«

Ich erstarrte. Als ich diese Stimme das letzte Mal gehört hatte, hatte ihr Besitzer gerade damit aufgehört, mich auf jede erdenkliche Art und Weise zu foltern, und mich ausgesetzt, damit ich um mein Leben rennen konnte, gejagt von Niloch und dessen Höllenhunden. Es erstaunt Sie sicher nicht, dass mein Herzschlag sich etwas beschleunigte und ich Blut im Rachen schmeckte. »Ja, ich habe das, was Sie brauchen. Habe ich Ihrer Sekretärin schon gesagt. Wann sollen wir uns treffen?«

»Was haben wir jetzt? Ein Uhr früh? Wir treffen uns in einer Stunde. Sagen Sie einfach nur, wo.«

»In einer Stunde?« So dringend ich Caz auch auslösen wollte, wusste ich doch nicht, ob ich Sam so schnell erreichen würde, und ohne ihn kam ich nicht an die Feder. »Das wird schwierig.«

»Ach? Ich hätte gedacht, Sie wären schärfer auf die ...«, er machte eine Effektpause, »... Ware.« Er lachte. Alles in mir wollte durchs Telefon langen und ihm eins in die Fresse hauen. »Aber, klar, Sie sind der Boss, Dollar, wenn Sie noch warten wollen ...«

»Vergessen Sie's. Ich werd's schaffen. Wir treffen uns ganz oben im Parkhaus gegenüber von Pier 40, das ist das ...«

»Am Fährhafen, ja, ich weiß. Ich werde dort sein. Ciao!«

Ja, ich weiß, ich ließ mich hetzen, aber außer Sam zu erreichen, brauchte ich in Wirklichkeit keine Vorbereitungen zu treffen. Der Punkt war, dass ich hoffte, wenn ich Eligor das Gefühl gab, er säße am längeren Hebel, würde es die Sache leichter machen.

Was sagen Sie? Eligor *saß* am längeren Hebel, und es war einfach bescheuert von mir, mich von ihm drängen zu lassen? Sagen Sie mir das später noch mal, wenn ich nicht so dezidiert weghöre.

Zu meiner enormen Erleichterung nahm Sam ab, als ich anrief, und er war noch auf meiner Seite des Spiegelkabinett-Spiegels, also würde ich das Treffen nicht absagen müssen. Er versprach, dort zu sein.

»Bist du sicher, dass Pier 40 ein guter Ort dafür ist?«, fragte ich.

»Wie könnte sich irgendwer in so was sicher sein? Aber ich glaube, dass es unsere beste Option ist. Also sei einfach festen Mutes, und wir treffen uns auf dem Parkplatz beim Whimpy's Steamers, so um zehn vor zwei.«

»Okay«, sagte ich und hängte ein. Ich war so nervös, dass ich tierisch pissen musste. *Welch ein Meisterwerk ist der Mensch*, von wegen! Gehirn zu groß, Blase zu klein und nur die langweiligsten Teile unsterblich.

Doch noch bevor ich ins Bad stürzte, füllte ich meine Taschen mit Schnellladern voller Silbermunition, für den Fall, dass die Übergabe aus dem Ruder lief. Nicht dass mir das Silber gegen den Großfürsten selbst viel nützen würde. Ja, wenn mir bei dem Austausch die Scheiße um die Ohren flog, war das Einzige, was mich vor Eligor retten konnte, dass er vor Lachen einen Milzriss erlitt.

Aber es bestand ja auch die Chance, die winzige, total unrealistische Chance, dass alles gut lief und ich in ein paar Stunden Caz hierher in meine Wohnung bringen würde.

Ich weiß noch, dass ich dachte, wenn ich doch nur Zeit hätte, ein bisschen aufzuräumen.

47

UNGELOGEN

Als ich beim Whimpy's Steamers anlangte, einem Kult-Burgerschuppen in einem silbernen Nostalgie-Speisewagen an der Parade Street, kam Sam gerade mit einer Tüte voller winziger Burger heraus. Die Burger irritierten mich weniger – auch Engel müssen essen, jedenfalls auf der Erde –, aber was mich sehr irritierte, war, dass er den Junior-Engel Clarence bei sich hatte.

»Was soll das? Redet hier jeder hinter meinem Rücken mit jedem?«

Clarence lächelte leise, hatte aber doch den Anstand, verlegen dreinzuschauen. »So ziemlich, Bobby.«

»Entschuldige, wenn ich kompliziert bin«, sagte ich zu Sam, »aber hat er«, ich zeigte auf Clarence, »nicht versucht, dich zu verhaften? Und soll er's nicht immer noch tun?«

»Sieh doch die Dinge nicht immer so schwarz-weiß, B.« Sam nahm einen Mini-Burger aus der Tüte und inhalierte ihn quasi. »Ja, unter anderen Umständen würde es unser Freund hier vielleicht für seine Pflicht halten, mich seinen Vorgesetzten, meinen Ex-Bossen, zu übergeben.« Er leckte sich die Finger und wischte sie dann an seinen Hosenbeinen ab. Ich konnte es nicht ausstehen, wenn er das tat. Im Park liefen ihm Hunde hinterher. »Aber wie jeder vernünftige Engel ist er durchaus in der Lage zu verstehen, dass veränderte Umstände zuweilen etwas mehr Flexibilität erfordern.«

»Will heißen, ich bin für Sie da, Bobby«, erklärte Clarence wie jemand in einer Sorgentelefon-Sendung für Jugendliche. »Es ist mir egal, was Sie vielleicht getan haben, Sie sind immer noch ein Engel, und wir stehen immer noch auf derselben Seite. Nie und nimmer werde ich zulassen, dass irgendein gehörnter Großkotz Sie allemacht, nicht ohne dass er's mit mir zu tun kriegt.«

Ich stöhnte. »Guter Gott, Sam, das klingt total nach dir. Scheiße.« Mein Problem war nicht ein möglicher Kampf, damit würde der Junge wahrscheinlich klarkommen. Er hatte eine gewisse Ausbildung und war ein ziemlich guter Schütze. Mein Problem war, was Clarence tun würde, falls wir diese Nacht überlebten. »Geht nicht, Junior, sorry«, sagte ich schließlich. »Kann dich nicht mitnehmen. Kann nicht riskieren, dass du zu viel über meine persönlichen Angelegenheiten erfährst.«

»Warum? Ich weiß doch schon so ziemlich alles«, sagte er. »Ich meine, ich weiß das mit Ihrer Freundin aus der Hölle. Ich weiß es schon eine ganze Weile und hab's keinem gesagt, wo ist also jetzt das Problem?«

»Du *weißt* es?« Ich wandte mich an Sam. Ich fühlte eine Ader an meiner Schläfe pochen, als würde sie sich gleich losreißen und Blut mit Hochdruck in alle Richtungen spritzen wie ein wildgewordener Feuerwehrschlauch. »Er *weiß* es?«

»Ich kann nichts dafür«, sagte mein bester Freund und absorbierte noch einen Winzlingsburger. »Mann, sind die gut! Er wusste das mit Caz schon. Ich hab damit nichts zu tun.«

»Im Ernst, Bobby«, sagte der Junge. »Was dachten Sie denn, was ich glaube? Dass Sie Ihren Körper drei Wochen allein zurückgelassen haben, damit Sie im Sandals in Puerto Vallarta Urlaub machen konnten? Oder was war's, was Sie den Leuten aufgetischt haben? Seattle? Yo, Mann – Hendrix-Museum und Space Needle!«

Ich funkelte ihn grimmig an und meinte es durchaus so. »Als Dorftrottel warst du mir lieber. Okay, du kannst mitkommen, schätze ich mal. Und ich schätze mal, ich weiß es zu schätzen. Aber die Show machst du *nicht*.«

Es war gerade zwei Uhr, als wir die Parade Street in Richtung Pier 40 hinabgingen. Ich erklärte ihnen, womit ich rechnete und was sie tun sollten, egal, ob es erwartungsgemäß lief oder nicht. Als wir das Parkhaus gegenüber vom Pier erreichten, stellten wir fest, dass die Kette, die normalerweise nachts die Einfahrt versperrte, durchtrennt worden war und in zwei kringeligen Häufchen dalag wie ein Paar tief deprimierte Schlangen.

Es war eine kühle Nacht und hatte durch den Wind von der Bay her eher etwas von Februar als von Juli, aber die Hoffnung wärmte mich. Auf dem Weg nach ganz oben redeten wir leise, bemühten uns ansonsten aber nicht weiter, unbemerkt zu bleiben. Zwei Gestalten standen in der hintersten Ecke neben Kenneth Valds langem, schwarzem Wagen, der zweifellos so gut gepanzert war, als wäre er durch Orbans Hände gegangen. Teufel noch mal, vielleicht *hatte* der alte ungarische Bastard Valds Wagen ja umgerüstet.

Einer der beiden war extrem groß, und der andere war Eligor höchstselbst. Ich musste eine jähe Aufwallung von Zorn und Panik unterdrücken. Wo war Caz? War sie im Auto? War sie überhaupt hier?

Eligors Kumpan war nicht nur lang, er war auch ziemlich seltsam: gut zwei Meter groß und recht kräftig, aber mit Händen und Füßen, die im Verhältnis zum übrigen Körper zu groß waren, und einem so kleinen Kopf, dass er aussah wie ein (ich kann es wirklich nicht netter formulieren) titanisches Spatzenhirn. Aber die Augen in diesem Mikrozephalus waren wach und fokussiert, und die klodeckelgroßen Hände mit ziemlicher Sicherheit so kräftig wie sie aussahen.

»Mr. Dollar.« Eligor trug seinen Kenneth-Vald-Körper und sei-

535

ne gediegenste Freizeitkleidung, als wollte er gerade mit seinen alten Eliteschulkameraden segeln gehen. Er sah Sam gerade lange genug an, um zu signalisieren, dass er ihn erkannte, und warf dann einen flüchtigen Blick auf Clarence, ehe er sich erneut mir zuwandte. »So trifft man sich wieder! Gratuliere zur geglückten Flucht. Oh, und diejenigen unter uns, die Kommissar Niloch eher lästig finden, möchten Ihnen dafür danken, dass Sie seinen Kopf in den Äußeren Schlund befördert haben. Es sollte ihn ein paar tausend Jahre kosten, sich da mit der Zunge wieder herauszuhangeln.«

»Wo ist die Gräfin?« Es kostete mich äußerste Beherrschung, nicht zu brüllen.

Eligor schüttelte den Kopf. »Keinen Sinn für die Kunst der Konversation. Das ist das Problem an dem Hardboiled-Ideal, dem Sie nacheifern, Dollar – es besteht nur aus zynischen Sprüchen und wortkargen Repliken. Was spricht gegen Holmes oder Hercule Poirot, Helden, die es verstanden, ein paar Worte aneinanderzureihen?« Er quittierte das Knurren, das mir entfuhr, mit einer hochgezogenen Augenbraue. »Oh, nun gut, wenn Sie darauf bestehen.« Er winkte dem Langen. »Er will die Gräfin sehen, Fiddlescrape. Wären Sie so freundlich, bitte?«

Der Bodyguard öffnete die Fondtür des langen Wagens und beugte sich hinab. Er half Caz heraus, wenn auch »half« nicht ganz das richtige Wort ist, es sei denn, Fischer »helfen« Fischen per Fischhaken an Bord. Sie war nicht ihr übliches anmutiges Selbst, weil ihre Hände auf dem Rücken gefesselt waren. Und geknebelt war sie auch. Ich zwang mich, tief durchzuatmen, um nicht einfach jemanden zu erschießen.

»Lassen Sie sie jetzt gehen, dann bekommen Sie die Feder«, sagte ich zum Großfürsten.

»Das ist der Teil, den mir Sam nicht richtig erklärt hat«, flüsterte mir Clarence ins Ohr. »Wofür will er denn die Feder …?«

»Klappe«, vergatterte ich ihn. »Schicken Sie sie rüber, Eligor.«

Eligor schmunzelte. »O nein, so nicht. Zuerst die Feder, dann bekommen Sie die Frau. Sie haben mein Wort.«

»Toll! Ich hatte ja so gehofft, dass mir einer der größten Falschspieler der Hölle sein Wort geben würde«, sagte ich. »Weil ich mich dann nämlich richtig sicher fühlen könnte.« Aber ich wusste, er konnte mich nicht einfach anlügen. Die hohen Tiere der Hölle haben ein seltsames Hassliebe-Verhältnis zur Wahrheit, und wenn man schlau ist, kann man sich das zunutze machen. »Okay, Sam. Leg los.«

Sam nahm das Ding heraus, das er den Gotteshandschuh nannte; als Sam sich bereiterklärt hatte, für den Dritten Weg zu arbeiten, hatte er dieses mächtige Werkzeug von Kephas erhalten. Es war schon eine ganz schöne Ironie, dachte ich, dass der Handschuh, der von Anaita kam, jetzt erneut mir helfen würde – mein einzig erheiternder Gedanke im Moment. Das zarte Nichts gleißte in der dunklen Garage auf, so hell wie eine Notfackel, aber mit mehr Farben im Weiß. Sobald er es über seine Hand gezogen hatte, langte Sam in meine Tasche und brachte die Feder zum Vorschein. Clarence gaffte mit offenem Mund, fasziniert von dieser Demonstration himmlischer Magie – ich war sehr froh, dass ich im Moment nicht auf ihn angewiesen war. Caz starrte mich über der Knebelung hilflos an. Ich bemühte mich, nicht in ihren Anblick zu versinken, doch sie auch nur aus dem Augenwinkel zu sehen, war, als bohrte sich etwas Spitzes in eine meiner Herzkammern.

Eligor betrachtete Sams weißglühende Finger. »Meine Güte, Sie sind ja ein eifriges Kerlchen, Sammariel. Doloriel hat mir gesagt, Sie könnten das, aber ich habe ihm nicht ganz geglaubt.«

Sam sah ihn kalt an. »Es gibt vieles, was Sie nicht wissen, Durchlaucht. Was soll ich jetzt mit der Feder machen, Bobby?«

»Gib sie Clarence.«

Der Junge sah mich an, als hätte ich gerade begonnen, in Zungen zu reden. »Was? Wieso mir?«

»Damit du sie festhältst«, sagte ich und zog langsam meine Pistole aus der Tasche. »Weil es jetzt nämlich gleich kompliziert wird. Nimm sie.«

Clarence nahm sie mit geweiteten Augen. Ich sah ihm an, dass es ihn schon nervös machte, das Ding nur zu halten. Aber fairnesshalber: Wenn Sie es sehen würden, wären Sie auch nervös. Selbst ein Schwachsinniger hätte erkannt, dass es die Feder eines mächtigen Engels war. Das war einfach … offensichtlich.

»Jetzt geh, Sam, und stell fest, ob mit Caz alles in Ordnung ist«, sagte ich. Wir hatten es besprochen, aber das machte es nicht ungefährlicher. Ich entsicherte meine Pistole.

»Also wirklich, Dollar, das ist beleidigend«, sagte Eligor, aber er grinste immer noch. »Das ist das Problem mit euch Himmelsleuten, ihr haltet euch immer für die einzig Ehrenhaften.«

Ich sah Caz an, als Sam auf sie zuging. Ihr Gesichtsausdruck war seltsam leer und hoffnungslos, was sich, wie ich hoffte, gleich erklären würde. Sam fuhr mit der glühenden Hand über ihrem Kopf und vor ihr durch die Luft, verharrte einen kleinen Moment über dem Oberteil ihres Minikleids. Caz starrte jetzt fast schon panisch auf Sams Hand.

»Nicht real, Bobby.« Sam steckte den Gotteshandschuh in die Tasche. »Sie ist eine Illusion.«

Ich richtete die Pistole auf Eligors Gesicht. Ich stand etwa fünf Meter von ihm entfernt und war zuversichtlich, dass ich es schaffen würde, mindestens zwei oder drei Silberkugeln in seinen Erdenkörper zu jagen, bevor er mich erwischen konnte, egal, wie schnell er war. Das müsste mir zumindest die Zeit verschaffen, mir zu überlegen, was ich als Nächstes tun sollte. Ich war davon ausgegangen, dass er Spielchen spielen würde, also war ich nicht allzu überrascht. »Ah, so ist das also, ja?«

Eligor verdrehte die Augen. »Oh, bitte. Nur ein kleiner Spaß. Ihr verbiesterten Wolkenschieber müsst wirklich mal ein bisschen lockerer werden.« Er machte eine lässige Handbewegung, und die falsche Caz verschwand; Fiddlescrape stand jetzt allein vor der offenen Tür der Limousine. Im Wagen war niemand.

»Sie haben gesagt, Sie wollen einen Austausch, Eligor. Ich bin hier, um ein faires Geschäft zu machen. Also, zeigen Sie mir jetzt die Gräfin, oder soll ich aus Ihrem Gesicht Hackfleisch machen? Das ist das Mindeste, was Sie verdienen.«

Ganz kurz sah ich das Kenneth-Vald-Gesicht flimmern und wabern wie Wasser, das über einen Stein strömt. Darunter war etwas viel Schlimmeres, eine Maske finsterer Wut, ein Kopf mit schlangenartig gewundenem Haar und gekrümmten Hörnern, das eine lang, das andere seltsam mickrig und deformiert, wie etwas, das in großer Hitze geschmolzen war. Dann verwandelte sich das furchterregende Wutgesicht wieder in das Vald-Grinsen. »Ach, wirklich, kleiner Engel?«, sagte Eligor. »Sie würden auf mich schießen?«

Der Großfürst gab keinerlei sichtbares Zeichen, aber ich hörte Clarence nach Luft schnappen, als Fiddlescrape eine abgesägte Schrotflinte aus seinem weiten Ärmel in seine Hand schüttelte und dann auf mich richtete. In seiner Riesenpranke sah sie aus wie ein Derringer. »Fallen lassen, oder ich knall Sie ab«, erklärte das Spatzenhirn.

Klick. Klick-Klick-Klick. Jetzt hatten auch Sam und ein viel zu aufgeregter Clarence ihre Waffen gezogen und gespannt, und beide zielten auf Fiddlescrape. Was hieß, dass jetzt alle außer Eligor auf engbegrenztem Raum mit schussbereiter Waffe dastanden. Viel hing davon ab, was der Reiter jetzt tun würde. Ich starrte ihn an.

»Also?«, fragte ich.

»Also was?« Eligor amüsierte sich prächtig oder tat jedenfalls so. »Machen Sie auf Phillip Marlowe? Wenn ja, dann sollten Sie wohl zusehen, dass Sie am Ende dieses Abends trauriger, aber weiser sind.«

»Los jetzt«, sagte ich. »Ich will Caz, wie Sie es mir in Fleischross versprochen haben. Dafür kriegen Sie die Feder. Danach können Sie und Kephas sich dann arrangieren, wie Sie wollen. Dieser ganze politische Scheiß interessiert mich nicht.«

»Okay, okay. Sie sind ein ganz schöner Quengler. ›Ich will, ich will …‹ Wie sind die nur an einen wie Sie gekommen?« Eligor machte eine sarkastische Show daraus, die Hände in die Taschen zu stemmen und dahin und dorthin zu schauen, als ob er wirklich überlegen würde. »Also gut, Sie haben gewonnen. Ich habe schon genug Zeit mit der Sache vergeudet.« Er streckte den Arm seitwärts aus, und auf einmal war da ein Reißverschluss oder jedenfalls die Höllenversion eines solchen, ein rotes Glühen wie eine senkrechte Schnittwunde in der Luft. Er langte durch das Glühen und zog eine andere Caz heraus, die ebenfalls gefesselt und geknebelt war, aber während die vorige sich seltsam passiv in alles gefügt hatte, zerrte diese gegen ihre Fesseln an.

Eligor hielt sie mit gestrecktem Arm am Schlafittchen, als wöge sie nicht mehr als ein Polo-Sweater. Ihre strampelnden Füße hingen gut zehn Zentimeter überm Boden. »Nehmen Sie das Miststück«, sagte er. »Sie beschwert sich sowieso immer nur.«

»Und das ist sie jetzt wirklich? Schwören Sie's bei der Macht des Höchsten?«

Er verdrehte die Augen wie ein gelangweilter Teenager. »Ja, genau wie ich's in Fleischcross gesagt habe. Ich hab sie Ihnen dort gezeigt, und Sie haben gesagt, Sie geben mir die Feder, okay? Das ist sie, ich versprech's Ihnen. Nein, ganz wie Sie wollen, ich schwöre es bei der Tartaruskonvention, der Macht des Höchsten und meiner eigenen Existenz. Das ist es doch, was Sie wollen, oder? Einen Fürsten der Hölle sein beeidetes Wort geben zu hören? Also gut – ich schwöre bei all dem, dass das hier dieselbe Person ist.«

Sam fuhr langsam mit dem Gotteshandschuh ihren Kopf und ihre Brust ab. »Die hier ist real, B.«

Eligor setzte sie ab. Sie wäre beinah hingefallen, aber Sam fasste sie am Ellbogen, bis sie sich gefangen hatte. Sie kam auf mich zugerannt, noch immer geknebelt und mit gefesselten Händen, und warf sich an mich. Ich umfing sie mit einem Arm. Es war einfach unbeschreiblich, ihr Herz so nah an meinem schlagen zu fühlen.

»Gib ihm die Feder«, sagte ich.

»Sicher?« Sam sah Eligor an, der mit verschränkten Armen dastand. Fiddlescrape hielt immer noch die Schrotflinte auf uns gerichtet, schien aber nicht mehr ganz so erpicht aufs Abdrücken wie eben noch.

»Ja. Gib sie ihm.«

Sam streckte die Hand mit der Feder aus, blieb aber, typisch Sam, stehen und zwang Eligor, einen Schritt auf ihn zuzumachen. Der Großfürst nahm die Feder mit den Fingerspitzen und hielt sie dann ins schwache gelbliche Licht der Parkhausbeleuchtung. »Wirklich schön«, sagte der Reiter. »Und schon auch was Besonderes, wenn man bedenkt, wofür sie steht: die Zusammenarbeit von Himmel und Hölle. Jammerschade, dass Sie und die anderen Kleingeister mit diesem Symbol nichts Besseres anzufangen wissen, als mich zu erpressen.«

Diese Art Provokation würde ich gar keiner Antwort würdigen. Ich zügelte mich, konzentrierte mich ganz auf die zitternde schlanke Frau, die sich an mich presste. Sie sah mich flehend an. Ich befreite sie vom Knebel, beugte mich dann hinab und küsste sie, ehe ich mich wieder Eligor zuwandte, ganz leicht auf die Wange. Sie schmeckte salzig. Ich führte es darauf zurück, dass sie weinte.

»Oh, Bobby ...!«, sagte sie. Glücklich klang sie definitiv nicht.

»Sonst noch was? Noch ein letzter markiger Spruch vielleicht? Nein? Na, dann Ihnen und Ihren Freunden einen schönen Abend noch, Dollar.« Der Großfürst ging federnden Schritts zu seinem Wagen und stieg hinten ein. Fiddlescrape schloss den Schlag hinter ihm. Als die lange Monstrosität sich auf den Fahrersitz faltete und den Motor hochdrehen ließ, wurde mir bewusst, dass dieser die ganze Zeit leise vor sich hingetuckert hatte. Warum sollte Eligor Vorbereitungen für einen schnellen Abgang getroffen haben? Er hatte doch wohl nicht im Ernst geglaubt, ich würde auf die Doppelgängerin hereinfallen, oder?

Eligor kurbelte sein Fenster hinunter. »Ich vermute mal, wir sehen uns wieder«, sagte er, während der Wagen zurückstieß und die Ausfahrt ansteuerte. »So ist das nun mal mit nervigen Leuten, man trifft sie einfach immer wieder ...«

Und dann holperte die lange Limousine die Rampe hinunter. Clarence atmete erleichtert aus – es klang, als träte jemand auf einen Hamster – und setzte sich auf den ölfleckigen Zementboden des Parkhauses. Offensichtlich war das alles ein bisschen viel für ihn gewesen. Aber es hatte sich gelohnt, denn jetzt hielt ich Caz wieder in den Armen.

Ich hatte sie erst dann richtig küssen wollen, wenn der Scheißkerl weg war, aber bevor ich mich jetzt zu ihr hinabbeugen konnte, merkte ich, dass mein Arm sich da, wo ich sie hielt, nass anfühlte. Ich erschrak fürchterlich, weil ich einen irrationalen Moment lang dachte, sie wäre angeschossen worden, obwohl kein Schuss gefallen war.

Sie weinte, wie ich noch nie jemanden hatte weinen sehen, die Tränen strömten ihr buchstäblich über die Wangen. Dann begann ihr Gesicht zu wabern, als sähe ich es durch tiefes Wasser. Im nächsten Moment wurde alles an ihr, was Caz war, einfach weggespült, wie wenn man frische Farbe mit dem Schlauch von einer Wand spritzt, und ich blickte in die gequälten, verschleierten Augen von Marmora, der ertrunkenen Privatsekretärin aus Fleischcross.

»Es ... es tut mir so leid ... Bobby ... Dollar.« Es waren jetzt ihre Stimme und auch ihr Körper: lang und dünn. Die Pfütze um ihre Füße wurde mit jeder Sekunde größer, während ich sie in hilflosem Entsetzen anstarrte. »Es bedeutet ihr … so viel.« Sie hustete, blubberte ein bisschen. »Tut mir leid. Er hat mich gezwungen … Sie reinzulegen«, flüsterte sie, und es klang immer gurgelnder. »Und für mich … tut's mir auch leid. Ich glaube, ich hätte hier … leben … und glücklich sein können.« Ihr Kopf rollte haltlos auf dem langen, bleichen Hals, und ihre Verlorene-Eier-Augen absorbierten das Parkhaus, die Reifenspuren auf dem Boden und die Abgasflecken an den Betonwänden. Ihr Mund verzog sich zu einem wackligen, aber strahlenden Lächeln. »Hier … ist es so … schön.«

Und dann löste sie sich einfach in Flüssigkeit und Farbe auf, zerlief in meinen Armen und ergoss sich auf den Boden. Das Wasser breitete sich in alle Richtungen aus, bis eine Seite die Ausfahrt fand, dann floss auch der ganze Rest dorthin und ins nächsttiefere Geschoss hinab.

48

AUXILIUM POST FACTUM

Jemand klopfte überaus resolut an meine Tür. Bummerte. Jedes *Bumm* fühlte sich in meinem Kopf wie eins dieser Zeitlupenvideos an, in denen jemand einen Apfel in Stücke schießt. Ich stöhnte, grabbelte auf dem Boden neben dem Bett nach meiner Automatik und presste sie an meine Brust. Wenn das Gebummer nicht schleunigst aufhörte, würde ich sie einsetzen, entweder gegen den Idioten an der Tür oder gegen mich selbst, Hauptsache, das Leiden war schnell beendet. Dass ich so dachte, war kein Katersymptom. Okay, ich *war* verkatert, wie Sau, aber das Saufen und die Nachwirkungen waren nur Nebeneffekte der Tatsache, dass mir nichts mehr irgendetwas bedeutete.

Bumm, bumm, bumm. »Bobby! Mach auf, oder ich trete die Tür ein!« Es war Sam.

»Hör verdammt noch mal auf mit dem Scheißkrach!«, brüllte ich, aber davon tat mein Kopf genauso weh wie von dem Bummern. Ich schwör's, selbst für jemanden, der kürzlich in seinen eigenen Hirnkasten gegriffen hatte, um einen wütenden Intrakubus herauszuziehen, war das hier unerträglich. »Hau ab, oder du kriegst eine Kugel in den Sack.«

»Dieser Wie-hieß-er-doch-gleich hatte recht – du bist ein quengeliger *Putz*. Los jetzt, steh auf und lass mich rein.«

Wenn ich in meinem momentanen Zustand abdrückte, wurde mir klar, wäre der Schuss wahrscheinlich nicht zielgenau genug, um tödlich zu sein. Aber es würde wahnsinnig laut PENG machen, ganz in der Nähe meiner Ohren. Und dann würde Sam die Tür eintreten, BOING BOING KRRRACKS. Genauso gut konnte ich mein eigenes Nervensystem in Brand stecken und die Flammen mit einem Fleischklopfer auszuschlagen versuchen. Ich kroch los in Richtung Tür, strandete an dem billigen Sofa, rappelte mich schließlich hoch und wankte hin, um den herzlosen Krachmacher reinzulassen.

Ich hatte die Pistole noch in der Hand. Sam blickte darauf, zog eine Augenbraue hoch und sagte: »Begeisterter Empfang?«

»Klappe. Sag nie wieder irgendwas. Komm rein, wenn's sein muss.«

»Kann nicht. Muss noch auf Clarence warten. Er parkt den Wagen.«

»Clarence?« Ich stöhnte und taumelte zum Sofa. »Du hast ihn hierher mitgebracht? *Et tu, Brute-Arsch?*« Schon beim Gedanken an die munteren, jungenhaften Fragen des Juniorengels wollte mein Gehirn kotzen. »Geht weg. Alle beide.« Ich schloss die Augen und wünschte, ich würde schneller sterben.

»Keine Chance.« Ich roch etwas und machte die Augen wieder auf. Sam hielt mir so einen Venti-Trenta-Riesenkaffee unter die Nase. »Trink das hier. Du hast dich jetzt sechs Tage hier eingeschlossen, B. Ich weiß, es ist schlimm, aber du kannst jetzt nicht einfach aufgeben.«

Ich lachte, aber nicht mal mir gefiel, wie es klang. »Kann ich nicht? Schau mich an, Mann, und du kriegst einen Meisterkurs in totalem Aufgeben.«

Clarence kam hereingestampft wie ein Mastodon in Stahlkappenstiefeln. »Mann, hier stinkt's«, waren seine ersten Worte.

»Ich freue mich auch, dich zu sehen, Junge.« Ich bewegte ein bisschen von dem heißen Kaffee im Mund herum. Ich wusste, wenn ich schluckte, willigte ich ein, zumindest noch ein paar Stunden zu leben, und diesen Deal zu unterschreiben, hatte ich keine Eile. Trotzdem, schmeckte gut, das Zeug. Na ja, es schmeckte heiß und nach Kaffee. Kommt aufs Gleiche raus. »Also, warum verschwindet ihr beide nicht einfach?«

»Weil wir nicht zulassen werden, dass Sie sich zu Tode trinken, Bobby«, erklärte Clarence.

»Da seid ihr zu spät dran. Ich bin nämlich schon tot, vergessen? Okay, jetzt, wo das geklärt ist, ist definitiv euer Abgang angesagt. Kommt mal wieder vorbei. Anfang zweiundzwanzigstes Jahrhundert wäre gut.«

Sam stand auf und sah sich im Zimmer um. »Und das hier, Clarence, mein junger Freund, ist ein Schulbeispiel für die umfassende Macht des Selbstmitleids. Man kann es sehen, man kann es an seiner Stimme hören, und man kann es beim Höchsten auch riechen.«

»Leck mich, Sam. Ehrlich.«

»Glauben Sie mir, wir wissen, dass Sie sehr mitgenommen sind. Wir verstehen das absolut.« Clarence kam auf mich zu, indem er sich so vorsichtig wie ein Minensucher zwischen den leeren Fastfood-Verpackungen und -Plastiktüten hindurcharbeitete. Ich hatte Angst, er würde sich neben mich setzen und mir helfen wollen, aber er blieb ein Stückchen vorher stehen, also musste ich ihm nicht in den Fuß schießen oder so was. »Aber geben Sie nicht auf, Bobby. Sie wissen doch, wie es heißt – es ist besser …«

»Wenn in dem, was du jetzt gleich sagst, die Wörter ›geliebt und verloren‹ vorkommen«, erklärte ich, »kriegst du dermaßen eins in die Fresse, dass deine Augen und Ohren und sämtlichen Gesichtszüge auf die Rückseite deines Kopfs flüchten und nie wieder hervorkommen. Niemals. Für den Rest deines Engelslebens siehst du dann aus wie ein Mr. Potato Head, den jemand aus einem Hochhaus hat fallen lassen.«

»Da, sehen Sie! Sie sind immer noch witzig.«

Ich machte die Augen wieder zu. »Ich *war* schon in der Hölle. Warum tut ihr mir das an?«

»Weil wir Sie hier rausholen wollen«, sagte Clarence. »Sie müssen duschen und sich was Sauberes anziehen. Sie brauchen frische Luft.«

»Was ich brauche, wirst du gleich daran merken, dass dir Schreien nichts nützt.«

Clarence seufzte. »Sam, können Sie irgendwie zu ihm durchdringen?«

Sam lachte. »Shit, auf mich hört er doch nie. Wenn er's täte, wäre er nicht in dieser Lage.«

»Was soll das heißen?« Aber ich ließ die Augen immer noch zu. Ich hatte die Hoffnung noch nicht aufgegeben, dass diese Leute, die da in meiner Wohnung so laut redeten, auch nur einer dieser Albträume waren, die ich momentan ständig hatte. »Ehrlich, deine Ratschläge sind die schlechtesten, seit jemand Lincoln empfohlen hat, sich an seinem freien Abend ein Stück anzusehen.«

»Der hat so einen Bart, du jämmerlicher Suffkopp.« Er wandte sich an den Jungen. »Es ist ein Zeichen dafür, dass es ihm besser geht, wenn er sich wieder für amüsant hält. Sag ihm bloß nicht die Wahrheit, sonst bricht er zusammen. Los, schaffen wir ihn unter die Dusche.«

Es wäre nicht so schlimm gewesen, wenn ich dran gedacht hätte, meine Rechnungen zu bezahlen. Dann hätte es warmes Wasser gegeben.

Wir gingen ins Oyster Bill's am Hafen.

Ich wollte mich eigentlich nicht so leicht wiederbeleben lassen, aber mir waren vor zwei Tagen die Mixzutaten ausgegangen, und die Kombination aus purem Wodka und kalten Fastfood-Resten machte einen fertig. Da ich nicht in der Verfassung gewesen war, meinen Wagen zu finden, hatte ich den Wodka mit Zeug wie dem Saft von Maraschinokirschen verdünnt und mir White Russians mit kleinen Näpfchen Kaffeesahne gemacht. Danach war ich jetzt mehr als reif für ein paar professionell gemixte Drinks. (Wenn das auch etwas zu hoch gegriffen ist, was die Fähigkeiten des Barmanns im Oyster Bill's betrifft. Er und der Koch sind offenbar Verwandte oder alte Knastkumpel von Bill und verstehen gerade genug von ihrer Arbeit, um die Gäste nicht umzubringen. Aber andererseits hat der Laden eine Jukebox mit richtig peinlichem Siebziger- und Achtzigerjahre-Pop.)

Mich frisch zu machen und aus dem Haus zu gehen, war definitiv ein Schritt vorwärts gewesen, aber wenn ich leben wollte, musste ich etwas finden, das das Leben sinnvoll machte, was hieß, etwas zu finden, das mein Leben sinnvoll machte. Die Seite der Aufstellung, auf der mein gesammeltes Versagen verzeichnet war, war ziemlich beeindruckend, und auf der anderen Seite fand ich nur Gob. Ich hatte zwar nichts vollbracht, das ein echter Held hätte vollbringen müssen, wie zum Beispiel den armen Kleinen aus der Hölle herauszuholen, aber ich hatte ihm immerhin aus seinen schrecklichen Lebensbedingungen herausgeholfen und ihm etwas bessere bei Riprash verschafft. Das zählte doch vielleicht ein bisschen was. Yeah, Bobby Dollar, Semi-Mini-Quasi-Held.

Sobald ich darüber nachdachte, was ich Gutes getan haben könnte, heulte mich mein gesammeltes Versagen an wie ein Schwarm Trickfilmgespenster. Mein letztes und größtes Versagen war natürlich Caz. Sie war ein qualmendes, radioaktives Loch mitten in meinem Denken – ich konnte es nicht ignorieren, musste mich aber so weit wie möglich von ihm fernhalten, sonst würde ich verrückt werden. Aber nicht an sie zu denken, war nur eine andere Art, an sie zu denken, und dann fing es wieder von vorn an.

Wie gesagt, die Versagensliste war ziemlich beeindruckend,

wenn nicht gar spektakulär. Paradebeispiel: Ich war durch die Hölle gegangen und hatte es irgendwie geschafft, alles zu überleben, was sie gegen mich aufgefahren hatte, aber ich hatte das Einzige verloren, das ich um jeden Preis hätte festhalten müssen – Caz. Ich hatte sie verloren, weil ich arrogant und leichtsinnig war, weil ich meine Fähigkeit, Eligors Tricks zu erahnen, überschätzt hatte. Orpheus schaffte es bis in den Hades, um seine Freundin zurückzuholen, und verlor sie dann, als er sie zu früh anschaute. Ich hatte meine Liebste verloren, weil ich nicht genau genug hingeschaut hatte.

»Ich hätte es wissen müssen«, sagte ich wohl zum dreihundertsten Mal seit dem Parkhaus. »Ich hätte die Hölle nie ohne sie verlassen dürfen. Er hat mich damals schon reingelegt, in Fleischross, indem er mir eine falsche Caz zeigte und sagte, er würde sie freilassen. Da hat er es schon geplant! Er übergibt mir die Falsche und bricht nicht mal sein Wort. Er brauchte es nicht mal zu tun, aber er hatte eine letzte Chance, mich zu peinigen, und die hat er genutzt.«

Mein Magen fühlte sich übersäuert an. Ich blickte auf meine Bloody Mary. Jetzt, wo ich eine vor mir stehen hatte – nun ja, die zweite, um ehrlich zu sein –, fragte ich mich, ob ich wirklich noch mehr Alkohol wollte. Mir die Birne wegzuknallen, war die ersten paar Tage die einzige Überlebensmöglichkeit gewesen, aber inzwischen half selbst Trinken nicht mehr viel. Wenn ich mich nicht wirklich ins große Schwarz befördern wollte, musste ich mir andere Strategien überlegen. Morgen, beschloss ich, würde ich definitiv wieder anfangen zu leben. Oder übermorgen. Nein, vielleicht würde ich's ja morgen können.

Wieder Interesse an irgendwas entwickeln zu wollen, nervte tierisch.

»Eins versteh ich immer noch nicht«, sagte Clarence. »Was war denn so wichtig an dieser Feder? Ich meine, selbst wenn sie von einem unserer Bosse ist, was juckt das Eligor? Kann er irgendwas damit anfangen? Und warum hätte er so scharf auf das Ding sein sollen, dass er dafür die Dämonin hergeben wollte? Na ja, nicht wirklich hergeben, aber so tun, als ob.« Er sah mein Gesicht. »Sorry, Bobby.«

Bei all dem verrückten Zeug, das ich erlebt hatte, seit ich in die Hölle gegangen war, hatte ich doch immer aufgepasst, was ich weitererzählte. Nicht mal Sam wusste alles, weil ich ihm vorenthalten hatte, was Walter Sanders wieder eingefallen war. Selbst wenn Anaita Sams Kephas war und wenn sie Smyler ausgeschickt hatte, den Verbleib der Feder aus mir herauszupressen, damit ihre heimlichen Machenschaften nicht aufflogen, wollte ich Sam nicht in die Situation bringen, zwischen widerstreitenden Loyalitäten entscheiden zu müssen, bevor ich nicht stichhaltigere Beweise hatte. Ich glaubte nicht, dass er mich verraten würde, aber unsere Freundschaft hatte sich auf eine Art verändert, die ich immer noch nicht ganz durchschaute, und ich wollte uns beiden gegenüber fair sein. Ich konnte nur hoffen, dass ich ihn durch meine Hinhaltetaktik nicht in Gefahr brachte.

Und Clarence wusste natürlich noch weniger. Er wusste inzwischen zwar mehr, als mir lieb war, ahnte aber nicht das ganze Ausmaß dieses Irrsinns: dass eine so bedeutende himmlische Macht wie Anaita, ein Fürstentum, womöglich Serienkiller wiederauferstehen ließ und unschuldige Engel wie Walter in die Hölle schickte. Wenn ich in dieser Sache schon Sam nicht völlig vertraute, würde ich dem Jungen erst recht nicht alles erzählen.

»Die vereinfachte Version«, sagte ich, »ist, dass Eligor einen Deal mit jemandem im Himmel gemacht hat, jemand ziemlich Wichtigem. Bei dem Deal ging es um die Erschaffung von Sams Drittem Weg, einem Ort jenseits von Himmel, Hölle und Erde. Aber Eligor wollte eine Absicherung, vor allem dagegen, dass seine eigene Seite dahinterkam, also verlangte er von dem himmlischen Jemand die Feder als – was? Druckmittel, würde ich sagen. In dem Sinn, dass der Engel sich's nicht leisten kann, seinen

Teil der Abmachung nicht einzuhalten, solange Eligor die Feder hat, weil die im Grund ein unterschriebenes Geständnis ist, das da lautet: ›Ich habe einen unautorisierten Deal mit der Hölle gemacht.‹ Beide mussten das Geschäft geheim halten. Keine Seite durfte dahinterkommen.« Plötzlich und unerwartet überkam mich ein Hungeranfall. Was daran liegen mochte, dass ich schon etwa einen Tag lang nichts mehr gegessen hatte. »Und jetzt hat der Scheißkerl das Pfand des Engels wieder.«

»Und was hat der wichtige Engel?«, fragte Clarence.

»Keine Ahnung. Das Gefühl, er hätte irgendwas anders machen sollen, vermutlich. Wie wir alle.« Vielleicht würde ich doch eine Kleinigkeit essen, dachte ich. Nichts Bombastisches, weil mein Magen dem nicht gewachsen war.

»Du willst was zu essen bestellen, B?«, fragte Sam. »Gute Idee. Nimm einen Stapel gute alte Pfannkuchen. Die saugen was von dem Alkohol auf.« Er lehnte sich zurück und trank von seinem Ginger Ale. »Vielleicht nehme ich eine Portion Calamari. Was Tiefgekühltes kann nicht mal Bills Koch so richtig verpfuschen.«

»Du vergisst die Mignon-Batterie, die du mal in deinem Fischburger mit Pommes gefunden hast«, sagte ich und beäugte die Speisekarte. Ich winkte der Bedienung und lehnte mich zurück. Und plötzlich, als ob sich Feuer eine Lunte entlanggefressen und das Pulverfass erreicht hätte, gab es in meinem Kopf einen Blitz und ein *Bumm!* »Halt mal – was hast du gesagt?«

»Calamari.«

»Nicht du, du alter Trottel. Clarence.«

Der Junge musste kurz nachdenken. »Ich hab gefragt, was der Engel hat.«

»Was der Engel hat …?«

»Na ja, wenn die Feder das eine Unterpfand bei dem Deal war, was war dann das andere? Wenn der Dämon die Feder gekriegt hat, was hat dann der Engel gekriegt, für den Fall, dass er eines Tages ein Druckmittel gegen Eligor braucht?«

Die Bedienung kam endlich, aber mir hatte es gerade die Sprache verschlagen. Schließlich erbarmte sich Sam und bestellte Pfannkuchen und noch mehr Kaffee für mich und irgendeine Cholesterinbombe von frittiertem Zeug für sich.

Als die Bedienung wieder ging, arbeitete mein Gehirn immer noch auf Hochtouren. Ich musste wohl aussehen, als hätte ich einen Schlaganfall erlitten, denn Clarence beugte sich vor und sagte: »Alles in Ordnung, Bobby?«

»Junge, wenn ich mir meiner Männlichkeit nicht ein wenig unsicher wäre und wenn ich nicht wüsste, dass Sam es mir ewig unter die Nase reiben würde, dann würde ich dich jetzt küssen.«

»Was?«

»Du hast recht, du hast recht, du hast ja so gottverdammt recht.« Ich schüttelte den Kopf, fassungslos ob meiner grenzenlosen Blödheit. »Ich grüble seit Monaten wie besessen über die Feder nach, bin aber noch nie auf die Idee gekommen, mich zu fragen, was Eligor dafür geben musste. Denn natürlich musste er im Tausch etwas geben. Man schwört ja nicht Blutsbrüderschaft ohne Blut von beiden Beteiligten! Und ich weiß, was es war.«

»Kannst du das in Kurzfassung erklären, bevor meine Calamari kommen?«, fragte Sam.

»Ganz einfach. Mir ist in dieser Nacht was aufgefallen.«

»In dieser Nacht? Die letzten soundsoviel Nächte hast du damit zugebracht, zu saufen, Bluesplatten zu hören, zu heulen und in deinen Papierkorb zu kotzen«, sagte Sam. »Zuweilen alles auf einmal. Sprichst du von letzter Woche, dort im Parkhaus?«

»Wie auch immer. Das letzte Mal, dass ich Eligor gesehen habe, hat er etwas von seinem wahren Gesicht gezeigt, nur ganz kurz. Wobei es gar kein ›wahres‹ Gesicht ist«, erklärte ich Clarence. »Weil Eligor und die anderen gefallenen Engel … na ja, sie sind in Wirklichkeit älter als so was wie Gesichter. Aber er hat kurz die Kontrolle verloren, und ich habe was von seinem

Stinkwütender-Dämon-Gesicht gesehen. Ich hätte mich fragen müssen, warum er immer wie Vald aussah, sogar in der Hölle.« Ich fühlte mein Herz schlagen. Ich würde nicht so weit gehen zu sagen, dass ich mich besser fühlte, denn ich vermisste Caz immer noch so fürchterlich, dass ich es gerade mit Mühe schaffte, zu sprechen und mich durch die Gegend zu bewegen, aber zum ersten Mal, seit Marmora in meinen Armen zerronnen war, hatte ich das Gefühl, dass es vielleicht doch noch etwas gab, das ich tun konnte. »Aber ich habe nicht drüber nachgedacht. Als seine Verkleidung dort im Parkhaus kurz verrutscht ist, da war eins seiner Hörner … na ja, irgendwie schrumpelig und mickerig. Wie wenn man einer Ziege oder einem anderen Horntier ein Horn absägt und es dann wieder nachwächst.«

»Du willst also sagen …«, setzte Sam an.

»Dass bei dem Deal, bei dem ihm unser wichtiger Engel eine Feder als Pfand geben musste, Eligor dem Engel sehr wahrscheinlich dieses Horn gegeben hat, das noch nicht wieder ganz nachgewachsen ist. Deshalb hat er seinen richtigen Höllenkopf nicht gezeigt.«

Sam sah beeindruckt drein. »Ah.«

»Aber das zu wissen, nützt Ihnen doch nicht viel, oder?«, fragte Clarence. »Ich meine, wenn einer der hohen Engel Eligors Horn hat, wie wollen Sie da drankommen?«

»Du meinst, wie wollen *wir* da drankommen«, sagte ich. »Ich kann das nämlich nicht allein. Ich hab's versucht und versucht, aber es klappt nicht. Ihr müsst mir alle beide helfen.«

Sam lachte, aber es war kein sonderlich überzeugender Versuch. »Du Scherzkeks. Das ist doch ein Witz, oder?«

»Witze zu machen, kann ich mir in dieser Sache nicht leisten, Sam. Dazu ist sie zu ernst. Eligor hat die einzige Frau, die mir je wirklich etwas bedeutet hat, und er hat mir durch seinen Beschiss die Feder abgeluchst – dieses Ding, für das ich mindestens ein Dutzend Mal mein Leben riskiert habe. Wenn ich an dieses

Horn komme, habe ich etwas gegen *ihn* in der Hand! Ein Druckmittel beim Verhandeln!«

Clarence hatte endlich gemerkt, dass ich es ernst meinte. »Nein. Kommt nicht in Frage, Bobby. Es ist schon schlimm genug, dass ich mich in meiner dienstfreien Zeit mit hohen Dämonen treffe und in Heimlichkeiten verwickelt bin, die mich ganz schön in Schwierigkeiten bringen, falls sie je auffliegen ...«

Heimlichkeiten, die dich in die Hölle bringen würden – mindestens, dachte ich, aber ich war natürlich so vernünftig, es nicht laut zu sagen.

»... aber das kann ich nicht! Einen unserer Bosse bestehlen! Damit Sie wieder mit Ihrer Freundin aus der Hölle zusammenkommen!«

Meine Pfannkuchen kamen. Ich kippte reichlich Sirup drauf und machte mich an die Arbeit. Auf einmal hatte ich richtig Hunger. »Nein, das kannst du dir nicht leisten, Clarence. Da hast du recht. Aber du kannst dir's auch nicht leisten, es *nicht* zu tun.«

»Würden Sie verdammt noch mal aufhören, mich Clarence zu nennen!« Das sagte er so laut, dass sich Leute an anderen Tischen umdrehten. Er wurde rot – wieso macht mein Erdenkörper das nie? – und beugte sich über den Tisch, als spräche er ab jetzt nur noch mit der Ketchupflasche und dem Papierserviettenspender. »Was heißt, ich kann's mir nicht leisten, es nicht zu tun?«

»Es heißt, dass ich auf jeden Fall versuchen werde, an das Horn zu kommen. Und obwohl ich nie freiwillig einen von euch beiden verpfeifen würde, falls ich dabei erwischt werden sollte, würde der Himmel doch sehr wahrscheinlich jedes Fitzelchen Information über die letzten Monate aus mir herauspressen. Wer weiß, was sie alles können, um Sachen aus einem rauszuholen? Und das bedeutet, sie würden erfahren, dass du schon vor langer, langer Zeit Sam *und* mich hättest hochgehen lassen müssen.«

Der Junge war schockiert. »Wollen Sie mich erpressen, Bobby?«

»Nein. Echt nicht. Ich bin nur Realist. Du kannst dieses Spiel nicht auf beiden Seiten spielen, Clarence – oder Harrison, wenn dir das wirklich lieber ist. Ich persönlich finde, dieser Name klingt, als hättest du Geigenunterricht nach der Suzuki-Methode, und für danach müsste man dir Playdates arrangieren.« Ich nahm noch mehr Sirup. »Clarence ist wesentlich cooler.«

Er schien perplex, sei es wegen des Inhalts meiner Worte oder weil ich mich an seinen Namen erinnerte. »Ich weiß nicht. Ich muss nachdenken.« Gleich darauf stand er auf, fummelte etwas Geld heraus und legte es auf den Tisch. »Muss los. Ich habe Bereitschaftsdienst. Ich … wir reden später.«

»Da entschwindet deine Mitfahrgelegenheit«, sagte ich, als Clarence ging.

Sam schnaubte. »Was redest du denn da? Ich bin doch gefahren, weißt du nicht mehr?«

»Das war dein Auto, mit dem wir hierhergekommen sind? Wie kannst du ein Auto haben, wenn du in einem Spiegelkabinett-Spiegel lebst?«

»Von Orban geliehen. Er sympathisiert mit Leuten, die irgendwie in der Klemme zwischen den beiden Lagern sitzen.«

»Ja, kann ich mir denken.« Ich aß den letzten Rest meiner Pfannkuchen und leerte den Kaffee. »Kannst du mich zu Hause absetzen? Ich muss nachdenken, was ich jetzt tun soll.«

»Machst du dir keine Sorgen wegen des Jungen?« Sam stand auf und klimperte mit seinen Wagenschlüsseln. »Dass er dich verpfeift oder so? Dass er direkt zu deinen Bossen geht?«

»Clarence? Ja, klar. Deshalb hat er auch fünf Dollar für seinen Kaffee dagelassen. Er ist so ein Idealist und will so unbedingt mit uns großen Jungs rumhängen, dass ich *ihn* wahrscheinlich zurückhalten muss, wenn er beschließt, den Himmel mit der Waffe in der Hand zu stürmen – für *die Gerechtigkeit!*«

»Das ist ein sehr beängstigender Gedanke«, sagte Sam, als wir auf den Parkplatz hinaustraten, um zu meiner Wohnung zu fahren. »Du planst doch nicht tatsächlich irgendwas in der Art? Ich meine, selbst wir vom Dritten Weg wollen nicht wirklich, dass der Himmel zusammenbricht. Shit, wir wollen noch nicht mal, dass die Hölle zusammenbricht – dort sind eine Menge furchterregender Gestalten eingesperrt, und für die kann ich mir keinen besseren Ort vorstellen.«

»O ja«, sagte ich. »Ganz deiner Meinung. Den meisten bin ich vermutlich persönlich begegnet. Nein, ich will nichts niederreißen. Ich bin es nur leid, herumgestoßen und drangsaliert zu werden, das ist alles. Ich will die Wahrheit.«

Sam warf den Zahnstocher weg, mit dem er sich die Calamari zwischen den Schneidezähnen herausgepult hatte. »Du weißt, dass das genau das ist, was die Leute immer sagen, bevor die Scheiße richtig losgeht.«

Ein bisschen Wind kam von der Bay her, schön frisch, aber auch erstaunlich kalt.

»Ich will Antworten, Sam. Ich will einfach nur faire Bedingungen. Ich will keine Revolution.«

Er spuckte etwas auf den Asphalt. »Dein Wort in des Höchsten Ohr, B. Hoffentlich hört er gerade zu.«

»Amen, Alter«, sagte ich. »Amen.«

Und dann, ob Sie's glauben oder nicht, ging ich nach Hause und putzte meine Wohnung. Irgendwo muss man ja anfangen.

EPILOG
DIE SCHNEEKÖNIGIN

*I*ch hatte Durst. In Caz' Kühlschrank fand ich eine kleine Flasche Bitter Lemon. Ich ging damit zurück zum Bett. Caz war eingenickt, nur bis an die Oberschenkel zugedeckt, und ich blieb in der Schlafzimmertür stehen, plötzlich außerstande zu atmen. So schön. Ich weiß, ich sage das andauernd, aber das kommt daher, dass ich mit Worten nicht so gut bin, jedenfalls nicht in so was. Sie war zierlich, aber die Rundung ihrer Hüfte löste erstaunliche Dinge in meiner Magengrube (und auch anderswo) aus. Ich kann es nicht erklären, aber irgendwas an diesem wundervollen Schwung zwischen Hüftknochen und Rippen, den man sieht, wenn eine Frau auf der Seite liegt ... na ja, es ist wohl wie bei einem Gedicht: Wenn man zu viel daran herumanalysiert, entgeht einem das Wichtigste.

Und ihr Haar, so lang, so glatt. So hell wie alles an ihr. Das Verlangen in mir war schon so stark, dass ich mich unwillkürlich fragte, ob ich einem jener berühmten Truggebilde der Hölle aufgesessen war. Aber dem war nicht so. Es war sie, und meine Gefühle waren echt. Ich war mehr als einmal von der Hölle reingelegt worden, ich kannte den Unterschied.

Sie drehte sich um und linste mich mit einem Auge an. »Was starrst du so? Noch nie eine gefallene Frau gesehen?«

»Keine mit einem so weiten Fall.«

»Meinst du jetzt San Judas oder dich?«

»Beides.« Ich setzte mich auf die Bettkante, weil ich Caz anschauen wollte und wusste, wenn ich ihr zu nahe käme, würde ich wieder durch all die faszinierend neuen Berührungs-, Geruchs- und Geschmackssensationen abgelenkt werden.

Ich weiß, es klingt komisch, aber in dem Moment musste ich an ein Foto denken, das ich mal gesehen hatte: diese Sechziger-Jahre-Schauspielerin Jean Seberg als Jeanne d'Arc. Im Gegensatz zu Caz hatte sie ganz kurz geschorenes Haar, und natürlich trug sie etliche Kilo Metall anstelle von Caz' Nichts-als-ein-halbes-Laken. Aber trotzdem war da eine tiefe Ähnlichkeit – die feinen Gesichtszüge vielleicht, die Zerbrechlichkeit dieses zarten Körpers, der gegen eine große, gefährliche Welt stand. Ich glaube, dieser Schauspielerin erging es letztlich nicht so viel besser als Jeanne d'Arc, also war das vielleicht nicht so ein glücklicher Vergleich.

»Du starrst immer noch.«

Ertappt lachte ich. »Sorry. Du … ich dachte nur gerade an Jeanne d'Arc.«

»Warum, hast du vor, mich in Brand zu stecken?«

»Nur mit meiner Liebe.«

Caz lachte, was nett von ihr war. Jetzt auf dem Rücken liegend, zog sie das Laken bis zum Bauchnabel hoch, was auch nicht viel dagegen nützte, dass ich sie anstarrte. »Ich erinnere mich an ihre Hinrichtung.«

»Wow. Warst du dabei?«

»Ich?« Sie schüttelte den Kopf. »Nein, natürlich nicht. Du bist der totale Amerikaner! Ich war dort, wo jetzt Polen ist, mindestens tausend Meilen entfernt. Aber die Nachricht ging durch ganz Europa. Mein Mann, möge seine Seele niemals Ruhe finden, hörte davon, als er auf Reisen war, und konnte es nicht erwarten, nach Hause zu kommen und es mir zu erzählen. Er fand es – ich weiß nicht. Faszinierend. Erregend.« Sie schwieg einen Moment. »Als ich dann selbst dran war, habe ich an sie gedacht. Nicht an ihren Glauben allerdings. An dem Punkt war von meinem nichts mehr übrig.«

Ich wollte sie etwas fragen, aber ihr Gesichtsausdruck ließ mich den Mund wieder zuklappen.

»Ich dachte an sie, weil das Schreckliche nicht das Sterben selbst war, sondern der Hass der Zuschauer. Dort in Rouen müssen zumindest ein paar darunter gewesen sein, die sie für unschuldig hielten oder zumindest nicht für hassenswert. – jemand gab ihr ein Kreuz aus Stöckchen, damit sie ihrem Ende nicht ohne Gott entgegensehen musste. Aber in der Menge auf unserem Marktplatz war wohl niemand, der nicht glaubte, dass ich ein qualvolles Ende verdient hatte – nicht mal meine eigenen Kinder.«

In diesem Moment fühlte ich zum ersten Mal wirklich den Unterschied zwischen uns oder jedenfalls zwischen unseren Erinnerungen. Mich schauderte, als ich mir die begierigen, hasserfüllten Gesichter dieser mittelalterlichen Menschenmenge vorstellte.

»Nicht«, sagte ich. »Es ist vorbei. Du bist hier – ich bin hier.«

Sie sah mich an. Kurz dachte ich, sie sei wütend. Ich weiß immer noch nicht genau, was ihr Gesichtsausdruck in dem Moment bedeutete, aber sie sagte nur: »Es ist nie vorbei, Bobby, Liebster. So funktioniert die Hölle nicht.«

Ich kletterte neben sie und nahm sie in die Arme, und sie drehte sich so, dass ihr Po an meinem Unterleib lag. Ich tat mein Bestes, mich nicht ablenken zu lassen, nicht von ihrer Wärme an meinem Körper, nicht von der Bewegung ihrer Brüste an meinen Unterarmen bei ihren Atemzügen.

»Ich bin immer wieder verblüfft, wie hell dein Haar ist«, sagte ich, als ich ihren Nacken küsste. Damit verbrachte ich einen beträchtlichen Teil unserer gemeinsamen Nacht. »Fast weiß. Gab es Wikinger unter deinen Vorfahren?« Klar hätte es auch gefärbt sein können, obwohl es zu ihrer Haut- und Augenfarbe passte, aber in meinen Jahren auf der Erde hatte ich gelernt, dass »Färbst du dein Haar?« als Frage an eine Frau nur unwesentlich akzeptabler ist als »Im wie vielten Monat bist du?«

In meinen Armen zuckte sie mit den Schultern. »Wikinger? Mög-

lich. Aber meine Vorfahren waren eine Mischung aus allem Möglichen: Slawen, Germanen, Goten, sogar Mongolen.« Sie presste sich an mich, aber es hatte nichts Sexuelles, es wirkte, als suchte sie Trost. »Es gibt eine alte Geschichte, wo die goldhaarigen Leute herkommen. Eine Zigeunergeschichte.«

»Zigeuner? Zigeunerblut hast du auch?«

»Nein, glaub ich nicht.« Sie sprach jetzt etwas langsamer; ich fragte mich, ob sie wieder schläfrig wurde. »Die waren erst seit ein paar Generationen im Königreich. Aber als ich klein war, hatten wir eine Dienerin, die Zigeunerin war, und die hat mir manchmal neben ihrer Arbeit her Geschichten erzählt.«

Ich wartete. »Und wie geht die Geschichte? Die von den Leuten mit dem goldenen Haar?«

Es dauerte einen Moment, bis Caz wieder sprach. »Okay, ich erzähl dir, was sie gesagt hat. Vor langer, langer Zeit lagerten einmal Zigeuner am Fuß eines Berges. Sie stiegen nicht hinauf, weil es dort oben immer kalt und neblig war und sie nachts Stimmen im Wind heulen hörten. Der Einzige, der sich traute, auf den Berg zu steigen, war Korkoro der Einsame, ein junger Mann, der keine eigene Familie hatte. Doch selbst er stieg nicht zu hoch hinauf, weil er sonst dort festgesessen hätte, wenn die Sonne unterging.

Dann, eines Nachts, gab es ein schreckliches Unwetter mit Blitz und Donner. Der ganze obere Teil des Berges lag im Nebel, sodass man den Gipfel nicht sah. Da tauchte in der Nähe des Zigeunerlagers eine Frau auf – eine schöne, aber sehr seltsame junge Frau mit weißem Haar und blauen Augen –«

»Wie du«, sagte ich.

»Ruhe, Flügelknabe, ich erzähle gerade eine Geschichte.« Sie langte hinter sich und streichelte mich auf eine Art, die sehr ablenkend war. Aber es funktionierte insofern, als ich sie nicht mehr unterbrach. Wenn es mir natürlich auch ein bisschen schwerfiel, mich auf ihre Zigeunergeschichte zu konzentrieren.

»Also, jedenfalls, der Erste, der ihr begegnete, war Korkoro der

Einsame, der gern umherstreifte, um zu jagen. Er nahm sie mit, und die Leute im Zigeunerlager gaben ihr zu essen und Wein zu trinken, aber sie hatten doch Angst vor ihr, weil sie so sonderbar aussah. Die Zigeuner waren alle dunkel, Haare und Augen, so schwarz wie die Nacht, aber sie war wie ein Wesen aus einer anderen Welt.

Sie fragten sie, wo sie herkomme und wo ihre Leute seien, und die hellhaarige Frau erklärte, sie sei die Schneekönigin und lebe auf dem kalten Berg, mit ihrem Vater, dem Nebelkönig, aber sie sei von dessen Hof fortgelaufen, weil sie gehört habe, dass die Menschen lieben könnten, und es sei ihr größter Wunsch, das zu lernen.

Sie verliebte sich in Korkoro, der sie gefunden hatte, und er verliebte sich in sie, und schließlich vertraute ihr die Zigeunersippe, obwohl sie ihnen immer noch seltsam erschien. Sie und Korkoro – der jetzt nicht mehr ›der Einsame‹ hieß – bekamen zwanzig Kinder, und alle hatten Haar in der Farbe von Licht wie ihre Mutter. Und daher kommen laut den Zigeunern die goldhaarigen Leute.«

»Und das ist das Ende der Geschichte?«

Sie versteifte sich ein bisschen in meinen Armen. »Noch nicht ganz. Jedenfalls nicht von der Version, die mir erzählt wurde.«

»Wie geht es weiter?«

»Ich weiß nicht mehr. Ich bin müde, Bobby. Lass mich ein Weilchen schlafen.«

Und das hätte ich tun sollen. Aber ich wollte jeden Moment mit ihr auskosten, und ich wollte auch wissen, warum sie das Ende weggelassen hatte. »Ist es eine von diesen Geschichten, wo eins der Kinder später ein Held wird?«

»Nein.« *Sie seufzte.* »Nein. Ihr Vater, der Nebelkönig, war eifersüchtig, weil sie unter Menschen lebte, und vor allem, weil sie mit einem verheiratet war. Also befahl er ihr zurückzukommen, oder er würde die Zigeuner vernichten. Nebel umschloss das Zigeunerlager, und er war voller Soldaten des Nebelkönigs, deren Augen wie Katzenaugen glühten. Korkoro wollte kämpfen, aber die Schneekönigin wusste, dass die Zigeuner den Nebelkönig nicht besiegen konnten.*

Also ging sie, als es dunkel war, in den Nebel hinaus und verschwand. Aber sie ließ ihre Kinder zurück, und sie wurden alle groß und heirateten und bekamen wiederum Kinder, und all ihre Nachkommen hatten das gleiche helle Haar, und darum gab es in Polen seither immer Leute mit Haar wie meinem.« Sie rollte sich ein bisschen zusammen. »Jetzt lass uns schlafen. Bitte.«

»Aber was hat Korky getan?«

»Was?«

»Korky, Korko, Korkodorko, wie immer er hieß. Ihr Mann. Der, der sie gefunden und sich in sie verliebt hatte. Was tat er, als sie wieder im Nebelreich verschwand?«

»Nichts. Er konnte nichts tun. Kein Mensch konnte auf den Berggipfel gelangen, wo der Nebelkönig lebte. Korkoro zog seine Kinder groß. Er behielt seine Frau immer in Erinnerung. So endet die Geschichte.«

»Das ist idiotisch«, sagte ich und drehte mich auf den Rücken.

Kurz blieb Caz liegen, wie sie lag, doch dann gab sie nach und drehte sich um, sodass sie mich ansehen konnte, jedenfalls von der Seite. Ich starrte an die Decke.

»Idiotisch? Es ist nur eine alte Geschichte, Bobby.«

»Mir egal. Ich will, dass Geschichten einen Sinn haben. Ich würde dich nie … ich hätte sie nie einfach gehen lassen, wenn ich dieser Korkodingsbums wäre. Ich wäre hinterher, um sie zurückzuholen.«

»Aber das ging nicht.« Sie sagte es geduldig, als ob auch ich es erkennen könnte, wenn ich mich nur bemühte. »Er konnte nichts tun. Sie war weg. Er musste lernen, ohne sie zu leben.«

»Musste er nicht«, sagte ich. »Er hätte auf diesen Berg steigen können.«

»Er wäre getötet worden.« Sie streichelte mir den Kopf, als wäre ich ein fieberndes Kind. »Und dann hätten die Kinder weder Mutter noch Vater gehabt.«

»Egal. Er hätte sie suchen müssen.«

Sie starrte mich an – ich fühlte es mehr, als dass ich es aus dem Augenwinkel sah. Dann stemmte sie sich ein Stückchen hoch und legte den Kopf auf meine Brust. »Manchmal kann man einfach nichts tun, Bobby.«

»Quatsch. Irgendwas kann man immer tun, Caz.«

»Es ist ein Märchen. Warum bist du so wütend?«

Sie hatte recht, und ich wusste nicht, warum ich so wütend war. Damals nicht. Jetzt weiß ich es natürlich, und ich vermute mal, Sie wissen es auch.

»Egal, er hätte sie nie gehen lassen dürfen.« Ich umschlang sie, wie um sie festzuhalten, wenn der Nebel kam. »Nie.«

»Manchmal ist es komplizierter«, erklärte sie mir.

ENDE

DANK

Wie immer waren auch an der Entstehung dieses Buchs noch viele Leute außer mir beteiligt (wenngleich das Schreiben hauptsächlich ich erledigt habe).

Meine Frau Deborah Beale ist immer für mich da, mit weisen Worten, ruhiger Überlegung und gelegentlich auch dem nötigen Tritt in den Allerwertesten. Meine Partnerin.

Mein Agent Matt Bialer ist mir ebenfalls ein unentbehrlicher Partner, nur ohne den Knutsch-Teil. (Aber ich habe trotzdem Spaß mit ihm.)

Meine lieben Lektorinnen Sheila Gilbert und Betsy Wollheim haben eine Riesenmenge Arbeit und Engagement in dieses Buch investiert. Herzlichen Dank auch Mary Lou Capes-Platt, die viel dafür getan hat, den Text in seine endgültige Form zu bringen. Überhaupt allen bei DAW vielen Dank.

Lisa Tveit verankert mich weiterhin im Cyberspace und hilft mir auf tausenderlei Art, wofür ich ewig dankbar bin.

Und ein ganz dickes Dankeschön an Sharon L. James für die Hilfe in Sachen Alte Griechen und natürlich an alle von der Bobby Dollar Army und die anderen tollen Leute, Leser und Freunde – und vor allem Smarcher – auf meiner Webseite *tadwilliams.com* und auf Facebook (*tad.williams* und *AuthorTadWilliams*), nicht zu vergessen die netten Menschen auf Twitter, die mich meistens lesen, nachdem mich meine Frau (*MrsTad*) so redigiert hat, dass ich intelligent klinge.

Oh, und Dank auch König Salomo, Hermes Trismegistos und den Verfassern des *Malleus Maleficarum* für die Hilfe beim Erhaschen von Engeln und Niederringen von Dämonen.

Danke, Freunde.

www.hobbitpresse.de

Der Hobbit Presse-Blog

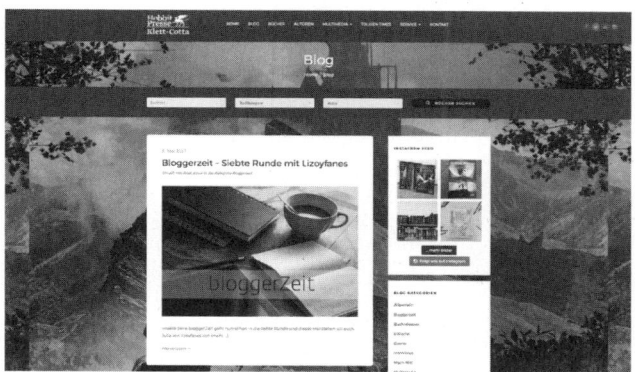

Unter **www.hobbitpresse.de** findet ihr aktuelle und exklusive Inhalte aus der Hobbit Presse, von unseren Autoren und anderen Blog-Gastautoren.

Werdet selbst Teil der Hobbit Presse-Welt: Wir bieten allen Fantasy-Fans und -Bloggern die Gelegenheit, sich selbst als Autor für den Blog zu bewerben.

Außerdem auf www.hobbitpresse.de:
- *Alle Autoren*
- *Alle Bücher*
- *u.v.m.*
- *Alle Leseproben*
- *Alle Tolkien Times-Ausgaben seit Erscheinen*

Hobbit Presse
Klett-Cotta